John Steinbeck
König Artus
und die Heldentaten der Ritter seiner Tafelrunde

ROMAN

Mit einem Nachwort
von Prof. Dr. Lothar Hönnighausen

DIANA VERLAG ZÜRICH

Aus dem Amerikanischen übersetzt
von Christian Spiel

Titel der Originalausgabe:
THE ACTS OF KING ARTHUR AND HIS NOBLE KNIGHTS

2. Auflage 1987

Printed in Austria
© 1976 by Elaine Steinbeck
© der deutschsprachigen Ausgabe by Diana Verlag, Zürich
Acknowledgement is made to Oxford University Press,
London, for permission to use portions of
The works of Sir Thomas Malory,
© Eugène Vinaver 1967,
and to The Viking Press for permission to
reprint parts of letters from Steinbeck: A Life in Letters,
edited by Elaine Steinbeck and Robert Wallsten,
copyright 1952 by John Steinbeck,
copyright © 1969 by the Executors of the Estate of John Steinbeck,
copyright © 1975 by Elaine A. Steinbeck and Robert Wallsten.
ISBN 3-905414-51-1
Umschlaggestaltung: Graupner & Partner, München
Umschlagfoto: Bridgeman – Artothek
Satz: Jung SatzCentrum, Lahnau
Druck und Bindung: Wiener Verlag, Himberg

Inhalt

Einleitung   9

Merlin   15

Der Ritter mit den zwei Schwertern   67

König Artus' Vermählung   95

Merlins Tod   119

Morgan le Fay   129

Gawain, Ewain und Marhalt   147

Die ruhmvolle Geschichte
von Sir Lancelot vom See   241

Anhang   347

In dem IXten jar meins alters do fleisz ich mich mit herte ze streiten gein des künges Artuses tavelrunder Der gesellen manig stoltz ritter warn vnd preiszes reicher denn al lebende man Unverzaget werdekeit von edeln kinden was harte tewre in den selben tagen schilt ze tragen vnd swert den harnasch anzlegen vnd wunden rittern ze troste komen

Do geschach dasz knappen ampt auff mein swester fiel im VIten jar irs alters Die selbe was edeles muotes gepruofet fyr al man swie vil man ritter erkande Ze manegen zeitten stete trewe site muoz ane preisz beleiben des sol ich klagen Also was ouch mein swester stet vnd wol getan irs garzunleichs dienstes nit gelonet

Des sold ich si in diesen tagen als ich mac ergetzen mit hochem preisz Si muz ritters namen han vnd sol von disen stvnden heizen

HERR MARYA STYNEBEC
VON VAYLE SALYNIS

Got gebe ir ere sunder scharte
> *Jehan Stynebec de Montray*
> *Miles*

Als ich neun Jahre alt war, begann ich König Artus' Tafelrunde zu belagern, eine Gemeinschaft von Rittern, so stolz und würdig wie nur irgendwelche zu ihrer Zeit. – In jenen Tagen herrschte großer Mangel an Knappen von kühnem Mut und edler Sinnesart, die Schild und Schwert trugen, den Harnisch schlossen und verwundeten Rittern beistanden. – Dann fügte es sich, daß meiner Schwester, damals sechs Jahre alt und an ritterlicher Tapferkeit von keinem Lebenden erreicht, gewissermaßen Knappenpflichten zufielen. Betrüblicherweise geschieht es zuweilen, daß treue Dienste nicht gewürdigt werden, und so blieb meiner holden und treuen Schwester die Anerkennung als Knappe versagt. – Wofür ich sie am heutigen Tage, soweit ich es vermag, entschädigen will, sie in den Ritterstand erhebe und ihr Loblied anstimme. – Und von dieser Stunde an soll sie Sir Marie Steinbeck vom Tale Salinas genannt sein. – Gott schenke ihr Ehre ohne Fährnis.

> John Steinbeck von Monterey
> Ritter

Whan of IX wyntre age

I tok siege wyth Kinge Arthures felyship emonge knyghtes
most orgulus and worshyppful as ony on lyve

In tho dayes grate lack was of squyres of hardynesse and noble
herte to bere shylde and glayve to bockle harnyss and succoure
woundid knyghtes

Than yt chaunced that squyre lyke dutyes fell to my syster of
VI wyntre age that for jantyl prouesse had no felawe lyvynge

Yt haps somtymes in saddnesse and oythe that who faythful servys
ys not faythful sene so my fayre and sikker syster squyre dures
yet undubbed

Wherfore thys daye I mak amendys to my power and rayse
hir knyghte and gyff hir londis

And fro thys howre she shall be hyght syr Mayne Stynebec
of the Vayle Salynus

GOD gyve hir worshypp saunz jaupardye

    Jehan Stynebec de Montray
    Miles

Einleitung

Manche Menschen vergessen, wenn sie herangewachsen sind, was für eine Plage es ist, das Lesen zu erlernen. Es ist vielleicht die größte Anstrengung im menschlichen Leben, und sie muß im Kindesalter geleistet werden. Einem Erwachsenen gelingt es nur selten – Erfahrungen auf eine Gruppe von Symbolen zu reduzieren. Seit Abertausenden von Jahren lebt nun schon der Mensch auf der Erde, doch erst vor zehntausend Jahren hat er dieses Kunststück – diesen Zaubertrick – erlernt.

Ich weiß nicht, wie weit meine Erfahrung verbreitet ist, aber ich habe bei meinen Kindern erlebt, welch verzweifelte Mühe es sie kostete, als sie das Lesen zu erlernen versuchten. Sie zumindest haben die gleiche Erfahrung gemacht wie ich.

Ich erinnere mich noch, daß ich in Wörtern – geschrieben oder gedruckt – Teufel sah, und die Bücher waren meine Feinde, weil sie mir Schmerzen zufügten.

Literatur schwebte in der Luft, die mich umgab. Die Bibel nahm ich gleichsam durch die Poren in mich auf. Aus meinen Onkeln sprach Shakespeare, und *Pilgrim's Progress* war in die Milch meiner Mutter gemischt. Doch all dies erreichte mich durch die Ohren, als Töne, Rhythmen, Sprachfiguren. Bücher aber waren gedruckte Dämonen – Daumenschrauben und Kneifzangen einer empörenden Verfolgung. Und dann ignorierte eines Tages eine Tante meine Aversion und beschenkte mich törichterweise mit einem Buch. Ich starrte voll Haß auf die schwarzen Lettern, doch allmählich schlossen sich die Seiten auf und ließen mich ein. Der Zauber wirkte. Die Bibel und Shakespeare und *Pilgrim's Progress* waren Allgemeingut. Dieses Buch aber gehörte mir ganz allein . . . Es war eine gekürzte Fassung der Caxton-Ausgabe des *Morte d'Arthur* von Thomas Malory. Wie ich sie liebte, die altertümliche Schreibweise der Wörter – und die Wörter selbst, die nicht mehr in Gebrauch waren. Vielleicht hat mir dieses Buch meine leidenschaftliche Liebe zur englischen Sprache erschlossen. Entzückt entdeckte ich Paradoxe – daß *cleave* zugleich zerspalten wie zusammenkleben bedeutet; daß *host* einen Feind wie einen Gastfreund bezeichnet, daß *king* und *gens* (Leute) aus derselben Wurzel stammen. Lange Zeit hatte ich eine Geheimsprache – *yclept* und *hyght, wist* und *accord* in der Bedeutung Frieden und *entente* als Wort für Absicht und *fyaunce* als Bezeichnung für ein

Versprechen. Mit stummen Lippenbewegungen sprach ich den *thorn* genannten Buchstaben Þ aus, wie ein »p«, dem er ähnlich sieht, statt wie ein »th«. Doch in meinem Heimatort wurde das erste Wort von Ye Olde Pye Shoppe wie ein »Yee« ausgesprochen, nicht als »The«, und so nehme ich an, daß meine klügeren Altvorderen auch nicht klüger waren als ich. Erst viel später kam ich darauf, daß das verlorengegangene Þ durch das »y« ersetzt worden war. Doch hinter dem Glanz und dem Geheimnis des »And when the chylde is borne lete it be delyvered to me at yonder privy posterne uncrystened« erfaßte ich seltsamerweise den Sinn der Worte, denn ich flüsterte sie vor mich hin. Gerade das Fremdartige an dieser Sprache schlug mich in Bann und katapultierte mich in eine altertümliche Welt.

Und in dieser Welt waren alle Untugenden versammelt, die es jemals hinieden gegeben hat, dazu Mut und Traurigkeit und Vergeblichkeit, vor allem aber Galanterie – vielleicht die einzige männliche Eigenschaft, die das Abendland erfunden hat. Ich glaube, daß ich mein Rechtsempfinden, mein Gefühl für Noblesse oblige und alles, was mich für die Unterdrückten und gegen den Unterdrücker einnehmen mag, aus diesem geheimnisvollen Buch habe. Im Unterschied zu beinahe allen anderen Kinderbüchern hat es meine zarte Seele nie verletzt. Ich stieß mich nicht daran, daß es Uther Pendragon nach der Ehefrau seines Vasallen gelüstete und daß er sie mit List nahm. Ich bekam keine Angst, als ich feststellte, daß es nicht nur edle, sondern auch böse Ritter gab. In meinem eigenen Heimatort gingen Menschen im Gewand der Tugend umher, von denen ich wußte, daß sie böse waren. Wenn mich Schmerz oder Kummer übermannte, wenn ich mich nicht mehr auskannte, suchte ich bei meinem Zauberbuch Zuflucht. Kinder können gewalttätig und grausam, doch sie können auch gut sein – was alles auf mich zutraf –, und all dies fand sich in diesem Buch der Geheimnisse. Wenn ich mich zwischen Liebe und Treue nicht entscheiden konnte, so hatte dies auch Lancelot nicht gekonnt. Ich verstand Mordreds finstere Gedanken, denn er war gleichfalls in mir, und auch von Galahad hatte ich etwas, wenn auch vielleicht nicht genug. Doch das Gralsgefühl war da, tief eingepflanzt, und wird mir vielleicht immer bleiben.

Später suchte ich die Quellen, weil der Zauber fortwirkte – das *Black Book of Caermarthen,* »The Mabinogion and Other

12

Welsh Tales« aus dem *Red Book of Hergist, De Excidio Britanniae* von Gildas, die *Historia Britonum* von Giraldus Cambrensis [recte: Nennius] und viele der »Frensshe« [französischen] Bücher, von denen Malory spricht. Und neben den Quellen las ich auch, was Gelehrtenfleiß geschürft und zutage gefördert hat – Arbeiten von Chambers, Sommer, Gollancz, Saintsbury –, doch immer wieder kehrte ich zu Malory zurück – oder vielleicht sollte ich sagen, zu Caxtons Malory, denn außer ihm gab es keinen anderen, bis vor gut dreißig Jahren die Nachricht kam, daß in der Fellows Library im Winchester College ein unbekanntes Malory-Manuskript entdeckt worden sei. Dieser Fund elektrisierte mich, doch da ich kein Literaturwissenschaftler, sondern nur ein Enthusiast bin, hatte ich weder eine Möglichkeit, noch besaß ich die Qualifikation, die Entdeckung zu prüfen, bis dann 1947 Eugène Vinaver, Professor für französische Sprache und Literatur an der University of Manchester, anhand des Winchester-Textes seine großartige dreibändige Ausgabe der Werke von Sir Thomas Malory für die Oxford University herausgab. Für diese Aufgabe hätte man keinen Besseren finden können als Professor Vinaver mit seiner umfassenden Kenntnis nicht nur der »Frensshe« Bücher, sondern auch der walisischen, schottischen, bretonischen und englischen Quellen. Er ist an diese Arbeit nicht nur als Wissenschaftler herangegangen, sondern hat ihr darüber hinaus auch jenes ehrfürchtige Staunen und Entzücken zugebracht, an dem es der Methodik eines Schulgelehrten nur zu oft gebricht.

Schon seit langem war es mein Wunsch, die Erzählungen von König Arthur [Artus] und den Rittern der Tafelrunde in den heutigen Sprachgebrauch zu übertragen. Sie sind selbst in jenen von uns lebendig, die sie nicht gelesen haben. Doch uns Menschen von heute fehlt vielleicht die Geduld für die altertümlichen Wörter und gemessenen Rhythmen Malorys. Mein frühes und anhaltendes Entzücken an diesen Dingen wird nicht allgemein geteilt. Ich wollte die Erzählungen für meine jungen Söhne und für andere, nicht so junge Söhne in unserer Alltagssprache aufschreiben, mit ihrem ursprünglichen Sinngehalt, ohne etwas wegzulassen oder hinzuzufügen – vielleicht als Konkurrenz zum Film und zu den Comic-strip-Travestien, den einzig verfügbaren Quellen für all jene Kinder und andere Zeitgenossen, die nicht willens sind, sich mit Malorys schwieriger Schreibweise und archaischer Sprache auseinanderzusetzen. Es wird mir Freude und Befriedigung gewähren, wenn mir dies gelingt und wenn ich das Wunderbare an den Erzählungen und ihren Zauber erhalten kann. Ich habe keinesfalls den Wunsch, Malory umzuschreiben, ihn zu verkürzen, zu verändern, abzuschwächen oder zu sentimentalisieren. Ich glaube, daß die Erzählungen stark genug sind, meine Eingriffe auszuhalten, die sie im besten Fall mehr Lesern zugänglich machen werden und im schlimmsten Malory nicht viel Schaden zufügen können. Nach all diesen Jahren lege ich die Caxton-Ausgabe meiner ersten Liebe beiseite und gehe zum Winchester-Manuskript über, das nach meiner Meinung an Malory viel näher herankommt als die Caxton-Ausgabe. Ich bin Professor Vinaver, der mir das Winchester-Manuskript verfügbar machte, zu großem Dank verpflichtet.

Was mich selbst betrifft, kann ich meine Leser nur darum bitten, mich einzuschließen, wenn Sir Thomas Malory schreibt: »And I pray you all that redyth this tale to pray for him that this wrote that God sende hym good delyverance and sone and hastely – Amen.« (»Und ich bitte euch alle, die Leser dieses Buches, für den, der dies geschrieben hat, zu beten, daß Gott ihm ein gutes Ende senden möge und bald und geschwind – Amen.«)

merlin

Zu der Zeit, als Uther Pendragon König von England war, wurde über seinen Vasallen, den Herzog von Cornwall, berichtet, daß er kriegerische Akte gegen das Land verübt habe. Darauf bestellte Uther den Herzog an seinen Hof und befahl ihm, seine Ehefrau Igraine mitzubringen, die für ihre Klugheit und Schönheit berühmt war.

Als der Herzog vor dem König erschien, stifteten die großen Herren des Rates Frieden zwischen den beiden, worauf der König ihn in Gnaden aufnahm und ihm seine Freundschaft antrug. Dann erblickte Uther die Lady Igraine und sah, daß sie wirklich so schön war, wie er vernommen hatte. Er entbrannte in Liebe zu ihr, begehrte sie und drang in sie ein, mit ihm zu liegen, doch Igraine war ein treues Weib und wies den König ab.

Sie sprach mit ihrem Gatten, dem Herzog, unter vier Augen und sagte: »Ich glaube, man hat Euch nicht wegen eines Rechtsbruches kommen lassen. Der König hat den Plan gefaßt, Euch durch mich zu entehren. Deshalb, mein Gemahl, bitte ich Euch, daß wir uns dieser Gefahr heimlich entziehen und in der Nacht zu unserer eigenen Burg reiten, denn der König wird meine Weigerung nicht hinnehmen.«

Und sie brachen, Igraines Wunsch gemäß, in solcher Heimlichkeit auf, daß weder der König noch sein Rat etwas bemerkten.

Als Uther ihre Flucht entdeckte, wurde er sehr zornig. Er rief die großen Herren zusammen und berichtete ihnen vom Verrat des Herzogs. Der Rat der Edlen, des Königs sichtbaren Zorn fürchtend, riet ihm, Boten auszusenden und dem Herzog und Igraine zu befehlen, ungesäumt zurückzukehren, denn, so sagten sie, »wenn er sich weigern sollte, Eurer Ladung Folge zu leisten, ist es Eure Pflicht und Euer Recht, gegen ihn zu ziehen und ihn zu verderben«.

Und so geschah es. Die Boten galoppierten hinter dem Herzog her, brachten aber die barsche Antwort zurück, weder seine Gemahlin noch er selbst würden wieder an den Hof kommen.

Darauf schickte der ergrimmte Uther eine zweite Botschaft und riet darin dem Herzog, sich zur Verteidigung zu rüsten, denn binnen vierzig Tagen werde er, der König, ihn aus seiner mächtigsten Burg herausholen.

Dergestalt gewarnt, versah der Herzog seine beiden besten Festen mit Proviant und Waffen. Er schickte Igraine auf die Burg Tintagel auf den hohen Klippen über dem Meer, während er selbst die Verteidigung von Terrabil übernahm, einer Feste mit mächtigen Mauern, vielen Toren und geheimen Pforten.

König Uther sammelte ein Heer und zog gegen den Herzog. Er ließ es seine Zelte um die Burg Terrabil aufschlagen und begann mit der Belagerung. Durch die Sturmangriffe und die erbitterte Abwehr wurden viele treffliche Männer getötet, doch keine der beiden Seiten vermochte die Oberhand zu gewinnen, so daß Uther aus Zorn, Enttäuschung und vor Verlangen nach der holden Igraine schließlich krank wurde.

Darauf ging der edle Ritter Sir Ulfius in Uthers Zelt und erkundigte sich nach der Art der Krankheit, an der der König litt.

»Ich will es Euch sagen«, antwortete Uther. »Ich kranke an Zorn und an Liebe, und für beides gibt es keine Medizin.«

»Herr«, sagte Sir Ulfius. »Ich werde mich auf die Suche nach dem Zauberer Merlin begeben. Dieser kundige und listige Mann kann ein Mittel zusammenbrauen, das Eurem Herzen Freude schenken wird.« Und Sir Ulfius ritt davon, um nach Merlin zu suchen.

Merlin aber war ein weiser und listenreicher Mann, mit seltsamen prophetischen Kräften und mit dem Talent begabt, das Alltägliche und Offensichtliche trügerisch zu verwandeln, was man Magie nennt. Merlin kannte die gewundenen Wege des menschlichen Geistes und wußte auch, daß ein schlichtes, offenes Gemüt am empfänglichsten ist, wenn es verwirrt wird, und Merlin hatte ein großes Vergnügen daran, andere zu verwirren. So stieß der nach ihm suchende Ritter Sir Ulfius auf seinem Weg wie zufällig auf einen zerlumpten Bettler, der ihn fragte, wem seine Suche gelte.

Der Ritter, nicht gewohnt, von dieser Sorte Mensch ausgefragt zu werden, ließ sich nicht zu einer Antwort herab.

Da lachte der Mann im Lumpenkleid und sagte: »Ihr braucht mir keine Antwort zu geben. Ich weiß sie ohnehin. Ihr sucht nach Merlin. Bemüht Euch nicht weiter – ich bin Merlin.«

»Du . . .? Du bist doch ein Bettler«, sagte Sir Ulfius.

Merlin lachte leise über sein gelungenes Possenspiel. »Ja, und Merlin bin ich außerdem«, sagte er. »Wenn König Uther

mir die Belohnung verspricht, die ich gerne hätte, werde ich
ihm zu dem verhelfen, was sein Herz begehrt. Und die Gabe,
die ich mir wünsche, wird ihm mehr zu Ehre und Gewinn gereichen als mir.«

Sir Ulfius sagte, von Staunen ergriffen:»Wenn du die Wahrheit sprichst und dein Verlangen billig ist, kann ich dir zusagen,
daß es dir gewährt werden wird.«

»Reitet jetzt zurück zum König; ich werde Euch folgen, so
rasch ich kann.«

Frohgestimmt machte Sir Ulfius kehrt und spornte sein Pferd
zu einer raschen Gangart an, bis er endlich das Zelt erreichte, in
dem Uther krank darniederlag. Er berichtete dem König, daß
er Merlin gefunden hatte.

»Wo ist er?« wollte Uther wissen.

»Herr«, sagte Sir Ulfius,»er ist zu Fuß hierher unterwegs. Er
wird kommen, so rasch er kann.« Und im selben Augenblick
sah er Merlin im Zelteingang stehen, und Merlin lächelte, denn
er hatte seinen Spaß daran, Staunen zu erregen.

Uther sah ihn, hieß ihn willkommen, und Merlin sagte ohne
Umschweife:»Sir, ich kenne jeden Winkel Eures Herzens und
Denkens. Und wenn Ihr mir bei Eurem gesalbten Königtum
schwört, meinen Wunsch zu erfüllen, sollt Ihr bekommen, was
– wie ich weiß – Euer Herz begehrt.«

Und so groß war Uthers Verlangen, daß er bei den vier Evangelisten schwor, sein Versprechen zu halten.

Darauf sagte Merlin:»Sir, hört meinen Wunsch: Wenn Ihr
zum erstenmal bei Igraine liegt, wird sie von Euch ein Kind
empfangen. Sobald dieses Kind geboren ist, muß es mir übergeben werden, und ich werde mit ihm tun, was ich will. Aber ich
verspreche Euch, daß es Euch zur Ehre und dem Kind zum
Vorteil gereichen wird. Seid Ihr einverstanden?«

»Was du wünschst, soll geschehen«, sagte der König.

»Dann erhebt Euch und macht Euch bereit«, sagte Merlin.
»Noch heute nacht werdet Ihr in der Burg Tintagel am Meer
Igraine beiwohnen.«

»Wie kann das geschehen?« fragte der König.

Worauf ihm Merlin zur Antwort gab:»Mit Hilfe meiner Künste werde ich sie glauben machen, Ihr wäret der Herzog, ihr
Gemahl. Sir Ulfius und ich werden Euch begleiten, jedoch in
der äußeren Erscheinung von zwei Rittern, die das Vertrauen

des Herzogs besitzen. Ich muß Euch allerdings raten, wenn Ihr in die Burg kommt, möglichst wenig zu sprechen, damit man Euch nicht erkennt. Sagt nur, Ihr seiet erschöpft und krank, und begebt Euch rasch zu Bett. Und morgen früh achtet darauf, daß Ihr Euch nicht erhebt, bis ich Euch abholen komme. Nun macht Euch bereit, denn von hier bis Tintagel sind es zehn Meilen Weg.«

Sie rüsteten sich zum Aufbruch, stiegen auf ihre Pferde und ritten davon. Der Herzog aber sah von der Mauer der Burg Terrabil, wie König Uther von den Linien der Belagerer wegritt, und da er wußte, daß das Heer des Königs nun führerlos war, wartete er bis zum Einbruch der Nacht und unternahm dann einen machtvollen Ausfall aus den Toren der Burg, und in dem Kampfgetümmel wurde er getötet, volle drei Stunden, ehe der König in Tintagel eintraf.

Während Uther und Merlin und Sir Ulfius unter dem gestirnten Himmel durch die Nacht ritten, zogen die Nebelschwaden rastlos über die Moore wie Irrwische in wehenden Gewändern. Halb geformte Nebelmenschen flatterten mit ihnen dahin, und die reitenden Männer selbst veränderten ihre Gestalt wie Figuren aus Wolken. Als sie an das bewachte Burgtor von Tintagel auf seinem hohen, schroffen Felsen über der flüsternden See anlangten, salutierten die Wächter, die die vertrauten Umrisse des Herzogs und zweier seiner bewährten Männer, Sir Brastias und Sir Jordanus, zu erkennen glaubten. Und in den düsteren Korridoren der Burg hieß Lady Igraine ihren Gemahl willkommen und führte ihn, wie die Pflicht es gebot, zu ihrem Gemach. Dann wohnte der König Igraine bei, und in dieser Nacht empfing sie ein Kind.

Als der Tag anbrach, erschien Merlin, wie er versprochen hatte, und im schwachen Licht küßte Uther die Lady Igraine und machte sich eilends davon. Die schlaftrunkenen Wächter öffneten ihrem vermeintlichen Herrn und seinen Begleitern die Torflügel, und die drei ritten hinaus in den Morgendunst.

Und später, als Igraine die Nachricht empfing, daß ihr Gemahl tot war und schon tot gewesen war, als seine Gestalt ihr beiwohnte, erfüllten sie Bekümmernis und trauriges Staunen. Doch sie war nun allein auf der Welt und voll Furcht. Sie trauerte stumm um ihren Gebieter und sprach nicht von der Sache.

Nun, nach dem Tod des Herzogs, war der eigentliche Kriegs-
grund entfallen, und die Barone drängten den König, mit
Igraine Frieden zu schließen. Der König lächelte in sich hinein
und tat, als ließe er sich überreden. Er bat Sir Ulfius, eine
Begegnung zu vereinbaren, und schon bald darauf trafen die
Lady und der König zusammen.

Dann sprach Sir Ulfius in Uthers und Igraines Gegenwart zu
den Baronen. »Was kann daran auszusetzen sein?« sagte er.
»Unser König ist ein Ritter von Saft und Kraft, und er ist unbe-
weibt. Lady Igraine, Ihr seid klug und schön . . .« Er legte eine
Pause ein und fuhr dann fort: ». . . und Eure Hand ist frei. Es
wäre uns allen eine große Freude, wenn der König geruhte,
Igraine zu seiner Gemahlin zu machen.«

Da gaben die Barone mit Rufen ihre Zustimmung kund und
drängten den König zu diesem Schritt. Und Uther als der Ritter
von Saft und Kraft, der er war, ließ sich überzeugen, und sie
wurden in aller Eile und unter allgemeinem Freudenjubel am
nächsten Vormittag vermählt.

Igraine hatte vom Herzog drei Töchter, und auf Uthers
Wunsch und Anregung griff das Heiratsfieber um sich. König
Lot von Lothian und den Orkney-Inseln vermählte sich mit der
ältesten Tochter, Margawse, und König Nentres von Garlot mit
der zweiten Tochter, Elaine. Igraines dritte Tochter, Morgan le
Fay, war zum Heiraten noch zu jung. Sie wurde in ein Kloster
geschickt, um dort Unterricht zu erhalten, und wurde so vertraut mit Zauberei und Nekromantie, daß sie es in diesen geheimen Künsten zur Meisterschaft brachte.

Nach einem halben Jahr rundete sich Igraines gesegneter
Leib. Und eines Nachts, als Uther bei ihr lag, stellte er ihre
Aufrichtigkeit und Unschuld auf die Probe. Er sagte, sie solle
vertrauensvoll, wie sie ihm es schuldig sei, den Vater ihres Kindes nennen, und die Königin zögerte, tief verwirrt, mit der Antwort.

Uther sagte: »Habt keine Sorge. Sagt mir nur die Wahrheit,
und ich werde Euch darob nur noch mehr lieben, einerlei, wie
sie lautet.«

»Sir«, sagte Igraine, »ich werde Euch sehr wohl die Wahrheit
sagen, obwohl sie mir ein Rätsel ist. In der Nacht, in der mein
Gemahl getötet wurde, und als er bereits tot war, wenn seine
Ritter mir zutreffend berichteten, kam zu mir in meine Burg

Tintagel ein Mann, in Sprache und Aussehen – und auch in anderen Dingen – ganz wie er. Und mit ihm kamen zwei seiner Ritter, die mir bekannt waren: Sir Brastias und Sir Jordanus. Und so ging ich mit ihm zu Bett, wie ich es meinem Herrn schuldig war. Und in dieser Nacht, ich schwöre bei Gott, wurde dieses Kind empfangen. Ich bin verwirrt, mein Gebieter, denn der Herzog kann es nicht gewesen sein. Und mehr als das weiß ich nicht.«

Dies freute König Uther, denn er sah, daß seine Gemahlin aufrichtig war. Er rief: »Was Ihr sagt, ist ganz wahr gesprochen. Denn ich selbst war der Mann, der in Gestalt Eures Gemahls zu Euch kam. Merlin hat es durch ein Zauberkunststück zuwege gebracht. Macht Euch keine bangen Gedanken mehr, denn ich bin der Vater Eures Kindes.«

Da wurde der Königin leichter ums Herz, denn das geheimnisvolle Geschehnis hatte sie sehr bedrückt.

Nicht lange danach suchte Merlin den König auf und sagte: »Sir, die Zeit naht heran. Wir müssen einen Plan für die Aufziehung Eures Kindes fassen, wenn es geboren ist.«

»Ich erinn're mich meines Versprechens«, sagte Uther. »Was du rätst, das soll geschehen.«

Darauf sagte Merlin: »Ich schlage also einen Eurer Herren vor, der ein getreuer und ehrenwerter Mann ist. Er heißt Sir Ector und besitzt Ländereien und Burgen in vielen Gegenden von England und Wales. Schickt nach diesem Mann und laßt ihn kommen. Und wenn er Euren Beifall findet, befehlt ihm, daß er sein eigenes Kind zu einer Amme gibt, so daß sein Weib das Eure stillen kann. Und sobald Euer Kind geboren ist, muß es mir, wie Ihr versprochen habt, übergeben werden, ungetauft und ohne Namen. Und ich werde es heimlich fortbringen, zu Sir Ector.«

Und als Sir Ector zu Uther kam, versprach er, das Kind großzuziehen, und zum Dank dafür belohnte ihn der König mit großem Grundbesitz.

Und als Königin Igraines Stunde kam, gebot der König den Rittern und zwei Damen, das Kind in ein goldenes Tuch zu hüllen, es durch eine kleine Geheimpforte zu tragen und einem armen Mann zu übergeben, der dort warten werde.

So wurde das Kind Merlin ausgehändigt, der es zu Sir Ector brachte, und dessen Eheweib nährte es an der eigenen Brust.

Dann holte Merlin einen frommen Mann, der es taufte, und es erhielt den Namen Arthur (Artus).

Schon zwei Jahre nach Artus' Geburt wurde Uther Pendragon von einer verzehrenden Krankheit befallen. Als seine Feinde erkannten, daß er hilflos war, fielen sie in das Königreich ein, besiegten seine Ritter und töteten viele aus seinem Volk. Da sagte Merlin barsch zum König: »Ihr habt kein Recht, hier in Eurem Bett zu liegen, gleichgültig, wie Eure Krankheit beschaffen ist. Ihr müßt ins Feld ziehen, um Euch an die Spitze Eurer Männer zu stellen, und wenn man Euch in einer Pferdesänfte dorthin schaffen muß, denn Eure Feinde werden niemals geschlagen werden, wofern Ihr nicht selbst dort seid. Nur dann wird Euch der Sieg zufallen.«

König Uther pflichtete dem bei, und seine Ritter trugen ihn hinaus und hoben ihn auf eine Sänfte zwischen zwei Pferden, und auf diese Weise führte er sein Heer gegen die Feinde. Bei St. Albans begegneten sie einer großen Streitmacht von Invasoren aus dem Norden und nahmen den Kampf gegen sie auf. Und an diesem Tage vollbrachten Sir Ulfius und Sir Brastias ruhmvolle Waffentaten, und König Uthers Krieger faßten Mut, griffen mit Verve an, töteten viele von den Feinden und schlugen die übrigen in die Flucht. Als die Schlacht zu Ende war, kehrte der König nach London zurück, um seinen Sieg zu feiern. Doch seine Kraft war dahin, er sank in Bewußtlosigkeit, und drei Tage und drei Nächte war er gelähmt und konnte nicht sprechen. Seine Barone waren bestürzt und voller Furcht und fragten Merlin, was sie tun sollten.

Darauf sprach Merlin: »Nur Gott besitzt das Mittel. Doch wenn Ihr alle morgen in der Frühe vor den König tretet, werde ich mit Gottes Beistand versuchen, ihn zum Sprechen zu bringen.« Am folgenden Morgen dann versammelten sich die Barone, und Merlin trat auf das Bett zu, in dem der König lag, und rief mit lauter Stimme: »Sir, ist es Euer Wille, daß Euer Sohn Artus König wird, wenn Ihr gestorben seid?«

Da wandte sich der König um und rang nach Worten, und schließlich brachte er heraus, so daß alle seine Barone es hören konnten: »Ich gebe Artus Gottes und meinen Segen. Ich bitte ihn, für meine Seele zu beten.« Dann nahm Uther all seine Kraft zusammen und rief: »Wenn Artus nicht die Krone Englands für sich fordert, wie es Recht und Ehre gebieten, wird er meines Segens verlustig gehen.« Damit sank der König zurück, und bald danach verschied er.

König Uther wurde mit allem einem Herrscher gebührenden Prunk beigesetzt, und seine Gemahlin, die holde Igraine, und alle seine Barone trauerten um ihn. Kummer erfüllte seinen Hof, und lange Zeit gab es keinen König von England. Allenthalben erhoben Gefahren das Haupt, an den Grenzen durch Feinde von außen und innerhalb des Reiches durch ehrgeizige große Herren. Die Barone umgaben sich mit Bewaffneten, und viele von ihnen hätten sich gern selbst die Krone angeeignet. In diesen anarchischen Zeiten war kein Mensch sicher, die Gesetze waren in Vergessenheit geraten, und schließlich suchte Merlin den Erzbischof von Canterbury auf und riet ihm, alle Lords und alle Ritter des Königreiches unter Androhung des Kirchenbannes zu Weihnachten nach London zu berufen. Man glaubte, weil Christus am Tag vor Weihnachten auf die Welt gekommen war, könnte es sein, daß er in dieser heiligen Nacht auf irgendeine mirakulöse Weise anzeigen werde, wer Rechtens König des Reiches sein solle. Als die Botschaft des Erzbischofs an die Lords und Ritter erging, rührte der Ruf vielen ans Herz, und sie besserten ihren Wandel, um ihre Gebete Gott gefälliger zu machen.

In Londons größter Kirche – vielleicht St. Paul's – versammelten sich die Lords und Ritter lange vor Tagesanbruch, um zu beten. Und als die Frühmette zu Ende war, befand sich im Kirchhof, an der Stelle, die dem Hochaltar am nächsten war, plötzlich ein großer Marmorblock, und auf dem Block war ein stählerner Amboß befestigt, in den ein Schwert bis zum Knauf getrieben war. In goldenen Buchstaben war darauf geschrieben:

> *Der, welcher dieses Schwert*
> *aus diesem Stein und Amboß zieht,*
> *ist durch Geburt*
> *rechtmäßiger König von ganz England.*

Die Menschen waren verblüfft und brachten die Nachricht von diesem Wunder zum Erzbischof, der sagte:»Geht zurück in die Kirche und betet zu Gott. Und niemand soll das Schwert berühren, bis das Hochamt gefeiert ist.« Dies wurde befolgt, doch nach dem Ende des Gottesdienstes gingen alle Lords zu dem Stein, um ihn sich anzusehen, und einige von ihnen versuchten, die Klinge herauszuziehen, doch keiner vermochte sie zu bewegen.

»Derjenige, der dieses Schwert herausziehen wird, ist nicht anwesend«, sagte der Erzbischof. »Doch Gott wird ihn uns ohne Zweifel enthüllen. Bis dies geschieht«, fuhr er fort, »schlage ich vor, sollen zehn Ritter, Männer von gutem Ruf, zur Bewachung dieses Schwertes bestellt werden.«

Und so wurde es eingerichtet und zudem bekanntgegeben, daß jeder Mann, der das Verlangen danach verspüre, versuchen dürfe, das Schwert herauszuziehen. Für den Neujahrstag wurde ein großes Turnier angesetzt, womit der Erzbischof die Absicht verfolgte, die Lords und Ritter zusammenzuhalten, denn er rechnete damit, daß Gott zu diesem Zeitpunkt zu erkennen geben werde, wer das Schwert erringen sollte.

Als am Neujahrstag der Gottesdienst zu Ende war, ritten die Barone und Ritter zu dem Feld, wo einige von ihnen tjosten wollten – zwei bewaffnete Männer auf Pferden, die im Zweikampf versuchten, einander in den Sand zu werfen. Andere schlossen sich dem Turnier an, einem Kampfspiel, bei dem ausgewählte Gruppen bewaffneter, berittener Männer sich in ein allgemeines Getümmel stürzten. Mit diesem Kampfspiel hielten sich die Barone und Ritter waffentüchtig und kampfgeübt. Auch gewannen sie Ehre und Ansehen, wenn sie sich tapfer schlugen und geschickt mit Pferd, Schild, Lanze und Schwert umgingen, denn die Barone und Ritter waren allesamt kampflustige Männer.

Nun geschah es, daß Sir Ector, der Ländereien in der Nähe von London besaß, zum Tjosten geritten kam, und begleitet wurde er von seinem Sohn Sir Kay, erst an Allerheiligen des Vorjahres zum Ritter geschlagen, und auch von dem jungen Artus, der in Sir Ectors Haus aufgezogen worden und Sir Kays Milchbruder war. Während sie zum Tjostplatz ritten, stellte Sir Kay fest, daß er im Quartier seines Vaters sein Schwert vergessen hatte, und bat den jungen Artus, zurückzureiten und es ihm zu holen.

»Das will ich gerne tun«, sagte Artus, wendete sein Pferd und galoppierte zurück, um die Waffe seines Milchbruders zu holen. Doch als er das Quartier erreichte, fand er es verschlossen und traf niemanden an, denn jedermann war weggegangen, um beim Tjosten zuzusehen.

25

Da wurde Artus ärgerlich und sagte zu sich: »Nun gut, dann reite ich eben zum Kirchhof und nehme das Schwert, das dort in dem Stein steckt. Mein Bruder Sir Kay soll heute nicht ohne Schwert sein.«

Als Artus den Kirchhof erreichte, saß er ab, band sein Pferd an einem Pfosten fest und ging zu dem Zelt, wo er keine der Wache haltenden Ritter vorfand, da sie ebenfalls zum Tjosten gegangen waren. Dann ergriff er das Schwert am Griff, zog es kraftvoll und dennoch mühelos aus dem Amboß, stieg wieder auf sein Pferd und ritt rasch dahin, bis er Sir Kay eingeholt hatte. Er reichte ihm das Schwert.

Als Sir Kay das Schwert sah, wußte er sofort, daß es das aus dem Amboß auf dem Steinblock war. Er ging rasch zu seinem Vater und hielt es ihm hin. »Sir, schaut! Ich habe das Schwert aus dem Amboß, und deshalb muß ich König von England werden.«

Sir Ector erkannte das Schwert, rief Artus und Sir Kay zu sich, und alle drei begaben sich rasch zur Kirche. Und dort verlangte er von Sir Kay zu wissen, wie er sich das Schwert verschafft habe.

»Mein Bruder Artus hat es mir gebracht«, antwortete Sir Kay.

Darauf wandte Sir Ector sich Artus zu. »Und wie seid Ihr zu diesem Schwert gekommen?«

Artus antwortete: »Als ich zurückritt, um das Schwert meines Bruders zu holen, traf ich niemanden an und konnte es deshalb nicht an mich nehmen. Ich wollte nicht, daß mein Bruder ohne Schwert sei, und so bin ich zurückgekommen und habe für ihn das hier aus dem Amboß gezogen.«

»Waren keine Ritter dort, die das Schwert bewachten?« fragte Sir Ector.

»Nein, Herr Vater«, sagte Artus. »Es war niemand da.«

Sir Ector schwieg eine Zeitlang und sagte dann: »Mir wird jetzt klar, daß Ihr König unseres Landes werden müßt.«

»Warum das?« fragte Artus. »Aus welchem Grund sollte ich König werden?«

»Mein Gebieter«, sagte Sir Ector, »Gott hat bestimmt, daß nur derjenige, der dieses Schwert aus diesem Amboß ziehen kann, der rechtmäßige König unseres Landes sein soll. Jetzt laßt mich sehen, ob Ihr das Schwert so, wie es vorher darin stak, hineinstoßen und dann wieder herausziehen könnt.«

»Das ist nicht schwer«, sagte Artus und trieb die Klinge in den Amboß. Dann versuchte Sir Ector, sie herauszuziehen, was ihm

26

jedoch mißlang. Er wies Sir Kay an, den Versuch zu machen. Sir Kay zog mit aller Kraft an dem Schwert, doch er konnte es nicht bewegen.

»Versucht Ihr es jetzt«, sagte Sir Ector zu Artus.

»Das werde ich«, sagte Artus und zog das Schwert mit Leichtigkeit heraus.

Darauf knieten sich Sir Ector und Sir Kay vor ihn auf die Erde.

Und Artus rief: »Was sehe ich! Mein eigener lieber Vater und mein Bruder, warum kniet ihr vor mir nieder?«

Sir Ector sagte: »Artus, mein Gebieter. Ich bin weder Euer Vater noch mit Euch verwandt. Ich glaube, Ihr seid von edlerem Blut als ich.« Dann erzählte er Artus, wie er ihn auf Uthers Weisung zu sich genommen und aufgezogen hatte. Und er sagte ihm auch, daß dies Merlins Werk gewesen sei.

Als Artus hörte, daß Sir Ector nicht sein Vater war, wurde er traurig, und seine Trauer wurde noch tiefer, als Sir Ector sagte: »Sir, werdet Ihr mir ein guter und huldvoller Herr sein, wenn Ihr König seid?«

»Warum sollte ich das nicht?« rief Artus. »Ich schulde Euch mehr als sonst jemandem auf der Welt, Euch und Eurer Frau, meiner guten Frau Mutter, die mich gestillt und wie ihren eigenen Sohn gehalten hat. Und wenn es, wie Ihr sagt, der Wille Gottes ist, daß ich König werden muß – verlangt von mir nur, was Ihr wollt. Ich werde Euch nichts abschlagen.«

»Herr«, sagte Sir Ector, »ich werde Euch nur um eines bitten, nämlich daß Ihr meinen Sohn Sir Kay, Euren Milchbruder, zum Seneschall und Verwalter Eurer Güter macht.«

»Das soll geschehen und mehr noch«, sagte Artus. »Bei meiner Ehre, kein anderer als Sir Kay soll dieses Amt innehaben, solange ich lebe.«

Dann gingen die drei zum Erzbischof und berichteten ihm, wie das Schwert aus dem Amboß gezogen worden war, und auf seine Weisung versammelten sich alle Barone noch einmal, um zu versuchen, das Schwert herauszuziehen, aber keinem außer Artus glückte es.

Darauf wurden viele der großen Herren von Neid ergriffen, und sie sagten, es sei eine Schmach und Schande, daß das Reich von einem Knaben regiert werden solle, der nicht von königlichem Geblüt war. Die Entscheidung wurde auf Lichtmeß ver-

27

tagt, zu welchem Zeitpunkt die Barone wieder zusammenkommen wollten. Zehn Ritter wurden beauftragt, das Schwert und den Stein zu bewachen. Ein Zelt wurde darüber aufgeschlagen, und fünf Ritter hielten fortwährend Wache.

Zu Lichtmeß fanden sich noch mehr Lords ein, die das Schwert herauszuziehen versuchten, was jedoch keinem gelang. Artus hingegen hatte, wie schon vorher, keinerlei Mühe damit. Darauf verschoben die zornigen Barone die Entscheidung auf das hohe Osterfest, und wieder war nur Artus imstande, das Schwert herauszuziehen. Einige der großen Herren, die Artus als König ablehnten, verzögerten die Schlußprobe bis zum Pfingstfest. Solch großer Grimm erfüllte sie, daß Artus' Leben in Gefahr war. Der Erzbischof von Canterbury rief auf Merlins Rat jene Ritter zusammen, die vor allen anderen Uthers Liebe und Vertrauen genossen hatten. Männer wie Sir Bawdewyn von der Bretagne, Sir Kaynes, Sir Ulfius und Sir Brastias. Sie und noch viele andere blieben Tag und Nacht in Artus' Nähe, um ihn bis zum Pfingstfest zu beschützen.

Zu Pfingsten dann kam eine große Versammlung zusammen, und die verschiedensten Männer mühten sich vergeblich, das Schwert aus dem Amboß zu ziehen. Dann stieg Artus, verfolgt von den Blicken aller großen Herren wie auch des gemeinen Volkes, auf den Stein, zog mit Leichtigkeit das Schwert heraus und hielt es in die Höhe, so daß jedermann es sah. Die einfachen Leute waren überzeugt und riefen einstimmig: »Wir wollen ohne jeden weiteren Verzug Artus als unseren König. Wir sehen, es ist Gottes Wille, daß er König wird, und wir werden jeden umbringen, der sich ihm in den Weg stellt.«

Damit knieten reich wie arm nieder und baten Artus um Vergebung, weil man ihn so lange hingehalten hatte. Artus verzieh ihnen, nahm dann das Schwert in beide Hände und legte es auf den Hochaltar. Der Erzbischof nahm es, berührte damit Artus' Schulter und schlug ihn so zum Ritter. Dann gelobte Artus allen Lords und Gemeinen mit einem Eid, daß er ihnen alle Tage seines Lebens ein gerechter und treuer König sein werde.

Er befahl den Lords, die ihre Güter und Würden von der Krone hatten, die Pflichten zu erfüllen, die sie ihm schuldeten. Und anschließend hörte er Beschwerden und Klagen über bitteres Unrecht und Verbrechen an, die seit dem Tod seines Vaters Uther Pendragon im Lande begangen worden waren –

wie in der Zeit ohne König und ohne jegliches Recht Güter und
Burgen gewaltsam weggenommen und Menschen ermordet
und Ritter und Damen und vornehme Herren beraubt und aus-
geplündert worden seien. Artus sorgte sodann dafür, daß die
Güter und Besitztümer ihren rechtmäßigen Eigentümern
zurückgegeben wurden.

Als das geschehen war, richtete König Artus seine Herrschaft ein. Er betraute seine getreuen Ritter mit hohen
Ämtern. Sir Kay wurde zum Seneschall von ganz England
ernannt, Sir Bawdewyn von der Bretagne erhielt als Constable
den Auftrag, Gesetz und Frieden zu bewahren, Sir Ulfius
wurde zum Großkämmerer gemacht, und Sir Brastias zum
Hüter der nördlichen Grenze, denn aus dem Norden kamen die
meisten Feinde Englands. Binnen weniger Jahre überwand
König Artus den Norden und eroberte Schottland und Wales.
Einige Gebiete behaupteten sich zwar zunächst gegen ihn, doch
schließlich unterwarf er sie alle.

Als das ganze Land befriedet und die Ordnung hergestellt
war, und nachdem Artus sich als ein wahrer König erwiesen
hatte, zog er mit seinen Rittern nach Wales, um sich in der altehrwürdigen Stadt Caerleon mit allem Zeremoniell krönen zu
lassen, bestimmte den Pfingstsonntag zum Tag seiner Krönung
und bereitete ein großes Fest für alle seine Untertanen vor.

Zahlreiche große Herren fanden sich mit ihren Gefolgsleuten in dieser Stadt ein. König Lot von Lothian und den Orkney-
Inseln zog fünfhundert Rittern voran, der König von Schottland, ein noch sehr junger Mann, erschien mit sechshundert,
und der König von Carados mit fünfhundert Rittern. Als letzter
kam ein Fürst, der nur der König mit hundert Rittern genannt
wurde, und seine Gefolgschaft war herrlich bewaffnet und ausgerüstet.

Artus war über die Versammlung befriedigt, denn er hoffte,
sie seien alle gekommen, um ihn aus Anlaß seiner Krönung zu
ehren. In seiner Freude sandte er Geschenke an die Könige und
Ritter, die sich versammelt hatten. Doch seine Hoffnungen
waren nichtig. Die Könige und Ritter wiesen die Geschenke
zurück und beleidigten die Boten. Sie ließen Artus bestellen,
daß sie von den Präsenten eines bartlosen Knaben von niedri-
ger Geburt nichts wissen wollten. Sie erklärten den Boten des
Königs, daß ihre Geschenke für Artus in Schwertstreichen und

Krieg bestehen würden, denn es sei eine Schande, daß ein so edles Land von einem unedlen Kind regiert werden solle – und aus diesem Grund hätten sie sich eingefunden.

Als Artus die drohende Antwort erfuhr, erkannte er, daß seine Hoffnungen auf einen baldigen Frieden dahin waren. Er berief eine Versammlung seiner getreuen Ritter ein, besetzte auf ihren Rat einen starken Turm, ließ reichlich Waffen und Proviant hineinschaffen und bezog ihn mit fünfhundert seiner besten und tapfersten Ritter.

Dann begannen die aufrührerischen Lords den Turm zu belagern, vermochten ihn aber nicht einzunehmen, denn er wurde gut verteidigt.

Nach fünfzehntägiger Belagerung erschien Merlin in der Stadt Caerleon, und die Lords hießen ihn willkommen, weil sie Vertrauen zu ihm hatten. Sie begehrten von ihm zu wissen, warum der Knabe Artus zum König von England gemacht worden war.

Darauf sagte Merlin, der seine Freude an Überraschungen hatte: »Meine Lords, ich werde euch den Grund sagen. Artus ist der Sohn von König Uther Pendragon, geboren von Igraine, vormals Eheweib des Herzogs von Tintagel, und deshalb ist er der rechtmäßige König von England.«

Da riefen die Ritter: »Dann ist Artus ein Bastard, und ein Bastard kann nicht König sein.«

»Das ist nicht wahr«, sagte Merlin. »Artus wurde mehr als drei Stunden nach dem Tod des Herzogs empfangen, und dreizehn Tage danach vermählte sich Uther mit Igraine und machte sie zu seiner Königin, und deshalb ist Artus ehelich geboren und kein Bastard. Und ich sage euch jetzt, einerlei, welche und wie viele Männer sich ihm entgegenstellen mögen, Artus ist König, und er wird alle seine Feinde bezwingen und lange über England und Irland und Schottland und Wales wie auch über andere Königreiche herrschen, die aufzuzählen ich mir ersparen will.«

Einige der Könige waren erstaunt über Merlins Rede und glaubten, daß er die Wahrheit gesprochen habe. Doch König Lot und andere lachten ungläubig und schmähten Merlin als einen Hexer und Scharlatan. Äußerstenfalls seien sie zu der Zusage bereit, Artus anzuhören, sollte er herauskommen, um mit ihnen zu sprechen.

Darauf ging Merlin in den Turm und berichtete Artus, was er getan hatte. Und er sagte: »Fürchtet Euch nicht. Kommt mit hinaus und sprecht unerschrocken als ihr König und Oberhaupt zu ihnen. Schont sie nicht, denn es ist bestimmt, daß Ihr über sie alle herrschen werdet, ob sie es wollen oder nicht.«

Da faßte Artus Mut und verließ den Turm, doch um sich gegen Arglist zu sichern, trug er ein doppeltes Kettenhemd unter seinem Gewand. Der Erzbischof von Canterbury sowie Sir Bawdewyn von der Bretagne und Sir Kay und Sir Brastias, seine besten und tapfersten Ritter, begleiteten ihn.

Als Artus den rebellischen Lords entgegentrat, fielen auf beiden Seiten grobe, zornige Worte. Artus erklärte ihnen mit Entschiedenheit, er werde sie zwingen, sein Königtum hinzunehmen. Da wandten sich die Könige ergrimmt ab, um zu gehen, und Artus verspottete sie und bat sie höhnisch, auf ihr Wohl achtzuhaben, und sie entgegneten ihm bitter, auch er solle auf seine Gesundheit achten. Dann ging Artus wieder in den Turm, wappnete sich, was auch seine Ritter taten, und bereitete sich zur Verteidigung vor.

Nun trat Merlin zu den aufgebrachten Lords. Er sprach zu ihnen: »Ihr wäret besser beraten, Artus zu gehorchen, denn selbst wenn euer zehnmal so viele wären, wie ihr seid, würde er euch dennoch überwinden.«

König Lot antwortete Merlin. »Wir sind keine Männer«, erklärte er, »die sich von einem Schwindler und Traumdeuter Furcht einjagen lassen.«

Darauf verschwand Merlin und erschien drinnen im Turm an Artus' Seite. Er riet dem König, rasch und mit Macht anzugreifen, solange die Rebellen nicht auf der Hut und untereinander uneins seien, und dies erwies sich als ein guter Ratschlag, denn die Lords wurden von zweihundert ihrer besten Mannen im Stich gelassen, die zu Artus übertraten, was ihm Mut und Zuversicht gab.

»Herr«, sagte Merlin, »schreitet jetzt zum Angriff, aber kämpft nicht mit dem Wunderschwert von dem Marmorstein, es sei denn, Ihr würdet hart bedrängt und gerietet in Gefahr. Nur dann dürft Ihr es ziehen.«

Dann fegte Artus inmitten seiner besten Ritter zum Tor des Turmes hinaus, überrumpelte die Feinde in ihren Zelten und stürzte sich, nach beiden Seiten Hiebe austeilend, auf sie. Artus führte die Schar an und kämpfte so furios und so gut, daß seine Ritter angesichts seiner Stärke und seiner Geschicklichkeit Mut und Selbstvertrauen gewannen und sich mit verdoppelter Kraft in den Kampf stürzten.

Einige von den Rebellen brachen nach hinten durch und griffen Artus' Streitmacht in deren Rücken an, doch Artus wandte sich um, hieb nach vorne und hinten und blieb im dichtesten Kampfgetümmel, bis sein Pferd unter ihm getötet wurde. Als Artus auf der Erde stand, schlug König Lot ihn mit einem Streich nieder. Doch vier von Artus' Rittern eilten zu seiner Rettung herbei und brachten ihm ein neues Pferd. Erst da zog der König das Wunderschwert, dessen funkelnde Klinge seine Feinde blendete, und er trieb sie zurück und tötete viele von ihnen.

Nun stürzte sich das gemeine Volk von Caerleon, bewaffnet mit Keulen und Stöcken, in den Kampf, riß feindliche Ritter aus den Sätteln und erschlug sie. Aber die meisten der Lords blieben beisammen, stellten ihre übriggebliebenen Ritter in Schlachtordnung auf und traten einen geordneten Rückzug an, den die Nachhut deckte. In diesem Stadium erschien Merlin vor Artus und riet ihm, die Feinde nicht zu verfolgen, denn seine Männer seien vom Kampf ermattet und an Zahl zu gering.

Nun erlaubte ihnen Artus, sich auszuruhen und zu erquikken. Und nach einiger Zeit, als wieder Ordnung eingekehrt war, zog er mit seinen Rittern zurück nach London und berief eine allgemeine Versammlung seiner treuen Barone ein. Merlin prophezeite, daß die aufrührerischen Lords den Krieg mit Einfällen und Raubzügen in das Königreich fortsetzen würden. Als der König seine Barone fragte, was er tun solle, erwiderten sie, sie könnten ihm nicht raten, sondern ihm nur ihre Kraft und ihre Loyalität anbieten.

Artus dankte ihnen für ihre mutvolle Unterstützung, sagte aber: »Ich bitte euch alle, die ihr mir zugetan seid, mit Merlin zu sprechen. Ihr wißt wohl, was er für mich getan hat. Er weiß viele seltsame und geheime Dinge. Wenn ihr mit ihm beisammen seid, fragt ihn um Rat, was wir tun sollen.«

Die Barone erklärten sich dazu bereit, und als Merlin zu ihnen kam, baten sie ihn um seinen Beistand.

»Ich gebe euch allen zu bedenken, daß eure Feinde zu stark für euch und daß sie so gute Kämpfer sind, wie man sie nur finden kann. Dazu kommt noch, daß sie mittlerweile ihr Bündnis durch vier weitere Lords und einen mächtigen Herzog gestärkt haben. Wenn der König nicht mehr Ritter findet, als es in seinem Königreich gibt, ist er verloren. Kämpft er gegen seine Feinde nur mit dem, was er hat, wird er besiegt und getötet werden.«

»Was sollen wir dann tun?« riefen die Barone. »Was schlägst du als besten Weg vor?«

»Mein Ratschlag lautet folgendermaßen«, sagte Merlin. »Jenseits des Kanals, in Frankreich, leben zwei Brüder, beide Könige und beide treffliche Recken. Der eine ist König Ban von Benwick und der andere König Bors von Gallien. Diese Könige liegen mit einem König namens Claudas im Krieg, der derart reich und mächtig ist, daß er so viele Ritter, wie er nur will, in seinen Dienst nehmen kann, was ihn den beiden brüderlichen Rittern überlegen macht. Ich schlage vor, unser König soll zwei vertrauenswürdige Ritter auswählen und sie zu den Königen Ban und Bors mit Briefen schicken, in denen er um Beistand gegen seine Feinde bittet und ihnen verspricht, daß er sie gegen König Claudas unterstützen werde. Nun, was meint ihr zu diesem Vorschlag?«

König Artus sagte, als er davon erfuhr: »Der Rat erscheint mir gut.« Er ließ zwei Briefe an die Könige Ban und Bors in den höflichsten Wendungen schreiben, berief Sir Ulfius und Sir Brastias zu sich und beauftragte sie, die Briefe zu überbringen. Sie ritten wohlgewappnet und auf guten Pferden davon, überquerten den Kanal und setzten ihre Reise nach der Stadt Benwick fort. Doch auf dem Weg dorthin gerieten sie an einer engen Stelle in einen Hinterhalt, gelegt von acht Rittern, die sie gefangennehmen wollten. Sir Ulfius und Sir Brastias baten die Ritter, sie passieren zu lassen, weil sie von König Artus von England zu den Königen Ban und Bors entsandte Boten seien.

»Es war verkehrt, das zu sagen«, antworteten die Ritter. »Wir sind König Claudas' Männer.«

Dann legten zwei von ihnen ihre Lanzen ein und stürmten auf König Artus' Ritter los, doch Sir Ulfius und Sir Brastias waren kampferprobte Männer. Sie beantworteten Angriff mit Gegenangriff, die Lanzen von Claudas' Ritter zerbarsten beim Aufprall auf die geschickt parierenden Schilde, und die Männer wurden aus den Sätteln geschleudert. Ohne innezuhalten oder sich umzuwenden ritten Artus' Ritter weiter. Aber die anderen sechs von Claudas' Männern galoppierten vor ihnen her, bis die Straße sich wieder verengte, und dort legten zwei von ihnen ihre Lanzen ein und stürmten auf die Boten los. Doch die beiden ereilte das gleiche Schicksal wie vorher ihre Gefährten. Sie wurden aus dem Sattel geworfen und blieben hilflos auf der Erde liegen. Ein drittes und viertes Mal versuchten König Claudas' Ritter, die Boten aufzuhalten, und jedesmal wurden sie besiegt, so daß alle acht Wunden und Prellungen davontrugen. Die Überbringer der Briefe ritten weiter, bis sie zu der Stadt Benwick kamen. Als die beiden Könige erfuhren, daß Sendboten gekommen waren, schickten sie ihnen Sir Lyonse, den Herrn von Payarne, und den wackeren Ritter Sir Phariance entgegen. Und als diese beiden hörten, daß die Boten von König Artus von England entsandt worden waren, hießen sie sie willkommen und brachten sie unverzüglich in die Stadt. Ban und Bors nahmen Sir Ulfius und Sir Brastias freundlich auf, weil sie von Artus kamen, der bei ihnen in hohem Ansehen stand. Dann küßten die Boten die Briefe, die sie bei sich trugen, und reichten sie den Königen, die mit Befriedigung den Inhalt vernahmen. Sie versicherten den Boten, daß sie auf König Artus' Ersuchen eingehen würden. Und sie luden Ulfius und Brastias ein, nach ihrer langen Reise der Ruhe zu pflegen und mit ihnen zu tafeln. An der Tafel erzählten die beiden Boten von ihren Abenteuern mit den acht Rittern des Königs Claudas. Ban und Bors lachten über die Schilderung und sagten: »Ihr seht, unsere Freunde, unsere edlen Freunde haben euch gleichfalls willkommen geheißen. Wenn wir davon gewußt hätten, wären sie nicht so glimpflich davongekommen.« Dann erzeigten die beiden Könige den ritterlichen Sendboten jegliche Gastfreundschaft und machten ihnen so viele Geschenke, daß diese sie kaum zu tragen vermochten.

Sodann ließen sie Antwortbriefe an König Artus schreiben, in denen stand, sie würden ihm auf dem raschesten Weg und mit einer Streitmacht, so groß, wie sie sie nur aufzubieten vermöchten, zu Hilfe kommen. Die Boten ritten den Weg, den sie gekommen waren, unbehelligt zurück und fuhren über den Kanal nach England. König Artus war hocherfreut und fragte sie: »Wann, nehmt ihr an, können die beiden Könige kommen?«

»Sir«, antworteten die Ritter, »sie werden noch vor Allerheiligen hier sein.«

Darauf entsandte der König Boten in alle Gegenden seines Reiches, kündete für den Allerheiligentag ein großes Fest an und versprach Tjosten, Turniere und Belustigungen jeglicher Art.

Und die beiden Könige kamen, wie sie versprochen hatten, über den Kanal nach England und führten mit sich dreihundert ihrer besten Ritter, angetan mit den Gewändern des Friedens und versehen mit den Waffen und Harnischen des Krieges. Sie wurden von einem königlichen Geleit empfangen. Artus ritt ihnen entgegen und hieß sie zehn Meilen vor London willkommen, und große Freude erfüllte die Könige und das ganze Volk.

Am Allerheiligentag saßen die drei Könige zusammen an der erhöhten Tafel in der großen Halle, und Sir Kay, der Seneschall, und Sir Lucas, der Mundschenk, und Sir Gryfflet beaufsichtigten die Bedienung, denn diese drei Ritter waren über die ganze Dienerschaft des Königs gesetzt. Als das Mahl vorüber war und alles sich vom Fett der Speisen an den Fingern und Mänteln gesäubert hatte, zog die ganze Gesellschaft hinaus zum Turnierplatz, wo siebenhundert Ritter zu Pferde begierig darauf warteten, sich aneinander zu messen. Die drei Könige nahmen mit dem Erzbischof von Canterbury und Sir Ector, Kays Vater, ihre Plätze auf einer großen, mit schattenspendendem goldenem Tuch geschmückten Tribüne ein. Sie waren umgeben von schönen Damen und Edelfräulein, alle versammelt, um dem Turnier zuzusehen und zu entscheiden, wer am besten kämpfte.

Die drei Könige teilten die siebenhundert Ritter in zwei Parteien ein, die Ritter aus Gallien und Benwick auf der einen, Artus' Ritter auf der anderen Seite. Die wackeren Kämpen legten die Schilde vor und ihre Lanzen ein, bereit zum Kampf. Sir Gryfflet machte den Anfang, und Sir Ladynas beschloß, ihn anzunehmen, und sie prallten mit solchem Ungestüm gegeneinander, daß ihre Schilde zerbrachen und die Pferde auf die Erde stürzten. Die beiden Ritter, der englische wie der französische, waren vom Sturz betäubt, so daß viele sie für tot hielten. Als Sir Lucas sah, daß Sir Gryfflet im Sand lag, trieb er sein Pferd zwischen die französischen Ritter, hieb mit seinem Schwert um sich und nahm es mit vielen zugleich auf. Angesichts dessen ritt

35

Sir Kay, gefolgt von fünf Rittern, plötzlich los und schlug sechs gegnerische Ritter nieder. Keiner kämpfte an diesem Vormittag so glänzend wie Sir Kay, aber auch zwei französische Ritter, Sir Ladynas und Sir Grastian, erwarben sich einmütiges Lob. Als der wackere Sir Placidas sich Sir Kay vornahm und ihn, zusammen mit seinem Pferd, niederstreckte, ergriff Sir GrYfflet solcher Grimm, daß er Sir Placidas aus dem Sattel stieß. Dann wurden die fünf Ritter, als sie Sir Kay im Sand liegen sahen, ebenfalls vom Grimm gepackt, und jeder nahm sich einen französischen Ritter vor und warf den Gegner aus dem Sattel.

Nun erkannten König Artus und seine Bundesgenossen Ban und Bors, daß die Kampfeswut auf beiden Seiten stieg, und sie wußten, das Turnier drohte sich aus einem Kampfspiel in eine tödliche Schlacht zu verwandeln. Die drei Männer sprangen von der Tribüne, schwangen sich auf kleine Hackney-Pferde und ritten auf den Platz, um die außer Rand und Band geratenen Ritter zu zügeln. Sie befahlen ihnen, den Kampf einzustellen, den Turnierplatz zu räumen und sich in ihre Quartiere zu begeben. Nach einer Weile kühlte sich der Zorn der Männer ab, und sie gehorchten ihren Königen. Sie ritten zu ihren Unterkünften, legten die Rüstungen ab, gingen ruhig zur Vesper und verzehrten, davon milder gestimmt, ihr Abendbrot.

Nach dem Abendessen gingen die drei Könige in einen Garten und verliehen dort die Siegespreise an Sir Kay, Sir Lucas, den Mundschenk, und den jungen Gryfflet. Und als dies getan war, berieten sie sich und riefen Sir Ulfius und Sir Brastias und Merlin dazu. Sie sprachen über den bevorstehenden Krieg und über die Mittel, ihn zu führen, aber sie waren ermüdet und begaben sich bald zu Bett. Am nächsten Morgen, nach dem Besuch der Messe, nahmen sie ihre Beratung wieder auf, und es wurden viele Meinungen geäußert, was am besten zu tun sei. Schließlich aber einigte man sich auf einen Plan. Merlin sollte mit Sir Grastian und Sir Placidas nach Frankreich reiten – die beiden Ritter, um die Königreiche dort zu hüten, zu schützen und zu verwalten, Merlin, um ein Heer aufzustellen und es über den Kanal zu führen. Sie bekamen Bans und Bors' königliche Ringe als Insignien ihrer Vollmacht mit auf den Weg.

Die drei Männer reisten nach Frankreich und kamen nach Benwick, wo die Bürger die von den Ringen symbolisierte Autorität anerkannten. Sie baten um Auskunft über Befinden

und Erfolge ihrer Könige und vernahmen mit Wohlgefallen
gute Nachrichten über sie.

Dann rief Merlin, vom König dazu ermächtigt, alle verfügbaren waffenfähigen Männer zusammen und erteilte ihnen Weisung, sich mit Waffen, Rüstung und Proviant für den Zug nach
England zu versammeln. Fünfzehntausend bewaffnete Männer, zu Pferde und zu Fuß, folgten dem Aufruf. Sie strömten an
der Küste mit ihren Waffen und dem mitgebrachten Mundvor-
rat zusammen. Merlin wählte aus ihren Reihen zehntausend
Berittene aus und schickte die übrigen zurück, damit sie Grastian und Placidas bei der Verteidigung des Landes gegen ihren
Feind König Claudas unterstützten.

Dann zog Merlin Schiffe zusammen und ließ die Pferde und
die Bewaffneten an Bord gehen, und die Flotte überquerte den
Kanal und landete in Dover. Auf geheimen Wegen, im Schutz
von Wäldern und durch verborgene Täler führte er das Heer
gen Norden und ließ es in einem abgelegenen, von Wald umgebenen Tal sein Lager aufschlagen. Er gebot den Männern, in
diesem Versteck zu bleiben, ritt dann weiter zu Artus und den
beiden Königen und berichtete ihnen, was er getan hatte, und
daß zehntausend Berittene, bewaffnet und kampfbereit, versteckt im Wald von Bedgrayne kampierten. Die Könige waren
voll des Staunens, daß Merlin in so kurzer Zeit so Großes
zustande gebracht hatte, denn es erschien ihnen als ein Wunder, was es auch war.

Dann setzte König Artus sein zwanzigtausend Mann starkes
Heer in Marsch, und um zu verhindern, daß feindliche Kundschafter seine Bewegungen ausforschten, schickte er Vortrupps
aus. Diese sollten alle, die ihnen begegneten, anrufen und diejenigen gefangennehmen, die nicht Siegel und Zeichen des
Königs vorweisen konnten. Seine Streitmacht zog Tag und
Nacht ohne Rast dahin, bis sie dem Wald von Bedgrayne nahe
war, wo die Könige in das versteckte Tal ritten und das wohlgewappnete Geheimheer vorfanden. Sie waren hocherfreut und
erteilten Befehl, daß jedermann soviel Proviant und Kriegsgerät erhalten solle, wie er nur brauche.

Unterdessen hatten die Lords aus dem Norden, die noch ihre
Wunden von der Niederlage in Caerleon leckten, ihren Rachezug vorbereitet. Die sechs ursprünglichen Anführer der Rebellen zogen noch fünf andere in ihr Bündnis, und allesamt rüste-

37

ten sie sich, um in den Kampf zu ziehen, und legten einen Eid ab, daß sie nicht ruhen wollten, bis König Artus zugrunde gerichtet war.

Hier nun die Anführer und die Stärke ihrer jeweiligen Streitmacht: der Herzog von Cambenet bot fünftausend Männer zu Pferde auf, König Brandegoris sagte gleichfalls fünftausend zu, König Clarivaus von Northumberland dreitausend. Der junge König mit den hundert Rittern stellte viertausend Berittene, König Urynes von Gore bot sechstausend auf, König Cradilment fünftausend, König Nentres fünftausend, König Carados fünftausend, und schließlich versprach König Anguyshaunce von Irland, fünftausend Berittene ins Feld zu führen. Dies also war die Heeresmacht des Nordens – fünfzigtausend wackere Kämpfer zu Pferde und zehntausend Mann wohlbewaffnetes Fußvolk. Die Feinde aus dem Norden sammelten sich rasch und zogen südwärts, während vor ihnen Kundschafter ausschwärmten. Unweit des Waldes von Bedgrayne gelangten sie vor eine Burg und begannen sie zu berennen. Dann, nachdem man ausreichend Männer für die Fortführung der Belagerung zurückgelassen hatte, zog das Gros des Heeres weiter und in die Richtung von König Artus' Lager.

König Artus' Vortrupps stellten die Kundschafter aus dem Norden, nahmen sie gefangen, und die Späher wurden gezwungen anzugeben, welche Richtung der Feind aus dem Norden eingeschlagen hatte. Dann wurden Männer ausgesandt, die das flache Land vor dem heranrückenden Heer verwüsten sollten, damit weder Mensch noch Tier Nahrung finden könne.

Zu dieser Zeit hatte der junge König mit den hundert Rittern einen wundersamen Traum, den er seinen Genossen erzählte. Er hatte geträumt, ein schrecklicher Sturmwind sei über das Land gefegt, habe Städte und Burgen verheert, und darauf sei eine Flutwelle gefolgt, die alles mit sich fortgerissen habe. Als die Lords von dem Traum erfuhren, sagten sie, er sei das Vorzeichen einer großen Entscheidungsschlacht.

Des jungen Königs Traum von dem Sturmwind und der verheerenden Flutwelle drückte sinnbildlich aus, was jedermann spürte: daß der Ausgang der Schlacht darüber entscheiden werde, ob Artus als König von England das ganze Reich in Frieden und Gerechtigkeit regieren oder ob der chaotische Hader ehrgeiziger Kleinkönige und damit die unselige Finsternis fortdauern würde, die sich mit Uther Pendragons Tod auf das Land gesenkt hatte.

Weil sie ihren Feinden zahlenmäßig unterlegen waren, überlegten König Artus und die mit ihm verbündeten Könige aus Frankreich, wie sie den Invasoren aus dem Norden entgegentreten könnten. Merlin beteiligte sich an ihren Gesprächen. Als die Späher die Route der herannahenden Feinde und die Stelle meldeten, wo sie das Lager für die Nacht aufschlagen würden, trat Merlin für einen nächtlichen Angriff ein, denn eine kleine und bewegliche Streitmacht sei gegenüber einem ruhenden, vom Anmarsch ermüdeten Heer im Vorteil.

Darauf zogen Artus, Ban und Bors mit ihren wackeren und erprobten Rittern in aller Stille los, und um Mitternacht griffen sie die schlafenden Feinde an. Doch die Wachtposten schlugen Alarm, und die Ritter aus dem Norden mühten sich verzweifelt, auf ihre Pferde zu kommen und sich zu verteidigen. Während Artus' Männer durch die Lager tobten, die Zeltleinen kappten und alles daran setzten, den Feind zu überwältigen. Doch die elf Lords waren geübte und disziplinierte Kämpen. Sie stellten ihre Krieger rasch in Schlachtordnung auf, und das wütende Ringen dauerte in der Finsternis fort. In jener Nacht wurden zehntausend wackere Männer erschlagen, und als die Morgendämmerung heraufzog, durchbrachen die Lords aus dem Norden mit ihren Mannen König Artus' Linien, und er gab ihnen den Weg frei, um seinen Männern eine Ruhepause zu gewähren und neue Pläne für die Schlacht zu ersinnen.

Merlin sagte: »Jetzt können wir ausführen, was ich mir zurechtgelegt habe. Zehntausend Männer, frisch und nicht ermüdet, halten sich im Wald versteckt. Laßt Ban und Bors das Kommando über sie übernehmen und sie zum Waldrand führen, aber so, daß sie dem Feind verborgen bleiben. König Artus soll seine Männer vor den Augen der Eindringlinge aus dem Norden in Schlachtordnung aufstellen. Wenn sie sehen, daß Ihr nur zwanzigtausend gegen ihre fünfzigtausend habt, werden sie jubeln, übermütig werden und in den Engpaß hineinziehen, wo Eure kleinere Streitmacht eine gleich große Chance haben wird.«

Die drei Könige stimmten dem Schlachtplan zu, und ein jeder begab sich auf seinen Posten.

Als die Heere im Frühlicht einander sahen, stellten die Männer aus dem Norden befriedigt fest, wie klein Artus' Streitmacht war. Dann begannen Ulfius und Brastias mit dreitausend Kriegern den Angriff. Sie stießen in die Reihen der Feinde aus dem Norden, hieben nach rechts und links und fügten ihnen große Verluste zu. Als die elf Lords sahen, daß so wenige Männer es schafften, so tief in ihre Schlachtordnung einzudringen, erfüllte sie Scham, und sie begannen einen furiosen Gegenangriff.

Sir Ulfius' Pferd wurde unter ihm getötet, aber er deckte sich mit seinem Schild und kämpfte zu Fuß weiter. Der Herzog Estance von Cambenet griff ihn an, um ihn zu töten, doch Sir Brastias, der seinen Freund in Gefahr sah, nahm sich Estance vor, und die beiden prallten mit solcher Wucht aufeinander, daß den Pferden die Knie bis zu den Knochen aufplatzten und die Männer herunterstürzten und betäubt liegenblieben. Dann trieb Sir Kay mit sechs Rittern einen Keil in das feindliche Heer, bis ihnen die elf Lords entgegentraten und Gryfflet und Sir Lucas, der Mundschenk, aus dem Sattel geworfen wurden. Nun entwickelte sich die Schlacht zu einem Getümmel herumwirbelnder, angreifender, mit den Schwertern dreinschlagender Ritter, und jeder Mann suchte sich einen Feind aus und nahm ihn sich wie im Zweikampf vor.

Sir Kay sah Gryfflet zu Fuß ungestüm weiterkämpfen. Er stieß König Nentres vom Pferd, führte es Gryfflet zu und half ihm hinauf. Mit derselben Lanze traf Sir Kay den König Lot und verwundete ihn. Als der junge König mit den hundert Rittern dies sah, sprengte er auf Sir Kay zu, warf ihn aus dem Sattel und führte sein Pferd zu König Lot.

So ging es weiter, denn jeder Ritter betrachtete es als Pflicht und Ehrensache, seinen Freunden beizustehen und sie zu verteidigen, und ein gepanzerter Ritter zu Fuß war wegen des Gewichts seiner Ausrüstung doppelt gefährdet. Die Schlacht wogte hin und her, und keine der beiden Seiten wich zurück. Gryfflet sah seine Freunde Sir Kay und Sir Lucas vom Pferd geworfen und vergalt Sir Kay seine Gefälligkeit. Er suchte sich den wackeren Ritter Sir Pynnel aus, stieß ihn mit seiner großen Lanze aus dem Sattel und führte das Pferd Sir Kay zu. Der Kampf dauerte fort, und viele Männer wurden aus dem Sattel gestoßen und verloren ihre Pferde an Gegner, die ebenfalls zu Boden geworfen worden waren. Ohnmächtiger Grimm erfüllte

die elf Lords, weil ihr größeres Heer gegen Artus nicht voran-
kam und ihre Verluste an Toten und Verwundeten sehr hoch
waren.

Nun warf sich König Artus mit leuchtenden, kampflustigen
Augen ins Getümmel, und er sah Brastias und Ulfius auf dem
Boden und in großer Gefahr, weil sie sich im Geschirr ihrer gestürzten Pferde verheddert hatten, die mit den Hufen wie
wild auf sie einschlugen. Artus stürmte wie ein Löwe gegen Sir
Cradilment an, trieb seine Lanze dem Ritter in die linke Seite,
packte die Zügel, führte das Pferd zu Ulfius und sagte mit der
grimmig-fröhlichen Artigkeit von Kämpen: »Mein alter
Freund, mir scheint, Ihr könntet ein Pferd gebrauchen. Bitte
nehmt das hier.«

Worauf Ulfius antwortete: »Wahrhaftig, ich kann eines
gebrauchen. Habt Dank, Herr.« Dann griff König Artus wieder in den Kampf ein, mit Hieben und mit Finten. Er ließ sein
Pferd nach rechts und links tanzen und kämpfte so glorreich,
daß man es staunenden Auges sah.

Der König mit den hundert Rittern hatte gesehen, wie Sir
Cradilment zu Boden geworfen wurde, und nahm sich Sir
Ector, Artus' Pflegevater, vor, stieß ihn aus dem Sattel und
bemächtigte sich des Pferdes. Als Artus sah, daß Cradilment,
den er erst jüngst besiegt hatte, auf Sir Ectors Pferd saß,
ergrimmte er. Er griff Cradilment neuerlich an und traf ihn mit
einem solch wuchtigen Schwerthieb, daß die Klinge durch
Helm und Schild und tief in den Nacken des Pferdes fuhr, worauf Mann und Roß augenblicklich zu Boden stürzten.
Unterdessen kam Sir Kay seinem Vater zu Hilfe, stieß einen
Ritter vom Pferd und half Sir Ector hinauf.

Sir Lucas lag bewußtlos unter seinem Pferd, und Gryfflet
mühte sich mannhaft, seinen Freund gegen vierzehn Ritter zu
verteidigen. Dann griff Sir Brastias, nun wieder beritten, hel-
fend ein. Er stieß sein Schwert dem ersten so vehement gegen
das Visier, daß die Klinge dem Ritter zwischen die Zähne
drang. Den zweiten traf er mit einem weit ausholenden Streich
am Ellenbogen und hieb ihm glatt den Arm ab, der auf die Erde
fiel. Einen dritten erwischte er an der Schulter, wo der Harnisch an die Halsberge stieß, und hieb sie ihm samt Arm ab.
Die Erde war übersät mit verstümmelten Toten und sich vor
Schmerz windenden Verwundeten, tote und um sich schla-

gende Pferde türmten sich zu Haufen, und der Boden war glitschig vom Blut. Von Hügel und Wald hallte der Schlachtenlärm wider – das Klirren von Schwertern gegen Schilde, der dumpfe Aufprall von Lanzenkämpfern, die mit gleicher Wucht zusammenstießen, Kampfrufe und Triumphschreie und gellende Flüche, das Wiehern sterbender Pferde und das jammervolle Stöhnen tödlich verwundeter Männer.

Aus ihrer versteckten Position im Wald beobachteten Ban und Bors den wogenden Kampf. Sie sorgten dafür, daß ihre Männer sich still verhielten und Ordnung bewahrten, obwohl viele der Ritter vor Begierde zitterten und zappelten, sich ins Getümmel zu stürzen, denn die Kampfeslust ist für einen Kämpen eine ansteckende Sache.

Unterdessen nahm das Gemetzel seinen Fortgang. König Artus sah, daß er seine Feinde nicht niederzwingen konnte. Rasend wie ein verwundeter Löwe wandte er sich vorwärts und rückwärts gegen jeden, der sich ihm zum Kampf stellte, so daß alle ringsum des Staunens voll waren. Mit Schwertstreichen nach rechts und links tötete er zwanzig Ritter, und König Lot verwundete er so schwer an der Schulter, daß dieser das Schlachtfeld verlassen mußte. Grydflet und Sir Kay kämpften zu beiden Seiten ihres Königs und gewannen mit Schwerthieben gegen die Leiber ihrer Feinde Ruhm.

Nun ritten Ulfius und Brastias und Sir Ector gegen den Herzog Estance, Clarivaus, Carados und den König mit den hundert Rittern und trieben sie aus dem Kampfgetümmel hinaus. Hinter der Masse der Kämpfenden besprachen sie ihre Lage. König Lot war schwer verwundet, sein Herz bedrückt von den schrecklichen Verlusten, und es nahm ihm den Mut, daß kein Ende der Schlacht abzusehen war. Und so sprach er zu den anderen Lords: »Wenn wir von unserem Plan durchzustoßen nicht abgehen, werden wir in dem Engpaß allmählich aufgerieben werden. Ich schlage vor, daß fünf von uns zehntausend Männer aus der Schlacht führen, damit sie frische Kraft schöpfen können. Zugleich sollen die anderen Lords den Engpaß halten, den Feinden möglichst viel Schaden zufügen und sie ermüden. Dann, wenn sie abgekämpft sind, wollen wir sie mit den zehntausend Männern, frisch und ausgeruht, angreifen. Wenn wir sie schlagen wollen, ist das die einzige Chance, die ich sehen kann.«

Dieser Vorschlag fand Zustimmung, und die sechs Lords kehrten aufs Schlachtfeld zurück und kämpften mit verbissenem Einsatz, um den Feind zur Ader zu lassen und zu ermatten.

Nun gehörten zur Vorhut der in ihrem Versteck wartenden Streitmacht von Ban und Bors zwei Ritter, Sir Lyonse und Sir Phariance. Sie erspähten König Idres allein und anscheinend kampfesmüde. Und entgegen ihren Befehlen brachen die beiden französischen Ritter aus ihrer Deckung und sprengten auf ihn zu. König Anguyshaunce sah die Angreifer, rief den Herzog von Cambenet und eine Schar Ritter zu sich, und zusammen umzingelten sie die beiden, so daß sie sich nicht in den Wald zurückziehen konnten. Wiewohl sie sich tapfer verteidigten, wurden sie schließlich aus dem Sattel geworfen.

Als König Bors, der aus dem Wald zusah, das leichtsinnige Ungestüm seiner zwei Ritter bemerkte, erfaßte ihn Kummer wegen ihres Ungehorsams und ihrer bedrängten Lage. Er sammelte einen Trupp und stürmte wie ein Blitz aus dem Wald, so daß er einen schwarzen Streifen in die Luft zu brennen schien. König Lot sah ihn, erkannte ihn sogleich an dem Wappen auf seinem Schild und schrie auf: »Jetzt steh uns Jesus bei in Todesgefahr! Dort sehe ich einen der besten Ritter auf der ganzen Welt mit einer Schar ausgeruhter Ritter kommen.«

»Wer ist der Mann?« wollte der junge König mit den hundert Rittern wissen.

Lot sagte: »Es ist König Bors von Gallien. Wie mag er in unser Land gekommen sein, ohne daß wir es erfahren haben?«

»Vielleicht war das Merlins Werk«, sagte ein Ritter.

Aber Sir Carados sagte: »Ein großer Held mag er ja sein, aber ich werde Euren König Bors von Gallien zum Kampf herausfordern, und Ihr könnt mir ja Hilfe schicken, sollte ich welche nötig haben.«

Dann ritten Carados und seine Männer langsam dahin, bis sie nur noch eine Bogenschußweite von König Bors entfernt waren, und erst dann trieben sie ihre Pferde zu einem halsbrecherischen Galopp an. Bors sah sie heranstürmen und sagte zu seinem Patensohn, der sein Bannerträger war: »Jetzt werden wir sehen, wie diese Briten aus dem Norden mit ihren Waffen umgehen.« Und er gab seinen Männern das Zeichen zum Angriff.

König Bors nahm sich einen Ritter vor, durchbohrte ihn mit

seiner Lanze, zog dann sein Schwert, hieb um sich wie ein Berserker, und die Ritter folgten seinem Beispiel. Sir Carados wurde zu Boden gestreckt, und es bedurfte des jungen Königs und einer großen Ritterschar, um ihn herauszuhauen.

Dann brachen König Ban und seine Gefolgschaft aus ihrer versteckten Position hervor; Bans Schild trug grüne und goldene Streifen. Als König Lot den Schild sah, sagte er: »Jetzt sind wir in doppelter Gefahr. Ich sehe dort den angesehensten und tapfersten Ritter von der Welt, König Ban von Benwick. Es gibt nicht noch einmal zwei solche Brüder wie die Könige Ban und Bors. Wir müssen den Rückzug antreten, sonst werden wir getötet.«

Ban und Bors stürmten mit ihren zehntausend ausgeruhten Männern so ungestüm heran, daß die Reserven des Nordens abermals in die Schlacht geworfen werden mußten, obwohl sie noch nicht ausgeruht waren. Und König Lot weinte vor Mitgefühl, als er sah, wie viele wackere Ritter tot vom Pferd sanken.

Nun kämpften König Artus und seine Bundesgenossen Ban und Bors Schulter an Schulter und teilten unentwegt tödliche Hiebe aus, und viele der Kämpen verließen ermattet, ohne Hoffnung und voller Furcht das Schlachtfeld und flohen, um ihre Haut zu retten.

Vom Heer aus dem Norden hielten König Lot und Morganoure und der König mit den hundert Rittern ihre Männer zusammen und kämpften tapfer und trefflich weiter. Der junge König sah, was für ein Blutbad König Ban anrichtete, und versuchte ihn auszuschalten. Er legte seine Lanze ein, ritt auf Ban los und traf ihn am Helm, so daß Ban benommen wankte. Doch er schüttelte den Kopf, die Kampfeswut erfaßte ihn, er gab seinem Pferd die Sporen und sprengte hinter seinem Gegner her, der, als er Ban kommen sah, den Schild hob, um den Angriff zu parieren. König Bans großes Schwert durchschlug den Schild und den Harnisch und das stählerne Sattelzeug und blieb im Rückgrat des Tieres stecken, so daß das Schwert, als das Pferd stürzte, König Ban aus der Hand gerissen wurde.

Der junge König trat von seinem gestürzten Pferd weg und stach mit seinem Schwert König Bans Pferd in den Bauch. Darauf sprang Ban herab, packte sein Schwert und schlug damit dem jungen König so machtvoll aufs Haupt, daß er zu Boden fiel, und das erschöpfende Gemetzel an wackeren Rittern und Fußsoldaten wollte und wollte kein Ende nehmen.

König Artus erschien im Gedränge und traf zwischen toten Männern und Pferden König Ban zu Fuß an, der wie ein wunder Löwe kämpfte, so daß keiner, der in den Umkreis von Bans Schwert geriet, ohne Wunde blieb.

König Artus war furchterregend anzusehen. Sein Schild war mit Blut bedeckt, so daß sich sein Waffenzeichen nicht erkennen ließ, und von seinem verkrusteten Schwert troffen Blut und menschliches Gehirn. Artus sah in der Nähe einen Ritter, der auf einem guten Pferd saß, stürmte auf ihn zu und trieb ihm sein Schwert durch Helm, Gehirn und Zähne, führte das Pferd König Ban zu und sagte: »Teurer Bruder, hier ist ein Pferd für Euch. Es tut mir leid, daß Ihr verwundet seid.«

»Die Wunden sind bald versorgt«, sagte Ban. »Ich glaube bei Gott, daß meine Blessuren nicht so schwer sind wie manche, die ich anderen zugefügt habe.«

»Dessen bin ich gewiß«, sagte Artus. »Ich habe aus der Ferne Eure Waffentaten gesehen, konnte Euch aber in dem Augenblick nicht zu Hilfe kommen.«

Das Blutvergießen ging weiter, bis König Artus schließlich Einhalt gebot, und nur mit Mühe brachten die drei Könige ihre Männer dazu, sich vom Feind zu lösen und in den Wald und dann über einen kleinen Fluß zurückzuziehen, hinter dem die Krieger ins Gras fielen und einschliefen, denn sie hatten zwei Tage und eine Nacht nicht geruht.

Und auf dem blutgedüngten Schlachtfeld versammelten sich die elf Lords aus dem Norden mit ihren Mannen in Trauer und Trübsal. Sie hatten nicht verloren, aber sie hatten auch nicht gewonnen.

König Artus wunderte sich über den zähen Kampfgeist der nördlichen Ritter und war zornig, denn auch er hatte weder gewonnen noch verloren.

Doch die Könige aus Frankreich redeten ihm höflich zu und sagten: »Ihr dürft sie nicht tadeln. Sie haben nur getan, was die Pflicht guter Krieger ist.« Und König Ban sagte: »Bei meiner Treu, sie sind die tapfersten Ritter und haben sich hervorragend geschlagen. Wenn sie auf Eurer Seite stünden«, fuhr er fort, »könnte sich kein König in der Welt einer solchen Gefolgschaft rühmen.«

Artus antwortete: »Erwartet trotzdem nicht von mir, daß ich sie ins Herz schließe. Sie haben es auf meinen Untergang abgesehen.«

»Das wissen wir wohl, denn wir haben es gesehen«, sagten die Könige. »Sie sind Eure Todfeinde und haben es bewiesen. Dennoch ist es schade, daß sie, so treffliche Ritter, gegen Euch stehen.«

Mittlerweile versammelten sich die elf Lords auf dem blutgetränkten Schlachtfeld, und König Lot richtete das Wort an sie. »Meine Lords«, sagte er, »wir müssen irgendeine neue Form des Angriffs finden, sonst geht der Krieg so weiter wie bisher. Ihr seht um Euch Eure gefallenen Männer. Ich glaube, für unseren Mißerfolg läßt sich zum großen Teil unser Fußvolk verantwortlich machen. Es bewegt sich zu langsam, so daß unsere Berittenen auf die Leute warten oder bei dem Versuch, sie zu retten, ihr Leben drangeben müssen. Ich schlage vor, daß wir das Fußvolk während der Nacht fortschicken. Die Wälder werden ihm Deckung bieten, und der edle König Artus wird sich kaum mit Fußsoldaten abgeben. Und wir wollen die Pferde zusammenhalten und abmachen, daß jeder, der zu fliehen versucht, des Todes sein soll. Es ist besser, einen Feigling zu töten, als durch einen Feigling umzukommen. Was meint Ihr dazu?« schloß Lot. »Antwortet mir – jeder von Euch!«

»Ihr habt wohl gesprochen«, sagte Sir Nentres, und die anderen Lords pflichteten ihm bei. Dann schworen sie, im Leben und im Tod zusammenzuhalten. Nach diesem feierlichen Gelöbnis besserten sie die Geschirre ihrer Rösser aus, säuberten und reparierten ihre Ausrüstung. Und dann stiegen sie in den Sattel, stellten neue Lanzen aufrecht auf ihre Schenkel und saßen regungslos und starr wie Felsen auf ihren Pferden. Als Artus, Ban und Bors sie dort auf ihren Rössern sitzen sahen, konnten sie dieser Disziplin und solch ritterlichem Mut ihre Bewunderung nicht versagen.

Dann baten vierzig von König Artus' besten Rittern um die Erlaubnis, gegen den Feind reiten und seine Aufstellung sprengen zu dürfen. Und diese vierzig Männer spornten ihre Pferde zu vollem Galopp an, die Lords senkten ihre Lanzen, stürmten ihnen entgegen, und das erbitterte, tödliche Ringen ging weiter. Artus, Ban und Bors griffen wieder ein und töteten rechts und links von sich Feinde. Das Schlachtfeld war mit verstümmelten Männern übersät, die Pferde glitten im Blut aus, und ihre Beine waren bis über die Fesseln davon gerötet. Doch allmählich wurden Artus' Mannen von der unbeugsamen Disziplin der Männer aus dem Norden zum Zurückweichen gezwungen, bis sie wieder über den kleinen Fluß gingen, über den sie gekommen waren.

Nun kam Merlin auf einem großen Rappen herbeigeritten und rief König Artus zu: »Wollt Ihr denn nie ein Ende machen? Habt Ihr noch nicht genug getan? Von sechzigtausend Männern zu Beginn der Schlacht sind nur noch fünfzehntausend am Leben. Es ist an der Zeit, dem Blutbad Einhalt zu gebieten, sonst wird Gott Euch zürnen.« Und er fuhr fort: »Die aufrührerischen Lords haben geschworen, das Feld keinesfalls lebend zu räumen, und wenn Männer dazu entschlossen sind, können sie viele andere in den Tod mitnehmen. Ihr vermögt sie jetzt nicht zu bezwingen. Ihr könnt sie nur unter schweren Verlusten töten. Deshalb, Herr, zieht Euch so rasch wie möglich vom Schlachtfeld zurück und gönnt Euren Männern Erholung. Belohnt Eure Ritter mit Gold und Silber, denn sie haben es verdient. Kein Lohn ist zu reich für sie. Noch nie haben sich so wenige Ritter ehrenvoller und tapferer gegen einen überlegenen Feind gehalten. Eure Ritter haben sich heute den besten Kämpen der Welt als ebenbürtig erwiesen.«

Die Könige Ban und Bors riefen: »Merlin spricht die Wahrheit!«

Dann hieß Merlin sie gehen, wohin sie wollten. »Drei Jahre lang, kann ich Euch versprechen, wird dieser Feind Euch nicht behelligen«, sagte er zu König Artus. »Diese elf Lords haben mehr auf dem Hals, als sie ahnen. Über vierzigtausend Sarazenen sind an ihren Küsten gelandet und ziehen sengend, brennend und mordend umher. Sie belagern die Burg Wandesborow und verwüsten alles Land. Deshalb habt Ihr von diesen Rebellen lange Zeit nichts zu befürchten. Sie werden zu Hause alle Hände voll zu tun haben.« Und Merlin fuhr fort: »Sobald die Beute auf dem Schlachtfeld eingesammelt ist, übergebt sie König Ban und König Bors, damit sie ihre Ritter belohnen können, die für Euch gekämpft haben. Die Kunde von diesen Geschenken wird sich verbreiten, und wenn Ihr in Zukunft Bedarf an Männern habt, werden sie sich einstellen. Eure eigenen Ritter könnt ihr später belohnen.«

König Artus sagte: »Dein Rat ist gut, ich werde ihn befolgen.«

Dann wurde der Beuteschatz auf dem blutgetränkten Schlachtfeld eingesammelt – Rüstungen und Schwerter und Edelsteine aus dem Besitz der Gefallenen, Sättel, Pferdegeschirre und Zaumzeug von den Kriegsrössern. Diese wertvollen Trophäen wurden den Königen Ban und Bors übergeben, und diese wiederum verteilten sie an ihre Ritter.

Danach nahm Merlin von König Artus und den königlichen Brüdern von der anderen Seite des Meeres Abschied und machte sich auf den Weg zu Meister Blayse, dem Chronisten. Merlin erzählte ihm die Geschichte der großen Schlacht und ihres Ausgangs und berichtete die Namen und Waffentaten jedes Königs und jedes tapferen Ritters, der dabei gekämpft hatte, und Meister Blayse schrieb in seine Chronik Wort für Wort, wie Merlin es ihm sagte. Und auch in Artus' künftigen Tagen brachte Merlin die Kunde von Schlachten und Abenteuern zu Meister Blayse, der sie in sein Buch schrieb, damit die Nachwelt davon lese und sie im Gedächtnis behalte.

Nachdem Merlin dies getan hatte, kehrte er zur Burg Bedgrayne im Wald von Sherwood zurück, wo sich König Artus aufhielt. Er traf dort am Morgen nach Lichtmeß ein, verkleidet, wie er es so gerne tat. Er war, als er vor König Artus trat, in ein schwarzes Schaffell gehüllt, trug ein rostbraunes Gewand, und seine Füße steckten in großen Stiefeln. In der einen Hand hielt er einen Bogen und einen mit Pfeilen gefüllten Köcher, in der anderen ein Paar Wildgänse. Er ging zum König und sagte dreist: »Sir, wollt Ihr mir nicht ein Geschenk machen?«

Artus fiel auf die Verkleidung herein. Er sagte ärgerlich: »Wie käme ich dazu, einem Mann deinesgleichen etwas zu schenken?«

Und Merlin sagte: »Ihr wäret gut beraten, mir etwas zu schenken, was sich nicht in Eurer Hand befindet, statt Reichtümer zu verlieren. An der Stätte, wo die Schlacht stattfand, ist ein Schatz in der Erde vergraben.«

»Woher willst du das wissen, du Flegel?«

»Merlin, mein Meister, hat es mir gesagt.«

Da erkannten Ulfius und Brastias, daß er wieder einmal einen Streich spielte. Lachend sagten sie: »Herr, er hält Euch zum Narren. Es ist Merlin selbst.«

Da war der König beschämt, weil er Merlin nicht erkannt hatte, und ebenso erging es Ban und Bors, und sie lachten alle, weil er sie gefoppt hatte. Merlin war über den gelungenen Schabernack glücklich wie ein Kind.

Nun, da die Schlacht Artus' Königtum etwas mehr befestigt hatte, erschienen große Herren und Damen, um ihm zu huldigen, und unter ihnen war auch das holde Edelfräulein Lyonors, die Tochter des Grafen Sanam. Als sie vor den König trat, sah er, daß sie schön war. Er wurde sogleich von Liebe zu ihr ergriffen, und sie erwiderte seine Liebe, und es zog sie zueinander hin, und Lyonors empfing einen Knaben, der den Namen Borre erhielt und später ein wackerer Ritter der Tafelrunde wurde.

Nun wurde Artus gemeldet, daß König Royns von Nord-Wales König Lodegrance von Camylarde, Artus' Freund, angegriffen habe. Artus beschloß, Lodegrance Beistand zu leisten. Doch zuvor noch wurden die französischen Ritter, die es nach Hause zog, nach Benwick geschickt, um bei der Verteidigung der Stadt gegen König Claudas mitzuhelfen.

Als sie fort waren, zogen Artus und Bors und Ban mit zwanzigtausend Männern nach dem Land Camylarde, wofür sie sieben Tage brauchten, töteten zehntausend von König Royns' Mannen, schlugen die übrigen in die Flucht und erretteten König Lodegrance von seinem Feind. Lodegrance dankte ihnen und bewirtete sie in seiner Burg und gab ihnen Geschenke. Und bei dem Festmahl sah König Artus zum erstenmal König Lodegrances Tochter. Sie hieß Guinevere, und Artus liebte sie sogleich und immerdar, und später machte er sie zu seiner Königin.

Nun war für die französischen Könige die Stunde des Aufbruchs gekommen, denn die Nachricht hatte sie erreicht, daß König Claudas ernstlich Krieg gegen ihre Länder führe. Und Artus erbot sich, sie zu begleiten.

Doch die Könige anworteten ihm: »Nein, Ihr dürft dieses Mal nicht mitkommen, denn Ihr habt hier viel zu tun, um Ordnung und Frieden in Eurem Königreich zu schaffen. Und wir bedürfen derzeit Eurer Hilfe nicht, weil wir dank der vielen Geschenke, die Ihr uns gemacht habt, wackere Ritter anwerben können, die uns gegen Claudas beistehen werden.« Und sie fuhren fort: »Wir versprechen Euch bei unserem gnädigen Gott, daß wir nach Euch schicken werden, wenn wir Hilfe brauchen, und wenn Ihr des Beistands bedürft, braucht Ihr nur nach uns zu schicken, und wir werden Euch ungesäumt zu Hilfe kommen. Das schwören wir.«

Dann sprach Merlin, der in der Nähe stand, eine Prophezeiung aus. »Diese beiden Könige«, sagte er, »brauchen nie mehr zum Kämpfen nach England zurückzukehren. Gleichwohl werden sie nicht lange von König Artus getrennt sein. Binnen ein, zwei Jahren werden sie seines Beistands bedürfen, und er wird ihnen gegen ihre Feinde zur Seite stehen, so wie sie ihn gegen seine Feinde unterstützt haben. Die elf Lords des Nordens werden alle an ein und demselben Tag sterben, von der Hand zweier mutvoller Ritter, des Balin le Savage und seines Bruders Balan.« Dann schwieg Merlin.

Als die aufrührerischen Lords vom Schlachtfeld abgerückt waren, zogen sie zu der Stadt Surhaute in König Uryens' Land, wo sie Rast machten, sich erquickten und ihre Wunden verbanden, und das Herz war ihnen schwer, weil sie so viele ihrer Getreuen verloren hatten. Sie waren noch nicht lange dort, als ihnen von den vierzigtausend Sarazenen, die ihre Länder verbrannten und verwüsteten, und von gewissen gesetzlosen Männern berichtet wurde, die ihre, der Lords, Abwesenheit dazu nutzten, ohne Erbarmen zu rauben, zu brennen und zu plündern.

Die elf Lords klagten: »Jetzt wird Kummer auf Kummer gehäuft. Wenn wir nicht gegen König Artus gekämpft hätten, würde er uns jetzt beistehen. Von König Lodegrance können wir keine Hilfe erwarten, weil er Artus' Freund ist, und Royns ist zu sehr mit seinem eigenen Krieg beschäftigt, um uns zu Hilfe zu kommen.«

Nachdem sie sich weiter beraten hatten, beschlossen sie, die Grenzen Cornwalls, Wales' und des Nordens zu sichern. König Idres wurde mit viertausend Männern in die Stadt Nauntis in der Bretagne entsandt, um sie gegen Angriffe von der Land- oder Seeseite zu schützen. König Nentres von Garlot besetzte mit viertausend Männern die Stadt Windesan. Achttausend Krieger bemannten die Festen an den Grenzen von Cornwall, während andere in Marsch gesetzt wurden, damit sie die Marken von Wales und Schottland verteidigten. Dergestalt hielten die Lords zusammen, um ihrer Bedrängnis abzuhelfen. Außerdem zogen sie neue Bundesgenossen an sich. König Royns kam herbei, nachdem er von Artus geschlagen worden war. Und ohne Unterlaß stärkten die Lords aus dem Norden ihre Heere und sammelten Kriegsgerät und legten Vorratslager für die Zukunft an, denn sie waren entschlossen, sich wegen der Schlacht bei Bedgrayne an Artus zu rächen.

Um zu Artus zurückzukehren: Nachdem Ban und Bors Abschied genommen hatten, zog er mit seinen Getreuen zu der Stadt Caerleon. Dann erschien an seinem Hof die Gemahlin König Lots von den Orkney-Inseln, angeblich um eine Botschaft zu überbringen, in Wahrheit aber in der Absicht zu spionieren. Sie kam reich gewandet und mit einem königlichen Gefolge aus Rittern und Edeldamen. König Lots Gemahlin war eine überaus liebliche Frau, und Artus begehrte sie und wohnte ihr bei, und sie empfing ein Kind von ihm, den späteren Sir Mordred. Die Königin verweilte einen Monat an Artus' Hof und begab sich dann auf die Heimreise. Und Artus ahnte nicht, daß sie seine Halbschwester war und daß er eine Sünde begangen hatte.

Nachdem die Dame seinen Hof verlassen hatte und das einfache Werk des Krieges getan war und die französischen Könige, diese freundwilligen und tatkräftigen Gesellen, fortgezogen waren, blieb Artus sein Reich, England, das ihn noch nicht wirklich als König akzeptiert hatte. Im Krieg, in der Geselligkeit und der Liebe hatte er es vermieden, daran zu denken, doch nun, da er Muße hatte, war er beschwert und voller Zweifel. Und er träumte einen Traum, der ihm Furcht einflößte, denn er war der Ansicht, daß Träume wichtig seien, was auch der Fall ist. Er träumte, daß Drachen und Schlangen in sein Land krochen und mit ihrem Feueratem die Menschen töteten und die Saaten und Ernten verbrannten. Und er träumte, daß er ebenso kraft- wie aussichtslos gegen sie kämpfte, daß sie ihn bissen, versengten und verwundeten, er aber trotzdem weiter- und weiterkämpfte, und am Ende schien es ihm doch, daß er viele der Untiere erschlagen und die übrigen vertrieben hatte.

Als Artus erwachte, lag ihm der Traum schwer auf der Seele, schwarz und unheilkündend. Er vergällte ihm den Tag, und um ihn zu verscheuchen, scharte er ein paar Ritter und Gefolgsleute um sich und ritt mit ihnen zum Jagen in den Wald.

Schon bald stöberte der König einen großen Hirsch auf, gab seinem Pferd die Sporen und nahm die Verfolgung auf. Doch auch diese hatte etwas von seinem nächtlichen Traum an sich. Mehrmals war er fast nahe genug, um den Speer auf den Hirsch zu schleudern, mußte aber jedesmal erleben, daß das Tier sich ihm wieder entzog. In seinem Drang, es zu erjagen, trieb er sein Pferd bis zur Erschöpfung an, bis es stolperte, strauchelte und tot zusammenbrach. Der Hirsch entkam. Dann schickte König Artus einen Diener los, der ein neues Pferd holen sollte. Er setzte sich an eine kleine Quelle, das Traumgefühl noch immer über ihm, und die Lider sanken ihm schläfrig herab. Und während er so dasaß, glaubte er das Bellen von Jagdhunden zu hören. Dann trat aus dem Wald ein seltsames, unnatürliches Tier von einer ihm unbekannten Art, und das Hundegebell kam aus dem Bauch dieses Tieres. Es trat an die Quelle, um zu trinken, und während es soff, hörte das dumpfe Bellen auf, doch als es sich in die Waldesdichte entfernte, kam aus seinem Bauch abermals das Bellen vieler Jagdhunde, die Witterung aufgenommen haben. Den König überkam Staunen an diesem traumverdüsterten Tag, und seine Gedanken waren schwer und schwarz, und er schlief ein.

Dann schien es Artus, daß sich ihm ein Ritter zu Fuß näherte und sagte: »Ritter, umfangen von Gedanken und Schlaf, sagt mir, ob Ihr hier ein seltsames Tier vorüberkommen saht.«

»Sehr wohl«, sagte der König, »aber es ist weitergegangen, in den Wald hinein. Doch sagt, was kümmert Euch dieses Tier?«

»Sir«, antwortete der Ritter, »dem Tier gilt meine Ausfahrt, und ich verfolge es schon seit langer Zeit und habe mein Pferd zuschanden geritten. Wollte Gott, ich hätte ein anderes, damit ich meine Suche fortsetzen kann.«

Dann erschien ein Diener Artus', der ein Pferd für ihn brachte, und der Ritter bat ihn inständig darum. »Ich bin nun zwölf Monate unterwegs und muß meine Ausfahrt fortsetzen.«

»Herr Ritter«, sagte der König, »tretet Eure Ausfahrt mir ab, und ich will das Tier weitere zwölf Monate verfolgen, denn ich brauche eine solche Ablenkung, damit mir leichter ums Herz wird.«

»Eure Bitte ist närrisch«, sagte der Ritter. »Es ist meine

Fahrt, und sie kann nicht abgetreten werden. Nur meine nächsten Verwandten könnten sie mir abnehmen.« Dann trat der Ritter rasch zum Pferd des Königs, schwang sich in den Sattel und sagte:»Vielen Dank, Sir. Das Pferd gehört jetzt mir.«

Der König rief: »Ihr könnt mir mein Pferd wohl mit Gewalt wegnehmen, aber laßt uns doch mit den Waffen entscheiden, ob Ihr es mehr verdient als ich.«

Im Davonreiten rief der Ritter über die Schulter zurück: »Nicht jetzt, doch zu jeder anderen Zeit könnt Ihr mich hier an dieser Quelle antreffen, mit Freuden bereit, Euch Genugtuung zu leisten.« Und damit verschwand er in den Wald. Der König befahl seinem Diener, ein anderes Pferd zu holen und sank dann wiederum in sein düsteres, träumerisches Grübeln.

Es war ein Tag unter einem Zauberbann, einer jener Tage mit verzerrter Realität, wie ein Spiegelbild in bewegtem Wasser. Und so dauerte der Tag fort – denn nun näherte sich ein Knabe von vierzehn Jahren und fragte den König, warum er so in Gedanken verloren sei.

»Ich habe allen Grund dafür«, gab der König zur Antwort, »denn ich habe merkwürdige und wundersame Dinge gesehen und empfunden.«

Der Knabe sagte: »Ich weiß, was Ihr gesehen habt. Ich kenne alle Eure Gedanken. Und ich weiß auch, daß nur ein Narr sich über Dinge sorgt, an denen er nichts ändern kann. Ich weiß noch mehr als das. Ich weiß, wer Ihr seid, und daß König Uther Euer Vater und Igraine Eure Mutter war.«

»Das ist nicht wahr«, sagte Artus zornig. »Wie solltest du solche Dinge wissen? Du bist nicht alt genug dafür.«

Der Knabe sagte: »Ich weiß über diese Dinge besser Bescheid als Ihr – besser als sonst jemand.«

»Ich glaube dir nicht«, sagte der König, und er war so aufgebracht über den vorlauten Knaben, daß dieser wegging. Wieder überkam Artus die umdüsterte Stimmung.

Nun näherte sich ein Greis, nicht weniger als achtzig Jahre alt und mit einem Gesicht, aus dem Weisheit sprach. Artus war froh darüber, denn er brauchte Stärkung gegen seine schwarzen Gedanken.

Der alte Mann fragte: »Warum seid Ihr so traurig?«

Und der König antwortete: »Ich bin traurig und verwirrt von vielen Geschehnissen, und gerade eben kam ein Knabe zu mir und sagte mir Dinge, die er nicht wissen konnte und auch nicht wissen sollte.«

»Das Kind hat Euch die Wahrheit gesagt«, sagte der alte Mann. »Ihr müßt lernen, Kinder anzuhören. Es hätte Euch noch viel mehr erzählt, wenn Ihr es erlaubt hättet. Aber Euer Sinn ist düster und verschlossen, weil Ihr eine Sünde begangen habt und Gott über Euch ungehalten ist. Ihr habt Eurer Schwester beigewohnt und sie geschwängert. Und dieses Kind wird, wenn es herangewachsen ist, Euren Rittern und Eurem Reich und Euch selbst den Untergang bringen.«

»Was sagt Ihr da?« rief Artus. »Wer seid Ihr?«

»Ich bin Merlin als alter Mann. Aber ich war auch Merlin als Kind, um Euch zu lehren, jedem Menschen Gehör zu schenken.«

»Du bist ein Mann der Wunderdinge«, sagte der König. »Immer ist Geheimnis um dich. Sag mir, als Prophezeiung – ist es wahr, daß ich im Kampf sterben muß?«

»Es ist Gottes Wille, daß Ihr für Eure Sünden bestraft werdet«, erwiderte Merlin. »Aber Ihr solltet Euch freuen, daß Ihr einen anständigen und ehrenvollen Tod sterben werdet. Ich bin derjenige, der Anlaß zur Trauer hat, denn mir ist ein schändlicher und häßlicher und lächerlicher Tod bestimmt.«

Eine massige Wolke verdunkelte den Himmel, und die Wipfel der Waldbäume rauschten unter einem raschen Windstoß.

Der König fragte: »Aber wenn dir die Art deines Todes bekannt ist, könntest du dich ihm nicht vielleicht entziehen?«

»Nein«, sagte Merlin. »Es ist mir so gewiß, als wäre er bereits eingetreten.«

Artus blickte nach oben und sagte: »Es ist ein schwarzer Tag, ein Kummertag.«

»Es ist ein Tag wie jeder andere, Herr. Nur Euer Sinn ist schwarz und beschwert.«

Und indes sie so sprachen, brachten Leute aus Artus' Gefolge frische Pferde herbei, und der König und Merlin stiegen in den Sattel und brachen nach Caerleon auf, und der dunkle Himmel öffnete sich, und stahlgrauer Regen fiel herab. Sobald der König, von Sorge beschwert, eine Gelegenheit dazu fand, rief er Sir Ector und Sir Ulfius zu sich und fragte sie nach den Umständen seiner Geburt und nach seinen Vorfahren aus. Sie sagten ihm, daß König Uther Pendragon sein Vater und Igraine seine Mutter gewesen sei.

»So hat es mir auch Merlin erzählt«, sagte Artus. »Ich möchte, daß ihr Igraine holen laßt. Ich muß mit ihr sprechen. Erst wenn sie selbst sagt, daß sie meine Mutter ist, kann ich es glauben.«

Dann wurde rasch nach der Königin geschickt, und sie kam zusammen mit ihrer Tochter Morgan le Fay, einer Dame von eigenartiger Schönheit. König Artus hieß sie artig willkommen.

Und als sie in der großen Halle saßen, zusammen mit dem ganzen Hof und den Gefolgsleuten an den langen Tischen, stand Sir Ulfius auf und redete Königin Igraine mit lauter Stimme an, so daß jedermann ihn hören konnte. »Ihr seid eine Dame voller Falsch!« rief er. »Ihr handelt übel gegen den König.«

Artus sagte: »Bedenkt, was Ihr sagt. Ihr erhebt eine schwerwiegende Anklage – einen Vorwurf, den Ihr nicht zurücknehmen könnt.«

Aber Sir Ulfius sagte: »Herr, ich spreche durchaus mit Bedacht, und hier ist mein Handschuh, den ich jedem hinwerfe, der mir widerspricht. Ich behaupte, daß Königin Igraine die Ursache all Eurer Kümmernisse ist, der Grund für die Unzufriedenheit und Aufsässigkeit in Eurem Reich und die wahre Ursache des schrecklichen Krieges. Hätte sie zu König Uthers Lebzeiten zugegeben, daß sie Eure Mutter ist, wäre es nicht zu all den Wirren und blutigen Kämpfen gekommen. Eure Untertanen und Eure Barone hatten nie Gewißheit über Eure Abkunft, haben nie an Euren eindeutigen Anspruch auf die Krone geglaubt. Aber wenn Eure Mutter bereit gewesen wäre, um Euretwillen und dem Lande zuliebe ein wenig Schande auf sich zu nehmen, wären diese schweren Zeiten nicht über uns gekommen. Deshalb behaupte ich, daß sie Euch und Eurem Reich Schaden bringt, und ich biete jedem, der das Gegenteil sagt, meinen Leib zum Kampf dar.«

Da wandten sich alle Augen Igraine neben dem König an der erhöhten Tafel zu. Sie saß eine Weile stumm und mit niedergeschlagenen Augen da. Dann hob sie den Kopf und sprach leise: »Ich bin eine Witwe und kann nicht um meine Ehre kämpfen. Ist vielleicht irgendein braver Mann hier, der mich verteidigt?

Hier meine Antwort auf die Anklage: Merlin weiß wohl, und auch Ihr, Sir Ulfius, wißt, daß König Uther dank Merlins Zauberkunst zu mir in der Gestalt meines Gatten kam, der damals bereits seit drei Stunden tot war. In jener Nacht empfing ich von König Uther ein Kind, und nach dem dreizehnten Tag vermählte er sich mit mir und machte mich zu seiner Königin. Auf Uthers Befehl wurde mir mein Kind, als es geboren war, weggenommen und Merlin übergeben. Ich habe nie erfahren, was aus ihm wurde, nie seinen Namen gekannt, nie sein Gesicht gesehen, nie etwas über sein Schicksal erfahren. Ich schwöre, das ist die Wahrheit.«

Da wandte Sir Ulfius sich Merlin zu und sagte: »Wenn es wahr ist, was sie sagt, bist du mehr zu tadeln als sie.«

Und die Königin rief: »Ich habe ein Kind von meinem Gebieter, König Uther, geboren, aber nie erfahren, was aus ihm geworden ist – niemals!«

Da erhob sich König Artus, trat zu Merlin, nahm ihn an der Hand und führte ihn zu Königin Igraine. Er fragte ruhig: »Ist das meine Mutter?«

Und Merlin sagte: »Ja, Herr, das ist Eure Mutter.«

Da nahm König Artus seine Mutter in die Arme und küßte sie. Er weinte, und sie sprach ihm tröstend zu. Nach einer Weile warf der König den Kopf nach hinten, seine Augen leuchteten, und er rief laut, daß ein Freudenfest gefeiert werden solle, ein großes Fest von acht Tagen Dauer.

Es war damals der Brauch, daß alle Barone, Ritter und Gefolgsleute, die in der großen Halle tafelten, an beiden Seiten zweier langer Tische entsprechend ihrem Adelsrang oder ihrer Stellung plaziert waren, während der König, die hohen Würdenträger des Reiches und die Damen an einer erhöhten Tafel am Ende des Saales dem versammelten Hof gegenübersaßen. Und während sie schmausten und tranken, kamen Männer – Sänger und Spielleute und Erzähler –, um den König zu unterhalten, und sie stellten sich zwischen die langen Tische, die Gesichter dem erhöhten Platz des Königs zugewandt. Außerdem kamen zu solchen Festen auch Leute mit Geschenken und Ehrengaben oder solche, die vom König Gerechtigkeit gegen Übeltäter erbaten. Hier stellten sich auch die Ritter auf, die um die Erlaubnis für eine Ausfahrt baten, und wenn sie zurückkehrten, standen sie an derselben Stelle und berichteten von ihren Abenteuern. Ein Fest bestand aus viel mehr als nur aus Essen und Trinken.

Zu Artus' Fest kam ein Knappe in die große Halle geritten, und er hielt einen toten Ritter in den Armen. Er berichtete, im Wald habe ein anderer Ritter ein Zelt aufgeschlagen und fordere jeden Ritter, der vorüberkam, zum Kampf auf. Der Knappe sagte: »Und dieser hat den braven Ritter hier, Sir Miles, erschlagen, der mein Herr war. Ich bitte darum, Herr, daß Sir Miles ein ehrenvolles Begräbnis erhält und irgendein Ritter auszieht, um ihn zu rächen.« Darauf erhob sich großer Lärm in der Halle, und jeder schrie, was er dazu meinte.

Der junge Gryfflet, der nur Knappe war, trat vor den König und bat darum, in Anerkennung seiner Dienste während des Krieges zum Ritter geschlagen zu werden.

Der König wandte ein: »Ihr seid noch zu jung, von zu zartem Alter, um in einen so hohen und anspruchsvollen Stand einzutreten.«

»Sir«, sagte Gryfflet, »ich bitte Euch inständig, macht mich zum Ritter.«

Merlin aber sprach: »Es wäre ein Jammer, das zu tun und ihn in den Tod zu schicken, denn er wird ein trefflicher Recke sein, wenn er volljährig ist, und Euch zeit Eures Lebens die Treue bewahren. Doch wenn er gegen den Ritter im Wald antritt, werdet Ihr ihn vielleicht nie mehr sehen, denn derselbige ist einer der besten, stärksten und klügsten Ritter von der Welt.«

Artus bedachte sich und sagte dann zu Gryfflet: »Wegen Eurer Dienste, die Ihr mir geleistet habt, kann ich Euch den Wunsch nicht abschlagen, selbst wenn ich es wollte.« Er berührte Gryfflet mit seinem Schwert und schlug ihn so zum Ritter. Und dann sprach Artus: »Nun, da ich Euch mit der Ritterwürde beschenkt habe, verlange ich von Euch ein Geschenk.«

»Ich werde alles tun, was Ihr von mir wünscht«, sagte Sir Gryfflet.

König Artus sagte: »Ihr müßt mir bei Eurer Ehre versprechen, daß Ihr es bei einem einzigen Waffengang gegen den Ritter im Wald bewenden laßt, bei einem einzigen, und ohne weiterzukämpfen hierher zurückkehrt.«

»Das verspreche ich«, sagte Sir Gryfflet.

Sodann wappnete er sich rasch, schwang sich in den Sattel,

57

nahm Schild und Lanze und galoppierte davon, bis er zu dem Brunnen nahe dem Waldpfad kam. Daneben sah er ein reichgeschmücktes Zelt und ein Kriegsroß mit Sattel und Zaumzeug. An einem Baum in der Nähe hing ein buntbemalter Schild, und gegen den Baumstamm lehnte eine Lanze. Dann schlug Sir Gryfflet mit dem Schaft seiner Lanze gegen den Schild, so daß er herabfiel. Aus dem Zelt kam ein bewaffneter Mann und fragte: »Warum habt Ihr meinen Schild heruntergestoßen, Sir?«

»Weil ich mit Euch tjosten will«, antwortete Gryfflet.

Der Ritter seufzte und sagte: »Sir, das tut lieber nicht. Ihr seid noch sehr jung und unerfahren. Ich bin viel stärker als Ihr und ein kampferprobter Krieger. Zwingt mich nicht, gegen Euch zu kämpfen, junger Herr.«

»Ihr kommt mir nicht davon«, sagte Sir Gryfflet. »Ich bin ein Ritter, und ich habe Euch zum Kampf aufgefordert.«

»Es ist nicht fair«, sagte der Ritter, »doch nach den ritterlichen Regeln muß ich, wenn Ihr darauf besteht.« Und er fragte: »Woher kommt Ihr, junger Herr?«

»Ich bin ein Ritter von König Artus' Hof«, erwiderte Gryfflet, »und ich verlange die Tjost.«

Dann stieg der Ritter zögernd auf sein Pferd und nahm seinen Platz ein, und die beiden legten ihre Lanzen ein und stürmten gegeneinander an. Beim Aufprall zerbrach Sir Gryfflets Lanze, doch die des starken Ritters bohrte sich durch Schild und Harnisch, fuhr Gryfflet in die linke Seite, brach dann ab, und der Stumpf blieb in seinem Körper stecken. Sir Gryfflet stürzte zu Boden.

Der Ritter blickte traurig auf den Gestürzten hinab, stieg vom Pferd, ging zu ihm hin und band ihm den Helm los. Zu seinem Leidwesen stellte er fest, daß Gryfflet schwer verwundet war. Er hob ihn hoch, setzte ihn auf sein Pferd und sprach ein Gebet für den jungen Mann. »Er hat ein mutvolles Herz«, sprach der Ritter zu sich, »und wenn sein Leben erhalten werden kann, wird er eines Tages zeigen, was in ihm steckt.« Dann schickte er das Pferd den Weg zurück, den es gekommen war. Es trug den blutenden Gryfflet an Artus' Hof, und dort war der Jammer um ihn groß. Man reinigte seine Wunde, pflegte ihn, und es dauerte lange, bis seine Lebensgeister wiederkehrten.

Während Artus seinem Kummer über Gryfflets Wunde

nachhing, kamen zwölf Ritter, hoch an Jahren, an seinen Hof geritten. Sie seien, erklärten sie, Boten des Kaisers von Rom. In seinem Namen forderten sie Artus auf, ihm zu huldigen, und sagten, sollte dies nicht geschehen, würde Artus mit seinem ganzen Königreich zugrunde gerichtet werden.

Da geriet Artus in Zorn, und er sagte: »Wenn Ihr nicht freies Botengeleit hättet, würde ich Euch auf der Stelle töten. Aber ich achte Eure Immunität als Gesandte. Nehmt dies als Antwort mit: Ich schulde dem Kaiser keine Huldigung, doch wenn er gleichwohl eine fordert, wird er sie von mir mit Lanzen und Schwertern bekommen. Das schwöre ich bei meinem seligen Vater. Bringt ihm diesen Bescheid zurück.«

Die Boten schieden voll Zorn. Sie waren zur Unzeit gekommen.

Der König war erzürnt und sann auf Rache, weil Sir Grifflet verwundet worden war. Er fühlte sich dafür verantwortlich, denn wenn er auf Merlin gehört und den Ritterschlag verweigert hätte, hätte Grifflet den Ritter vom Brunnen nicht zum Zweikampf gefordert. Artus fand, er müsse die Konsequenz daraus ziehen, daß er an Grifflets Verwundung schuldig sei. Und als es Nacht geworden war, befahl er einem Diener, sein Pferd, seinen Schild, seine Rüstung und Lanze an eine Stelle vor der Stadt zu bringen und dort auf ihn zu warten. Noch vor Tagesanbruch begab sich der König heimlich zu dem Treffpunkt, wappnete sich, stieg auf sein Pferd und hieß seinen Diener bleiben, wo er war. So ritt König Artus allein in den Wald, um Sir Grifflet zu rächen oder für seine Unüberlegtheit Buße zu tun, denn mehr noch als sein Königtum achtete er seine Ehre als Mann.

Der König ritt leise von der Stadt weg und beim ersten Tageslicht in den Wald hinein. Und zwischen den Bäumen sah er drei Bauern in Lumpenkleidung, die mit Keulen in den Händen hinter Merlin herliefen, um ihn zu erschlagen. Artus galoppierte auf sie zu, und als sie den bewaffneten Ritter sahen, wandten sie sich zur Flucht, um ihr Leben zu retten, und verbargen sich in der Waldestiefe. Artus erreichte Merlin und sagte: »Siehst du, trotz all deiner Zauberkünste hätten sie dich umgebracht, wenn ich nicht des Weges gekommen wäre.«

Merlin erwiderte: »Die Vorstellung schmeichelt Euch, aber sie ist falsch. Ich hätte mich jederzeit retten können, wäre es mein Wille gewesen. Ihr seid der Gefahr näher, als ich es war, denn Ihr reitet dorthin, wo Euch der Tod drohen mag, und Gott ist nicht auf Eurer Seite.«

Sie zogen weiter, bis sie zu dem Brunnen abseits des Pfades und dem reichgeschmückten Zelt kamen, auf dem das Licht der aufgehenden Sonne lag. Und auf einem Stuhl neben dem Zelt saß gelassen ein bewaffneter Ritter, an den Artus nun das Wort richtete.

»Herr Ritter«, sagte er, »warum bewacht Ihr diesen Weg und fordert jeden Ritter zum Kampf, der daherkommt?«

»Das ist bei mir der Brauch«, sagte der Ritter.

»Dann sage ich Euch, laßt ab von dem Brauch«, sagte der König.

»Es ist mein Brauch«, wiederholte der Ritter, »und ich werde dabei bleiben. Jedem, der damit nicht einverstanden ist, steht es frei, ihn abzuschaffen, falls er es kann.«

»Ich werde ihn abschaffen«, sagte Artus.

»Und ich werde ihn verteidigen«, versetzte der Ritter. Er stieg in den Sattel, legte den Schild vor und nahm eine große Lanze in die Hand. Die beiden sprengten aufeinander zu und handhabten ihre Lanzen so vollendet, daß jede die Mitte des gegnerischen Schildes traf und zersplitterte. Dann zog Artus sein Schwert, doch der Ritter rief ihm zu: »Nein, nicht das! Tjosten wir noch einmal mit Lanzen.«

»Ich habe keine mehr«, sagte Artus.

»Ihr bekommt eine von meinen. Ich habe genug davon«, antwortete der Ritter, und sein Knappe holte zwei neue aus dem Zelt und reichte jedem eine. Dann gaben sie wieder ihren Pferden die Sporen, rasten mit einem gewaltigen Anprall gegeneinander, und wiederum trafen die Lanzen genau und zerbarsten. Und abermals griff Artus an sein Schwert. Aber der Ritter sagte: »Sir, Ihr seid der beste Tjoster, der mir jemals begegnet ist. Eurem Rittertum zu Ehren – tjosten wir noch einmal.«

»Einverstanden«, sagte Artus.

Dann wurden wieder neue Lanzen gebracht, und sie stürmten noch einmal gegeneinander, doch diesmal zerbrach Artus' Lanze, die seines Gegners hingegen zwang Pferd samt Reiter zu Boden. Artus trat von seinem Pferd weg, zog sein Schwert und sagte: »Ich werde zu Fuß gegen Euch kämpfen, da ich zu Pferde verloren habe.«

Und der Ritter sagte spottend: »Ich sitze noch zu Pferde.«

Da wurde der König wütend, legte seinen Schild vor und ging auf den im Sattel sitzenden Gegner los.

Als der Ritter diesen entschlossenen Mut sah, sprang er rasch vom Pferd, denn er war ein Mann von Ehre, und einen unfairen Vorteil zu nutzen war nicht seine Art. Er zog das Schwert, und die beiden fochten ungestüm, stachen und hieben und parierten Gegenhiebe, und die Schwerter stießen durch die Schilde und drangen in die Harnische, das Blut tropfte und floß und ihre Hände wurden glitschig davon. Dann stürmten sie in erneutem Grimm wieder gegeneinander wie zwei Widder. Die Klingen ihrer Schwerter prallten mitten im Zuhauen zusammen, und Artus' Schwert zerbrach in zwei Stücke. Er wich zurück, ließ die Hand sinken und stand traurig und stumm da.

Da sagte der Ritter höflich: »Ich bin also Sieger und kann wählen, ob ich Euch töte oder leben lasse. Ergebt Euch und erkennt an, daß Ihr besiegt seid, sonst müßt Ihr sterben.«

Darauf sagte Artus: »Der Tod ist mir willkommen, wenn er mir bestimmt ist, nicht aber die Niederlage. Ich werde mich nicht ergeben.« Und damit machte er, unbewaffnet, einen Satz und packte den Ritter um die Körpermitte, warf ihn zu Boden und riß ihm den Helm vom Kopf. Aber der Ritter hatte große Kräfte. Er rang mit Artus und drehte und wendete sich, bis er sich freigekämpft hatte. Er riß Artus den Helm herunter und hob sein Schwert, um ihn zu erschlagen.

In diesem Augenblick griff Merlin ein und sagte: »Ritter, haltet ein! Dieser Mann ist bedeutender, als Ihr wißt. Wenn Ihr ihn tötet, schlagt Ihr dem Königreich eine furchtbare Wunde.«

»Was willst du damit sagen?«

»Es ist König Artus«, sagte Merlin.

Da ergriff den Ritter Furcht vor dem Grimm des Königs. In Panik hob er abermals das Schwert, um ihn zu erschlagen. Doch Merlin blickte ihm in die Augen und ließ einen Zauber wirken. Das Schwert des Ritters sank herab, und er selbst in einen tiefen Schlaf.

Da rief Artus: »Merlin, was hast du getan? Hast du diesen wackeren Ritter mit deiner Zauberei getötet? Er war einer der besten Ritter auf der Welt. Ich würde alles dafür geben, wenn er am Leben bliebe.«

Merlin sagte: »Macht Euch keine Gedanken um ihn, Herr.

Er ist nicht so schwer verwundet wie Ihr. Er schläft jetzt und wird binnen einer Stunde erwachen.« Und er fuhr fort: »Heute morgen habe ich Euch gewarnt, was für ein gewaltiger Recke er ist. Es gibt keinen besseren auf der Erde als ihn. Er wird Euch in Zukunft gute Dienste leisten.«

»Wer ist er?« fragte Artus.

»Er heißt König Pellinore. Und die Zukunft sagt mir, daß er zwei Söhne bekommen wird, Percival und Lamorake, und daß diese zu großen Rittern heranwachsen werden.«

Der König war von seinen Wunden geschwächt, und Merlin führte ihn in eine nahegelegene Einsiedelei, wo der Eremit Artus' Wunden säuberte, Wundbalsam darauf strich und mit Verbänden das Blut stillte. Drei Tage lag der König dort, ehe er imstande war, auf sein Pferd zu steigen und weiterzureiten. Und als er dann mit Merlin an seiner Seite dahinritt, sagte er bitter: »Du mußt stolz darauf sein, mir zu dienen, Merlin, einem besiegten König, einem großen, wackeren Ritter, der nicht einmal ein Schwert besitzt, verwundet und wehrlos. Was ist ein Ritter ohne Schwert? Ein Nichts – ja, weniger als ein Nichts.«

»So redet ein Kind«, sagte Merlin, »nicht ein König und nicht ein Ritter, sondern ein gekränktes und zorniges Kind, denn sonst wüßtet Ihr, Herr, daß eine Krone noch keinen König und ein Schwert noch keinen Ritter macht. Ihr wart ein echter Ritter, als Ihr waffenlos, mit bloßen Händen Pellinore angegriffen habt.«

»Aber er hat mich besiegt.«

»Ihr wart ein echter Ritter«, wiederholte Merlin. »Irgendwo auf der Welt wartet auf jeden eine Niederlage. Manche werden von einer Niederlage vernichtet, andere macht ein Sieg klein und schäbig. Wer über Niederlage wie über Sieg gleichermaßen erhaben ist, in dem lebt wahre Größe. Aber Ihr möchtet ein Schwert haben. Wohlan, Ihr sollt eines bekommen. Hier in der Gegend gibt es ein Schwert, das Euer sein soll, wenn ich Euch dazu verhelfen kann.«

Sie ritten, bis sie an einen breiten See mit klarem, köstlichem Wasser kamen. Und in der Mitte des Sees sah Artus einen Arm in einem Ärmel aus reicher weißer Seide herausragen, und die Hand hielt ein Schwert an der Scheide in die Höhe. Merlin sagte: »Dort ist das Schwert, von dem ich gesprochen habe.«

Dann sahen sie ein Fräulein leichtfüßig über die Wasserfläche gehen.

»Das ist ein Wunder«, sagte der König. »Wer ist dieses Fräulein?«

»Es ist die Dame vom See«, sagte Merlin. »Und noch andere Wunder gibt es hier. Unter einem Felsen tief im See ist ein Palast, so üppig und so schön wie nur irgendeiner auf der Welt, und dort wohnt die Dame. Sie wird jetzt auf Euch zukommen, und wenn Ihr höflich seid und sie artig darum bittet, wird sie Euch vielleicht das Schwert geben.«

Dann kam die Dame herbei, entbot Artus ihren Gruß, und er grüßte sie und sagte: »Madame, sagt mir doch bitte, was ist das für ein Schwert, das ich dort im See sehe? Ich wünschte, ich könnte es erlangen, denn ich habe keines.«

Die Dame sagte: »Das Schwert gehört mir, Herr Ritter, aber wenn Ihr mir dafür ein Geschenk gebt, sobald ich darum bitte, sollt Ihr das Schwert bekommen.«

»Bei meiner Ehre, ich werde Euch jeden Wunsch erfüllen, worum Ihr mich auch bitten mögt«, sagte der König.

Die Dame sagte: »Dann soll es Euer sein. Geht zu dem Kahn, den Ihr dort seht, rudert hinaus zu dem Arm und nehmt das Schwert samt Scheide an Euch. Ich werde um mein Geschenk bitten, wenn die Zeit dafür kommt.«

Dann stiegen Artus und Merlin von ihren Pferden, banden sie an Bäumen fest, gingen zu dem Kahn und ruderten zu dem emporgestreckten Arm hinaus. Sanft faßte Artus das Schwert, die Hand gab es frei, und Hand und Arm verschwanden im Wasser. Und die beiden ruderten zurück ans Ufer, stiegen auf ihre Pferde und ritten davon.

Unterwegs kamen sie an einem reichverzierten Zelt vorbei, das nahe dem Pfad stand, und Artus erkundigte sich danach.

»Wißt Ihr nicht mehr?« sagte Merlin. »Es ist das Zelt Eures Feindes von neulich, König Pellinore. Aber er ist nicht da. Er kämpfte gegen einen Eurer Ritter, Sir Egglame, der schließlich Fersengeld gab, um seine Haut zu retten. Pellinore jagte ihm nach und verfolgte ihn bis nach Caerleon. Wir werden ihm schon bald begegnen, wenn er zurückreitet.«

»Gut«, sagte Artus. »Jetzt habe ich ja wieder ein Schwert. Ich werde noch einmal gegen ihn antreten und diesmal nicht verlieren.«

»Das ist nicht wohl gesprochen, Sir«, sagte Merlin. »Der Ritter Pellinore ist vom Kampf und von der Verfolgungsjagd ermattet. Es brächte Euch wenig Ehre ein, ihn jetzt zu besiegen. Ich rate Euch, ihn passieren zu lassen, denn er wird Euch schon bald gute Dienste leisten, und nach seinem Tod werden Euch seine Söhne dienen. Ihr werdet binnen kurzem so zufrieden mit ihm sein, daß Ihr ihm Eure Schwester zur Frau gebt. Deshalb fordert ihn nicht heraus, wenn er vorüberreitet.«

»Ich werde mich an Euren Rat halten«, sagte der König, blickte das Schwert an und bewunderte seine Schönheit.

Merlin fragte: »Was gefällt Euch besser, das Schwert oder die Scheide?«

»Das Schwert natürlich«, sagte Artus.

»Die Scheide ist ungleich wertvoller«, sagte Merlin. »Solange Ihr sie bei Euch habt, könnt Ihr keinen Tropfen Blut verlieren, und mögen Eure Wunden noch so tief sein. Es ist eine zauberkräftige Scheide. Ihr werdet gut daran tun, sie immer zur Hand zu haben.«

Als sie in die Nähe von Caerleon kamen, begegneten sie König Pellinore, doch Merlin traute dem Temperament der beiden Ritter nicht und bewirkte deshalb durch einen Zauber, daß Pellinore sie nicht sah.

»Es ist sonderbar, daß er kein Wort sprach«, sagte Artus.

»Er hat Euch nicht gesehen«, erklärte Merlin. »Hätte er Euch bemerkt, wäre es zu einem Kampf gekommen.«

Und so gelangten sie nach Caerleon, und Artus' Ritter freuten sich, als sie die Geschichte seiner Abenteuer hörten. Ihr Staunen war groß, daß der König sich ganz allein in Gefahr begeben hatte, und auch die Tapfersten priesen sich glücklich, einem Fürsten zu dienen, der wie jeder arme Ritter auf Abenteuer auszog.

Doch Artus konnte die Geselligkeit im Kreise seiner Ritter nicht richtig genießen, denn er geriet ins Grübeln, und seine Gedanken wanderten zurück zu Merlins Worten von der Sünde, die er mit seiner Schwester begangen habe, und zu der düsteren Prophezeiung, sein eigener Sohn werde ihm den Untergang bereiten.

Letzthin hatte König Royns von Nord-Wales, obwohl erst unlängst von Artus besiegt, beständig im Norden gewütet und Irland und die Inseln an sich gerissen. Nun entsandte er Boten, die König Artus eine schauerliche und hochfahrende Forderung überbrachten. König Royns, so lautete die Botschaft, habe die elf Lords des Nordens besiegt und ihnen zum Zeichen ihrer Unterwerfung die Bärte abgeschoren, um damit seinen Mantel zu schmücken. Zu diesen elf Bärten verlangte er nun einen zwölften – den von König Artus. Sollte Artus seinen Bart nicht übersenden, werde er, Royns, ins Land einfallen und es in einen brennenden Trümmerhaufen verwandeln, sich König Artus' Bart holen und seinen Kopf obendrein.

Artus hörte sich die Botschaft an und reagierte beinahe heiter darauf, denn die Sache lenkte ihn einen Augenblick lang von seinen dunklen Vorgefühlen ab.

»Sagt Eurem Herrn, daß diese arrogante, schändliche Forderung angehört wurde. Bestellt ihm, mein Bart sei nicht dicht genug gewachsen, um seinen Mantel zieren zu können. Und was meine Unterwerfung betrifft, verspreche ich, ihn auf die Knie zu zwingen, daß er sich um Gnade bettelnd vor mir windet. Wenn er jemals mit Männern von Ehre Umgang gepflogen hätte, wäre er außerstande gewesen, eine solche Botschaft zu schicken. Diese Worte nehmt mit auf Euren Weg.« Und damit schickte er die Boten fort.

Dann fragte Artus seine versammelten Männer: »Kennt irgendeiner von euch diesen König Royns?«

Und einer der Ritter, Sir Naram, antwortete: »Ich kenne ihn gut, Herr. Er ist ein unbeherrschter, stolzer, leidenschaftlicher Mann. Aber nehmt ihn trotz seiner Arroganz ernst, denn er ist einer der besten Recken unter der Sonne. Und zweifelt nicht daran, daß er mit allem, was ihm zu Gebote steht, versuchen wird, seine Drohung wahr zu machen.«

»Ich werde ihn mir vornehmen«, sagte der König. »Sobald ich die Zeit dafür habe, werde ich mit ihm verfahren, wie er es verdient.«

Und wieder überkam ihn die grüblerische Stimmung. Er rief Merlin zu sich und stellte ihm Fragen. »Ist das Kind, von dem du gesprochen hast, schon geboren?«

»Ja, Herr.«

»Wann kam es zur Welt?«

»Am ersten Maitag, Herr«, sagte Merlin. Artus schickte ihn fort und saß dann mit zusammengekniffenen Augen da, und in seinem Innern sah es dunkel und böse aus. Der Gedanke war ihm unerträglich, daß seine blutschänderische Tat bekannt werden könnte, und zugleich hatte die Prophezeiung ihm Furcht eingejagt. Er suchte nach einem Weg, der Schande und seinem Schicksal zu entrinnen. Dann nahm in seinem Kopf ein grausamer und tückischer Plan Gestalt an, mit dem er seine Ehre und sein Leben retten wollte. Er schämte sich, Merlin etwas davon zu sagen, ehe er das Vorhaben ins Werk setzte. Um zu verhindern, daß seine blutschänderische Tat ans Licht kam, schickte er Kuriere zu allen seinen Baronen und Rittern mit dem Befehl, sämtliche am ersten Maitag geborenen Knaben zum König zu schicken, sonst sei ihr Leben verwirkt. Die Barone waren zornig und bekamen Angst, und viele suchten die Schuld mehr bei Merlin als beim König, doch sie wagten es nicht, nein zu sagen, und so wurde eine große Zahl am ersten Maitag geborener Kinder, die erst vier Wochen alt waren, zu Artus gebracht. Dann ließ der König die Babys an die Küste schaffen, denn er brachte es nicht übers Herz, sie abschlachten zu lassen. Er ließ die einen Monat alten Kinder auf ein Schiff bringen und das Segel in einen ablandigen Wind drehen. Es fuhr ohne irgendeine Begleitperson hinaus aufs Meer. Mit schamerfüllten und zugleich bösen Blicken beobachtete König Artus, wie das Schifflein den lebenden Beweis seiner sündigen Tat davontrug und mit zunehmender Entfernung immer kleiner wurde.

Der Wind frischte brausend auf, drehte sich und trieb das kleine Schiff zum Land zurück. Unterhalb einer Burg lief es auf ein Riff im Meer, zerbarst und entlud seine wimmernde Ladung in die Wellen. In seiner Hütte am Strand saß ein braver Mann und hörte einen Schrei, der den heulenden Wind und das Tosen der Brandung übertönte. Er ging ans Meer und fand im Sand einen Säugling, der zwischen Treibholzstücke eingeklemmt war. Der Mann hob ihn auf, barg ihn unter seinem wärmenden Mantel und trug ihn nach Hause. Und seine Frau nahm Mordred an die Brust und stillte ihn.

Der Ritter
mit den zwei Schwertern

In der langen recht- und gesetzlosen Periode nach Uther Pendragons Tod und ehe sein Sohn Artus König wurde, hatten in England und Wales, in Cornwall und Schottland und auf den Äußeren Inseln viele Lords auf gesetzwidrige Weise Macht an sich gezogen, und einige von ihnen weigerten sich nun, davon zu lassen. So waren Artus' erste Jahre als König der Aufgabe gewidmet, mit der Durchsetzung von Recht und Ordnung und mit Waffengewalt sein Königreich wiederherzustellen.

Einer seiner hartnäckigsten Feinde war Lord Royns von Wales, dessen erstarkende Machtstellung im Westen und im Norden das Reich permanent bedrohte.

Als Artus in London hofhielt, traf ein getreuer Ritter mit der Nachricht ein, daß Royns in seiner Anmaßung ein großes Heer aufgestellt habe, ins Land eingefallen sei und auf seinem Weg Saaten und Behausungen verbrenne und Artus' Untertanen töte.

»Wenn das wahr ist, muß ich mein Volk schützen«, sagte Artus.

»Es ist nur zu wahr«, sagte der Ritter. »Mit eigenen Augen habe ich die Eindringlinge und ihr Zerstörungswerk gesehen.«

»Dann muß ich gegen diesen Royns kämpfen und ihn vernichten«, sagte der König. Und er ließ an alle treuen Lords und Ritter und waffentragenden Herren den Befehl ergehen, sich zu einer allgemeinen Beratung in Camelot einzufinden, bei der die Verteidigung des Königreichs besprochen werden solle.

Und als sich die Barone und Ritter versammelt hatten und in der großen Halle vor dem erhöhten Sitz des Königs saßen, trat ein Fräulein vor sie hin und sagte, sie sei von der großen Dame Lyle von Avalon entsandt worden.

»Welche Botschaft bringt Ihr?« fragte Artus.

Da schlug das Fräulein seinen reich mit Pelz besetzten Mantel zurück, und es war zu sehen, daß an ihrem Gürtel ein prachtvolles Schwert hing.

Der König sagte: »Es ziemt sich nicht für ein Fräulein, in Waffen zu gehen. Warum tragt Ihr ein Schwert?«

»Ich trage es, weil mir keine andere Wahl bleibt«, antwortete sie. »Und ich muß es tragen, bis es mir von einem Ritter abgenommen wird, der tapfer und edel, von gutem Ruf und ohne Makel ist. Nur ein solcher Ritter kann dieses Schwert aus seiner

Scheide lösen. Ich war im Lager von Lord Royns, wo, wie man mir sagte, treffliche Ritter sein sollen, doch weder er noch irgendeiner seiner Gefolgsleute war imstande, die Klinge herauszuziehen.«

Artus sagte: »Hier sind wackere Männer versammelt, und ich selbst werde einen Versuch machen, nicht weil ich der Beste wäre, sondern weil meine Barone und Ritter bereitwillig meinem Beispiel folgen werden, wenn ich es als erster versuche.«

Dann packte Artus Scheide und Knauf und zog kraftvoll an dem Schwert, doch es wollte sich nicht rühren.

»Sir«, sagte das Fräulein, »Ihr braucht keine Kraft anzuwenden. Die Hände des Ritters, dem der Erfolg bestimmt ist, werden es mühelos herausziehen.«

Artus wandte sich seinen Männern zu und sagte: »Nun versucht ihr es alle, einer nach dem andern.«

Das Fräulein sagte: »Prüft euch, ehe ihr es versucht, ob euch keine Schande oder Arglist oder Verräterei befleckt. Allein ein Ritter ohne Fehl und Tadel vermag es herauszuziehen, und er muß mütterlicher- wie väterlicherseits von edler Abkunft sein.«

Dann versuchten die meisten der anwesenden Ritter das Schwert aus der Scheide zu ziehen, doch keinem gelang es. Da sagte das Fräulein traurig: »Ich hatte gedacht, hier würde ich Männer ohne Makel und die besten Ritter der Welt antreffen.«

Artus sagte ungehalten: »Dies sind ebenso treffliche Ritter wie nur irgendwelche auf der Welt, wenn nicht noch besser als alle anderen. Ich bin betrübt, daß es ihnen nicht beschieden ist, Euch helfen zu können.«

Ein Ritter namens Sir Balin aus Northumberland hatte sich abseits gehalten. Er hatte das Unglück gehabt, in einem fairen Zweikampf einen Vetter des Königs zu töten, und da der Streit falsch dargestellt worden war, hatte er ein halbes Jahr als Gefangener verbringen müssen. Erst kurz vorher hatten ein paar seiner Freunde die Angelegenheit klären und erwirken können, daß er freigelassen wurde. Er beobachtete nun angelegentlich die Versuche, aber weil er ein Gefangener gewesen und weil er arm und seine Kleidung abgetragen und schmutzig war, trat er nicht nach vorne, bis der letzte sein Glück versucht hatte und das Fräulein im Begriff war aufzubrechen. Erst dann rief ihr Sir Balin zu: »Mein Fräulein, ich bitte Euch um die Freundlichkeit, es auch mich probieren zu lassen. Ich weiß, meine Kleidung ist armselig, aber ich spüre in meinem Herzen, daß ich Erfolg haben könnte.«

Das Fräulein blickte seinen zerschlissenen Mantel an und konnte nicht glauben, daß er ein Mann von Ehre und edlem Blut war. Sie sagte:»Sir, warum wollt Ihr meinen Schmerz noch vermehren, nachdem alle diese edlen Ritter versagt haben?«

Sir Balin antwortete:»Holde Dame, den Wert eines Mannes macht nicht seine Kleidung aus. Mannhaftigkeit und Ehre verbergen sich in seinem Innern. Und manchmal besitzt einer Tugenden, die nicht jedermann bekannt sind.«

»Das ist wahr gesprochen«, sagte das Fräulein,»und ich danke Euch, daß Ihr mich daran erinnert habt. Hier, packt das Schwert und seht zu, ob Ihr es fertigbringt.«

Da trat Balin zu ihr und zog mühelos das Schwert heraus. Er betrachtete die glänzende Klinge, und sie gefiel ihm über die Maßen. Dann zollten der König und viele andere Sir Balin Beifall, doch einige der Ritter waren von Neid und Groll erfüllt.

Das Fräulein sagte:»Ihr müßt der beste und untadeligste Ritter sein, dem ich bislang begegnet bin, denn sonst hättet Ihr das nicht zuwege gebracht. Nun, edler und artiger Ritter, gebt mir bitte das Schwert wieder.«

»Nein«, sagte Balin.»Dieses Schwert gefällt mir, und ich werde es behalten, bis jemand imstande ist, es mir mit Gewalt wegzunehmen.«

»Nein, behaltet es nicht«, rief das Fräulein.»Es ist unklug, das Schwert zu behalten, denn wenn Ihr es tut, werdet Ihr damit Euren besten Freund, den Mann töten, der Euch auf der ganzen Welt am teuersten ist. Dieses Schwert wird Euer Untergang sein.«

Balin sagte:»Ich will alles auf mich nehmen, was Gott mir schickt, Fräulein, aber das Schwert werde ich Euch nicht zurückgeben.«

»Das wird Euch schon bald gereuen«, sagte das Fräulein. »Ich möchte das Schwert nicht für mich selbst. Wenn Ihr es behaltet, wird es Euch ins Unglück stürzen, und ich habe großes Mitleid mit Euch.«

Dann ließ Sir Balin sein Pferd und seine Rüstung holen und bat den König um die Erlaubnis, den Hof verlassen zu dürfen. Artus sagte:»Verlaßt uns jetzt nicht. Ich weiß, Ihr seid aufgebracht, weil Ihr zu Unrecht gefangengesetzt wurdet, aber man hat falsche Beweise gegen Euch angeführt. Hätte ich gewußt, was für ein aufrechter und wackerer Mann Ihr seid, hätte ich anders gehandelt. Wenn Ihr aber an meinem Hof und in unserem geselligen Kreis bleibt, werde ich Euch fördern und entschädigen.«

»Ich danke Euch, erhabener Gebieter«, sagte Balin. »Eure Freigebigkeit ist wohlbekannt. Ich hege keinen Groll gegen Euch, aber ich muß fort und bitte darum, daß Eure Gnade mich begleiten möge.«

»Ich bin über Euer Scheiden nicht erfreut«, sagte der König. »Ich bitte Euch, lieber Ritter, nicht zu lange von uns fernzubleiben. Wir werden uns auf Eure Rückkehr freuen, und ich will das Unrecht wiedergutmachen, das an Euch begangen wurde.«

»Gottes Lohn für Eure Huld«, erwiderte der Ritter und machte sich zum Aufbruch bereit. Und einige Neider unter der Hofgesellschaft munkelten, nicht ritterliche Tugend, sondern Zauberei sei die Ursache seines Glückes.

Während Balin sein Pferd rüstete, kam die Dame vom See an Artus' Hof geritten, und sie war reich gewandet und saß auf einem trefflichen Pferd. Sie entbot dem König ihren Gruß und erinnerte ihn dann an sein Versprechen, als sie ihm das Schwert aus dem See geschenkt hatte.

»Ich erinnere mich daran«, sagte Artus, »aber ich habe den Namen des Schwerts vergessen, falls Ihr mir ihn überhaupt genannt habt.«

»Es heißt Excalibur«, sagte die Dame, »und das bedeutet Schneidestahl.«

»Habt Dank, meine Dame«, sagte der König. »Und nun – welches Geschenk wollt Ihr erbitten. Ich werde Euch alles geben, was in meiner Macht liegt.«

Da sprach die Dame mit flammenden Augen: »Ich will zwei Köpfe – den des Ritters, der das Schwert herausgezogen hat, und den des Fräuleins, das es hierhergebracht hat. Ich werde mich erst dann zufriedengeben, wenn ich beide Häupter habe. Dieser Ritter hat meinen Bruder getötet, und das Fräulein war am Tod meines Vaters schuld. Das also fordere ich.«

Der König war über dieses grausame Verlangen bestürzt. Er sagte: »Die Ehre verbietet mir, diese beiden zu töten, nur damit Ihr Eure Rache bekommt. Verlangt etwas anderes, ich werde es Euch geben.«

»Ich will nichts anderes«, sagte die Dame.

Mittlerweile war Balin zum Aufbruch bereit, und als er die Dame vom See sah, erkannte er in ihr diejenige, die drei Jahre vorher durch geheime Künste den Tod seiner Mutter herbeigeführt hatte. Und als er erfuhr, daß sie seinen Kopf fordere, ging er auf sie zu und rief:»Ihr seid ein bösartiges Geschöpf! Meinen Kopf wollt Ihr? Ich werde mir Euren holen.« Damit zog er sein Schwert und hieb ihr mit einem einzigen Streich den Kopf vom Leib.

»Was habt Ihr getan!« rief Artus. »Ihr habt Schande über mich und meinen Hof gebracht. Ich war dieser Dame zu Dank verpflichtet, und außerdem stand sie unter meinem Schutz. Ich kann Euch diese empörende Tat niemals vergeben.«

»Herr«, sagte Balin, »ich bin bekümmert über Euer Mißfallen, aber ich bereue meine Tat nicht. Sie war eine bösartige Hexe. Mit Zauberkünsten und Hexerei hat sie viele brave Ritter getötet, und mit Arglist und Tücke brachte sie es dahin, daß meine Mutter verbrannt wurde.«

Der König sagte:»Was für einen Grund Ihr auch haben mögt, Ihr hattet kein Recht, das zu tun, zumal in meiner Gegenwart. Es war eine gräßliche Tat und eine schwere Kränkung für mich. Verlaßt jetzt meinen Hof. Ihr seid hier nicht mehr erwünscht.«

Da packte Balin den Kopf der Dame vom See an den Haaren, hob ihn auf und trug ihn in sein Quartier, wo sein Knappe auf ihn wartete. Sie stiegen auf ihre Pferde und ritten aus der Stadt hinaus.

Und Balin sagte:»Ich möchte, daß du diesen Kopf zu meinen Freunden und Verwandten nach Northumberland bringst. Sag ihnen, daß der gefährlichste Feind tot ist. Berichte ihnen, daß ich aus der Haft befreit und wie ich zu diesem zweiten Schwert gekommen bin.«

»Ich bin traurig über Eure Tat«, sagte der Knappe. »Ihr verdient schweren Tadel, weil Ihr Euch die Freundschaft des Königs verscherzt habt. Niemand zweifelt an Eurem Mut, aber Ihr seid ein halsstarriger Ritter und wenn Ihr einmal einen Weg eingeschlagen habt, unfähig, davon abzugehen, selbst wenn er Euch ins Verderben führt. Das ist Euer Fehler und Euer Schicksal.«

Darauf sagte Balin:»Ich habe über eine Möglichkeit nachgedacht, die Huld des Königs zurückzugewinnen. Ich werde zum Lager seines Feindes Lord Royns reiten und ihn töten oder selbst den Tod finden. Sollte es so kommen, daß ich Sieger bleibe, wird König Artus wieder mein Freund sein.«

Der Knappe schüttelte über einen solch verzweifelten Plan zwar den Kopf, sagte aber: »Sir, wo soll ich Euch wiedertreffen?«

»An König Artus' Hof«, antwortete Balin zuversichtlich und schickte seinen Knappen des Weges.

Dort, am Hof, gedachten der König und alle seine Getreuen voll Trauer und Scham Balins Tat und begruben die Dame vom See mit feierlichem Gepränge.

Am Hof befand sich zu dieser Zeit ein Ritter, der von großem Neid auf Balin verzehrt wurde, weil dieser es geschafft hatte, das Zauberschwert herauszuziehen. Es war Sir Launceor, Sohn des Königs von Irland, ein hochfahrender und ehrgeiziger Mann, der sich für einen der vortrefflichsten Ritter auf dem ganzen Erdenrund hielt. Er bat den König um die Erlaubnis, Balin verfolgen zu dürfen, um die Kränkung von Artus' Würde zu rächen.

Der König sagte: »Geht – und tut, was Ihr vermögt. Ich bin voll Zorn auf Balin. Tilgt die Schmach, die meinem Hof angetan wurde.«

Als Sir Launceor sich in sein Quartier verfügt hatte, um sich für den Ritt bereit zu machen, erschien Merlin vor König Artus und erfuhr, wie das Schwert herausgezogen und die Dame vom See erschlagen worden war.

Da blickte Merlin auf das Fräulein mit dem Schwert, das am Hof geblieben war. Und er sagte: »Seht das Fräulein an, das hier steht. Sie ist ein tückisches und bösartiges Geschöpf, und sie kann es nicht leugnen. Sie hat einen Bruder, der ein tapferer Ritter und braver, ehrlicher Mann ist. Dieses Fräulein liebte einen anderen Ritter und wurde sein Schätzchen. Und ihr Bruder, der die Schande tilgen wollte, forderte ihren Liebhaber und tötete ihn in fairem Kampf. Da brachte das Fräulein in ihrem Grimm sein Schwert zu der Dame Lyle von Avalon und bat um Beistand, weil sie sich an ihrem eigenen Bruder rächen wollte.«

Merlin fuhr fort: »Die Dame Lyle nahm das Schwert, verzauberte es und belegte es mit einem Fluch. Nur der beste und tapferste Ritter sollte imstande sein, es aus der Scheide zu ziehen, und der, dem dies gelang, damit seinen Bruder töten.« Und wieder wandte sich Merlin anklagend gegen das Fräulein. »Das war Euer tückischer Grund hierherzukommen«, sagte er. »Leugnet es nicht. Ich weiß es so gut wie Ihr selbst. Wollte Gott, Ihr wärt nie gekommen, denn wohin Ihr auch den Fuß setzt, bringt Ihr Harm und Tod mit Euch.

Der Ritter, der dieses Schwert herauszog, ist der beste und tapferste Mann, und das Schwert, das er aus der Scheide zog, wird ihn ins Verderben stürzen. Denn alles, was er tut, wird sich ohne seine Schuld in Bitternis und Tod verwandeln. Der auf dem Schwert liegende Fluch ist ihm zum Schicksal geworden.« Merlin wandte sich zum König und sagte: »Herr, dieser treffliche Ritter hat nur noch eine kurze Lebensfrist, doch ehe er stirbt, wird er Euch einen Dienst erweisen, dessen Ihr lange gedenken werdet.« Und König Artus lauschte in traurigem Staunen.

Mittlerweile hatte sich Sir Launceor von Kopf bis Fuß gewappnet. Er hängte den Schild an die Schulter, nahm eine Lanze in die Rechte und trieb sein Pferd zu schärfstem Galopp an, der Richtung folgend, die Sir Balin eingeschlagen hatte. Nicht lange, und er holte seinen Feind auf der Spitze eines Berges ein. Und Sir Launceor brüllte: »Haltet an, wo Ihr seid, sonst zwinge ich Euch dazu! Euer Schild wird Euch jetzt nicht schützen.«

Balin antwortete leichthin: »Ihr wärt vielleicht besser zu Hause geblieben. Ein Mann, der einem Feind droht, muß oft feststellen, daß der Spieß umgedreht wird. Von welchem Hof kommt Ihr?«

»Von König Artus' Hof«, antwortete der irische Ritter. »Und ich bin gekommen, um den Schimpf zu rächen, den Ihr heute dem König angetan habt.«

Sir Balin erwiderte: »Wenn ich mit Euch kämpfen muß, dann muß es eben sein. Aber glaubt mir, Sir, es liegt mir auf der Seele, daß ich den König beleidigt habe. Ich weiß, Ihr tut selbstverständlich Eure Pflicht, doch bevor wir kämpfen, sollt Ihr wissen, daß mir nichts anderes übrigblieb. Die Dame vom See hat mir tiefen Schmerz bereitet und außerdem mein Leben gefordert.«

Sir Launceor sagte: »Genug der Worte. Macht Euch bereit,

denn nur einer von uns beiden wird diesen Platz lebend verlassen.«

Dann legten sie ihre Lanzen ein und stürmten gegeneinander. Launceors Lanze zersplitterte, Balins Waffe hingegen drang durch Schild und Harnisch und Brust des Gegners, und der irische Ritter stürzte krachend auf die Erde. Als Balin sein Pferd gewendet und das Schwert gezogen hatte, sah er seinen Feind tot im Gras liegen. Und dann hörte er galoppierende Hufe und sah ein Fräulein herbeireiten, so rasch sie nur konnte. Als sie sah, daß Sir Launceor tot war, brach sie in eine hemmungslose Klage aus.

»Balin!« schrie sie. »Zwei Leiber habt Ihr in einem Herzen und zwei Herzen in einem Leib erschlagen, und zwei Seelen habt Ihr erlöst.« Dann sprang sie vom Pferd, hob das Schwert ihres Liebsten auf und sank ohnmächtig auf die Erde. Und als sie wieder zu sich kam, brach sie neuerlich in Jammerschreie aus, und ihr Kummer tat Balin in der Seele weh. Er trat zu ihr und wollte ihr das Schwert wegnehmen, aber sie klammerte sich so verzweifelt daran, daß er es losließ, weil er befürchtete, er könnte sie verletzen. Dann stellte sie plötzlich das Schwert auf den Knauf, stürzte sich über die Spitze und starb, von der Klinge durchbohrt.

Balin stand tief betroffen und bekümmert da, weil er die Ursache ihres Todes gewesen war. Und er rief aus: »Wie groß muß die Liebe zwischen diesen beiden gewesen sein – und ich habe sie zugrunde gerichtet!« Er vermochte ihren Anblick nicht länger zu ertragen, stieg auf sein Pferd und ritt traurig davon, dem Wald entgegen.

Er sah in der Ferne einen Ritter, der näher kam, und als er das Wappenzeichen auf dem Schild sah, wußte er, daß es sein Bruder Balan war. Und als sie einander erreicht hatten, rissen beide sich den Helm vom Kopf, küßten einander und vergossen Freudentränen.

Balan sagte: »Mein Bruder, ich hatte nicht gehofft, Euch schon so bald zu sehen. In der Burg der vier Katapulte begegnete ich einem Mann, der mir sagte, Ihr seid aus dem Gefängnis entlassen und er habe Euch an König Artus' Hof gesehen. So bin ich aus Northumberland fortgeritten, um nach Euch zu suchen.«

Dann berichtete Balan seinem Bruder von dem Fräulein mit

dem Schwert und davon, daß er die Dame vom See getötet und den König erzürnt hatte. Und er sagte: »Dort hinten liegt ein toter Ritter, den man mir als Verfolger hinterhersandte, und neben ihm seine Liebste, die sich selbst den Tod gegeben hat, und mir ist das Herz vor Kummer schwer.«

»Das ist eine traurige Geschichte«, sagte Balan, »aber Ihr seid ein Ritter, und Ihr wißt, daß Ihr alles auf Euch nehmen müßt, was Gott Euch bestimmt.«

»Das weiß ich«, sagte Balin, »aber es schmerzt mich, daß König Artus ungehalten über mich ist. Er ist der beste und größte König, der auf Erden regiert, und ich werde entweder seine Liebe zurückgewinnen oder aus dem Leben scheiden.«

»Wie wollt Ihr das tun, mein Bruder?«

»Ich werde es Euch sagen«, antwortete Balin. »König Artus' Feind, Lord Royns, belagert die Burg Terrabil in Cornwall. Dorthin werde ich reiten und an ihm beweisen, daß ich ein Mann von Ehre und Mut bin.«

»Hoffentlich fügt es sich so«, sagte Balan. »Ich werde Euch begleiten und an Eurer Seite mein Leben einsetzen, wie es einem Bruder geziemt.«

»Wie gut, daß Ihr gekommen seid, lieber Bruder«, sagte Balin. »Laßt uns zusammen weiterreiten.«

Während sie so sprachen, kam aus der Richtung von Camelot ein Zwerg dahergeritten, und als er die Leichen des Ritters und seines geliebten Fräuleins sah, raufte er sich das Haar und rief zu den Brüdern hin: »Wer hat diese Tat begangen?«

»Mit welchem Recht fragst du das?« sagte Balan.

»Weil ich es wissen möchte.«

Und Balin antwortete ihm: »Ich war es. Ich habe mich gegen den Ritter verteidigt und ihn in fairem Zweikampf getötet, und das Fräulein hat sich vor Kummer den Tod gegeben, worüber ich tief betroffen bin. Um ihretwillen werde ich zeit meines Lebens allen Frauen dienen.«

Der Zwerg sagte: »Ihr habt Euch selbst großen Schaden zugefügt. Dieser tote Ritter war der Sohn des Königs von Irland. Seine Sippe wird an Euch Rache üben und Euch durch die ganze Welt verfolgen, bis man Euch getötet hat.«

»Das macht mir nicht bange«, sagte Balin. »Dagegen beschwert mich, daß ich bei meinem König Artus in doppelter Ungnade stehen werde, weil ich seinen Ritter tötete.«

Dann kam König Mark von Cornwall herangeritten und sah die Leichname, und als er die Geschichte ihres Todes erfuhr, sagte er: »Sie müssen einander wahrhaft geliebt haben. Ich werde dafür sorgen, daß sie zu ihrem Gedenken eine Gruft bekommen.« Dann befahl er seinen Männern, ihre Zelte aufzuschlagen, und suchte die Gegend nach einer Grabstätte für die Liebenden ab. In einer Kirche in der Nähe ließ er eine große Steinplatte aus dem Boden vor dem Hochaltar heben, den Ritter und das Fräulein zusammen bestatten, und nachdem die Platte wieder eingelassen worden war, darauf die Worte meißeln: »Hier ruht Sir Launceor, Sohn des Königs von Irland, getötet im Zweikampf mit Sir Balin, und neben ihm seine geliebte Dame Colombe, die sich vor Schmerz mit dem Schwert ihres Geliebten entleibte.«

Merlin trat in die Kirche und sagte zu Balin: »Warum habt Ihr diese Dame nicht gerettet?«

»Ich schwöre, es war mir unmöglich«, sagte Balin. »Ich versuchte wohl, sie zu retten, doch sie war zu rasch.«

»Ihr tut mir leid«, sagte Merlin. »Zur Strafe für diesen Tod ist Euch bestimmt, den traurigsten Stoß zu führen, seit der Speer unserem Herrn Jesus Christus in die Seite drang, und Ihr werdet über drei Königreiche Elend und Verzweiflung bringen.«

Und Balin rief laut: »Das kann nicht wahr sein! Wenn ich es glaubte, würde ich mich selbst umbringen, um dich damit Lügen zu strafen.«

»Aber das werdet Ihr nicht tun«, sagte Merlin.

»Nenne mir mein Vergehen!« sagte Balin.

»Unglück«, antwortete Merlin. »Manche nennen es Schicksal.« Und plötzlich war er verschwunden.

Nachdem einige Zeit vergangen war, nahmen die Brüder von König Mark Abschied.

»Sagt mir zuvor noch, wie ihr heißt«, bat er sie.

Und Balan antwortete: »Ihr seht, daß er zwei Schwerter trägt. Nennt ihn den Ritter mit den zwei Schwertern.«

Dann schlugen die beiden Brüder die Richtung zu Royns' Lager ein. Und auf einem ausgedehnten Moor, über das der Wind fegte, trafen sie auf einen Fremden, gehüllt in einen Mantel. Der Fremde fragte, wohin sie unterwegs seien.

»Warum sollten wir dir das sagen«, antworteten sie, und Balin sagte: »Sag uns, wie du heißt, Fremdling.«

»Warum sollte ich, wenn ihr euch ausschweigt«, versetzte der Mann.

»Es ist ein übles Zeichen, wenn ein Mann seinen Namen nicht nennen will«, sagte Balan.

»Denkt, was ihr wollt«, sagte der Fremde. »Was würdet ihr denken, wenn ich euch sagte, daß ihr unterwegs seid, um Lord Royns zu suchen, und daß euch dies ohne meine Hilfe nicht gelingen wird?«

»Ich würde denken, du bist Merlin, und wenn du es bist, würde ich dich um Hilfe bitten.«

»Ihr werdet Tapferkeit und Mut nötig haben«, sagte Merlin.

Sir Balin erwiderte: »An Mut soll es nicht fehlen. Wir werden tun, was in unseren Kräften steht.«

Sie kamen zum Rand eines Waldes, stiegen in einer Senke im Schatten laubreicher Bäume von den Pferden, nahmen ihnen die Sättel ab und ließen sie grasen. Und die Ritter legten sich unter das Dach der Äste und schliefen ein.

Kurz vor Mitternacht weckte Merlin sie leise. »Macht euch rasch bereit«, sagte er. »Eure Chance nähert sich. Royns hat, nur von einer Leibwache begleitet, heimlich sein Lager verlassen, um Lady de Vance einen nächtlichen Liebesbesuch abzustatten.«

Aus der Deckung der Bäume sahen sie Reiter herankommen.

»Welcher ist Royns?« fragte Balin.

»Der Große in der Mitte«, sagte Merlin. »Wartet noch, bis sie auf gleicher Höhe sind.«

Und als die Kavalkade in der sternklaren Nacht vorüberkam, brachen die beiden Brüder aus ihrem Versteck hervor, stießen Royns aus dem Sattel und griffen seine verblüfften Leute an. Sie hieben mit ihren Schwertern nach rechts und links. Einige gingen zu Boden, die übrigen wandten sich zur Flucht.

Dann kehrten die Brüder zu dem vom Pferd geworfenen Royns zurück, um ihn zu töten, doch er ergab sich und bat um Pardon. »Tapfere Ritter, erschlagt mich nicht«, sagte er. »Lebend bin ich für euch wertvoll, tot hingegen nicht.«

»Das ist wahr gesprochen«, sagten die beiden Brüder, hoben den verwundeten Royns vom Boden auf und halfen ihm in den Sattel. Und als sie sich nach Merlin umsahen, war er fort, dank seinen Zauberkünsten nach Camelot vorausgeflogen. Dort berichtete er Artus, daß sein ärgster Feind, Lord Royns, besiegt und gefangen sei.

»Von wem?« erkundigte sich der König.

»Von zwei Rittern, die Eure Freundschaft und Huld mehr begehren als sonst etwas auf der Welt. Sie werden morgen früh eintreffen, und dann werdet Ihr sehen, wer sie sind«, sagte Merlin und wollte sich nicht weiter äußern.

Frühmorgens am nächsten Tag brachten die beiden Brüder ihren verwundeten Gefangenen an das Burgtor von Camelot, gaben ihn den Wächtern in Gewahrsam und ritten dann wieder davon in den dämmernden Morgen.

Als König Artus davon Meldung erhielt, ging er zu seinem verwundeten Feind, und er sagte: »Sir, Ihr seid mir ein willkommener Anblick. Welches Abenteuer hat Euch hierhergeführt?«

»Ein schmerzliches Abenteuer, Herr.«

»Wer hat Euch zum Gefangenen gemacht?« fragte der König.

»Ein Mann, den sie den Ritter mit den zwei Schwertern heißen, und sein Bruder. Sie haben mich aus dem Sattel geworfen und meine Leibwache davongejagt.«

Merlin mischte sich ein. »Jetzt kann ich es Euch sagen, Herr. Es war jener Balin, der das fluchbeladene Schwert herauszog, zusammen mit seinem Bruder Balan. Zwei bessere Ritter werdet Ihr niemals finden. Ein Jammer, daß sich ihr Schicksal so bald erfüllen wird und sie nicht mehr lange zu leben haben.«

»Ich stehe in seiner Schuld«, sagte der König. »Und ich habe von Balin keine Gefälligkeit verdient.«

»Er wird noch viel mehr als dies für Euch tun, Herr«, sagte Merlin. »Aber ich bringe Euch Neuigkeiten. Ihr müßt dafür sorgen, daß Eure Ritter sich zum Kampf bereit machen. Morgen, noch vor der Mittagsstunde, wird Euch die Streitmacht von Royns' Bruder Nero angreifen. Da Ihr jetzt viel zu tun habt, werde ich Euch verlassen.«

Darauf scharte König Artus rasch seine Ritter um sich und ritt mit ihnen zur Burg Terrabil. Nero erwartete ihn auf freiem Gelände mit einer zahlenmäßig überlegenen Streitmacht. Er befehligte die Vorhut und wartete nur noch auf König Lot, der mit seinem Heer kommen sollte. Doch er harrte vergebens, denn Merlin hatte sich zu König Lot begeben und hielt ihn mit

Prophezeiungen und Erzählungen von Wunderdingen gefesselt und umstrickt, während Artus seinen Angriff auf Neros Ritter begann. Sir Kay schlug sich an diesem Tag so heldenhaft, daß seine Taten auf alle Zeit unvergessen geblieben sind. Auch Sir Hervis de Revel aus dem Stamm von Sir Thomas Malory zeichnete sich aus, und ebenso Sir Tobinus Streat de Montroy. Sir Balin und sein Bruder stürzten sich mit solcher Vehemenz ins Gewühl, daß es von ihnen hieß, sie kämpften wie Engel aus dem Himmel beziehungsweise wie Teufel aus der Hölle, je nachdem, welche Partei man vertrat. Artus in der Vorhut sah die Waffentaten der Brüder und pries sie vor allen seinen Rittern. Und die Streitmacht des Königs obsiegte, trieb den Feind vom Schlachtfeld und zerstörte Neros Macht.

Ein Bote ritt zu König Lot und meldete, daß die Schlacht verloren und Nero getötet worden war, während Lot Merlins Erzählungen lauschte. König Lot sagte: »Merlin hat mich behext. Wäre ich dort gewesen, hätte Artus nicht den Sieg errungen. Dieser Zauberer hat mich genarrt und mich in seinen Bann gezogen wie ein Kind, das sich Märchen anhört.«

Merlin sagte: »Ich weiß, daß heute ein König sterben muß, und so leid es mir tut, ich wünschte, es wäret Ihr, nicht König Artus.« Damit erhob er sich in die Lüfte und entschwand.

Dann versammelte König Lot seine Unterführer. »Was soll ich tun?« fragte er. »Ist es besser, um Frieden zu bitten oder zu kämpfen? Wenn Nero verloren hat, ist unser halbes Heer dahin.«

Ein Ritter sagte: »König Artus' Männer sind vom Kampf ermattet und ihre Pferde erschöpft, wir dagegen frisch und ausgeruht. Greifen wir ihn jetzt an, ist der Vorteil auf unserer Seite.«

»Wenn ihr alle zustimmt, werden wir kämpfen«, sagte König Lot. »Ich hoffe, ihr werdet euch ebensogut halten, wie ich es selbst versuche.«

Sodann galoppierte er dem Schlachtfeld entgegen und attakkierte Artus' Mannen, aber sie hielten ihm stand und wichen nicht zurück.

Aus Beschämung über sein Zuspätkommen kämpfte König Lot in der vordersten Reihe seiner Ritter. Er schlug sich wie ein rasender Teufel, denn er haßte Artus wie keinen anderen. Er war mit Artus, dessen Halbschwester er geheiratet hatte, früher befreundet gewesen. Doch als Artus die Gemahlin Lots – unwissend, daß sie seine Halbschwester war – verführte und schwängerte, wobei sie das Kind Mordred empfing, schlug König Lots Loyalität in Haß um, und er setzte alles daran, seinen einstigen Freund zugrunde zu richten.

Wie von Merlin vorausgesagt, war Sir Pellinore, der einst an der Quelle im Wald Artus besiegt hatte, zu einem getreuen Freund des Königs geworden, und er kämpfte nun in der ersten Reihe von Artus' Rittern. Sir Pellinore trieb sein Pferd durch das Getümmel rings um König Lot und holte zu einem weitgeschwungenen Schwerthieb gegen ihn aus. Die Klinge glitt ab und tötete Lots Pferd, und als es in die Knie brach, schlug Pellinore mit großer Wucht auf Lots Helm, worauf dieser zu Boden sank.

König Lots Männer sahen ihn erschlagen auf dem Boden liegen und versuchten zu fliehen, aber viele wurden gefangengenommen und noch mehr auf der Flucht getötet.

Als die Leichen zusammengetragen wurden, fand man unter ihnen die von zwölf großen Herren, die im Dienste Neros und König Lots umgekommen waren. Sie wurden zur Bestattung in die Stephanskirche in Camelot gebracht, die Ritter geringeren Ranges hingegen nahebei unter einem gewaltigen Stein begraben.

König Artus ließ Lot in einer reichgeschmückten Gruft für sich allein beisetzen, die zwölf großen Herren jedoch zusammenlegen und über ihnen ein Siegesdenkmal errichten. Merlin nutzte seine Künste dazu, Figuren der zwölf Herren aus vergoldetem Kupfer und Messing in der Haltung besiegter Männer zu gestalten, und jede Figur hielt eine Kerze, die Tag und Nacht brannte. Über diesen Abbildern brachte er eine Statue von König Artus an, die ein gezogenes Schwert über die Häupter seiner Feinde hielt. Und Merlin prophezeite, daß die Kerzen bis zu Artus' Tod brennen und im selben Augenblick wie er verlöschen würden. Und an diesem Tage prophezeite er auch andere Dinge, die im Schoß der Zukunft lagen.

Kurz danach befahl Artus, ermüdet vom Kämpfen und Regieren und außerdem des Lebens in dunklen Räumen hinter dicken Burgmauern überdrüssig, sein Prunkzelt auf einer grünen Wiese außerhalb der Mauern aufzuschlagen. Dort wollte er in der Stille und in der süß duftenden Luft ruhen, um wieder zu

Kräften zu kommen. Er legte sich auf ein Feldbett, um zu schlafen, aber er hatte die Augen noch nicht geschlossen, als er ein näherkommendes Pferd hörte und einen Ritter heranreiten sah, der klagend und kummervoll mit sich selbst sprach.

Als er am Zelt vorbeikam, rief der König hinaus: »Kommt zu mir herein, wackerer Ritter, und sagt mir, warum Ihr so traurig seid.«

Der Ritter antwortete: »Was würde das schon nützen? Ihr könnt mir doch nicht helfen.« Und damit ritt er weiter, in Richtung auf die Burg Meliot.

Der König versuchte wieder einzuschlafen, doch seine Neugier hielt ihn wach, und indes er seinen Gedanken nachhing, kam Sir Balin herbeigeritten, und als er König Artus sah, stieg er aus dem Sattel und begrüßte seinen Gebieter.

»Ihr seid allzeit willkommen«, sagte der König, »besonders aber jetzt. Eben kam ein Ritter vorbei, der Jammerschreie ausstieß und nicht antworten wollte, als ich ihn nach dem Grund fragte. Wenn Ihr mir einen Dienst erweisen wollt, reitet diesem Ritter nach und führt ihn zu mir, ob er nun kommen will oder nicht, denn ich bin neugierig.«

»Ich werde ihn zu Euch führen, Herr«, sagte Sir Balin.

»Und will er nicht, wird er noch trauriger werden, als er es schon ist.«

Damit stieg Balin aufs Pferd, galoppierte den Weg dahin, den der Ritter genommen hatte, und fand ihn nach einiger Zeit, mit einem Fräulein unter einem Baum sitzend. Sir Balin sprach: »Herr Ritter, Ihr müßt mit mir zu König Artus kommen und ihm die Ursache Eures Kummers erzählen.«

»Das werde ich nicht tun«, sagte der Ritter. »Ich geriete in große Gefahr, wenn ich es täte, und Ihr hättet nichts davon.«

»Bitte, kommt mit mir, Sir«, sagte Balin. »Wenn Ihr Euch weigert, muß ich gegen Euch kämpfen, und das möchte ich nicht.«

»Ich sage Euch, mein Leben ist bedroht. Wollt Ihr versprechen, mich zu beschützen?«

»Ich werde Euch beschützen oder selbst das Leben verlieren«, sagte Balin. Und darauf stieg der Ritter in den Sattel, und sie ritten davon, das Fräulein zurücklassend. Als sie zu König Artus' Zelt kamen, hörten sie die Geräusche eines heransprengenden Kriegsrosses, sahen aber nichts, und plötzlich wurde der Ritter von einer unsichtbaren Macht aus dem Sattel geschleudert und lag, von einer Lanze durchbohrt, sterbend auf der Erde. Keuchend stieß er hervor: »Das war die Gefahr, die mir drohte – ein Ritter namens Garlon, der es versteht, sich unsichtbar zu machen. Ihr wolltet mich schützen und habt versagt. Nehmt mein Pferd. Es ist besser als Eures. Und reitet zurück zu dem Fräulein – es wird Euch zu meinem Feind führen, und vielleicht könnt Ihr mich rächen.«

Balin rief: »Das will ich bei meiner Ritterehre tun. Ich schwöre es bei Gott.«

Und damit starb der Ritter, Sir Harleus le Berbeus, und Balin zog den Lanzenstumpf aus dem Leichnam und ritt traurig davon, denn es bereitete ihm Kummer, daß er, seinem Versprechen entgegen, den Ritter nicht beschützt hatte, und er verstand nun, warum Artus über den Tod der unter seinem Schutz stehenden Dame vom See so erbittert gewesen war. Balin hatte das Gefühl, daß eine düstere Wolke des Unheils über ihm hing. Er fand das Fräulein im Wald, gab ihr den Schaft der Lanze, die ihren Liebsten getötet hatte, und sie trug ihn als Zeichen der Erinnerung immer bei sich. Sie führte Sir Balin auf die Suche, die er dem sterbenden Ritter versprochen hatte.

Im Wald stieß er auf einen gerade von der Jagd zurückkehrenden Ritter, der, als er Balins umdüsterte Miene sah, nach dem Grund seines Kummers fragte. Balin antwortete nur knapp, er wolle darüber nicht sprechen.

Der Ritter nahm die Unhöflichkeit übel auf und sagte: »Wenn ich gegen Männer gewappnet wäre statt gegen Wild, würdet Ihr mir schon antworten.«

Balin erwiderte matt: »Ich habe keinen Grund, es Euch nicht zu sagen.« Und er erzählte die sonderbare und tödliche Begebenheit, die er erlebt hatte. Der Ritter – er hieß Sir Peryne de Monte Belyarde – war davon so bewegt, daß er Balin darum bat, ihn auf seinem Rachezug begleiten zu dürfen. Er ging zu seinem Haus, das nicht weit entfernt war, wappnete sich und machte sich mit den beiden auf den Weg. Und als sie an einer kleinen, einsamen Einsiedelei im Wald vorüberritten, war wieder das Geräusch von heransprengenden Hufen zu hören, und Sir Peryne stürzte, von einer Lanze durchbohrt, vom Pferd.

»Eure Geschichte war wahr«, sagte er. »Der unsichtbare Feind hat mich getötet. Ihr seid dazu verdammt, Eure Freunde ins Verderben zu stürzen.« Dann erlag Sir Peryne seiner Wunde.

Balin sagte kummervoll:»Mein Feind ist ein Wesen, das ich nicht sehen kann. Wie kann ich das Unsichtbare zum Kampf stellen?«

Dann half ihm der Eremit, den Toten in die Kapelle zu tragen, und sie begruben ihn ehrenvoll und erfüllt von Mitgefühl.

Und danach ritten Balin und das Fräulein weiter, bis sie zu einer wehrhaften Burg kamen. Balin ritt über die Zugbrücke, und hinter ihm ratterte das Fallgatter herab, so daß er gefangen war, während das Fräulein sich noch draußen befand, wo viele Männer sie mit Messern angriffen. Da lief Balin, so rasch er nur konnte, zur Mauerbrüstung hinauf und sprang in den Burggraben tief unter ihm, und das Wasser bremste seinen Sturz ab und bewahrte ihn vor einer Verletzung. Er kletterte aus dem Graben und zog sein Schwert, doch die Angreifer wichen zurück und sagten zu ihm, daß sie nur einem in der Burg herrschenden Brauch folgten. Sie erklärten, die Burgherrin leide seit langem an einer schrecklichen zehrenden Krankheit, die nur mit dem Blut der jungfräulichen Tochter eines Königs in einer Silberschale geheilt werden könne, und deswegen sei es ihre Gepflogenheit, jedem Fräulein, das des Weges kam, Blut abzunehmen.

Balin sagte:»Ich bin überzeugt, sie wird euch etwas von ihrem Blut geben; ihr braucht sie nicht zu töten, um es zu bekommen.« Dann half er, ihr eine Ader zu öffnen, und sie fingen in einer Silberschale Blut auf, aber da es die Burgherrin nicht zu heilen vermochte, nahm man an, daß das Fräulein die eine oder die andere der Voraussetzungen oder auch beide nicht erfüllte. Doch wegen der Blutspende wurden sie freundlich aufgenommen und gut bewirtet, und sie ruhten die Nacht über in der Burg und setzten am nächsten Morgen ihren Ritt fort. Vier Tage ging es ohne einen Zwischenfall so weiter, und dann übernachteten sie im Hause eines Edelmannes. Und als sie beim Abendbrot saßen, hörten sie aus einem nahen Gemach ein Schmerzensstöhnen, und Balin erkundigte sich danach.

»Ich will es Euch sagen«, antwortete der Edelmann. »Unlängst ritt ich bei einer Tjost gegen den Bruder von König Pelham. Zweimal warf ich ihn vom Pferd, worauf er zornig wurde und mit einem Racheakt an jemandem drohte, der mir nahesteht. Dann machte er sich unsichtbar und verwundete meinen Sohn, den Ihr vor Schmerzen jammern hört. Erst wenn ich diesen bösen Ritter getötet und ihm sein Blut abgenommen habe, wird mein Sohn wieder genesen.«

»Ich kenne ihn gut, habe ihn aber nie gesehen«, sagte Balin. »Er hat zwei Ritter, die ich kannte, auf die gleiche Weise umgebracht, und lieber als alles Gold im Königreich wäre mir die Chance, ihm im Kampf gegenüberzutreten.«

»Ich will Euch sagen, wie Ihr ihm begegnen könnt«, sagte der Gastgeber. »Sein Bruder, König Pelham, hat ein großes Fest in zwanzig Tagen angekündet. Daran dürfen nur Ritter teilnehmen, die mit ihrer Ehefrau oder Geliebten kommen. Garlon, der Bruder des Königs, wird gewiß dort sein.«

»Dann werde ich auch dort sein«, sagte Balin.

Und am nächsten Morgen brachen die drei auf, und sie ritten fünfzehn Tage, bis sie in Pelhams Land kamen. Sie gelangten an dem Tag, an dem das Fest beginnen sollte, zu seiner Burg, brachten ihre Pferde in den Stall und gingen zur großen Halle, doch Balins Gastgeber verwehrte man den Zutritt, weil er weder Ehefrau noch Liebste mitgebracht hatte. Balin hingegen wurde willkommen geheißen und in ein Gemach geführt, wo er seine Waffen ablegte und badete. Diener brachten ihm ein Schmuckgewand, das er beim Festmahl tragen sollte. Doch dann ersuchten sie ihn, das Schwert bei seiner Rüstung zurückzulassen, was Balin ablehnte. Er sagte: »In meinem Land muß ein Ritter sein Schwert allzeit bei sich haben. Wenn ich es nicht mitnehmen kann, darf ich nicht zu dem Fest gehen.« Widerstrebend ließen sie ihn seine Waffe mitnehmen, und er ging in die große Halle, wo er sich unter die Ritter setzte, seine Dame neben ihm.

Dann fragte Balin: »Ist an diesem Hof ein Ritter namens Garlon, Bruder des Königs?«

»Dort ist er gerade«, sagte ein in der Nähe sitzender Mann. »Seht, der Dunkelhäutige, das ist er. Er ist ein sonderbarer Mensch und hat schon viele Ritter getötet, weil er das Geheimnis besitzt, sich unsichtbar zu machen.«

Balin starrte zu Garlon hin und überlegte, was er tun sollte. Und er sagte sich: »Wenn ich ihn jetzt töte, ist ein Entkommen unmöglich, aber wenn ich es nicht tue, werde ich ihn vielleicht nie wieder sehen, weil er nicht sichtbar sein wird.«

Garlon hatte bemerkt, daß Balin zu ihm herstarrte, und das verdroß ihn. Er erhob sich von seinem Platz, trat zu Balin, schlug ihm mit dem Handrücken ins Gesicht und sagte: »Es paßt mir nicht, daß Ihr mich anstarrt. Eßt Euer Fleisch auf dem Teller oder tut sonst etwas, weswegen Ihr gekommen seid.«

»Ich werde tun, weshalb ich gekommen bin«, versetzte Balin, zog sein Schwert und schlug Garlon das Haupt ab. Dann sagte er zu seiner Dame: »Gebt mir den Stumpf der Lanze, mit dem Euer Liebster getötet wurde.« Er nahm ihn, durchbohrte damit Garlons Leichnam und rief: »Damit habt Ihr einen wakkeren Ritter getötet. Jetzt steckt es in Euch.« Und zu seinem Freund draußen vor der Halle rief er hinaus: »Hier ist genug Blut, um Euren Sohn zu heilen.«

Die versammelten Ritter hatten verblüfft dagesessen, nun aber sprangen sie auf, um sich auf Balin zu stürzen. König Pelham erhob sich von seinem Platz an der erhöhten Tafel und sagte: »Ihr habt meinen Bruder getötet. Ihr seid des Todes.«

Aber Balin rief ihm höhnisch zu: »Wohlan – tötet mich doch selbst, wenn Ihr tapfer genug seid.«

»So soll es sein«, sagte Pelham. »Tretet zurück, ihr Ritter. Ich werde ihn um meines Bruders willen selbst erschlagen.«

Pelham nahm eine gewaltige Streitaxt von der Wand, ging damit auf Balin los und führte einen Hieb, den Balin mit seinem Schwert parierte. Aber die schwere Axt zerschlug das Schwert in zwei Stücke, so daß Balin ohne Waffe war. Darauf rannte er aus der Halle, von Pelham verfolgt. Er lief von Gemach zu Gemach, nach einer Waffe Ausschau haltend, fand aber nirgends eine, und die ganze Zeit hörte er, daß König Pelham ihm auf den Fersen war.

Schließlich geriet Balin in ein Gemach, in dem er etwas Wundersames erblickte. Der Raum war mit goldenem Tuch, verziert mit mystischen, heiligen Symbolen, ausgekleidet, und das Bett darin mit herrlichen Vorhängen drapiert. Auf dem Bett lag unter einem aus Goldfäden gewirkten Überwurf der vollkommene Körper eines ehrwürdigen Greises, und auf einem goldenen Tisch neben dem Bett stand ein seltsam gearbeiteter Speer mit einem Griff aus Holz, einem schlanken eisernen Schaft und einer kleinen Spitze.

Balin hörte die Schritte des ihn verfolgenden Pelham, packte den Speer und stieß ihn seinem Feind in die Seite. Und im selben Augenblick war das Grollen eines Erdbebens zu vernehmen, die Mauern der Burg stürzten nach außen, das Dach fiel herab, und Balin und König Pelham taumelten, vom herabstürzenden Schutt mitgerissen, zu Boden, wo sie, eingeklemmt zwischen Steinen und zerborstenen Balken, bewußtlos liegenblieben. Die meisten der in der Burg versammelten Ritter wurden vom einstürzenden Dach erschlagen.

Nach einiger Zeit erschien Merlin, räumte die Steine über Balin beiseite und brachte ihn zu Bewußtsein. Und er holte ihm ein Pferd und sagte zu ihm, er solle auf schnellstem Wege das Land verlassen.

Balin aber sagte: »Wo ist mein Fräulein?«

»Sie liegt tot unter den Trümmern der Burg«, antwortete Merlin.

»Was hat diesen Einsturz verursacht?« fragte Balin.

»Ihr seid auf ein Geheimnis gestoßen«, sagte Merlin. »Nicht lange nach der Kreuzigung Christi kam Joseph, ein Kaufmann aus Arimathia, der in seinem eigenen Grab unseren Herrn beigesetzt hatte, auf einem Schiff in unser Land und brachte den heiligen Abendmahlskelch, gefüllt mit dem heiligen Blut, und auch jenen Speer mit, mit dem der Römer Longinus Jesus am Kreuz in die Seite gestochen hatte. Und Joseph brachte diese geheiligten Gegenstände auf die Insel Glass in Avalon und erbaute dort eine Kirche, die erste in diesem ganzen Land. Die Gestalt auf dem Bett in jenem Gemach, das war Josephs Leichnam, und der Speer war der Speer des Longinus, und damit habt Ihr Pelham verwundet, Josephs Nachkommen, und das war der schmerzliche Streich, von dem ich Euch vor langer Zeit sprach. Und weil Ihr dies getan habt, werden sich Krankheit, Hunger und Verzweiflung wie ein Pesthauch über das Land legen.«

Balin rief: »Das habe ich nicht verdient. Es ist ungerecht!«

»Unglück ist unverdient, das Schicksal ist nicht gerecht, und dennoch existiert beides«, antwortete Merlin und sagte Balin Lebewohl. »Denn«, so sprach er, »wir werden uns in dieser Welt nicht wiedersehen.«

Dann ritt Balin davon, durch das heimgesuchte Land, und sah allerorten Menschen, die tot waren oder im Sterben lagen, und die Lebenden riefen hinter ihm drein: »Balin, Ihr seid die Ursache solcher Verwüstung. Ihr werdet Eure Strafe dafür empfangen.« Und Balin trieb angstvoll sein Pferd an, um aus dem verheerten Land hinauszukommen. Er ritt acht Tage auf der Flucht vor dem Unheil und war froh, als er das wüste Gebiet hinter sich hatte und in einen schönen, stillen Wald gelangte. Seine Lebensgeister erwachten wieder, seine Seele warf ihre düsteren Gewänder ab. Über den Bäumen in einem lieblichen Tal sah er die Zinnen eines schlanken Turmes und lenkte sein Pferd in diese Richtung. Neben dem Turm war ein Roß an einem Baum angebunden, und auf der Erde saß ein schmucker, wohlgestalteter Ritter, der laut vor sich hin klagte.

Und weil Balin so vielen Menschen Tod und Leid gebracht hatte, wollte er Wiedergutmachung leisten. Er sagte zu dem Ritter: »Gott sei mit Euch. Warum seid Ihr betrübt? Sagt es mir, und ich werde mir alle Mühe geben, Euch zu helfen.«

Der Ritter sagte: »Es würde meinen Schmerz nur noch vergrößern, wenn ich Euch den Grund sagte.«

Dann ging Balin ein wenig beiseite, betrachtete das angebundene Pferd und seine Ausrüstung und hörte den Ritter sagen: »Ach, Dame meines Herzens, warum habt Ihr Euer Versprechen gebrochen, mich hier um die Mittagsstunde zu treffen? Ihr habt mir mein Schwert geschenkt, eine gefährliche Gabe, denn es mag sein, daß ich mich aus Liebe zu Euch damit töte.« Und der Ritter zog das glänzende Schwert aus der Scheide.

Da handelte Balin rasch und packte ihn am Handgelenk.

»Laßt mich los, sonst erschlage ich Euch«, rief der Ritter.

»Das führt doch zu nichts. Ich weiß jetzt über Eure Dame Bescheid und verspreche, sie zu Euch zu führen, wenn Ihr mir sagt, wo sie weilt.«

»Wer seid Ihr?« wollte der Ritter wissen.

»Sir Balin.«

»Ich weiß, Ihr seid ein berühmter Mann«, sagte der Ritter. »Ihr seid der Ritter mit den zwei Schwertern und geltet als einer der tapfersten der Ritter.«

»Und wie heißt Ihr?«

»Ich bin Sir Garnish vom Berge. Ich bin zwar eines armen Mannes Sohn, aber da ich im Krieg gut gekämpft habe, gewährte mir Herzog Harmel seine Protektion, machte mich zum Ritter und gab mir Grundbesitz. Seine Tochter ist das Fräulein, das ich liebe, und ich glaubte, sie liebte mich auch.«

»Wo hält sie sich auf?« fragte Balin.

»Nur sechs Meilen von hier.«

»Warum sitzt Ihr dann hier trauernd herum? Laßt uns hinreiten und den Grund ihres Ausbleibens feststellen.«

So ritten sie denn zusammen, bis sie zu einer wohlgebauten Burg kamen, mit hohen Mauern und einem Wassergraben. Und Balin sagte: »Wartet hier auf mich. Ich will in die Burg gehen und sehen, ob ich sie finde.«

Balin ging in die Burg, sah aber niemanden um die Wege. Er ging suchend durch die Säle und Zimmer und kam schließlich zum Gemach einer Dame, doch das Bett war leer. Er blickte zum Fenster hinaus auf einen lieblichen kleinen Garten innerhalb der Mauern, und im Gras unter einem Lorbeerbaum sah er die Dame und einen Ritter auf einem Tuch aus grüner Seide in enger Umarmung schlafend liegen, die Köpfe auf Gras und süß duftende Kräuter gebettet. Die Dame war hold, doch ihr Liebster ein häßlicher Mann, behaart, ungeschlacht und plump anzusehen.

Dann ging Balin rasch durch die Gemächer und Säle zurück. Am Burgtor berichtete er Sir Garnish, was er gesehen hatte, und führte ihn dann leise zu dem Garten. Und als der Ritter seine Dame in den Armen eines anderen erblickte, pochte sein Herz in wilder Leidenschaft, seine Adern platzten, und Blut strömte ihm aus Nase und Mund. In wilder Raserei zog er das Schwert und schlug den schlafenden Liebenden die Köpfe ab. Doch jäh schwand sein Grimm, und er fühlte sich elend und matt. Mit bitteren Vorwürfen wandte er sich gegen Balin. »Ihr habt mir noch mehr Kummer zu meinem Schmerz gebracht«, sagte er. »Wenn Ihr mich nicht hierhergeführt hättet, hätte ich es nicht erfahren.«

Balin antwortete zornig: »War es nicht besser, sie zu durchschauen und so von der Liebe zu ihr geheilt zu werden? Ich habe nur getan, was ich mir selbst von einem anderen wünschen würde.«

»Ihr habt mein Leid verdoppelt«, sagte Sir Garnish. »Ihr habt mich dazu gebracht zu töten, was mir in der Welt das Liebste war. Ich kann nicht weiterleben.« Und plötzlich stieß er sich sein blutiges Schwert ins Herz und stürzte neben den enthaupteten Liebenden tot zu Boden.

In der Burg war es still, aber Balin wußte, sollte er hier entdeckt werden, würde man ihn beschuldigen, alle drei ermordet zu haben. Er verließ rasch die Burg und ritt unter den Bäumen des Waldes davon. Die undurchdringliche Düsternis seines Schicksals lastete auf ihm, und er spürte, wie sich die Vorhänge seines Lebens um ihn zusammenzogen, so daß ihm war, als ritte er durch einen Nebel der Hoffnungslosigkeit.

Nach einiger Zeit kam er zu einem Steinkreuz am Wege, und darauf stand in goldenen Buchstaben KEIN RITTER SOLL ALLEIN AUF DIESEM WEG REITEN. Während Balin die Worte las, trat ein alter, weißhaariger Mann heran und sagte: »Sir Balin, hier ist die Grenze Eures Lebens. Kehrt um – vielleicht rettet Ihr Euch!« Damit verschwand der Greis.

Dann hörte Balin ein Jagdhorn das Signal blasen, das vom Tod eines Hirsches kündet, und er sagte düster: »Diese Todesfanfare ist für mich bestimmt. Ich bin die Beute, nur noch nicht tot.« Und plötzlich umdrängte ihn eine Menschenmenge, hundert anmutige Damen und viele Ritter in reicher, schimmernder Rüstung, und sie hießen ihn mit liebreichen Worten willkommen, sprachen zärtlich und schmeichelnd zu ihm und führten ihn auf eine Burg in der Nähe, wo sie ihm die Waffen abnahmen und ihm ein üppiges, weiches Gewand gaben. Dann geleiteten sie ihn in die große Halle, wo Musikanten spielten und getanzt wurde und eine unechte Fröhlichkeit herrschte.

Und als man es Balin behaglich gemacht hatte, trat die Burgherrin zu ihm und sagte: »Herr Ritter mit den zwei Schwertern, es ist Brauch, daß jeder des Weges kommende Fremde mit einem Ritter, der eine Insel in der Nähe bewacht, tjosten muß.«

Balin antwortete: »Es ist ein unschöner Brauch, einen Ritter dazu zu zwingen, ob er will oder nicht.«

»Es ist ja nur *ein* Ritter. Hat der große Balin Angst vor einem einzigen Ritter?«

»Ich glaube nicht, daß ich Angst habe, Madame«, sagte Balin. »Aber ein Mann, der von weither kommt, kann müde sein, und sein Pferd ist vielleicht erschöpft. Mein Körper ist matt, mein Herz aber frisch.« Und niedergeschlagen fügte er hinzu: »Wenn es sein muß, dann muß es sein, und ich wäre froh, wenn ich hier im Tod Ruhe und Frieden fände.«

Dann sagte ein Ritter, der in der Nähe stand: »Ich habe mir Eure Rüstung angesehen. Euer Schild ist klein, und die Riemen daran sind lose. Nehmt meinen. Er ist groß und gut gearbeitet.« Balin lehnte ab, doch der Ritter ließ nicht locker und sagte: »Ich bitte Euch, nehmt ihn um Eurer Sicherheit willen.«

Dann legte Balin müde seinen Harnisch an, und der Ritter brachte seinen neuen und schön bemalten Schild und drängte ihn Balin auf. Balin war zu erschöpft und verwirrt, um zu widersprechen, und er dachte daran, daß sein Knappe ihm vorgehalten hatte, er sei halsstarrig und das mache ihm das Leben schwer. Und so akzeptierte er den Schild, stieg in den Sattel und ritt langsam zu einem See mit einer kleinen Insel, der Burg so nahe, daß er von dort aus zu sehen war. Und auf den Mauern versammelten sich Damen und Ritter, um dem Zweikampf zuzusehen.

Am Ufer wartete ein Kahn, groß genug für Mann und Pferd. Balin stieg hinein und wurde zu der Insel gerudert. Dort empfing ihn ein Fräulein mit den Worten: »Sir Balin, warum habt Ihr den Schild mit Eurem Wappenzeichen zurückgelassen?«

»Ich weiß nicht, warum«, sagte Balin. »Ich bin vom Unglück zermalmt und kann nicht mehr klar denken. Es reut mich, daß ich überhaupt hierhergekommen bin, aber da ich nun schon einmal hier bin, mache ich halt in Gottes Namen weiter. Ich würde mich schämen, jetzt umzukehren. Nein, ich werde auf mich nehmen, was mir beschieden ist, Tod oder Leben.«

Dann prüfte er nach alter Ritterart seine Waffen und zurrte den Sattelgurt fest. Er stieg in den Sattel, empfahl sich Gott, schloß das Visier an seinem Helm und ritt auf eine kleine Behausung auf der Insel zu, und die Ritter und die Damen beobachteten ihn von der Burg aus.

Dann kam ein Ritter mit einer roten Rüstung und auf einem mit einer roten Decke geschmückten Pferd auf ihn zugeritten. Es war Sir Balan, und als er sah, daß sein Gegner zwei Schwerter trug, dachte er zuerst, es handle sich um seinen Bruder, doch das Wappenzeichen auf dem Schild sagte ihm, daß es nicht so sein könne.

In unheilschwangerem Schweigen legten die beiden Ritter ihre Lanzen ein und prallten zusammen. Beide Lanzen trafen ins Ziel, ohne zu zersplittern, beide Ritter wurden aus dem Sattel geschleudert und lagen betäubt auf der Erde, Balin hatte von dem Sturz böse Prellungen davongetragen, und sein ganzer Körper tat ihm vor Erschöpfung weh, Balan kam als erster wieder zu sich. Er erhob sich, lief auf Balin zu, und dieser raffte sich hoch, um Balan entgegenzutreten.

Balan führte den ersten Hieb, doch Balin hob seinen Schild, fing ihn ab, schlug unterhalb des Schildes zu und in den Helm des Gegners eine tiefe Kerbe, und noch einmal führte er einen Streich mit seinem Unglücksschwert, brachte Balan ins Wanken. Dann lösten sie sich voneinander, führten und parierten Schwerthiebe, bis ihnen vor Erschöpfung der Atem ausging.

Balin blickte zu den Türmen hinauf, sah die Damen in ihren bunten Gewändern, die zu ihnen herabschauten, und nahm den Kampf wieder auf. Dann gerieten beide in hitzigen Zorn, der ihnen neue Kraft gab, und sie hauten und stachen ingrimmig aufeinander ein, und die Klingen drangen durch die Harnische, und beide Ritter bluteten heftig aus ihren Wunden. Sie verschnauften einen Augenblick und nahmen dann den tödlichen Kampf wieder auf. Jeder versuchte, den andern möglichst rasch zu töten, ehe ihn selbst mit dem strömenden Blut die Kräfte verließen. Jeder schlug dem anderen entsetzliche Wunden, bis schließlich Balan davonwankte und auf die Erde sank, zu matt, um eine Hand zu heben.

Da sagte Balin, der sich auf sein Schwert stützte: »Wer seid Ihr? Ich bin noch nirgendwo einem Ritter begegnet, der mir standzuhalten vermochte.«

Und der andere, der auf der Erde lag, antwortete: »Ich heiße Balan, und ich bin ein Bruder des berühmten Ritters Sir Balin.«

Als Balin diese Worte hörte, erfaßte ein Taumel seinen Kopf, und er stürzte ohnmächtig zu Boden. Als er wieder zu sich kam, kroch er auf Händen und Füßen zu Balan hin, nahm ihm den Helm ab, und das Gesicht des Bruders war so zerhackt und mit Blut bedeckt, daß er es nicht erkannte. Balin legte den Kopf an die Brust des Bruders und weinte. »Ach, mein Bruder«, rief er, »mein teurer, teurer Bruder! Ich habe Euch getötet, und Ihr habt mich auf den Tod verwundet.«

Balan sagte schwach: »Ich sah die beiden Schwerter, aber das Wappen auf Eurem Schild war mir unbekannt.«

»Einer der Ritter aus der Burg dort hat mich überredet, seinen Schild zu nehmen, weil er wußte, daß Ihr meinen erkennen würdet. Wenn ich am Leben bleiben könnte, würde ich diese Burg samt ihren Bräuchen zerstören.«

»Ich wollte, das könnte geschehen«, sagte Balan. »Sie haben mich zu einem Zweikampf hier auf der Insel genötigt, und als ich ihren Verteidiger tötete, zwangen sie mich, fortan für sie zu kämpfen, und wollten mich nicht mehr fortlassen. Wenn Ihr am Leben bliebet, lieber Bruder, würden sie auch Euch hier festhalten und zu ihrer Belustigung kämpfen lassen, und übers Wasser könntet Ihr nicht entfliehen.«

Dann brachte ein Kahn die Burgherrin mit ihrem Gefolge auf die Insel, und die beiden Brüder baten sie inständig, sie zusammen zu begraben. »Wir kamen aus demselben Schoß«, sagten sie, »und wir wollen im selben Grab liegen.«

Und die Burgherrin versprach, daß es so geschehen solle.

»Jetzt laßt einen Priester holen«, sagte Balin. »Wir wollen das Sakrament und den heiligen Leib unseres Herrn Jesus Christus empfangen.« Dies geschah, und Balin sagte: »Laßt auf unser Grabmal schreiben, wie durch eine Unglücksfügung zwei Brüder einander erschlugen, so daß vorüberkommende Ritter für uns beten können.«

Dann starb Balan, aber Balins Lebenslicht flackerte noch bis Mitternacht, und in der Dunkelheit wurden die Brüder zusammen begraben.

Am Morgen danach erschien Merlin und errichtete durch seine Künste ein Grabmal über den Leichen der Brüder, und in goldenen Buchstaben schrieb er ihre Geschichte darauf.

Und dann prophezeite Merlin viele künftige Dinge: daß Lancelot kommen werde, und Galahad. Und er sagte traurige Begebenheiten voraus: daß Lancelot seinen besten Freund, Gawain, erschlagen werde.

Und nachdem Merlin viel Wunderliches prophezeit hatte, ging er zu König Artus und berichtete ihm die Geschichte der beiden Brüder, und der König war tief betrübt. »In der ganzen Welt«, sagte er, »bin ich niemals zwei solchen Rittern begegnet.«

So endigt die Geschichte von Balin und Balan,
zwei Brüdern, geboren in Northumbirlonde,
die zwei überaus treffliche Ritter waren,
wie es sie in jenen Tagen nur gab.
Explicit

König Artus' Vermählung

Weil Merlins Ratschläge sich so oft als wertvoll erwiesen hatten, wurde es König Artus zur Gewohnheit, ihn in Kriegs- und Regierungsangelegenheiten wie auch in persönlichen Dingen um Rat zu fragen. So geschah es, daß er eines Tages Merlin zu sich rief und sagte: »Du weißt, daß einige meiner Barone noch immer aufsässig sind. Vielleicht wäre es gut, wenn ich ein Weib nähme, um die Thronfolge zu sichern.«

»Das ist wohlbedacht«, sagte Merlin.

»Ich möchte mir aber ohne deinen Rat keine Königin aussuchen.«

Merlin sagte: »Danke, Herr. Jemand in Eurer hohen Stellung sollte nicht unvermählt sein. Gefällt Euch irgendeine Dame mehr als alle anderen?«

»Ja«, sagte Artus. »Ich liebe Guinevere, die Tochter von König Lodegrance von Camylarde. Sie ist das holdeste und edelste Fräulein, das ich je gesehen habe. Und hast du mir nicht erzählt, daß König Uther, mein Vater, König Lodegrance einst eine große runde Tafel geschenkt hat?«

»So ist es«, sagte Merlin. »Und Guinevere ist gewiß so liebreizend wie Ihr sagt, aber wenn Eure Liebe zu ihr nicht sehr tief ist, könnte ich eine andere finden, so schön und gut, daß sie Euch gefallen wird. Doch wenn Guinevere die Erwählte Eures Herzens ist, werdet Ihr keinen Blick für eine andere haben.«

»Das ist wahr gesprochen«, sagte der König.

»Wenn ich Euch zu bedenken gäbe, daß Guinevere eine unglückliche Wahl ist, würde Euch das umstimmen?«

»Nein.«

»Nun denn, und wenn ich Euch sagte, daß Guinevere Euch mit Eurem teuersten und vertrautesten Freund betrügen wird...«

»Würde ich dir nicht glauben.«

»Natürlich nicht«, sagte Merlin traurig. »Jeder Mann auf der Welt klammert sich an den Glauben, allein seinetwegen setze die Liebe die Gesetze der Wahrscheinlichkeit außer Kraft. Ich selber, obwohl ich ohne den Schatten eines Zweifels weiß, daß ein albernes Mädchen meinen Tod herbeiführen wird, werde nicht zögern, wenn dieses Mädchen an mir vorübergeht. Deshalb werdet Ihr Euch mit Guinevere vermählen. Ihr wollt gar keinen Rat – nur Zustimmung.« Merlin seufzte und sagte dann noch: »Wohlan denn, gebt mir ein Ehrengefolge mit, und ich werde bei König Lodegrance in aller Form um Guineveres Hand anhalten.«

Und mit einer Eskorte, wie sie der Anlaß gebot, ritt Merlin nach Camylarde und ersuchte den König, seine Tochter Artus zur Gemahlin zu geben.

Lodegrance sagte: »Daß ein so edler, tapferer und mächtiger König wie Artus meine Tochter zu heiraten begehrt, ist die schönste Nachricht, die ich jemals erhalten habe. Wenn wir ihr Länder als Mitgift geben wollten, würde ich sie anbieten, doch Artus hat selbst Länder genug. Ich werde ihm ein Geschenk senden, das ihm mehr als alles andere gefallen wird – die Runde Tafel, die ich einst von König Uther Pendragon als Präsent erhielt. Die Tafel hat hundertfünfzig Plätze, und ich werde ihm hundert Ritter schicken, die ihm dienen sollen. Die volle Zahl kann ich nicht stellen, weil so viele meiner Ritter in den Kriegen umgekommen sind.«

Dann führte Lodegrance seine Tochter Guinevere zu Merlin und ließ auch die Runde Tafel bringen, gab ihm hundert Ritter, reich gewappnet und gekleidet, mit, und die ganze fürstliche Gesellschaft machte sich auf den Weg nach London.

König Artus war überglücklich und sagte: »Diese holde Dame ist mir mehr als willkommen, denn ich liebe sie, seit ich sie zum erstenmal sah. Und die hundert Ritter und die Runde Tafel sind mir lieber als alle Reichtümer der Erde.«

Artus vermählte sich mit Guinevere und krönte sie mit aller erdenklichen Pracht zu seiner Königin, und an seinem Hof wurde ein Freudenfest gefeiert.

Und nach den Feierlichkeiten stand Artus neben der großen Runden Tafel, und er sagte zu Merlin: »Suche mein Königreich nach würdigen, tapferen und vollkommenen Rittern ab, um die Tafelrunde voll zu machen.«

Und Merlin durchkämmte das Land, fand aber nur achtundzwanzig solcher Männer, die er an den Hof brachte. Dann segnete der Erzbischof von Canterbury die Sitze um den Tisch. Darauf sagte Merlin zu den Rittern: »Geht jetzt zu König Artus, gelobt ihm Treue und huldigt ihm.« Als sie an die Tafel zurückkehrten, fand ein jeder seinen Namen in goldenen Lettern an seinen Sitz geschrieben, doch zwei Plätze trugen keine Namen. Als sie sich an die Runde Tafel setzten, kam der junge

Gawain an den Hof und erbat anläßlich der Vermählung von Artus und Guinevere ein Geschenk.

»Sprecht Eure Bitte aus«, sagte der König.

»Ich bitte darum, daß Ihr mich zum Ritter schlagt«, sagte Gawain.

»Das will ich mit Freuden tun«, sagte Artus. »Ihr seid meiner Schwester Sohn, und ich schulde Euch jede Ehrung.«

Dann kam ein armer Mann an den Hof, und mit ihm ein blonder Jüngling, der auf einer klapprigen Mähre ritt, und der arme Mann fragte: »Wo finde ich König Artus?«

»Dort drüben ist er«, sagte ein Ritter. »Willst du etwas von ihm?«

»Ja. Deswegen bin ich gekommen.« Und er trat auf den König zu, entbot ihm seinen Gruß und sagte: »Bester aller Könige, möge Jesus Euch segnen. Ich habe gehört, daß Ihr jetzt, aus Anlaß Eurer Vermählung, Bitten gewährt, die nicht unbillig sind.«

»So ist es«, sagte der König. »Das habe ich versprochen, und ich werde es halten, wenn deine Bitte meiner Würde und dem Königreich keinen Schaden tut. Was ist dein Wunsch?«

»Ich danke Euch, Herr«, sagte der arme Mann. »Ich bitte darum, daß Ihr geruht, meinen Sohn hier zum Ritter zu schlagen.«

»Du verlangst sehr viel«, sagte der König. »Wie heißt du?«

»Sir, ich heiße Aryes und bin ein Kuhhirt.«

»Hast du dir die Bitte selbst ausgedacht?«

»Nein, Sir«, sagte Aryes. »Ich muß Euch sagen, wie es sich verhält. Ich habe dreizehn Söhne, und all die übrigen arbeiten fleißig, wie es sich von braven Söhnen gehört. Dieser Junge aber will keine einfache Arbeit verrichten. Immerfort schießt er mit Pfeil und Bogen, er wirft Speere und läuft zu Turnieren, um den Rittern und bei den Kämpfen zuzusehen, und Tag und Nacht läßt er mir keine Ruhe, weil er nichts anderes im Kopf hat, als ein Ritter zu werden.«

Der König wandte sich dem jungen Mann zu. »Wie heißt du?« fragte er.

»Ich heiße Torre, Sir.«

Der König blickte den jungen Menschen an und sah, daß er schmuck, hochgewachsen und wohlgestalt war, und er sagte zu Aryes: »Bringe deine anderen Söhne her.«

Als die Brüder vor Artus standen, sah er, daß sie einfache Arbeiter wie Aryes waren und in Aussehen und Haltung keinerlei Ähnlichkeit mit Torre hatten. Dann sagte der König zu dem Kuhhirten: »Wo ist das Schwert, mit dem er zum Ritter geschlagen werden soll?« Torre schlug seinen Umhang zurück und wies das Schwert vor.

Artus sagte: »Die Ritterwürde kann nur gewährt werden, wenn darum gebeten wird. Zieh dein Schwert und erbitte sie.«

Darauf stieg Torre von seiner Schindmähre, zog sein Schwert, kniete vor dem König nieder und bat darum, zum Ritter geschlagen und in die Tafelrunde aufgenommen zu werden.

»Zum Ritter will ich dich machen«, sagte der König, nahm das Schwert zur Hand, schlug mit der flachen Klinge symbolisch gegen Torres Hals und sprach: »Ich bete zu Gott, daß aus Euch ein wackerer Ritter wird. Und wenn Ihr Euch als tapfer und ehrenhaft erweist, werdet Ihr in die Tafelrunde aufgenommen werden.« Und dann wandte sich der König Merlin zu. »Du kennst die Zukunft«, sagte er. »Sag uns, ob Sir Torre einen guten Ritter abgeben wird.«

»Sir«, antwortete Merlin, »das wird er wohl. Er ist ja von königlichem Geblüt.«

»Wie das?« fragte der König.

»Ich will es Euch sagen«, sagte der Zauberer. »Der Kuhhirt Aryes ist nicht sein Vater, ja, mit ihm nicht einmal versippt. Sein Vater ist König Pellinore.«

»Das ist nicht wahr!« sagte Aryes zornig, und Merlin befahl ihm: »Hole dein Weib hierher.«

Sie war, wie sich zeigte, als sie am Hof erschien, eine blonde, stattliche Hausfrau und sprach mit Würde. Sie berichtete dem König und Merlin, als junges Mädchen sei sie eines Abends auf die Weide gegangen, um die Kühe zu melken. »Ein mitleidloser Ritter sah mich und nahm mir halb mit Gewalt meine Jungfernschaft, und ich empfing meinen Sohn Torre. Ich hatte einen Windhund dabei, und dieser Ritter nahm ihn mir weg und sagte, er werde das Tier aus Liebe zu mir behalten.«

Der Kuhhirt sagte: »Ich wünschte, das wäre nicht wahr, aber jetzt glaube ich es, denn Torre war mir und auch meinen anderen Söhnen nie ähnlich.«

Sir Torre sagte zornig zu Merlin: »Ihr nehmt meiner Mutter die Ehre, Sir.«

»Nein«, sagte Merlin, »es ist mehr Ehre als Kränkung, denn
Euer wahrer Vater ist ein trefflicher Ritter und ein König. Und
er wird für Euer und Eurer Mutter Fortkommen sorgen. Ihr
wurdet empfangen, bevor sie Aryes heiratete.«

»Das ist die Wahrheit«, sagte das Weib des Kuhhirten.

Und dieser sagte: »Wenn es geschah, ehe ich sie kennen-
lernte, mache ich mir nichts daraus.«

Am nächsten Vormittag kam Sir Pellinore an den Hof. Artus
erzählte ihm die Geschichte und sagte, daß er Torre zum Ritter
geschlagen habe. Und als Pellinore seinen Sohn erblickte, frohlockte er, denn er fand großes Wohlgefallen an ihm.

Dann schlug Artus seinen Neffen Gawain zum Ritter, doch
Torre war der erste, der bei dem Fest zur Gründung der Tafelrunde die Ritterwürde erhielt.

Artus blickte die große Tafel an und fragte Merlin: »Wie
kommt es, daß Sitze unbesetzt sind und keine Namen tragen?«

Darauf sagte Merlin: »Zwei der Plätze dürfen nur von den
würdigsten Rittern eingenommen werden, der letzte aber ist
der Gefährliche Sitz. Nur ein einziger Ritter soll dort sitzen,
und er wird der vollkommenste sein, der jemals leben wird.
Und sollte irgendein anderer es wagen, diesen Platz einzunehmen, wird ihm das zum Verderben werden.« Dann nahm Merlin Sir Pellinore bei der Hand, führte ihn zu einem der freien
Sitze und sagte: »Das ist Euer Platz. Niemand ist seiner würdiger als Ihr.«

Da erfaßten Sir Gawain Neid und Zorn, und er murmelte seinem Bruder Gaheris zu: »Der Ritter, dem diese Ehre wider-
fährt, hat unseren Vater, König Lot, getötet. Mein Schwert ist
schon für ihn geschliffen. Ich werde ihn jetzt erschlagen.«

»Faßt Euch in Geduld, Bruder«, redete Gaheris ihm zu.
»Jetzt ist nicht der richtige Augenblick dafür. Ich bin vorerst
noch Euer Knappe, aber sobald ich zum Ritter geschlagen bin,
wollen wir fern des Hofes Rache nehmen und ihn töten. Wir
müßten es bitter büßen, sollten wir dieses Fest durch eine
Gewalttat stören.«

»Vielleicht habt Ihr recht«, sagte Gawain. »Wir wollen
unsere Chance abwarten.«

Schließlich waren die Vorbereitungen für die Vermählung
von Artus und Guinevere abgeschlossen, und die Besten, Tapfersten und Schönsten des Reiches strömten in die königliche

Stadt Camelot. Die Barone und Ritter versammelten sich samt ihren Damen in der St.-Stephans-Kirche, und dort wurde die Vermählung mit fürstlichem Gepränge und kirchlicher Pracht vollzogen. Nachdem dies geschehen war, wurde der Beginn des Festes verkündet, und in der großen Halle nahmen die Gäste und Gefolgsleute die Plätze ein, die ihnen nach ihrer Stellung in der Welt zukamen.

Dann forderte Merlin alle Anwesenden auf, stillzusitzen und sich nicht zu rühren, »denn nun hebt ein Zeitalter von Wunderdingen an, und ihr werdet seltsame Begebenheiten erleben«.

Alle saßen nun regungslos, wie festgefroren auf ihren Plätzen und warteten stumm. Die Vorbereitungen waren zu Ende, Artus war König, die Tafelrunde ins Leben gerufen, und ihre Mitglieder, mutvolle, ritterliche und ehrenhafte Männer, saßen auf ihren Sitzen – der König über ihnen, steif und still, und neben ihm Merlin in lauschender Haltung. Sie schliefen vielleicht, wie sie es schon oft getan hatten und noch tun sollten, schlummernd und dennoch lauschend: den Stimmen der Not, der Furcht oder der Bedrängnis oder dem Ruf des reinen, goldenen Abenteuers, der sie wecken konnte. König Artus und seine Ritter, stumm wartend in der großen Halle der Burg von Camelot.

Dann war der scharfe, rasche Schlag zierlicher Hufe auf den Steinplatten zu hören, und in die Halle kam ein weißer Hirsch gesprungen, von einer schneeweißen Jagdhündin gehetzt, und beiden folgte ein Rudel schwarzer Jagdhunde, die blaffend der Spur nachjagten. Der Hirsch sprang in großen Sätzen mit der Hündin an seiner Flanke an der Runden Tafel vorbei, und als er an einer Anrichte vorüberstürmte, verbiß sich die Hündin in seine Flanke und riß ein Stück Fleisch heraus. Vor Schmerz vollführte der Hirsch einen Luftsprung und stieß einen der sitzenden Ritter um. Im selben Augenblick bekam der Ritter die Hündin zu fassen und trug sie auf den Armen aus der Halle. Er stieg auf sein Pferd, ritt samt der Bracke hinweg, während der weiße Hirsch in großen Sätzen davonsprang und mit der schwarzen Meute verschwand, die ihn kläffend verfolgte.

Als sich dann in der Halle das Leben wieder regte, kam auf einem weißen Zelter eine Dame hereingeritten, und sie rief laut zum König hin: »Sir, jener Ritter hat mich meiner Bracke beraubt. Laßt diesen Insult nicht zu, Herr!«

»Ich habe damit nichts zu tun«, sagte der König. Und im selben Augenblick galoppierte ein gewappneter Ritter auf einem großen Kriegsroß herein, ergriff die Zügel des Zelters und zog die Dame, die zornig jammerte und kreischte, mit Gewalt aus der Halle. Der König war froh, als sie fort war, denn sie hatte einen großen Lärm veranstaltet. Merlin aber tadelte ihn.

»Man kennt ein Abenteuer noch nicht, wenn man nur seinen Anfang kennt«, sagte er. »Großes wird klein geboren. Entehrt Euer Fest nicht dadurch, daß Ihr mißachtet, was sich dazu einfindet. So verlangt es das Gesetz der ritterlichen Ausfahrt.«

»Wohlan«, sagte Artus, »ich werde mich an das Gesetz halten.« Und er wies Sir Gawain an, den weißen Hirsch zu erjagen und ihn zum Fest zu bringen. Und Sir Torre schickte er aus, damit er den Ritter suche, der die weiße Bracke geraubt hatte. Sir Pellinore erhielt Befehl, die Dame und den gewalttätigen Ritter ausfindig zu machen und sie an den Hof zurückzubringen. »Dies sind die Aufträge für eure Fahrten«, sagte Artus, »und mögen euch wunderbare Abenteuer beschieden sein, von denen ihr nach eurer Rückkehr erzählen könnt.«

Die drei Ritter akzeptierten ihre Aufträge, wappneten sich und ritten hinweg. Und wir werden über jeden einzelnen gesondert berichten.

Hier beginnt die erste Batayle,
die Sir Gawayne tat, nachdem er zum Ritter geschlagen ward.

Sir Gawain ritt mit seinem Bruder Gaheris als Knappe durch die grünen Gefilde, bis sie auf zwei Ritter stießen, die zu Pferde einen erbitterten Kampf austrugen. Die Brüder trennten sie und fragten nach dem Grund des Streits.

»Es ist eine einfache und private Angelegenheit«, sagte der eine der beiden Ritter. »Wir sind Brüder.«

»Es ist nicht recht, wenn Brüder gegeneinander kämpfen«, sagte Gawain.

»So seht *Ihr* es«, sagte der Ritter. »Wir waren unterwegs zu dem Fest an König Artus' Hof, als ein weißer Hirsch vorbeilief, gehetzt von einer weißen Bracke und einer schwarzen Meute. Wir erkannten sofort, daß dies eine seltene Begebenheit war, geeignet, sie vor der Hofgesellschaft zu erzählen, und ich machte mich bereit, die Verfolgung aufzunehmen, um vor

103

dem König Ruhm zu erlangen. Aber mein Bruder fand, das stehe ihm zu, weil er ein besserer Ritter sei als ich. Wir stritten uns eine Zeitlang, wer der bessere ist, und fanden dann, das könnte nur ein Zweikampf entscheiden.«

»Das ist ein törichter Grund«, sagte Gawain. »Ihr solltet Euer Mannestum an Fremden, nicht am Bruder beweisen. Ihr müßt an König Artus' Hof reiten und um seine Vergebung wegen dieser Torheit bitten, sonst bleibt mir nichts übrig, als gegen euch beide zu kämpfen und euch dorthin zu bringen.«

»Herr Ritter«, sagten die Brüder, »durch unseren Starrsinn sind wir erschöpft, und wir haben auch viel Blut verloren. Wir könnten nicht gegen Euch kämpfen.«

»Dann tut, was ich gesagt habe – reitet zum König.«

»Das wollen wir tun, aber wen sollen wir als den Mann nennen, der uns geschickt hat?«

Sir Gawain antwortete: »Ihr müßt sagen, euch schickt der Ritter, der ausgefahren ist, um den weißen Hirsch zu verfolgen. Wie heißt ihr beide?«

»Sorlus vom Walde und Brian vom Walde«, sagten sie, machten sich auf den Weg zu Artus' Hof, und Sir Gawain setzte mit Gaheris seine Fahrt fort.

Und als sie an den Rand eines tiefen, bewaldeten Tales kamen, trug ihnen der Wind das Bellen einer jagenden Meute entgegen, und sie trieben ihre Pferde zu einer rascheren Gangart an und folgten der Meute den Hang hinab zu einem angeschwollenen Bach, den, wie sie sahen, gerade der weiße Hirsch durchschwamm. Wie nun Sir Gawain sich anschickte, ihm zu folgen, trat auf dem anderen Ufer ein Ritter nach vorne und rief zu ihm hinüber: »Herr Ritter, wenn Ihr dieses Tier verfolgt, müßt Ihr zuerst mit mir tjosten.«

Gawain erwiderte: »Ich bin auf einer Ausfahrt. Ich nehme jedes Abenteuer auf mich, das mir zuteil wird.« Und er trieb sein Pferd in das tiefe, reißende Wasser, durch das es zum anderen Ufer schwamm, wo der fremde Ritter ihn mit geschlossenem Visier und eingelegter Lanze erwartete. Dann ritten sie gegeneinander, Sir Gawain warf seinen Widersacher aus dem Sattel und forderte ihn auf, sich zu ergeben.

»Nein«, sagte der Ritter. »Ihr habt mich zu Pferde besiegt, und ich bitte Euch, tapferer Ritter, sitzt ab und zeigt, ob Ihr mit dem Schwert ebenso gut umzugehen versteht.«

»Aber gern«, sagte Gawain. »Wie heißt Ihr?«

»Ich bin Sir Alardine von den Äußeren Inseln.«

Dann stieg Sir Gawain vom Pferd, legte den Schild vor und spaltete mit seinem ersten Hieb Sir Alardines Helm und Schädel. Der Ritter stürzte tot vor ihn hin, und Gawain und sein Bruder nahmen unverweilt die Verfolgung wieder auf. Nach einer langen Hetzjagd lief der erschöpfte Hirsch durch das offenstehende Tor einer Burg, und die Brüder verfolgten ihn in die große Halle und erlegten ihn dort. Dann kam aus einem Seitengemach ein Ritter mit einem Schwert in der Hand und erschlug zwei aus dem Gewimmel der Jagdhunde, trieb den Rest der Meute aus der Halle, und als er zurückkam, kniete er sich neben den herrlichen Hirsch und sagte traurig: »Mein teurer weißer Liebling, sie haben dich getötet. Die Königin meines Herzens hat dich mir geschenkt, ich aber war dir ein schlechter Hüter.« Und zornig erhob er den Kopf. »Es war eine üble Tat«, sagte er. »Ich werde dich rächen, mein Schöner.« Er lief in sein Gemach, wappnete sich und kam grimmig wieder heraus.

Sir Gawain trat ihm entgegen und sagte: »Warum habt Ihr Euren Zorn an den Hunden ausgelassen? Sie haben nur getan, wozu sie abgerichtet wurden. Den Hirsch habe ich getötet, darum kühlt Euren Grimm an mir, nicht an unverständigen Geschöpfen.«

Der Ritter rief: »Das ist wahr. Ich habe an den Hunden Rache geübt, aber ich werde auch an Euch Rache üben.«

Sir Gawain ging mit Schwert und Schild auf ihn los, und sie hieben und stachen und parierten Schwertstreiche, und jeder fügte dem andern so schwere Wunden zu, daß das Blut auf den Boden spritzte, doch nach und nach erlag der Ritter Sir Gawains größerer Stärke, und ein letzter wuchtiger Hieb streckte ihn zu Boden. Er ergab sich und flehte um sein Leben.

»Ihr sollt sterben, weil Ihr meine Hunde getötet habt.«

»Ich werde alles tun, um Euch zu entschädigen«, sagte der gestürzte Ritter, doch Sir Gawain zeigte kein Erbarmen und band ihm den Helm los, um ihm den Kopf abzuschlagen. Gerade als er mit dem Schwert ausholte, kam eine Dame aus dem Gemach gelaufen, stolperte über den hilflos daliegenden Ritter und fiel in voller Länge auf ihn. Das herabsausende Schwert traf sie im Nacken, durchschlug das Rückgrat, und sie lag tot auf dem Gestürzten.

Da sagte Gaheris mit bitterem Vorwurf in der Stimme: »Das war eine garstige Tat, mein Bruder, eine Schandtat, die an Eurem Namen haften bleiben wird. Er bat um Gnade, aber Ihr habt sie ihm verweigert. Ein Ritter, der keine Gnade gewährt, ist ein Ritter ohne Ehre.«

Gawain war wie betäubt von dem Unglück, das mit der schönen Dame geschehen war. Er sagte zu dem Ritter: »Steht auf! Ich gewähre Euch Gnade.«

Der Ritter aber erwiderte: »Wie kann ich Euch glauben, nachdem ich den feigen Streich gesehen habe, der meine teure, geliebte Herrin tötete?«

»Das tut mir sehr leid«, sagte Gawain. »Ich wollte sie nicht treffen. Der Hieb galt Euch. Ich lasse Euch unter der Bedingung am Leben, daß Ihr König Artus aufsucht, ihm die ganze Begebenheit erzählt und ihm sagt, der Ritter auf der Suche nach dem Hirsch habe Euch geschickt.«

»Was sollen mir Eure Bedingungen«, sagte der Ritter, »wenn es mir einerlei ist, ob ich am Leben bleibe oder jetzt sterbe?«

Sir Gawain machte bereits Anstalten, ihn zu erschlagen, da besann sich der Ritter eines Besseren, und auf Gawains Geheiß mußte er sich mit zwei toten Jagdhunden aufs Pferd setzen, der eine vor, der andere hinter ihm, um die Wahrheit seiner Geschichte zu bezeugen. »Bevor Ihr aufbrecht – sagt mir, wie heißt Ihr?« fragte Sir Gawain.

»Ich bin Sir Blamoure von der Marsch«, sagte der Ritter und ritt in die Richtung auf Camelot davon.

Als er fort war, ging Gawain in die Burg zurück und in ein Gemach. Dort begann er seine Rüstung abzulegen, denn er war sehr müde, und es verlangte ihn zu schlafen. Gaheris, der ihm gefolgt war, sagte: »Was fällt Euch ein? Ihr könnt doch hier nicht Eure Waffen ablegen. Die Kunde von Eurer Tat wird dafür sorgen, daß überall Feinde aus dem Boden schießen.«

Und kaum hatte er dies gesagt, drangen vier wohlgewappnete Ritter mit Schilden und gezogenen Schwertern in den Raum und sprachen: »Ihr seid gerade erst zum Ritter geschlagen worden, und schon habt Ihr Eure Ritterehre besudelt, denn ein Ritter, der keine Gnade kennt, hat seine Ehre verloren. Zudem habt Ihr eine schöne Dame erschlagen, und diese schändliche Bürde wird allzeit auf Eurem Namen lasten. Ihr, der keine Gnade gewähren wolltet, werdet jetzt selber Gnade brauchen.« Und einer der Ritter führte einen gewaltigen Streich gegen Gawain und brachte ihn damit ins Wanken, doch Gaheris sprang seinem Bruder bei, und gemeinsam verteidigten sie sich gegen die vier Ritter, die alle zugleich angriffen. Dann trat einer von ihnen zurück, nahm einen Bogen und schoß Gawain einen Pfeil mit stählerner Spitze in den Arm, so daß er sich nicht mehr verteidigen konnte. Die beiden Brüder wären schon bald der Übermacht erlegen, doch da erschienen vier Damen in der Halle und baten, das Leben der Brüder zu schonen. Auf die Bitte der Schönen gewährten die Ritter den beiden Gnade und machten sie zu ihren Gefangenen.

Früh am nächsten Morgen, als Gawain in seinem Bett vor Schmerzen aufstöhnte, hörte ihn eine der Damen und ging zu ihm.

»Wie fühlt Ihr Euch?« fragte sie.

»Ach, gar nicht gut«, sagte Gawain. »Ich habe Schmerzen und fürchte, daß ich zeit meines Lebens verkrüppelt sein werde.«

»Das ist Eure eigene Schuld«, sagte die Dame. »Es war eine elende Tat, die Burgherrin zu erschlagen. Seid Ihr nicht einer von König Artus' Rittern?«

»Ja.«

»Und wie heißt Ihr?«

»Schöne Dame, ich bin Sir Gawain, Sohn des Königs Lot von den Orkney-Inseln. Meine Mutter ist König Artus' Schwester.«

»Dann seid Ihr also ein Neffe des Königs«, sagte die Dame. »Nun, ich will ein gutes Wort einlegen, daß man Euch ziehen läßt.«

Und als sie den Rittern berichtete, wer er war, erlaubten sie es ihm, weil sie König Artus ergeben waren. Und sie gaben ihm den Kopf des weißen Hirsches als Beweis, daß die Ausfahrt zu Ende geführt worden war. Doch zur Strafe hängten sie ihm den Kopf der toten Dame um den Hals, und zwangen ihn, den enthaupteten Körper vor sich auf dem Pferd mitzuführen.

Und als Sir Gawain schließlich nach Camelot kam und vor dem König und der Tafelrunde stand, erzählte er demütig und wahrheitsgemäß die ganze Geschichte.

Der König und die Königin verübelten ihm sehr, daß er die

Dame getötet hatte. Dann erlegte die Königin Gawain einen ewigen Dienst auf: Er müsse zeitlebens für alle Damen eintreten und für ihre Sache kämpfen. Dazu befahl sie ihm noch, sich immer ritterlich zu betragen und Gnade zu gewähren, wenn er darum gebeten wurde.

Und Gawain schwor bei den vier Evangelisten, diesen Dienst zu leisten.

Und so endigte das Abenteuer, das Sir Gawayne bei der Vermählung von Arthure bestand.

Nun wenden wir uns Sir Torres Ausfahrt zu.

Als er gewappnet und zum Aufbruch bereit war, nahm er die Suche nach dem Ritter auf, der sich die weiße Bracke genommen hatte, und unterwegs trat ihm ein Zwerg in den Weg, und als Sir Torre an ihm vorbeireiten wollte, schlug der Zwerg mit seinem Stab das Pferd auf die Nase, daß es sich aufbäumte und beinahe rückwärts überschlagen hätte.

»Warum hast du das getan?« wollte Sir Torre wissen.

»Ihr könnt hier nicht passieren, wenn Ihr nicht mit den beiden Rittern dort tjostet«, antwortete der Zwerg.

Dann sah Sir Torre zwischen den Bäumen zwei Schmuckzelte und zwei an Bäume gelehnte Lanzen und zwei Schilde, die an Ästen hingen. »Ich kann mich hier nicht aufhalten«, sagte Torre. »Ich bin auf einer Ausfahrt und muß weiter.«

»Ihr kommt hier nicht vorbei«, sagte der Zwerg und blies einen schrillen Ton auf seinem Horn.

Ein gewappneter Ritter kam hinter den Zelten hervorgeritten, nahm Lanze und Schild und stürmte auf Sir Torre zu, doch dieser traf ihn auf halbem Weg mit seiner Lanze und warf ihn aus dem Sattel.

Dann ergab sich der Ritter und bat um Gnade, die ihm gewährt wurde. »Aber, Herr Ritter«, sagte er, »jetzt wird Euch mein Gefährte zum Tjosten auffordern.«

»Das soll mir recht sein«, sagte Torre.

Der zweite Ritter kam herbeigaloppiert, und beim Zusammenprall zersplitterte seine Lanze, während Torres Lanze unter den Schild des Widersachers und ihm in die Seite fuhr, ohne ihn jedoch zu töten. Er fiel vom Pferd, und während er sich aufzurappeln versuchte, sprang Torre rasch aus dem Sattel und versetzte ihm einen wuchtigen Schlag auf den Helm, worauf der Gegner abermals zu Boden stürzte und um sein Leben flehte.

»Ich schenke Euch das Leben«, sagte Torre, »doch dafür müßt ihr beide als meine Gefangenen König Artus aufsuchen und euch ihm ergeben.«

»Wen sollen wir als unseren Überwinder nennen?« fragten sie.

»Sagt, euch schicke derjenige, der sich auf die Fahrt nach dem Ritter mit der weißen Bracke begab. So, und jetzt macht euch auf den Weg. Gott möge euch beflügeln und mich auch.«

Dann kam der Zwerg herbei und bat um einen Gunsterweis.

»Was möchtest du denn?« fragte Torre.

»Nur Euch dienen«, sagte der Zwerg.

Zögernd sagte Torre: »Dann nimm ein Pferd und komm mit mir.«

Der Zwerg sagte: »Wenn Ihr nach dem Ritter mit der weißen Bracke sucht, kann ich Euch dorthin führen, wo er ist.«

»Dann führ mich hin«, sagte Sir Torre, und sie ritten in den Wald hinein und weiter, bis sie zu einer Priorei kamen, neben der zwei Zelte aufgeschlagen waren. Vor dem einen hing ein roter und vor dem anderen ein weißer Schild.

Nun stieg Sir Torre vom Pferd, reichte seine Lanze dem Zwerg, ging zu dem Zelt mit dem weißen Schild und sah im Innern drei schlafende Fräulein. Er blickte in das andere Zelt: hier schlummerte eine Dame, und neben ihr lag die weiße Hündin, die zu suchen er ausgezogen war. Sie bellte ihn wütend an. Sir Torre packte das heulende Tier und trug es zu dem Zwerg. Von dem Lärm erwachte die Dame. Sie trat aus ihrem Zelt, und dann erschienen aus dem andern die drei Fräulein. Und die Dame rief laut: »Warum nehmt Ihr mir meine Bracke weg?«

»Ich bin auf der Suche nach dieser Bracke den ganzen Weg von Artus' Hof bis hierher geritten«, sagte Torre.

»Herr Ritter«, sagte die Dame, »Ihr werdet mit ihr nicht weit gelangen, denn es wird Euch jemand mit Gewalt aufhalten.«

»Ich nehme auf mich, was mir Gottes Gnade schickt, Madame«, antwortete er, stieg aufs Pferd und begann den Rückweg nach Camelot, doch unterwegs brach die Nacht ein, und er fragte den Zwerg, ob er in der Nähe irgendeine Unterkunft wisse.

»In der Nähe gibt es nur eine Einsiedelei«, sagte der Zwerg. »Wir müssen mit dem vorliebnehmen, was wir finden.« Er ritt voran, bis sie zu einer düsteren Klause neben einer Kapelle kamen. Dann fütterten sie ihre Pferde, und der Eremit gab ihnen, was er hatte – ein bißchen grobes Brot –, als Abendmahlzeit, und sie legten sich auf den kalten Steinboden der Klause zum Schlafen nieder. Am nächsten Morgen hörten sie in der Kapelle die Messe, dann bat Sir Torre den Einsiedler um seinen Segen, und danach ritten sie weiter in Richtung auf Camelot.

Sie waren noch nicht weit gekommen, als hinter ihnen ein Ritter herangesprengt kam und rief: »Ritter, gebt die Bracke zurück, die Ihr meiner Dame geraubt habt!«

Sir Torre wandte sich um und sah, daß der Ritter ein schmukker Mann, wohlberitten und von Kopf bis Fuß trefflich gewappnet war. Er nahm dem Zwerg seine Lanze ab, stellte seinen Schild aufs Knie und erwartete den in vollem Galopp heranstürmenden Ritter. Die Wucht des Anpralls ließ beide Pferde zu Boden stürzen. Dann stiegen die Männer aus dem Sattel, zogen ihre Schwerter und kämpften wie die Löwen. Die Schwerter hieben durch Schilde und Harnische, und jeder fügte dem andern schwere Wunden zu. Dick und heiß strömte das Blut aus den Kettenhemden, und beide überkam eine große Mattigkeit. Doch Sir Torre spürte, daß sein Widersacher rascher ermattete als er, dem seine jugendliche Kraft zustatten kam, und er verdoppelte die Wucht seiner Schwerthiebe, bis der Angreifer schließlich, schwer getroffen, zu Boden taumelte und Sir Torre ihn aufforderte, sich zu ergeben.

»Ich werde mich niemals ergeben, solange noch ein Funke Leben in mir ist, es sei denn, Ihr gebt mir die weiße Bracke.«

»Das kann ich nicht«, sagte Sir Torre. »Ich habe den Auftrag, Euch und die weiße Hündin zu König Artus zu bringen.«

Nun kam ein Fräulein auf einem Zelter dahergesprengt, brachte ihr Pferd zum Stehen und sagte: »Ich habe eine große Bitte an Euch, edler Ritter. Und wenn Ihr König Artus liebt, werdet Ihr sie mir gewähren.«

Ohne zu überlegen sagte Torre: »Sagt nur, was Ihr möchtet. Es mag sein, was es will – Ihr sollt es bekommen.«

»Habt Dank, edler Ritter«, sagte sie. »Der Ritter, der hier auf der Erde liegt, ist Sir Arbellus, und er ist ein Mörder und ein elender Ritter. Ich verlange seinen Kopf.«

»Jetzt bereue ich mein Versprechen«, sagte Torre. »Wenn er Euch ein Leid zugefügt hat, vielleicht kann er es so wiedergutmachen, daß Ihr zufrieden seid.«

»Nur sein Tod kann es wiedergutmachen«, antwortete das Fräulein. »Er kämpfte gegen meinen Bruder, besiegte ihn, und mein Bruder bat ihn um Gnade. Ich selber habe mich in den Schmutz gekniet und um das Leben meines Bruders gefleht, aber er blieb hart und erschlug meinen Bruder vor meinen Augen. Er ist ein tückischer Mensch und hat vielen braven Rittern Wunden geschlagen. Jetzt haltet, was Ihr versprochen habt, sonst werde ich Euch an König Artus' Hof als einen eidbrüchigen Menschen bloßstellen.«

Als Arbellus das hörte, ergriff ihn bange Furcht, und er ergab sich rasch Sir Torre und bat um Gnade.

Sir Torre aber war verblüfft. Er sprach: »Eben erst habe ich Euch Gnade angeboten, und ihr wolltet Euch nur ergeben, wenn ich Euch die Bracke gäbe, die zu holen ich ausgezogen war. Und nun, nachdem ich dieses unselige Versprechen gegeben habe, ergebt Ihr Euch und bittet um Gnade, wovon Ihr vorhin nichts wissen wolltet.«

Da wandte sich Arbellus angstvoll um und floh zwischen die Bäume. Sir Torre stürmte ihm nach, schlug ihn nieder und tötete ihn. Erschöpft stand er neben der Leiche.

Das Fräulein kam herbei und sagte: »Das war wohlgetan. Er war ein Mörder. Doch nun bricht die Nacht herein, und Ihr seid matt. Kommt mit zu meinem Haus, das in der Nähe ist, und pflegt dort der Ruhe.«

»Das will ich tun«, sagte Torre. »Mein Pferd und ich haben kaum eine Rast gehabt und noch weniger Stärkung bekommen, seit wir von Camelot auszogen.« Dann ritt er mit ihr hin, und in ihrem Haus empfing ihn ihr Gatte, ein betagter, würdiger Ritter, mit Herzlichkeit, bewirtete ihn gut mit Essen und Trinken, gab ihm ein weiches Bett, und Torre ließ sich darauffallen und schlief einen tiefen Schlaf. Nachdem sie am folgenden Morgen die Messe gehört hatten, machte Sir Torre sich bereit, den alten Ritter und seine junge Frau zu verlassen, und sie fragten ihn nach seinem Namen.

»Ich bin Sir Torre«, sagte er. »Ich wurde erst unlängst zum Ritter geschlagen, und das war meine erste Ausfahrt – Arbellus und die weiße Bracke an König Artus' Hof zu bringen.«

»Ihr habt Euren Auftrag getreulich erfüllt«, sagte die Dame.
»Und wenn Ihr in Zukunft einmal in diese Gegend kommt,
betrachtet unser Heim als Eure Herberge. Wir werden Euch
immer freudig aufnehmen und bedienen.«

Dann ritt Sir Torre weiter in Richtung auf Camelot und kam
dort am dritten Tag in der Mittagsstunde an, als der König und
die Königin mit allen Getreuen in der großen Halle saßen, und
alle freuten sich über seine Rückkehr. Wie es der Brauch war,
erzählte er von seinen Taten und wies zum Beweis die weiße
Hündin und den Leichnam des Arbellus vor – und das Königspaar bekundete sein Wohlgefallen.

Merlin sagte: »Er ist ohne Beistand und Gefolgsmann ausge-
zogen. Sein Vater Pellinore gab ihm ein altes Roß, und von
Artus bekam er eine alte Rüstung und ein Schwert. Doch was er
getan hat, ist nichts im Vergleich zu dem, was er noch tun wird,
Herr. Er wird ein tapferer und edler Ritter werden und seine
Ritterwürde nie beflecken.«

Und nachdem Merlin gesprochen hatte, verlieh der König Sir
Torre die Grafenwürde, schenkte ihm die dazu gehörenden
Ländereien und gab ihm einen Ehrenplatz an seinem Hof.

Und hier endigt die Ausfahrt von Sir Torre,
König Pellynors Sohn.

Wenden wir uns nun Sir Pellinores Suche nach der Dame zu,
die mit Gewalt vom Hof fortgeführt worden war.

Während König Artus und seine edlen Gefährten in der großen, schwach beleuchteten Halle saßen und tafelten, Rechtsbe-
schwerden an- und Spielleuten zuhörten, ging Sir Pellinore in
sein Quartier, wappnete sich, betrachtete sein wohlausgerüste-
tes und gut untergebrachtes Pferd, stieg in den Sattel und ritt in
einem raschen Trab Meile und Meile hinter der Dame her, die
gegen ihren Willen von einem unbekannten Ritter entführt
worden war. Und er gelangte in einen Wald und in ein kleines,
von Bäumen beschattetes Tal, wo er neben einer sprudelnden
Quelle ein Fräulein auf der moosbewachsenen Erde sitzen sah,
das einen verwundeten Ritter in den Armen hielt. Als sie Pellinore sah, rief sie zu ihm hin: »Helft mir, Herr Ritter, um Christi
willen!«

Doch Pellinore hatte nur für seine Ausfahrt Gedanken und

mochte nicht anhalten. Das Fräulein rief mitleiderregend hinter ihm her, aber als sie sah, daß er nicht verweilen wollte, betete sie laut zu Gott, der Ritter möge eines Tages in ebenso große Not geraten wie sie und nirgends Hilfe finden. Es wird erzählt, daß der verwundete Ritter kurz danach in den Armen des Fräuleins gestorben sei und sie sich aus Gram selbst den Tod gegeben habe.

Pellinore also ritt den Pfad durch das Tal entlang, bis er einem Tagelöhner begegnete, und fragte ihn, ob er einen Ritter gesehen habe, der eine Dame gegen ihren Willen mit sich führte.

»Das habe ich wohl«, sagte der Mann. »Ich habe sie beide gesehen, und die Dame jammerte so laut, daß ihre Stimme durch das Tal hallte. Ein wenig unterhalb von hier«, fuhr der arme Mann fort, »werdet Ihr zwei Zelte entdecken, und einer der Ritter dort hat den Begleiter der Dame zum Kampf herausgefordert und gesagt, sie sei mit ihm verwandt. Dann sagte der eine, die Dame gehöre ihm kraft Faustrechts, und der andere, sie sei sein aus Gründen der Verwandtschaft, und nachdem sie gestritten und einander beleidigt und herausgefordert hatten, begannen sie zu kämpfen. Ein armer Mann handelt nicht klug, in der Nähe zu bleiben, wenn Rittern der Sinn nach Kampf steht, und deshalb habe ich mich entfernt, um nicht in Schwierigkeiten zu kommen. Aber wenn Ihr Euch beeilt, werdet Ihr sie vielleicht noch im Streit antreffen. Die Dame wird von zwei Knappen im Zelt bewacht, wo sie den Ausgang des Zweikampfs abwartet.«

»Ich danke dir«, sagte Pellinore, spornte sein Pferd zum Galopp an und war schon bald bei den Zelten, wo sie in der Tat noch kämpften, während die Dame ihnen aus dem Schutz des Zeltes zusah.

Pellinore ritt nahe zu ihr hin und sagte: »Schöne Dame, Ihr müßt mit mir an König Artus' Hof kommen. Ich habe den Auftrag, Euch dorthin zurückzubringen.«

Doch die Knappen stellten sich vor sie, und der eine sagte: »Sir, Ihr seht ja selbst, daß zwei Ritter um die Dame kämpfen. Reitet hin und trennt sie, und wenn sie zustimmen, könnt Ihr mit der Dame beginnen, was Ihr wollt. So aber dürfen wir sie nicht gehenlassen.«

»Ich sehe, daß ihr Befehlen gehorcht«, sagte Pellinore und

ritt zwischen die beiden Kämpfenden und fragte sie höflich, warum sie gegeneinander fochten.

Der eine antwortete: »Herr Ritter, sie ist mit mir verwandt, und als ich sie jammern hörte, daß sie gegen ihren Willen mitgeführt werde, habe ich diesen Mann, ihren Entführer, zum Kampf gefordert.«

Der andere sagte in grobem Ton: »Ich heiße Sir Ontelake von Wenteland. Ich habe diese Dame durch meine Tapferkeit und mit Waffengewalt gewonnen, wie es mir zusteht.«

»Das ist nicht wahr«, sagte Pellinore. »Ich war dabei und habe es gesehen. Ihr kamt gewappnet zu König Artus' Hochzeitsfest, auf dem das Tragen von Waffen und Gewaltanwendung verboten waren, und habt diese Dame weggeführt, ehe einer der Anwesenden hinauslaufen und ein Schwert holen konnte, um Euch aufzuhalten. Und weil Ihr das am königlichen Hofe geltende Gesetz gebrochen habt, erhielt ich den Auftrag, sie und auch Euch zurückzubringen, falls Ihr noch lebt und reiten könnt. Denn glaubt mir, Sir, ich habe König Artus versprochen, sie zurückzubringen. Deshalb hört beide auf zu kämpfen, weil keiner von euch die Dame bekommen wird. Wenn aber einer von euch mit mir um sie kämpfen möchte, bin ich dazu natürlich bereit.«

Da wandten sich die beiden Ritter, die einander ans Leben gewollt hatten, vereint gegen ihn und riefen: »Ihr müßt gegen uns beide kämpfen, bevor Ihr sie wegführen könnt.«

Während Sir Pellinore sein Pferd zwischen ihnen herauszumanövrieren versuchte, stieß Sir Ontelake dem Tier sein Schwert in die Flanke, tötete es und brüllte: »Jetzt seid Ihr zu Fuß wie wir.«

Sir Pellinore trat leichtfüßig von seinem gestürzten Roß weg, zog das Schwert und sagte aufgebracht: »Das war eine feige Tat. Seht Euch vor, mein Freund, denn hier habe ich etwas für einen Mann, der ein Pferd ersticht.« Und damit holte Pellinore zu einem gewaltigen Hieb aus, der Ontelakes Helm und seinen Kopf bis zum Kinn spaltete, worauf er tot zu Boden stürzte.

Dann wollte sich Pellinore den anderen Ritter vornehmen, doch dieser hatte die furchtbare Wucht von Pellinores Hieb gesehen, sank auf die Knie und sagte: »Nehmt meine Verwandte und erfüllt Euren Auftrag, aber ich ersuche Euch als einen wahren Ritter, sie nicht zu entehren.«

»Wollt Ihr nicht um sie kämpfen?«

»Nein, nicht mit einem Ritter, wie Ihr es seid, nach dem, was ich gesehen habe.«

»Nun«, sagte Pellinore, »es ist nicht meine Gepflogenheit, meine Ritterehre zu beflecken. Die Dame wird nicht belästigt werden – das verspreche ich Euch. Jetzt brauche ich ein Pferd. Ich will das von Ontelake nehmen.«

»Nein«, sagte der Ritter, »kommt mit, speist und übernachtet bei mir, und ich will Euch ein viel besseres Pferd geben als das hier.«

Pellinore war einverstanden. Und an diesem Abend wurde er trefflich bewirtet mit Speisen und gutem Wein, und er schlief auf einem weichen Lager, und am nächsten Morgen nach der Messe frühstückte er.

»Ich sollte Euren Namen erfahren«, sagte sein Gastgeber. »Ihr nehmt ja meine Verwandte als Trophäe Eurer Ausfahrt mit.«

»Die Bitte ist nur billig. Ich bin Sir Pellinore, König der Inseln und Ritter der Tafelrunde.«

»Es ist mir eine Ehre, daß ein so berühmter Ritter meine Verwandte geleitet. Ich selbst, Sir, heiße Meliot von Logurs, und meine Verwandte trägt den Namen Nyneve. Der Ritter in dem anderen Zelt ist Sir Bryan von den Inseln, ein Mann von hoher Gesinnung. Er kämpft nur dann, wenn er dazu gezwungen wird.«

»Ich habe mich schon gefragt, warum er nicht herauskam, um gegen mich anzutreten«, sagte Pellinore. »Bringt ihn eines Tages mit an den Hof. Man wird Euch dort gut aufnehmen.«

»Wir werden zusammen kommen«, sagte Sir Meliot.

Dann stieg Pellinore in den Sattel, und die Dame begleitete ihn, und sie schlugen den Weg in Richtung Camelot ein. Doch als sie in ein steiniges Tal kamen, tat das Pferd der Dame einen verkehrten Tritt, stürzte, und die Dame verstauchte sich dabei böse einen Arm. »Mein Arm ist verletzt«, klagte sie, »ich kann fürs erste nicht weiterreiten.«

»Nun denn, dann werden wir hier Rast machen«, sagte Pellinore und geleitete sie behutsam zu einem freundlichen Plätzchen im Gras unter einem Baum mit ausladenden Ästen und legte sich neben sie. Er schlummerte schon bald ein und erwachte erst wieder, als es dunkel war. Es war ihm sehr daran gelegen weiterzureiten, doch die Dame sagte: »Es ist zu finster. Wir würden den Weg nicht finden. Legt Eure Rüstung ab und ruht, bis es hell wird.«

Nicht lange vor Mitternacht hörten sie das Getrappel eines trabenden Pferdes. »Rührt Euch nicht«, sagte Pellinore zu der Dame. »Da ist etwas Merkwürdiges im Gange. Männer reiten sonst nicht in der Nacht.« Er legte geräuschlos seinen Harnisch an, schnallte ihn fest, und dann saßen die beiden schweigend da. In der Dunkelheit sahen sie auf dem Pfad, ziemlich nahe ihrem Ruheplatz, undeutlich zwei Ritter, die aufeinander zuritten, der eine aus der Richtung Camelot, der andere von Norden her. Die beiden sprachen leise miteinander. »Was bringt Ihr Neues aus Camelot?« fragte der eine, und der andere erwiderte: »Ich war am Hof, und keiner ahnte, daß ich als Spion gekommen war. Ich sage Euch, König Artus hat eine Gefolgschaft von Rittern um sich versammelt, wie sie nirgendwo anders zu finden ist. Und der Ruhm dieser Ritter von der Tafelrunde verbreitet sich immer mehr durch die Welt. Ich reite jetzt nach Norden, um unseren Häuptlingen zu melden, wie stark König Artus geworden ist.«

»Gegen diese Stärke habe ich ein Mittel bei mir«, sagte der andere, »ein Pülverchen, das seine Macht zum Schmelzen bringen wird. Wir haben einen zuverlässigen Mann in der nahen Umgebung des Königs, der versprochen hat, gegen Belohnung dieses Gift dem König in den Pokal zu schütten – und dann werden wir erleben, wie seine Macht zerrinnt.«

Der andere Ritter sagte warnend: »Seid aber vor Merlin auf der Hut. Er kann solche Dinge entdecken.«

»Ich werde vorsichtig sein, aber Angst habe ich keine«, sagte der andere, und damit trennten sie sich, und jeder ritt seiner Wege.

Als sie fort waren, machte Pellinore sich rasch bereit, und sie folgten mühsam dem Pfad, bis der Tag anbrach. Es war schon hell, als sie zu der Quelle kamen, wo Pellinore dem Fräulein und dem verwundeten Ritter seine Hilfe versagt hatte. Wilde Tiere hatten sie in Stücke gerissen und bis auf die Köpfe aufgefressen.

Pellinore brach in Tränen aus, als er sie sah. »Ich hätte das Fräulein retten können«, sagte er, »aber ich hatte nur meine Ausfahrt im Kopf und wollte nicht auf ihr Flehen hören.«

»Es gehörte nicht zu Eurem Auftrag. Warum seid Ihr so traurig?« fragte sie ihn mit der Kühle, die Damen für andere Damen empfinden.

»Ich weiß nicht«, sagte Pellinore, »aber es zerreißt mir das Herz, wenn ich dieses schöne, junge Fräulein, dem ich hätte beistehen können, so elend zugrunde gerichtet sehe.«

»Dann rate ich Euch, die sterblichen Reste des Ritters zu begraben, den Kopf der Dame zu König Artus mitzunehmen und ihn entscheiden zu lassen, was Ihr hättet tun sollen.«

»Sie hat mir einen schrecklichen Fluch nachgerufen«, sagte Pellinore.

»Verfluchen, das kann jeder. Ihr hattet eine Ausfahrt gelobt«, sagte Nyneve spröde. »Eure Suche galt mir.«

Dann entdeckte Pellinore in der Nähe die Klause eines Einsiedlers und bat ihn, die Gebeine des Ritters in geweihter Erde zu bestatten und ein Gebet für seine Seele zu sprechen. Und für seine Mühewaltung schenkte er ihm die Rüstung des Toten. Dann hob Pellinore den Kopf des Fräuleins mit dem goldenen Haar vom Boden auf, und Jammer erfaßte ihn, als er das liebliche Gesicht ansah.

Um die Mittagsstunde langten sie in Camelot an, wo Artus und Guinevere und die edle Ritterschar zu Tische saßen. Und Pellinore berichtete den Anwesenden von seiner Ausfahrt und schwor bei den vier Evangelisten, daß jedes Wort wahr sei.

Königin Guinevere sagte: »Sir Pellinore, Ihr seid sehr zu tadeln, daß Ihr die Dame nicht errettet habt.«

Und der Ritter erwiderte: »Madame, Ihr wäret zu tadeln, wenn Ihr Euer Leben nicht rettetet, obwohl Ihr es könntet. Mein Kummer ist größer als Euer Mißfallen, denn ich war so sehr mit meiner Ausfahrt beschäftigt, daß ich keine Zeit verlieren wollte, und das wird mir bis zum Ende meiner Tage auf der Seele liegen.«

Dann wandten sich aller Augen Merlin zu, der an dem erhöhten Tisch saß, denn aus dem Bericht sprach etwas Schicksalhaftes.

Merlins Augen waren traurig, als er zu sprechen begann. »Ihr habt allen Grund, Eure gedankenlose Eile zu bereuen«, sagte er zu Pellinore. »Dieses Fräulein war nämlich Alyne, Eure eigene Tochter, die Frucht Eurer Liebe zu der Lady von Rule. Und der Ritter war Sir Myles von den Ebenen, mit ihr verlobt und ein vortrefflicher Mann. Sie waren hierher an den Hof unterwegs, als ein feiger Ritter, Loraine le Sauvage, Sir Myles von hinten angriff und ihm seine Lanze in den Rücken stieß. Nachdem Ihr Euren Beistand verweigert hattet, tötete sich Alyne aus Verzweiflung mit dem Schwert ihres Geliebten.« Merlin legte eine Pause ein und sagte dann: »Ihr werdet Euch erinnern, daß sie Euch verflucht hat. Nun – und dieser Fluch wird Euer Schicksal sein. Wenn Ihr in höchster Not seid, wird Euch Euer bester Freund im Stich lassen, so wie Ihr Eure Tochter im Stich gelassen habt. Der Mann, dem Ihr am meisten vertraut, wird Euch dort verlassen, wo Euch der Tod ereilt.«

»Was du sagst, bekümmert mich tief«, sagte Pellinore, »aber ich glaube, daß Gott dem Schicksal einen anderen Lauf geben kann. Darauf muß ich bauen.«

Und so endeten die Ausfahrten anläßlich der Vermählung von König Artus, doch zuletzt wurden noch die Gesetze der Tafelrunde niedergelegt, und alle Ritter, die ihr angehörten, schworen, sie zu halten. Sie gelobten, niemals, außer zu einem guten Zweck, Gewalt anzuwenden, sich niemals zu Mord oder Verrat herzugeben. Sie schworen bei ihrer Ehre, Gnade zu gewähren, wenn sie um Gnade gebeten wurden, Fräulein, Damen, Edelfrauen und Witwen zu beschirmen und für ihre Rechte ein- und ihnen niemals nahezutreten. Auch versprachen sie, nie für eine ungerechte Sache oder um eines persönlichen Vorteils willen zu kämpfen. Alle Ritter der Tafelrunde legten diesen Eid ab. Und jedes Jahr am hohen Pfingstfest erneuerten sie den Schwur.

Explicit die Vermählung von König Artus

merlins tod

Als Merlin das Fräulein Nyneve sah, das Sir Pellinore an den Hof gebracht hatte, wußte er, daß es um ihn geschehen war, denn das Herz in seiner betagten Brust schwoll ihm wie das eines jungen Mannes, und das Verlangen siegte über seine Jahre und sein Wissen. Nyneve wurde ihm, wie er vorausgesehen hatte, wichtiger als sein eigenes Leben. Er verfolgte sie mit seinen Anträgen und ließ ihr keine Ruhe. Und Nyneve nutzte ihre Macht über den betörten alten Mann und gewährte ihm ihre Gesellschaft im Tausch gegen seine Zauberkünste, denn sie war eines der Fräulein der Dame vom See und in Wunderdingen geschult.

Merlin wußte, was mit ihm geschah, und kannte den tödlichen Ausgang, konnte sich aber gleichwohl nicht helfen, denn sein Herz war vernarrt in das Fräulein vom See.

Er ging zu König Artus und sagte ihm, die Zeit, von der er einst gesprochen hatte, sei gekommen und sein Ende nicht mehr fern. Er sprach zu Artus über künftige Dinge und gab ihm Ratschläge, was er tun solle, um für seine Zukunft gewappnet zu sein. Besonders schärfte er Artus ein, auf das Schwert Excalibur und namentlich auf die Scheide achtzuhaben. »Beides wird Euch eines Tages von jemandem, dem Ihr vertraut, entwendet werden«, sagte Merlin. »Ihr habt Feinde, von denen Ihr nichts ahnt.« Und er sagte noch: »Ich werde Euch fehlen, und Ihr werdet Euch nach meinen Ratschlägen sehnen. Die Zeit wird kommen, da Ihr Euer Reich hingeben würdet, wenn Ihr mich wiederhaben könntet.«

»Das geht über meinen Verstand«, sagte der König. »Du bist der weiseste Mann unter den Lebenden. Du weißt, was sich anbahnt. Warum triffst du keine Vorkehrungen, um dich zu retten?«

Aber Merlin sagte ruhig: »Weil ich weise bin. Im Streit zwischen Weisheit und Gefühl gewinnt die Weisheit nie. Ich habe Euch von der Zukunft gesprochen, Herr, die Euch gewiß ist, doch das Wissen um das Künftige wird es um keinen Deut verändern. Wenn die Zeit kommt, wird das Gefühl Euch Eurem Schicksal entgegenführen.« Und damit nahm Merlin von dem Mann Abschied, den er zum König gemacht hatte.

Er ritt mit Nyneve vom Hof weg, und jeden Weg, den sie einschlug, schlug auch er ein. Da sie ihre Macht über ihn kannte, versagte sie sich ihm, so daß er in seiner Begierde nach ihr seine

magische Kunst zur Hilfe rufen wollte, um ihr Widerstreben zu
überwinden. Doch Nyneve wußte, daß er seine geheimen Fer-
tigkeiten einzusetzen plante, und sagte zu ihm, wenn er sie
besitzen wolle, müsse er ihr schwören, zu diesem Zweck keine
Nekromantie zu gebrauchen. Und Merlin in seiner greisenhaf-
ten Betörtheit und brennend vor Verlangen leistete diesen Eid
und besiegelte damit sein Schicksal.

Das ungleiche Paar zog rastlos durch die Lande. Es überquerte den Kanal und kam nach Benwick, wo Ban König und
der Krieg mit König Claudas noch immer im Gange war.

König Bans Gemahlin war Königin Elaine, eine liebenswür-
dige und schöne Dame, und sie bat Merlin, er möge dazu helfen, daß der Krieg ein Ende nehme. Und indes sie sprachen,
trat Elaines junger Sohn ein, und Merlin blickte ihn an.

»Seid ohne Sorge«, sagte er. »Dieser Knabe wird binnen
zwanzig Jahren Claudas bezwingen, ja, mehr noch: Euer Kind
ist dazu ausersehen, der größte Ritter der Welt zu werden, und
die Erinnerung an ihn und sein Ruhm werden künftigen Zeiten
Labsal und Stärkung sein. Ich weiß, Ihr habt ihm zuerst den
Namen Galahad gegeben, ihn aber bei seiner Taufe Lancelot
genannt.«

»So ist es«, sagte Königin Elaine verwundert. »Ich habe ihn
wirklich zuerst Galahad genannt. Doch sage mir, Merlin,
werde ich seinen Aufstieg noch erleben?«

»Ihr werdet ihn noch erleben, das schwöre ich Euch, und
noch lange Jahre danach leben.«

Nyneve langweilte sich und war unruhig. Als sie Bans Hof
verließ, folgte ihr Merlin und flehte sie keuchend an, mit ihm
der Liebe zu pflegen und sein Verlangen zu stillen, doch sie war
seiner überdrüssig. Sie wollte, wie es bei einem jungen Fräulein
nicht anders sein kann, von einem alten Mann nichts wissen,
und sie fürchtete sich auch vor ihm, denn es hieß, Merlin sei ein
Sohn des Teufels. Doch sie konnte ihn nicht abschütteln, denn
er folgte ihr bettelnd und winselnd auf Schritt und Tritt.

Dann begann Nyneve mit der den Mädchen eigenen List
Merlin über seine Zauberkünste auszufragen, und gab ihm
andeutungsweise zu verstehen, daß sie ihn im Austausch gegen
sein Wissen vielleicht erhören werde. Und obwohl Merlin die
Absicht durchschaute, konnte er, in der den Männern eigenen
Hilflosigkeit, sich nicht enthalten, sie in diesen Künsten zu

unterweisen. Und während sie also übers Meer nach England zurückfuhren und dann von der Küste gemächlich nach Cornwall ritten, zeigte Merlin ihr viele Wunderdinge, und als er schließlich den Eindruck gewann, sie zeige an ihm Interesse, brachte er ihr bei, wie man die magischen Wirkungen hervorbrachte. Er lieferte ihr die Werkzeuge der Verzauberung, die magischen Mittel zur Abwehr von Magie aus, und schließlich brachte er ihr, von seiner Altersnarrheit irregeleitet, jene Bannsprüche bei, die durch nichts gebrochen werden können. Und als sie in mädchenhafter Begeisterung die Hände zusammenschlug, schuf der alte Mann ihr zu Gefallen unter einem großen Felsblock einen Raum von unglaublicher Wunderpracht. Er stattete ihn mittels seiner Künste mit Annehmlichkeiten und reichem Schmuckwerk aus, ein herrliches Gemach, in dem – so dachte er sich – ihre Liebe vollzogen werden sollte. Und die beiden gingen durch einen unterirdischen Gang zu dem Raum der Wunder, mit goldenem Tuch ausgekleidet und vom Schein vieler Kerzen erhellt. Merlin trat ein, um ihn ihr zu zeigen, doch Nyneve tat einen Sprung zurück und sprach einen jener furchtbaren Zaubersprüche, deren Bann auf keine Weise gebrochen werden kann, und Merlin war auf ewige Zeiten gefangen. Durch den Felsen hindurch konnte sie schwach seine Stimme hören, wie er sie anflehte, ihn herauszulassen. Doch Nyneve stieg auf ihr Pferd und ritt davon. Und Merlin ist dort bis auf den heutigen Tag geblieben, so wie er es hatte kommen sehen.

Nicht lange nach dem großen Fest zu seiner Vermählung verlegte König Artus seinen Hof nach Cardolle, und dort erhielt er eine Hiobsbotschaft. Fünf Könige – der von Dänemark und sein Bruder, der König von Irland, zusammen mit den Königen des Tales, von Sorleyse und der Insel Longtaynse – hatten sich vereinigt und waren mit einem großen Heer in England eingefallen. Die Feinde zerstörten alles auf ihrem Weg, Burgen, Städte und das Vieh, und töteten auch die Menschen, die nicht rechtzeitig hatten fliehen können.

Als Artus davon erfuhr, sagte er matt: »Seit ich König bin, ist mir kein einziger ruhiger Monat vergönnt gewesen. Und jetzt darf ich nicht rasten, bis ich die Eindringlinge gestellt und vernichtet habe. Ich kann nicht zulassen, daß meinem Volk der Untergang bereitet wird. Alle von euch, die mit mir kommen wollen, macht euch bereit!«

Doch einige der Barone waren insgeheim ungehalten, weil sie in Behaglichkeit zu leben wünschten. Artus aber sandte eine Botschaft an Sir Pellinore, in der er ihn ersuchte, so viele waffentragende Männer zu versammeln, wie er nur könne, und möglichst rasch zu ihm zu stoßen. Zuletzt ging er zu Guinevere und sagte, sie solle sich bereitmachen, ihn zu begleiten. »Ich kann es nicht ertragen, Euch fern zu sein«, sagte er. »Eure Gegenwart wird mich zu größerer Tapferkeit anspornen, aber ich möchte Euch auch nicht in Gefahr bringen, meine Teure.«

Die Königin antwortete: »Herr, Eure Wünsche sind mir Befehl. Ich bin bereit, sobald Ihr es wünscht.«

Am nächsten Morgen brachen der König und die Königin mit der ganzen Ritterschaft auf, die am Hof war, und sie zogen in Eilmärschen nach Norden, bis sie den Fluß Humber an der Grenze erreichten, wo sie ihr Lager aufschlugen.

Ein Kundschafter brachte den fünf Königen die Nachricht, daß Artus sich bereits im Norden befinde, und in einer Beratung nahm der Bruder eines der Könige das Wort. »Ihr müßt wissen«, sagte er, »daß Artus die Blüte der Ritterschaft um sich hat, wie sich im Kampf gegen die elf aufrührerischen Lords zeigte. Im Augenblick zwar ist seine Streitmacht nicht groß, aber seine Leute werden ihm zuströmen. Daher müssen wir ihn schon bald angreifen, denn je länger wir warten, um so stärker wird er – und wir um so schwächer. Ich sage euch, er ist ein so tapferer König, daß er sogar gegen einen überlegenen Gegner eine Schlacht annimmt. Greifen wir ihn noch vor Tageslicht an, dann werden wir seine Ritter niedermachen, ehe die Verstärkungen eintreffen.«

Die fünf Könige stimmten ihm zu, zogen rasch durch Nordwales und fielen in der Nacht über König Artus' Streitmacht her, während seine Getreuen in ihren Zelten schliefen. Artus lag mit Guinevere in seinem Zelt. Als der Angriff begann, fuhr er hoch und rief: »Zu den Waffen! Wir sind verraten!« Und in fliegender Eile schnallte er seinen Harnisch um, während in der Dunkelheit lärmende Rufe und Waffengeklirr zu hören waren.

Dann kam ein verwundeter Ritter zu Artus' Zelt gestürzt und

rief: »Herr, rettet Euch und die Königin! Wir sind bezwungen und viele der Unsrigen getötet.«

Da stieg Artus auf sein Pferd, die Königin an seiner Seite, und ritt mit nur drei Rittern, Sir Kay, Sir Gawain und Sir Gryfflet, zum Humber. Dort wollte man versuchen, auf die andere Seite und in Sicherheit zu gelangen, doch wegen der starken Strömung war nicht daran zu denken. Artus sagte: »Wir müssen uns entscheiden: entweder verteidigen wir uns oder wir wagen die Durchquerung. Ihr dürft gewiß sein, daß unsere Feinde sich alle Mühe geben werden, uns zu töten.«

Die Königin sagte: »Ich würde lieber im Wasser sterben, als von unseren Feinden gefangen und umgebracht zu werden.«

Während sie so sprachen, sah Sir Kay die fünf Könige ohne Gefolgschaft daherreiten. »Schaut«, sagte er, »dort sind die feindlichen Anführer. Wir wollen sie angreifen.«

»Das wäre eine Narrheit«, sagte Sir Gawain. »Sie sind zu fünft, wir aber nur zu viert.«

Doch Sir Kay sagte: »Ich werde zwei übernehmen, wenn jeder von euch sich einen von ihnen vornimmt.« Und schon legte er seine Lanze ein und stürmte gegen sie an, und seine Lanzenspitze traf ihr Ziel und durchbohrte einen König, der tot zu Boden fiel. Dann griff Sir Gawain einen zweiten König an und tötete ihn mit einem Lanzenstich. Sir Gryfflet warf einen dritten mit einem so wuchtigen Stoß aus dem Sattel, daß er sich beim Sturz das Genick brach. König Artus griff den vierten an, der tot vom Pferd stürzte, und Sir Kay attackierte, seinem Versprechen getreu, den fünften, durchschlug mit einem Schwertstreich den Helm und hieb ihm den Kopf ab.

»Das war wohlgetan«, sagte Artus. »Ihr habt Euer Versprechen gehalten, und ich werde Sorge tragen, daß Ihr belohnt werdet.«

Dann fanden sie am Ufer einen Kahn, mit dem die Königin in Sicherheit gelangen konnte, und sie sprach zu Sir Kay: »Solltet Ihr irgendeiner Dame Euer Herz schenken, und sie erwidert Eure Liebe nicht, ist sie eine Närrin. Ihr habt ein großes Versprechen abgelegt und es großartig eingelöst, und ich werde dafür sorgen, daß Euer Ruhm sich durchs Land verbreitet.« Dann wurde der Kahn ins Wasser geschoben und trug die Königin über den Humber.

König Artus und seine drei Ritter ritten anschließend in den

Wald, um Ausschau zu halten, ob irgendwelche von ihren Mannen den jähen Angriff überlebt hatten, trafen viele am Leben an und berichteten ihnen, daß die fünf Könige tot waren. Und Artus sprach: »Wir wollen uns hier verborgen halten, bis es hell wird. Wenn die Feinde feststellen, daß ihre Führer tot sind, wird sie der Mut verlassen.«

Es geschah, wie Artus vermutet hatte. Als die toten Könige entdeckt wurden, gerieten die Invasoren in Panik, und viele stiegen von ihren Pferden und standen herum, unschlüssig, was sie tun sollten. Dann begann Artus seinen Angriff auf die mutlos gewordenen Männer und tötete sie zur Rechten und zur Linken, und mit seiner kleinen Schar überwältigte er viele der Feinde, und viele andere flohen in Angst und Schrecken. Als die Schlacht vorüber war, kniete sich König Artus auf die Erde und dankte Gott für den Sieg. Dann schickte er nach der Königin, und als sie eintraf, begrüßte er sie voller Freude. Sodann wurde ihm gemeldet, daß Sir Pellinore mit einer großen Streitmacht herannahe, und als er eintraf, entbot er dem König seinen Gruß und sah mit Staunen, welches Werk hier getan worden war. Sie zählten ihre Verluste und stellten fest, daß zweihundert Männer getötet und acht Ritter von der Tafelrunde in ihren Zelten erschlagen worden waren, ehe sie sich hatten wappnen können.

Dann gab Artus Befehl, als Dankopfer auf dem Schlachtfeld eine Abtei zu errichten, und stattete sie für ihren Unterhalt mit Ländereien aus. Als die Kunde von Artus' Sieg in die Länder jenseits der Grenze drang, überkam die Feinde Furcht, und alle, die einen Angriff auf Artus vorgehabt hatten, nahmen Abstand davon.

Artus kehrte nach Camelot zurück. Dort bestellte er Pellinore zu sich und sagte: »Jetzt sind an unserer Runden Tafel acht Sitze unbesetzt. Acht unserer besten Ritter sind tot. Es wird uns schwerfallen, ihre Plätze zu besetzen.«

»Sir«, sagte Pellinore, »an Eurem Hof gibt es treffliche Männer, junge wie alte. Ich rate Euch, vier aus dem Kreis der älteren und vier aus dem der jüngeren Ritter auszuwählen.«

»Wohlan«, sagte der König. »Welche von den älteren empfehlt Ihr mir?«

»Den Gatten Eurer Schwester Morgan le Fay, Sir Uryens, zum einen; sodann den Ritter, der sich König vom See nennt;

als dritten den edlen Ritter Sir Hervis de Revel; und schließlich Sir Galagars.«

»Diese Männer sind gut gewählt«, sagte Artus. »Und welchen von den Jungen gebt Ihr den Vorzug?«

»Als erstem Eurem Neffen Sir Gawain, Herr. Er kann es mit jedem Ritter im Land aufnehmen. Als zweitem Sir Gryfflet, der Euch in zwei Kriegen gute Dienste geleistet hat, und als drittem Sir Kay, dem Seneschall, Eurem Milchbruder, dessen Ruhm immer größer wird.«

»Ihr habt recht«, sagte der König. »Sir Kay ist würdig, ein Glied der Tafelrunde zu werden, selbst wenn er nie wieder kämpfen sollte. Doch wen schlagt Ihr als vierten aus dem Kreise der jungen Ritter vor? Ein Sitz ist ja noch unbesetzt.«

»Ich möchte zwei Namen nennen, Sir, aber die Entscheidung müßt Ihr treffen – Sir Bagdemagus und meinen Sohn, Sir Torre. Da er mein Sohn ist, darf ich ihn nicht rühmen, wäre er es aber nicht, könnte ich sagen, daß es weit und breit keinen besseren Ritter seines Alters gibt.«

Da lächelte ihn König Artus an. »Ihr tut recht daran, ihn nicht zu loben«, sagte er, »doch da er nicht mein Sohn ist, ist es mir erlaubt zu sagen, daß er ebenso trefflich ist wie alle anderen von Euch genannten Kandidaten. Ich habe gesehen, wie gut er sich hielt. Er macht nicht viele Worte, sondern ist ein Mann der Tat. Er ist wohlgeboren und an Mut und Rittersinn seinem Vater ganz ähnlich. Deshalb entscheide ich mich für ihn, und Sir Bagdemagus soll später an die Reihe kommen.«

Pellinore sagte: »Habt Dank, Herr.«

Dann wurden die acht Ritter als Mitglieder der Tafelrunde vorgeschlagen, per Akklamation aufgenommen und fanden an ihren Sitzen ihre Namen in goldenen Buchstaben. Die neuen Ritter nahmen ihre Plätze an der Runden Tafel ein.

Sir Bagdemagus aber war beleidigt und zornig, weil Sir Torre ihm vorgezogen worden war. Er wappnete sich und verließ, gefolgt von seinem Knappen, den Hof. Die beiden ritten in den Wald hinein und immer weiter, bis sie zu einem steinernen Kreuz kamen, wo sich der Weg gabelte. Dort stieg Sir Bagdemagus vom Pferd und sprach fromm seine Gebete, sein Knappe aber entdeckte an dem Wegkreuz eine Inschrift, die besagte, daß Sir Bagdemagus nie mehr an den Hof zurückkehren werde, es sei denn, er brächte es fertig, einen Ritter von der Tafelrunde im Zweikampf zu besiegen.

»Seht her«, sagte der Knappe, »diese Worte gelten Euch. Ihr müßt umkehren und einen der Ritter des Königs zum Kampf fordern.«

»Ich werde erst dann zurückkehren, wenn man mit ehrenden Worten von mir spricht und sagt, daß ich würdig sei, ein Ritter der Tafelrunde zu werden.« Dann stieg er wieder auf sein Pferd und ritt eigensinnig weiter. Auf einer kleinen Lichtung fand er eine Pflanze, die das Symbol des Heiligen Grals war, und da wurde ihm leichter ums Herz, denn es war bekannt, daß kein Ritter ein solches Zeichen fand, wenn er nicht tugendhaft und tapfer war.

Viele Abenteuer erlebte Sir Bagdemagus, und jedesmal hielt er sich vortrefflich. Eines Tages gelangte er zu dem Felsblock, unter dem Merlin gefangen war, und hörte durch den Stein die Stimme des Zauberers dringen. Er gab sich jegliche Mühe, einen Zugang zu erzwingen, doch Merlin rief ihm zu, es sei unmöglich. Niemand könne ihn befreien außer dem Fräulein, das ihn dort eingeschlossen hatte. Widerstrebend zog der Ritter weiter. In vielen Ländern bewies er seine Vortrefflichkeit und seine ritterliche Art, so daß sein Ruhm sich verbreitete, und als er schließlich an König Artus' Hof zurückkehrte, erhielt er einen jüngst frei gewordenen Sitz und wurde kraft seiner Verdienste Mitglied der Tafelrunde.

Explicit

morgan le fay

Morgan le Fay, König Artus' Halbschwester, war eine dunkelhaarige, leidenschaftliche Frau von einer strengen Schönheit und grausam und ehrgeizig dazu. In einem Kloster studierte sie die Nekromantie und brachte es weit in der düsteren und verderblichen Zauberkunst, der Waffe der Neider und Übelwollenden. Sie genoß es, sich mittels ihrer Schönheit und ihrer magischen Künste Männer gefügig zu machen, und wo diese Mittel versagten, griff sie zu den noch ärgeren des Verrats und des Mordes. Es bereitete ihr Behagen, Männer gegeneinander auszuspielen, aus den Schwächen der Männer Waffen für ihre eigene Stärke zu schmieden. Mit Sir Uryens vermählt, machte sie Sir Accolon von Gallien Versprechungen und verstrickte ihn derart in betörte Träume, daß sein Wille erlahmte und sein Ehrgefühl betäubt und er selbst dadurch zum Werkzeug ihres geheimsten Wunsches wurde. Morgan haßte nämlich ihren Bruder Artus, haßte seinen Edelsinn und neidete ihm die Krone. Sie plante Artus' Ermordung mit ausgeklügelter Sorgfalt. Die Krone gedachte sie Uryens zu geben, die damit verbundene Macht sich aber selbst anzueignen, und das Mordinstrument sollte der umgarnte Accolon sein.

Durch ihre Künste machte die Hexe Morgan ein Schwert samt Scheide, genau wie Excalibur anzusehen, und vertauschte beides heimlich mit Artus' Schwert und Scheide. Dann umstrickte sie Accolon mit Versprechungen, nutzte seine Begierde, um sein Gewissen zum Schweigen zu bringen, und wies ihn in die Rolle ein, die er spielen sollte. Und als er sich dazu bereit erklärte, glaubte er in ihren Augen das Leuchten der Liebe zu erkennen, während sie vor Triumph glühten, denn Morgan le Fay liebte niemanden. Haß war ihre Leidenschaft, und Zerstörung ihre Lust.

Dann suchte Accolon, wie es ihm aufgetragen worden war, Artus' Nähe und wich ihm nie von der Seite.

Wenn keine Kriege geführt und keine Turniere abgehalten wurden, war es die Gepflogenheit der Ritter und Krieger, in den großen Wäldern zu jagen, die weite Teile Englands bedeckten. Bei der halsbrecherischen Jagd auf Hirsche und Rehe, durch Wald und über Moore und Hügel, über Stock und Stein übten sie ihre Reitkunst, und wenn sie sich angreifenden Wildschweinen entgegenstellten, stärkte dies ihren Mut und hielt ihre Behendigkeit frisch. Zudem belieferte dies unkriegerische Handwerk die Drehspieße in den Küchen mit saftigem Fleisch für die langen Tische in der großen Halle.

Eines Tages, als Artus mit vielen seiner Ritter einen Wald auf der Suche nach Wild durchstreifte, stöberten der König, Sir Uryens und Sir Accolon von Gallien einen prachtvollen Hirsch auf und verfolgten ihn. Sie waren gutberitten, so daß sie, ehe sie es sich versahen, zehn Meilen von der übrigen Ritterschar entfernt waren. Der stolze Hirsch mit seinem hohen Geweih zog sie weiter und weiter, und mit Peitsche und Sporen trieben sie ihre schaumbedeckten Pferde durch Gestrüpp und trügerische sumpfige Stellen. Sie setzten über Bäche und gestürzte Bäume, bis ihre Tiere überstrapaziert waren, taumelten und mit blutigen Gebissen und Sporenwunden an den Flanken auf die Erde stürzten.

Die drei Ritter, nun auf ihre Füße angewiesen, sahen den Hirsch ermattet davonziehen. »Eine schöne Misere«, sagte Artus. »Weit und breit keine Hilfe.«

Sir Uryens sagte: »Es bleibt uns nichts anderes übrig, als uns zu Fuß aufzumachen und irgend etwas zu suchen, wo wir Unterschlupf finden und auf Hilfe warten können.« Sie stapften schwerfällig durch den Eichenwald, bis sie an einen tiefen, breiten Fluß kamen, und dort am Ufer lag der erschöpfte Hirsch, umstellt von einer Meute, und an seiner Kehle hing eine Bracke. Artus trieb die Hunde weg, tötete den Hirsch, hob sein Jagdhorn und blies Halali.

Erst dann blickten sich die Ritter um. Auf der glatten, dunklen Wasserfläche sahen sie ein kleines Schiff, umhüllt mit Seide, die über die Ränder bis ins Wasser hing. Das Schifflein trieb leise dem Ufer entgegen und lief ganz nahe an einer seichten Stelle auf den sandigen Grund. Artus watete hin, schaute unter den seidenen Behang, sah aber niemanden darunter. Er rief seinen Freunden zu, herbeizukommen, und dann stiegen die drei Männer in das kleine Gefährt und fanden es luxuriös ausgestattet, mit weichen Kissen und üppigen Wandbehängen, aber sie sahen keine Insassen. Die drei ließen sich müde auf den schwellenden Kissen nieder und ruhten, indes der Abend kam und der Wald um sie herum dunkelte. Nachtvögel stießen Rufe aus, Wildenten kamen ans Ufer geflogen, und über ihnen stieg die schwarze Wand des Waldes empor.

Als die drei Gefährten am Einnicken waren, flammte um sie herum ein Kreis von Fackeln auf, und aus der Kabine des Schiffes traten zwölf anmutige Fräulein hervor, angetan mit fließenden Seidengewändern. Die Damen vollführten alle vor dem König einen Knicks, grüßten ihn bei seinem Namen und hießen ihn willkommen, und Artus dankte ihnen für ihre Artigkeit. Dann geleiteten sie ihn und seine Gefährten in ein Gemach mit Tapisserien an den Wänden und einem reichgedeckten Tisch. Sie trugen ihnen Wein und Fleisch von vielerlei Sorten und solche Leckerbissen auf, daß alle drei staunend über die Vielfalt und Fülle des Mahls dasaßen. Und nachdem sie lange und genußreich getafelt hatten und ihnen von dem guten Wein die Augen schwer geworden waren, führten die Fräulein jeden in eine reich geschmückte Kabine mit einem weichen Bett. Dort sanken die drei Männer sogleich in einen tiefen, trunkenen Schlaf.

Bei Tagesanbruch schlug Sir Uryens die vom Weingenuß geschwollenen Augen auf und sah, daß er in seinem eigenen Bett in seinem eigenen Quartier in Camelot und neben ihm Morgan le Fay, anscheinend schlummernd, lag. Er war zwei Tagesreisen von hier eingeschlafen und konnte sich an sonst nichts erinnern. Er betrachtete sein Eheweib durch die nur einen Spaltbreit geöffneten Lider, denn es gab viele Dinge, die er von ihr nicht wußte, und viele andere, die er nicht wissen wollte. Und so verhielt er sich ruhig und verbarg sein Staunen.

Als Artus wieder zu sich kam, lag er auf den kalten Steinen eines Kerkerbodens. Dämmriges Licht aus einer Scharte hoch oben in der Wand ließ ihn die sich ruhelos wälzenden Gestalten vieler Mitgefangener erkennen. Der König setzte sich auf und fragte: »Wo bin ich und wer seid ihr?«

»Wir sind gefangene Ritter«, erhielt er zur Antwort. »Zwanzig an der Zahl, und manche von uns werden schon seit acht Jahren in diesem dunklen Verlies gefangengehalten.«

»Warum das?« fragte der König. »Um Lösegeld zu erpressen?«

»Nein«, erwiderte einer der Ritter. »Ich werde Euch den Grund sagen. Der Burgherr hier ist Sir Damas, ein niederträchtiger und tückischer Mann und ein Feigling obendrein. Sein jüngerer Bruder, Sir Outlake, ist ein wackerer, mutvoller, ehrenhafter Ritter. Sir Damas weigert sich, die ererbten Güter mit seinem Bruder zu teilen, und Sir Outlake behauptet nur ein kleines Schloß und ein paar Ländereien mit Waffengewalt gegen Sir Damas. Bei den Menschen des Landes genießt Sir Outlake wegen seiner Güte und Gerechtigkeit große Beliebtheit. Sir Damas aber wird gehaßt, weil er wie die meisten Feiglinge grausam und rachsüchtig ist. Seit vielen Jahren schon herrschen Hader und Streit zwischen den Brüdern, und Sir Outlake hat seinen Bruder zum Zweikampf herausgefordert, der über seine Ansprüche gegenüber Sir Damas entscheiden soll, und ist auch bereit, gegen jeden Ritter zu kämpfen, den Sir Damas statt seiner selbst antreten läßt. Doch Sir Damas hat nicht den Mut zu kämpfen, und andererseits ist er so verhaßt, daß sich kein Ritter bereit findet, es an seiner Stelle zu tun. Und deshalb hat er mit einer Bande von Söldnern brave Ritter, die allein auf Abenteuer auszogen, in einen Hinterhalt gelockt und sie als seine Gefangenen hierher gebracht. Er bietet an, uns freizulassen, wenn wir für ihn kämpfen, doch das haben alle abgelehnt, und manche hat er gefoltert und verhungern lassen. Wir sind alle ganz matt vor Hunger und ganz verkrampft, weil es in diesem Verlies so eng ist, so daß wir nicht kämpfen könnten, selbst wenn wir wollten.«

Artus sagte: »Möge Gott Euch in Seiner Gnade erlösen.«

Nun schaute ein Fräulein durch das Eisengitter der Kerkertür, winkte Artus zu und sagte leise: »Wie gefällt es Euch hier?«

»Soll es mir in einem Gefängnis gefallen?« sagte Artus. »Warum diese Frage?«

»Weil Ihr zwei Möglichkeiten habt«, versetzte das Fräulein. »Wenn Ihr für meinen Herrn kämpfen wollt, werdet Ihr freigelassen. Solltet Ihr aber ablehnen, wie es diese Narren da getan haben, werdet Ihr bis zum Ende Eurer Tage hierbleiben müssen.«

»Eine sonderbare Art, einen Ritter als Kämpfer zu gewinnen«, sagte der König, »aber ich für mein Teil würde lieber mit einem Ritter fechten, als in einem Kerker hausen. Wenn ich mich dazu bereit erkläre, laßt Ihr dann die anderen Gefangenen frei?«

»Ja«, sagte das Fräulein.

»Dann will ich es tun«, sagte der König, »aber ich habe weder Pferd noch Rüstung.«

»Ihr sollt alles bekommen, was Ihr braucht, Sir.«

Der König musterte sie und sagte: »Mir scheint, ich habe Euch an König Artus' Hof gesehen.«

»Nein«, sagte sie, »dort war ich nie. Ich bin die Tochter des Herrn dieser Burg.«

Als das Mädchen gegangen war, um die Sache vorzubereiten, prüfte Artus sein Gedächtnis, und er war sich ziemlich sicher, daß er sie unter der Dienerschaft seiner Schwester Morgan le Fay gesehen hatte.

Sir Damas akzeptierte Artus' Anerbieten und verpflichtete sich mit einem Eid, die Gefangenen freizulassen, und der König schwor, daß er mit all seinen Kräften gegen Sir Damas' Feind kämpfen werde. Dann wurden die zwanzig geschwächten und hungernden Ritter aus dem Verlies geholt. Sie bekamen zu essen und blieben alle auf der Burg, um bei dem Zweikampf zuzusehen.

Nun müssen wir uns Sir Accolon, dem dritten Ritter, zuwenden, der in den Zauberschlaf gesunken war. Er erwachte dicht am Rand eines tiefen Brunnens, in den er gestürzt wäre, hätte er im Schlaf eine Bewegung gemacht. Aus dem Brunnenschacht führte ein silbernes Rohr, aus dem Wasser sprudelte, in ein Marmorbecken. Da Morgan le Fay fern war, hatte die Wirkung ihres Zaubers abgenommen. Accolon schlug dankbar ein Kreuz und sagte laut: »Jesus schütze meinen Gebieter, König Artus, und Sir Uryens. Diese Wesen auf dem Schiff waren keine Damen, sondern böse Höllengeister. Wenn ich aus diesem Abenteuer heil herauskomme, werde ich sie samt all den anderen vernichten, die böse Zauberei betreiben.«

Und in diesem Augenblick kam aus dem Wald ein häßlicher Zwerg mit wulstigen Lippen und platter Nase grüßend auf Sir Accolon zu. »Ich komme von Morgan le Fay«, sagte der Zwerg, und wieder senkte sich der Zauber auf den Ritter. »Sie läßt Euch grüßen und heißt Euch Euren Mut zusammennehmen, weil Ihr morgen in der Frühe mit einem Ritter kämpfen sollt. Da sie Euch liebt, schickt sie Euch das Schwert Excalibur samt seiner Scheide. Und sie sagt, wenn Ihr sie liebt, werdet Ihr kämpfen, ohne Gnade zu gewähren, wie Ihr ihr unter vier Augen versprochen habt. Sie erwartet auch das Haupt des Gegners als Beweis, daß Ihr Euren Eid gehalten habt.«

Sir Accolon war inzwischen tief verzaubert. Er sagte: »Ich

habe verstanden. Ich werde mein Versprechen einlösen und kann es auch, nun da ich Excalibur habe. Wann hast du meine Herrin gesehen?«

»Vor kurzem«, sagte der Zwerg.

Dann umarmte Sir Accolon in seiner Verzückung den häßlichen Zwerg und sagte: »Grüße mir meine Herrin und sage ihr, ich werde mein Versprechen halten oder das Leben verlieren. Nun verstehe ich die Sache mit dem kleinen Schiff und dem Schlaf. Das hat alles meine Herrin ins Werk gesetzt, ist es nicht so?«

»Davon dürft Ihr überzeugt sein«, antwortete dieser, trollte sich in den Wald davon, und Accolon blieb träumend neben dem Brunnen zurück.

Nicht lange, und es erschien ein Ritter, begleitet von einer Dame und sechs Knappen. Er forderte Accolon auf, in ein Schloß in der Nähe mitzukommen, um dort zu speisen und zu ruhen, und Accolon nahm an. All dies war von Morgan le Fay so geplant, denn der Schloßherr war Sir Outlake, der zu dieser Zeit an Speerwunden darniederlag, die ihm an den Oberschenkeln zugefügt worden waren. Als Sir Accolon sich zu ihm setzte, wurde gemeldet, daß Sir Damas einen Ritter gefunden habe, der für ihn am nächsten Morgen gegen seinen Bruder kämpfen werde.

Da verwünschte Sir Outlake seine Verwundungen, denn er hatte diesen Waffengang schon seit langem ersehnt, doch seine Blessuren waren so schwer, daß er nicht auf einem Pferd sitzen konnte.

Sir Accolon war guten Mutes, weil er wußte, daß das Schwert Excalibur ihn schützen werde, und erbot sich, an Stelle von Sir Outlake zu kämpfen.

Da freute sich Sir Outlake sehr, und dankte Sir Accolon von ganzem Herzen für sein Angebot und ließ Sir Damas bestellen, daß ein Stellvertreter für ihn kämpfen werde.

Diese Art des Zweikampfes hatte den Segen der Sitte und war eine von der Religion autorisierte Institution. Sie stellte einen Appell an Gott dar zu entscheiden, welcher der beiden Kämpfenden im Recht war. Der Ausgang des Kampfes galt als Gottesurteil und hatte Gesetzeskraft. Und wegen des Hasses, den die Menschen Sir Damas entgegenbrachten, und der Hochachtung, die Sir Outlake genoß, versammelte sich die Bevölkerung der ganzen Gegend, um dem Kampf zuzusehen, Ritter und freie Männer und an den Rändern der Zuschauermenge Unfreie und Leibeigene. Zwölf angesehene Männer des Landes wurden ausgewählt, um den beiden Rittern zur Hand zu gehen, die mit vorgelegten Schilden, geschlossenen Visieren und aufgestellten Lanzen auf ihren Pferden saßen und auf das Signal zum Beginn warteten. Die Morgensonne sandte schräg ihre Strahlen durch das Laub der mächtigen Eichen, die den Tjostplatz umgaben. Die Messe war gesungen worden, die beiden Ritter hatten für einen guten Ausgang gebetet und warteten nun.

Dann kam ein Fräulein auf den Platz geritten und zog unter dem Reitumhang ein Schwert in seiner Scheide hervor – das gefälschte Schwert Excalibur. Das Fräulein sagte: »Aus großer Liebe zu Euch sendet Euch Eure Schwester Morgan le Fay Excalibur – die Scheide, damit sie Euer Leben beschirme, und das Schwert, auf daß es Euch den Sieg schenke.«

»Wie gütig von meiner Schwester«, sagte Artus. »Bestellt ihr meinen liebevollen Dank.«

Nun blies das Horn sein martialisches Signal, die beiden Ritter legten ihre Lanzen ein und stürmten gegeneinander. Beide Lanzen trafen ins Ziel und blieben unbeschädigt, und beide Ritter wurden auf die Erde geschleudert. Sie sprangen auf, zogen ihre Schwerter und fixierten einander. Jeder umkreiste den anderen, machte Scheinangriffe, stellte den Gegner auf die Probe und hielt Ausschau nach einer Schwäche oder einer ungedeckten Stelle.

Und als sie den Kampf eröffneten, kam Nyneve, das Fräulein vom See, rasch herbeigeritten, das nämliche Fräulein, das Merlin umgarnt und in den Felsen gebannt hatte. Die dem betörten alten Mann abgelisteten Geheimnisse der Schwarzen Kunst hatten ihr Macht verschafft, aber auch bei Morgan le Fay Neid und Argwohn geweckt. Nyneve liebte den König und haßte seine böse Schwester. Sie wußte von Morgan le Fays Anschlag auf Artus' Leben und war in höchster Eile gekommen, um ihn zu retten, ehe der Zweikampf begann, denn die Gesetze verboten jede Einmischung nach dem Beginn. Doch sie traf zu spät ein und mußte dem ungleichen Duell zusehen, denn obwohl beide Ritter Hiebe und Streiche austeilten, traf Excalibur tiefer, drang in Artus' Harnisch ein und riß klaffende Wunden,

137

während das falsche Schwert des Königs von Accolons Schild und Helm abglitt, ohne Schaden anzurichten.

Als Artus spürte, wie ihm das Blut aus den Wunden strömte, und als er erkannte, daß sein unscharfes Schwert nichts ausrichtete, erfaßte ihn Bestürzung, und der Verdacht stieg in ihm hoch, daß er hintergangen worden war. Dann überkam ihn Furcht, denn jeder Hieb Accolons traf tief, während seine eigenen Schwertstreiche, selbst die mächtigsten, nichts bewirkten. Das gefälschte Schwert war aus minderwertigem Metall geschmiedet, weich und zu nichts nütze.

Nun spürte Accolon, daß er die Oberhand gewann, und verdoppelte die Wucht seines Angriffs, doch der König versetzte ihm einen so wütenden Schlag auf den Helm, daß die schiere Gewalt Accolon ins Wanken brachte. Er trat etwas zur Seite, um Luft zu holen und klaren Kopf zu bekommen, doch schon im nächsten Augenblick griff er wieder an, und die beiden hieben ohne Feinheiten und Könnerschaft aufeinander ein, bis Artus aus hundert Wunden blutete, während Accolon, geschützt von der Scheide des echten Schwertes Excalibur, noch unversehrt war.

Durch den Kreis der Zuschauer ging ein staunendes Raunen. Sie sahen, daß Artus sich gut schlug und trotzdem den Gegner nicht verwunden konnte, und es verwunderte sie, daß er trotz des großen Blutverlustes noch weiterzukämpfen vermochte. Dann wich Artus zurück, um sich etwas zu erholen und Kraft zu sammeln, doch Accolon rief triumphierend: »Los! Kämpft weiter! Ich kann Euch jetzt keine Pause gönnen.« Und er griff wieder an und forcierte den Schlagabtausch, so daß Artus in seiner Verzweiflung einen Satz auf ihn zu machte und einen wuchtigen Hieb gegen Accolons Helm führte. Dabei zerbrach die Klinge von Artus' Schwert, und er hatte nur noch den Griff in der Hand. Hilflos hielt er den Schild über sich, während Accolon ihn mit Hieben eindeckte, um ihm den Rest zu geben. Und dabei sagte Accolon: »Ihr seid besiegt, wehrlos, verloren. Ich möchte Euch nicht töten. Gebt Euch geschlagen.«

Der König sagte mit matter Stimme: »Ich kann nicht. Ich habe versprochen, so lange zu kämpfen, wie noch Leben in mir ist. Ich möchte lieber ehrenvoll sterben, als in Schande weiterleben. Wenn Ihr einen waffenlosen Mann tötet, werdet Ihr die Schmach niemals loswerden.«

»Es ist nicht Eure Sache, Euch über meine Schmach Gedanken zu machen«, sagte Accolon. »Ihr seid ein toter Mann.« Und damit erneuerte er kraftvoll den Angriff, unbesorgt um seine eigene Verteidigung.

Artus tat das einzige, was er noch tun konnte. Er drang auf Accolon ein, preßte seinen Schild gegen dessen Schwertarm und schlug ihm mit dem Knauf seines abgebrochenen Schwerts mit solcher Gewalt auf den ungedeckten Helm, daß Accolon drei Schritte zurücktaumelte und schwankend dastand, weil ihm schwindlig war.

Nyneve hatte dem Zweikampf mit der inständigen Hoffnung zugesehen, Gott werde gegen Morgan le Fays Tücke entscheiden, doch als sie Artus' letzten Verzweiflungshieb mit dem Schwertknauf sah und bemerkte, wie Accolon seine Kraft zurückgewann und auf den ermatteten und waffenlosen König eindrang, wurde ihr klar, daß Artus ohne ihre Hilfe verloren war. Rasch versuchte sie sich an das zu erinnern, was Merlin ihr beigebracht hatte, ersann geschwind einen Zauber und schleuderte ihn mit den Augen auf den vordringenden Verräter. Sir Accolon hob Excalibur, schätzte die Distanz ab und holte zu einem letzten, todbringenden Streich aus, doch als die Klinge Artus' Schild berührte, lockerte die das Schwert führende Hand ihren Griff und die Finger erlahmten. Das Schwert fiel auf die Erde, und Accolon mußte in hilflosem Entsetzen mitansehen, wie Artus es aufhob. Der Griff lag gut in seiner Hand, und Artus wußte, es war sein Schwert. Er sprach: »Mein liebes Schwert, du warst zu lange aus meiner Hand und hast mir Wunden geschlagen. Nun sei mir wieder gut, Excalibur.« Er blickte Accolon an, sah die Scheide, tat einen Satz nach vorne, entriß sie Accolon und schleuderte sie, so weit er konnte, über die Köpfe der Umstehenden.

»So, Herr Ritter«, sagte er zu Accolon. »Ihr habt Eure Chance gehabt, und ich habe meine Wunden empfangen. Jetzt geht es andersherum, und Ihr sollt bekommen, was Ihr mir gegeben habt.« Er stürmte auf Accolon ein, mit dem Schild voran, doch Accolon parierte nicht, sondern stürzte zu Boden und blieb starr, wie von Furcht gelähmt liegen. Artus riß ihm den Helm herunter und schlug ihn mit der flachen Schwertklinge auf den Kopf, daß das Blut aus Accolons Nase und Ohren strömte. »Nun werde ich Euch töten«, sagte Artus.

»Das ist Euer gutes Recht«, antwortete Sir Accolon. »Ich sehe jetzt, daß Gott auf Eurer Seite und Eure Sache die gerechte ist. Aber ebenso wie Ihr habe auch ich gelobt, bis zum Äußersten zu kämpfen, und ich kann nicht um Gnade bitten. Tut, was Ihr wollt.«

Artus blickte das Gesicht ohne Visier an, verzerrt und mit Staub und Blut bedeckt, und sagte: »Ihr seid mir bekannt. Wie heißt Ihr?«

»Herr Ritter, ich gehöre König Artus' Hof an. Mein Name ist Accolon von Gallien.«

Da fiel Artus das verzauberte Schiff ein, und er dachte an die Hinterlist, durch die Excalibur in die Hände seines Gegners gelangt war, und er fragte leise: »Sagt mir, Herr Ritter, wer hat Euch dieses Schwert gegeben?«

»Das Schwert ist mein Verderben. Es hat mir den Tod gebracht«, sagte Accolon.

»Was es auch gebracht hat, woher habt Ihr es?«

Sir Accolon seufzte schwer, denn die Macht seiner Buhle, die sich ihm versprochen hatte, hatte versagt und war verschwunden. »Ich sehe jetzt keinen Grund, irgend etwas zu verheimlichen«, sagte er verzagt. »Die Schwester des Königs hegt gegen ihn einen tödlichen Haß, weil er die Krone trägt und weil er mehr geliebt und geehrt wird als sie. Sie liebt mich, und ich liebe sie so sehr, daß ich fähig war, Verrat zu üben. Sie hat Sir Uryens, ihren Gemahl, betrogen und war meine Liebste. Sie versprach mir, wenn ich mit ihrer Hilfe König Artus tötete, würde sie ihren Gemahl aus dem Weg räumen und mich zum König machen. Sie würde meine Königin sein, und wir würden in England herrschen und in Glückseligkeit leben.« Er verstummte in der Erinnerung und sagte dann: »Das ist jetzt alles zu Ende. Mein Vorhaben hat mir den Tod eingetragen.«

Artus sprach durch das geschlossene Visier: »Seid Ihr Euch sicher, daß Ihr König geworden wärt, wenn Ihr diesen Kampf gewonnen hättet? Und wie hättet Ihr mit der Untat des Verrats an Eurem gesalbten König fertig werden können?«

»Ich weiß es nicht, Herr Ritter«, sagte Accolon. »Mein Verstand und meine Seele standen derart unter einem Zauberbann, daß selbst Verrat am König mir als ein Nichts erschien. Doch das ist jetzt vorüber, vergangen wie ein Traum. Sagt mir, wer Ihr seid, ehe ich sterbe.«

»Ich bin Euer König«, sagte Artus.

Da brach Accolon in eine schmerzliche Klage aus. »Herr, das ahnte ich nicht. Ich glaubte, gegen einen Ritter zu fechten, der für einen anderen kämpft. Ich bin ebenso einer List zum Opfer gefallen wie Ihr. Könnt Ihr einem Mann Gnade gewähren, der derart betrogen und umgarnt wurde, daß er sogar einen Anschlag auf Euer Leben plante?«

Der König sann lange nach und sagte dann: »Ich kann Euch Gnade gewähren, weil ich Euch glaube, daß Ihr mich nicht erkannt habt. Ich habe meine Schwester Morgan le Fay in Ehren gehalten, all ihren Wünschen nachgegeben, sie mehr geliebt als sonst jemanden aus meiner Sippe. Und ich habe ihr sogar mehr vertraut als meinem Weib, obwohl ich ihre Mißgunst, ihre Fleischeslust und ihre Machtgier kannte und obwohl ich wußte, daß sie der Schwarzen Kunst frönt. Wenn sie imstande war, mir diese Tücke anzutun, glaube ich, was Ihr von ihr sagt, und kann Euch vergeben. Doch bei ihr werde ich keine Gnade kennen. Die Christenheit wird über die Rache sprechen, die ich an meiner Schwester, dieser Hexe, nehmen will. Jetzt steht auf, Sir Accolon. Ich habe Euch begnadigt.« Artus half ihm, auf die Beine zu kommen, und rief den Menschen zu, die um den Platz herumstanden: »Kommt näher!« Und als sie sich um ihn versammelt hatten, sagte er: »Wir haben gegeneinander gekämpft und uns schmerzliche Wunden geschlagen, aber wenn jeder gewußt hätte, wer der andere ist, wäre es niemals zu diesem Zweikampf gekommen.«

Accolon rief: »Hier steht der beste und tapferste Ritter der Welt, aber er ist noch mehr als das – er ist unser Herr und Souverän, König Artus. Das Unglück wollte es, daß ich gegen meinen König kämpfte. Er gewährt mir wohl Gnade, doch ich selbst kann mir nicht vergeben, denn es gibt keine größere Sünde oder ärgere Untat, als am König Verrat zu üben.«

Dann knieten alle nieder und baten um die Gnade des Königs.

»Ich will euch Gnade gewähren«, sprach Artus. »Ihr hattet keine Ahnung, was hier geschah. Doch gedenkt in künftigen Tagen, welch seltsame und gefahrvolle Abenteuer und Zufälle fahrenden Rittern begegnen können. Ich bin schwach und verwundet und bedarf jetzt der Ruhe, doch zuvor noch mein Urteilsspruch über den Zweikampf als Probe auf die Wahrheit.

Sir Damas, ich habe für Euch gekämpft und gesiegt. Aber da Ihr ein hochfahrender und feiger Mann seid und voll Niedertracht, hört meine Entscheidung: Ihr werdet diesen ganzen Landbesitz samt allen Bauernhöfen und Häusern Eurem Bruder Sir Outlake übergeben. Als Entgelt wird er Euch alljährlich einen Zelter schicken, denn es steht Euch besser an, auf einem Damenpferd als auf einem Kriegsroß zu reiten. Ich befehle Euch, fahrende Ritter, die durch Eure Ländereien kommen, nie mehr zu behelligen oder ihnen Wunden zuzufügen, sonst ist Euer Leben verwirkt. Was die zwanzig Ritter angeht, die Ihr in Gefangenschaft hieltet, so habt Ihr ihnen ihre Rüstungen und alles andere zurückzugeben, was Ihr ihnen geraubt habt. Und wenn irgendeiner von ihnen an meinen Hof kommt und über Euch Klage führt, sollt Ihr des Todes sein. Das ist mein Urteilsspruch.«

Dann wandte sich Artus, vom Blutverlust geschwächt, Sir Outlake zu und sprach: »Weil Ihr ein trefflicher Ritter seid, tapfer, aufrecht und rücksichtsvoll, befehle ich Euch, an meinen Hof zu kommen und Euch zu meinen Rittern zu gesellen, und ich werde Euch solche Huld erzeigen, daß Ihr in Behagen und Ehren leben könnt.«

»Habt Dank, Herr«, sagte Sir Outlake. »Eure Worte sind mir Befehl. Nur seid versichert, Sir, daß ich meinen Zweikampf selbst ausgefochten hätte, wäre ich nicht verwundet.«

»Ich wollte, es wäre so gewesen«, sagte Artus, »denn dann hätte ich nicht so schwere Wunden empfangen, verwundet durch Tücke und Schadenszauber eines Menschen, der mir nahesteht.«

Sir Outlake sagte: »Es ist mir unvorstellbar, daß irgend jemand Ränke gegen Euch schmieden könnte, Herr.«

»Ich werde mir diese Person vornehmen«, erwiderte der König. »So, und wie weit bin ich von Camelot entfernt?«

»Zwei Tagesreisen«, sagte Outlake. »Zu weit für Eure Wunden. Drei Meilen von hier ist ein Kloster. Dort können Euch die Nonnen pflegen und gelehrte Männer Eure Wunden heilen.«

»Ich werde mich dorthin begeben und der Ruhe pflegen«, sagte der König, und er rief den Leuten ein Lebewohl zu, half Sir Accolon auf sein Pferd, bestieg sein eigenes, und sie ritten langsam davon.

In dem Kloster wurden ihre Wunden gesäubert und mit den probatesten Salben und Pflastern versorgt, doch Sir Accolon starb vier Tage später an den Folgen des schrecklichen letzten Hiebes, der seinen ungedeckten Helm getroffen hatte.

Artus erteilte Weisung, daß Sir Accolons Leiche von sechs Rittern nach Camelot gebracht werden solle. Dort sei sie Morgan le Fay zu übergeben. Er sprach: »Sagt meiner teuren Schwester, ich schicke ihn ihr als Dankesgabe für die Güte, die sie mir erzeigt hat.«

Dort, in Camelot, glaubte Morgan, ihr Plan sei ausgeführt und der König von seinem eigenen Schwert getötet. »Jetzt«, sagte sie zu sich, »ist die Stunde gekommen, mich meines Gemahls zu entledigen.« Sie wartete in der Nacht, bis er eingeschlafen war, und rief dann eine ihrer Zofen zu sich. »Hole mir das Schwert meines Herrn«, sagte sie. »Eine günstigere Zeit, ihn umzubringen, kommt nie wieder.«

Die Zofe rief entsetzt: »Wenn Ihr Euren Gemahl tötet, gibt es kein Entrinnen für Euch.«

»Das hat dich nicht zu kümmern«, sagte Morgan. »Geh rasch und hole das Schwert.«

Die Zofe schlich sich angsterfüllt an das Bett von Sir Ewain, Morgans Sohn, und weckte ihn. »Steht auf«, flüsterte sie. »Eure Mutter hat vor, Euren Vater im Schlaf umzubringen. Sie hat mich losgeschickt, sein Schwert zu holen.«

Ewain fuhr aus dem Schlaf hoch und rieb sich die Augen. Dann flüsterte er: »Gehorche ihrem Befehl und hole das Schwert. Ich werde mich der Sache annehmen.« Er glitt aus seinem Bett, wappnete sich, schlich durch dunkle Korridore und verbarg sich in seines Vaters Zimmer.

Die Zofe brachte mit bebenden Händen das Schwert, Morgan le Fay nahm es ihr ab, trat dreist neben ihren schlafenden Gemahl und schätzte mit kaltem Blick ab, wo die richtige Stelle sei, um die Klinge hineinzutreiben. Als sie mit dem Schwert zustoßen wollte, sprang Sir Ewain aus seinem Versteck hervor, packte sie am Handgelenk und hielt die sich Wehrende fest. »Was tut Ihr da?« rief er. »Man sagt, daß Merlin von einem Höllengeist gezeugt wurde. Ihr müßt ein irdischer Teufel sein. Wärt Ihr nicht meine Mutter, würde ich Euch erschlagen.«

Doch in die Enge getrieben, war Morgan doppelt verschlagen. Sie starrte mit wilden Blicken um sich, als wäre sie plötzlich erwacht. »Was ist das?« rief sie. »Wo bin ich? Was soll dieses Schwert? Oh, mein Sohn, beschützt mich! Irgendein böser Geist ist eingedrungen, während ich schlief. Habt Erbarmen mit mir, mein Sohn! Sagt anderen nichts davon. Schützt meine Ehre. Es geht auch um Eure!«

Sir Ewain sagte zögernd: »Ich werde Euch vergeben, wenn Ihr gelobt, von Euren Zauberkünsten zu lassen.«

»Das gelobe ich«, sagte Morgan. »Ich leiste einen Eid darauf. Ihr seid mein guter Sohn, mein lieber Sohn.« Dann gab Ewain sie frei, nur halb überzeugt, und trug das Schwert davon.

Am folgenden Morgen erfuhr Morgan le Fay durch einen ihrer Spitzel, daß ihr Anschlag mißglückt war. Sir Accolon war tot, Artus am Leben, und er hatte Excalibur wieder. Insgeheim wütete sie gegen ihren Bruder, und sie trauerte um Accolon, doch ihr Gesicht war kalt und gefaßt, sie ließ sich weder Zorn noch Furcht anmerken und vergoß auch vor anderen keine Tränen um ihren toten Liebhaber. Sie wußte, daß sie, wenn sie die Rückkehr des Königs abwartete, verloren war, denn für ihr unaussprechliches Verbrechen gegen ihren Bruder konnte es keine Nachsicht geben.

Mit Engelsmiene ging sie zu Königin Guinevere und bat, sich vom Hof entfernen zu dürfen.

»Könnt Ihr nicht bis zur Rückkehr Eures Bruders, des Königs, warten?« fragte Guinevere.

»Ich wollte, ich könnte es, doch es ist mir unmöglich«, antwortete Morgan. »Ich habe schlimme Nachrichten über eine Revolte auf meinen Gütern. Ich muß sofort hinreisen.«

»Wenn es so steht, dann mögt Ihr gehen«, sagte die Königin.

Noch vor Tagesanbruch versammelte Morgan le Fay vierzig Getreue, ritt mit ihnen davon und gewährte Pferden wie Männern einen Tag und eine Nacht lang keine Rast. Früh am zweiten Morgen kam sie zu dem Kloster, wo, wie sie wußte, Artus lag. Sie ritt dreist hinein und verlangte ihren Bruder zu sehen. Eine Nonne gab ihr zur Antwort: »Er schläft jetzt endlich. Drei Nächte hindurch haben ihm seine Wunden fast keine Ruhe gelassen.«

»Weckt ihn nicht auf«, sagte Morgan. »Ich werde leise hineingehen, um das teure Gesicht meines Bruders zu betrachten.« Sie stieg vom Pferd und trat in so gebieterischer Haltung ins Innere, daß niemand es wagte, sie, die Schwester des Königs, aufzuhalten.

Sie fand sein Gemach und sah im Schein eines Binsenlichts, daß der König schlafend auf dem Bett lag, seine Hand aber den Griff von Excalibur umklammerte. Neben ihm auf dem Bett lag die nackte Klinge. Aus Besorgnis, ihn aus seinem unruhigen Schlaf zu wecken, getraute sich Morgan nicht, das Schwert an sich zu nehmen. Doch auf einer Truhe sah sie die Scheide liegen. Sie versteckte sie unter ihrem Reitumhang, ging hinaus, dankte den Nonnen und ritt eilends von dannen.

Als der König erwachte, vermißte er die Scheide. »Wer hat sie genommen?« fragte er zornig. »Wer ist hier gewesen?«

»Nur Eure Schwester Morgan le Fay, und sie ist wieder fort.«

»Ihr habt mich schlecht bewacht«, rief er. »Sie hat die Scheide meines Schwerts gestohlen.«

Dann raffte Artus sich von seinem Bett hoch, befahl, das beste Pferd zu bringen, das sich auftreiben ließ, und bat Sir Outlake, sich zu wappnen und ihn zu begleiten. Zu zweit galoppierten sie hinter Morgan her.

An einem Wegkreuz begegneten sie einem Kuhhirten und fragten ihn, ob er eine Dame habe vorbeireiten sehen.

»O ja«, antwortete er, »sie ist vor kurzem vorübergekommen und hatte vierzig Reiter bei sich. Sie sind auf diesen Wald dort zugeritten.«

Artus und Sir Outlake jagten weiter, und nach kurzer Zeit erspähten sie Morgan und trieben mit den Peitschen ihre Pferde noch mehr an. Morgan sah sie kommen, hetzte ihr Pferd durch den Wald und hinaus auf freies Gelände, und als sie sah, daß die Verfolger näher kamen, gab sie ihrem Pferd die Sporen und lenkte es in einen kleinen See. »Mit mir mag geschehen was will, aber die Scheide soll er nicht bekommen, weil sie ihn beschützt«, sagte sie zu sich und warf sie so weit hinaus ins Wasser, wie sie konnte. Da sie schwer von Goldschmuck und geschliffenen Steinen war, versank sie rasch.

Dann kehrte Morgan zu ihren Männern zurück und galoppierte weiter, in ein Tal mit großen, aufrechtstehenden Steinen, die Kreise bildeten. Morgan verzauberte ihre Getreuen und sich, und sie verwandelten sich alle in hohe Steine. Als Artus in das Tal hineinritt und die Steine sah, sagte er: »Sie hat Gottes Rache auf sich gezogen. Ich brauche keine Rache mehr zu nehmen.« Er suchte auf der Erde ringsum nach der Scheide seines Schwertes, konnte sie aber nicht finden, da sie im See lag. Und nach einiger Zeit ritt er langsam zurück zu dem Kloster.

Kaum war er fort, nahm Morgan wieder ihre Gestalt an und befreite ihre Männer aus ihren steinernen Hüllen. »Jetzt seid ihr wieder frei«, sagte sie, »aber habt ihr das Gesicht des Königs gesehen?«

»Ja, und es war eisig vor Grimm. Wenn wir nicht in Stein verwandelt worden wären, wären wir davongerannt.«

»Das glaube ich wohl«, sagte sie.

Sie ritten weiter und begegneten unterwegs einem Ritter, der einen Gefangenen in Fesseln und mit verbundenen Augen mit sich führte.

»Was habt Ihr mit diesem Ritter vor?« fragte Morgan.

»Ich werde ihn ertränken. Ich habe ihn mit meinem Weib ertappt. Und sie werde ich gleichfalls ertränken.«

Morgan fragte den Gefangenen: »Spricht er die Wahrheit?«

»Nein, Herrin, es ist nicht wahr.«

»Woher kommt Ihr? Wie heißt Ihr?« fragte sie.

»Ich bin von König Artus' Hof«, antwortete er. »Ich heiße Manessen und bin ein Vetter von Sir Accolon.«

Morgan sagte: »Ich habe Sir Accolon geliebt. Zu Ehren seines Andenkens werde ich Euch befreien, und Ihr könnt mit diesem Mann tun, was er mit Euch tun wollte.«

Ihre Männer lösten ihm die Fesseln und banden den andern mit denselben Stricken. Sir Manessen legte die Rüstung seines Widersachers an, führte ihn zu einem tiefen Brunnen und warf ihn hinein. Dann kam er zu Morgan zurück. »Ich mache mich jetzt auf den Rückweg zu Artus' Hof. Habt Ihr ihm irgend etwas zu bestellen?«

Sie lächelte bitter. »Allerdings«, sagte sie. »Richtet meinem teuren Bruder aus, daß ich Euch nicht ihm zuliebe, sondern wegen meiner Liebe zu Accolon gerettet habe. Und sagt ihm, ich fürchte ihn nicht, denn ich kann mich und meine Männer in Steine verwandeln. Und als letztes bestellt ihm, daß ich noch zu anderen Dingen fähig bin und ihm das beweisen werde, wenn die Stunde gekommen ist.«

Sie begab sich zu ihren Gütern im Lande Gore und ließ die Mauern ihrer Burgen und Städte verstärken und sie mit Waffen und Proviant versehen, denn trotz ihrer hochgemuten Botschaft an König Artus fürchtete sie ihn.

146

Gawain, Ewain und Marhalt

König Artus brachte nach Camelot schwarze Gedanken und finsteren Zorn mit, denn gegen tückische Treulosigkeit kann man sich nicht wehren, und sie gebiert nichts als Grimm und Argwohn, an denen sich die Tiefe der Wunde ermessen läßt.

Der Zorn des Königs übertrug sich auf die Ritter am Hof. Ein Anschlag auf des Königs Person ist Hochverrat und richtet sich zugleich auch gegen alle seine Untertanen, die den Schlag spüren. Morgan le Fay, so sprachen die Ritter, habe den Feuertod verdient. Daß sie die Halbschwester des Königs war, machte ihr Verbrechen nur noch gräßlicher. Als Sir Manessen ihre trotzige Botschaft brachte, murrten die Ritter und blickten auf Artus, weil sie auf den Befehl warteten, sich zu wappnen – aber der König sagte nur bitter: »Ihr seht jetzt, was es heißt, eine teure, liebevolle Schwester zu haben. Ich werde auf meine eigene Weise damit verfahren und verspreche euch, daß die ganze Welt von meiner Rache sprechen wird.« Und daran erkannten die Ritter, daß ihr König ratlos war und noch keinen Plan gefaßt hatte.

Wie viele böse, grausame Frauen kannte Morgan le Fay die Schwächen der Männer, während sie ihre Stärken geringschätzte. Und sie wußte auch, daß die unwahrscheinlichsten Unternehmungen zum Erfolg führen können, sofern sie nur mit Kühnheit und ohne Zaudern ins Werk gesetzt werden, denn die Männer glauben trotz des gegenteiligen Beweises, daß Blut dicker als Wasser sei und daß eine schöne Frau nicht böse sein könne. So ersann Morgan ein tödliches Spiel mit Artus' Arglosig- und Anständigkeit. Sie verfertigte ein Geschenk für ihren Bruder, einen Mantel von solcher Schönheit, daß sie wußte, bei seinem Anblick würden Artus die Augen übergehen. Blumen und geringelte Blätter, aus Edelsteinen gebildet, überzogen den Mantel mit Kostbarkeit und funkelnder Farbenpracht. Morgan le Fay schickte eines ihrer Fräulein damit zu Artus, und vorher studierte sie mit ihr noch ein, was sie sagen sollte.

Das Mädchen stand vor dem König und erschauerte angesichts seines kalten Zorns.

»Sir«, sagte sie, »Eure Schwester ist sich ihrer schrecklichen Untat inne geworden und weiß, daß ihr nicht verziehen werden kann. Sie hat sich mit ihrem Schicksal abgefunden, aber sie möchte, daß Ihr wißt, es war nicht ihr eigenes Tun, sondern das

Werk eines bösen Geistes, der sie übermannte und ihr die Hand führte.« Das Fräulein sah Unschlüssigkeit in den Augen des Königs und ließ nicht locker. »Eure Schwester sendet Euch dieses Geschenk, Herr, eine Gabe, die Eurem Ruhm als ein gerechter, weiser und gnädiger König ansteht. Sie läßt Euch bitten, ihr Geschenk zu tragen, wenn Ihr über sie zu Gericht sitzt und vielleicht nicht des bösen Geistes gedenkt, in dessen Macht sie war, sondern der innig geliebten Schwester, der Ihr mit Eurer Güte immer das Herz erwärmt habt.«

Das Fräulein entrollte den glänzenden Mantel, breitete ihn vor dem König aus und beobachtete sein Gesicht. Sie wagte kaum zu atmen und sah, wie seine Augen vor Freude über das prachtvolle Stück leuchteten.

»Nun ja – böse Geister gibt es«, sagte er. »Das ist jedermann bekannt.«

»Eure Schwester hat diesen Mantel mit ihren eigenen weißen Fingern genäht, Herr. Sie hat jeden einzelnen Edelstein darauf gestickt und sich von niemandem dabei helfen lassen.«

Artus blickte den Mantel an. »Sie war schon immer geschickt«, sagte er. »Ich weiß noch, einmal, in ihrer Mädchenzeit . . .« Er streckte die Hand nach der glänzenden Pracht aus.

Da ertönte ein schriller Ruf: »Herr, rührt ihn nicht an!« Und Nyneve vom See trat vor Artus hin und sagte: »Sir, ich habe Euch schon einmal vor einem tückischen Anschlag gerettet.«

Die Augen des Königs wandten sich wieder dem glänzenden Mantel zu. Aber Nyneve sagte: »Sir, selbst wenn ich mich täusche, kann es nicht schaden, den Mantel zu prüfen. Laßt ihn doch zuerst Morgans Botin umlegen.«

Artus wandte sich dem zitternden Fräulein zu. »Zieht ihn an!«

»Das darf ich nicht«, sagte das Fräulein. »Es wäre nicht schicklich, sich den Mantel eines Königs umzulegen. Meine Herrin würde mir zürnen.«

»Ich vergebe Euch den Fehltritt. Zieht ihn an!«

Als das Mädchen zurückwich, hob Nyneve mit den Fingerspitzen den Mantel am Saum hoch und warf ihn dem Fräulein über die Schultern. Ihre Haut rötete sich und wurde dann schwarz, und sie sank in Zuckungen zu Boden, während das ätzende Gift sich durch ihr Fleisch fraß und es zu Asche verdorren ließ.

Artus blickte auf das Schreckensbild des zuckenden Unglückswesens in dem steinbesetzten Gewand, und schmerzliches Staunen über solche Tücke erfüllte ihn. »Mit ihren eigenen Händen hat meine Schwester mir dieses Todesgewand genäht«, sagte er. »Meine eigene Schwester!« Dann warf er allen ringsum argwöhnische Blicke zu und forderte Sir Uryens, Morgans Gemahl, auf, sich mit ihm unter vier Augen zu besprechen.

Als sie allein waren, sagte der König: »Sir, Treulosigkeit ist von allen Verbrechen das traurigste. Selbst wenn der Anschlag mißglückt, verbreitet sich das Gift. Sir Accolon hat, ehe er starb, seine Schuld eingestanden und geschworen, daß Ihr schuldlos wart – Ihr, mein Freund und Bruder. Doch Schuldlosigkeit ist kein Gegengift. Ich weiß, daß Ihr es abgelehnt habt, Euch gegen mich zu verschwören, aber wie kann ich vergessen, daß Ihr von einer Verschwörung wußtet? Immerhin fällt es mir leicht, Euch zu entschuldigen, weil ich weiß, daß meine Schwester Euch ebenso wie mich töten wollte. Ich werde mich bemühen, Euch zu vertrauen – freilich, wie läßt sich Vertrauen, das einen Knacks bekommen hat, wiederherstellen? Ich weiß es nicht. Was Euren Sohn und meinen Neffen, Sir Ewain, betrifft, so weiß ich von ihm nur, daß er vergiftete Muttermilch eingesogen hat. Dieselben Hände, die ihn großzogen, nähten Edelsteine an den mir zugedachten Todesmantel. Argwohn ist wie ekler Schimmel. Ewain muß den Hof verlassen. Ich kann keine Zeit daran verschwenden, jegliches, selbst unschuldiges Tun zu beargwöhnen.«

»Ich verstehe«, sagte Sir Uryens. »Wenn Euch eine Möglichkeit einfällt, wie ich meine Treue beweisen kann – ich bin zu allem bereit.«

»Schickt Euren Sohn fort«, sagte Artus.

Ewain fand sich damit ab, daß er vom Hof verwiesen wurde, und sagte: »Es gibt nur eine einzige Möglichkeit, meine Unschuld zu beweisen. Ich werde auf eine Ausfahrt gehen, und meine Taten sollen für mich sprechen. Worte können Verräter sein, aber Taten brauchen keinen Anwalt.«

Sein Freund und Vetter Sir Gawain fand sich nicht so leicht damit ab. »Wer Euch verbannt, verbannt auch mich«, sagte er. »Ich gehe mit Euch. Das ist ungerecht.«

Und als Artus sah, wie sich die beiden wackeren jungen Ritter auf eine lange Reise vorbereiteten, sagte er nachdenklich: »Als ich Merlin noch hatte, war ich gegen niemanden mißtrauisch. Er wußte immer alles und bewahrte mich vor jeder Unsicherheit. Ich wünschte, ich hätte ihn wieder.« Doch dann entsann er sich der Andeutungen Merlins, was Guinevere betraf, und war sich nicht mehr so sicher, ob er die Zukunft kennen wollte. »Wenn man alles im voraus weiß, gibt es keine Hoffnung«, sagte er. »Und ohne Hoffnung würde ich dasitzen und die Hände in den Schoß legen, verrosten wie eine unbenützte Rüstung.«

Am nächsten Morgen noch vor Tagesanbruch hörten die beiden jungen Ritter die Messe, beichteten und empfingen die Absolution, so daß ihre Seelen ebenso rein schimmerten wie ihre Schwerter. Sie ritten von Camelot fort und voll Eifer in eine neue Welt der Wunder. Sie blickten zurück zu den alten Mauern von Camelot, die auf dem unbezwinglichen Hügel in den Morgenhimmel ragten, und zu den vier tiefen Gräben, die die Mauern sicherten. Sie waren froh und demütig-stolz, in einer Welt Männer zu sein, in der ein Mann etwas galt. Sie kamen durch Täler, umrahmt von Anhöhen, und sie sahen die grasüberwachsenen Umwallungen von Hügelfesten, zerfallen, noch ehe die Welt geboren wurde. Auf einer weiten, ebenen Wiese erblickten sie kreisförmig stehende gewaltige Steinblöcke, vielleicht von Völkern einer fernen Vergangenheit, wahrscheinlicher jedoch von bösen Geistern der Gegenwart dort hingestellt, doch da diese Dinge mit ihrer Ausfahrt nichts zu tun hatten, sahen sie weg und umritten sie in weitem Bogen.

Dann – in der Ferne war ein Wald zu sehen – näherten sie sich einem kegelförmigen Hügel, gekrönt mit dunklen Fichten, und ihre Pferde blieben zitternd, mit angelegten Ohren stehen und verdrehten vor Furcht die Augen, so daß nur noch das Weiße zu sehen war. Sir Ewain und Sir Gawain erkannten die Zeichen und wandten sich seitwärts, um das Hügelgrab zu vermeiden. Es ging sie nichts an, es war nicht ihre Welt. Ihre eigene Welt hatte ja der Wunderdinge genug.

Mit Erleichterung ritten sie in den schützenden Wald aus großen Eichen hinein und ließen die verwunschenen Gründe hinter sich. Die Baumstämme, dick wie Pferdeleiber, stiegen dunkel in die Höhe, und ein Dach aus Blattgewirr machte den Himmel unsichtbar, so daß nur schwaches grünes Licht durchsikkerte. Der bemooste Boden dämpfte die Hufschläge, auf den Ästen in der Höhe sangen keine Vögel. Nur das Klirren der Schildränder gegen die Brustharnische, das flüsternde Knirschen von gedehntem Leder und das Klingeln der Sporenrädchen zeigten an, daß hier zwei Ritter durch den Wald ritten. Die Pferde fanden von selbst ihren Weg, da Pferde ohne Zügelführung, wie jedermann weiß, den Weg nehmen, den schon andere vor ihnen genommen haben. Hoch oben bewegten sich die Eichenblätter raschelnd im Wind, der den Erdboden nicht erreichte. Das dämmrige Licht und die Stille legten sich den schweigenden jungen Rittern lastend auf die Seele, und sie waren froh, als sie eine Anhöhe erreichten und unter sich eine Wiese und an deren anderem, baumbestandenem Ende einen düsteren steinernen Turm mit Zinnen und schmalen Schießscharten sahen, denn dort mußte es vertraute, wenn auch vielleicht gefahrvolle Dinge geben.

Gawain und sein Vetter richteten sich in ihren Sätteln gerade auf, hielten ihre Schilde vor sich hin, und die rechten Hände faßten die Schwertgriffe. Von der Wiese drangen weibliche Stimmen her, schrill und rachsüchtig. Die Ritter prüften ihre Harnischschnallen und klappten sachte die Visiere herab, ehe sie weiterritten, den Hang hinab und dem Turm entgegen.

Am anderen Rand der Wiese hielten sie an, denn sie sahen zwölf Damen, die neben einem kleinen Baum, an dem ein weißer Schild hing, hin und her rannten. Und jedesmal, wenn eine von ihnen an dem Schild vorbeikam, bewarf sie ihn mit Schmutz, schrie eine Verwünschung und rannte weg, um wieder eine Handvoll Schmutz aufzuheben. Auf dem Turm unweit davon standen zwei Ritter und blickten herab auf die befremdliche Szene.

Die jungen Vettern ritten zu den Damen hin, und Sir Ewain fragte streng: »Warum beschmutzt und beleidigt ihr einen Schild, der keinen Verteidiger hat?«

Die Damen lachten kreischend auf, und eine von ihnen sagte: »Ich will es Euch sagen. Der Ritter, dem der Schild gehört, haßt alle Damen. Das ist für uns eine Beleidigung, und zur Strafe beleidigen wir seinen Schild. Das ist nur recht und billig.« Und ihre Gefährtinnen stießen ein häßliches Lachen aus.

Sir Gawain sagte: »Es gehört sich nicht für einen Ritter,

Damen zu verachten, da stimme ich zu, aber vielleicht hat er irgendeinen Grund dafür. Oder vielleicht liebt er eine andere Dame. Ist Euch bekannt, wie er heißt?«

»Gewiß. Er heißt Sir Marhalt und ist ein Sohn des Königs von Irland.«

»Ich kenne ihn«, sagte Sir Ewain. »Er ist ein trefflicher Ritter, so trefflich wie nur irgendeiner, und ich habe gesehen, wie er es in einem Turnier bewies, in dem er gegen alle den Preis errang.«

Sir Gawain sagte streng: »Ich finde euer Verhalten tadelnswert. Es ist nicht Damenart, den Schild eines Mannes zu entehren. Er wird zurückkehren, um seinen Schild zu verteidigen, und seine Liebe zu den Damen wird nicht größer werden, wenn er feststellt, was ihr getan habt. Der Streit geht mich zwar nichts an, aber ich werde nicht ruhig zusehen, wie dem Schild eines Ritters Schimpf und Schande angetan wird. Kommt, Vetter, reiten wir weiter. Für solche Damen habe ich nichts übrig.«

Als sie sich dem Waldrand näherten, erschien Sir Marhalt auf einem gewaltigen Streitroß. Er galoppierte auf die Damen zu, die furchtsam aufschrien und stolpernd und strauchelnd auf den Turm zurannten, um sich in Sicherheit zu bringen.

Sir Marhalt blickte seinen besudelten Schild an, hängte ihn sich an die Schulter, und in diesem Augenblick kam einer der Ritter aus dem Turm geritten und rief: »Verteidigt Euch!«

»Mit Freuden«, sagte Marhalt, beugte sich kampflustig über seine eingelegte Lanze, und unter der Wucht des Zusammenpralls taumelte das Pferd des Herausforderers samt ihm selbst in einem wirren Knäuel von Zaumzeug und schlagenden Hufen zu Boden. Bevor Sir Marhalt noch sein Pferd wenden konnte, begann der zweite Ritter aus dem Turm seinen Angriff, doch Marhalt drehte sich im Sattel um, ließ die Lanzenspitze seines Widersachers abgleiten und streckte ihn zu Boden.

Dann drehte Marhalt seinen Schild um, kratzte den Dreck von der weißen Oberfläche und hielt ihn hoch, in Richtung auf den Turm, wo sich die Fräulein zitternd vor Furcht bargen. »Ein Teil des Schimpfs ist gerächt«, brüllte er. »Diesen weißen Schild hat mir eine Dame geschenkt, und ich werde ihn tragen, wie er ist. Selbst beschmutzt ist er noch sauberer, als ihr es seid.« Dann erblickte er die beiden Vettern am Waldrand, näherte sich ihnen vorsichtig und fragte, was sie hierherführe.

Sir Gawain antwortete: »Wir kommen von König Artus' Hof und sind auf der Suche nach Abenteuern. Könnt Ihr uns einen Vorschlag machen?«

»Nein«, sagte Marhalt, »aber wenn Ihr ein kleines Geplänkel mit Lanzen ein Abenteuer nennt, werde ich nicht nein sagen, wenn ich artig gebeten werde«, und er wendete sein Roß und nahm in der Mitte der Wiese Kampfposition ein.

»Laßt es gut sein«, sagte Ewain zu seinem Vetter. »Er ist ein braver Mann. Was ist dabei zu gewinnen? Wir haben ja keinen Streit mit ihm.«

Sir Gawain blickte zur Sonne hinauf. »Es ist noch nicht Mittag«, sagte er. »Vormittags, wie Ihr wißt, bin ich stark, aber am Nachmittag werde ich schwächer. Es wäre schade, nicht mit ihm zu kämpfen, aber es muß entweder bald geschehen oder gar nicht.«

»Vielleicht können wir wegreiten«, sagte Ewain.

»Nicht, nachdem er uns zum Kampf aufgefordert hat. Wir würden ausgelacht und verspottet werden.«

»Nun denn, Vetter«, sagte Ewain. »Ich bin nicht so stark und erfahren wie Ihr. Laßt es mich als ersten mit ihm aufnehmen. Wenn ich zu Boden gehen sollte, seid Ihr noch da und könnt mich rächen.«

Gawain stimmte ihm zu. »Aber Ihr erlaubt mir schon zu sagen, Ihr zieht da mit einer bedenklichen Einstellung in den Kampf.«

Sir Ewain griff an, und Marhalt stieß ihn vom Pferd und fügte ihm eine Wunde an der Seite zu. Dann trabte er in seine Ausgangsstellung zurück und saß, ein düsterer Anblick, regungslos auf seinem Pferd, den nächsten Gegner erwartend.

Sir Gawain vergewisserte sich, daß sein Vetter nicht schlimm verwundet war, blickte dann zur Sonne hinauf und sah, daß ihm noch Zeit blieb. Freudig klopfte ihm das Herz. Er legte die Lanze ein und trieb sein Pferd zum Traben, dann zu einem Schnellgalopp an, daß die Hufe nur so flogen. Sir Marhalt traf mit ihm auf halbem Weg zusammen. Beide Lanzen trafen die Schildmitte und verbogen sich unter der Wucht des Anpralls. Eschenschaft maß sich mit Eschenschaft, und Gawains Lanze zersplitterte. Samt seinem Pferd wurde er zu Boden geschleudert.

Als Marhalt sein Pferd zum Stehen gebracht und gewendet

155

hatte, sah er Sir Gawain neben seinem gestürzten Roß stehen.
Er hatte den Schild vorgelegt, in seiner Hand tanzte das
Schwert. Er rief: »Herr Ritter, sitzt ab und kämpft zu Fuß wei-
ter, sonst töte ich Euer Pferd, und Euch bleibt keine Wahl, die
Euch Ehre macht.«

Sir Marhalt zog die Zügel an. »Ich danke Euch für die Beleh-
rung«, sagte er. »Ihr sorgt dafür, daß die Gesetze des Rittertums ihren Biß behalten.« Und er ritt zu einem kleinen Baum,
lehnte seine Lanze dagegen, stieg langsam aus dem Sattel, band
das Pferd an einem Ast fest und lockerte den Sattelgurt. Dann
prüfte er umständlich den Schildriemen, zog das Schwertge-
henk fester, darauf das Schwert aus der Scheide und inspizierte
die Klinge, während Gawain ungeduldig wartete und die Sonne
ihrer mittäglichen Position entgegenkroch.

Nun näherte sich Sir Marhalt behäbig, das Schwert zur
Abwehr bereit, der leicht schwankende Schild voran. Gawain
sprang auf ihn zu, drang mit Hieben heftig auf ihn ein und versuchte, einen tödlichen Streich anzubringen, solange seine
Kraft noch im Zunehmen war. Doch Marhalt war ein altgedien-
ter Kämpe. Er hielt den behelmten Kopf gesenkt, deckte ihn
mit dem hin und her schwankenden Schild, vollführte Finten,
um einen Angriff herauszufordern, und ließ die Attacke ins
Leere laufen, wenn er zurückwich. »Warum habt Ihr es so
eilig?« fragte er. »Wir haben doch den ganzen Tag zum Kämpfen.«

Die Frage reizte Gawain noch mehr. Er führte einen blitz-
schnellen Stoß an Marhalts Schild vorbei, versetzte ihm einen
Stich in die Seite und spürte zu spät, wie ihm als Antwort die
Spitze von Marhalts Schwert in den Oberschenkel drang. Er
umtanzte den Ritter, der sich auf die Abwehr beschränkte, und
deckte den Schild, den Marhalt dicht vor sich hinhielt, und den
nach vorne geneigten Helm mit Schwertstreichen ein.

»Ihr seid ein starker Mann«, sagte Marhalt leise. »Ihr werdet
mit jedem Augenblick stärker. Teilt Euch Eure Kraft und
Euren Atem für den langen Kampf gut ein. Kommt – laßt uns
einen Augenblick innehalten.«

Doch Gawain sah, daß sein Schatten unter ihm schrumpfte,
drang wieder auf Marhalt ein, und sein Schwert wirbelte blit-
zend wie ein stählernes Rad durch die Luft. Er verwundete
Marhalt und empfing selbst sofort darauf von diesem kleine

Blessuren. Und er wurde kurzatmig, während er sich mühte, die Verteidigung des geübten und überlegt kämpfenden Widersachers zu durchbrechen. Er hieb auf Marhalt ein wie eine glänzende Ramme, riß an dem Schild, mit dem Marhalt sich deckte, sah unter sich seinen Schatten schwinden und wankte unter dem Gewicht des auf ihn eindringenden Schildes zurück. Nun spürte Gawain, daß seine Kraft zu erlahmen begann, und seine Lungen rasselten vor Erschöpfung. Die Freude an dem Zweikampf verließ ihn und wich einem leichten Schmerz. Er wich zurück und umkreiste Marhalt vorsichtig.

Dieser hatte seine Kraft für einen solchen Augenblick aufgespart. Jetzt bewegte er sich langsam vorwärts, holte unvermutet aus, hieb in den Rand von Gawains Schild und sah ihn, da Gawains Griff sich lockerte, zur Seite fliegen. Und nun drang er auf Gawain ein, um ihm mit seinem Schild die Sicht zu verstellen und ihm einen Stich in den Bauch zu versetzen, und er sah, daß der junge Ritter dem Stoß schutzlos preisgegeben war. Marhalt zögerte, wartete darauf, daß Gawains Schild die Stelle decken werde, doch er hing nutzlos an Gawains Seite.

Sir Marhalt zog sich vorsichtig – für den Fall, daß es sich um eine List handelte – zurück, und als er fünf Meter weit weg und vor einem Satz Gawains sicher war, stellte er sein Schwert mit der Spitze nach unten auf die Erde und sagte: »Noch vor kurzem habt Ihr Euch mit mir so gut geschlagen wie nur je ein Ritter. Jetzt aber seid Ihr abgekämpft, und Eure Kraft ist dahin. Wenn ich Euch jetzt tötete, wäre es Mord, und ich bin kein Mörder. Ich könnte Euch eine Erholungspause gewähren, und dann würdet vielleicht Ihr mich töten oder umgekehrt. Ihr habt keinen rechten Anlaß zum Streit mit mir – warum in Kauf nehmen, daß einer von uns beiden stirbt oder wir beide umkommen oder Schande auf uns laden. Es geht ja nur um ein Abenteuer. Seid Ihr damit einverstanden, daß wir Frieden schließen und keiner von uns den Sieg für sich beansprucht?«

Sir Gawain zitterte vor innerer Erregung. »Edler Ritter, Ihr seid der ritterlichste Mann, dem ich jemals begegnet bin. Ich könnte es nicht vorschlagen, weil ich jetzt der Schwächere bin. Ihr aber, stark und frisch, könnt es, und das ist nach Ritterart gehandelt. Ich nehme den Friedensvorschlag an, Herr Ritter, und danke Euch.«

Dann legte Gawain zum Zeichen seines Vertrauens sein

Schwert auf die Erde, band sich den Helm los und nahm ihn vom Kopf. Marhalt folgte seinem Beispiel, die beiden umarmten einander brüderlich und gelobten auch, fortan wie Brüder zueinander zu sein. Nun kam Ewain heran, der sich die Wunde an der Seite hielt, und sie halfen ihm, seine Rüstung abzulegen. Dann führte sie Sir Marhalt zu seinem nicht weit entfernten Haus, wo die Diener ihnen die Wunden verbanden und es ihnen behaglich machten. Und die drei Ritter schlossen so rasch eine enge und vertrauensvolle Freundschaft, daß bald darauf, als sie in der großen Halle saßen – um sie herum die abgenagten Knochen von ihrem Abendessen, in ihren Händen mit Wein gefüllte Pokale –, Sir Gawain sagte: »Eine Sache will mir nicht aus dem Kopf, Sir. Ihr seid ein tapferer Mann, wie ich weiß, und von edler, ritterlicher Art, wie Ihr mir bewiesen habt. Wie kann es sein, daß Ihr die Damen haßt?«

»Ich? Die Damen hassen?« sagte Marhalt.

»Diese Damen, die Euren Schild mit Schmutz bewarfen, haben es behauptet.«

Da lachte Marhalt auf. »Habt Ihr nicht auch schon erlebt«, sagte er, »daß irgendein Fräulein, nur weil sie Euch nicht gefällt, herumerzählt, Euch seien alle Damen zuwider? Auf diese Weise will sie ihre eitle Selbstachtung retten und beweisen, daß Ihr kein Mann seid.«

»Aber was war mit denen, die Euren weißen Schild entehrt haben?«

»Sie hatten recht, als sie sagten, ich haßte sie«, antwortete Marhalt. »Aber sie hätten das nicht auf alle Damen ausdehnen sollen. Es gibt eine Sorte von Frauen, die die Männer zutiefst hassen und voller Neid auf wahre Männer sind. Sie sind diejenigen, die Schwächen ausnützen und mit List und Tücke die Stärke der Männer zugrunde richten wollen. Solche Damen sind mir zuwider, und ihresgleichen waren die dort bei dem Turm. Doch allen guten Damen und Edelfrauen diene ich, wie es einem rechten Ritter ansteht. Solche Damen würden niemals den Schild eines Mannes beschmutzen, wenn er abwesend ist, oder ihn hinter seinem Rücken verwünschen und dann wie furchtsame Hühner davonrennen, wenn er zurückkommt. Nein – es gibt andere Damen unter Gottes Sonne, die Euch anderes von mir erzählen können.«

Dann sprachen sie vom Ritterleben und von Abenteuern,

und Sir Ewain sagte: »Ich muß weiterziehen, sobald ich kann. Ich stehe, ohne eigene Schuld, beim König in Ungnade, und muß vor aller Welt meine Ritterehre beweisen, so daß der König davon erfährt.«

Gawain sagte: »Ich stehe nicht in Ungnade, finde aber, daß mein Vetter ungerecht behandelt wurde, und werde bei seiner Suche nach Ehre nicht von seiner Seite weichen.«

Marhalts Miene verdüsterte sich. »Der Gedanke gefällt mir nicht, daß ihr weiterzieht«, sagte er. »Wir verstehen uns gut. Wollt ihr nicht hier bei mir bleiben?«

»Ich darf nicht, Sir«, sagte Ewain, »ich bin vom Hof gewiesen worden, und solche Schmach muß mit tapferen und ehrenvollen Taten getilgt werden.«

»Nun«, sagte Sir Marhalt, »dann will ich euch sagen, daß in der Nähe ein großer Wald voller Geheimnisse beginnt, der Wald von Arroy geheißen. Noch nie hat ihn jemand durchquert, ohne wundersamen Dingen, Gefahren und mehr Abenteuern zu begegnen, als er bestehen kann. Eure Rede hat mein Blut entflammt. Wenn ihr erlaubt, reite ich mit durch den Wald und nehme teil an eurer Abenteuersuche. Ich hatte ganz vergessen, wie schön und spannend eine Ausfahrt sein kann.«

»Wir freuen uns über Eure Begleitung, Sir«, sagte Gawain. »Und mehr noch über Euren starken Arm.« Und so setzten sie ihr Gespräch bis tief in die Nacht fort, über Abenteuer und Errettungen schöner Damen, und sie träumten von wohlerworbenem Ruhm und Ehre in der Welt.

Ewain sagte: »Sir, erzählt uns doch von Eurer Dame, die Euch den so abscheulich besudelten weißen Schild schenkte.«

Sir Marhalt aber schwieg, und Sir Gawain sagte: »Eure Frage ist ungehörig, Vetter. Worüber ein ehrenhafter Ritter nicht aus freien Stücken spricht, darüber will er nicht sprechen. Vielleicht war ein Eid im Spiel.«

»Ja, es war ein Eid«, sagte Marhalt rasch.

»Verzeiht mir, Sir«, sagte Ewain. »Und danke, lieber Vetter.«

Am nächsten Morgen bereiteten sich die drei Gefährten auf ihre Suche nach Abenteuern vor – sie rieben ihre Rüstungen blank, sorgten dafür, daß ihre Schwerter scharf waren, und wählten mit Sorgfalt Lanzen aus, wobei sie darauf achteten, daß die Maserung des Eschenholzes glatt und gleichmäßig war, denn von solchen Dingen hingen Sieg und Leben ab. Und als sie aufgesessen waren und in Richtung auf den Wald von Arroy davonritten, der in der Ferne dunkel dräute, fragte Sir Gawain: »Sir, kennt Ihr diesen Wald schon? Welcherart Abenteuer dürfen wir dort erhoffen?«

»Ich weiß es nicht«, sagte Marhalt. »Wüßte ich es, wären es keine Abenteuer. Doch vorüberziehende Ritter erzählten, daß er Wunderdinge berge.«

Es war ein Wald aus Eichen und Birken, durchsetzt mit Hage- und Weißdornsträuchern, Brombeerbüschen und dichtem Gestrüpp. Sein dunkler Rand verschloß ihn so dicht, daß sie sich mit den Schwertern einen Zugang freihauen mußten, doch schon nach kurzer Zeit stießen sie auf einen Pfad durchs Unterholz, den Rotwild gebahnt hatte, und sie folgten diesem Weg in der Gewißheit, daß er zu Wasser und Weidegründen führen müsse, denn Wild muß trinken und äsen. Nach einiger Zeit gelangten sie in ein Tal mit rechteckig zubehauenen Steinen, die durcheinandergeworfen dalagen, als wäre hier vor Zeiten eine Stadt geplündert und zerstört worden. Zwischen den Steinblöcken sahen sie ein paar primitive, wie Schafställe wirkende Schuppen, gebaut aus aufeinandergelegten Steinen und mit Ästen als Dächern. Von einem Hügel weiter weg strömte ein Bach mit reißendem Wasser, und nachdem sie dort ihre Pferde erquickt hatten, folgten sie dem Bachlauf hügelan bis zu der Stelle, wo seine Quelle aus dem moosbedeckten Hang sprudelte. Oberhalb der Quelle, unter einer Birkengruppe, saßen auf einer mit Farn bewachsenen Felsplatte drei Damen. Als die Ritter so nahe waren, daß sie sie sehen konnten, hielten sie an und betrachteten das merkwürdige Trio. Eine der Damen war schon vorgerückten Alters, zeigte nur noch Spuren ehemaliger Schönheit, und auf dem weißen Haar trug sie einen schweren goldenen Kranz. Neben ihr saß eine von dreißig Jahren, voll erblüht und stattlich, auf dem kastanienbraunen Haar ein dünner goldener Reif. Die dritte war ein liebliches Kind von fünfzehn Jahren, erst jüngst zur Frau herangereift, und sie hatte sich Blumen in das goldene Haar geflochten. Alle drei trugen die Kleidung von Edelfrauen, bestickt mit goldenem und silbernem Faden, und hinter ihnen lagen ihre pelzbesetzten Umhänge.

Die Ritter ritten langsam hin, nahmen höflich die Helme ab und entboten den sitzenden Damen ihren Gruß.

Sir Marhalt richtete das Wort an sie. »Meine Damen«, sagte er, »wir sind fahrende Ritter, für jedes Abenteuer bereit, das Gott uns schicken mag. Ihr habt von uns nichts zu befürchten, weil uns unsere Ritterehre am Herzen liegt, worunter ihr verstehen sollt, daß wir Damen ehrenhaft behandeln.«

»Seid uns willkommen«, sagte die älteste der drei.

Sir Gawain sagte: »Falls ihr nicht Schweigen gelobt habt, sagt uns, warum ihr hier sitzt, als würdet ihr auf etwas warten.«

Und die zweite Dame erwiderte: »Nein, es ist kein Geheimnis. Wir warten hier auf fahrende Ritter, wie ihr es seid. Das ist unser Brauch, so wie die Ausfahrt, die Suche nach Abenteuern euer Brauch ist. Wenn es euch recht ist, können wir euch zu Abenteuern führen, vorausgesetzt, ihr folgt unserer Sitte: Jeder von euch muß eine von uns als Führerin wählen. Sobald ihr dies getan habt, werden wir euch an einen Ort geleiten, von dem drei Wege wegführen. So bleiben jedem von euch zwei unerkundete Wege zu seinem Schicksal, und nur Gott kann bestimmen, welchen der drei ihr einschlagt. Dann wird jede von uns mit einem von euch den Dingen entgegenreiten, die euch beschieden sein werden, mag es sein, was es will. Aber ihr müßt schwören, daß ihr euch in Jahresfrist wieder hier einfinden werdet, wenn ihr noch am Leben seid. Möge Gott euer Leben beschirmen und euch Glück schicken.«

»Das ist wohl gesprochen«, sagte Sir Marhalt. »So soll es bei einer Ausfahrt sein. Aber wie soll jeder von uns seine Dame wählen?«

»Wie es euch euer Herz und Sinn eingeben«, sagte das Fräulein, warf einen raschen Blick auf den jungen Sir Ewain, schlug die Augen nieder und errötete.

Doch Sir Ewain sagte: »Ich bin der jüngste von uns dreien und nicht so stark und erfahren, deshalb laßt mir bitte die älteste Dame. Sie hat viel erlebt und kann mir am besten beistehen, wenn ich es nötig habe, denn ich werde mehr Beistand brauchen als die anderen.«

Das Gesicht des jüngsten Fräuleins wurde vor Ärger hochrot.

Sir Marhalt sagte: »Nun gut, wenn dem kein anderer Wunsch entgegensteht, wähle ich die Dame mit der reifen Anmut. Wir

161

haben auch viel gemeinsam, da wir weder sehr alt noch sehr jung, von der Last der Eitelkeiten befreit sind und voneinander nicht zuviel verlangen werden.«

Sir Gawain frohlockte. »Habt Dank, edle Gefährten. Die übriggebliebene Dame hätte ich auch auf die Gefahr hin gewählt, die anderen zu kränken, denn sie ist die jüngste und schönste und gefällt mir am besten.«

Sir Marhalt sagte: »Entweder war es ein glücklicher Zufall, oder Gott hat unsere Wahl so gelenkt, daß kein Streit oder Ärger entstand. Nun, meine Damen, führt uns zu der Stelle, von der wir aufbrechen wollen.«

Die Damen standen auf und nahmen die Zügel des jeweiligen Pferdes, und dort, wo sich der Weg in drei Pfade gabelte, gelobten die drei Ritter, in Jahresfrist zu dieser Stelle zurückzukehren. Dann umarmten sie einander, und jeder ließ seine Dame hinter ihm aufsitzen. Wohlgemut traten sie ihre dreifache Ausfahrt an, Sir Ewain westwärts, Sir Marhalt nach Süden, und Gawain schlug den Pfad ein, der gen Norden führte.

Zuerst wollen wir Sir Gawain folgen, wie er mit dem hübschen Fräulein, das enttäuscht hinter ihm saß, vergnügt durch den grünen Wald ritt.

»Was für ein Glück, daß Ihr mir zugefallen seid«, sagte er. »Wenn es nicht so gekommen wäre, hätte ich um Euch gefochten. Ihr antwortet mir nicht. Nun ja, das erklärt sich leicht. Ihr seid noch sehr jung und wart noch nie mit einem galanten Ritter aus der großen Welt zusammen. Ich weiß, obwohl ich Euer Gesicht nicht sehen kann, daß Ihr jetzt errötet. Nun, das gehört sich bei einem solch jungen Fräulein auch so. Vielleicht bringt Ihr aus Verwirrung über die Euch widerfahrene Ehre kein Wort heraus. Oder vielleicht hat man Euch beigebracht zu schweigen, wenn ein Ritter spricht. Das ist gute alte Sitte. Heutzutage zu selten geübt. Ihr braucht keine Angst vor mir zu haben, müßt nicht eingeschüchtert sein. Ihr werdet sehen, daß ich trotz meiner erhabenen Stellung in der Welt, meiner Aura als Ritter und entgegen meiner Erscheinung ein Mensch bin, wie Ihr es seid, ein Mann, um es genau zu sagen. Ihr seid geblendet, mein Kind. Ja, das ist nur zu verständlich.«

Das Fräulein saß mit finsterer Miene hinter ihm und trat mit ihren Absätzen dem Pferd in die Flanken, so daß es scheute. »Vielleicht hat es irgendein Tier gesehen, vielleicht eine Schlange«, sagte Gawain. »Wenn Ihr Euch fürchtet, legt den Arm um mich. Ich werde Euch davor bewahren, daß Ihr herunterfallt. Ich muß Euch sagen, ein Mädchen, das nicht die ganze Zeit plappert, das ist mein Fall.«

»Ist Sir Ewain Euer Bruder?« erkundigte sich das Fräulein.

»Nein, mein Vetter und ein sehr braver Junge. Ich merke Euch an, daß er wegen seiner Jugend und Unerfahrenheit für Euch uninteressant wäre – und er ist ja auch kaum den Kinderschuhen entwachsen. Aber wenn er erst einmal von der Welt so viel gesehen hat wie ich, wird aus ihm ein trefflicher Ritter werden. Er ist von edler Abkunft. Aber Mädchen haben natürlich ältere Männer lieber.« Das Pferd scheute wieder. »Ich verstehe das nicht«, sagte Gawain. »Das Pferd ist doch sonst so ruhig. Wenn Ihr Musik gern habt, könnte ich Euch etwas vorsingen. Ich bin zwar selbst nicht dieser Meinung, aber man sagt, ich hätte eine schöne Stimme. Welches Lied würdet Ihr gerne hören?«

»Ich mag keine Lieder«, sagte das Fräulein. »Schaut, dort vorne ist ein hübsches Gutshaus. Ich habe Durst, Sir.«

»Ein echtes Mädchen«, sagte Gawain. »Mal durstig, mal hungrig, mal ist ihm kalt, dann wieder heiß, mal traurig, mal glücklich, bald zärtlich, bald voller Haß – immer irgend etwas, um die Aufmerksamkeit auf sich zu ziehen. Nun ja, vielleicht ist das das Anziehende an den Mädchen.«

Nahe dem Weg saß ein alter Mann vor dem Gutshaus. Gawain ritt zu ihm hin und hielt an. »Gottes Segen, Sir«, sagte er. »Wißt Ihr hier in der Gegend für einen edlen fahrenden Ritter Möglichkeiten, Abenteuer zu bestehen?«

»Zuerst segne Gott Euch, wenn Ihr Mangel an Segen habt«, antwortete der alte Ritter verbindlich. »Abenteuer? Ja, mehr als genug für eine einzelne Lanze, doch der Tag geht zur Neige. Was bei Tageslicht ein Abenteuer ist, sieht nachts ganz anders aus. Steigt ab, junger Herr, und bleibt die Nacht über. Morgen früh werde ich Euch zu Abenteuern führen.«

»Wir sollten weiterreiten«, sagte Gawain. »Es gehört sich eigentlich, daß wir unser Nachtlager unter dem Laubdach eines Baumes aufschlagen.«

»Unsinn«, sagte das Fräulein. »Ich bin müde und durstig.«

»Sie ist noch sehr jung«, erläuterte Gawain. »Na schön, meine Liebe. Wenn Ihr es unbedingt so haben wollt.«

Das Fräulein ging in ein kleines Zimmer, verzehrte allein sein Abendbrot, versperrte dann die Tür und gab keine Antwort, als Gawain sachte daran klopfte. Er ging zurück und setzte sich zu dem alten Ritter ans Feuer, und sie unterhielten sich über Pferde und Rüstungen und sprachen darüber, ob ein Schild flach oder gewölbt sein sollte, damit die Lanzen daran abprallten. So ging das Gespräch über ihr Handwerk dahin, bis sie schläfrig wurden.

Als sie sich am folgenden Morgen gewappnet hatten und zu Pferde saßen, sagte Gawain: »Nun, Sir, was für ein Abenteuer habt Ihr für mich reserviert?«

Der alte Ritter sagte: »In der Nähe gibt es eine Stelle, die Ihr später sehen werdet – eine Lichtung im Wald mit einem steinernen Kreuz und ebenem, festem Grasboden, und am Rand ist eine Quelle mit klarem, kaltem Wasser. Dieser Platz zieht Abenteuer an, wie Fleisch Fliegen anzieht. Ich weiß nicht, was uns dort begegnen wird, doch falls sich irgendwelche wundersamen Dinge ereignen, dann wird es dort geschehen.«

Als sie zu der Lichtung mit ihrer grünsamtenen Grasdecke kamen, war nichts zu sehen. Die drei stiegen ab und setzten sich neben das alte Steinkreuz. Und schon sehr bald hörten sie eine Stimme, die sich gegen ein schändliches Schicksal empörte, und auf die Wiese kam ein starker Ritter geritten, edel von Haltung, wohlgewappnet und schmuck. Als er Sir Gawain sah, hörte er zu jammern auf, entbot ihm seinen Gruß und drückte seinen Wunsch aus, Gott möge Gawain Ehre und Ruhm zuteil werden lassen.

»Habt Dank«, antwortete Gawain. »Und möge Gott auch Euch Ehre und Ruhm schenken.«

»Solche Dinge muß ich mir aus dem Kopf schlagen, Sir«, sagte der Ritter, »denn für mich gibt es nichts als Kummer und Schande, wie Ihr noch sehen werdet.« Und er ritt weiter, auf die andere Seite der Lichtung und verharrte dort wartend im Sattel. Er brauchte nicht lange zu warten, denn aus dem Wald kamen zehn Ritter hintereinander geritten. Der erste legte seine Lanze ein, und der traurige Ritter traf mit ihm in der Mitte der Lichtung zusammen und warf ihn aus dem Sattel.

Dann tjostete er gegen die übrigen neun und stieß mit ein und derselben Lanze jeden einzelnen von ihnen vom Pferd. Als das geschehen war, blieb er mit niedergeschlagenen Augen auf seinem Pferd sitzen, und die zehn Ritter näherten sich ihm zu Fuß und zogen ihn vom Pferd, ohne daß er sich wehrte. Sie fesselten ihn an Händen und Füßen, banden ihn unter den Bauch seines Pferdes und führten es fort. Der traurige Ritter baumelte darunter wie ein Sack.

Gawain sah staunend zu. »Was geht hier vor?« fragte er. »Er hat sie alle besiegt, und dann läßt er sich von ihnen gefangennehmen.«

»Das ist wahr«, sagte der alte Ritter. »Wenn er gewollt hätte, hätte er sie zu Fuß ebensogut besiegen können wie zu Pferde.«

Das Fräulein zeterte: »Ich finde, Ihr könntet ihm beistehen, wenn Ihr so vortrefflich seid, wie Ihr sagt. Er ist einer der wakkersten und schönsten Ritter, die ich gesehen habe.«

»Ich wäre ihm beigestanden, wenn er es gewünscht hätte. Aber ich hatte den Eindruck, er wollte, was er bekam. Es ist nicht klug und nicht höflich, sich in anderer Leute Angelegenheiten einzumischen, wenn man nicht darum gebeten wird.«

»Ich glaube, Ihr wolltet ihm nicht helfen«, sagte das Fräulein. »Vielleicht seid Ihr auf ihn neidisch. Es kann auch sein, daß Ihr Angst habt.«

»Ihr seid ein albernes Kind vom Lande«, sagte Gawain. »Ich und Angst? Seid versichert, so etwas wie Angst kenne ich nicht.«

Der alte Ritter unterbrach die Streitenden. »Still! Es ist noch früh am Tag, und schon drängen neue Abenteuer heran. Seht den Ritter dort auf der rechten Seite der Wiese, voll gewappnet bis auf den Kopf.«

»Ich sehe ihn«, sagte das Fräulein. »Ein schöner Kopf, ein männliches Gesicht.«

Während sie sprach, erschien von links ein zweiter Ritter auf der Lichtung, ein gewappneter Zwerg, und auch er ohne Helm, eine Mißgestalt mit Schultern, so breit wie eine Tür, einem großen, dicklippigen Froschmaul, einer flachen, breiten Nase wie der eines Affen und pechschwarz funkelnden Augen – ein Wesen von so vollkommener Häßlichkeit, daß es schon wieder schön war. Der Zwerg rief zu dem wartenden Ritter hin: »Wo ist die Dame?«

Aus dem Schatten der Bäume trat ein anmutiges Fräulein und rief: »Hier bin ich.«

Der Ritter sagte: »Es ist töricht, sich um ihren Besitz zu streiten. Komm, Zwerg, und wappne dich zum Kampf um sie.«

Der Zwerg antwortete: »Gern, aber es gibt eine andere Möglichkeit. Dort bei dem Kreuz sitzt ein trefflicher Ritter. Lassen wir ihn entscheiden, welcher von uns beiden sie bekommen soll.«

»Ich bin einverstanden«, sagte der Ritter, »wenn du schwörst, dich seiner Entscheidung zu beugen.«

Als sie Sir Gawain ihre Sache darlegten, sagte er: »Mir scheint, da gibt es nicht viel zu entscheiden. Wenn Ihr es mir überlaßt, sage ich, laßt die Dame bestimmen, wer sie bekommen soll, und ich werde ihre Entscheidung verteidigen.«

Die Dame zögerte nicht. Sie ging zu dem Zwerg mit dem Froschgesicht, streckte ihm die Arme entgegen, und er beugte sich aus dem Sattel, hob sie vom Boden auf und setzte sie vor sich aufs Pferd, und sie herzte und küßte ihn. Der Zwerg lächelte klug, verbeugte sich spöttisch zu den anderen hin und ritt in den Wald hinein, die Dame in seinen Armen.

Der Ritter, der das Spiel verloren hatte, setzte sich untröstlich neben das steinerne Kreuz, und sie konnten alle zusammen nicht fassen, was sie eben gesehen hatten. Der alte Ritter stieg verdrossen auf sein Pferd und ritt fort, in Richtung auf sein Gutshaus.

Nun kam ein anderer Ritter, voll gewappnet, auf die Lichtung geritten und rief: »Sir Gawain, ich erkenne Euch an Eurem Schild. Los, tjostet mit mir um Eure Ritterehre!« Und als Gawain zögerte, sagte sein Fräulein: »Ihr hattet einen Grund, es mit den anderen zehn Rittern nicht aufzunehmen, welchen Grund wollt Ihr angeben, daß Ihr es nicht mit diesem einzigen Mann aufnehmt, der Euch da zum Kampf auffordert?«

Gawain erhob sich zornig. »Keinen. Ich nehme an.« Er stieg in den Sattel und ritt gegen seinen Herausforderer, und beide gingen zu Boden. Dann zogen sie umständlich ihre Schwerter und begannen zu Fuß einen langsamen, lustlosen Zweikampf, teilten ein paar Hiebe aus und hielten dann inne, als wären sie nicht bei der Sache.

Unterdessen sagte an dem Steinkreuz der enttäuschte Ritter

zu dem Fräulein: »Ich kann nicht verstehen, warum sie mit dem häßlichen Zwerg fortgeritten ist.«

»Wer kann sagen, was auf das Herz eines Mädchens wirkt?« antwortete sie. »Eine Frau läßt sich vom Gesicht eines Mannes nicht irreführen. Wenn sie liebt, blickt sie tiefer.«

»Das habt Ihr nicht nötig«, erwiderte er. »Euer Liebster ist einer der schmucksten Männer, die ich in meinem Leben gesehen habe.« Und dabei sah er zu den beiden Rittern hin, die auf der rasenähnlichen Grasdecke der Lichtung gegeneinander Scheinangriffe führten und sie parierten.

»Das beweist ja, was ich sage«, bemerkte das Fräulein schüchtern. »Er ist nicht mein Liebster. Ich mag ihn nicht einmal. Euer Gesicht hat vielleicht nicht die arrogante Vollkommenheit seiner Züge, aber ich finde es männlicher.«

»Wollt Ihr damit sagen, wenn Ihr wählen könntet, würdet Ihr Euch für mich entscheiden?«

»Oh, was rede ich da?« Das Fräulein errötete. »Er ist ein Prahlhans. Er hält sich für besser als alle anderen zusammen. Er glaubte, eine Dame brauche ihn nur anzusehen und schon liebe sie ihn. Ein solcher Mann braucht einen Denkzettel.«

Der Ritter sagte rasch: »Kommt, reiten wir davon, solange sie noch kämpfen.«

»Es wäre unschicklich«, sagte sie.

»Aber Ihr habt doch für ihn nichts übrig, wie Ihr gesagt habt.«

»Das ist wahr. Ihr seid mir viel lieber.«

»Ich werde für Euch sorgen und Euch mein ganzes Herz schenken.«

»Er denkt immer nur an sich selbst.«

»Meint Ihr, er würde uns verfolgen?«

»Ich glaube nicht, daß er es wagen würde. Er ist ein feiger Narr.«

Die beiden Ritter kämpften lange miteinander, und die Sonne brannte heiß auf ihre Rüstungen herab, so daß sie mehr Schweiß- als Blutstropfen vergossen. Schließlich trat der Herausforderer zur Seite, lehnte sich auf sein Schwert und sagte: »Ich für mein Teil finde, daß alles seinen gehörigen Gang gegangen ist und wir uns beide würdig betragen haben. Wenn Ihr keinen besonderen Groll gegen mich hegt, laßt uns Frieden schließen. Aber wohlgemerkt, ich bitte nicht um Frieden!«

»Das ist mir klar«, sagte Gawain. »Es ist nichts Unehrenhaftes daran, wenn beide einverstanden sind, ja, wir haben beide sogar noch an Ehre gewonnen. Stimmt Ihr zu?«

»Ich stimme zu«, sagte der Ritter, und sie nahmen ihre Helme ab, umarmten einander förmlich, gingen zu der Quelle, tranken mit tiefen Zügen daraus und wuschen sich das brennende Salz von den Augen. Dann blickte sich Gawain um und sagte: »Wo ist denn mein Fräulein? Als ich sie verließ, saß sie neben dem Kreuz.«

»War sie Euer?« fragte der andere. »Ich sah sie hinter dem anderen Ritter davonreiten. Ich dachte, sie sei sein Fräulein.«

Nun blickte Gawain einen Augenblick düster drein, und dann lachte er unsicher. »Es hört sich vielleicht ungalant an, aber ich bin froh, daß sie fort ist. Sie ist mir durchs Los zugefallen, eine dumme Ziege vom Land, jetzt noch hübsch, doch von der Sorte, die zum Dickwerden neigt.«

»Ich habe sie nicht aus der Nähe gesehen.«

»Da ist Euch nicht viel entgangen«, sagte Gawain. »Sie hat mich mit ihrem Geschnatter halb verrückt gemacht. Mir sind reifere Damen lieber, die etwas von der großen Welt gesehen haben.«

»So, ein Plappermaul war sie? Die Sorte kenne ich.«

»Keinen Augenblick den Mund gehalten«, sagte Gawain. »Und dieser arme Kerl bildet sich vermutlich ein, er hätte sie mir abspenstig gemacht. Die Augen werden ihm schon noch aufgehen.«

»Nun, das freut mich für Euch«, sagte der Ritter. »Ich habe ein hübsches kleines Gut mit Häusern nicht weit von hier. Kommt doch mit und nehmt bei mir über Nacht Quartier. Vielleicht findet sich ein Bauernmädchen, das Euch von dem Plappermaul ablenkt.«

»Sehr gerne«, antwortete Gawain. Und unterwegs zur Behausung des Ritters sagte er: »Wenn Ihr hier in der Gegend lebt, könnt Ihr mir vielleicht sagen, was das für ein Ritter ist, der imstande war, mit einer einzigen Lanze zehn Gegner aus dem Sattel zu werfen, und sich dann ohne Gegenwehr von ihnen gefangennehmen und fesseln ließ.«

»Ich kenne ihn gut«, sagte der Ritter. »Und ich kenne auch seine Geschichte. Möchtet Ihr sie hören?«

»O ja«, sagte Gawain. »Mir hat das Herz für ihn geblutet.«

»Er heißt Sir Pelleas«, sagte der andere, »und ist wohl einer der besten Ritter in der ganzen Welt.«

»Das war daran zu sehen, wie er tjostete – zehn Ritter gingen durch eine einzige Lanze zu Boden.«

»Ja, und er hat noch Größeres vollbracht. Als Lady Ettarde, die große Ländereien und eine Burg hier in der Nähe hat, ein drei Tage währendes Turnier ausrief, nahm Sir Pelleas daran teil, und obwohl sich fünfhundert Ritter um den Siegespreis bemühten, warf er alle aus dem Sattel, die gegen ihn antraten. Der Preis bestand aus einem schönen Schwert und einem Goldreif, den der Sieger der Dame seines Herzens schenken sollte. Es war keine Frage, wem der Preis zustand, doch als Sir Pelleas die Augen auf Lady Ettarde richtete, verliebte er sich in sie und überreichte ihr den Preis. Er erklärte sie zur holdesten Dame weit und breit, woran gewisse Zweifel bestanden, und forderte jeden, der das bestreiten wollte, zum Kampf auf Leben und Tod heraus. Doch diese Ettarde ist eine seltsam eitle und hochmütige Person. Sie wollte nichts von ihm wissen. Die Frauen werden mir immer ein Rätsel bleiben.«

»Mir auch«, sagte Gawain. »Erst heute entschied sich eine Dame für einen Zwerg mit dem Gesicht einer Kröte.«

»Da sieht man es wieder«, sagte der andere. »Auf der Burg gibt es viele ungleich schönere Damen als Ettarde, und keine einzige von ihnen hätte einen so schmucken und wohlgestalteten Ritter wie Sir Pelleas abgewiesen, zumal nicht nachdem er drei Tage lang seinen Heldenmut gegen fünfhundert Ritter demonstriert hatte. Doch Sir Pelleas hatte für keine andere Dame Augen. Er folgte Ettarde winselnd wie ein Hündchen, und je mehr er sie anflehte, desto mehr mißfiel er ihr, um so mehr kränkte sie ihn, wollte sie ihn forttreiben. Ich verstehe nicht, was er an ihr liebenswert fand.«

»Wer kennt die Geheimnisse eines Männerherzens?« sagte Gawain. »Seine Liebe zu ihr muß sehr tief sein.«

»Das kann man wohl sagen, Sir. Er hat erklärt, er werde ihr bis ans Ende der Welt folgen und ihr keine Ruhe lassen, bis sie seine Liebe erwidert.«

»Das ist manchmal das Verkehrteste, was man tun kann«, sagte Gawain. »Vielleicht wäre es besser, ihr eine Kußhand zuzuwerfen und davonzureiten. Manche Damen wissen ihr Glück nicht zu schätzen.«

»Es gibt keinen Zweifel, daß sie es ernst meint. Sie hat jedes Mittel versucht, um ihn loszuwerden. Aber er hat sich in einem Kloster in der Nähe einquartiert, reitet unter ihrem Fenster auf und ab, klagt laut über seinen Schmerz und fleht sie um Erbarmen an, bis Lady Ettarde nicht mehr ein noch aus weiß und Ritter gegen ihn losschickt. Dann besiegt er sie alle zu Pferde und läßt sich hinterher von ihnen gefangennehmen.«

»Das hat er heute auch getan. Was ist der Grund?«

»Es verschafft ihm die einzige Möglichkeit, sie zu sehen. Und obwohl sie ihn schmäht und ihn in jeder Weise herabsetzt, liebt er sie nur um so mehr. Er fleht sie an, ihn zu ihrem Gefangenen zu machen, damit er sie sehen kann. Dann läßt sie ihn aus der Burg hinauswerfen, und wieder reitet er unter ihrem Fenster auf und ab und winselt wie ein liebeskranker Hund.«

»Es ist ein Jammer, daß ein Mann so tief sinken kann«, sagte Gawain.

»Nun ja«, sagte sein Gastgeber, »er hat sich ausgedacht, wenn er damit nur lange genug durchhält, wird er sie mürbe machen, aber das einzige Resultat ist, daß ihre Abneigung gegen ihn sich in bitteren Haß verwandelt hat. Er hat ihr so viel Verdruß bereitet, daß sie den Mann, der ihn erschlüge, in den Himmel heben würde. Aber sie findet einfach keinen Ritter, der imstande ist, ihn im Kampf zu besiegen, und ihn zu töten, dazu ist keiner bereit.«

»Er tut mir leid«, sagte Gawain. »Ich werde ihn morgen aufsuchen und sehen, ob ich ihm helfen kann.«

»Ihr werdet kein Glück damit haben«, sagte Gawains Gastgeber. »Er ist für vernünftiges Zureden taub.«

»Immerhin, Ihr habt mich auf eine Idee gebracht«, sagte Gawain.

Am nächsten Morgen erfragte Gawain seinen Weg zu dem Kloster, wo Sir Pelleas sich einquartiert hatte, und er traf den Ritter zerschlagen und mit blauen Flecken am Körper an.

»Wie könnt Ihr das zulassen, ohne Euch zu wehren?« fragte ihn Gawain.

Sir Pelleas begann: »Ich liebe eine Dame, doch sie . . .«

»Ich kenne die Geschichte schon«, unterbrach ihn Gawain. »Aber ich verstehe nicht, warum Ihr der Dame erlaubt, auf Euch herumzutrampeln.«

»Weil ich hoffe, daß sie irgendwann doch Mitleid mit mir bekommen wird. Die Liebe bringt so manchem Ritter Leid, bis er erhört wird. Aber ich habe leider kein Glück.«

Gawain sagte: »Unter den Vorzügen des weiblichen Geschlechts ist das Mitgefühl eine Seltenheit.«

»Wenn ich beweisen kann, wie tief meine Liebe zu ihr ist, wird sie sich erweichen lassen.«

»Hört mit diesem Schmachten auf«, sagte Gawain. »So wie Ihr die Sache angeht, bringt es Euch nur Kummer und Kränkung ein, und wirkungslos ist es auch. Wenn Ihr erlaubt – ich habe einen Plan, Euch das Herz der Dame zuzuwenden.«

»Wer seid Ihr?«

»Ich bin Sir Gawain von König Artus' Hof, sein Schwestersohn. König Lot von den Orkney-Inseln war mein Vater.«

»Ich bin Sir Pelleas, Herr der Inseln. Und ich habe bisher noch nie eine Dame oder ein Fräulein geliebt.«

»Das merkt man«, sagte Gawain. »Ihr braucht den Beistand irgendeines guten Freundes.«

»Ich sterbe, wenn ich sie nicht sehen kann. Sie beleidigt und verflucht mich, doch ich kann mir nichts Schöneres wünschen, als sie zu sehen, obwohl sie mich zum Teufel oder tot wünscht.«

»Wenn Ihr Euer Gejammer so lange unterbrechen könnt, bis Ihr mich angehört habt, dann hört Euch meinen Plan an. Sie wünscht also, Ihr wäret tot. Gebt mir Eure Rüstung. Ich werde zu ihr gehen und ihr sagen, ich hätte Euch getötet. Das wird ihr die Augen dafür öffnen, was sie verloren hat, und wenn sie um Euch trauert, führe ich sie zu Euch, und Ihr werdet feststellen, daß sie Euch liebt.«

»So wird es also gemacht?« sagte Pelleas.

»Ich glaube, am meisten lieben die Damen das, was sie nicht besitzen«, sagte Gawain.

»Ihr werdet mir beistehen, nicht gegen mich handeln?«

»Warum sollte ich?« sagte Gawain. »Ich werde nach einem Tag und einer Nacht wieder hierherkommen. Wenn nicht, dann wißt Ihr, daß etwas schiefgegangen ist.«

Nachdem sich die beiden geeinigt hatten, tauschten sie Harnische und Schilde, umarmten einander, und dann stieg

Gawain in den Sattel und ritt davon, der Burg der Dame Ettarde entgegen.

Auf dem Gras vor dem Burgtor waren Damenzelte aufgeschlagen. Ettarde und ihre Fräulein spielten und tanzten und sangen im süßen Duft der Wiesenblumen.

Als Gawain mit Sir Pelleas' Wappenzeichen auf dem Schild in Sicht kam, sprangen die Damen auf und flohen in Angst und Schrecken auf das Burgtor zu. Doch Gawain rief ihnen zu, daß er nicht Pelleas sei. »Ich bin ein anderer Ritter«, rief er. »Ich habe Pelleas getötet und ihm die Rüstung abgenommen.«

Ettarde blieb mißtrauisch stehen. »Nehmt den Helm ab, damit ich Euer Gesicht sehen kann«, sagte sie.

Und als sie sah, daß es nicht Pelleas war, bat sie ihn, vom Pferd zu steigen. »Habt Ihr Pelleas wirklich erschlagen?«

»Das habe ich«, sagte Gawain. »Er war der beste Ritter, dem ich jemals begegnet bin, aber schließlich habe ich ihn doch überwunden, und als er sich nicht ergeben wollte, habe ich ihn getötet. Wie sonst, glaubt Ihr, wäre ich zu seiner Rüstung gekommen?«

»Das ist richtig«, sagte Ettarde. »Er war ein großartiger Kämpe – aber ich haßte ihn, weil ich ihn nicht loswerden konnte. Er schrie und weinte und stöhnte wie ein krankes Kalb, bis ich wünschte, er wäre tot. Ich habe es gern, wenn ein Mann zupackend ist. Da Ihr ihn für mich erschlagen habt, werde ich Euch alles gewähren, was Ihr begehrt.« Und Ettarde errötete, als sie so sprach.

Nun blickte Gawain sie an und sah, daß sie schön war. Er gedachte haßerfüllt seines ungetreuen kleinen Fräuleins, und seine verletzte Eitelkeit schrie nach Eroberung. Er lächelte voll Selbstgewißheit. »Ich werde Euch beim Wort nehmen, meine Dame«, sagte er und sah mit Wohlgefallen, daß ihre Wangen sich vor Erregung röteten. Sie führte ihn in ihre Burg, richtete ihm ein Bad mit parfümiertem Wasser, und als er sich in ein loses Gewand aus purpurfarbenem Tuch gehüllt hatte, setzte sie ihm Speisen und Wein vor und nahm so dicht neben ihm Platz, daß ihre Schulter ihn berührte. »Nun sagt mir, was Ihr von mir möchtet«, sagte sie leise. »Ihr werdet feststellen, daß ich meine Schulden bezahle.«

Gawain nahm ihre Hand. »Nun gut«, sagte er. »Ich liebe eine Dame, aber sie liebt mich nicht.«

»Oh!« rief Ettarde in Verwirrung und Eifersucht. »Dann ist sie nicht gescheit. Ihr seid eines Königs Sohn und eines Königs Neffe, jung, schmuck, tapfer. Woran krankt der Gegenstand Eurer Liebe? Keine Dame auf der Welt ist zu gut für Euch. Sie muß nicht bei Verstand sein.« Sie blickte in Gawains lächelnde Augen.

»Zur Belohnung«, sagte er, »möchte ich von Euch das Versprechen, daß Ihr alles tun werdet, was in Euren Kräften steht, um mir die Liebe meiner Dame zu verschaffen.«

Ettarde bemühte sich, ihrem Gesicht die Enttäuschung nicht anmerken zu lassen. »Ich weiß nicht, was ich tun könnte«, sagte sie.

»Versprecht Ihr es mir, bei Eurer Ehre?«

»Nun... ja... ja, ich verspreche es, weil ich es so versprochen habe. Wer ist die Dame, und was kann ich tun?«

Gawain schaute ihr lange in die Augen, ehe er antwortete: »Ihr seid die Dame. Ihr seid der Gegenstand meiner Liebe. Ihr wißt, was Ihr tun könnt. Ich nehme Euch bei Eurem Versprechen.«

»Oh!« rief sie. »Wie Ihr einen anführt! Vor Euch ist keine Dame sicher. Ihr habt mich in eine Falle gelockt.«

»Euer Versprechen!«

»Ich werde wohl nicht anders können«, sagte Lady Ettarde. »Wenn ich Euch nicht gäbe, worum Ihr mich bittet, würde ich eidbrüchig werden, und meine Ehre ist mir mehr wert als mein Leben, Liebster.«

Es war im Maienmonat, und die Felder prangten grün und golden, süß dufteten die Blumen, und das Gras unter der Nachmittagssonne war weich und warm. Gawain und Ettarde spazierten aus der düsteren Burg hinaus und gingen Hand in Hand über die Wiese zu den bunten Prachtzelten, die dort aufgeschlagen waren. Im Gras sitzend nahmen sie ihr Abendessen ein, und als die Nacht kam, sang ein Troubadour von jenseits des Meeres Lieder von Liebe und Frauendienst, und Ettardes Fräulein und Ritter lustwandelten lauschend in der Abendluft und entschlüpften dann zu anderen Zelten, die etwas abseits aufgeschlagen waren.

Und als die Abendkühle sie frösteln machte, traten Gawain und Ettarde in ihr Haus aus Seide, und ließen die Stofftüre fallen. Auf einem weichen Lager mit Daunendecken oblagen sie der Liebe, ergaben sich süßem Schmachten und wiederum der Lust, und sie merkten nichts von der Zeit, die über sie hinging. Im goldenen Morgenlicht nahmen sie etwas zu sich, ergaben sich der Liebe, und sie speisten zu Mittag und frönten der Liebe und aßen zu Abend und kehrten wieder zur Liebe zurück und schliefen ein und erwachten zum Liebesgenuß – und so vergingen drei Tage, als wäre der Uhrzeiger nur eine Stunde vorgerückt.

Voll Unruhe wartete Sir Pelleas in seinem Kloster, doch Gawain kam nicht, wie er versprochen hatte, nach einem Tag und einer Nacht zurück. »Irgend etwas hat ihn aufgehalten«, sprach Sir Pelleas zu sich, und er wartete schlaflos noch einmal einen Tag und eine Nacht. Dann ging er hohlwangig und aufgewühlt in seiner Zelle auf und ab und sagte laut: »Vielleicht ist er verwundet, vielleicht krank geworden. Doch wenn ich mich jetzt aufmache, könnte es sein, daß ich seinen listigen Plan verderbe. Aber angenommen, sie hat ihn zu ihrem Gefangenen gemacht?« In der dritten Nacht, vor dem Morgengrauen, hielt er es nicht länger aus. Er wappnete sich und ritt auf die Burg zu, die still, düster und unbewacht dastand, und er sah die Zelte auf der Wiese, deren gestreifte Seitenwände sich leicht im Frühwind bauschten. Leise band er sein Pferd fest, blickte hinein und sah darin drei schlafende Ritter. Im zweiten fand er vier Fräulein, die mit zerzausten Haaren selig schlummerten. Dann öffnete er die Stofftüre des dritten Zelts und sah seine Angebetete und Gawain eng umschlungen im tiefen, matten, satten Schlaf der Liebe.

Pelleas brach das Herz. »Er hat mich also verraten«, dachte er. »War sein Verrat geplant, oder wurde er durch einen Zauber dazu gebracht?« Er schlich in tiefem Schmerz davon und stieg auf sein Pferd. Als er eine halbe Meile weit geritten war, das Bild des Paares hinter ihm vor seinen Augen, stieg der Zorn in ihm hoch. »Er ist nicht mein Freund«, dachte er. »Er ist mein Feind. Ich reite jetzt zurück und töte ihn, weil er sein Versprechen gebrochen hat. Ich sollte sie beide erschlagen.« Er wendete sein Pferd und begann den Weg zurückzureiten, den er gekommen war. Doch viele ehrenvoll und frei von Schuld gelebte Jahre bestürmten ihn anklagend. »Ich kann doch einen waffenlosen, schlafenden Ritter nicht töten«, sagte er sich. »Das wäre eine Schandtat, ärger als sein Verrat an meiner Ritterehre und am ganzen Rittertum.« Er machte wieder kehrt, um zum Kloster zurückzureiten. Und indes er dahinritt, schrie der Grimm in seiner Brust empört auf, und Pelleas rief: »Verfluchtes Rittertum! Verfluchte Ehre! Haben sie ehrenvoll gehandelt? Ich werde sie beide umbringen, diese verderbten Geschöpfe, und die Welt von solchem Gezücht befreien!« Und er riß das Pferd herum und galoppierte auf die Burg zu. Er band sein Roß an, schlich sich im dämmernden Morgen zum Zelt, zog geräuschlos das Schwert aus der Scheide. Seine Nasenflügel bebten, und der Atem pfiff vom Druck in seiner Brust. Im Zelt stand er über das schlafende Liebespaar gebeugt. Ettarde drehte sich im Schlummer um, ihre Lippen flüsterten etwas aus einem stillen Traum, und Gawain zog sie im Schlaf wieder an sich. Sir Pelleas hatte in seinem ganzen Leben noch nie etwas Grausames oder Unrechtes getan und vermochte das Schwert nicht zu heben, obgleich er es versuchte. Stumm beugte er sich über die beiden, legte ihnen die nackte Klinge quer über den Hals, ging leise hinaus und ritt hilflos weinend zum Kloster zurück. Dort traf er seine Knappen besorgt nach ihm Ausschau haltend an, und als sie sich um ihn scharten, sagte er: »Ihr seid mir in einer treulosen Welt treu und aufrecht ergeben gewesen. Ich will euch meine Rüstung und alles andere schenken, was ich besitze. Mein Leben ist zu Ende. Ich lege mich jetzt auf mein Bett und werde mich nie mehr davon erheben. Ich werde schon bald sterben, denn mein Herz ist gebrochen. Ihr müßt mir versprechen, mir nach meinem Tod das Herz aus dem Leib zu nehmen, es in eine Silberschale mit einem Deckel zu legen und es mit euren eigenen Händen Lady Ettarde zu bringen und ihr zu sagen, daß ich sie mit meinem falschen Freund, Sir Gawain, schlafen sah.«

Die Knappen erhoben Protest, doch er hieß sie schweigen, trat an sein Bett, fiel ohnmächtig darauf nieder und lag viele Stunden gelähmt vom Schock seines Kummers da.

Als Ettarde erwachte und die Schwertklinge auf ihrem Hals spürte, fuhr sie hoch. Am Knauf erkannte sie, daß es Pelleas' Schwert war, und Furcht und Zorn erfüllten sie. Sie rüttelte Gawain aus dem Schlaf und sagte: »Ihr habt mich also belogen. Ihr habt Pelleas nicht getötet. Hier ist sein Schwert. Er ist am Leben und war hier und hat uns nicht erschlagen. Ihr habt ihn und mich betrogen. Hätte er an Euch gehandelt, wie Ihr an ihm gehandelt habt, wärt Ihr jetzt ein toter Mann, denn einem andern würdet Ihr nicht vergeben, was Ihr selbst getan habt. Jetzt kenne ich Euch, und ich werde alle Damen vor Eurer Liebe und alle guten Ritter vor Eurer Freundschaft warnen.«

Gawain versuchte zu antworten, doch sie ließ ihn nicht zu Wort kommen. »Versucht Euch nicht herauszureden. Ihr würdet alles nur noch schlimmer machen.«

Sir Gawain lächelte sie düster an, wandte sich ab und ging in die Burg hinein, um seine Rüstung anzulegen. Als er sich gewappnet hatte, ritt er davon und sagte stumm zu sich: »Sie war längst nicht die Hübscheste. Und was Pelleas betrifft – das also ist mein Lohn dafür, daß ich ihn an dieser Frau gerächt habe, die ihn hatte leiden lassen. Nun ja, so geht es eben zu. Es gibt keine Dankbarkeit mehr auf der Welt. Ein Mann muß an sich selber denken. Und das werde ich fortan tun. Die Sache soll mir eine Lehre sein.«

Rastlos zog Nyneve vom See im Wald der Abenteuer umher. Sie hatte sich sehr verändert seit den Tagen, da sie als ungeduldiges Mädchen Merlin erst um seine Geheimnisse und dann ums Leben gebracht hatte. Damals hatte sie zügellos nach Macht und Ruhm gestrebt. Doch in den seither vergangenen Jahren hatte ihre Macht ihr selbst Zügel angelegt. Sie verstand, Dinge zu bewirken, zu denen gewöhnliche Menschen nicht imstande waren, doch dies machte sie nicht frei, sondern zur Sklavin jener, die sich selbst nicht helfen konnten. Mit ihrer Gabe zu heilen wurde sie zur Dienerin der Kranken, ihre Macht über das Glück band sie an die Unglücklichen, während ihr Wissen, das sie alles Böse erkennen ließ, sie immer wieder aufs neue in einen Krieg gegen die ehrgeizigen Ränke von Habgier und Verrat verwickelte. Dazu kam aber auch noch die traurige Erkenntnis, daß ihre Stärke sie zwar an die Schwachen und Betrübten band, diese jedoch nicht an sie, denn sie konnten keine Freundschaft anbieten, um damit die Schuld des Dankes abzutragen. So war sie allein und fühlte sich einsam, wurde gepriesen und war doch voll Trauer, und oft sehnte sie sich nach den alten Zeiten, als alle gleichermaßen am Schatz der Liebe und Güte teilhatten, denn niemand ist einsamer als der Mensch, der nur schenken kann, und niemand empfindet größeren Groll als jene, die nur empfangen und die drückende

Schuld der Dankbarkeit hassen. Sie hielt sich nie lange an ein und demselben Ort auf, denn jedesmal wandelte sich die Freude über ihr Wirken in Unbehagen angesichts ihrer Macht.

Als sie wieder einmal durch den Wald streifte, begegnete sie einem jungen Knappen, der weinte, und als sie sich nach dem Grund seines Kummers erkundigte, erzählte er, daß sein geliebter Herr von der Dame seines Herzens und einem Ritter betrogen worden sei und daß er gebrochen auf seinem Bett liege und mit ausgebreiteten Armen auf den Tod warte.

»Führt mich zu Eurem Herrn«, sagte Nyneve. »Er soll nicht aus Liebe zu einer Unwürdigen sterben. Wenn sie mit der Liebe kein Erbarmen kennt, gebührt ihr als Strafe, daß sie selbst liebt und keine Erwiderung findet.«

Dies hörte der Knappe mit Freude, und er führte sie an das Lager, auf dem Sir Pelleas fieberkrank, mit abgehärmten Wangen und starrenden Augen lag, und Nyneve glaubte, noch nie einen so stattlichen und schönen Ritter erblickt zu haben. »Warum wirft sich das Gute unter die Füße des Bösen?« sagte sie. Und sie legte ihm ihre kühle Hand auf die Stirn und spürte, wie das heiße Blut in seinen Schläfen pochte. Dann summte sie ihm leise und sanft ins Ohr und sprach ihm tröstend zu, bis ihr wiederholter Zauberspruch ihm Frieden und die Erquickung eines traumlosen Schlafes schenkte. Sodann gebot sie seinen Knappen, an seinem Lager zu wachen und ihn nicht zu wecken, ehe sie wiederkomme. Sie eilte zu Lady Ettarde, brach ihren Willen und führte sie an das Bett des schlafenden Pelleas.

»Wie könnt Ihr es wagen, einem solchen Mann den Tod zu bringen?« sagte sie. »Für wen haltet Ihr Euch, daß Ihr keine Güte zeigen konntet. Ihr sollt jetzt den Schmerz fühlen, den Ihr anderen Menschen zugefügt habt. Schon spürt Ihr meinen Zauber und beginnt diesen Mann zu lieben. Ihr liebt ihn mehr als alles andere auf der Welt. Ihr liebt ihn. Ihr würdet für ihn sterben, so sehr liebt Ihr ihn.«

Und Ettarde sprach ihr nach. »Ich liebe ihn. O Gott! Ja, ich liebe ihn. Wie kann ich lieben, was ich so gehaßt habe?«

»Das ist ein kleines Stück von der Hölle, die Ihr anderen zu bereiten pflegtet«, sagte Nyneve. »Jetzt bekommt Ihr die Sache von der anderen Seite zu sehen.«

Sie flüsterte lange ins Ohr des schlafenden Ritters, weckte ihn dann und trat beiseite, um zuzusehen und zuzuhören.

Sir Pelleas warf wilde Blicke um sich. Dann erblickte er Ettarde, und während er sie ansah, wallte Haß in ihm auf, und als sich ihre Hand liebend nach ihm ausstreckte, wich er angewidert zurück und sagte: »Geht Eurer Wege. Ich kann Euren Anblick nicht ertragen. Ihr seid häßlich und schrecklich anzusehen. Geht und kommt mir nie wieder unter die Augen!«

Weinend sank Ettarde auf den Boden. Dann hob Nyneve sie auf, führte sie aus der Zelle und sagte: »Nun kennt Ihr den Schmerz der Liebe. Genauso hat er durch Euch gelitten.«

»Ich liebe ihn!« kreischte Ettarde.

»Das werdet Ihr zeit Eures Lebens tun«, sagte Nyneve. »Und Ihr werdet mit Eurer verschmähten Liebe ins Grab sinken, vertrocknet, verdorrt. Geht jetzt! Euer Werk hier ist getan. Geht Eurem Tod in Staub und Asche entgegen.«

Dann kehrte Nyneve zu Pelleas zurück und sagte: »Erhebt Euch und fangt wieder an zu leben. Ihr werdet Eure wahre Liebe finden, und sie wird Euch finden.«

»Meine Liebesfähigkeit ist erschöpft«, sagte er. »Damit ist es vorbei.«

»Aber nein«, sagte Nyneve vom See. »Nehmt meine Hand. Ich werde Euch helfen, Eure Liebe zu finden.«

»Werdet Ihr bis dahin bei mir bleiben?« fragte er.

»Ja«, sagte sie. »Ich verspreche, an Eurer Seite zu bleiben, bis Ihr Eure Liebe findet.«

Und sie lebten zusammen glücklich bis ans Ende ihrer Tage.

Nun müssen wir zu der Stelle zurückkehren, von der die drei Wege ausgingen, und zusammen mit Sir Marhalt und seinem dreißigjährigen Fräulein gen Süden aufbrechen. Sie saß seitwärts hinter ihm auf dem Pferd und umschlang mit einem üppigen Arm seine Taille. Und Marhalt sagte: »Wie froh ich bin, daß Ihr mir zugefallen seid. Ihr scheint mir eine tüchtige Frau zu sein, die Behaglichkeit zu schaffen versteht. Wenn man in ein bestimmtes Alter kommt, ist es schon schwer genug, sich auf die Ausfahrt zu konzentrieren; da braucht man nicht die Wechselbäder stürmischer jugendlicher Liebe, die ein ohnedies unruhvolles Leben noch weiter komplizieren.«

»Auf eine Ausfahrt gehen ist etwas ganz Eigenes«, sagte sie. »Man kann daraus machen, was man will.«

»Seid Ihr schon einmal auf Abenteuer ausgezogen, mein Fräulein?«

»Schon oft, Sir.« Sie lachte freundlich. »Die Wunder der Ausfahrt sind für mich etwas Alltägliches. Es ist kein übles Leben, wenn man mit einem guten Gefährten unterwegs ist.«

»Darin werde ich Euch hoffentlich nicht enttäuschen«, sagte Marhalt. »Ich kann mich nur noch undeutlich erinnern, daß mir früher das hübsche Gesicht, der Schmollmund, das goldene Haar, der Geist, so unentwickelt wie die Brüste, wichtig waren – ja doch, ich erinnere mich.«

»Aber heute findet Ihr jemanden wie mich anziehender?«

»Ich finde, daß von Euch Behaglichkeit ausgeht, frage mich aber, warum eine Frau, die das Behagliche liebt, auf Abenteuer auszieht. Die kalten Nächte, zum Schlafen nur der harte, feuchte Boden, die schlechte Kost oder gar nichts zu essen.«

»Es gibt immer Möglichkeiten, Sir, Behaglichkeit zu schaffen. Ihr habt ja gesehen, daß jede von uns einen Beutel dabei hatte. Ich habe meinen hier an Eurem Sattelgurt befestigt. Ist er Euch im Wege?«

»Überhaupt nicht«, antwortete er. »Darin sind natürlich die tausend kleinen Dinge, die eine Frau so braucht.«

»Schon«, sagte sie. »Aber die eine Frau braucht dies, die andere braucht das. Das kleine Fräulein hat ebenfalls einen Beutel dabei, und er enthält Duftwässer, Tüchlein, Handschuhe, einen Spiegel, rote Erde für Lippen und Wangen und ein weißes medizinisches Pulver, um den Leib von kalten, fetten Speisen zu reinigen und den Teint rein zu halten.«

»Und was birgt Euer Beutel, mein Fräulein?«

»Ich bin ähnlich wie Ihr. Ein bißchen Behaglichkeit kann nicht schaden. Ich habe einen Topf dabei, um Wasser zu kochen, Kräuter und Räucherfleisch als Notproviant, Lauge, um sie mit Asche und Fett zu vermischen und daraus Seife zu machen, denn man wird unterwegs sehr schmutzig, eine gute Salbe für Wunden und Insektenstiche und ein leichtes, dichtgewebtes Tuch, das uns vor dem Regen schützen soll. Und natürlich das gleiche weiße Pulver.«

»Und für die weibliche Eitelkeit, meine Liebe?«

»Eine zweite Garnitur Kleider, damit meine Haut gesund bleibt, einen Kamm und ein kleines scharfes Messer für den Fall . . . für den Fall, daß . . .«

»Bin ich dieser Fall?«

»Ich glaube nicht, daß ich das Messer brauchen werde, außer vielleicht um wilde Zwiebeln für den kleinen Topf abzuschneiden.«

»Wie froh ich bin, Euch als Führerin zu haben«, sagte Marhalt. »Ihr seid nicht nur klug, sondern auch eine gute Gefährtin.«

»Ich bin, wie andere auch, nur so gut wie mein Gefährte.«

»Ihr versteht, Euch anmutig auszudrücken, meine Liebe.«

»Ihr auch. Sagt mir«, fuhr sie fort, »seid Ihr ein guter Kämpe?«

»Das Glück ist bisher auf meiner Seite gewesen«, antwortete Sir Marhalt. »Ich habe in den letzten Jahren öfter gesiegt als verloren. Aber mir kommen ja auch tausend Tage Übung zugute. Es ist möglich, daß ich gut kämpfe, weil ich so oft gekämpft habe.«

»Ihr seid kein Aufschneider, Sir.«

»Ich habe zu viele gute Männer unterliegen sehen, und ich gestatte mir nie zu vergessen, daß auch ich eines Tages unterliegen werde, sei es durch Zufall, sei es, weil mein Gegner ein jüngerer, stärkerer Ritter ist.«

»Warum zieht Ihr dann auf Abenteuer aus? Ihr müßt doch Besitz haben. Ihr könntet Euch mit einer guten Frau, die Euch das Leben angenehm macht, zur Ruhe setzen.«

»O nein«, sagte er. »Das habe ich schon ausprobiert. Ich bin von adeliger Abkunft, zum Edelmann erzogen und auf das Leben, das ich führe, so ausgerichtet, wie eine Lanze, die genau auf ihr Ziel gerichtet ist. Man könnte ebensogut ein galoppierendes Pferd wenden, wie aus einem Ritter, der für sein Rittertum geboren ist, einen anderen Menschen machen. Jagen Hunde, die auf Hirschkühe abgerichtet sind, Hirsche oder spüren Hetzhunde Hirschkühen nach? Wir töten sie, wenn sie es tun.«

»Horcht!« sagte sie. »Ich höre das Rauschen von Wasser, eine Quelle oder ein Bächlein. Wenn Ihr trocknes Holz für ein Feuer suchen geht, will ich Wasser heiß machen. Ich habe ein Kistchen mit getrockneten Kamilleblüten für Tee dabei – auch eine kleine Fleischpastete und ein Stück Käse.«

»Ja, Ihr seid eine Frau, die Behaglichkeit schafft«, sagte Marhalt.

Nachdem sie gegessen und sich mit dem Tee aufgewärmt hatten, sagte sie: »Es wäre nett, jetzt ein Schläfchen zu halten.«

»Sollten wir nicht unsere Ausfahrt fortsetzen?«

»Wir haben doch ein ganzes Jahr vor uns«, sagte sie. »Ich finde, wir könnten uns die Zeit für ein Nickerchen nehmen. Hier, mein Ritter, ich werde meinen Mantel als Kopfkissen für Euch zusammenlegen.«

Er stützte sich auf die Ellenbogen und sah sie an. »Ihr habt aber hübsche Augen«, sagte er. »Haselnußbraun, glaube ich, ein warmer Ton.«

»Streckt Euch aus, Herr Ritter«, sagte sie. »Als ich jung war wie das kleine Fräulein, fischte ich in trüben Wassern nach wohlfeilen Komplimenten. Aber ich habe dazugelernt.«

Als sie nach dem Erwachen weiterritten, wurde der Wald lichter, der Nachmittag mit seinem grünlich-goldenen Licht war warm, die Luft unbewegt, und unter den Hufen des Pferdes ließ der wuchernde Thymian seinen Duft ausströmen. Das Fräulein sagte: »Herr Ritter, wenn ich nicht spreche, dann, weil ich jetzt ein bißchen schlafen will. Ich werde den Kopf an Eure Schulter legen, wenn Ihr nichts dagegen habt.«

»Habt Ihr denn vorhin nicht geschlafen?«

»Nein, ich habe gewacht. Aber jetzt werdet Ihr für mich wachen.«

»Könnt Ihr auf einem Pferd schlafen, ohne herunterzufallen?«

»Bei manchen meiner Ausfahrten habe ich nur auf dem Pferd geschlafen«, sagte sie.

Aber Marhalt sagte: »Ich sorge mich, daß das Pferd stolpern könnte. Schlingt den Schal um Eure Taille und reicht mir die Enden nach vorne.« Dann verknotete er sie vor sich, so daß er und das Fräulein aneinandergebunden waren. »Jetzt schlaft ein, meine Liebe. Ihr könnt nicht herunterfallen.«

Als der Abend herankam, wurde der Wald wieder dichter, er schien näher heranzurücken und war kein freundlicher Ort mehr, denn mit der einbrechenden Dunkelheit schlichen sich Feinde hinein. Das Fräulein fröstelte, wurde wach und nieste. »Ich habe lange geschlafen«, sagte sie. »Ihr könnt mich jetzt losbinden. Werden wir bald anhalten?«

»Ich hoffe, irgendwo ein Haus zu finden, wo wir bleiben können. Fürchtet Ihr Euch vor der Dunkelheit, Madame?«

»Nein«, sagte sie. »Früher schon, aber dann dachte ich, ich kann im Dunkeln ja ebensogut sehen wie sie.«

»Sie?«

»Was sich im Finstern eben herumtreibt.«

»Drachen können in der Dunkelheit sehen, genauso wie Katzen«, sagte er.

»Ja, ich nehme es an. Ich selbst habe noch nie einen Drachen gesehen. Meine Schwester sehr oft, aber sie sah ja alles. Katzen beunruhigen mich nicht, und solange ich keinen Drachen gesehen habe, werde ich mich nicht anstrengen, einen aufzuscheuchen. Es ist dunkel, Sir. Könntet Ihr ein Haus erkennen, wenn wir an einem vorbeikämen?«

»Ich rieche Rauch von brennendem Holz«, sagte Marhalt.

»Wo ein Feuer ist, da ist vielleicht auch eine Unterkunft.«

Und tatsächlich, sie sahen eine schwarze Masse, die sich von der ungastlichen Dunkelheit abhob, und einen schwachen Lichtschimmer um die Umrisse der Tür. Hunde kamen herausgerannt und umbellten den müden Reitersmann. Die Tür flog auf, und eine schwarze Gestalt mit einem Wildschweinspeer in der Hand spähte heraus und rief: »Wer ist da?«

»Ein fahrender Ritter mit einer Dame«, antwortete Marhalt. »Ruft Eure Hunde zurück, Sir. Wir hätten gerne ein Nachtquartier, da es dunkel ist.«

»Hier könnt Ihr nicht bleiben.«

»Das ist aber nicht höflich«, sagte Marhalt.

»Höflichkeit und Dunkelheit vertragen sich nicht.«

»Ihr sprecht nicht wie ein Edelmann.«

»Daß ich keiner bin, ist weniger von Belang als meine zwei Füße, die fest hier in meiner Tür stehen, und daß sie hier bleiben, dafür wird mein Speer sorgen.«

»Spart Euren Schweinespeer für Eure Kinder auf«, sagte Marhalt zornig, »und sagt uns, falls Ihr etwas wißt, wo ein Ritter und eine Dame ein Unterkommen für die Nacht finden können.«

»Ein Ritter auf Abenteuern.« Der Mann lachte. »Euresgleichen kenne ich, Leute in einer kindlichen Traumwelt, die auf den Schultern der weniger Glücklichen ruht. Ja, ich kann Euch den Weg weisen, wenn Ihr für ein Nachtquartier ein Abenteuer auf Euch nehmen wollt.«

»Was für eine Art Abenteuer?«

»Das werdet Ihr feststellen, wenn Ihr hinkommt. Reitet weiter in die Richtung des roten Sterns dort, bis ihr eine Brücke seht, falls Ihr sie nicht in der Finsternis verfehlt und Euch selbst ersäuft.«

»Hört, mein unfreundlicher Freund, ich bin müde, und meine Dame ist müde, und mein Pferd ist müde. Ich zahle Euch etwas, wenn Ihr unseren Führer macht.«

»Zahlt zuerst!«

»Das werde ich tun, aber wenn Ihr uns nicht den richtigen Weg führt, komme ich zurück und brenne Euer kostbares Haus nieder.«

»Das traue ich Euch zu. Edelleute tun so was immerfort«, sagte der Mann, aber er holte eine kleine Laterne mit Fensterchen aus Horn und leuchtete ihnen, vor ihnen hergehend, den Weg. Nach einer Stunde führte er sie vor eine schöne Burg aus weißem Stein, die sich von der Schwärze des Waldes abhob. Er zog an einer Klingelschnur, und als der Torwächter einen kleinen Einlaß im Burgtor öffnete, sagte Sir Marhalts Führer: »Simon, ich bringe einen fahrenden Ritter, der eine Unterkunft sucht.«

Die beiden Männer lachten leise, und der Torhüter sagte: »Vielleicht wird er es bereuen.«

»Er hat mich bezahlt, Simon. Die Sache geht mich nichts an. Kommt, Herr Ritter – hier ist Euer Nachtquartier. Schlaft wohl.« Und damit ging er, widerlich lachend, davon.

Der Torwächter führte mit einer Fackel Sir Marhalt in die Burg, und im Innenhof halfen mehrere gutgekleidete Männer dem Ritter und seiner Dame vom Pferd und führten es in den Stall. In der großen Halle saß ein mächtiger Herzog an einem erhöhten Tisch über zahlreichen ebenfalls sitzenden Gefolgsleuten.

»Was kommt denn da?« fragte der Herzog kalt.

»Sir, ich bin ein Ritter aus König Artus' Tafelrunde. Ich heiße Marhalt und bin aus Irland gebürtig.«

»Das freut mich zu hören, und Euch verheißt es nichts Gutes«, sagte der Herzog. »Genießt die Nachtruhe. Ihr werdet sie brauchen. Ich habe für Euren König oder Eure Rittergenossen nichts übrig. Morgen früh werdet Ihr gegen mich und meine sechs Söhne kämpfen.«

»Das ist auch für den abenteuerlustigsten der fahrenden Ritter keine erfreuliche Aussicht«, sagte Marhalt. »Gibt es keine Möglichkeit, einem Kampf gegen sieben Männer auf einmal auszuweichen?«

»Nein«, sagte der Herzog, »daran führt kein Weg vorbei. Als Sir Gawain meinen zweiten Sohn im Kampf tötete, habe ich geschworen, daß jeder Ritter von König Artus' Hof, der des Weges kommt, mit uns kämpfen muß, bis mein toter Sohn gerächt ist.«

»Geruht Ihr, mir Euren Namen zu sagen, Sir?«

»Ich bin der Herzog der Südlichen Grenzmarken.«

»Ich habe von Euch gehört«, sagte Sir Marhalt. »Ihr seid schon seit langem König Artus' Feind.«

»Was für ein Feind, werdet Ihr wissen, wenn Ihr den morgigen Tag überlebt.«

»Muß ich unbedingt kämpfen, Sir?«

»Ja, Ihr habt keine andere Wahl, es sei denn, Ihr wollt Euren Hals dem Schlachtmesser des Kochs darbieten.« Und zu seinem Gefolge sagte der Herzog: »Führt ihn und seine Dame in ein Gemach. Gebt ihnen, was sie begehren, und stellt Wächter vor die Türe.«

In dem unwirtlichen Gemach aßen Marhalt und das Fräulein das Brot, das man ihnen gab, und sie holte aus ihrem Beutel die Reste des Käses, um die karge Bewirtung zu ergänzen.

Marhalt sagte mißmutig: »Da sie wissen, daß fahrende Ritter nur selten mit ihren Damen verheiratet sind, hätten sie uns der Schicklichkeit halber zwei separate Gemächer geben können.«

Die Dame lächelte. »Im Wald, Sir, hätte ich einen Baum für mich gehabt. Ich mache mir mehr Sorgen wegen morgen früh. Sieben gegen einen. Wie wollt Ihr das schaffen? Die Übermacht ist ja grausig.«

Marhalt sagte: »Ich bin ein alter Hase. Hätte er gesagt, er werde allein gegen mich kämpfen, wäre mir banger. Wenn er zu seiner Unterstützung sechs Söhne braucht, ist er sich seiner und auch ihrer nicht sicher. Unser Handwerk verlangt Präzision und Können, und fehlende Fähigkeiten sind auch durch eine größere Zahl nicht wettzumachen. Schlaft, so gut Ihr könnt, meine Liebe. Wenn wir aus dieser Sache heil herauskommen, werden wir nach unserem nächsten Quartier Ausschau halten, bevor es dunkel wird.«

Sie sagte mit einem zufriedenen Seufzer: »Ein Mann, der weder seine Kräfte überschätzt, noch sein Können herabsetzt, der gefällt mir. Schlaft wohl, mein lieber Ritter.«

Am nächsten Morgen in der Frühe erschallten die Trompeten, und die Burg erwachte mit Getöse aus dem Schlaf. Sir Marhalt blickte zum Fenster hinaus und sah, wie sein Gastgeber sich zusammen mit den Söhnen auf den Kampf vorbereitete. Er registrierte, wie sie zu Pferde saßen, wie sie die Schwerter schwangen, um ihre Muskeln zu wecken und zu lockern, wie sie Ringelstechen übten. Er sah, daß dieses Pferd unsicher wurde und jener Ritter die Zügel durcheinanderbrachte, und schon nach ein paar Augenblicken pfiff er vergnügt durch die Zähne.

»Ihr seid gut aufgelegt, mein Ritter. Dreht Euch nicht um. Ich wechsle gerade meine Unterwäsche.«

»Sagt, wenn Ihr fertig seid«, antwortete er. »Ich glaube, die Sache wird gutgehen«, fuhr er fort. »Haltet mich bitte nicht für ein Großmaul, aber ich denke, was ich am meisten zu fürchten habe, ist ein schlechtes Frühstück.«

Doch dann bezähmte er sein Lächeln, und das Frühstück fand er ausgezeichnet. Er hörte zusammen mit den anderen kniend die Messe, und dann begann mit allem zeremoniellen Prunk, mit Trompetenschall und flatternden Wimpeln, stramm dastehenden Gefolgsleuten und taschentuchschwenkenden Damen auf der Mauer, der Kampf.

Der grimme Herzog und seine sechs Söhne stiegen in den Sattel und stellten sich in einer Reihe auf. Der Herzog stürmte heran, und beim Zusammenprall hob Marhalt seine eigene Lanze und fing die Wucht der herzoglichen Lanze mit dem Schild auf, und sie zerbarst in Stücke. Nach ihm attackierten seine Söhne, einer nach dem andern. Der erste ließ die Zügel fahren, worauf sein Pferd ausbrach und an der Ausfallpforte zum Stehen gebracht werden mußte. Dem zweiten erging es ähnlich. Der dritte zielte mit seiner Lanze auf die Mitte von Marhalts Schild, verfehlte sie aber. Der vierte stürmte gegen Marhalt an, doch sein Pferd stolperte, stürzte mit dem Kopf voran auf den Boden und begrub die Lanze unter sich. Der fünfte traf mit großer Wucht, aber die Lanze wurde ihm, als sie zurückprallte, aus der Hand gerissen und fetzte das Leder von seinem Sattel. Der sechste traf zwar, seine Lanze zersplitterte jedoch, und bei jeder Attacke hob Sir Marhalt höhnisch seine eigene Lanze und stieß nicht nach dem Gegner. Rasch blickte er zur Mauer hin, wo sein Fräulein stand und zuschaute, und er sah, daß sie mit ihrem Schal die Augen bedeckt hielt und daß ihre Schultern bebten.

Die sieben Männer waren zu einer zweiten Runde bereit, und nun senkte Sir Marhalt seine Lanze und warf scheinbar spielerisch einen nach dem andern aus dem Sattel. Doch nun wurde er zornig. Er ritt zu dem gestürzten Herzog hin und saß ab. »Herr Herzog«, sagte er, »Ihr habt diesen Kampf erzwungen. Jetzt ergebt Euch, oder Ihr müßt sterben.«

Zwei der weniger arg mitgenommenen Söhne kamen mit gezückten Schwertern herbei, doch der Herzog rief: »Zurück, ihr Narren! Wollt ihr, daß euer Vater getötet wird?«

Dann erhob er sich auf die Knie und hielt Sir Marhalt den Knauf seines Schwerts entgegen. Seine Söhne krochen demütig herbei und knieten neben dem Vater nieder.

»Ich gewähre Euch Gnade«, sagte Sir Marhalt. »Doch zum nächsten Pfingstfest müßt ihr alle König Artus aufsuchen und ihn um Vergebung bitten.«

Dann trat das Fräulein zu ihm, Sir Marhalt stieg in den Sattel, zog sie mühelos empor und setzte sie hinter sich. Stumm sahen die Gefolgsleute des Herzogs zu, wie die beiden zum Burgtor hinaus-, in den Wald hinein- und nach Süden davonritten.

Unterwegs sagte das Fräulein. »Bisher habe ich Euch noch nicht gegen einen richtigen Gegner kämpfen sehen.«

»Ihr habt recht«, sagte Sir Marhalt. »Dieser hochfahrende, grimme Herzog und seine sechs Söhne – wann werden die Männer lernen, daß ein Pferd und eine Rüstung noch keinen Ritter machen?«

»Ihr müßt einer der besten Ritter auf der Welt sein, weil Ihr es fertigbrachtet, die Lanze hochzuhalten und die Stöße abzuwehren.«

»Wollt Ihr prüfen, wie groß meine Selbstgefälligkeit ist, meine Liebe? Ich will Euch sagen, wie ich über mich selbst denke. Ich bin ein guter Ritter, wohlgeübt und geschickt, und obwohl ich viele Fehler habe, glaube ich doch, auch ein paar Tugenden zu besitzen. Ihr dürft aber nicht denken, daß ich das Tjosten auf die leichte Schulter nehme, weil ich mir mit diesen Nichtskönnern einen Spaß erlaubt habe. Ich könnte viele gute Ritter aufzählen, bei denen mir das Blut in den Adern stocken

würde, sähe ich über meiner eingelegten Lanze, wie sie heranstürmen.«

»Ihr seid ein aufrichtiger Mann«, sagte sie. »Es macht
Freude, mit Euch auf Abenteuer auszuziehen.«

»Vielen Dank, Madame. Was gibt es als nächstes? Ihr müßt
mich führen.«

Sie antwortete: »Damen, die mit fahrenden Rittern reiten,
müssen kundig sein. Ungefähr in diesen Tagen hält Lady de
Vawse ihr Turnier ab. Sie lebt in einer abgelegenen Burg zwei
Tagesritte von hier. Und jedes Jahr setzt sie einen schönen
Preis aus und bietet Lustbarkeiten, um gute Teilnehmer anzulocken. Ich habe es mir zur Gewohnheit gemacht, meine Ritter
zu diesem Turnier zu geleiten, und nehme an, daß Ihr dort vielen würdigen Konkurrenten begegnen werdet. Hinterher dann
denke ich an den jungen Grafen Fergus, der weiter im Süden
seine Burg hat. Ich habe nämlich gehört, daß ihm ein Riese zu
schaffen macht. Versteht Ihr Euch auf Riesen?«

»Ich habe einige Erfahrung mit ihnen, Madame. Überlegen
wir uns die Sache, wenn wir dort sind. Zuerst wollen wir zu
Lady de Vawse reiten. Die Unterkunft bei dem grimmen Herzog war weitaus schlimmer als seine Darbietung im Kampf. Ich
freue mich auf gute Turniergegner und ein anständiges Quartier.«

»Und mir wird es guttun, mir das Haar zu waschen. Ihr habt
mich noch nicht gesehen, mein Herr Ritter, wie ich es gerne
hätte. Ich habe ein Gewand aus feiner Seide und mit goldener
Stickerei unten in meinem Beutel und dazu leichte, kleine
Schuhe.«

»Ich finde Euch so, wie Ihr seid, bezaubernd«, sagte er,
»aber ich lasse mich ja in meiner Freude an hübschen Damen
von keinem übertreffen.«

Sie seufzte. »Ich wollte, alle fahrenden Ritter wären wie
Ihr«, sagte sie.

Sie trafen vor dem Turnier in Lady de Vawses Burg ein, und
da sie frühzeitig gekommen waren, konnten sie sich angenehme
Gemächer aussuchen, die auf den Garten im Burghof gingen.
Lady de Vawse nahm sie herzlich auf und führte das Fräulein
fort, damit es von den flinken Fingern der Dienerinnen gebadet
und gesalbt wurde. Sir Marhalt fand einen Knappen, der ihm
die Rüstung polierte und reparierte, einen Pferdeknecht, der

187

sich um sein Roß kümmerte, und sogar einen Handwerker, der die Farben des Wappenzeichens auf seinem Schild auffrischte. Währenddessen schlug er mit anderen zu Besuch eingetroffenen Rittern die Zeit tot, unterhielt sich mit ihnen über die alten Zeiten, erzählte von berühmten Zweikämpfen, prahlte ein wenig in seiner untertreibenden Art, inspizierte die Grasdecke des Turnierplatzes, blickte oft zum Himmel hinauf und betete um gutes Wetter. Und am Nachmittag saßen sie in der großen Halle, schmausten, lauschten und erzählten Geschichten und hörten den lieblichen Stimmen hübscher, junger Troubadoure zu, die von Ruhmestaten und Wundern, von Drachen und Riesen, von Damen, schön und rein wie die Luft, und liebenden Rittern sangen, deren Schwertarme mit Blitzesgewalt zuschlugen – von Dingen, die jedermann wohl gern hörte und glauben wollte. Und sie bewunderten den Siegespreis des Turniers, einen herrlich gearbeiteten goldenen Reif, dessen Wert auf tausend Byzantiner geschätzt wurde.

Sir Marhalts Dame blendete ihn mit ihrem schimmernden Haar und der rosenblätterfarbenen Haut ihres Gesichts. Sie bewegte sich in ihrem blaugoldenen Gewand mit der langsamen Getragenheit von Musik und trug einen hohen, blauen, kegelförmigen Hut und ein Brusttuch aus schneeweißem Satin. Als sie den goldenen Siegespreis sah, trat in ihre Augen ein Leuchten, so daß Sir Marhalt sagte: »Meine Dame, falls das Glück und mein Arm meine Hoffnungen wahr machen, werdet Ihr den Reif tragen.«

Sie lächelte ihn an, errötete, und ihre Hände, die einen Sattelgurt festzurren und einen Eintopf aus Produkten des Waldes kochen konnten, flatterten anmutig wie blasse Schmetterlinge, und Marhalt verstand, daß die Kunst, damenhaft zu sein, ebensoviel verlangt, wie von einem trefflichen Ritter gefordert wird.

Am Morgen des Turniers, als hübsche Damen ihre Plätze auf der Tribüne einnahmen und die gegeneinander antretenden Ritter ihre Pferde fürs Tjosten vorbereiteten und mit Sorgfalt ihre Lanzen wählten, kam ein Page auf den Turnierplatz und brachte Sir Marhalt ein Päckchen. Als dieser die Hülle entfernte, entdeckte er einen blauseidenen Ärmel mit Goldstickerei und befestigte ihn an der Spitze seines Helms, so daß er beim Reiten wie ein Wimpel wehte. Und als die Ritter Aufstellung nahmen, um die jeweilige Seite zu wählen, sah das Fräulein den blauen Ärmel an Marhalts Helm wehen, was sie erfreute. Und noch größer war ihre Freude, als er seine Lanze hob und ihr damit einen Gruß entbot.

Das Turnier war lang und großartig, denn viele gute Kämpen nahmen daran teil, und die Richter und die Damen saßen vornübergebeugt auf den Tribünen, beobachteten die Feinheiten und registrierten die Punkte, denn sie waren sachkundig im Ritterkampfspiel und konnten sehr wohl großspuriges Gehabe von solidem ritterlichem Können unterscheiden. Der Tag schritt voran, und ein einziger Ritter, von ruhiger Haltung und ohne jede prahlerische Übertreibung, nahm alle Herausforderungen an und warf jedesmal den Gegner aus dem Sattel. So groß war seine Könnerschaft, daß alles, was er tat, ganz leicht, gleichsam beiläufig wirkte. Die Zuschauer markierten Punkte auf Holzstücken, und als die Trompete das Ende des Turniers verkündete, war das Urteil einmütig. Der goldene Reif wurde Marhalt gebracht, der barhäuptig vor Lady de Vawse niederkniete. Er schimmerte auf seinem kurz geschnittenen, angegrauten Haar. Dann dankte Marhalt seiner Gastgeberin, schritt zu seinem fahrenden Fräulein und bot ihr vor aller Augen den Siegespreis dar. Sie entledigte sich mit einer einzigen Handbewegung ihres Kopfputzes, beugte sich errötend nach vorne, und Marhalt legte ihr den Reif auf die Stirne, und alle Anwesenden spendeten dem mutigen Ritter und seiner anmutigen Dame Beifall.

Daran schlossen sich drei Tage mit Tafeleien, Musik und Liebe, Reden und Ruhmreden, ein paar heftige Auseinandersetzungen und sehr wenig Schlaf – alles in allem das beste Turnierfest, an das man sich allgemein erinnerte.

Am vierten Tag, als die Sonne schon ziemlich hoch stand, ritt Sir Marhalt, seine Dame hinter ihm, müde zum Burgtor hinaus und durch das grünende Land gen Süden. Die Dame trug ihre Reisekleidung, und ihr Beutel mit den häuslichen Wunderdingen hing an einem der Steigbügel.

»Es ist gut, daß wir es hinter uns haben«, bemerkte Marhalt. »Feste feiern nimmt einen mehr mit als Tjosten. Mir tun die Knochen weh.«

»Ein paar Nächte im Freien, mein Herr Ritter, Ruhe und Frieden werden helfen. Ja, ich muß auch sagen, ich bin froh. Es war schön, aber allein zu sein hat auch etwas für sich. Wir haben keine Eile. Am Ende wartet das Grab. Müssen wir uns beeilen, dorthin zu kommen? Ich werde mir damit Zeit lassen.«

»Dieser Meinung bin ich auch«, sagte Marhalt. »Wenn wir ein Stück Weges hinter uns haben, wollen wir nach einem stillen Plätzchen mit Wasser in der Nähe Ausschau halten, und ich werde Farnwedel für unser Ruhelager abschneiden und vielleicht sogar eine kleine Laube bauen, wo wir uns von den Lustbarkeiten erholen können.«

»Ich habe ein gebratenes Huhn und einen Laib gutes Weizenbrot in meinem Beutel, mein Herr Ritter.«

»Ich habe ja einen wahren Schatz auf dem Reitkissen hinter mir.«

Auf einer kleinen Lichtung neben einer Quelle mit sprudelndem, kühlem Wasser hackte er mit seinem Schwert Zweige ab und baute daraus mit geschickten Händen ein Häuschen, das er mit einer dicken Schicht aus trockenen, süß duftenden Farnwedeln auspolsterte. Nicht weit davon entfernt fügte er aus passenden Steinen einen provisorischen Herd für einen kleinen Topf zusammen, sammelte trockenes Holz auf einen Haufen und band unweit davon im Gras sein Pferd an. Sein Harnisch hing an der Eiche neben der Laube, Schild und Lanze standen daneben. Das Fräulein blieb nicht müßig. Als er sein Hemd ausgezogen hatte, wusch sie seine Leibwäsche und hängte sie zum Trocknen an einen Stachelbeerstrauch. Sie füllte ihren kleinen Topf mit Stachelbeeren, folgte mit Auge und Ohr dem Flug eines Bienenschwarms und holte aus einem hohlen Baumstamm wilden Honig zum Süßen. Sie verstreute duftende Blätter von wildem Thymian auf dem Ruhelager in der Laube, rollte ihr dichtgewebtes Tuch um eine Füllung aus wohlriechenden Kräutern zu einem üppigen, weichen Kissen zusammen und stellte ihren kleinen Vorrat an notwendigen Dingen in häuslicher Ordnung auf.

Mit ihrem kleinen, scharfen Messer schnitt sie Schößlinge ab und machte daraus Haken für ihre Kleidungsstücke. Ihr Ritter bat sie um die goldene Spange, mit der sie ihr Haar zusammenhielt, zog Haare aus dem Schweif seines Pferdes, flocht sie zu einer Schnur zusammen, ging dem Geräusch von Wasser nach, das in ein Becken sprudelte, und fing auf dem Weg dorthin ein paar Fliegen. Schon bald darauf kam er mit vier schön gesprenkelten Forellen zurück, bog die Haarspange der Dame gerade und gab sie ihr wieder. Dann wickelte er die Forellen in grüne Farnblätter und legte sie beiseite, um sie am Abend in heißer Asche zu braten.

»Nun pflegt der Ruhe, mein Ritter«, sagte sie. »Eure Arbeit ist getan. Bringt mich bitte nicht um meinen eigenen Anteil. Seht, ich habe einen weichen Sitz aus Farnwedeln gemacht. Setzt Euch darauf, Sir, lehnt Euch an den Baum und schaut zu, wie ein Fräulein sich müht, es seinem Herrn angenehm zu machen.«

Er lächelte, setzte sich und sog den Duft der Stachelbeeren ein, die über dem Feuer in heißem Honig tanzten. Er dehnte seine Glieder und hob die Arme über den Kopf. »Zufriedenheit verlangt so wenig und doch so viel«, sagte er. »Seht Euch den klaren, blauen Sommerhimmel an, vom Abendrot rosa überhaucht, und den Abendstern dort. Es ist nichts Geringes, das alles für unsere Zufriedenheit zu bereiten. Laßt uns über die Zukunft sprechen, mein Fräulein.«

»Ich würde lieber stumm das Jetzt genießen, mein Ritter.«

»Ja, ja«, sagte er. »Ich habe nicht die ferne Zukunft gemeint, die uns erwartet. Wir sind zu Abenteuern unterwegs. Ich bin oft auf Abenteuer ausgezogen, aber noch nie mit solcher Freude. Bestimmte Dinge werden verlangt. Wir müssen tun, was notwendig ist. Wir haben die Feinde des Königs bezwungen und im Turnier gekämpft. Wir haben ein ganzes Jahr vor uns und keine Eile. Also – wir können uns mit den Abenteuern Zeit lassen und sie übers Jahr verteilen, oder wir können sie rasch hinter uns bringen, uns ein freundliches Plätzchen suchen und die Zeit sanft über uns hingleiten lassen.«

Sie rührte mit einem Zweig die Stachelbeeren um und lächelte dabei ein zufriedenes, heiteres Lächeln. »Als fahrendes Fräulein kenne ich mich aus«, sagte sie. »Ein einziges Abenteuer ist ein leidliches Ergebnis. Zwei Abenteuer sind besser, drei verdienen, daß die Zahl aufgeschrieben wird, und vier – bei vier wird niemand einen Zweifel äußern. Wir haben bereits zwei erstklassige bestanden. Manche würden auch den unfreundlichen Mann aus dem Haus im Wald dazuzählen, doch das wollen wir nicht tun. Und vor uns haben wir jetzt den Riesen, von dem ich gesprochen habe. Wie steht's bei Euch mit Riesen, mein Herr Ritter?«

»Ich hatte ein paar Begegnungen mit Riesen«, antwortete er.

»Sie haben mir immer leid getan. Niemand will sie um sich haben, und ihre Vereinsamung macht sie zornig und manchmal gefährlich.«

»Aber wie seid Ihr als Kämpfer gegen Riesen?«

»Macht Euch darüber keine Gedanken«, sagte Sir Marhalt. »Ich kenne zwar diesen speziellen Riesen noch nicht, doch die, mit denen ich es bisher zu tun hatte, waren ebenso dumm wie sie groß waren, je größer, desto dümmer. Es gibt eine Taktik gegen Riesen, die meistens Erfolg hat.«

»Aber es ist doch wahr, daß sie viele Ritter gefangennehmen oder töten, Herr Ritter.«

»Ich weiß, und für diese Ritter ist das kein Kompliment. Ritter neigen dazu, mit denselben Waffen gegen alle Feinde zu kämpfen. Sie wollen sich nicht umstellen. Ein schwerer Harnisch und ein Schild gegen einen Riesen, das ist hirnverbrannt.«

Von dem Hang oberhalb von ihnen, auf den sich nun die Dunkelheit senkte, kam ein Schrei. Sir Marhalt sagte zu dem Fräulein beruhigend: »Es ist nur ein Hase. Ich habe eine Schlinge ausgelegt. Jetzt haben wir Fleisch für morgen vormittag. Wenn Ihr mit dem Feuer fertig seid, lege ich die Forellen in die heiße Asche.«

»Das werde *ich* tun, Sir. Ihr dürft mich nicht darum bringen, Euch zu bedienen. Mein Stolz hängt daran.«

Als der süß duftende Dampf von den Farnwedeln und den Forellen hochstieg, sagte er: »Kommt, setzt Euch zu mir, liebes Fräulein.« Und als sie sich mit dem Rücken an den Baum lehnte, schob er das Haar über ihrem kleinen Ohr zur Seite, fuhr mit einem Finger den Rand ihres Ohrläppchens nach und sah, daß sich die Abendsonne in ihren Augen spiegelte. »Zufriedenheit verlangt so wenig und doch so viel«, sagte er.

Und sie seufzte tief und streckte sich wohlig wie ein Kätzchen im Gras. »Mein Ritter«, sagte sie. »Mein teurer Herr Ritter.«

Der junge Graf Fergus empfing sie bei der Zugbrücke und führte sie unter dem hochgezogenen doppelten Fallgatter und durch das Tor in den Innenhof seiner Burg. Dann gab er ein Zeichen, die Brücke aufzuziehen, die Fallgatter ratterten herab, und das Tor schloß sich.

»Sicher ist sicher«, sagte der Graf. »Willkommen, Herr Ritter! Ich hoffe, Ihr seid wegen des Riesen gekommen. Oh, meine Dame, Gott zum Gruß. Ich habe Euch im ersten Augenblick nicht erkannt. Ihr seid noch schöner geworden. Ich hoffe sehr, daß Ihr diesmal mehr Glück haben werdet als beim letztenmal. Euer Ritter von damals liegt noch immer als Gefangener im Burgverlies des Riesen, sofern er nicht inzwischen gestorben ist.«

»Ihr meint den verkehrten Ritter, Herr Graf«, sagte sie. Und zu Sir Marhalt gewandt fuhr sie fort: »Mein letzter fahrender Ritter galoppierte in voller Wehr gegen den Riesen, und das Ungeheuer packte die Lanze und stieß ihn damit wie ein Insekt vom Pferd, hob ihn auf und warf ihn ins oberste Geäst eines Baumes.«

»Ja, ich erinnere mich«, sagte Fergus. »Wir mußten warten, bis es Nacht wurde, und ihn mit einer Leiter herunterholen.«

»Danach war er nicht sehr gut zu haben«, sagte das Fräulein. »Er war trübselig gestimmt, sprach von seiner Ehre, und ich mußte ihm versprechen, die Sache für mich zu behalten, was ich bis jetzt auch getan habe. Lord Fergus, mein jetziger Ritter, Sir Marhalt, ist aus anderem Holz geschnitzt. Er hat Erfahrung im Kampf gegen Riesen.«

»Mein Fräulein«, sagte Marhalt, »das ist zuviel Ehre für mich. Außerdem bringt es Unglück, wenn man einen Sieg prophezeit, ehe der Kampf begonnen hat.«

»Hoffentlich werdet Ihr ihn töten«, sagte Fergus. »Anfangs war er eine Zugnummer und hat jedes Jahr viele Gäste angelockt. Doch jetzt macht er die ganze Gegend unsicher. Sein Burgverlies ist voll von Gefangenen, und er überfällt die reisenden Kaufleute und raubt sie aus, so daß es bald unmöglich sein wird, sich ein Stück Tuch oder ein neues Schwert zu beschaffen. Sein Burgturm muß mit Waren, Edelsteinen, Gold und erbeuteten Waffen vollgestopft sein. Ich hoffe sehr, Ihr könnt ihn mir vom Halse schaffen, Sir. Er ist mir sehr lästig geworden.«

»Ich werde mein Bestes versuchen«, sagte Marhalt. »Kämpft er zu Pferde?«

»Aber nein. Dafür ist er viel zu groß und zu schwer. Kein Roß könnte ihn tragen. Ja, er kann ein Pferd wie ein Hündchen auf die Arme nehmen.«

»Und wie heißt er?«

»Sein Name ist Taulurd.«

»Ich habe von ihm gehört, Sir. Er hat einen Bruder in Cornwall, der Taulas heißt. Ich habe einen Gang mit ihm getan und bin zweiter Sieger geblieben, aber damals war ich noch jung. Er hat mir einiges beigebracht.«

Fergus sagte: »Ich würde ja gar nichts sagen, wenn er sich nur nähme, was er braucht. Aber alles, was er nicht gebrauchen kann, zerschlägt er wie ein mißmutiges Kind.«

»Nun ja«, sagte Marhalt, »das ist er wohl auch, trotz seiner Größe. Trägt er eine Rüstung?«

»Nein, nur Tierhäute, und als Waffen benutzt er Keulen, Baumstämme und Eisenstangen, alles, was ihm zwischen die Finger kommt.«

»Nun, wir werden sehen«, sagte Marhalt. »Ich könnte ihn wohl jetzt gleich suchen gehen, möchte aber lieber bis morgen früh warten. Kann ich für mein Schwert einen Schleifstein benutzen, Sir?«

»Ich rufe einen Diener, damit er es Euch schleift.«

»Nein«, sagte Marhalt, »das besorge ich lieber selbst. Ich möchte die Schneide ganz speziell geschliffen haben. Und darf ich jetzt die Rüstung ablegen, damit wir es uns gemütlich machen können?«

»Bitte tausendmal um Vergebung«, sagte Fergus. »Kommt bitte in die Halle – oder essen wir lieber in meinem kleinen Zimmer vor dem Kamin. Es sind keine Gäste da. Taulurd bringt die ganze Gegend in Verruf. Kommt, Madame, kommt, Sir. Ihr habt hoffentlich nichts gegen ländliche Kost. Aber die Betten sind bequem. Ich werde erhitzte Steine hineinlegen lassen, damit sie trocken und warm sind. Das Frühjahr war bisher sehr regnerisch.«

Es war angenehm auf Graf Fergus' kleiner Burg im Fluß Cam. Die Burg bildete eine Insel, umspült vom rasch fließenden Wasser des Flusses, der ihr gleichsam als Burggraben diente. Und weil dieser Burggraben tief war, hatte man die Mauern nicht hoch bauen müssen. Es war ein lichtes, luftiges Bauwerk, das die Sonne einließ, die es auch am nächsten Morgen durchflutete, als Sir Marhalt sich auf seinen Kampf mit dem Riesen vorbereitete. Er zog eine Jacke aus weichem Leder und Beinlinge an, die er normalerweise unter der Rüstung trug. Doch an diesem Tag waren weder sein Leib noch der Kopf durch Metall geschützt. Über die Füße zog er Strümpfe aus

Rehleder und umwickelte die Beine bis zu den Knien mit Stoffbändern.

Fergus protestierte: »Seid Ihr von Sinnen? Taulurd wird mit seiner Keule Kleinholz aus Euch machen.«

Doch Marhalt lächelte ihn an. »Ich werde nicht meine eigene Falle am Körper herumtragen«, sagte er. »Würde mich die Rüstung vor den Keulenhieben bewahren?«

»Nein, das wohl nicht.«

Marhalt sagte: »Das hat mich sein Bruder gelehrt. Er hätte mich um ein Haar umgebracht. Gegen Größe und gewaltige Körperkraft kann man sich nur schützen, indem man sich klein macht und möglichst beweglich ist. Gebt mir meinen Schild, meine Liebe«, sagte er zu dem Fräulein. Dann nahm er sein Schwert, so scharf geschliffen, daß es ein einziges Haar durchschneiden konnte, und wog es in der Hand.

»Ich werde Euch die Scheide umschnallen«, sagte die Dame.

»Nein, Madame. Ich nehme sie nicht mit. Ich möchte nicht, daß mich etwas behindert. Nun, Herr Graf, wollt Ihr mich jetzt zu diesem Riesen führen?«

»Ich glaube, ich könnte den Anblick nicht ertragen – Ihr gegen einen Elefanten. Ich gebe Euch einen meiner Männer mit.«

»Ich begleite Euch«, sagte das Fräulein.

»Nein, meine Liebe. Wartet hier auf mich.«

»Warum soll ich nicht mitkommen?«

»Aus dem gleichen Grund, weswegen ich die Schwertscheide nicht mitnehme, mein Fräulein.«

Der Diener führte Marhalt auf einem schlecht markierten, graswachsenen Weg und dann über steinigen Boden mit Stechginsterbüschen, und am Flußufer deutete er auf eine große, dunkle Masse auf einem Steinhaufen. »Dort ist es, das Ungeheuer, Sir, und Ihr seid hier, und ich mache mich von dannen, wenn Ihr erlaubt, Sir.«

»Nimm mein Pferd«, sagte Sir Marhalt. »Reite ein Stück weit zurück und warte auf mich.«

»Ihr wollt zu Fuß kämpfen?«

»Ich will mich nicht mit einem Pferd belasten. Falls er mich totschlagen sollte, versuch, ein kleines Stück von mir für mein Fräulein zu retten. Sie hat eine Schwäche für Andenken.«

In seinen leichten, weichen Schuhen ging Marhalt leise auf

den Riesen zu, der auf dem Steinhaufen saß. Der große Kopf mit der struppigen Mähne war ihm auf die Brust gesunken, die Schultern bewegten sich, und er sang ein mißtönendes Lied wie ein aufsässiges Kind. Seine Haut war mit einer Schmutzkruste bedeckt, und der leichte Wind wehte seinen üblen Geruch in Marhalts Nase. Auf der Erde um ihn herum lagen Keulen aus Eichenholz, Streitkolben mit gerillten Knöpfen, schwere dornige Knüppel und eine lange Eisenstange mit einem Bleiklumpen am einen Ende, der mit Nägeln gespickt war. Der Riese, ganz mit seinem kleinen Sohn beschäftigt, hörte nicht, wie Marhalt sich ihm näherte.

»Guten Morgen, Taulurd«, sagte der Ritter ruhig. »Ich bringe dir Grüße von deinem Bruder Taulas.«

Der gewaltige Kopf fuhr hoch. Rotgeränderte Augen starrten aus dem verfilzten, schmutzigen Haar, und aus dem weit geöffneten Mund quoll Schaum wie bei einem Baby, das rülpst.

»Habb«, gurgelte Taulurd. »Hou.«

»Es tut mir leid, dir das sagen zu müssen, aber du mußt fort von hier, weit fort. Du weißt nicht, wie man sich mit den Leuten verträgt. Du hast vielen Menschen übel mitgespielt und nicht gelernt, das Eigentum anderer zu respektieren. Du hast ja nicht einmal gelernt, dich sauberzuhalten. Eine Schande! Du stinkst nach einer Mischung aus Leichenhaus und Abort. Du kannst nicht in dieser Gegend bleiben.«

Taulurd, dessen kleine Augen wässerig wurden, schien im Begriff, in Tränen auszubrechen, doch dann nahm sein Gesicht den Ausdruck irrer Wut an, und sein Singsang ging in ein tierisches Geheul über. Seine Pranke tastete verstohlen auf der Erde umher, fuhr zu der langen Eisenstange, und plötzlich sprang er auf – er war viereinhalb Meter hoch, sein zottiger Kopf hob sich vom Himmel ab, und die sabbernden Lippen entblößten schwarze Zähne. Er trottete, die Hüften wie ein Gorilla schwingend, nach vorne, schlug sich mit der linken Faust an die Brust und stieß einen schrillen Drohschrei aus. Die Muskeln an seinen Armen und an seiner Brust waren wie Schlangen anzusehen.

Sir Marhalt verharrte ruhig auf seinem Platz, bis der Riese dicht vor ihm dräute und sein stinkender Atem zu riechen war. Die Eisenstange fuhr hoch, und erst als sie herabzusausen begann, entschlüpfte der Ritter dem Hieb, sprang hinter den

Riesen, und der tückische Kopf der Stange donnerte auf die Erde.

»Das hat doch keinen Sinn«, sagte Marhalt. »Du bist nichts anderes als ein großes, starkes Baby. Ich will dir nichts tun, und wenn du deiner Wege gehst, können wir Freunde sein.«

Marhalt sah, wie ein verschlagener Blick in die Augen des Riesen trat, während er sich langsam umdrehte. Der Ritter bemerkte, daß sich die Stange ein wenig hob, und an der Muskelanspannung erkannte er, daß ein rascher Seitenhieb bevorstand. Im Nu berechnete er den Bogen und wußte, wo er ihm ausweichen mußte. Die Stange vollführte eine Bewegung wie eine Sense, und Marhalt versuchte wegzuspringen, doch unter einem Fuß lockerte sich ein Stein, so daß er strauchelte. Die Stange traf seinen Schild, die Eisennägel drangen hinein und fetzten ihn aus Marhalts Hand, und um ein Haar wäre ihm auch noch der linke Arm abgerissen worden. Er rollte sich rasch beiseite und kroch auf Händen und Knien davon, und als er aufstand, spürte er einen schrecklichen Schmerz in der linken Schulter.

Taulurd sprang auf und nieder, jedesmal auf den Fersen landend, und wieherte jubelnd. »Hou!« schrie er. »Ha-ha-ha!«

»Du bist ein ungezogener Junge«, sagte Marhalt. »Ich will dir eigentlich nichts tun, aber wenn du dich wie ein bösartiges Tier aufführst, fürchte ich, muß ich dich töten, und das ist doch schade.«

Nun kam der Riese torkelnd auf ihn zugerannt, hob im Laufen seine Eisenstange und brüllte vor grimmiger Begeisterung. Marhalt warf einen raschen Blick auf den Boden, ob lose Steine zu sehen waren. Er wartete, bis der Riese noch zwei Meter von ihm entfernt war, duckte sich dann, machte nach links einen Satz hinauf zu dem baumstammdicken rechten Arm des Angreifers, und im Sprung fuhr das rasiermesserscharfe Schwert nach oben, durchschnitt die Armsehne, der Arm fiel nach unten und die Stange auf den Boden.

Taulurd blickte erstaunt auf seinen schwer verletzten Arm, an dem das Blut aus der durchtrennten Arterie schoß, und plötzlich brach der Riese in Tränen aus und weinte wie ein kleines Kind, das sich weh getan und Angst hat. Er taumelte auf den Fluß zu, watete hinein und immer weiter, bis nur noch sein Kopf über die Wasserfläche ragte. Dort stand er außer Reichweite, lallend und jammernd, und das Wasser um ihn rötete sich vom ausströmenden Blut.

Marhalt stand am Ufer. Weil das Wasser so tief war, konnte er den Riesen nicht erreichen. »Armer Teufel!« sagte er zu sich. »Ich habe ja schon oft getötet und viele Männer erschlagen, aber noch nie hat es mich so traurig gemacht wie jetzt. Es tut mir leid, Taulurd, aber vielleicht: je rascher, desto besser.«

Er hob vom Flußrand einen runden Stein auf und warf ihn auf den mächtigen Kopf. Der Riese wich aus, und der Stein landete unterhalb seines Ohres im Wasser. Marhalt warf einen zweiten und verfehlte das Ziel abermals, doch der dritte dann traf die Stirnmitte über den starrenden roten Augen. Taulurd versank rasch mit offenstehendem Mund, und im Fluß stieg ein Blasenschwall an die Oberfläche.

Marhalt blieb wartend stehen, und einen Augenblick später kam das Monster nach oben und trieb, sich drehend wie ein Baumstamm, im Fluß. Dann bemächtigte sich die Strömung des großen Kadavers und trug ihn flußabwärts dem Meer entgegen.

Jetzt kam Fergus' Diener herangaloppiert und rief laut: »Triumph, Herr Ritter! Es war großartig!«

»Es war schrecklich!« sagte Marhalt.

»Suchen wir rasch seine Burg auf. Er hat dort Gefangene und Schätze.«

»Ja, machen wir uns auf den Weg.«

Die Burg war ein primitives Bauwerk aus aufeinandergeschichteten Steinen, anzusehen wie ein riesiger Schafstall, und hatte ein Dach aus Ästen und Soden. In dem dunklen Gemäuer lagen Ritter und Damen, Schafe und Schweine, an Händen und Füßen gefesselt, und wälzten sich in Dreck und Elend.

»Reiße das Dach herunter«, sagte Marhalt, »damit ein bißchen Licht in diesen Schweinekoben kommt.« Und als er genug sehen konnte, schnitt er mit seinem scharfen Schwert Tieren und Menschen die Fesseln durch. Sie versuchten, sich hochzurappeln, sanken aber unter Schmerzen zurück, weil ihr Blut gestockt war.

In einer Ecke lag der zusammengeraubte Hort des Riesen: Gold und Silber, Edelsteine und buntes Tuch, kostbar gearbeitete Kruzifixe und mit Rubinen und Smaragden besetzte Kelche, dazu bunte Steine und Glasscherben von zerbrochenen Kirchenfenstern, Quarz und knorriges Kristall und Bruchstücke von blauen und gelben Tongefäßen – ein Kunterbunt aus höchst wertvollen Dingen und blankem Plunder. Traurig sagte Sir Marhalt, als er auf den Haufen blickte:»Der Arme, er sah den Unterschied nicht. Er konnte nicht lernen, nur Dinge von Wert zu rauben, wie es zivilisierte Männer und Frauen tun.«

»Trotzdem ist noch genug da«, sagte der Diener.»Ihr werdet bis ans Ende Eurer Tage ein reicher Mann sein, und wenn Ihr zweihundert Jahre alt würdet.«

»Laß alles auf Graf Fergus' Burg schaffen, mein Freund«, sagte Marhalt.»Und paß auf, daß du nicht aus Versehen einen Glasscherben mitgehen läßt.« Er stieg aufs Pferd und ritt davon, und sein Triumph würgte ihn in der Kehle, ein trauriges und häßliches Gefühl.»Und doch«, sagte er zu sich,»mußte es getan werden. Der arme Teufel, er war gefährlich.« Er sah vor sich die angstvollen Augen des kindlichen Monsters und erkannte, daß von allen Wunden die Furcht die gräßlichste ist.

Graf Fergus war hocherfreut und dankbar. Er sagte:»Ihr könnt Euch nicht vorstellen, welchen Schaden der Riese angerichtet hat – hektarweise blieben die Felder ungepflügt, weil er die Pferde verschlang. Händler, Kesselflicker, Zigeuner, keiner von ihnen zog mehr durchs Land, aus Frankreich erschienen keine Spielleute und Rezitatoren mehr, um uns von unserer eigenen Geschichte zu erzählen. Euch, mein Freund, ist es zu verdanken, daß das vorbei ist. Ich würde Euch Güter schenken, wenn Ihr welche wolltet. Aber Ihr besitzt jetzt Schätze, an denen vier Männer genug hätten. Warum verweilt Ihr nicht hier als mein Gast? Betrachtet die Burg als Euer Haus, solange Ihr Euer ruheloses Herz im Zaum zu halten vermögt.«

Als sie am Abend über die Wiese neben dem»Burggraben« spazierten, sagte Marhalt zu seinem Fräulein:»Warum nicht? In meinem Alter habe ich es nicht nötig, Abenteuer um ihrer selbst willen zu sammeln. Es ist noch viele Monate hin, bis wir meine Freunde an dem Kreuz wiedertreffen, von dem die drei Wege ausgehen. Ich werde mich nach Euch richten, mein Fräulein, doch wenn Ihr fändet, wir könnten hier eine Weile bleiben, würde ich nicht nein sagen. Ein gutes Bett und regelmäßige Mahlzeiten, das sagt mir zu. Vielleicht kommt es vom Älterwerden.«

»Es hört sich angenehm an«, sagte sie. »Wenn ich mir gutes flandrisches Tuch verschaffen könnte, würde ich meine Nadel in Bewegung setzen. Hier gibt es ein paar Fräulein, die nichts zu tun haben. Graf Fergus hat mich gebeten, sie im Handarbeiten zu unterweisen.«

Sir Marhalt sagte: »Ich könnte einen Trupp Männer an die Südküste schicken. Die toskanischen Schiffe bringen Tuch aus Prato, aus englischer Wolle gewebt, aber gefärbt und verarbeitet, wie das nur die Florentiner können. Zwar teuer, aber vergeßt nicht, meine Dame, ich bin ja Besitzer eines Schatzes.«

»Würdet Ihr das für mich tun? Das ist sehr freundschaftlich von Euch. Laßt ein großes Stück scharlachrotes Tuch kaufen, und ich werde Euch daraus eine königliche Robe nähen, und darauf werde ich die Abenteuer dieses Jahres sticken, als Zeugnis unserer Ausfahrt, geschrieben mit farbenfrohen Seidenfäden.«

Es war eine Zeit behaglicher Häuslichkeit. Das Fräulein hielt den Nähunterricht, mit dem es beauftragt worden war, hielt die Dienerschaft auf Trab, ließ Spinnweben wegfegen, gewaschenes Linnen auf der Wiese trocknen und bleichen. Marhalt fing Lachse im Fluß, ließ Windhunde junge Hasen jagen, und kaum ein Tag verging, an dem er nicht von Falken gefangene Vögel mitbrachte. Fergus kümmerte sich frohen Sinnes um die Verbesserung seines Besitzes, und an den langen Sommerabenden plauderten sie über Saaten und Küchenrezepte und über andere Leute; sie erzählten Geschichten, die ihnen einfielen, tranken Met aus gegorenem Honig und manchmal den starken Würzwein, »Metheglin« genannt, der ihnen zu Kopf stieg und sie zum Lachen brachte.

Mehr und mehr nahm sich die Dame der Bedürfnisse ihres Ritters an. Sie schnitt ihm das Haar und die Fingernägel und räumte hinter ihm auf. »Warum tragt Ihr heute abend nicht das blaugelbe Gewand?« sagte sie. »Ihr seht so schmuck darin aus. Es bringt die Farbe Eurer Augen zur Geltung.«

»Es wäre mir nicht eingefallen, mich umzuziehen, meine Liebe.«

»Aber Ihr müßt! Fergus tut es. Jedermann tut es.«

»Ich bin nicht Fergus. Ich bin nicht jedermann.«

»Ich sehe nicht ein, warum Ihr etwas dagegen habt. Ihr habt keine große Mühe damit, und es ist doch viel angenehmer, saubere Sachen am Leib zu haben. Hier – riecht einmal an Eurem blauen Gewand. Ich habe es mit Lavendelblüten in die Truhe gelegt.«

Und gegen Ende des Sommers sagte sie: »Ich verstehe nicht, warum Ihr Eure Kleider auf den Boden fallen laßt. Es ist genauso einfach, sie ordentlich wegzuräumen. Irgend jemand muß das tun. Habt Ihr daran noch nicht gedacht?«

Und im September: »Mein Ritter, wenn Ihr diese stinkende Falkenhaube und die Fußriemen sucht, findet Ihr sie in der Kiste am Ende des Korridors. Ihr hattet sie auf dem Fenstersims abgelegt. Sie haben meine trocknenden Taschentücher mit Blut befleckt.«

»Kann ich nicht einen Fenstersims für meine Sachen haben, meine Liebe?«

»Solche Dinge gehören in die Kiste am Ende des Korridors. Wenn Ihr sie da hineinlegt, findet Ihr sie jederzeit ohne Mühe.«

»Ich weiß, wo ich suchen muß, wenn sie auf dem Fenstersims liegen.«

»Ich kann es nicht ausstehen, wenn Dinge herumliegen.«

»Ausgenommen Eure eigenen.«

»Ihr seid streitsüchtig aufgelegt, Sir.«

Als der Novemberreif auf dem Gras glitzerte, sagte sie: »Ihr seid nie zu Hause. Sind Pferde eine so angenehme Gesellschaft, oder gibt es vielleicht ein entgegenkommendes Stallmädchen mit Strohhalmen im Haar?«

Und als die Winterstürme kamen und gegen die Mauern pfiffen und ihren Weg hinter die Vorhänge fanden, klagte sie: »Ihr solltet ins Freie gehen und Euch Bewegung verschaffen. Ihr nehmt zu.«

»Nein, das stimmt nicht.«

»Euch selbst könnt Ihr ja etwas vormachen, Sir. Aber die Knöpfe überzeugt das nicht, die ich wieder annähen muß, wenn sie abspringen. Nein, geht nicht aus dem Zimmer. Das ist eine Kränkung.«

Im Februar sagte sie: »Ihr seid unruhig, Sir, und ich kenne den Grund. Es ist nicht angenehm, Gast zu sein. Fergus ist ein vortrefflicher Mann, und ich habe das immer gesagt. Aber meint Ihr nicht, er hätte vielleicht gerne unser Zimmer wieder?«

»Er sagt, nein. Ich habe ihn gefragt.«

»Ach was! Eine Frau merkt so etwas. Ich wollte, Ihr würdet aufhören, hin und her zu marschieren. Ihr seid unruhig, weil Ihr keine Verantwortung habt. Ihr besitzt doch Güter, mein Ritter. Warum reiten wir nicht hin? Dann hättet Ihr eine Beschäftigung und wärt nicht so rastlos. Es wäre eine hübsche Idee, wenn wir uns eine kleine Burg bauten. Warum seht Ihr mich so an, Herr Ritter? Steht wieder ein Zornausbruch bevor?«

Er trat zu ihr und blieb stehen. »Madame«, sagte er aufgebracht, »Ihr habt Euch sehr verändert, seit Ihr auf dem Reitkissen saßet. Madame – genug jetzt!«

»Wenn ich mich verändert habe, dann seid auch Ihr anders geworden. Ihr seid nicht mehr heiter und aufmerksam wie früher. Ihr mäkelt herum und schimpft. Verändert! Schaut in den Spiegel, wenn Ihr eine Veränderung sehen wollt. Rollt die Augen nicht so grimmig. Mir macht Ihr keine Angst wie damals dem armen Riesen.«

Er wandte sich ab, schritt rasch hinaus, und sie nahm sich, leise vor sich hin summend, ihre Näharbeit wieder vor. Dann hörte sie ihn mit klirrenden Geräuschen durch den Korridor kommen, und die Tür flog auf. Er trug seinen Harnisch, eingeölt und poliert, und unter dem Arm seinen Helm.

»Was soll das?« fragte sie. »Dreht Ihr wieder durch?«

»Fräulein«, begann er. »Und merkt gut auf, ich habe ›Fräulein‹ gesagt. Packt, was Ihr braucht, in Euren kleinen Beutel. Nehmt einen warmen Mantel mit. Wir brechen auf. Ich habe Weisung gegeben, daß man mein Kriegsroß bereit macht.«

»Jetzt im Winter? Seid Ihr von Sinnen? Ich denke nicht daran.«

»Dann lebt wohl, Fräulein«, sagte er, und das metallische Klirren seiner Schritte hallte durch die Korridore. Sie sprang auf. »Mein Ritter«, rief sie, »wartet! Wartet auf mich, Sir! Ich komme. Wartet, mein Gebieter!« Sie riß den Deckel einer Truhe auf, kramte ihren Reisebeutel heraus und warf Sachen hinein. Dann packte sie einen Mantel und rannte hinter ihm drein.

Am Nachmittag, während Marhalt nach Norden ritt – ein schwacher Eisregen trommelte gegen seinen Schild, der Wind pfiff ihm übers Visier –, begegnete er vier Rittern von König Artus' Hof. Er setzte sein Fräulein an die windgeschützte Seite einer Eiche, nahm sich die vier nacheinander vor, und die trefflichen Ritter zappelten auf der Erde. Dann ging er zurück und half mit leichter Hand seiner Dame auf den Sitz hinter ihm. »Hüllt Euch gut ein«, sagte er. »Wir werden heute vielleicht kein Nachtquartier finden.«

»Ja, mein Ritter«, sagte sie, zog sich die Kapuze ihres Reisemantels in die Stirn und lehnte den Kopf an Marhalts breiten eisernen Rücken.

Als die linden Schauer des April die Wurzeln des März ausgeschwemmt hatten, waren die beiden in der Nähe der verabredeten Stelle, wo sich der Weg in drei Pfade gabelte und die drei Ritter ihren Schwur einlösen sollten.

»Nun, mein Ritter, und was wollt Ihr jetzt tun? Wollt Ihr zu Eurem Besitztum oder zu Artus' Hof reiten? Sagt es mir nicht, Sir. Ich weiß es ohnedies. So oder so, ein warmer Frühlingsstrahl wird seinen Weg zu Euch finden, und Ihr werdet ruhelos und gereizt auf und ab gehen, und eines Tages werdet Ihr unversehens in den Sattel steigen und davonreiten.«

»Mag sein«, antwortete er. »Aber das ist nicht, was mir durch den Kopf geht. Was gedenkt Ihr zu tun? Hättet Ihr Lust, mich zu meinem Gutshof zu begleiten? Wir könnten uns vielleicht eine kleine Burg bauen.«

Sie lachte, ließ sich auf die Erde gleiten und löste ihren kleinen Beutel vom Sattelgurt. »Lebt wohl, mein Ritter«, sagte sie. Dann stieg sie den Hang hinauf zu der moosbewachsenen Stelle, wo das klare Quellwasser blubberte, breitete ihren Mantel auf dem Boden aus und setzte sich anmutig darauf. Sie kramte in ihrem Beutel, förderte einen goldenen Kranz zutage und setzte ihn auf. Dann blickte sie hinunter zu Marhalt auf seinem Pferd, lächelte und winkte ihm zu.

Ein junger Ritter kam herbeigeritten. »Ist das ein Fräulein, das dort sitzt?« fragte er.

»So ist es, junger Herr.«

»Was tut sie dort?«

»Warum fragt Ihr sie nicht selbst?«

»Wie heißt sie, Sir?«

»Danach zu fragen ist mir nie eingefallen«, antwortete Marhalt, lenkte sein Pferd in die andere Richtung und ritt zu dem Kreuz an den drei Wegen, um zu warten.

Nun müssen wir im Buch dieses Jahres zurückblättern und Sir Ewain folgen, der mit seiner sechzig Jahre alten Dame davonritt. Seine Straße führte westwärts, Wales entgegen.

Der junge Ewain, der als erster gewählt hatte, hatte sich mit guten Gründen für diese Begleiterin entschieden. Ihr Haar war weiß, und die Jahre standen ihr deutlich ins Gesicht geschrieben, mit Falten und kleinen Runzeln. Ihre Wangen hatten Kälte erlebt, Hitze und Wind hatten sie wie Leder gegerbt. Ihre Nase war kühn geformt, stark geschwungen wie der Schnabel eines weißköpfigen Seeadlers, und auch die Augen waren die eines Adlers, gelb, weithin blickend und wild. Sie glühten, wenn bitterer Humor in ihnen stand, oder musterten scharf, wenn sich die Lider zusammenzogen. Als Ewain seine Wahl getroffen hatte, stand sie rasch auf, nahm die Zügel seines Pferdes und führte ihn von den anderen weg, als wollte sie verhindern, daß er seinen Entschluß bereute, denn sie hatte den Blick des jungen Fräuleins gesehen. Die Dame war biegsam wie eine Weidengerte, aber von gedrungenem Wuchs, in Bereitschaft wie ein gespannter Bogen. Sie wartete nicht auf die helfende Hand des jungen Ritters, sondern packte den Hinterzwiesel des Sattels und schwang sich mühelos aufs Pferd. Kaum waren die Schwüre geleistet, drängte sie ihn zum Aufbruch.

»Reiten wir los, junger Herr«, sagte sie. »Wir haben viel zu tun. Da, schlagt den Weg nach Westen ein – rasch, rasch!« Sie warf einen letzten Blick zurück zu den anderen, die noch an dem Wegkreuz standen.

»Aber es muß doch hier in der Gegend Abenteuer zu erleben geben, mein Fräulein«, sagte Ewain.

»Abenteuer? Ach ja, Abenteuer. Wir werden sehen. Ich möchte schnell weg, damit die anderen uns nicht mehr sehen. Es war meine Sorge, Ihr könntet Euch nicht für mich entscheiden. Ich habe Euch meinen Willen aufgezwungen, mich zu wählen, und Ihr habt es getan – habt mich gewählt!« Ihre Stimme klang schrill, so vergnügt war sie.

»Habt Ihr mich so rasch ins Herz geschlossen, Madame?«

»Ich heiße Lyne«, sagte sie. »Ihr seid Ewain, Sohn von Morgan le Fay, Neffe des Königs. Euch ins Herz geschlossen?« Sie lachte. »Nein, mein Auge hat Euch vor den anderen ausersehen. Marhalt ist zwar ein wackerer, zuverlässiger Ritter, ein hervorragender Kämpe und könnte ein großer Mann sein, er hat aber mehr Güte als Größe, und dann ist Marhalt festgelegt. An ihm wird sich nichts mehr verändern. Gawain? Er ist ein unbeständiger, hübscher, gräßlicher junger Spund, der sich vor Eitelkeit verzehrt wie diese Eidechsen, die ihren eigenen Schwanz fressen. Gawain hat Tage, da ist er obenauf, da könnte er mit Leichtigkeit über den Mond springen, und Tage, an denen ist er so weit unten, daß ein Erdwurm einen hohen Bogen über ihn schlagen kann.«

»Die beiden sind erprobte Ritter, mein Fräulein Lyne. Warum ist Eure Wahl auf mich gefallen?«

»Aus eben diesem Grund. Ihr seid noch nicht erprobt und daher nicht festgelegt. Ein Ritter wurdet Ihr, weil Ihr der Neffe des Königs seid, nicht als Auszeichnung für Verdienste im Kampf. Sagt mir, mein Sohn, seid Ihr ein guter Kämpfer?«

»Nein, mein Fräulein. Ich bin noch jung und unerfahren und auch nicht sehr kräftig. Ich habe auf dem Turnierplatz ein paar Gänge gegen andere junge Männer gewonnen, aber öfter verloren. Heute wurde ich von einem kampfgeübten Ritter vom Pferd geworfen und fiel zu Boden wie ein Kaninchen, das von einem stumpfen Pfeil getroffen wurde, Gawain konnte ihn freilich auch nicht besiegen.«

»Gut«, sagte sie. »Sehr gut.«

»Inwiefern gut, Madame?«

»Weil Ihr Eure Mängel nicht vervollkommnet habt. Ihr seid gutes Material, aber noch nicht geschmiedet. Ich habe beobachtet, wie Ihr Euch bewegt – Ihr habt die natürliche Gabe, dabei den ganzen Körper einzusetzen. Auf solchen Rohstoff, wie Ihr es seid, habe ich schon lange gewartet. Seht – dort, wo sich der Weg gabelt, reitet nach rechts. Findet Ihr es unschicklich, daß eine Dame meines Alters auf Abenteuer auszieht?«

»Ich finde es ungewöhnlich, Madame.« Er warf einen kurzen Blick über die Schulter und sah ihr Gesicht: die Lippen waren vor Vergnügen zusammengepreßt, in den gelben Augen stand eiserne Willensstärke.

»Ich will Euch sagen, wie das gekommen ist«, fuhr sie fort, »und dann dürft Ihr mich nie mehr danach fragen. Als kleines Mädchen, dem die Handarbeiten verhaßt waren, habe ich die Knaben beim Üben beobachtet. Die hinderlichen langen Kleider waren mir zuwider. Ich war im Reiten besser als sie und auch im Jagen, wie ich bewiesen habe, und an einer Stechpuppe lernte ich den Umgang mit der Lanze. Nur der Zufall, daß ich ein Mädchen war, hat mich daran gehindert, die Knaben auszustechen. Ich haßte mein Geschlecht, das mich so einengte, zog manchmal Knabenkleidung an, setzte eine Gesichtsmaske auf, um der Schande des Entdecktwerdens zu entgehen, und wartete wie ein fahrender Ritter auf einer Waldlichtung auf junge Männer und Knaben. Ich besiegte sie im Ringkampf und mit dem Bauernstock und behauptete mich gegen sie mit Schwert und Schild, bis ich eines Tages in einem fairen Zweikampf einen jungen Ritter tötete. Da bekam ich Angst. Ich begrub seine Leiche, versteckte seine Rüstung und schlich mich zu meinen schützenden Handarbeiten zurück. Ihr wißt, daß einer Dame der Feuertod bestimmt ist, wenn sie an einem Ritter treulos handelt.«

»Was erzählt Ihr mir da für eine grausige und widernatürliche Geschichte!« rief Sir Ewain.

»Vielleicht ist sie grausig«, sagte sie. »Aber ich frage mich: wie sehr wider die Natur? Damals wurde mir klar, daß ich auf das Ritterleben verzichten mußte. Und mit Bitterkeit im Herzen schaute ich beim Tjosten und bei den Turnieren zu. Ich bemerkte es, wenn Männer Fehler machten und zu dumm waren, sie zu korrigieren. Meine Gedanken kreisten nur ums Kämpfen, aber um erstklassiges Kämpfen, nicht diese plumpen Schlächtereien, wenn Körper zerhackt werden wie beim Fleischer. Ich habe große Ritter gegeneinander antreten sehen und festgestellt, daß ihre Größe als Kämpen nicht von ungefähr kam. Vielleicht war es ihnen nicht bewußt, aber sie kannten sich mit ihren Waffen und mit ihren Gegnern aus. Ich erkannte überlegene Könnerschaft und studierte sie, sah Fehler und prägte sie mir ein, bis ich über die Kunst des Ritterkampfs vielleicht mehr als irgendein lebender Ritter wußte. Und da saß ich, überreich an Wissen, doch ohne eine Möglichkeit, es zu nutzen, bis ich – als die Säfte meiner Eitelkeit vertrockneten und das Gift meines Zornes schwächer wurde – ein Feld fand, auf dem ich meine Kenntnisse verwerten konnte. Seid Ihr schon einmal einem jungen und unerprobten Ritter begegnet, der fortritt und nach einem Jahr wiederkehrte, gehärtet wie eine Schwertklinge, zielsicher und todbringend wie eine Lanze aus Eschenholz?«

»O ja. Vergangenes Jahr ist Sir Eglan, den sogar ich überwunden hatte, nach zwölf Monaten Abwesenheit zurückgekehrt und hat bei einem Turnier den Preis gewonnen.«

Sie lachte vergnügt. »Hat er es also geschafft. Ein braver Junge. Einer der besten, die durch meine Hände gegangen sind.«

»Er hat nie etwas von Euch gesagt.«

»Was wundert's Euch? Welcher Mann in dieser Männerwelt könnte zugeben, daß er seinen letzten Schliff einer Frau verdankt? Es war nie nötig, irgendeinem meiner Ritter ein Schweigegelöbnis aufzuerlegen.«

»Wollt Ihr damit sagen, daß Ihr sie unterweist?«

»Ich unterweise und lehre sie, bilde sie aus, stähle sie, nehme ihnen ihre Prüfung ab, und erst dann lasse ich sie als ein vollkommenes Kampfinstrument auf die Welt los. Das ist meine Rache und mein Triumph.«

»Wohin geht es jetzt mit uns? Werden wir Abenteuer erleben, Madame?«

»Wir reiten zu meinem Lehnsgut, das in den walisischen Hügeln versteckt liegt. Abenteuer wird es für Euch geben, sobald Ihr dafür gerüstet seid, eher nicht.«

»Aber ich bin doch eigentlich auf einer Ausfahrt.«

»Ist eine Ausfahrt schlecht genutzt, wenn man nach ritterlicher Vollkommenheit strebt? Sagt ja, und ich lasse mich vom Pferd gleiten, gehe zurück, um auf einen anderen jungen Kandidaten zu warten, und Ihr könnt Euer Leben lang wie ein Kaninchen Purzelbäume schlagen.«

»Nein, das nicht!« sagte Ewain. »Nein, Madame.«

»Unterwerft Ihr Euch dann meinem Gesetz und Regiment?«

»Ja, Madame.«

»Braver Junge«, sagte sie. »Es wird nicht einfach für Euch werden, aber hinterher werdet Ihr froh sein.«

»Aber was soll ich sagen, wenn ich zurückkehre, ohne Abenteuer bestanden zu haben?«

»Zehn Monate lang werdet Ihr üben und lernen«, antwortete sie. »Und danach, das verspreche ich Euch, werdet Ihr mehr und lohnendere Abenteuer erleben, als die beiden anderen in allen zwölf Monaten. Reitet weiter, die Schule beginnt, die

Schule der Waffen.« Und dann nahm ihre Stimme einen gebieterischen Befehlston an. »Eure Steigbügel hängen zu hoch. Wir
werden sie tiefer hängen. Eure Füße müssen möglichst weit
unten sein, so daß Ihr gerade eine Haaresbreite über dem Sattel
schwebt, wenn Ihr Euch in den Steigbügeln aufstellt. Zu hoch
hängende Steigbügel machen einen gepanzerten Mann ober-
lastig. Sitzt locker, die Schultern zurück! Nehmt die Bewegung
in den Schenkeln und im Rücken auf. So, jetzt laßt die Füße frei
hängen.«

»Madame«, sagte er, »ich reite seit frühester Jugend.«

»Es ist schon vorgekommen, daß Männer ihr ganzes Leben
lang schlechte Reiter blieben. Das trifft auf die meisten zu.
Deswegen steht ja ein richtiger Reiter turmhoch über den anderen Männern.«

»Aber mein Lehrer, Madame, hat gesagt . . .«

»Schweigt! Jetzt bin ich Euer Lehrer. Je lockerer Ihr im Sattel sitzt – nicht schlampig, sondern entspannt, so daß Ihr dem
Pferd keinen Widerstand bietet –, um so leichter macht Ihr es
Eurem Roß. Und beim Traben hebt Euch abwechselnd in den
Steigbügeln, mal auf der einen, mal auf der anderen Seite. Es
entlastet den Rücken Eures Pferdes. O ja, ich weiß, viele, die
einen ganzen Stall voller Pferde besitzen, erschöpfen sie, reiten
sie lahm, so daß nach einem einzigen Jagdtag nur noch keu-
chende Kadaver übrig sind. Ihr werdet so etwas nicht tun. Ihr
werdet nur zwei Pferde zureiten, aber sie schulen, wie Ihr Euch
selber schult, und Ihr werdet sie hegen und pflegen. Ich sage
Euch, ein gutes Roß ist mehr wert als eine gute Rüstung. Ein
Reiter bildet mit seinem Pferd eine Einheit, ist mehr als nur ein
Mann, der auf einem Tier sitzt wie ein Hahn auf seiner Stange.
Ihr werdet es Eurem Pferd behaglich und angenehm machen,
ehe Ihr Euch um Euer Wohl kümmert, ihm Futter geben, bevor
Ihr eßt, vor Euren eigenen erst die Wunden Eures Pferdes
untersuchen. Und wenn Ihr es dann braucht, werdet Ihr in ihm
zugleich ein Instrument und einen Freund haben. Versteht Ihr,
was ich sage?«

»Ich höre Euch zu, Madame.«

»Ihr werdet mehr tun als nur zuhören. Jetzt zu Eurer
Rüstung. Wir werden sie irgendeinem ahnungslosen Narren
verkaufen.«

»Es ist eine ganz vorzügliche Rüstung, Madame. Von einem

großen Künstler in den Bergen Deutschlands geschmiedet. Sie hat ein Vermögen gekostet.«

»Das kann ich mir gut vorstellen. Bei einer Parade zieht sie alle Aufmerksamkeit auf sich. Die Damen verdrehen verzückt die Augen und schmachten sie an, als ob die Kleidung den Mann trüge, was allerdings oft vorkommt, doch zum Kämpfen taugt sie jämmerlich wenig.«

»Was ist denn verkehrt daran? Sie kommt aus Innsbruck.«

»Das will ich Euch sagen. Sie ist zu massiv und zu schwer. Metall kann niemals Könnerschaft ersetzen. Eures schützt Körperpartien, die keines Schutzes bedürfen. Der Harnisch ist voller Ausbuchtungen und Vertiefungen, die einer Lanze und einem Schwert Angriffsmöglichkeiten bieten. Ihr könnt Euren rechten Arm nicht abwinkeln, um einen Schlag nach der linken Seite zu führen, und wenn Ihr den Arm hebt, rutscht die kleine Metallmanschette zur Seite und entblößt drei Zoll von Eurer hübschen Achselhöhle. Drücke ich mich klar aus? Mit einem Wort: die Rüstung ist keinen Pfifferling wert! Ihr bewegt Euch darin wie ein Esel mit übervollen Satteltaschen. Ich selbst in einem langen Rock könnte Euch mit einem Schwert besiegen, und dabei seid Ihr gepanzert. Diese Rüstung ist nur Dekor, untauglich zum Gebrauch.«

Mit einem Anflug von Ärger sagte er: »Ihr seid aber kritisch, Madame.«

»Findet Ihr? Dabei gurre ich wie ein Täubchen. Wartet ab, bis Ihr mich wirklich kritisch erlebt. Und wenn es Euch nicht paßt, laßt mich absitzen und zieht Eurer Wege.«

»Madame, ich wollte damit nicht sagen . . .«

»Dann schweigt, bis Ihr etwas zu sagen habt. Ihr werdet nicht nur diesen lächerlichen Plunder wegwerfen, den Ihr am Leib habt, sondern auch einen Haufen von angesammeltem Krempel aus Eurem Kopf hinausbefördern. Ihr fangt ganz von vorne an, mein Junge, wie ein Säugling, der an den Füßen hochgehoben wird und seinen ersten Klaps bekommt. Wo war ich stehengeblieben? Ach ja, bei der Rüstung. Sperrt Eure entzückenden Ohren auf, hört mir zu und merkt Euch, was ich sage, Ihr könntet es mir sogar nachsprechen. Ein Harnisch ist nur dazu da, zu schützen, was Können, Präzision und Schnelligkeit nicht zu schützen vermögen. Er sollte möglichst leicht sein und so geformt, daß er einen Hieb abgleiten läßt, und nie der Prüfung durch einen direkten Treffer ausgesetzt werden. Seine Aufgabe ist es, Stöße und Hiebe abzuleiten. Auch die Form des Helms sollte nicht dem Zweck dienen, einer Klinge standzuhalten, sondern sie abgleiten zu lassen. Euer Visier ist so genial, daß Ihr damit nichts sehen könnt. Wie wollt Ihr kämpfen, wenn Ihr nichts seht? Ein Helm mit Kanten ist besser als einer mit dickem Panzer, denn selbst wenn Ihr einen gußeisernen Topf auf dem Kopf hättet, würde ein einziger tüchtiger Hieb mit dem Streitkolben Euch lähmen wie ein Kaninchen. Jetzt kommen wir zu den Kampfhandschuhen... und dann... die Sättel nehmen wir uns später vor. So... ich werde Euch das Gesetz verkünden, und Ihr werdet es Wort für Wort lernen, und jedes Wort muß mit Feuer gehärtet werden. Das Gesetz lautet so: Der Zweck des Kämpfens heißt Siegen. Verteidigung kann unmöglich zum Sieg führen. Das Schwert ist wichtiger als der Schild, und Können zählt mehr als beides. Die entscheidende Waffe ist das Gehirn, alles andere nur Ergänzung.« Sie schwieg unvermittelt. Dann fuhr sie fort: »Ich habe Euch ganz schön eingedeckt, nicht wahr, mein Sohn? Aber wenn Ihr Euch nur das zu eigen machen könntet, was ich bisher gesagt habe, wären nur wenige Männer auf der Welt imstande, es mit Euch aufzunehmen, und noch weniger fähig, Euch zu besiegen. Doch es wird Nacht. Reitet in dieses Gehölz dort am Hang. Während Ihr das Pferd trockenreibt, suche ich etwas für Euer Abendbrot aus meinem Beutel heraus.«

Als Ewain sein Pferd angepflockt hatte, kam er zurück. Sie fragte ihn: »Habt Ihr es trockengerieben?«

»Ja, Madame.«

»Und Eure Satteldecke zum Trocknen aufgehängt?«

»Ja, Madame.«

»Also dann, hier ist Euer Abendbrot.« Und sie warf ihm einen Kanten Haferbrot zu, ohne Geschmack und hart wie ein Dachziegel. Und während er klaglos daran herumknabberte, hockte sich die Dame Lyne auf die Erde und zog ihren weiten Mantel wie ein Zelt um sich. »Von der Nachtluft bekomme ich Gelenkschmerzen. Ich nehme an, das Alter setzt mir allmählich zu. Nun ja, die Welt wird sich an mich nicht erinnern, aber ich werde ihr Männer vererben. Mein Schoß ist der Turnierplatz, aus dem Ritter kommen. Erzählt mir, junger Herr, was ist Eure Mutter für eine Frau? Über Morgan le Fay haben schon einige sonderbare Geschichten die Runde gemacht.«

»Sie war immer sehr gut zu mir«, sagte er. »Natürlich, ihre Güter und alle ihre speziellen Pflichten haben es vielleicht verhindert, daß ich so viel mit ihr beisammen war, wie sie es gewünscht hätte, aber... ja, sie war immer gütig und sogar fürsorglich zu mir. Und wenn sie gut aufgelegt ist und alles geht, wie sie will, kann sie fidel wie niemand sonst sein. Dann singt sie wie ein Engel und macht so lustige Witze, daß man sich vor Lachen biegt.«

»Und wenn sie nicht fidel ist?« fragte die Dame Lyne.

»Nun ja, wir haben uns angewöhnt, uns in einem solchen Fall zu verdrücken. Sie ist eine sehr willensstarke Person.«

»Hoffentlich hat sie Euch nicht ihre Art zu kämpfen beigebracht, oder?«

»Wie meint Ihr das, Madame?«

»Weicht der Frage nicht aus, junger Mann. Ich meine die Zauberei, und Ihr wißt, daß ich die Zauberei meine.«

»Oh! Sie wendet nie Zauberkünste an. Sie hat mich sogar davor gewarnt.«

»Hat sie das? Gut so.« Das Fräulein streckte sich auf dem Boden aus, umhüllte sorgfältig die Füße mit dem Mantel und kuschelte die Schultern darunter. »Ihr bekommt sicher den König oft zu sehen. Erzählt mir über ihn. Wie ist er, wenn er nicht auf dem Thron sitzt?«

»Nicht anders, Madame. Er sitzt immer auf dem Thron, außer...«

»Außer was?«

»Ich sollte es nicht erzählen.«

»Das müßt Ihr selbst beurteilen. Ist es etwas für ihn Nachteiliges?«

»Nein. Nur verblüffend, weil er doch König ist.«

»Ihr habt also etwas Menschliches an ihm gesehen.«

»Ja, so könnte man es wohl bezeichnen. Eines Abends, als meine Frau Mutter sehr fidel war und wir uns alle vor Lachen bogen, trat ein Bote zu ihr, und sie wurde krebsrot vor Zorn. Natürlich verdrückte ich mich, wie ich es mir angewöhnt hatte, und ging auf die Burgmauer, um zu den Sternen hinaufzuschauen und den Wind im Gesicht zu spüren.«

»Wie Ihr es immer tut.«

»Ja – aber woher wißt Ihr das? Nun, und dann hörte ich ein Geräusch wie das Wimmern eines hungrigen Welpen oder wie ein Schmerzensschrei, der zwischen geschlossenen Fingern hindurchdringt. Ich ging leise darauf zu und sah im Schatten des Turms den König – und er weinte und preßte sich die Hände auf den Mund, um das Weinen zurückzuhalten.«

»Und Ihr habt Euch verzogen, ohne etwas zu sagen?«

»Ja, Madame.«

»Gut so«, sagte sie. »Das war schicklich gehandelt.«

»Es hat mich verblüfft, Madame – und ist mir zu Herzen gegangen. Der König darf doch nicht weinen, er ist ja der König.«

»Ich verstehe. Sagt niemand anderem etwas davon. Ich werde es auch nicht weitererzählen. Aber solltet Ihr jemals träumen, ein König zu sein, wäre es nicht schlecht, daran zu denken. Legt Euch jetzt zur Ruhe, mein Freund. Wir reiten morgen in der Frühe weiter.«

Und mit »Frühe« meinte sie das erste Erblassen der Sterne in ihrem milchigen Licht. Lyne rüttelte Sir Ewain aus seinem schweren Schlaf. »Los, aufstehen«, sagte sie. »Sprecht Euer Gebet.« Sie ließ einen Dachziegel aus Brot auf seine Brust fallen. Und während sie sich zum Weiterreiten fertigmachten, klagte sie verdrossen: »Rost auf den Kugeln und Pfannen meiner Gelenke. Nicht daß man früh müde wird, zeigt das Alter an, sondern das leichte, schmerzhafte Knirschen am Morgen.« Der junge Ewain stolperte blind und schlaftrunken zu seinem unwilligen Roß, um es zu satteln. Und als er die Rüstung anlegte, wollten die Schnallen und Riemen seinen Fingern nicht gehorchen. Er und das Fräulein waren schon ein gutes Stück weit gekommen, als das schwache, graue Morgenlicht den Weg erkennen ließ und den Bäumen rechts und links ihre Form zurückgab.

Sie durchquerten einen breiten, seichten Fluß, als die Sonne hinter ihnen emporstieg, und kamen in offenes Gelände, das zu Hügeln, bewachsen mit Stechginster, anstieg, und dahinter kamen weitere Hügel und noch mehr Hügel – ein felsiges Land, das das Dunkel der Nacht festzuhalten schien. Schafe hoben den Kopf und blickten kauend zu ihnen her, senkten ihn dann wieder und grasten weiter, und auf jedem Hügelkamm stand die dunkle Gestalt eines Hirten, der neidvoll hersah, und neben ihm jaulte leise sein struppiger Hund, der die Wünsche seines Herrn wissen wollte.

»Sind das Menschen oder nicht?« fragte Ewain.

»Manchmal das eine, manchmal das andere, zuweilen beides. Nähert Euch ihnen nicht. Sie haben Stacheln.« Das Fräulein war an diesem Morgen wortkarg, doch als das Pferd hangaufwärts langsamer wurde, ließ sie Ungeduld erkennen. »Treibt Euer Roß an, junger Mann«, sagte sie gereizt. »Die Hügel werden uns nicht entgegenkommen.« Von einer Rast wollte sie nichts wissen – nur das Pferd durfte an einem kleinen, klaren Bach saufen, der talwärts tollte.

Es war in der Mitte des Nachmittags, als sie eine letzte lange Anhöhe hinauffritten und unterhalb der Hügelkuppe zu einer Mulde gelangten, die allen Augen außer denen der Vögel verborgen war. Darin duckten sich unter dem Wind niedrige gemauerte Häuser mit steinernen Dachplatten, niedrigen Türen für kleine, breit gewachsene Männer und Schießscharten, um Licht einzulassen. Diese Häuschen umrahmten drei Seiten eines Turnierplatzes, von dem mit Gartenrechen die Steine entfernt worden waren, und dort sah Ewain eine Stechpuppe, die ungeschickten Umgang mit der Lanze automatisch bestrafte, und an einem Strick hing ein Stechring. Das Ganze hatte etwas Armseliges. Manche der Häuser beherbergten Schafe, andere Schweine, ein paar waren Behausungen für Menschen, und zwischen ihnen allen war kein großer Unterschied.

Die Dame schrie einen Befehl, als sie vom Pferd herabglitt. Kleine, dunkelhaarige Männer, die den Eindruck roher Gesellen machten, tauchten aus den Hütten auf und kamen herbei, um das Pferd wegzuführen. Sie begrüßten die Dame, indem sie die Hand an die Stirn führten, schauten Ewain mit abschätzenden, finsteren Blicken an und unterhielten sich miteinander in einer Sprache, die er nicht kannte und die ihm wie Gesang vorkam.

Das Fräulein sagte: »Willkommen, junger Herr, im Lustschloß einer Dame. Wenn Ihr hier irgendwelchen Komfort entdecken könnt, dann ist er mir entgangen.« Sie warf einen kurzen Blick zum Himmel hinauf. »Seht Euch Euer Quartier an, mein Sohn. Erschaut die liebliche Gastlichkeit dieser Hügel, betrachtet die lächelnden Gesichter meiner Männer. Ihr habt noch drei Stunden, bis es dunkel wird. Ihr könnt davonziehen, ehe die Sonne untergeht, und der Weg vor Euch wird frei sein. Doch wenn Ihr morgen früh noch hier seid, dürft Ihr nicht mehr fort, und solltet Ihr es dennoch tun, werden diese kleinen Männer Euch aufspüren, selbst wenn ihr keine andere Spur hinterlaßt als der Westwind der vergangenen Woche, und die Krähen werden sich an jungem, zartem Fleisch gütlich tun.«

Am folgenden Morgen war Ewain noch da, und nun begann seine Ausbildung – stundenlange, erschöpfende Arbeit mit einer Lanze, und die Dame stand dabei, sah ihm zu, kommentierte die Fehler mit ätzenden Bemerkungen und entdeckte nicht viel Lobenswertes. Und als nach einiger Zeit die Lanzenspitze ins Ziel traf, befestigte sie es an einem tanzenden Seil und jubelte triumphierend, wenn Ewain es verfehlte. Auf die Arbeit mit der Lanze folgten Stunden mit einem bleibeschwerten Schwert, das die Muskeln strecken und modellieren sollte. Dabei ging es nicht gegen einen Widersacher, sondern darum, Hiebe gegen einen aufrecht stehenden Baumstamm zu führen, und der Winkel jeder einzelnen Kerbe wurde inspiziert und kritisch begutachtet. Die Kost war ebenso derb, wie die Arbeit anstrengend – gekochte Hafergrütze mit Lammfleisch und nach Farnkräutern schmeckendem Wasser –, und als es dunkel wurde, stolperte Ewain mit trüben Augen zu seinem Schlaffell in einer Ecke, und manchmal mußte er eine Gans wegschieben, um Platz für sich zu schaffen. Schwer sank der Schlaf auf ihn herab, bis ihn dann, noch in der Dunkelheit, ein derber Stiefel traf und ein neuer Tag begann.

Nach zwei Monaten reagierten sein Auge und Arm automatisch, ohne Überlegung; Bewegung und Balance waren verschmolzen. Die Dame beobachtete alles, was er tat, verglich es mit seinen Leistungen vom Vortag, und endlich sah sie, daß sie einen Kämpfer im Rohzustand vor sich hatte. Erst jetzt begann sie zu ihm in einer Art zu sprechen, die über Tadeln und Nörgeln hinausging.

»Ihr leistet Leidliches, junger Mann«, sagte sie. »Aber ich habe schon Besseres erlebt. Ich habe bemerkt, wie immer wieder Euer Stolz zornig aufflammte. ›Ich bin doch ein Ritter‹, habt Ihr stumm zu Euch gesagt. ›Wieso soll ich leben wie ein Vieh?‹ Wißt Ihr, was ›Ritter‹ – unser englisches ›knight‹ – bedeutet?

214

Es ist ein ururaltes Wort und kommt von dem deutschen ›Knecht‹, was sehr treffend ist, denn wer ein Herr werden möchte, der muß zuerst lernen, einem Herrn zu gehorchen. Ich weiß, das ist ein alter Spruch, aber wie andere Sprichwörter wird er erst wahr, wenn man die Sache selbst erlebt hat. Ihr sollt jetzt einen Gegner bekommen.«

Darauf folgten zwei Monate, in denen er gegen einen trickreichen, mit allen Wassern gewaschenen Waliser ritt, der von Ewains stoßbereiter Lanze wegtrieb wie Rauch, den nichts halten kann. Und nun sprach die Dame zu ihm nicht wie zu einem Vieh, sondern mehr wie zu einem intelligenten Hund oder einem etwas zurückgebliebenen Kind.

»Vermutlich ist es für Euch etwas Natürliches, vor dem Augenblick des Anpralls die Augen zu schließen«, sagte sie. »Aber Ihr müßt Euch angewöhnen, sie offenzuhalten, denn in dem Augenblick, da Ihr blind seid, kann alles mögliche geschehen.«

Dann zwei weitere Monate und noch einmal zwei. Ewain war mittlerweile hager, muskulös und rank, anzusehen wie ein Eibenstamm. Er sehnte sich abends nicht mehr nach der Erlösung durch den Tod, fürchtete nicht mehr die Zehe zwischen seinen Rippen, die ihn weckte, wenn er nicht bereits aufgestanden war. Jetzt kam er selbst hinter seine Fehler und versuchte sie zu korrigieren, und er schlich auch nicht mehr beschämt zu seiner Schlafstätte, nachdem er ungnädig fortgeschickt worden war.

»Aus Euch wird nie einer der Männer werden, die wie ein Fels in der Brandung stehen«, sagte das Fräulein. »Da Euer eigenes Gewicht nicht sehr groß ist, müßt Ihr das Gewicht Eurer Gegner für Euch kämpfen lassen. Achtet darauf, daß Eure Lanzen lang sind. Beugt Euch im Sattel so weit nach vorne, wie Ihr könnt. Auf diese Weise gebt Ihr ein kleineres Ziel ab, und wenn – was noch mehr zählt – Eure Lanzenspitze als erste auftrifft, nimmt sie dem Stoß des Gegners die Kraft. Setzt nie Stärke gegen Stärke, sondern studiert Euren Gegner, ehe Ihr den Kampf beginnt. Versucht seine Stärken wie seine Schwächen herauszufinden, damit Ihr jenen ausweichen und diese für Euch nutzen könnt. Unter den Rittern gibt es ein paar Narren, die glauben, sie könnten sich mit einem neuen Wappenzeichen oder einer Rüstung in einer anderen Farbe tarnen.

Auch wenn ich einen Mann nur ein einziges Mal kämpfen sah, werde ich ihn immer erkennen, selbst wenn er ein Bierfaß als Harnisch trüge und auf einer Gans auf den Turnierplatz geritten käme.«

Als das Jahr schon weit vorgerückt war, im neunten Monat, führte die Dame Ewain über den Hügelkamm, wo er noch nie gewesen war, und in einem windgeschützten Tal stießen sie auf ein Dutzend der vierschrötigen, dunkelhaarigen, kriegerisch wirkenden Männer dieses Landstrichs, die unter den Bäumen an einem Fluß Zielscheiben aufgestellt hatten. Sie übten mit Bogen, so groß wie sie selbst, und Pfeilen, deren Schaftenden ihnen beim Spannen der Sehne bis ans Ohr reichten. Die Pfeile flogen mit einem zornigen Schwirren dahin und trafen die Scheiben, obwohl diese klein und weit entfernt waren.

»Hier«, sagte die Dame Lyne, »seht Ihr die Zukunft – den Tod des Rittertums.«

»Was redet Ihr denn da, Madame? Das ist doch nur ein angenehmer Sport.«

»Schon wahr«, sagte sie. »Aber gebt mir zwanzig von diesen sporttreibenden Bauern, und ich bringe mit ihnen zwanzig Ritter zum Stehen.«

»Das ist doch verrückt!« antwortete er heftig. »Diese Spielzeuge sind für einen gepanzerten Ritter nicht mehr als Insekten.«

»Meint Ihr? Gebt mir Euren Schild und Euren Brustharnisch.« Und als er beides abgelegt hatte, ließ sie die Rüstung an einen Pfosten hängen, der hundert Schritte weit weg war. »So, Daffyd«, sagte sie, »schieß acht rasch nacheinander ab.«

Die Pfeile flogen durch die Luft, als wären sie aneinander aufgereiht, und als die Rüstung geholt wurde, sah der Harnisch aus wie ein flach gedrücktes Nadelkissen, und dort, wo die Brust des Trägers gewesen wäre, waren vier der Eisenspitzen in den Panzer eingedrungen.

»So sieht es für die Ritter aus«, sagte die Dame. »Wenn ich einen Krieg anfangen wollte, würde ich mit diesen Männern in den Kampf ziehen.«

»Sie würden es nicht wagen. Jedermann weiß doch, daß kein Bauer einem edlen, zum Kämpfen geborenen Ritter standzuhalten vermag.«

»Kann sein, sie lernen. Ich weiß, daß es für die Kriegskunst ebenso lähmend wäre, sie den Händen von Soldaten anzuvertrauen, wie wenn man die Religion denen von Priestern überantworten wollte. Doch eines Tages wird ein Anführer, der den Sieg über die hergebrachte Form des Krieges stellt, solche Männer ins Feld führen, und dann . . . dann ist es mit den Rittern vorbei.«

»Was für eine schreckliche Vorstellung«, sagte Sir Ewain.

»Wenn niedrig Geborene imstande wären, sich gegen die aufzulehnen, die zur Herrschaft, zum Bischofsamt, zur Regierung geboren sind, würde ja die ganze Welt auseinanderbrechen.«

»Ja, das würde geschehen«, sagte sie. »Das wird geschehen.«

»Ich glaube Euch nicht«, sagte Ewain. »Aber weil wir schon darüber sprechen – was würde danach kommen, Madame?«

»Nun, danach . . . danach müßten die Trümmer eben wieder zusammengefügt werden.«

»Aber von Leuten dieser Art . . .?«

»Von wem sonst. Von wem denn sonst?«

»Wenn dies wahr werden sollte, Madame, dann bete ich darum, daß ich es nicht erleben muß.«

»Wenn es wahr werden sollte, und Ihr, mein Herr Ritter, würdet einem Pfeilhagel entgegenstürmen, wäre es mit Euch vorbei. Kommt jetzt, wir wollen zurückreiten. Noch ein Monat, und Ihr seid für Eure Prüfung gerüstet, ein guter Ritter, einer der besten, doch vorher wollte ich Euch noch zeigen, was für eine Zukunft den besten Rittern auf der Welt bestimmt ist.« Sie sprach für Ewain unverständliche Worte zu den Männern mit den Langbogen und den fast einen Meter langen Pfeilen, und sie lachten und führten die Hand an die Stirn.

»Was haben sie gesagt?« fragte der junge Ritter, dem unbehaglich zumute war.

»Was sollen sie schon gesagt haben? Sie haben gesagt: ›Geht in Frieden.‹«

Der letzte Monat verging wie im Flug, so angefüllt war er. Noch nie war die Dame so kritisch, so sarkastisch gewesen, hatte sie ihn so erniedrigt. Eine Bewegung, die ihm früher ein kleines Lob eingetragen hatte, löste nun ein schrilles Schimpfen aus. Mit blitzenden Augen maß sie ihn, und aus ihrem schmallippigen Mund troff Gift, während sie ihr ganzes Wissen, alles, was sie beobachtet und erfunden hatte, in ihn hineinzupressen versuchte. Und dann wurde eines Abends – am Ende eines

Tages, an dem er nichts zu hören bekommen hatte als demüti-
gende Beschimpfungen, die ihn verzweifeln ließen – ihre
Stimme leiser. Sie schwieg, trat zurück und sah den schmutzigen, schwitzenden, erschöpften, mit Schmähungen überhäuf-
ten Ewain an.

»So«, sagte sie dann, »das war alles, was ich Euch beibringen
konnte. Wenn Ihr jetzt nicht ein fertiger Ritter seid, werdet Ihr
es nie sein.«

Er brauchte ein bißchen, bis er begriff, daß seine Lehrzeit zu
Ende war. »Bin ich jetzt ein guter Ritter?« fragte er schließlich.

»Ihr seid überhaupt kein Ritter, bis Ihr Eure Probe bestanden habt. Zumindest aber seid Ihr das Erdreich, aus dem vielleicht ein guter Ritter wachsen wird.« Und besorgt fragte sie:
»War ich ein gestrenger Lehrmeister?«

»Ich kann mir keinen schlimmeren vorstellen, Madame.«

»Das hoffe ich«, sagte sie. »Das hoffe ich wirklich. Morgen
werdet Ihr Euch säubern, und übermorgen brechen wir auf.«

»Wohin?«

»Auf Abenteuersuche. Ich habe ein Werkzeug geschmiedet.
Jetzt wollen wir sehen, was es taugt.«

Am nächsten Tag in der Frühe fuhr er im Dunkeln aus dem
Schlaf hoch, um dem gewohnten Rippenstoß zu entgehen.
Dann fiel ihm ein, daß der Stoß ausbleiben werde. Er versuchte
wieder einzuschlafen, um noch weiterzuschlummern, wonach
er sich all die Zeit so sehr gesehnt hatte, doch er war nicht mehr
müde. An diesem Tag wurde er gebadet, geschrubbt und sau-
bergeschabt. Man schnitt ihm das Haar. Die Leute der Dame
lachten, als sie sahen, wie unter den Schichten aus Schmutz,
Fett und Asche die Farbe seiner Haut zum Vorschein kam. Und
als er angekleidet war, in einer neuen Jacke und Hose aus
Schafsfell, weich und geschmeidig wie Wildleder, ließ die
Dame Lyne seine Geschenke holen.

»Hier ist ein magischer Harnisch«, sagte sie. »Die Zauberkraft wohnt in den Außenflächen. Es gibt keine Stelle daran,
wo Klinge oder Lanzenspitze einen Ansatzpunkt finden könnten. Hebt ihn hoch. Ihr seht, er wiegt nicht viel. Und hier ist ein
Topf mit reinem Hammelfett. Ihr müßt den Harnisch jeden Tag
damit einreiben, um Rost fernzuhalten und damit Schwerthiebe wirkungslos abgleiten. Euer Schild ist, wie Ihr seht, glatt
und gebördelt, und der Rand hat die gleiche Höhe wie die Flä-

che. Sollte er eine Delle bekommen, vergeßt nicht, sie auszu-
beulen. Hier ist Euer Helm – hübsch, nicht? Einfach, leicht und
sehr fest. In dieses Loch hier könnt Ihr Federn stecken, aber
nichts sonst. Jetzt Euer magisches Schwert. Nehmt es in die
Hand.«

Sir Ewain nahm es. »Es wiegt nichts, Madame. Ist es nicht zu
leicht?«

»Es kommt Euren Armen leicht vor, weil Ihr bisher mit
einem bleibeschwerten Schwert hantiert habt. Nein, es ist
schwer genug, aber der Zauber ist in der Ausgeglichenheit zu
suchen. Der Schwerpunkt liegt nicht in der Spitze, weil der
Griff mehr Gewicht hat, und die sonderbare Form soll das
Auge über die Länge täuschen.«

»Es sieht zu kurz aus.«

»Vergleicht es mit einem anderen. Dann werdet Ihr sehen,
daß es das längere der beiden ist. Und nun als letztes Eure
Lanze. Sie ist ebenfalls magisch, von den guten Feen hier bei
mir gemacht. Hütet sie gut.«

»Doch wenn sie zersplittert?«

»Sie wird nicht zersplittern. Ihr Anblick täuscht. Das Mark
besteht aus einem langen stählernen Stab, umhüllt mit unge-
gerbtem, beinahe ebenso hartem Leder. Nein, sie wird nicht
zerbrechen. Und seht her, sie hat zwei Griffe, im Abstand von
einem Fuß. Bei einem gewichtigen Gegner faßt sie am hinteren
und stoßt als erster zu. So, damit habe ich Euch beigebracht,
was ich vermag. Wenn ich auch in Euren Kopf etwas hineinge-
preßt habe, bin ich zufrieden. Geht jetzt schlafen. Wir reiten
morgen fort, allerdings nicht zu früh. Wir haben Zeit, die wir
ein bißchen genießen können.«

Als Ewain zu seinem Nachtlager kam, fand er ein mit saube-
rem Linnen bezogenes Bett vor, das nach getrocknetem Lavendel duftete, und am oberen Ende lag ein Kissen aus den weich-
sten Gänsedaunen. Vor dem Einschlafen versuchte er noch,
sich jede einzelne Lektion dieser erschöpfenden Monate in die
Erinnerung zu rufen.

Am folgenden Morgen, nach Morgengebet und Frühstück,
legte er seinen Harnisch an und wunderte sich, wie leicht dieser
war und wie ungehindert er sich darin bewegen konnte.

Dann kam die Dame Lyne zu ihm heraus, und verblüfft
stellte er fest, was für eine Verwandlung mit ihr vor sich gegan-

gen war, denn nun wirkte sie fraulich, beinahe wie ein junges Fräulein. Ihr Haar war kunstvoll aufgesteckt, die Augenfarbe nicht mehr das Gelb des Adlers, sondern ein weiches Gold, und sie bewegte sich mit dem graziösen, sicheren Schritt einer Edelfrau. Ihr Kleid war violett, mit goldenen Borten gesäumt, und darüber hing ein purpurroter Reisemantel mit Futter und Kragen aus Eichhörnchenfell. Und auf dem Kopf trug sie eine kleine Krone, wie eine Fürstin. Sie ritt einen Zelter, dessen Fell wie mattes Gold schimmerte. Zwei in Leder gewandete Gefolgsleute saßen hinter ihr auf struppigen Ponys. Die entspannten Bogen in ihren Händen wirkten wie lange Stäbe, und über der linken Schulter waren die gefiederten Enden von gebündelten Pfeilen zu sehen.

»Reitet voran!« sagte die Dame.

»In welche Richtung, Madame?«

»Den Weg, den wir gekommen sind«, antwortete sie.

Sie ritten durch nasse Nebelschwaden, die wie Stoffetzen über das weite Hügelland geweht wurden. Die Schäfer sahen sie vorbeikommen und riefen ihren Landsleuten melodische Grüße zu.

Als sie am Fuß der Berge in flaches Land kamen, durchquerten sie auf einer Furt den Fluß und ritten in den Wald hinein, abweisend und von einer unheimlichen Düsternis im Vorfrühling. Eichen und Birken mit kahlem Geäst wie Schiffsmasten, deren Takelage vor dem Sturm eingeholt wurde – ein trister Weg in einem tristen Monat.

»Kein Tag, der Abenteuer verheißt, Madame.«

Sie war den langen, gewundenen Weg von den Hügeln herab schweigend geritten, nun aber lachte sie leise. »Abenteuer kommen oder bleiben aus, wie es ihnen beliebt«, sagte sie. »Wenn die Sänger Gäste melden, strotzt ein Tag von Abenteuern wie eine pralle Traube von Beeren. Aber ich bin schon wochenlang geritten, ohne daß ein größeres Wunder geschah als ein geschwollenes Gelenk nach einer nassen Nacht.«

»Sind wir zu einem Abenteuer unterwegs, das Euch bekannt ist?«

»Nicht weit von hier wird ein Turnier abgehalten, früh im Jahr, um gute Kämpen anzulocken. Später im Jahr, wenn der treibende Geist der Ausfahrt zu sprießen beginnt, ziehen die großen Ritter zu bedeutenderen Kampfstätten. Ich hoffe, Ihr bekommt Gelegenheit, Eure Arme noch vor dem Turnier zu erproben.«

Und noch während sie sprach, kam ein gepanzerter Ritter rasselnd hinter ihnen hergeritten und rief Ewain zu: »Kommt, tut einen Gang mit mir!«

Sir Ewain sah die armselige, ausgebesserte, mit Rost bedeckte Rüstung des Ritters und sein Pferd an, das wegen einer Verstauchung hinkte. Er bemerkte, daß der Mann unsicher im Sattel saß, als wäre er mit Nadeln gespickt. Einen Augenblick lang war er unschlüssig und liebkoste seine Lanze, doch dann sagte er: »Edler Ritter, erlaubt mir freundlicherweise, mich der Aufforderung mit Ehren zu entziehen, denn ich will Euch sagen, daß ich eidlich gelobt habe, erst mit einem bestimmten Gegner zu kämpfen. Ich habe geschworen, keine Waffe zu ziehen, ehe ich ihn gefunden habe.«

Der fremde Ritter sagte: »Aber gewiß, junger Herr, ich will Euren Eid respektieren und Euch Eurer Wege ziehen lassen, da mir meine Ritterehre teuer ist.«

»Das ist edel gesprochen, Sir. Ich danke Euch.«

Der fahrende Ritter entbot mit einer Berührung seines Visiers der Dame seinen Gruß und ritt mit einem metallischen Klingen unsicher schwankend davon, während seine altersschwache Mähre wie ein störrisches Fohlen mit der Kandare kämpfte. Als er verschwunden war, sagte die Dame: »Das war wohlgetan, Sir.«

»Ich mußte lügen, Madame.«

»Es war eine ritterliche und gütige Lüge«, sagte sie. »Warum solltet Ihr seinen Stolz verwunden und seinen Körper obendrein.«

»Trotzdem«, sagte Ewain, »hoffe ich meine Arme noch zu erproben, ehe ich am Turnier teilnehme.«

»Auch die Geduld ist eine ritterliche Tugend«, bemerkte sie.

Bald danach trafen sie auf einer Lichtung den Ritter mit dem rostigen Harnisch wieder. Er saß auf der Erde und hielt seinen geborstenen Schild über sich, während ein hochgewachsener Ritter zu Pferde mit der Lanze auf ihn einstach wie ein Gärtner, der Blätter aufspießt.

Da lachte Ewain das Herz. »Haltet ein, Sir!« rief er.

»Was sehe ich da?« sagte der große Ritter. »Ein Bürschchen

in einer Spielzeugrüstung. Das ist ein schwarzer Tag für mich – ein rostiger Misthaufen und ein Knäblein.«

Nun blickte sich Ewain besorgt und ratsuchend nach der Dame um, doch sie war an den Rand der Lichtung geritten und wollte weder zu ihm hinsehen, noch ihm helfen. Und Ewain wollte im ersten Zweikampf nach Abschluß seiner Lehrzeit eine gute Figur machen. Alles Erlernte schwirrte ihm wie ein Bienenschwarm durch den Kopf, und eine einzelne Biene löste sich aus dem Schwarm und summte: »Du mußt es erst mit mir aufnehmen, ehe du gegen ihn kämpfst.« Und plötzlich war der junge Ewain ganz gelassen. Er prüfte rasch Sattelgurt und Schildriemen, lockerte das Schwert in der Scheide und ritt dann absichtlich ganz langsam auf die andere Seite der Lichtung, wobei er den hochgewachsenen Ritter im Auge behielt.

Die beiden Ritter senkten ihre Lanzen und ritten aufeinander zu, doch auf halbem Weg zügelte Ewain sein Pferd, lenkte es herum und ritt in einem Bogen zurück zu seiner Ausgangsstellung, während der große Ritter sein schnaubendes, sich nach vorne werfendes Roß zu bändigen versuchte.

»Entschuldigt, Sir«, rief Ewain, »aber mein Sattelgurt ist locker.« Er tat so, als zöge er die Riemen an, aber er hatte gesehen, was er hatte sehen wollen: wie der Gegner im Sattel saß, was sein Pferd taugte und wie er mit sich selbst zurechtkam. Ewain blickte eine Sekunde lang zu der Dame Lyne hin, sah in ihren Augen einen gelben Glanz und auf den schmalen Lippen ein Lächeln des Verstehens.

»So geht es einem mit Kindern«, brüllte der hochgewachsene Ritter. »Paßt besser auf!« Er bewegte sein aufsässiges und zugleich scheues Pferd zu einem schwerfälligen Galopp. Ewain sah, wie die Lanzenspitze hochfuhr und sich senkte. Er lenkte sein Pferd in einem weiten Bogen nach rechts und zwang so den Gegner, seine Richtung nach links zu ändern. Im letzten Augenblick schwenkte Ewain lässig auf ihn zu, stieß mit der Lanzenspitze beinahe zart gegen den Schuppenpanzer des großen Ritters und hob ihn aus dem Sattel, so daß er rasselnd auf die Erde stürzte, während sein wütendes Roß in den Wald davongaloppierte.

Ewain wendete sein Pferd, trabte zurück und sagte: »Ergebt Ihr Euch, Herr Ritter?«

Der andere lag mit verdrossenem Gesicht auf der Erde,

blickte zu dem jungen Mann hinauf, den er zum erstenmal richtig sah, und sagte:»Wenn dieser Stoß Glück war, habe ich Pech gehabt, und wenn er kein Glück war, ist mein Pech noch größer. Ich kann nicht zu Fuß gegen Euch kämpfen. Ich glaube, ich habe mir eine Hüfte gebrochen. Sagt mir, Sir, war Euer Sattelgurt wirklich locker?«

Ewain sagte:»Ergebt Euch!«

»O ja, ich ergebe mich bereitwillig. Mir bleibt ja nichts anderes übrig. Ich war zum Turnier unterwegs, und jetzt sitze ich hier, und das alles nur, weil ich gegen den Sack voll Knochen dort gekämpft habe.«

»Ihr seid der Gefangene dieses edlen Mannes«, sagte Ewain. Er trat zu dem Ritter mit der rostigen Rüstung, der sich auf unsicheren Beinen erhob.»Ich überantworte ihn Euch, Sir«, sagte er.»Ich weiß, Ihr werdet ritterlich mit ihm verfahren, wie Ihr es mir gegenüber getan habt. Sein Harnisch ist Euer Lohn. Kümmert Euch um seine Verletzung.«

»Wie heißt Ihr, Sir?«

»Mein Name ist der eines noch unerprobten Mannes«, sagte Ewain.»Wenn Ihr zu dem Turnier reitet – ich hoffe, mich dort zu bewähren.«

»Ja, ich bin zu dem Turnier unterwegs und bitte um die Ehre, an Eurer Seite kämpfen zu dürfen.«

Als sie weiterritten, sagte die Dame sarkastisch:»Versucht diesen Trick nicht bei einem Ritter, der sich auskennt. Er war zu durchsichtig.«

»Ich fand, ich müßte meinen ersten Kampf gewinnen.«

»Es war ja recht gut gemacht«, erwiderte sie.»Aber es roch nach einem Trick. Versucht nächstes Mal, es mehr wie Zufall aussehen zu lassen. Ich finde, Ihr hättet es auf einen Lanzenkampf ankommen lassen können. Ein zweiter Gang, und er wäre auch ohne Euer Zutun vom Pferd gefallen.« Und als sie sah, daß Ewain unter ihrer Kritik zusammensank, fuhr sie fort:»Für das erste Mal war es durchaus in Ordnung. Vielleicht habt Ihr recht daran getan, übervorsichtig zu sein. Doch zum Stolz habt Ihr erst dann Anlaß, wenn Ihr einen guten Gegner bezwungen habt.«

Dreimal im Laufe des Nachmittags überholten sie Ritter, die zum ersten Turnier des Frühjahrs unterwegs waren. Ewain tjostete gegen jeden, stieß jeden aus dem Sattel und weigerte sich auf Weisung der Dame, zu Fuß zu kämpfen. »Das wollen wir uns für das Turnier aufheben«, sagte er.

Die Dame ließ zwar eine grimmige Befriedigung erkennen, meinte aber: »Ich bin ein bißchen besorgt. Ich mißtraue Eurer Könnerschaft. Vielleicht mißtraue ich mir selbst.« Dann beschäftigte sie sich kurze Zeit mit ihren Gedanken, beantwortete seine Fragen nur knapp und widerwillig und sagte schließlich: »Es hat keinen Sinn, hat nie einen gehabt. Habt Ihr bemerkt, junger Herr, daß ich mich heute wie eine Dame betragen habe?«

»Ja, Madame.«

»Wie hat es Euch gefallen?«

»Es ist mir sonderbar vorgekommen, Madame. Sonderbar und ungemütlich.«

Sie seufzte erleichtert auf. »Es war immer sonderbar, als wäre ich ein Huhn mit einem Pelz. In meinem Herzen bin ich ein Kämpfer und ein Lehrer von Kämpfern. Oh, ich habe es schon versucht, habe mich mannhaft bemüht, fraulich zu sein. Es hat Euch nicht gefallen?«

»Nicht so gut wie Eure Art sonst, Madame.«

»Ich heiße Lyne«, sagte sie. »Jetzt etwas anderes – ich glaube nicht, daß die Männer im Kampf wirklich Großes leisten. Ich meine, der Durchschnitt. Zu weich, zu fair, zu eitel. Eine Frau mit dem Körper eines Mannes wäre eine unvergleichliche Kämpferin. Aus Euch wird ein recht guter Ritter werden, aber gerade der Umstand, daß Ihr ein Mann seid, setzt Euch Grenzen. Könnt Ihr Euch vorstellen, was für ein Recke Eure Mutter geworden wäre? Denkt an die berühmten Kämpen – kein einziger von ihnen hatte wirklich etwas für Frauen übrig, welchen Grund sie auch genannt haben mögen. Es stimmt, daß Frauen die Ritterlichkeit erfunden haben, allerdings aus eigensüchtigen Gründen. Wären Frauen die Ritter geworden, hätten sie die Ritterlichkeit als ein Verbrechen und als eine Gefahr bestraft.«

»Nun ja«, fuhr sie fort, »da läßt sich nichts machen. Wir müssen mit dem vorliebnehmen, was wir haben. Mir ist eine Idee zum Kämpfen gekommen. Aber, um es gleich zu sagen, sie wird nie akzeptiert werden. Sie ist zu vernünftig, und die Männer sind Gewohnheitstiere. Beim Tjosten ist das Beinzeug nicht notwendig. Es kommt zwar vor, daß ein ungeschickter Lanzenstoß oder eine abgleitende Lanzenspitze einen Mann an den Beinen verwundet. Aber beim Kampf zu Fuß – wie viele Beinwunden habt Ihr schon gesehen? Trotzdem«, fuhr sie fort, »tragen die Männer die schweren Beinschienen. Und wenn die Kraft eines Mannes nachläßt, sind es nicht die Arme, die zuerst erlahmen, sondern die Beine. Und wenn einem Kämpfer das Alter anzumerken ist, zeugen als erstes die Beine gegen ihn. Wenn das Beinzeug in den Sattel eingebaut werden könnte – vielleicht würde das funktionieren. Oder wenn das nicht geht, könnte man mittels eines einfachen Hakens die schweren Dinger fallen lassen. Ein Mann, der unterhalb der Lenden nicht gepanzert ist, wäre beim Schwertkampf zu Fuß schneller und würde länger durchhalten.«

»Aber es würde lächerlich aussehen«, sagte Ewain.

»Na bitte! Und da heißt es, die Frauen seien eitel.«

Unter solchen Gesprächen ritten sie dahin, und als der Abend kam, wurden noch einmal zwei Ritter von Ewain zum Kampf gefordert und aus dem Sattel geworfen. Die Dame Lyne war in aufgeräumter Stimmung, als sie in der Burg an der Grenze von Wales eintrafen, wo das Turnier stattfinden sollte.

Es war eine kleine, häßliche Burg, ein uraltes, halb in Trümmern liegendes Gemäuer, unwohnlich wie eine Höhle. Die Wände der inneren Räume schwitzten Feuchtigkeit aus, in den Schlafgemächern hing der Geruch des Sterbens und, schlimmer noch, des Lebens, und die Fische im Burggraben waren an dem hineingeworfenen Unrat verendet. Die versammelte Ritterschaft des Umlands saß in der großen Halle und versuchte, möglichst viel Dünnbier in sich hineinzuschütten, um sich das Blut im Leib zu wärmen.

Die Dame Lyne beklagte sich nicht über die Burg, doch als sie die ritterliche Versammlung sah, wurde sie unruhig und wollte wieder fort. Leise sprach sie zu Ewain neben ihr an dem langen Tisch, der mit den grausig anzusehenden Kadavern halb gebratener Schafe bedeckt war.

»Die Sache gefällt mir nicht«, raunte sie. »Ich mache mir Sorgen. Hier ist kein einziger Mann, der eine Brücke gegen ein Kaninchen verteidigen könnte. Doch gerade bei solchen Zusammenkünften gehen große Ritter durch unglückliche Zufälle zugrunde. Es macht mir nichts aus, einen Mann in einem berühmten Zweikampf mit einem ebenbürtigen Gegner zu verlieren, aber durch Zufälle . . . Hört mir gut zu, junger Mann: Geht keine Risiken ein, keinerlei Risiken! Mit den Männern, gegen die Ihr kämpft, werdet Ihr keine Probleme haben. Was ich fürchte, das ist ein ungeschickter Hieb, der auf einen anderen zielt. Vergangenes Jahr nahm an einem solchen Turnier wie hier ein Schüler von mir, Sir Reginus, teil, der die Welt der ritterlichen Kämpfer in Staunen versetzt hätte. Da holte so ein Tölpel zu einem großen Hieb gegen einen anderen Mann aus und ließ dabei den Schwertgriff los. Das Schwert flog durch die Luft, die Spitze bohrte sich durch die Sehschlitze von Reginus' Visier, drang durchs rechte Auge ins Gehirn, und er fiel langsam, wie eine gefällte Fichte, in den Sand. Nein, das hier gefällt mir ganz und gar nicht.«

Am folgenden Morgen fand bei Regen auf dem glitschigen Platz das traurige Turnier statt. Obwohl mit einer Dreckkruste überzogen und von hochspritzender Jauche geblendet, stieß Sir Ewain dreißig Ritter vom Pferd und errang den Siegespreis, einen Geierfalken mit schimmerndem Gefieder und einen Schimmel mit einer Schmuckdecke aus gelbem Tuch, Goldtuch genannt, um es vornehm zu machen. Ewain wischte sich über die Augen und brachte seine Trophäen der Dame Lyne.

»Ich danke Euch für Eure noble Geste, teurer Ritter«, sagte sie und setzte hauchend hinzu: »Wenn Ihr nicht Sieger geworden wärt, hätte ich Euch im Burggraben ertränkt, nur daß der Graben dummerweise der einzige trockene Ort in diesem Landstrich ist.«

»Ich gelobe, Euch ein pflichtgetreuer Diener zu sein, Madame«, erklärte Ewain feierlich.

»Machen wir uns rasch auf den Weg«, sagte sie. »Unter einem Baum im Wald werde ich besser und trockener schlafen.« Sie trat zu ihrem Gastgeber und dankte ihm artig. »Herr Ritter«, sagte sie, »dieser Mann, der für mich kämpfte, hat soeben Kunde von einem Aufruhr auf seinen Ländereien erhalten. Mit Eurer Erlaubnis müssen wir scheiden, um ihn niederzuschlagen.«

»Natürlich muß er das. Wo hat er denn seine Ländereien, Madame?«

Sie machte eine unbestimmte Handbewegung ostwärts. »Weit von hier«, sagte sie. »Ganz am Rand der Welt. Er muß augenblicklich aufbrechen.«

»Das muß Muscony sein, Madame.«

»Ja, Muscony«,* sagte die Dame Lyne.

Abends in einem guten Nachtquartier unter einem überhängenden Felsen, das mit üppigen Kleidungsstücken aus den Satteltaschen von Lynes Leuten ausgelegt und gepolstert war, legte sich die Dame auf ihrem Ruhelager aus aufeinandergelegten Pelzen zurück und seufzte befriedigt. »Die armen Teufel«, sagte sie. »Sie können immer nur eine Sache auf einmal lernen. Eben jetzt habe ich ihnen erst beigebracht, mich nicht zu bestehlen. Nun, morgen ist wieder ein anderer Tag. Morgen reiten wir zu der Burg der Dame vom Felsen.«

Als sie aufbrachen, fiel der kalte Märzregen noch immer. Die Pferde senkten die Köpfe und legten die Schweife dicht an, um sich etwas davor zu schützen.

»Hoffentlich habt Ihr Euren Harnisch mit Fett eingerieben«, sagte die Dame. »Wenn nicht, werdet Ihr alsbald aussehen wie ein rostiger Nagel. Zum Glück ist die Burg auf dem Felsen nicht weit entfernt. Und dort werdet Ihr ein Abenteuer erleben, das zu erzählen sich lohnt. Ich nehme an, bei Eurem Ritterschlag habt Ihr geschworen, den Damen beizustehen und Witwen und Waisen zu beschirmen, namentlich solche von edler Abkunft.«

»So ist es«, sagte Ewain. »Und ich werde meinen Schwur halten.«

»Ihr habt Glück«, sagte sie. »Die Dame vom Felsen ist all dies zusammen – Witwe, Waise und von edler Abkunft. Außerdem bedarf sie mehr des Beistands als sonst ein Mensch, den ich kenne. Als der Gemahl dieser Dame aus der Welt schied, ließ er sie im Besitz von ansehnlichen Ländereien zurück, Wäldern und Weidegründen, dazu Katen und Leibeigenen und zwei wohlgebauten und wehrhaften Festen, die Burg auf dem Felsen und die Rote Burg. Als zwei Brüder namens Edward und Hugh erfuhren, daß diese Dame ihres Herrn und Beschützers beraubt war, rissen sie die Rote Burg und einen großen Teil der Ländereien, die der Dame gehörten, an sich. Sie ließen ihr nur die Burg auf dem Felsen, und auch dieser gedenken sie sich zu gegebener Zeit zu bemächtigen wie auch der Dame selbst, denn sie ist schön und artig und wohlgeboren. Diese beiden Brüder

---

* Steinbeck schreibt *Muscony*. Ob er den Fehler absichtlich gemacht hat, läßt sich nicht entscheiden. Gemeint ist wohl *Muscovy,* das alte Wort für Rußland.

nennen sich derzeit Sir Edward und Sir Hugh von der Roten Burg. Sie ziehen Pachten und Abgaben ein, fordern Lehnsdienste und spielen sich, unterstützt von bewaffneten Söldnern, auf dem Besitztum als die Herren auf.«

Ewain sagte: »Madame, das ist zweifellos ein Fall, der Beistand verlangt. Ich werde mit diesen Rittern um das Erbe der Dame kämpfen.«

»Ich muß Euch warnen, junger Herr, daß diese beiden keine fahrenden Ritter sind, jederzeit bereit, um der Ehre willen ihr Leben aufs Spiel zu setzen. Sie sind brave, anständige, fleißige, gewissenhafte Diebe und werden nur dann kämpfen, wenn sie sicher sind, daß sie Sieger bleiben.«

»Ich werde sie bei ihrer Ehre packen«, sagte Ewain.

»Ihr werdet vermutlich feststellen, daß ihnen an ihrem Besitz mehr liegt als an der Ehre«, sagte die Dame Lyne. »Vielleicht, daß ihre Enkelsöhne es mit der Ehre versuchen werden, wenn sie auf der Welt sind.« Sie deutete auf eine gestürzte Eiche, die mit ihrem emporragenden Wurzelwerk eine kleine Höhle gebildet hatte, bewohnt von Füchsen, Wildschweinen, Dachsen, Bären und vielleicht auch Drachen, bis Menschen sie allesamt daraus vertrieben. »Suchen wir dort Schutz vor diesem elenden Regen«, sagte sie.

Eine kleine mit Asche gefüllte Grube in der Höhle zeigte an, daß sie kurz vorher noch bewohnt gewesen war, und einer der Bogenschützen machte sich ans Werk, ein Feuer zu legen, wurde jedoch von der Dame daran gehindert. »Wir dürfen keinen Rauch machen«, sagte sie. »Wir sind schon in der Nähe der Burg auf dem Felsen, die man von der Spitze des nächsten Hügels samt dem ganzen Umland sehen kann. Wenn ich vom Schlag Edwards und Hughs wäre und wie sie am Leben bleiben und es noch mehr genießen wollte, würde ich auf dem Hügel Wächter für den Fall postieren, daß sich in irgendeinem jungen Ritter das Verlangen regen sollte, einer Dame in Bedrängnis zu Hilfe zu eilen.«

»Ich werde hinaufreiten und sie aus dem Weg schaffen, Madame«, sagte Ewain.

»Ihr werdet Euch hierhersetzen und warten, Herr Ritter.«
Sie rief ihre Männer zu sich und sprach zu ihnen in der alten keltischen Mundart, und sie nickten, lächelten und berührten ihre zerzausten Stirnlocken. Dann holten sie aus ihren Beuteln

gut eingewachste Bogensehnen und spannten ihre Langbogen. Beide Männer suchten sich acht Pfeile aus, schärften die Eisenspitzen und linsten die Schäfte entlang, um zu kontrollieren, ob sie verbogen waren. Dann schlichen sie leise den Hang hinauf, nicht auf dem Weg, sondern durch das tropfende Dickicht, und kein Geräusch verriet, daß sie auf dem Kriegspfad waren.

Die Dame Lyne sagte: »Wir müssen uns irgend etwas ausdenken, um die beiden Brüder dazu zu bringen, daß sie sich zum Kampf stellen. Wenn Ihr ein bißchen von Euren Grundsätzen abgehen und so tun könntet, als tapptet Ihr in eine Falle . . . nun ja, wir werden sehen. Habt Ihr das eben gehört?«

»Was, Madame?«

»Ich dachte, ich hätte einen Schrei gehört . . . Horcht! Noch einer.«

»Den habe ich auch gehört. Er klang wie ein Todesschrei.«

»Es war einer«, sagte die Dame.

Lange hörten sie nur die Regentropfen fallen, und das Murmeln eines Baches. Und dann kamen die ausgeschickten Männer zurück. Jeder von ihnen trug, an einem Riemen über den Rücken geschnallt, einen Harnisch, und ihre Hosengürtel wurden von schweren Schwertern nach unten gezogen. Sie legten mit rasselnden Geräuschen die Rüstungen am Höhleneingang nieder und lächelten leicht, während sie berichteten.

»Es waren nur zwei«, erläuterte die Dame Lyne. »Meine Männer glauben, der Weg ist jetzt frei, aber wenn wir uns aufmachen, werden sie sicherheitshalber vorausreiten.«

Die Dame vom Felsen begrüßte sie mit freudiger Erleichterung. Sie war eine edle, schöne Frau, von Sorge abgehärmt. »Niemand ist mir zu Hilfe gekommen«, sagte sie. »Sie haben mir meine ganzen Ländereien, alle meine Leibeigenen weggenommen. Wir haben einen kleinen Vorrat Salzheringe und etwas eingepökeltes Schweinefleisch, sonst nichts. Meine waffentragenden Männer sind ganz abgemagert. Aber was kann ein einziger junger Ritter schon ausrichten?«

Ewain sagte: »Ich werde sie auffordern, mit mir zu kämpfen, damit Gott zeigen kann, wesser Sache die gerechte ist.«

Die beiden Damen tauschten einen mitleidvollen Blick. »Ich danke Euch, edler Ritter«, sagte die Dame vom Felsen.

Die Brüder nahmen die Aufforderung, sich einzufinden, rasch an und erschienen mit einer Gefolgschaft von hundert

Bewaffneten, denn sie hatten die toten Wächter am Weg entdeckt, die ihrer Rüstungen beraubt worden waren und seltsame Wunden trugen.

Die Dame vom Felsen wollte Ewain nicht gestatten, ins Freie zu gehen und mit den Brüdern zu verhandeln, »denn das«, sagte sie, »sind keine Männer, die die geheiligten Bräuche achten«. Das Tor war geschlossen, die Zugbrücke hochgezogen. Die Dame Lyne sprach, von Ewain dazu ermächtigt, von der Burgmauer aus die Brüder an. Sie rief hinab: »Wir haben hier einen Ritter, der für die Burgherrin gegen einen von euch um die ihr geraubten Ländereien kämpfen will.«

Die Brüder lachten sie aus. »Warum sollten wir um etwas kämpfen, das wir bereits haben?« fragten sie.

Sie war auf diese Antwort vorbereitet und ging behutsam zu Werke, denn sie wußte, es gibt Männer, die sich nur in den von ihnen selbst gebauten Fallen fangen lassen. »Unser Kämpe ist noch jung, erst vor kurzem zum Ritter geschlagen und begierig nach Ruhm. Ihr wißt ja, wie junge Männer sind. Nun denn, wenn ihr nicht helfen wollt, ihm die Sporen zu vergolden, dann eben nicht. Ich wünschte, ich könnte ohne Zeugen mit euch sprechen.«

Die Brüder berieten sich, und dann sagte der eine: »Dann kommt zu uns herab.«

»Welche Sicherheit bietet ihr mir?« fragte sie.

»Meine Dame«, gab er zur Antwort, »wegen Eurer Sicherheit befragt Eure Vernunft. Was hätten wir davon, eine Dame ohne Land zu bekriegen. Wenn wir treulos handeln, was bekommen wir außer einem alten Gerippe?«

Die Dame lächelte in sich hinein. »Wie angenehm, mit Herren zu sprechen, die sich vom Verstand, nicht von der Leidenschaft leiten lassen. Ich werde allein zu euch hinabkommen. Ich habe keine Angst, aber die anderen hier in der Burg könnten sich Sorgen machen. Laßt eure Leute zurückweichen, so daß sie von euch so weit entfernt sind wie ihr von der Mauer.«

Sie achtete nicht auf die Warnungen der anderen, doch ehe sie zum Burgtor hinabstieg, ließ sie ihre beiden Bogenschützen hinter Schießscharten Aufstellung nehmen, von außen unsichtbar, aber mit auf die Kerbe gelegten Pfeilen und freiem Schußfeld.

Sie nahm ihre Position am Burggraben ein und ließ die Brüder an diese Stelle kommen, wo Pfeile sie niederstrecken würden, sobald sie die Hand hob.

»Meine Herren, wir sind keine Kinder. Jetzt, da uns niemand aus der hehren Ritterschaft hört, wollen wir die Situation erörtern. Ihr habt die Ländereien der Dame wie auch die Rote Burg. Warum solltet ihr darum kämpfen?«

»So ist es. Man sieht, Ihr seid eine Dame von Erfahrung.«

»Dagegen habt ihr nicht die Burg auf dem Felsen, und ich glaube nicht, daß ihr sie erstürmen könnt. Sie ist fest gebaut und hat gute Verteidiger.«

»Das ist gar nicht notwendig«, sagte Sir Edward. »Sobald der Proviant zu Ende ist, fällt sie uns ohnedies zu. Niemand hat Zugang zu ihr. Wir überwachen das Land ringsum.«

»Euer Argument ist bestechend«, sagte die Dame Lyne. »Beziehungsweise war es bis vor kurzem. Habt ihr den Paß im Westen inspiziert, meine Herren?«

Sie blickten einander rasch an.

»Ihr habt festgestellt, daß der Paß offen ist, meine Herren. Wißt ihr aber, was sich auf diesem unbewachten Weg heimlich in die Burg schlich? Ich will es euch sagen: fünfzig walisische Bogenschützen, stumm und verstohlen wie die Katzen. Und was ihr gesehen habt, war das Werk von nur zweien dieser Männer. Ich brauche euch nicht zu sagen, was für Nächte ihr vor euch habt. Jeder Schatten kann euch den Tod bringen, jeder kleine Lufthauch das Flüstern dunkler Schwingen sein.« Dann legte sie eine Pause ein, damit sich die Ungewißheit festfraß. Einen Augenblick später fuhr sie fort: »Ich finde ebenfalls, daß es töricht wäre, um das zu kämpfen, was ihr bereits habt. Aber wollt ihr nicht um das kämpfen, was ihr nicht besitzt? Um die Burg auf dem Felsen und damit die Gewißheit, daß ihr dann alles habt und für immer? Ihr seid doch vernünftige Männer.«

»Was schlagt Ihr vor, Madame?« fragte Sir Hugh.

»Wenn ihr genug Mut habt, einen hohen Einsatz zu wagen, schlage ich vor, daß ihr gegen den Ritter der Burgherrin kämpft. Es ist ja nicht so, daß er ein großer und weithin berühmter Ritter wäre. Es ist nicht viel mehr als ein Knabe.«

»Was habt Ihr für ein Interesse daran, Madame?« fragten sie argwöhnisch.

»Ich bin in einer glücklichen Lage«, antwortete sie. »Wenn

ich den Kampf zustande bringe, wird die Dame vom Felsen es mir lohnen. Und solltet ihr gewinnen, darf ich vielleicht hoffen, daß ihr euch nicht undankbar zeigen werdet.«

Die Brüder traten ein Stück beiseite, um zu beratschlagen, und nach einer kurzen Debatte kamen sie zurück. »Madame«, sagte Sir Edward, »wir beide kamen zur selben Stunde aus demselben Schoß. Keiner von uns tut etwas ohne den andern, schon seit den Tagen, als wir Kleinkinder waren. Wir kämpfen gemeinsam und nur gemeinsam. Denkt Ihr, Euer Ritter wäre bereit, gegen uns beide zugleich zu kämpfen?«

»Ich weiß nicht. Er ist noch sehr jung und eigensinnig. Ihr wißt ja, wie ehrgeizige Knaben sind. Ich kann ihn fragen. Doch wenn er sich bereit erklärt, morgen früh gegen euch anzutreten, müßt ihr eure Männer in zweihundert Schritt Abstand zurücklassen.«

»Ist das eine List, Madame?«

»Nein«, sagte sie. »Das ist die Bogenschußweite. Wenn die ungebärdigen Bogenschützen bei uns wild werden oder eure Männer herankommen sollten, um einzugreifen, würden viele von ihnen umkommen.«

»Das hört sich vernünftig an«, sagten die beiden. »Versucht Euren Ritter zu bewegen, daß er gegen uns beide gleichzeitig antritt.«

»Ich werde mir alle Mühe geben, meine Herren. Und sollte Gott euch den Sieg verleihen, werdet ihr euch hoffentlich meiner erinnern.« Sie lächelte die Brüder an, kehrte in die Burg auf dem Felsen zurück, die Zugbrücke ging hoch, und hinter der Dame schloß sich das riesige Tor.

Als sie ihr Abendbrot verzehrt hatten, begab sich die Dame vom Felsen in ihre Kapelle, um den Beistand des Himmels herabzuflehen, die Dame Lyne aber zog Sir Ewain zum Torturm, von wo aus sie auf die Zugbrücke und die schöne Wiese jenseits des Burggrabens hinabblicken konnten. »Ihr dürft nicht denken, daß ich Euch als einen Dummkopf hingestellt habe«, sagte sie. »Das Problem war, sie überhaupt kampfwillig zu stimmen. Sie hatten wirklich keinen Grund, jetzt aber wähnen sie, einen zu haben. Habt Ihr sie genau beobachtet, während ich mit ihnen sprach?«

»Ja, Madame.«

»Und was habt Ihr gesehen?«

»Sie sind kräftig gebaut, wohlgestaltet, größer als ich und gleich schwer. Der, der rechts stand . . .«

»Merkt Euch, das ist Sir Hugh.«

»Er wurde einmal am rechten Knie oder Bein verwundet, denn er zieht den rechten Fuß nach. Ich nehme an, daß sie achtbare Kämpfer sind.«

»Was sonst noch? Befragt Euer Gedächtnis.«

Er schloß die Augen und stellte sich das Bild vor. »Ja, ich habe noch etwas bemerkt, etwas Sonderbares. Sie tragen ihre Schwerter auf verschiedenen Seiten. Das ist es. Der eine ist Rechts- und der andere Linkshänder.«

Sie streckte die Hand aus und berührte ihn an der Schulter – eine kleine Akkolade. »Gut, mein Ritter«, sagte sie. »Wie standen sie da?«

Wieder schloß er die Augen. »Die Scheiden der Schwerter waren nebeneinander, während sie dastanden – also ist der, der von mir aus gesehen, rechts stand, Sir Hugh, Linkshänder.«

»Und so werden sie auch kämpfen«, sagte sie. »Die Schwertarme außen, die Schilde nebeneinander – höchst gefährlich. Ihr müßt dafür sorgen, daß sie auseinanderrücken und versuchen, in Euren Rücken zu kommen. Ihr müßt zurückweichen und die leicht angezogene Zugbrücke im Rücken behalten. Nun gibt es einen Trick, den ich nur ein einziges Mal gesehen habe.«

»Vielleicht kenne ich ihn, Madame, oder ich kann ihn mir vorstellen. Wie ich sie dazu bringen könnte, daß sie die Plätze tauschen?«

Das Adlerauge der Dame leuchtete vor Stolz auf. »Ja, das ist es!« rief sie. »Ich habe Euch gut gewählt, oder das Glück war mit mir. Wenn Ihr es schafft, daß ihre Schwertarme nebeneinander sind, werden sie sich gegenseitig behindern, und Ihr seid im Vorteil. Aber wartet, junger Mann – wenn sie ein bißchen abgekämpft sind . . .« Sie zeichnete mit einem Finger in den Staub, der auf dem Steinboden des Turms lag. »Hier eine Finte würde den da auf Euch ziehen. Wenn Ihr Euch dann rasch um ihn herumdreht, wird er Euch hierher folgen. Dann greift hier an, weicht zurück, noch einmal angreifen – schnell! Versteht Ihr? Dann habt Ihr sie umgekehrt wie vorher dastehen. Aber Ihr müßt es schnell tun, eine zweite Chance bekommt Ihr nicht. Ich nehme an, die beiden kämpfen schon seit vielen Jahren auf diese Weise. So, und jetzt zum Tjosten. Darüber mache ich mir keine Sorgen. Mit der Lanze nehmt Ihr es mit jedem auf. Und es ist schwierig für zwei Ritter, zur selben Zeit loszustürmen. Ihr habt ein gutes Roß und könnt ihnen nach Belieben ausweichen oder auch nicht. Aber es gibt noch einen anderen Vorteil. Habt Ihr ihn bemerkt?«

»Ich weiß nicht«, sagte Ewain. »Die größten Ritter kämpfen mit beiden Händen gleich gut. Ich habe gesehen, daß sie von der rechten zur linken Hand wechseln und umgekehrt.«

»Ich denke, Ihr werdet feststellen, daß diese beiden nicht die besten Ritter sind«, sagte sie. »Sie sind Räuber, die ein Jüngelchen zu besiegen hoffen. Laßt sie bis zum letzten Augenblick in diesem Glauben. So, und jetzt geht schlafen. Und habt keine Angst. Ich bin nicht willens, einen guten Ritter, den ich selbst ausgebildet habe, durch zwei Halunken zu verlieren.«

Der nächste Morgen war günstig für einen Kampf. Die ersten Amseln des Frühlings begrüßten die Sonne und sangen sich in den Büschen längs des Burggrabens die Kehlen warm, und auf dem grünen Gras der Wiese lag ein goldener Hauch. Kaninchen ließen in der Sonne ihr Fell trocknen und leckten sich die Brust ab. Ein Schwarm eben erst ausgeschlüpfter Kaulquappen kapriolte im Wasser des Burggrabens umher (wie winzige Wale), während ein Reiher, der auf einem lanzengeraden Bein würdevoll dastand, sie herankommen ließ und dann mit der Pinzette seines Schnabels eine nach der andern wie reife Kirschen herauspickte.

Der junge Ewain war schon früh wach. Er schärfte sein Schwert, schliff seine schwarze Lanze tadellos spitz, und zuletzt salbte er seinen Harnisch mit geklärtem Fett, das er mit den Fingerspitzen sanft in jedes bewegliche Teil einrieb. Er war freudig erregt, und als die Dame Lyne neben ihn trat und gluckte wie eine brütende Henne, sagte er: »Madame, habt Ihr nicht eine Zier für meinen Helm?«

»Ach, kommt«, sagte sie. »Möchtet Ihr eine graue Haarsträhne oder einen feuchten Handschuh haben?« Doch der Gedanke ließ ihr keine Ruhe, und sie ging weg. Als Ewain den Helm beiseite gelegt hatte und in die Kapelle gegangen war, um die Messe zu hören, brachte sie eine Adlerfeder, braunschwarz und mit weißgefiedertem Kiel, und befestigte sie am Scharnier seines Visiers.

Zur Stunde der Prim erschienen die beiden Brüder mit zusammengescharrter Würde, mit scheppernden Trompeten und Gefolgsleuten, die mit einem Kunterbunt erbeuteter Dinge ausgerüstet waren. Die Brüder ließen sie eine Bogenschußweite entfernt eine Reihe bilden und kamen dann mit einem einzigen Trompeter herbei, der vor ihnen herging und blecherne Töne von sich gab.

Ewain ergriff seinen Schild, um zu ihnen hinauszureiten, aber seine Dame hielt ihn zurück. »Laßt sie eine Weile blasen«, sagte sie. »Je länger Ihr sie warten laßt, um so besser. Geht hinunter in den Hof und steigt auf Euer Pferd, reitet aber erst hinaus, wenn ich das Zeichen dafür gebe.« Sie sprach lange zu ihren beiden wilden Bogenschützen, ließ sie neben sich auf den Torturm treten, gedeckt von den Zinnen, und jeder hatte einen Vorrat von Pfeilen neben sich, zwei große Büschel aus grauen Gänsefedern. Die Bogenschützen beobachteten ihr Gesicht aufmerksam wie Jagdhunde.

Die Dame Lyne blickte hinab in den Burghof und sah Ewain auf seinem gepanzerten Pferd sitzen, die große schwarze Lanze senkrecht aufgestellt, die Adlerfeder über seinem Helm nach hinten gebogen. Und noch immer wartete sie, bis schließlich dem Trompeter auf der Wiese die Luft ausging und der ganze pompöse Aufzug in Unruhe geriet.

Sir Hugh rief zu der Burg hinauf, aus der nichts zu hören war: »Kommt herunter, jämmerlicher Ritter, wenn Ihr keine Angst habt!«

Und noch immer wartete sie. Die Brüder, die irgendeinen Anschlag argwöhnten, waren zusammengerückt und blickten voll Mißtrauen und in aufkeimender Furcht hinauf. Erst dann hob sie die Hand. Die Zugbrücke fiel krachend herab, die Torflügel flogen auf, und Ewain galoppierte kühn hinaus. Er ritt an den Rittern vorbei, wendete, nahm seine Position der Burg gegenüber ein und wartete, schweigend und regungslos.

Die Brüder senkten die Lanzen und griffen gemeinsam an, doch Sir Edwards Pferd war schneller, und Ewain, der sein Roß am kurzen Zügel hielt, ritt quer über Edwards Angriffslinie, überquerte sie hinter ihm noch einmal in der Gegenrichtung, erwischte Sir Hugh an seiner schwächeren Seite und stieß ihn aus dem Sattel. Ergrimmt attackierte Sir Edward ein zweites Mal und hielt Ausschau, ob Ewain einen weiteren Trick mit seinem Pferd vorhatte. Ewain sah die Dame Lyne droben auf dem Turm zu ihm herabblicken. Er hob grüßend die Lanze, legte sie dann ein und sprengte auf den Gegner los. Er spürte, wie Edwards Lanzenspitze auftraf, seine eigene traf gleichfalls ins Ziel, und dann sah er Edwards Lanze zersplittern und ihn selbst samt Sattel vom Pferd fallen. Die Dame Lyne schlug jubelnd die Hände zusammen, und von den Mauerzinnen schallte ein triumphierender Adlerschrei herab.

Die Brüder rappelten sich vom Boden hoch und traten nebeneinander, die Schwertarme außen und infolgedessen die Schilde dicht nebeneinander.

Sir Ewain ritt nahe hin und sagte: »Da ihr zwei gegen einen seid, habe ich das Recht, zu Pferde gegen euch zu kämpfen.«

»Ihr seid eine Memme und ein Verräter!« schrie Sir Edward.

Und Ewain hörte im Geist die rauhe Stimme der Dame sagen: »Taten sind die einzigen richtigen Antworten auf Worte. Spart Euch das Reden.«

Er sah, daß die Zugbrücke sich senkte, um ihm eine Rückzugsmöglichkeit in sicheren Hafen zu bieten. Er ritt so nahe wie möglich hin, aber so, daß ihm noch Zeit blieb, vom Pferd zu steigen und sich bereit zu machen. Dann saß er ab, warf den Schild vor und setzte sich in Richtung auf die Zugbrücke in Bewegung. Die Brüder erkannten sein Ziel und rannten mit aller Kraft Seite an Seite los, um ihm den Weg abzuschneiden. Sie erreichten ihn, ehe er sich zu ihnen umwenden konnte, fielen ihn an und hieben wie ein einziger breiter Mann mit einem Schwert in jeder Hand auf ihn ein. Ewain stürzte unter einem Streich, und droben auf dem Turm erschienen zwei Köpfe und zwei angelegte Pfeile, die Enden der gefiederten Schäfte an den Ohren der Schützen. Ewain raffte sich auf, rannte unter Schmerzen davon und dankte dem Himmel, daß er so leicht bewaffnet war. Dann wandte er sich – die Zugbrücke im Rükken – um und erwartete sie.

Sie waren erfahren in diesem Spiel. Sie wichen ein bißchen auseinander, und wenn Ewain einen Hieb gegen den einen führte, setzte er sich dem Schwert des andern aus. Sie verwundeten ihn an der Seite, und dann, als der eine nach oben zielte, damit Ewain den Schild hob, schlug der andere nach unten und traf ihn an den Beinen. Ewain spürte, wie das heiße Blut an seiner Seite hinabströmte und der Boden unter seinen Füßen glitschig wurde. Er versuchte sich an die Zeichnung im Staub, droben auf dem Turm, zu erinnern, doch da er etwas benommen war, konnte er sich das Bild nicht zurückrufen. Ein rascher Schlag auf seinen Helm, und sein Blick war wieder klar. Er sah seine Feder im Zickzack zu Boden schweben, und zugleich hörte er vom Turm den Adler schreien. Die Zeichnung im Staub trat ihm klar vor das geistige Auge. Er machte aus seiner gedeckten Position einen Satz nach rechts, näherte sich den beiden in einer enger werdenden Kreisbewegung, und Sir Edward drehte sich um, um seinen Angriff zu parieren. Dann sprang Ewain auf Hugh zu, der herumwirbelte, um sich zu verteidigen. Und als der Adler wieder schrie, manövrierte sich Ewain zwischen die Brüder, und sie drangen auf ihn ein. Ihre Schwerter fuhren hoch, und die Klingen prallten zusammen. Ewain machte einen Schritt nach links, zwang Sir Hughs Schild beiseite und trieb ihn mit einem kurzen Rückhandhieb gegen den Arm seines Bruders. Dann trat er ganz rasch nach links und dicht heran, und sein Schwert spaltete Edward die Schulter und fuhr tief in die Brust hinein. Zu Tode getroffen, stürzte Edward auf die Erde. Nun wandte Ewain sich gegen Hugh, doch dieser Ritter war ohne seinen Bruder nur ein halber Mann, und der Mut verließ ihn ganz und gar. Er sank auf die Knie, hob den Helm und flehte um Gnade.

Sir Ewain in seinem Edelsinn nahm Hughs Schwert entgegen, ergriff ihn an der Hand und führte ihn zum Burgtor. Dort schwanden dem jungen Ritter die Sinne, denn er hatte bei dem Kampf viel Blut verloren.

Die Damen brachten ihn zu Bett, reinigten seine Wunden und pflegten ihn mit zarten Händen. Da er jung war, heilten seine Wunden rasch.

Die Dame vom Felsen war überaus froh, und als Ewain genesen war, dankte sie ihm mit anmutigen Worten und sagte errötend: »Herr Ritter, Ihr habt Euch durch die Taten Eurer Hände jedes Geschenk verdient, das anzubieten in meiner Macht steht. Sprecht jetzt nicht, aber denkt darüber nach.«

Er dankte ihr artig, schlief ein, und als er erwachte, saß die Dame Lyne an seinem Bett. »Sir«, begann sie. »Ich habe Euch in vielen Dingen Ratschläge erteilt, in diesem Fall aber werde ich mich nicht einmischen. Ihr dürft überzeugt sein, daß die Dame vom Felsen ihr Versprechen halten wird. Ich habe ihre

Miene gesehen und ihre warme Hochherzigkeit gespürt. Ihr habt, in so jungen Jahren, erreicht, was beinahe jeder Mann begehrt. Die Dame hat Ländereien und Burgen, und nun, da Ihr ihr wieder zu ihrem Eigen verholfen habt, verfügt sie über großen Wohlstand. Ich denke, Ihr wißt, an welches Geschenk sie denkt, und sie hat freie Hand, es anzubieten. Ihr müßt Euch die Sache sorgfältig überlegen. Es ist ein fürstlicher Besitz, und die Reize der Dame lassen sich nicht bestreiten. Das Leben, das sie Euch bietet, ist ein Traum vieler Männer, der unerfüllt bleibt. Bedenkt, was Euch erwartet. Ihr könnt in den Wäldern jagen, Pachten einziehen, mit den Nachbarn tjosten, nach Herzenslust schmausen und trinken und mit einer edlen Frau, die die Blüte ihrer Jahre noch nicht hinter sich hat, süßen Schlaf genießen. Und glaubt nicht, daß es ein müßiges Leben wäre. Es gibt Felder trockenzulegen und die Saaten zu hüten. Die Verwaltung eines Gutes ist keine geringe Aufgabe. Ihr habt als Grundherr Anspruch darauf, Recht zu sprechen und zu entscheiden, wer im Unrecht ist, wenn die Henne von A im Garten von B scharrt. Und wenn Jack o' Woods, der Wilddieb, mit einem Hasen in seinem Kochtopf ertappt wird, wird es Eure Pflicht wie Euer Recht sein, Jacks Hund einen Hinterlauf abschneiden zu lassen, Jacks Kinderbrut aus seinem Heim zu weisen und an einem sonnigen Sonntagvormittag, nach dem Kirchgang, Jack mit zappelnden Füßen an einen Baum hängen zu lassen, ehe Ihr Euch an den Mittagstisch setzt und Euch danach mit dem Gefühl erfüllter Pflicht zur Ruhe begebt. Und glaubt nur ja nicht, daß Ihr ein einsames Leben führen werdet. Einmal im Jahr, mitunter auch zweimal, wird ein fahrender Ritter kommen und Euch bei gutem saurem Bier alle Neuigkeiten von Turnieren und Kriegen erzählen, berichten, was Artus spricht und tut und wie er aussieht und welche neuen Moden die Damen am Hof aus Frankreich erreicht haben.« Sie bemerkte, daß er leise lachte.

»Ihr seid eine böse Frau«, sagte Ewain.

»Ich habe nur mein der Dame gegebenes Versprechen gehalten. Ich habe zugesagt, ihre Fürsprecherin zu machen, und Ihr könnt beschwören, daß ich es getan habe.«

»Bittet sie hereinzukommen, und Ihr bleibt bitte dabei.«

Als dann die Dame vom Felsen neben seinem Bett stand, sagte er feierlich: »Madame, ich habe von Euren noblen Angeboten gehört und bin stolz darauf, daß Ihr mich ihrer würdig erfunden habt. Doch da Ihr mich mit so ausgesuchter Höflichkeit behandelt, wäre es schmählich von mir, wenn ich Euch nicht die Wahrheit sagte. Ich habe nämlich bei den vier Evangelisten und bei meiner Ritterehre geschworen, eine Ausfahrt zu vollenden. Ihr werdet mir wohl beipflichten, daß man von einem Ritter, der eines Schwurs gespottet hat, nicht erwarten darf, daß er einen andern hält. Daher, Madame, bitte ich Euch, Euer nobles Anerbieten zurückzuziehen und mir statt dessen den kleinen Ring an Eurem Finger zu schenken, damit ich ihn in notvollem Kampf, dessen Ausgang ungewiß ist, ansehen und so am allzeit brennenden Feuer der Erinnerung an Euch meinen Mut neu entflammen kann.«

Hinterher sagte die Dame Lyne zu ihm: »Ich habe Euch nur den Umgang mit Schwert und Lanze beigebracht. Diesen anderen Vorzug müßt Ihr von Eurer Mutter mitbekommen haben. Mit einer solchen Waffe werdet Ihr es weit bringen.«

Nicht lange, und sie ritten zu dem verabredeten Treffpunkt zurück, und als sie sich der dreifachen Weggabelung näherten, sagte Ewain: »Madame, Ihr habt mir unbezahlbare Geschenke gemacht. Wollt Ihr mich also um eine Gabe bitten, die zu schenken in meiner Macht steht?«

»Das will ich«, sagte sie bedächtig. »Als Gegengabe will ich Euch darum bitten, die Erinnerung an mich lebendig zu erhalten.«

»Das ist doch kein Geschenk, Madame. Ich könnte gar nicht anders, selbst wenn ich wollte.«

»Still«, sagte sie. »Ich kenne mich mit der Erinnerung aus – und mit Versprechungen. Doch es gibt eine Möglichkeit. So wie die Heilige Kirche alljährlich Geburt, Tod und Auferstehung des Herrn feiert, so könntet auch Ihr handeln, was mich betrifft.«

»Wie soll ich das verstehen, Madame?«

»Ohne Euch nahetreten zu wollen – ich will damit sagen, daß eine Tat besser ist als ein Gedanke. Wenn Ihr Eure schwarze Lanze einlegt, denkt daran, Euch tief aufs Pferd zu ducken. Wenn Ihr kämpft, dann kämpft um den Sieg, und wenn Ihr gesiegt habt, seid edelmütig. Und reibt abends, ehe Ihr Euch zur Ruhe bettet, Euren Harnisch tüchtig mit Fett ein – mit diesem Geschenk werde ich zufrieden sein.«

»Kehrt Ihr zurück an die Quelle, um Euch einen anderen Ritter zu suchen?« fragte er eifersüchtig.

»Ja, ich denke schon. Aber ich werde kritisch sein. Es wird schwerhalten, einen zu finden, aus dem etwas zu machen ist. O Gott, es muß schrecklich sein, einen Sohn zu haben!«

Er begrüßte Gawain und Marhalt an dem Wegkreuz und geleitete die Dame zu ihrem Sitz an der Quelle, wo schon das dreißig Winter alte Fräulein mit dem Kranz auf dem Kopf saß. Die Dame Lyne ließ sich nieder und setzte ihren Kranz auf. Und Ewain fragte: »Wo ist denn das jüngste Fräulein?«

»Die kommt schon«, sagten die beiden. »Sie verspätet sich immer.«

»Dann gehabt Euch wohl, Madame«, sagte Sir Ewain. Und als er davonritt, glaubte er sie sagen zu hören: »Gehabt Euch wohl, mein Sohn.«

Jedem der drei Gefährten war bewußt, daß es viel zu erzählen und noch mehr zu verschweigen gab. Und während sie das Jahr durchgingen, kam ein königlicher Bote dahergeritten. »Ihr seid Sir Gawain und Sir Ewain«, sagte er. »Ich habe nach Euch gesucht. König Artus läßt Euch bitten, an den Hof zurückzukehren.«

»Ist er noch immer ungnädig?«

»Nein«, sagte der Bote. »Der König bereut sein unbedachtes Handeln. Ihr werdet herzlich aufgenommen werden.«

Darüber freuten sich die Vettern, und sie sagten zu Marhalt: »Ihr müßt uns an den Hof begleiten.«

»Ich sollte eigentlich auf mein Gut zurückkehren.«

»Aber das wäre ein Makel an einer vollkommenen Ausfahrt – der einzige.«

Marhalt lachte. »Da ich mein Rittertum ehre, darf ich mir so etwas nicht zuschulden kommen lassen«, sagte er.

Und so ritten die drei fröhlich gen Camelot. Und jeder legte sich seine Erzählung so zurecht, wie er sie durch die Zeiten erzählt und wiedererzählt wissen wollte.

Die ruhmvolle Geschichte von Sir Lancelot vom See

(Und sie verdient ihren Ruhm. J. S.)

Nach einer langen Zeit der Wirren gelang es König Artus mit Glück und Waffengewalt, die Feinde inner- und außerhalb seines Reiches zu vernichten oder mit ihnen Frieden zu schließen und die Menschen an sein Recht auf die Herrschaft zu gewöhnen. Um dies zustande zu bringen, hatte der König an seinem Hof die besten Ritter und die kühnsten Kämpen aus der ganzen Welt versammelt.

Nachdem König Artus so durch Krieg Frieden geschaffen hatte, sah er sich dem Dilemma aller Soldaten in friedlichen Zeiten gegenüber. Er konnte in einer Welt, in der die Gewalt in unruhigem Schlaf lag, seine Ritter nicht nach Hause schicken. Und andererseits ist es schwierig, wenn nicht gar unmöglich, Kraft und Eifer waffentragender Männer ohne Kampf zu erhalten, denn nichts rostet so rasch wie das ungenutzte Schwert eines untätigen Soldaten.

Da Artus dies wußte, tat er, was alle Heerführer zu allen Zeiten tun. Er veranstaltete Spiele, in denen der Krieg imitiert wurde, damit seine Ritter bei Kräften und in Übung blieben – Zweikämpfe, Turniere, Jagden und endlose Nachahmungen des Kriegshandwerks. Durch die gefahrvollen Spiele, bei denen man um des Ruhms willen das Leben aufs Spiel setzte, versuchte die Tafelrunde, Waffentüchtigkeit und Mut auf einem hohen Niveau zu halten. Manche Ritter gewannen bei diesen simulierten Kriegsspielen an Ehre und Ansehen, während andere auf dem Turnierplatz mit Lanze und Schwert Pech hatten und zu Boden gestreckt wurden. Und während die älteren, kampferprobten Ritter, vielleicht in der Erinnerung an reale Schlachten, ihre Waffen blank hielten, liebten die jüngeren sie nicht, denn ihr Rittertum kannte den Krieg nur als Spiel.

So erfuhr Artus, wie alle Männer an der Spitze zu ihrem Staunen erfahren müssen, daß nicht der Krieg, sondern der Friede das Mannestum ruiniert, daß nicht die Gefahr, sondern ein friedvolles Leben die Mutter der Feigheit ist, und daß nicht Mangel, sondern Überfluß Unruhe und Unbehagen stiften. Schließlich mußte er feststellen, daß der langersehnte Friede, mit so bitteren Opfern erkauft, mehr Bitterkeit schuf als alle Qualen, unter denen er erreicht worden war. König Artus sah mit banger Sorge, wie die jungen Ritter, die die Reihen der Kämpen hätten auffüllen sollen, ihre Kraft in den Niederungen der Unzufriedenheit, der Ziellosigkeit und des Selbstmitleids vergeudeten und die alte Zeit verdammten, ohne selbst eine neue geschaffen zu haben.

In der kampfgestählten Gemeinschaft der Tafelrunde überragte Sir Lancelot alle anderen. Er hatte sein Können bewiesen und ständig an Ehre und Verehrung gewonnen, bis er als der beste Ritter auf der ganzen Welt galt. Keiner besiegte ihn in der Schlacht, beim Tjosten oder im Turnier, außer durch Zauberei oder Tücke. Dies war derselbe Lancelot, dem als Kind von Merlin prophezeit worden war, daß er einst die Ritterschaft des Erdenrunds überragen werde. In seinen Knaben- und frühen Mannesjahren hatte er sich bemüht, diese Prophezeiung wahr zu machen, und allem anderen entsagt, bis er so weit über den Rittergenossen von der Tafelrunde stand, wie diese über allen anderen Rittern standen. In allen Wettbewerben blieb er Sieger, in jedem Turnier errang er den Preis, bis schließlich die älteren Ritter sich nur noch widerstrebend mit ihm schlugen und die jüngeren verachtenswerte Gründe vorbrachten, damit sie überhaupt nicht gegen ihn kämpfen mußten.

König Artus liebte Sir Lancelot, und Königin Guinevere war ihm gewogen. Und Sir Lancelot seinerseits liebte den König wie die Königin und schwor, zeit seines Lebens sein Rittertum dem Dienst der Königin zu weihen.

So kam es dahin, daß der beste Ritter der Welt am Hof keinen Gegner mehr fand, und er spürte, daß sein Können als Kämpe zu rosten begann. Er wurde niedergeschlagen, da kein gegnerisches Schwert sein eigenes scharf hielt, kein gegnerischer Arm seinen eigenen stählte und belehrte. Und da sein auf ein einziges Ziel gerichteter Lebensweg ihn zu dem geführt hatte, was er geworden war – der beste Ritter der Welt –, vermochte Lancelot keinen Scheideweg zu finden, der ihn entweder zur Liebe oder zum Ehrgeiz führte. Er fand keine Hindernisse, die ihn in die Arme von Neid oder Tücke oder Habgier trieben, kein Kummer, keine Enttäuschung hätten ihn dazu gebracht, sich über das übliche Maß hinaus der Religion zuzuwenden. Sein von früh auf gestählter Körper wollte nichts wissen von Behaglichkeit und Lebensgenuß, ja, selbst das Verständnis fehlte ihm dafür. Er war ein Jagdhund ohne Wild, ein aufs Land verbannter Fisch, ein Bogen ohne Sehne. Und wie alle Männer, deren Kraft brachliegt, wurde auch Lancelot ruhelos, dann gereizt und schließlich zornig. Er stellte fest, daß

244

in seinem Körper Schmerzen und in seinem Gemüt Düsternisse wohnten, die vordem nicht dagewesen waren.

Guinevere, die Lancelot sehr zugetan war und die Männer verstand, sah betrübt den Verfall eines perfekten Ritters. Sie beriet sich lange mit dem König, der ihr seine Besorgnisse über die jungen Ritter anvertraute.

»Wenn ich es nur begreifen könnte«, sagte Artus. »Sie essen gut, schlafen behaglich, frönen der Liebe, wann und mit wem sie es wünschen. Sie nähren bereits Begierden, die erst halb erwacht sind, und wollen nichts wissen von den Schmerzen, dem Hunger, der Erschöpfung, der Selbstzucht, die den Genuß erst zum Genuß machen – und dennoch sind sie nicht zufrieden. Sie klagen, die Zeit sei gegen sie.«

»So ist es auch«, sagte Guinevere.

»Wie meint Ihr das?«

»Ihr Leben besteht aus Müßiggang, mein Gebieter. Die Zeit fordert ihnen nichts ab. Der eifrigste Jagdhund, das schnellste Pferd, die beste der Frauen, der tapferste Ritter, sie alle können der erstickenden Wirkung des Müßiggangs nicht entgehen. Selbst Sir Lancelot murrt wie ein verwöhntes Kind über sein seßhaftes Leben.«

»Was soll ich nur tun?« sagte König Artus verzweifelt. »Ich sehe vor meinen Augen die edelste Ritterschaft der Welt im Niedergang, sich auflösen wie eine windgepeitschte Düne. In den schweren, dunklen Zeiten habe ich um Frieden gebetet, dafür gearbeitet und gekämpft. Jetzt habe ich ihn, und er macht mir nur Kummer. Denkt Euch, ich ertappe mich bei dem Wunsch nach Krieg, um meine Probleme zu lösen!«

»Da seid Ihr nicht der erste und nicht der letzte«, sagte Guinevere. »Aber bedenkt, Herr: wir haben zwar allgemein Frieden im Land, doch so wie ein gesunder Mann kleine Schmerzen hat, setzt sich der Friede aus kleinen Kriegen zusammen.«

»Erklärt mir das, Madame.«

»Es ist nichts Neues. Ein ehrloser Ritter lauert an einer Furt und verlangt Lösegeld oder das Leben. Ein Dieb in einer Rüstung verwüstet einen ganzen Bezirk. Ein Riese reißt die Mauern eines Schafstalls ein, und Drachen verbrennen feuerschnaubend Felder mit reifendem Korn – allerorten kleine Kriege und alle zu klein für ein Heer und zu groß für die Nachbarn, um ihnen ein Ende zu bereiten.«

»Denkt Ihr an die Ausfahrt?«

»Ich dachte gerade . . .«

»Aber die jungen Ritter lachen über die altmodische Sitte der Ausfahrt, und die alten haben noch richtige Kriege erlebt.«

»Es ist eine Sache, etwas Großes aus sich zu machen, aber eine andere, wenn man sich bemüht, kein Wicht zu sein. Ich glaube, jeder Mann möchte größer sein als er ist, und das kann er nur, wenn er Teil von etwas unvergleichlich Größerem als er selbst ist. Auch der beste Ritter auf der Welt muß erkennen, daß er schrumpft, wenn er nicht gefordert wird. Wir müssen nach einer Möglichkeit suchen, kleinen Dingen einen großen Krieg zu erklären. Wir müssen eine Bezeichnung, eine Idee, einen Maßstab für kleine Mißstände suchen, die sie zu einem großen Unrecht zusammenfassen. Dagegen könnten wir dann ein Heer von Kämpfern aufstellen.«

»Gerechtigkeit?« fragte Artus.

»Zu vage – zu bedeutungsschwach – zu kalt. Aber die ›Gerechtigkeit des Königs‹ – das wäre besser. Ja, das ist das richtige. Jeder Ritter als Wahrer und Hüter der ›Gerechtigkeit des Königs‹, dafür verantwortlich. Das könnte genügen – für einige Zeit. Dann wäre jeder Ritter ein Werkzeug im Dienst einer Sache, die größer ist als er selbst. Und wenn sich das erschöpft hat, können wir uns etwas anderes einfallen lassen. Merlin hat Prophezeiungen über alles mögliche gemacht, über die beiden Seiten von allem. Wenn wir ihn nur fragen könnten. Männer sind gern Kinder des Lichts, auch wenn sie im Dunkeln Dinge treiben. Ein Ritter, der seine Tage mit dem Versuch verbringt, ein Mädchen aus dem Volk zu entjungfern, wird jederzeit bedrängten Fräulein zu Hilfe eilen.«

»Ich frage mich, wie ich diesen Krieg ausrufen könnte«, sagte König Artus.

»Beginnt mit dem besten Ritter der Welt.«

»Lancelot?«

»Ja, und er soll den schlechtesten Ritter mitnehmen.«

»Diese Wahl ist schwieriger, meine Teure. Doch da fällt mir ein, sein Neffe Lyonel, der Nichtsnutz, der faulste, der unwürdigste der Ritter, er bietet sich als Kandidat an.«

»Herr«, sagte Guinevere, »wenn es mir gelingt, Lancelot zum ersten Hüter der ›Gerechtigkeit des Königs‹ zu machen, würdet Ihr dann versuchen, ihn zu bewegen, daß er den Hüter und Lehrer von Sir Lyonel macht?«

»Das ist eine gute Idee. Ja, ich will es versuchen. Ihr seid eine treffliche Ratgeberin, meine Teure.«

»Dann laßt Euch von mir noch ein wenig weiter beraten, Herr. Sir Lancelot unterscheidet sich von anderen Männern nur wenig. Wenn Ihr eine Möglichkeit findet, daß er selbst auf den Gedanken kommt, wird die Sache einfacher gehen. Laßt mich ihn auf den Gedanken an eine Ausfahrt vorbereiten, und dann übergebe ich ihn Euch.«

»Der Beste und der Schlechteste«, sagte König Artus und lächelte. »Das ist eine kraftvolle Verbindung. Ein solches Bündnis wäre unschlagbar.«

»Allein durch solche Bündnisse, Herr, können Kriege überhaupt geführt werden.«

Zu dieser Zeit liebte die Königin Lancelot wegen seiner Tapferkeit, seiner Courtoisie, seines Ruhmes und weil ihm jede Verschlagenheit fehlte. Damals wollte sie ihn noch nicht ändern, ihm nicht die unzähmbare Locke aus der Stirne streichen, ihn noch nicht mit Zweifeln, Verwirrung und Eifersucht plagen, um die Glut am Leben zu erhalten, mit der ihr Bild in seinem Herzen brannte. Sie liebte ihn noch nicht genug, um grausam zu ihm zu sein. Es war eine von Herzen kommende, sich selbst genügende Zuneigung, jene Art Liebe, die eine Frau freundlich, gütig und sehr klug handeln läßt – zu klug, um den Mann offen zu lenken.

Sie sprach zu dem umgetriebenen Ritter von ihrer eigenen Unrast, vertraute dem Ritter, dessen Gaben nicht genutzt wurden, ihre eigenen Empfindungen der Nutzlosigkeit an. »Wie glücklich die Männer dran sind«, sprach sie. »Ohne ein Wort davon zu sagen, ohne Erlaubnis könnt Ihr Euch, wenn Euch langweilig ist, davonmachen, hinaus in die weite, grüne Welt der Wunder, der Abenteuer in Wildnis und Wüstenei. Ihr könnt Unrecht aufspüren und für die Beseitigung von Mißständen sorgen, böses Tun bestrafen, Frevler, die den Königsfrieden mißachtet haben, zur Rechenschaft ziehen. Was weiß ich – vielleicht schickt Ihr Euch gerade jetzt an, diese Hochburg eines Lebens ohne Saft und Kraft, voll nutzloser und nicht genutzter Männer, zu verlassen und dorthin zu ziehen, wo Mut und ehrenhafte Ritterart ersehnt und belohnt werden.«

»Madame . . .«

»Sagt es mir nicht. Wenn Ihr insgeheim Pläne schmiedet, möchte ich sie lieber nicht erfahren. Es würde mich nur todunglücklich machen. Manchmal, Sir, wäre es mein höchster Wunsch, ein Mann zu sein. Aber ich muß hierbleiben. Meine einzigen Abenteuer finden sich auf den Bildern von der großen Ritterwelt, gestickt mit bunten Fäden. Mein Schwert, das ist meine kleine Nadel, kein sehr befriedigender Ersatz.«

»Aber Ihr müßt doch glücklich sein in dem Wissen, daß Männer Euer Bildnis in ihrem Herzen tragen, meine Königin, sich in ihren Gebeten Euch anvertrauen und stumm Euren Segen erflehen, als wäret Ihr eine Göttin.«

»Leider, mein Ritter, höre ich stumme Gebete nicht. Ich will ja nicht bestreiten, daß es sie gibt, doch da ich keine Göttin bin, höre ich sie nicht. Nur eine einzige Art von Verehrung liegt klar zutage.«

»Und welche ist das, Madame?«

»Ich kann Euch nur ein Beispiel geben. Ein tapferer Ritter, allein auf einer Ausfahrt, stieß auf ein Schlangennest von Tyrannei. Zwei bösartige Brüder fern im Norden machten den Menschen das Dasein unerträglich, vergällten ihnen das Leben und dehnten ihre Anmaßungen auf das ganze Land ringsum aus, bis ihnen mein fahrender Ritter entgegentrat und sie überwand. Dann, statt sie zu töten, sandte er sie zu mir, damit sie mich um Nachsicht und Vergebung anflehten. Durch sie erflehte er meinen Segen. Das war ein Gebet, das ich vernehmen konnte, ja, mehr noch: Ihre Erzählungen gewährten mir Zugang zu einer Welt, die ich nicht sehen werde.«

»Wer war dieser Ritter?« wollte Lancelot wissen.

»Nein, nein! Er hat mich inständig darum gebeten, seinen Namen geheimzuhalten, und seine Bitte bindet mich so fest wie ein Eid.«

»Ich werde mich nach ihm erkundigen, Madame. Es dürfte nicht schwer sein, ihn . . .«

Sie unterbrach ihn. »Sir Lancelot – seid Ihr mein Ritter?«

»Das bin ich, Madame – bei meiner Ehre.«

»Und mein Wunsch gilt Euch etwas?«

»Er ist mir Gesetz.«

»Dann werdet Ihr Euch nicht nach ihm erkundigen.«

»Ich werde es nicht tun, meine Königin. Aber hat Euch diese seine Tat wirklich solche Freude bereitet?«

»Mehr, als ich sagen kann. Es erschien mir, daß ich durch diesen Ritter in der Welt einen Wert gewann. Seinetwegen fühle ich mich ein wenig kostbar.«

Sie lächelte, als sie ihn weggehen sah, in Gedanken verloren. Das kräftige, nicht zu bändigende Haar sträubte sich ihm über der Stirn.

Der König sah Lancelot mit düsterer Miene auf dem Mauergang auf und ab gehen und stellte ihm eine Falle. Denn bei der Vorbereitung auf sein Amt als König hatte Artus gelernt, daß eine Bitte des Herrschers um Rat und Hilfe den Untertan an den Thron kettet.

So traf Lancelot seinen König an, wie er, die Ellenbogen auf die Brustwehr gestützt, melancholisch auf ein Geschwader junger Schwäne hinabblickte, das im Burggraben manövrierte.

»Verzeihung, Sire, ich wußte nicht, daß Ihr hier seid.«

»Oh, Ihr seid es. Ich war ganz in Gedanken vertieft.«

»Ist es richtig, Sire, daß Ihr allein hier weilt, ohne einen Leibwächter?«

»Ich bin nicht allein«, sagte Artus. »Ich bin von verwirrenden Dingen umgeben. Sonderbar, daß gerade Ihr daherkommt. Ich war im Begriff, nach Euch zu suchen. Glaubt Ihr, daß ein Mann, der einen andern braucht, ihn stumm herbeirufen kann?«

»Vielleicht, Herr. Ich habe schon erlebt, daß ich an einen Freund dachte, und gleich darauf erschien er. Aber führt es ihn her, daß man an ihn denkt, oder ruft sein Kommen den Gedanken wach?«

»Das ist sehr interessant«, sagte Artus. »Wir wollen uns ein anderes Mal darüber unterhalten. Was mich zu Euch zog, das ist der Umstand, daß ich Eure Hilfe brauche.«

»Meine Hilfe, Sire, Ihr?«

»Darf ich Euch nicht um Hilfe angehen?«

»Jederzeit, Herr, doch kann ich mir nicht vorstellen, wie ich zum Brunnen Wasser tragen soll.«

»Wie hübsch gesagt.«

»Es ist aus einem Lied, Herr. Ich habe es von einem Spielmann gehört.«

»Sir«, sagte der König, »ich wende mich an Euch als einen

Krieger, einen Soldaten und alten Kameraden. Ich weiß, Ihr habt – gewiß mit Sorge – beobachtet, was wir um uns herum zu sehen bekommen. Vor noch nicht allzu langer Zeit hatten wir eine in der Welt unübertroffene Streitmacht und haben dies der Welt auch bewiesen. Und jetzt – so bald schon – löst sie sich in Luft auf. Die älteren Ritter sind dabei, die Schärfe ihres Kampfgeistes zu verlieren, und die jüngeren wollen erst gar nicht gehärtet werden. Bald werden wir ohne einen Streich ein Heer verloren haben.«

»Vielleicht brauchen wir einen solchen Streich, Sire.«

»Ich weiß, ich weiß. Doch wo sollen wir einen Streich führen? Es gibt keinen Feind. Bis es soweit ist, daß einer auftritt, werden wir wehrlos sein. Ich mache mir nicht so viele Sorgen über die Älteren. Sie haben ihre Ruhe und ihren Niedergang verdient. Doch die jungen Männer – wenn sie sich ihre Sporen beim Tanzen verdienen, ihren einzigen Widersacher in einem widerspenstigen Frauenzimmer finden, sind wir verloren. Ich brauche Euren Beistand.«

»Sie müssen gezwungen werden, das Kriegshandwerk zu erlernen, Sire.«

»Aber wie? Am Turnier wollen sie nicht teilnehmen, und beim Tjosten verlangen sie das eingekrümmte Krönlein statt der geraden Lanzenspitze, damit sie ja nicht verletzt werden.«

»So haben wir uns den Ritterschlag nicht verdient, nicht wahr, Sire? Wenn ich mich recht erinnere, habt Ihr neben einer gewissen Quelle unerkannt bis zum letzten Atemzug gekämpft.«

»Fechten wir nicht alte Zweikämpfe noch einmal aus, so gerne ich möchte. Wenn es sich bei den gezierten Herrchen nur um die paar wohlgeborenen Faulpelze handelte, die es immer gibt, sähe die Sache anders aus, aber die Blüte ist am verdorbensten. Euer eigener Neffe trägt mehr Bänder als Narben, und die paar, die er hat, hat er sich beim Rosenpflücken zugezogen.«

»Sir Lyonel, Herr?«

»Ja, Sir Lyonel. Ich führe ihn nicht an, um Euch zu kränken. Er ist nur einer von den vielen, die im Dunkeln kichern und mit Bataillonen von Worten in den Kampf ziehen. Die gefährlichste Waffe an meinem Hof ist die Laute. Sie fordern einander mit mörderischen Schlemmermählern zum Wettstreit heraus.«

Lancelot sagte harsch: »Ich werde mir das Hündchen vornehmen und es im Burggraben ertränken.«

»Da müßtet Ihr Euch ein ganzes Rudel junger Hunde vornehmen. Sie würden den Graben ausfüllen. Wartet... Ihr habt es gesagt. Ich wußte doch, auf Euch ist Verlaß. Ja, vielleicht ist das die Lösung.«

Lancelot war nicht fähig, Theater zu spielen. »Was habe ich gesagt?« fragte er. »Ich kann mich nicht erinnern...«

»Ihr habt gesagt: ›Ich werde mir das Hündchen vornehmen...‹«

»... und es ertränken«, vollendete Lancelot.

»Nehmt den Anfang des Satzes – es Euch vornehmen. Ihr habt mich darauf gebracht. Nehmen wir an, wir würden zwei hinausschicken, einen kampferprobten Ritter und ein junges Hündchen – sie mit einem Auftrag fortschicken, irgendeiner schwierigen und gefahrvollen Mission. O ja – das wäre vielleicht der beste Weg, sie zu schulen und im Kampf zu stählen. Danke, mein Freund. Und den alten Rittern würde es vielleicht großen Spaß machen, sich in Erinnerung an die alten Zeiten den Harnisch einbeulen zu lassen.«

»Welcherart Aufträge meint Ihr, Sire?«

»Es gibt vieles, was geschehen muß. Überall im Königreich wimmelt es von kleineren Rechtsverletzungen, womit es ein Ende haben muß. Wir könnten die Männer... sagen wir... ›Hüter des königlichen Friedens‹ nennen. Sie könnten das königliche Mandat auf ihrem Schild tragen. Was meint Ihr dazu?«

»Ich muß es mir durch den Kopf gehen lassen, Sire. Aber eines fällt mir sofort ein. Man sollte damit langsam beginnen. Wenn Ihr hundert Paare von Bevollmächtigten des Königs losschicktet, läge der königliche Friede vor dem Sonnenuntergang mit dem königlichen Frieden hoffnungslos im Streit.«

»Euer Vorschlag ist vielleicht nicht schlecht«, sagte Artus.

»Nun, wir wollen darüber nachdenken. Ich werde nicht vergessen, daß er von Euch gekommen ist.« Damit ging der König befriedigt davon, denn er hatte in Sir Lancelots Augen eine schlecht verborgene Flamme aufblitzen sehen.

Die Blüte der jungen Ritterschaft versammelte sich regelmäßig am Brunnen neben dem Bergfried. Dort, auf dem breiten Brunnenrand sitzend, konnten sie die Mädchen beim Wasserholen beobachten, ihre Brüste begutachten, wenn sie sich nach vorne beugten, um den Eimer heraufzuziehen, und manchmal wirbelte ein Windstoß die Röcke hoch, was anerkennendes Gelächter bei den zum Mannestum heranreifenden Jünglingen auslöste, die geheimnisvoll von ihren Erfolgen bei entgegenkommenden Edelfräulein sprachen und vorerst einmal versuchten, bei Wassereimer schleppenden Küchenmägden Entgegenkommen zu wecken. Wenn der Eimer unbenutzt hin und her schwang, verglichen die jungen Herrchen die Farben ihrer Kniehosen und maßen aneinander die Länge ihrer spitzen Zehen. Kam ein alter Ritter vorbei, flüsterten sie hinter vorgehaltener Hand und schauten mit gespielter Unschuld zum Himmel hinauf, bis der Ritter so weit weg war, daß man gefahrlos die Zunge herausstrecken oder die Augen zu einem künstlichen Schielen verdrehen konnte – Formen stummer Verspottung, die sie erfunden hatten.

Die hier am Abend Versammelten zählten die Köpfe und fragten: »Wo ist denn Lyonel? Er kommt doch meistens schon früher. Noch bevor bei der Vesper das *men* vom Amen gesprochen wird.«

»Ihr erinnert Euch – er hatte eine Verabredung mit einem süßen Traum. Hat er irgendwem ihren Namen gesagt?«

»Nein, aber er hat es ganz leicht gemacht, ihn zu erraten.«

»Wenn es die ist, die du vermutlich meinst, glaube ich es nicht. Die ist ja dreiundzwanzig und keinen Tag jünger.«

»Wißt ihr, ich glaube, er hatte eine Verabredung mit seinem Onkel. Ich habe sie zusammen gesehen, ihn und Sir Lance-wie-doch-gleich.«

Sie bogen und schüttelten sich vor Lachen und wiederholten den kleinen Witz: »Lance-wie-doch-gleich. Wißt Ihr, wir könnten bei dem Namen bleiben.«

»Laß ihn lieber nichts davon hören. Dir würden die Backen brennen – und nicht die im Gesicht.«

Sir Lyonel kam langsam herbei und setzte sich stumm auf den Brunnenrand, während die anderen seine verdrossene Miene beobachteten.

»Was ist denn los? Hat dir die Katze die Zunge gemaust?«

Das zündete. Sie brüllten vor Lachen, schlugen einander auf den Rücken, krümmten sich zusammen oder hielten sich den Bauch.

»Die Katze die Zunge gemaust? Großartig! Er ist besser als ein Troubadour und noch komischer als ein Zwerg. Ich werde unserm Dichter eine Sackpfeife und Schellen kaufen.«

Dann brach ihr Lachen jäh ab, wie so oft ohne Anlaß.

»Was ist los mit dir?« fragten sie Sir Lyonel.

»Ich kann es euch nicht sagen.«

»Geht's um deinen Onkel, Sir Lance-wie-doch-gleich?« Doch aus dem Witz war die Luft heraus. »Wir haben dich mit ihm zusammen gesehen.«

»Wenn du einen Schweigeschwur geleistet hast . . .«

»Ich habe nichts beschworen.«

»Dann erzähl doch.«

»Er möchte, daß ich ihn auf eine Ausfahrt begleite.«

»Was für eine Art Ausfahrt?«

»Es gibt doch nur eine – Fräulein und Drachen und der ganze Blödsinn.«

»Und?«

»Und ich will nicht mit.«

»Das kann ich verstehen. Du könntest von einem Riesen eine Abreibung verpaßt bekommen.«

»Nein . . . warte . . . hör mir zu. Hör mir zu, Lyonel. Du bist verrückt, wenn du nicht mitgehst. Du könntest doch jahrelang davon zehren. Ich höre dich jetzt schon: ›Onkel, sag, ist das ein Drache?‹ Oder: ›Dann legte ich meine Eschenholzlanze drein, bohrte sie in Sir Junkpile [Abfallhaufen] und zerpristete ihm das Brustbein.‹ Du mußt mit, Lyonel. Wir fänden es unverzeihlich, wenn du es nicht tätest.«

»Es könnte ja ganz lustig werden. Nur, es ist ihm wirklich ganz ernst damit. Möglichst kein Bett, auch nicht für ihn selber. Er wird auf der Erde schlafen, weil ihm das lieber ist.«

»Nun, das gehört ja zum ritterlichen Prestige.«

»Nein . . . sieh mal, Lyonel, du könntest doch so tun, als wärst du mit dem Herzen dabei. Sir Lyonel als fahrender Ritter. Du könntest ihn altmodische Dinge fragen und ihn über Gott und die Welt ausquetschen. Das wäre lustiger als sonst noch was.«

»Schon . . . aber . . . ich.«

»Lyonel, sieh die Sache mal so an: Natürlich wollen wir es hinterher von dir erzählt bekommen. Aber überleg doch mal, was für ein Gaudium du selber dabei haben wirst.«

»Wir werden uns eine Unmenge unschuldiger Fragen ausdenken, die du ihm stellen kannst.«

»Wenn du nicht mit ihm losziehst, werde ich . . . wird keiner
von uns mehr mit dir sprechen.«

»Ich habe mir lange durch den Kopf gehen lassen, was Ihr vorgeschlagen habt, Sir. Ich möchte hinausziehen in die Welt der
Wunder und Abenteuer.«

»Das freut mich«, sagte Lancelot. »Ihr werdet es nicht
bereuen. Es ist nicht gut, sich zu lange an Höfen und in Ritter-
sälen aufzuhalten.«

»Wann brechen wir auf, Onkel?«

»Wir müssen behutsam vorgehen. Wenn wir unsere Absicht
laut werden lassen, wird am Hof Betrübnis einziehen. Es ist
sogar denkbar, daß das Königspaar uns die Ausfahrt verbietet.
Darum wollen wir uns in aller Stille bereit machen und heimlich
aufbrechen. Sollte unser Fortgehen Kummer oder Zorn zur
Folge haben, wird sich beides geben, sobald die Kunde von
unseren Abenteuern nach Camelot dringt.«

Lyonel unterdrückte ein Lachen, und später, am Brunnen,
sagte er: »Und darauf habe ich gesagt: ›Das ist wohl überlegt,
Sir. Es wird geheim bleiben wie ein Sobbet.‹«

»Was ist das, ein Sobbet?«

»Er hat nicht danach gefragt. Warum solltet ihr es erfahren?
Und dann habe ich gesagt: ›Ja, wir werden davonziehen wie
Rauch. Aber es wäre vergnüglich, ihre Gesichter zu sehen,
wenn sie unser Verschwinden bemerken.‹«

Sie bereiteten sich derart geheimnistuerisch auf ihre Ausfahrt vor, mit undurchsichtigen Worten und an die Lippen
geführten Fingern, mit geflüsterten Besprechungen in abgelegenen Winkeln, daß die Hunde in den Sälen und die Tauben auf
den Türmen spürten, etwas Ungewöhnliches bahnte sich an. Sir
Lancelot und sein Neffe entwarfen ihre Pläne an versteckten
Orten, so daß einige der weniger intelligenten Ritter dem
König von verräterischen Umtrieben berichteten. Sie sprachen: »Was haben die beiden im Schatten des Torturms, in strö-
mendem Regen miteinander zu tuscheln, wenn sie loyal gesinnt
sind?« Worauf die Königin erwiderte: »Ich wäre besorgter,
wenn sie in der großen Halle Flüsterreden führten.«

254

In weiten Mänteln, unter den Falten der Kapuzen verborgen, berieten sie sich, während der Wind um ihre Beine peitschte. »Ihr müßt mich belehren, Sir«, sagte Lyonel. »Ich habe noch nie gekämpft, ja, noch nicht einmal einen Drachen gesehen.«

»Seid unbesorgt, mein Junge«, sagte Lancelot. »In Frankreich bin ich Drachen und Riesen begegnet. Ihr werdet welche sehen, wenn die Zeit dafür reif ist. Habt Ihr dafür gesorgt, daß die Pferde aus den Mauern hinausgebracht werden?«

»Ja, Sir.«

»Und habt Ihr den Knappen eingeschärft, nichts zu verraten?«

»Ja, Sir.«

»Wir müssen zur Beichte gehen und unsere Sünden bekennen«, sagte Lancelot. »Ein Ritter muß für den Tod ebenso gerüstet sein wie für einen Feind.«

»Das hätte ich vergessen«, sagte Lyonel.

Die Knappen verpflichteten ihre Fräulein zum Schweigen, die sich das gleiche von ihren Schwestern versprechen ließen, welche wiederum ihre Liebsten erst einweihten, nachdem diese Schweigen gelobt hatten, bis schließlich der König sagte: »Ich wollte, sie wären endlich fort, meine Teure. Sie bringen die ganze Stadt in Aufruhr.«

»Es ist bald soweit«, sagte Guinevere. »Sir Lancelot hat mich heute um meinen kleinen blauen Schleier gebeten. Er sagte, er wollte etwas haben, was zur Farbe seines Wappenzeichens paßt.«

Und als sich schließlich die beiden fahrenden Ritter in der Nacht aus der Stadt schlichen, wurden sie dabei von Hunderten von Augen beobachtet, und hinter den Mauerzinnen verbargen sich viele Zuschauer. Außerhalb der Mauern lösten sich die Knappen aus den Armen ihrer Fräulein.

Sie waren schon weit fort und vor jeder Entdeckung gefeit, als der Tag anbrach und die Welt der fahrenden Ritter entschleierte – einen tiefen, grünen Wald, aus dem Hintergrund des Morgens hervortretend wie eine Tapisserie. Es war ein Tag, der sich bereitete, der Ausfahrt von Rittern Farbe und Form zu geben. Ein großer Hirsch hob das Haupt mit dem stolzen Geweih, frei von Furcht in dem Wissen, daß die Ritter nicht zum Jagen ausgezogen waren, und sah ihnen zu, wie sie vorüberritten. Auf einer Lichtung, überschüttet von den Pfeilen des Sonnenlichts, schlug ein Pfau ein großes Rad, glitzernd wie ein Juwel. Die Kaninchen hatten keine Angst, hoben sich auf ihren Hinterläufen, streckten die Ohren hoch und drückten die Vorderpfoten dicht an die Brust. Und der Wald hallte wider vom Tirilieren der Vogelstimmen. Die Knappen plapperten von diesem und von jenem, bis Lancelot sich umwandte und sie mit einem Blick zum Schweigen brachte.

Sir Lyonel atmete schwer. »Es scheint mir ein richtiger Tag für eine Ausfahrt zu sein, Sir.«

»Der Tag ist ideal«, sagte Lancelot.

»Soll ich sprechen oder muß ich schweigen, Onkel?«

»Das kommt drauf an. Wenn sich in Euren Worten unsere Ausfahrt spiegelt, wie sie sich in diesem Tag spiegelt, wenn Eure Rede stolz ist wie der Hirsch, edel wie der Pfau, bescheiden und frei von Furcht wie die Kaninchen dort, dann sprecht.«

»Sind Fragen passend, Sir?«

»Wenn es passende Fragen sind.«

»Eine Ausfahrt ist für mich etwas Neues, Sir. Aber ich habe in der großen Halle hundert Berichte von zurückgekehrten Rittern gehört, die bei heiligen Dingen geschworen haben, die Wahrheit zu erzählen.«

»Wenn sie ihr Rittertum in Ehren halten, halten sie auch ihre Schwüre.«

»Nun, wie kann es geschehen, daß ein Ritter, der von seinen Knappen und manchmal auch von einem ganzen Gefolge begleitet wird, plötzlich allein ist?«

»Ich kann Euch nur sagen, daß es vorkommt. Was sonst noch begehrt Ihr zu wissen?«

»Ich liebe eine Dame, Sir.«

»Das ist gut so. Euer Rittertum verlangt, daß Ihr alle Damen ehrt und eine Dame liebt.«

»Sie wollte nicht, daß ich fortziehe, Sir. Sie fragte, wofür es gut sei, einander zu lieben, wenn man sich trennt.«

Sir Lancelot wandte sich rasch Lyonel zu, und seine grauen Augen waren kalt.

»Ich sage Euch, sie ist keine Dame. Ihr habt hoffentlich keine unbesonnenen Schwüre abgelegt. Ihr dürft nicht mehr an sie denken.«

»Aber sie ist eine Königstochter, Sir.«

»Schweigt! Und wäre sie die Tochter des Kaisers von Afrika

oder die goldene Prinzessin des Tatarenreiches, es wäre einerlei, wenn sie die Eigenart ritterlicher Liebe nicht anerkennen würde, nicht verstünde, daß ritterliche Liebe etwas anderes ist, als wenn Hund und Hündin sich paaren.«

»Ja, Sir, ja, mein Onkel. Werdet nicht ärgerlich. Es waren Worte eines jungen Mannes. Ihr liebt eine Dame, Sir, eine Dame, die . . .«

»Das ist wohlbekannt und kein Geheimnis«, sagte Lancelot. »Ich liebe die Königin. Ich werde jeden meiner Tage ihrem Dienst weihen, und ich habe noch jeden satisfaktionsfähigen Ritter gefordert, der sich einfallen ließ zu behaupten, sie sei nicht die holdeste und tugendhafteste Dame auf der Welt. Möge meine Liebe ihr, wie ich geschworen habe, nur Ehre und Freude bringen.«

»Sir, ich wollte nicht unehrerbietig sein.«

»Dann seht zu, daß Ihr es nicht seid, sonst wird es Euch den Tod bringen, Neffe hin oder her.«

»Ja, mein Onkel. Ich bitte nur darum, unterwiesen zu werden. Ihr, Sir, seid unter den heute lebenden Rittern der größte und, so heißt es, vollkommen wie keiner aus vergangenen und künftigen Tagen. Laßt mich Gewinn aus Eurem Rittertum ziehen, Sir, denn ich bin noch jung und unwissend.«

»Hört, mein Neffe, vielleicht war ich allzu rasch, aber lernt daraus. Wenn es um die Dame geht, der man sich geweiht hat, kann man gar nicht empfindlich genug sein.«

»Ich danke Euch für Eure Aufmerksamkeit, mein Onkel. Ihr seid in aller Welt als vollkommener Ritter und vollkommener Diener der Frauen berühmt. Viele junge Ritter, wie ich einer bin, haben den Wunsch, Euch nachzueifern. Darf ein vollkommener Ritter, was einen vollkommenen Diener der Damen bedeutet, niemals seufzen und leiden, sich nie voll von brennendem Verlangen danach sehnen, den Gegenstand seiner Liebe zu berühren?«

Sir Lancelot drehte sich langsam im Sattel um und sah, daß die Knappen heimlich näher gekommen waren, um zu lauschen. Unter seinem scharfen Blick vergrößerten sie ihren Abstand, bis sie außer Hörweite und dann nicht mehr zu sehen waren. Und sichtbar wurden sie erst wieder, wenn sie gebraucht wurden.

Als die beiden Ritter allein waren, sagte Sir Lancelot: »In

meinen Kindertagen hat der große Merlin mir Größe prophezeit. Doch Größe will verdient sein. Und ich habe mich allzeit dazu beizutragen bemüht, daß seine Prophezeiung in Erfüllung geht. Jetzt will ich Eure Frage beantworten. Um die Gunst meiner Dame seufzen – ja. Sich nach ihrer Huld sehnen – abermals ja. Leiden, wenn sie ungnädig ist – zum drittenmal ja. Doch vor Verlangen zu brennen, das ist nicht Ritterart. Tiere sabbern nach Weibchen, Leibeigene schnüffeln gierig und feixend nach Weibern. Nein. Ihr seht das verkehrt, ganz verkehrt. Könnte ich meine Herrin, die Gemahlin meines königlichen Lehnsherrn, lieben *und* begehren, ohne uns alle drei zu entehren? Ich hoffe, Ihr findet, daß damit Eure Frage beantwortet ist.«

»Ist es also besser, Sir, die Dame zu lieben, die man nicht erlangen kann?«

»Vermutlich besser«, antwortete Lancelot. »Und gewiß sicherer.«

»Ich möchte ja so viele Dinge fragen«, sagte Lyonel. »Wer hat ein solches Glück wie ich? Mit dem großen Lancelot auf einer Ausfahrt unterwegs! Wißt Ihr, Sir, wenn die jungen Ritter aus meinem Bekanntenkreis erfahren, daß ich mit Euch fortgezogen bin, werden sie sich wie die Weinfliegen am Spundloch versammeln. Sie werden mich fragen: ›Was hat er gesprochen?‹ ›Wie sah er aus?‹ ›Hast du ihn dies, hast du ihn das gefragt?‹ ›Was hat er geantwortet?‹«

Sir Lancelot lächelte seinen Neffen freundlich an. »Interessiert sie das?«

»Ja, und noch mehr. Ihr seid der perfekte Ritter heutiger und vergangener Zeiten wie auch der im Schoß der Zukunft verborgenen. Die Menschen werden von Euren mit dem Schwert geschriebenen Taten erfahren, aber sie werden auch fragen: ›Was war er für ein Mensch?‹ ›Was hat er gesprochen?‹ ›War er fröhlich oder traurig?‹ ›Was hat er über dieses gedacht, was über jenes?‹«

Sir Lancelot blickte zum Waldrand hin, der sich vor ihnen erstreckte, und sagte in einem unbehaglichen Ton: »Warum sollten sie auf so etwas neugierig sein? Genügen Taten nicht? Sagt, sind Taten nicht genug?«

»Das ist es nicht, Sir. Die jungen Männer werden nach Anzeichen von Größe in sich selbst suchen, und sie werden dies und jenes, was nicht so eindrucksvoll ist, Tücken und dunkle

Wirrnisse in sich entdecken. Sie werden wissen wollen, ob Euch jemals Selbstzweifel angefochten haben.«

»Ich hatte keinen Grund für Zweifel. Merlin hat ja alles vorausgesagt. Warum sollte jemand nach einer Schwäche an mir suchen? Was hat er davon?«

»Ich kann nur für mich selbst sprechen, Herr Onkel. Ich habe viele traurige Mängel, die mir um die Knie herumhüpfen wie hungrige Hunde. Wenn ich behaupten könnte, daß mich etwas mit Euch verbindet, dann wäre diese Größe nicht unerreichbar. Vielleicht trifft es auf jeden Menschen zu, daß er bei den Starken nach Schwäche Ausschau hält, um Hoffnung zu schöpfen, zu seiner eigenen Schwachheit könnte Stärke treten.«

Lancelot sagte ärgerlich: »Darauf lasse ich mich nicht ein. Wenn sich schon zuweilen Ermattung und Kälte, Hunger und, ja, Furcht in mir eingenistet haben, denkt Ihr denn, ich werde auch noch dem Zweifel die Tore öffnen und so die ganze Burg verlieren? Nein, das Tor ist geschlossen und die Zugbrücke hochgezogen. Sollen Eure jungen Ritter doch in ihrer eigenen Finsternis umhertappen. Wenn ich schwach wäre, würden sie darin keine Stärke finden, sondern nur Ausreden für ihre Schwäche.«

»Aber wenn Ihr das Tor schließt, Sir, erkennt Ihr doch den Feind an.«

»Meine Waffen sind Schwert und Lanze, nicht Worte.«

»Es muß wohl so sein«, sagte Lyonel. »Ich werde den anderen sagen, daß Ihr weder Furcht empfindet, noch von Zweifeln geplagt werdet.«

»Das übersteigt Euer Wissen, junger Mann. Wahrheitsgemäß könnt Ihr nur sagen, Ihr habt keinen Hinweis darauf gefunden, falls es so ist.«

Eine Zeitlang ritten sie schweigend dahin, und dann sagte Sir Lyonel: »Ich muß eine Frage stellen, selbst wenn ich Euer Mißfallen riskiere, Sir.«

»Fragen haben mich immer eher gelangweilt als erzürnt. Also dann, was für eine Frage? Das soll aber dann die letzte sein.«

»Sir, es gibt auf der ganzen Welt keinen Ort, wo Euer Name unbekannt ist.«

»Man sagt mir, daß es so sei.«

»Und Ihr geltet als der vollkommenste Ritter der Welt.«

»Ich habe mich bemüht, es zu werden.«

»Ihr seid in Eurer Vollkommenheit allein.«

»Bis ein Besserer kommt. Jeder kann sie anfechten. Aber das sind Feststellungen oder Ansichten. Wie lautet die Frage?«

»Genügt sie Euch?«

»Was?«

»Ist Euch Eure Vollkommenheit genug?«

Ein Anfall schwarzen Grimms schüttelte Sir Lancelot, verzerrte seine Lippen, so daß sie die Zähne entblößten. Die rechte Hand schnellte wie eine Schlange nach dem Schwertgriff, und die silberne Klinge glitt halb aus der Scheide. Lyonel spürte schon den Hauch des Todesstreiches seine Wange streifen.

Dann sah er in ein und demselben Mann einen so wilden Kampf entbrennen, wie er ihn noch nie zwischen zwei Männern erlebt hatte. Er sah, wie Wunden geschlagen und empfangen wurden, wie es ein Herz beinahe zerriß. Und er sah auch den errungenen Sieg, das Abebben der Wut, sah Lancelots bitteren Triumph, die von Schweiß umflossenen, fiebernden, wie bei einem Habicht fast geschlossenen Augen, sah den rechten Arm an die Leine gelegt, indes die Klinge wieder in ihren Zwinger zurückglitt.

»Hier ist der Wald zu Ende«, sagte Sir Lancelot. »Ich habe sagen hören, der Wald hört auf, wo der Kalkboden anfängt. Wie golden das Sonnenlicht auf dem goldenen Gras liegt! Nicht weit von hier steht an einem Hang die Figur eines Riesen mit einer Keule, und ich weiß eine andere Stelle mit einem riesigen Schimmel. Und niemand weiß zu sagen, wer sie gemacht hat und wann.«

»Sir...«, begann Lyonel.

Und der größte Ritter der Welt wandte sich ihm lächelnd zu. »Sagt ihnen, daß ich schläfrig war«, sagte er. »Sagt ihnen, daß ich schläfriger als jemals in den vergangenen sieben Jahren war. Und sagt Euren jungen Freunden, daß ich nach einem schattigen Plätzchen Ausschau hielt, um Schutz vor der Sonne zu finden.«

»Zur Linken sehe ich einen Apfelbaum, Sir.«

»Ach, ja? Reiten wir hin, denn die Augen sind mir schwer.«

Da wußte Lyonel, wie hart der Kampf und wie erschöpfend der Sieg gewesen war, doch der Siegespreis – der Preis war Schlaf des Vergessens.

Sir Lancelot legte sich unter dem Apfelbaum ins Gras, mit dem Helm als Kopfkissen, und sank in die dunkelste aller Höhlen des Vergessens. Sir Lyonel setzte sich neben seinen Onkel. Er war sich bewußt, daß er eine Größe erschaut hatte, die den Verstand überstieg, und einen Mut, der Worten etwas Feiges gab, und einen Frieden, der mit höchster Qual erkauft werden mußte. Und Lyonel kam sich klein und niedrig wie eine Schmeißfliege vor, während Sir Lancelot wie aus Alabaster gemeißelt dalag und schlief.

Während Sir Lyonel für den schlafenden Ritter Wache hielt, dachte er an die endlosen Reden im Kreis der jungen Ritter, die den Tod feierten, ohne gelebt, die Zweikämpfe kritisierten, ohne jemals ein Schwert in der Hand gehalten zu haben, Verlierer, die nie eine Wette gewagt hatten. Er erinnerte sich, daß sie gesagt hatten, dieser Ritter, der hier schlief, sei zu dumm, um seine Lächerlichkeit zu erkennen, zu arglos, um das Leben um sich herum wahrzunehmen, inmitten von Verrottung überzeugt, daß Vollkommenheit zu erlangen sei; ein Schwärmer und gefühlsseliger Träumer in einer Welt, in der nüchterne Realität das Szepter führte, ein Anachronismus schon, ehe die Erde geboren wurde. Lyonel hörte in der Erinnerung blasierte Unfähigkeit, Schwäche und Armseligkeit höhnen, daß Stärke und Größe Illusion seien – die Sprache der Feigheit, mit der Rüstung der Weisheit aufgeputzt.

Sir Lyonel wußte, daß dieser schlafende Ritter ohne Säumen und Verzweiflung auch in eine ihm gewisse Niederlage sprengen und schließlich in ritterlicher Haltung seinen Tod hinnehmen würde, als wäre es ein Siegespreis. Plötzlich wurde Lyonel klar, warum Lancelot mit eingelegter Lanze durch die Zeiten galoppieren und damit Menschenherzen einsammeln werde wie Stechringe. Lyonel traf seine Entscheidung, und er wählte Lancelots Seite. Er vertrieb eine Schmeißfliege vom Gesicht des Schlafenden.

Der Himmel war klar, und die Sonne auf ihrer Mittagshöhe schob den Schatten des einsamen Apfelbaums zu einem kleinen Fleck zusammen. Durch die Hitze löste sich ein Apfel, und Lyonel fing ihn in der Luft über Lancelots Gesicht auf. Er biß ihn an. Der Apfel war grün und sauer und wurmstichig, so daß

Lyonel ihn wegwarf und das bittere Fleisch auf die Erde spuckte. Die wellige Ebene dehnte sich nach Süden, wo sie an einen Hügel stieß, der mit grasbewachsenen Wällen und acht gewaltigen tiefen Gräben zur Verteidigung umgeben war, eine uralte, verfallene Festung der toten Götter oder eines vergessenen, götterähnlichen Volkes von Riesen. Die Hitze tauchte das ferne Bild in ein Flirren und die Festung und die Ebene in einen Traum. Die brummenden Flügel einer Hummel lenkten Lyonels Augen zurück auf den schlafenden Ritter, und er wedelte das honigschwere Biest weg. Lancelot schlief so tief, daß nicht zu sehen war, wie er atmete. Sein Gesicht zeigte die Anmut von Würde und Unschuld, und die Oberlippe war in einem zarten Lächeln aufwärts gebogen. Er erschien Sir Lyonel wie von einer gütigen Fee zu Marmor verzaubert oder in einer vollkommen dichten Hülle, aus der die Seele nach einem erfüllten Leben und einem friedlichen Tod entschwebt war. Der junge Ritter liebte diesen Onkel und wollte ihn vor dem eklen Schimmel des niedrigen Bösen, miserabel aus Enttäuschung, und schäbiger Seelen beschirmen, die ihre Armseligkeit und Nacktheit in Zynismus kleiden. Er spürte, wie von dieser gelassenen Größe gleichsam Wellen ausgingen, die ihn berührten, und es überkam ihn der Wunsch, mit diesem Mann durch mehr als nur durch Blutsbande verbunden zu sein – vielleicht durch eine mutvolle Tat, von Lyonel vollbracht und Sir Lancelot geweiht.

Das Gras und die Sommerblumen, golden und blau, sangen, von Bienen übersummt, und in der Ferne erschienen drei Gestalten, von der flirrenden Hitze verzerrt, und hinter ihnen eine vierte, substanzlos und in dauernder Veränderung. Doch nun spürte Lyonel den Schlag fliegender Hufe auf der Erde und wußte, daß dies keine Spukgestalten waren, wie sie mitunter über die Erde geistern. Als die flimmernde Fata Morgana feste Form gewann, sah Lyonel, daß es drei gewappnete Ritter waren, die mit der Verzweiflung der Furcht ihre Pferde antrieben, und hinter ihnen erschien ein riesenhafter gepanzerter Mann auf einem mit Schaum bedeckten Hengst. Er kam den fliehenden Rittern immer näher. Lyonel sah, wie er sie wie eine Wolke ereilte, den letzten der Ritter aus dem Sattel fegte, ohne Pause zustieß wie ein Falke, mit der Lanze abermals einen gezielten Stoß führte und noch einen, und wie die anderen beiden vom Pferd purzelten. Dann wendete der Verfolger blitzschnell, sprang ab, fesselte die Gestürzten mit den Zügeln ihrer eigenen Rösser, hob sie wie gebundene Schafe vom Boden auf und warf sie, mit dem Gesicht nach unten, quer über ihre Sättel.

Sir Lyonel sah rasch zu Sir Lancelot hin und wunderte sich, daß ihn der Lärm nicht aus seinem betäubten Schlaf geweckt hatte. Lancelots gelassener Mut hatte sich auf Lyonel übertragen, und er dachte, wie erfreut und stolz der Onkel sein würde, wenn er beim Erwachen seinen Neffen als Sieger über einen so imponierenden Ritter sähe. Leise schlich er sich weg, um diese Tat für seinen Onkel zu vollbringen. Er schwang sich rasch in den Sattel, ritt dem siegreichen Ritter entgegen und rief ihm zu, er solle sich zum Kampf stellen. Der gewaltige Mann sprang leichtfüßig auf sein Pferd, aber Sir Lyonel attackierte ihn mit solcher Wucht, daß sich das Pferd samt Ritter um sich selbst drehte, dieser jedoch nicht aus dem Sattel geworfen wurde. Als Lyonel zu seinem zweiten Gang ansetzte, blieb der große Mann ruhig auf seinem Roß sitzen und sah ihn an.

»Das war aber ein trefflicher Stoß«, sagte er. »Ich bin verblüfft, wenn ich Euch so sehe. Ihr seid ja kaum größer als ein Knabe, und trotzdem habt Ihr mich mehr aus dem Gleichgewicht gebracht als sonst einer, soweit ich mich erinnern kann. Laßt uns Frieden schließen, Sir. Ihr seid ein wackerer Mann und verdient es nicht, wie dieses Vieh da gefesselt zu werden.«

Lyonel blickte zu dem Apfelbaum hin, unter dem sein Onkel noch immer schlafend lag, und sagte hochgemut: »Ich will bereitwillig Frieden mit Euch schließen, sobald Ihr Euch ergeben, Eure Gefangenen losgebunden und um Gnade gebeten habt. Ihr versprecht Euch, Gnade zu gewähren.«

Der große Ritter blickte ihn staunend an. »Wenn Ihr mir nicht einen solchen Stoß versetzt hättet, würde ich Euch für verrückt halten«, sagte er. »Ihr seid ja nicht einmal halb so groß wie ich. Zuerst ein Lanzenstoß wie von einem gestandenen Mann und dann Worte eines ganzen Mannes. Kommt, laßt uns Freundschaft schließen. Es würde mein Gewissen beschweren, einem so wackeren kleinen Mann wie Euch weh zu tun.«

»Ergebt Euch«, sagte Lyonel. »Ergebt Euch oder kämpft!«

»Ich werde weder das eine noch das andere tun«, antwortete der Ritter.

Lyonel gab seinem Pferd die Sporen und sprengte mit eingelegter Lanze los.

Als der große Ritter die halbe Entfernung hinter sich hatte, ließ er die Lanze fallen, warf den Schild weg, duckte sich unter Lyonels Lanze, deren Spitze unsicher schwankte, und sein rechter Arm, stark wie eine Schiffsstrosse, umfaßte die Taille des jungen Ritters und zog ihn aus dem Sattel. Lyonel wehrte sich vergebens gegen die Umklammerung, die seine Brust enger und enger umschloß und ihn preßte, bis ihm das Blut hinter den Augen pochte, so daß ihm die Adern zu platzen drohten. Alles drehte sich um ihn, und er verlor das Bewußtsein.

Als er mit dumpfen Schmerzen wieder zu sich kam, lag er mit dem Gesicht nach unten gefesselt auf seinem eigenen Pferd und schaukelte im Verein mit den anderen Gefangenen dahin. Nach einiger Zeit kamen sie zu einem düsteren Gebäude, umgeben von einem Wassergraben und einer Mauer, und an dem Tor aus Eichenholz sah Lyonel zahlreiche Schilde angenagelt. Er erkannte viele der Wappenbilder, von denen manche die Zugehörigkeit zur Tafelrunde anzeigten, und unter den Schilden befand sich auch das seines älteren Bruders, Sir Ector de Marys.

Lyonel wurde auf den Steinboden eines schwach beleuchteten Raumes geworfen, und der Ritter, dessen Gefangener er war, stellte sich neben ihn und sagte: »Die anderen sind ins Verlies gewandert, Euch aber habe ich wegen Eurer Tapferkeit und auch deswegen davor verschont, weil Ihr mich beinahe aus dem Sattel gestoßen hättet. Ergebt Euch jetzt, versprecht, mir loyal zu sein, und ich lasse Euch frei.«

Sir Lyonel wälzte sich unter Schmerzen herum und schaute nach oben. »Wer seid Ihr, und warum habt Ihr diese Ritter gefangengenommen, deren Schilde ich gesehen habe?«

»Ich heiße Sir Tarquin.«

»Der Name hat einen tyrannischen Klang, Sir.«

»Zu Recht, wie Ihr feststellen werdet. In mir tobt ein Haß, der für die meisten Männer zu groß ist, und dessen Last sogar mich herabzieht. Ich hasse einen Ritter, der meinen Bruder tötete. Um meinem Haß Genüge zu tun, habe ich hundert Ritter getötet und noch mehr gefangengenommen, alles in Vorbereitung auf die Begegnung mit meinem Feind. Euch aber bin ich gewogen, und ich werde mit Euch Frieden schließen, wenn Ihr Euch mir fügt.«

»Wer ist der, den Ihr haßt?«

»Sir Lancelot. Er hat meinen Bruder, Sir Carados, erschlagen.«

»War es ein fairer Kampf?«

»Was schert mich das? Er hat meinen Bruder getötet, und dafür werde ich ihn töten. Ergebt Ihr Euch und bittet um Gnade?«

»Nein«, sagte Sir Lyonel.

Da überkam Sir Tarquin düsterer Zorn, und er zog dem jungen Ritter Rüstung und Unterkleidung aus und peitschte den Nackten mit Dornenruten, bis das Blut strömte. »Ergebt Euch!« rief Sir Tarquin.

»Nein«, sagte Lyonel, und die Dornen rissen wieder an seinem Fleisch, bis er vom Blutverlust bleich und ohnmächtig wurde, und dann warf ihn Sir Tarquin, schäumend vor Grimm, die dunklen Stufen hinunter. Lyonel landete auf dem Boden des Verlieses zwischen den anderen Gefangenen. Sein Bruder, Sir Ector, befand sich hier, und auch viele andere kannten ihn. Als sie seine Wunden gestillt und ihn zu Bewußtsein gebracht hatten, berichtete er ihnen mit matter Stimme, wie er den schlafenden Lancelot verlassen hatte. Und die Gefangenen riefen: »Kein anderer kann Sir Tarquin besiegen. Ihr habt falsch gehandelt, als Ihr ihn nicht wecktet. Wenn Lancelot uns nicht findet, sind wir dem Untergang geweiht.« Und die Gefangenen stöhnten in der Finsternis ihres Kerkers und weinten in hilfloser Verzweiflung. Doch Lyonel gedachte des Schlafenden und seines ruhevollen Gesichtes und sprach leise zu sich: »Ich muß Geduld haben. Er wird kommen. Sir Lancelot wird kommen.«

Nun verlassen wir diese gefangenen Ritter
und sprechen von Sir Lancelot vom See, der schlafend
unter dem Apfelbaum liegt.

Die Nachmittagshitze war drückend, der blaue Himmel war mit milchigem Dunst überzogen. Die hohen, weißen Hauben von Gewitterwolken blickten über die Hügel im Nordosten und murmelten in der Ferne. Die unbewegte, heiße, feuchte Luft zog Flie-

gen, klebrig und träge, herbei. Ein Geschwader von Krähen
tummelte sich dahinsausend und spielerisch Rollen schlagend
in der Luft. Sie spornten einander krächzend zu immer neuen
Flugkunststücken an. Und als sie das an den Apfelbaum
gebundene Pferd sahen, kreisten sie tiefer und inspizierten
den schlafenden Ritter, aber da eine Dohle es mit ihnen aufzunehmen versuchte, flogen sie angewidert weg. Die zurück-
gewiesene Dohle landete, beäugte neugierig das Pferd und
den schlafenden Mann; dann schritt sie, mutig geworden, wie
ein breitschultriger Kämpfer darauf zu. Das neben dem Ritter
liegende große Schwert zog die Aufmerksamkeit des Vogels
auf sich. Er versuchte, einen roten Edelstein aus dem Griff
zu picken, doch eine wirbelnde Wolke aus schwarzen Flügeln
und Schnäbeln rauschte herab und vertrieb den Dieb. Ein
riesiger, uralter Rabe betrachtete das Bild, hüpfte mit halb
ausgebreiteten Flügeln seitwärts und näherte sich dann, als er
sich sicher fühlte, mit Sprüngen wie beim Tempelspiel und
leise vor sich hinkrächzend, der schlafenden Gestalt. Sein
purpurn-schwarzes Gefieder war vom Alter abgewetzt. Er
hüpfte dicht hin, drehte den edlen Kopf zur Seite und inspizierte das Gesicht erst mit dem einen und dann mit dem
anderen Auge. Die Federn unter seinem Hals sträubten sich
und zitterten. »Hägh«, krächzte er leise. »Tod! Fluch! Hund!
Ratte! Morgan, Morgan!« Der große Vogel hüpfte beiseite,
und die kräftigen Schwingen rissen ihn in die Luft, und mit
kraftvollen Flügelschlägen flog er auf eine Kavalkade in der
Ferne zu, die in warmen Farben schillerte. Vier Königinnen
ritten in einem pomphaften und unwirklichen Aufzug dahin,
in Samtgewändern und mit Kronen geschmückt, während
vier gewappnete Ritter mit ihren Lanzenspitzen einen grün-
seidenen Baldachin emporhielten, um die Damen vor der
Sonne zu schützen. Voran ritt die Königin von den Äußeren
Inseln, das Haar so golden wie die Krone, die Augen blau wie
Schiefer, die Wangen vom pulsierenden warmen Blut gerötet,
ihr meerblauer Mantel meergrau gefüttert, der Zelter scheckig
wie eine schaumbespritzte Klippe. Als nächstes kam die Königin
von Nord-Galys, mit rotem Haar, grünen Augen, grün gewandet. Durch ihre Wangen schimmerte es purpurn, und ihr Pferd
war rotbraun wie ihr Haar. Ihr folgte die Königin von Ostland –
das Haar aschenfarben, doch von einem warmen Ton, wie

Rosenasche, die Augen haselnußbraun, das Gewand von einem blassen Lavendelgrün. Ihr Pferd war weiß wie Milch.

Den Schluß bildete Morgan le Fay, die Königin des Landes Gore, König Artus' Schwester. Schwarz das Haar, die Augen, das Gewand und ihr Pferd schwarz glänzend wie Satans Herz. Ihre Wangen waren weiß, vom lebendigen Weiß der weißen Rose, und ihr nachtdunkler Mantel wurde durch seinen Hermelinbesatz noch düsterer.

Vor und hinter den Königinnen unter ihrem Baldachin ritten gepanzerte Männer, starr aufgerichtet und mit geschlossenen Visieren. Die prunkvolle Kavalkade zog dahin, ohne daß ein Hufschlag oder ein Klirren der Rüstungen zu hören war. Sie bewegte sich auf die Gewitterwolken und einen mit Gräben und Wällen bewehrten Hügel namens Jungfrauenburg zu, gemieden von Menschen des hellen Tages als ein Ort der Gespenster und ein Versteck für Hexen, wo es sich zutragen mochte, daß sich nächtens auf dem Gipfel eine mit Türmen versehene Burg erhob, die wieder verschwand, wenn der Morgen kam. Nur diejenigen, die in der Schwarzen Kunst geschult und bewandert waren, versammelten sich dort.

Der große Rabe senkte sich herab und landete auf der schwarzen Schmuckdecke von Morgans Rappen, krächzte leise seiner Herrin etwas zu und legte den Kopf schief, als sie ihn ausfragte.

»Krächz!« sagte er. »Hund! Schwein! Tod! Hübsch – Hübsch – Dame!«

Da gellte Morgan ein Lachen. »Ein Leckerbissen, Schwestern!« rief sie. »Ein Honigpfläumchen!« Sie schleuderte den Raben in die Luft, und er flog ihnen als Führer voran zu der Stelle unter dem Apfelbaum, wo Lancelot schlief.

Der nachmittägliche Wind prägte den Gräsern und Blumen auf der Ebene, auf der die vier unirdischen Königinnen vorsichtig dem Apfelbaum entgegenritten, seine unsichtbare Form auf. Lancelots angebundenes Pferd schnaubte und stampfte mit den Hufen, denn Pferde haben ein besonders scharfes Gespür für Risse und Brüche im Normalen. Doch noch immer schlief der Ritter, obwohl sein Gesicht zuckte und die rechte Hand sich langsam öffnete und schloß.

»Das kann kein natürlicher Schlaf sein«, sagte Morgan leise.

»Ich frage mich, ob irgend etwas Macht über ihn hat.« Sie stellte sich neben ihn und blickte auf ihn hinab. »Doch nein«, sagte sie dann. »Hier wirkt kein Zauber – nur Erschöpfung, die Müdigkeit von Monaten, von Jahren.« Sie hob die schwarzen Augen und sah, daß ihre lieblichen Schwesterköniginnen sich wie Wölfe angesichts eines blutenden Opfers die Lippen leckten.

»Ihr kennt ihn also?«

»Natürlich«, sagte die Königin von den Äußeren Inseln. »Es ist Lancelot.«

»Ich habe euch ja gesagt, daß uns etwas Leckeres erwartet. Aber Schwestern der Erde sollten einander nicht beißen. Ich weiß, daß wir um ihn kämpfen werden. Aber bitte nicht mit Zähnen und Klauen! Denn, meine Teuren, ich kenne euch gut genug, um zu wissen, daß ihr nicht gewillt seid zu teilen.«

Die Königin von Nord-Galys fragte mit honigsüßer Stimme: »Was schlagt Ihr vor?«

Nun durchlief ein Schauer Lancelots Körper, sein Kopf bewegte sich vor- und rückwärts, als fieberte er. Er fuhr sich mit der Zunge über die Lippen und stöhnte auf.

Morgan holte unter ihrem Mantel ein langhalsiges Fläschchen mit Lactucarium hervor, das vor Alter schillerte. Sie zog den Stöpsel heraus, beugte sich nach unten, ließ ein paar dicke, schwarze Tropfen auf Lancelots Lippen fallen, und als er sie ableckte, verzog sich sein Gesicht, weil sie so bitter waren. Morgan le Fay breitete eine gemurmelte Hülle von Zauberworten über ihn, und er holte tief erschauernd Luft und glitt in eine pechschwarze Nacht des Schlafs. Nun sprach Morgan nicht mehr leise, denn es bestand keine Gefahr, daß er erwachen könnte. »Ich habe einen Vorschlag«, sagte sie. »Nämlich daß wir diese Beute mit uns in die Jungfrauenburg nehmen und dann um ihre Gunst wetteifern, dies aber mit so fein gesponnener Schmeichelrede, daß, wenn die Siegerin den Preis ergreift, das Täubchen glauben wird, es habe sich selbst in die Krallen des Falken begeben. Abgemacht, Schwestern?«

Die anderen stimmten lachend zu, denn jede glaubte, bei dieser Art Turnier konkurrenzlos zu sein. Dann wurde Lancelot auf seinen Schild gelegt, und zwei Ritter trugen ihn. Der prachtvolle Zug bewegte sich wie Figuren auf einem Wandgemälde der gewaltigen prähistorischen Hügelfeste entgegen. Die Sonne war im Untergehen, als sie den engen Zugang zwi-

schen zwei steilen Erdwällen erreichten, und die Sterne
erwachten flimmernd zum Leben, indes sie auf schmalen
Dammwegen die tiefen Gräben einen nach dem andern überquerten. Es war schon Nacht, als sie das umwallte Gipfelpla-
teau erreichten, eine Weide, übersät mit den Trümmern von
tausend Jahren des Bauens und Zerstörens. Dann, während
der Zug der Königinnen die große Einhegung durchquerte,
erbaute sich auf der südlichen Spitze eine Burg, stiegen Zug um
Zug zinnengekrönte Mauern empor, und an den Ecken streb-
ten Türme in die Höhe. Nachdem das Bauwerk vollendet war,
leuchtete Licht aus den schmalen Fensterschlitzen, und zwischen den Zinnen schossen wie Pilze Wachtposten empor. Als
der Zug die Stelle erreichte, an die ein Burggraben gehörte,
war einer da, und in seinem Wasser spiegelten sich Sterne, und
undeutlich war das Weiß langsam dahinziehender Schwäne zu
sehen. Und am Eingang wuchs plötzlich eine Zugbrücke in die
Höhe und fuhr krachend herab. Die Eisenstäbe der Fallgatter
ratterten langsam hoch, die mit Messing beschlagenen Torflügel öffneten sich knarrend. Als der Prunkzug eingezogen war,
ging die Zugbrücke hoch, die Fallgatter rasselten herab, das
Tor schloß sich, und dann verlor die Burg ihre Substanz, wurde
durchsichtig wie ein Wolkenschleier, und der Wind zerteilte die
Fetzen, so daß nur ein mit Trümmern übersätes Plateau zurück-
blieb, auf dem unter den Sternen Schafe grasten.

Unter Schmerzen wand sich Lancelot aus seiner Betäubung,
bewirkt von der Droge im Verein mit dem Zauberspruch. Trotz
der Finsternis um ihn fuhren durch seinen Kopf Lichtblitze,
und er fror, da ihm die Feuchtigkeit ins Mark kroch. Seine
tastende Hand stellte fest, daß ihm die Rüstung abgenommen
worden war und er nur die leichte Jacke und Hose anhatte, die
er immer unter dem Panzer trug. Seine Finger tasteten suchend
weiter und fanden einen Boden aus roh zubehauenen Steinen
mit einem fettig-feuchten Belag, während seine Nase die Gerü-
che alten Duldens, alter Furcht und Hoffnungslosigkeit und
schmutzigen Sterbens aufnahm, die säuerlichen Dünste, die in
Kerkerwände eindringen.

Er setzte sich unter Schmerzen auf, umfaßte mit den Händen
die Knie und versuchte die stickige Finsternis zu durchdringen.
Er streckte eine Hand aus, zog sie aber gleich wieder zurück,
weil er fürchtete, schon zu wissen, was seine Finger entdecken

269

könnten. So saß er lange Zeit da, in sich selbst zurückgezogen, und bemühte sich, ein möglichst kleines Ziel für die Furcht abzugeben, die im Dunkeln um ihn lauerte. Dann hörte er, wie sich leise Schritte näherten. Er drückte fest die Augen zu, sprach stumm ein leidenschaftliches, kindliches Gebet um himmlischen Schutz, und als er die Augen wieder aufschlug, blendete ihn die Flamme einer Kerze. Erst einen Augenblick später nahm er das Fräulein wahr, das das Licht hielt und zu ihm sagte: »Gut aufgelegt, Herr Ritter?«

Er bedachte die Frage, betrachtete die Steinwände ohne Fenster und die schwere Eichentür mit einem vergitterten Fensterchen und einem Schloß, so groß wie ein Schild, und warf dann dem Mädchen wieder einen kurzen Blick zu. »Gut aufgelegt – und ob!« sagte er.

»Es war nur so eine Redensart, Sir. Mein Vater sagt, es gehöre sich, einen Ritter zu fragen, wie er aufgelegt ist.«

»Gehört es sich für einen Ritter zu fragen, wo er sich befindet, wie er hierherkam und warum bei den vier Evangelisten Euer Vater mich hier festhält?«

»Das tut nicht mein Vater, Sir. Er ist nicht hier. Ich bin selbst gewissermaßen eine Gefangene, müßt Ihr wissen. Ich saß in der Halle des Gutshauses meines Vaters und kämmte gerade Lammwolle, um Garn zu spinnen, und überlegte, wie ich meinem Vater beim Turnier am nächsten Dienstag helfen könnte, weil er nämlich am vergangenen Dienstag einen Sturz getan hat und nach einer Niederlage schwer zu haben ist. Das ist wohl bei jedem Ritter so . . .«

Lancelot unterbrach sie: »Schönes Fräulein, tut mir um Christi willen die Liebe und erzählt das Ende zuerst! Wer hält mich hier gefangen?«

»Ich habe Euer Abendbrot vergessen«, sagte das Mädchen. »Es steht draußen vor der Tür.«

»Wartet doch, Fräulein. Wer . . .?«

Sie war fort und mit ihr die Kerze, doch einen Augenblick später kam sie mit einer Holzschüssel zurück, die einen Haufen Knochen und aufgeweichtes Brot enthielt, anzusehen wie ein Fressen für Hunde. »Es ist nichts Besonderes«, sagte sie, »aber sie haben mir aufgetragen, es Euch zu bringen.«

»Wer?«

»Die Königinnen.«

»Was für Königinnen?«

Sie stellte die Schüssel auf den Steinboden neben ihn und dann die Kerze daneben, um die Finger zum Zählen frei zu haben. »Die Königin von Gore«, zählte sie ab, »die Königin von den Inseln, die Königin von Nord-Galys und... Moment... Gore, Inseln, Galys. Ach ja, die Königin von Ostland. Das macht vier, nicht?«

»Und was für vier!« sagte Lancelot. »Ich kenne sie alle – Zauberinnen, Hexen, Satanstöchter. Haben sie mich hierhergebracht?«

»Sie sind schön«, sagte das Fräulein. »Und ihre Kleider und ihr Schmuck... Ihr müßtet die Pracht sehen, um es zu glauben...«

»Hört mich an.«

»Ja, sie haben Euch hierhergebracht, Sir, und mich gleichfalls, denn ich saß gerade in der Halle meines Vaterhauses und kämmte Lammwolle...«

»Ich weiß, und mit einem Mal wart Ihr hier. Ich habe mich am hellen Tag unter einem Apfelbaum schlafen gelegt, und jetzt bin ich hier. Was wollen diese teuflischen Königinnen mit mir anfangen?«

»Ich weiß es nicht, Sir, ich war kaum hier, da sagten sie zu mir, ich solle Euch das Abendbrot bringen und danach die Tür wieder abschließen. Ich werde die Augen offenhalten, Sir. Vielleicht kann ich Euch morgen früh mehr berichten. Jetzt muß ich fort. Sie haben mir eingeschärft, nichts zu sagen und rasch wegzugehen, weil Ihr mich fressen könntet.«

»Könnt Ihr die Kerze hierlassen?«

»Leider nicht, Sir. Ohne sie würde ich meinen Weg hier heraus nicht finden.«

Als sie gegangen war und den Ritter wieder die Finsternis umschloß, griff er gierig in die Schüssel und nagte seine Abendmahlzeit von den Knochen, während er über die seltsamen und beängstigenden Geschöpfe nachdachte, die ihn zu ihrem Gefangenen gemacht hatten.

Er hatte zwei Gründe, sich zu fürchten. In dem langen und erbarmungslosen Kampf, den er gegen sich und gegen die Welt geführt hatte, um zum vollkommenen Ritter zu werden, hatten nur wenige Frauen seinen Weg gekreuzt, die seine Aufmerksamkeit fanden. So ängstigte er sich in seiner Unwissenheit vor unbekannten Dingen. Und zweitens war er ein schlichter, geradeaus denkender Mann; das Schwert, nicht der Geist war das Werkzeug seiner Größe. Die Absichten und Mittel der Adepten der Schwarzen Kunst, Zauberer, Dämonen und dunkle Geheimnisse, das alles war ihm wesensfremd und machte ihm Angst. Seine wenigen Mißerfolge und seine noch selteneren Niederlagen waren durch Zauberei herbeigeführt worden, und nun war er mittels derselben nachtschwarzen Kunst zum Gefangenen geworden. Sein Herz bebte in der Finsternis, und er spürte, wie die Kerkermauern ihn bedrängten. Das Herz pochte ihm, der Magen preßte sich gegen die Brust und benahm ihm fast den Atem. Doch dieses Gefühl war ihm nicht unbekannt, denn Lancelot war wie alle Großen, die sich in einer Kunst üben, ein sensibler und nervöser Mann. Ein Widersacher, der ihm auf dem Turnierplatz gegenübertrat und der kalten Perfektion begegnete, mit der Lancelot seine Waffen handhabte, mußte ihn für einen Mann ohne Nerven halten. Er konnte nicht ahnen, wie bitter elend Lancelot zumute war, bevor der Kampf begann. Und während er an der Schranke innerlich bebend auf die Trompetenklänge wartete, beobachtete sein rasches Auge gleichwohl alles, registrierte jede Bewegung, Geste und Eigenart des Gegners, ordnete sie ein und speicherte sie im Gedächtnis. Und obwohl Lancelot der Panik nahe war, versuchte sein anderes Bewußtsein auch jetzt seine Gegner auszuforschen, denn mochten sie auch Damen und Königinnen sein, Feinde waren sie nichtsdestoweniger, »und Feinde«, sagte er zu sich, »müssen Absichten und Mittel und Wege haben, um ihr Ziel zu erreichen.

Sie können mich nicht hassen«, dachte er, »denn ich habe ihnen nichts zuleide getan.« Also stand ihnen der Sinn wohl nicht nach Rache. Ihn zu berauben, die Möglichkeit schied aus, denn sie waren selbst steinreich, während er außer seiner Rüstung und seinem Ruhm nichts besaß. Was also konnte ihre Absicht sein? »Sie müssen etwas von mir wollen«, sann er, »etwas, von dem ich selbst vielleicht nichts weiß – einen Dienst, ein Geheimnis?« Das Grübeln überforderte ihn, und so gab er es auf, doch sein Kämpfersinn setzte aus alter Gewohnheit die Analyse fort. »Wenn ein Mann bei einem bestimmten Hieb zusammenzuckt oder einen Hieb nicht voll ausführt, hat das gewöhnlich seinen Grund – eine alte Wunde oder auch nur ein alter Kummer. Ein Mann, der das Waffenhandwerk ergreift, tut dies aus klar erkennbaren Gründen, aber was treibt einen Mann oder eine Frau dazu, die schändliche Kunst der Nekromantie zu studieren?«

Lancelot hatte sich wieder vergaloppiert, und er trieb seinen Geist zu einem zweiten Versuch an, als ihm ein Bild vor das innere Auge trat, aber ein lebendiges, plastisches Bild, von allen Seiten zu sehen, klar und glänzend wie Kathedralglas. Er sah einen jungen, entschlossenen Lancelot – nur daß er damals Galahad genannt wurde – auf den von Hufen aufgerissenen Turnierplatz purzeln, nachdem ihn die stumpfe Lanze eines Vierzehnjährigen getroffen hatte. Wieder sprengte Galahad los, und abermals flog er durch die Luft. Sein kurzes Kinn spannte sich an, die Lippen waren blau vor Entschlossenheit. Zum drittenmal warf ihn die stumpfe Lanze aus dem Sattel, und als er hart im Sand landete, fuhr ein Schmerz wie ein Schrei sein Rückgrat hinauf. Der Zwerg mit dem Winkel am Arm, breit wie ein Faß, trug den Knaben, aus dem die Schmerzen herausbrachen, zu seiner Mutter. »Der andere Knabe war zu groß für ihn, Madame«, sagte der Knappe. »Aber den Gleichaltrigen ist er weit überlegen. Galahad wird hier nicht zu halten sein.« Doch lange Zeit war es ganz leicht, ihn zu halten, denn er konnte sich nicht rühren. Man klemmte ihn zwischen zwei Sandsäcke und sorgte so dafür, daß er still liegenblieb. Und während er so unbeweglich dalag, während sein verstauchtes Rückgrat heilte, wuchs in der Phantasie des Knaben sein Gegner zu einem baumgroßen Kerl heran. Im Wachen und im Schlafen fegte ihn immer wieder die stumpfe Lanze vom Pferd, bis er für seinen verletzten Stolz ein linderndes Mittel fand. Unter seinem linken Arm war ein kleiner Knopf, von dessen Vorhandensein nur er selbst wußte. Drei Drehungen nach rechts mit den Fingern seiner linken Hand und eine halbe zurück, und er verwandelte sich mitten im Kampf in eine schwarze Wolke und überwältigte den Vierzehnjährigen. Doch der geheime Knopf vermochte noch etwas anderes zu bewirken. Zwei Drehungen nach rechts und zwei nach links, und Galahad konnte fliegen und schweben und zustoßen wie ein Raubvogel. Manchmal verließ er während einer Tjost sein Pferd, flog ihm voraus und schlug den jungen Riesen nieder. Und als letztes: ein einfacher Druck auf den Knopf machte ihn

273

unsichtbar. Er konnte es zwischen seinen Sandsäcken nicht erwarten, bis er allein war und den Traum zurückholen konnte. Es war eigenartig, daß ihm das alles entfallen war, als seine Fähigkeiten sich herauszubilden begannen. Und plötzlich ging Sir Lancelot in der Finsternis seines Kerkers ein Licht über die Zauberei und die Nekromantie und diejenigen auf, die sie praktizierten. »So ist das also«, dachte er. »Die armen Tröpfe, die armen, unglücklichen Tröpfe!«

Die romantische Vorstellung, daß Menschen, die sich ängstigen, an Wunden oder unter Verfolgung leiden, schlaflose Nächte verbringen, ist unzutreffend. Häufiger kommt es vor, daß sie sich in den Schlaf zurückziehen, um einige Zeit unbeschwert zu sein. Ein Mann wie Lancelot, ein gestählter Kämpfer, erfahren und in Gefahren erprobt, schläft auf Vorrat, so wie er sich mit Proviant und einem Wasservorrat versieht, denn er weiß, daß Mangel an Schlaf seine Kraft schwächt und ihn geistig abstumpfen läßt. Und obwohl der Ritter schon einen Teil des Tages verschlafen hatte, entzog er sich der Kälte, der Finsternis, der Sorge um das unbekannte Morgen, glitt in einen traumlosen Schlummer und verharrte darin, bis in sein Verlies aus nacktem Stein sanftes Licht eindrang und immer stärker wurde. Dann erwachte er, schüttelte die kalten Glieder locker und umschlang wieder die Knie, um sich aufzuwärmen. Er konnte die Quelle des Lichts nicht erkennen. Es kam von überall her, nach Art der Morgendämmerung, ehe die Sonne aufsteigt. Er sah, daß die mit Mörtel zusammengefügten Steine seines Kerkers dunkle, schmierige Flecke aufwiesen. Und während sein Blick darauf ruhte, gestalteten sich Formen an den Wänden: Bäume mit gleichförmig gerundetem Geäst, an dem eine Fülle goldener Früchte hing, und Schlingpflanzen mit Blüten, offenkundig ebenso Phantasiegebilde wie die in illuminierten Büchern, ein schattenspendender Baum und darunter ein strahlend weißes Einhorn. Mit gesenktem Horn und Hals begrüßte es eine Jungfrau, aus bunten Fäden gestickt, die das Einhorn umarmte und damit ihre Jungfräulichkeit bewies. Dann erschien in einer Ecke des Verlieses das flimmernde Bild einer breiten, weichen Lagerstatt und nahm Gestalt an: ein Bett mit einem Überwurf aus Purpursamt, auf dem große Kissen lagen, anzusehen wie weich schimmernde Edelsteine. An der zum Himmel gewordenen Zellendecke bildete sich eine heraldische Sonne in schwankendem Strahlenglanz, die die Luft erwärmte.

Sir Lancelot war ein schlichter Ritter, der nicht gelernt hatte, seinen Augen im einen Augenblick zu trauen und im nächsten nicht mehr zu glauben. Er stand auf und sah und spürte an sich ein langes, üppiges, ockergelbes Gewand, das ihm bis an die Fußknöchel reichte. Er trat an das Bett, legte sich auf die nachgebenden, weichen Polster, verschränkte die Arme hinter dem Kopf und sah gleich darauf, wie vier reich verzierte, goldene Throne am anderen Ende des Verlieses erst schemenhaft hochstiegen und dann Gestalt annahmen, während auf dem Steinboden ein reich gewirkter Teppich wie rasch wachsendes Gras erschien.

Ein Duft wie aus einem Riechgläschen mit Rosenblättern, Zimt, Lavendel und Weihrauch, Nardenöl und Nelken erfüllte den Raum, und die Tapisserien bewegten sich in einem linden Sommerwind, der aus dem Nirgendwoher kam.

»Was auch geschehen wird, es wird in Behaglichkeit geschehen«, sagte Lancelot zu sich.

Ein paar Augenblicke herrschte eine erwartungsvolle Stille, wie auf einer reich ausstaffierten Bühne, ehe das Stück beginnt, und dann stimmte ein Flöten-Ensemble, vom Baß bis zum Diskant, eine leise, sanfte Weise in einem Rhythmus an, gemahnend an das Schreiten von Prinzessinnen, die sich in einem gemessenen Zug zur Krönung eines Herrschers begeben. Von dem Verlies war nur die Tür geblieben – eine häßliche Erinnerung aus beschlagenem Eichenholz und rostigem Eisen.

Nun ging sie von selbst auf, und die vier holden Königinnen schwebten, dem Rhythmus folgend, herein und setzten nach jedem Schritt zierlich den Fuß auf. Sie nahmen auf den Thronen Platz, anzusehen wie Wachsblumen von vollkommener Schönheit. Ihre weißen, juwelengeschmückten Hände lagen still auf den Armlehnen der Throne, und ihre Münder umschwebte ein ruhevoll-heiteres Lächeln, während sie den auf dem Bett liegenden Ritter anblickten. Die Musik verklang, und es trat eine hörbare Stille ein, wie sie aus einer ans Ohr gehaltenen Muschel dringt.

Dann erhob sich Lancelot und entbot ihnen seinen Gruß. »Seid gegrüßt, meine Damen, und herzlich willkommen.«

Sie antworteten unisono, wie in einer Litanei: »Seid gegrüßt, Sir Lancelot vom See, Sohn König Bans von Benwick, erster und trefflichster Ritter der Christenheit. Willkommen und viel Vergnügen.«

»Soll ich eure Titel aufsagen, meine Königinnen?« fragte er. »Ich kenne sie gut. Ihr seid die Königin Morgan le Fay vom Lande Gore, Halbschwester des großen König Artus, Tochter des Herzogs von Cornwall und jener holden Igraine, die König Uther Pendragons Gemahlin wurde. Und Ihr seid die Königin von den Äußeren Inseln . . .«

Morgan sagte: »Nicht nötig, sie alle herzusagen, wenn Ihr sie kennt.«

Lancelot betrachtete einen Augenblick ihre vollendet geformten Stirnen, die glänzenden Augen, die glatten Pfirsichwangen.

»Meine Damen«, sagte er dann, »wenn die hier im Dunkeln verbrachte Zeit mir nicht den Sinn verwirrt hat, war es gestern, als ich mich auf einer sonnenbeschienenen Ebene unter einem Apfelbaum zum Schlaf ausstreckte, und neben mir saß mein Neffe Sir Lyonel. Ich erwachte in einer kalten, öden Zelle als ein Gefangener, meiner Waffen und Rüstung beraubt. Bin ich Euer Gefangener?«

»Ein Gefangener der Liebe«, sagte Morgan. Und als die anderen sich einmischen wollten, sagte sie kalt: »Schweigt, meine Schwestern! Laßt mich sprechen. Hinterher bekommt ihr dann eure Chance.« Sie wandte sich wieder Lancelot zu. »Herr Ritter«, fuhr sie fort, »setzt Euch. Ja, Ihr habt recht. Wir haben Euch gefangengenommen.«

»Wo ist Sir Lyonel?«

»Ihr wart allein. Niemand war bei Euch.«

Lancelot setzte sich auf den Rand des samtbezogenen Bettes. »Was könnt ihr mit mir vorhaben?« fragte er verwirrt.

Drei Königinnen lachten girrend, Morgan lächelte nur.

»Mit einem willigen Gefangenen ist leichter umzugehen«, sagte sie. »Daher will ich Euch die Sache erklären. Wir vier haben alles, was das Herz begehrt: Güter, Reichtum, Macht und unfaßlich hübsche Dinge. Zudem haben wir dank unserer Künste Zugang zu Mächten jenseits und unter der Erde, ja, mehr noch: wenn unser Begehren sich auf etwas richtet, was nicht existiert, haben wir die Macht, es zu erschaffen. Ihr versteht also gewiß, daß für uns neues Spielzeug sehr rar ist. Und als wir den edelsten Ritter der Welt im Schlaf antrafen, dachten wir, daß Ihr diese Rarität seid, ein Ding, das wir noch nicht besitzen. Deshalb haben wir Euch zu unserem Gefangenen gemacht. Aber es gibt etwas, was wir nicht tun, weil es nicht in unserer Natur liegt: wir teilen nicht. Und weil wir nicht teilen, müssen wir um Euch kämpfen. Aber wenn wir früher um etwas gekämpft haben, war zuweilen am Schluß der Siegespreis so zerfleddert und zerfetzt, daß keine von uns ihn mehr haben wollte. Ihr werdet mir zustimmen, selbst den besten Ritter zu erringen, würde sich nicht lohnen, wenn er nur noch eine blutende, verstümmelte Fleischmasse wäre. Habt noch Geduld, Schwestern, ich bin fast am Ende. Wir haben beschlossen, Herr Ritter, es soll Euch überlassen bleiben, eine von uns zu wählen, und jede hat geschworen, sich an Eure Entscheidung zu halten. Hoffentlich kommt es auch so, denn diese Königinnen haben sich nicht immer an ihre Schwüre gebunden gefühlt.«

Lancelot sagte: »Was geschieht, wenn ich keine von euch wähle?«

»Nun, dann werden Euch leider für immer Finsternis und kalter Stein umschließen. Selbst der beste der Ritter würde unter solchen Umständen nicht lange am Leben bleiben, sollte er aber doch zu lange leben, würden ihm wohl Essen und Wasser entzogen werden. Aber vergeßt diese grausigen Aussichten. Jede von uns vier wird ihren Fall vertreten. Ein solches Plädoyer wird für uns etwas Lustiges sein, eine neue Erfahrung. Ich werde als letzte sprechen. Wollt Ihr beginnen, meine liebe Fürstin von Nord-Galys?«

»Mit Freuden, Schwester.« Sie warf den Kopf nach hinten, daß ihr Haar züngelte wie eine rote Flamme. Sie senkte die Lider, so daß sie ihre smaragdgrünen Augen halb bedeckten. Dann bewegte sie sich wie eine schöne Katze auf Lancelot zu, und als sie nahe vor ihm stand, roch er den sinnverwirrenden Duft ihres Körpers, und es war der Geruch von Moschus. Seine Sinne bäumten sich leise schmerzend auf, und seine Zunge nahm den salzigen Geschmack der Brunst wahr. Die Stimme der Königin schnurrte, ein tiefes Schnurren, als versetzte es ihren ganzen Körper in Vibrationen.

»Ich denke Ihr wißt, was ich Euch versprechen kann, Empfindungen, von denen Ihr nur schwach etwas ahnt – eine sich steigernde, wachsende, anschwellende, fast berstende Ekstase, ohne Sättigung, endlos, bis Ihr Euch von der Liebe gekreuzigt fühlt, schreiend nach dem Kreuz verlangt und mithelft, Euch die Nägel ins Fleisch zu treiben. Jeder weiße Nerv windet sich und nimmt teil an der dämonischen Entfesselung, peitscht sich hoch zu taumelnder, rasender Passion. Ihr leckt Euch die Lippen. Ihr glaubt, alles zu wissen. Doch was Ihr wißt, ist nur ein Flüstern im Vergleich zu dem Pandämonium, das ich Euch verheiße.«

Er atmete keuchend und stoßweise, während sie zu ihrem Thron zurückging, sich setzte und ihn mit einem triumphierenden Katzenlächeln beobachtete. Und Morgan sagte: »Ihr seid eine Teufelin. Das war nicht fair. Antwortet Ihr nicht, hochedler Ritter, ehe Ihr die anderen gehört habt.«

»Ist es fair, ihm die Möglichkeit zu geben, seine Sinne zu beruhigen?« sagte die grünäugige Königin.

»Jetzt die Königin von den Äußeren Inseln«, sagte Morgan le Fay.

Die Meereskönigin mit dem goldenen Haar saß still auf ihrem Thron, doch ihre Augen tanzten, denn in ihr lachte es.

»Es war eine glanzvolle Darbietung, Sir«, sagte sie. »Ich erkenne es uneingeschränkt an. Der Raum ist noch ganz geschwängert davon. Ich möchte an meiner teuren Konkurrentin keine Kritik üben, aber mir scheint doch, daß man selbst ihrer Beschlagenheit in einer recht simplen Tätigkeit, in der Ziegen beschlagener sind als Menschen und Kaninchen allen anderen überlegen, nach einer Weile überdrüssig werden könnte. Es könnte geschehen, daß es Euch eines Morgens nach derbem Brot verlangt, um den Geschmack feiner Gewürze zu vertreiben. Und man könnte sich vorstellen, daß die hochgepeitschten Nerven vielleicht stumpf und schwer werden. Es ist ja schon vorgekommen, daß das Entzücken an dieser... Kunst sich im Handumdrehen in Ekel verwandelt.«

Die Königin mit dem rotgrauen Haar fletschte ihre scharfen Zähne. »Kommt zu Eurem eigenen Geschäft«, fauchte sie. »Laßt meines in Ruhe.«

»Sanft, Schwester – sachte. Erster der Ritter, ich denke, Ihr werdet mir zustimmen, daß jeder Zustand, jedes Tun, Klima,

Vergnügen, jeder Schmerz und Kummer, jede Freude, Sieg oder Niederlage im Übermaß ermüdend wird. Meine Gabe für Euch soll die Veränderung sein. Der eine Tag wird von Lachen widerhallen wie das Gekräusel eines Teichs, der im Sonnenschein lächelt, während kleine Wellen vergnügt gegen moosbewachsene Steine plätschern; der nächste wird Sturm bringen und wilde, entfesselte, zerschmetternde Gewalt, den Geist aufwühlen – wundervoll! Ich verspreche Euch, daß jede Freude durch ein bißchen Schmerz noch verstärkt, daß Ruhe auf Unruhe folgen, Hitze mit Kälte abwechseln wird. Lüste des Fleisches und des Geistes werden zu kühlender, asketischer Heilung führen und nach der Erschlaffung neue Kraft schenken. Ich verspreche, daß nichts, was Ihr erlebt, in seiner Wirkung abstumpfen wird. Mit einem Wort, ich werde Euren Gefühlen, Sinnen, Gedanken mehr Weite schenken, bis zur äußersten Grenze, so daß Ihr niemals den allgegenwärtigen Gifthauch der Langeweile, unbefriedigter Neugier, unerforschter Möglichkeiten spüren werdet. Ich biete Euch ein lebensvolles Leben. An einem Tag werdet Ihr König und am nächsten ein von der Arbeit zermürbter Sklave sein, damit Euer Königtum Wert und Wertschätzung gewinnt. Wo andere Euch nur eine einzige Sache bieten, biete ich Euch alles, in Gegensätzen übereinandergeschichtet.« Ihre Augen waren jetzt schiefergrau, düster, und darin stand ein Glitzern, das einen Sturm ankündete. »Und schließlich biete ich Euch einen Tod, wie er Euch gebührt, einen edlen und glanzvollen Tod als letzte Krönung eines edlen Lebens voller Glanz.« Sie warf einen triumphierenden Seitenblick auf die konkurrierenden Königinnen.

Morgan sagte: »Sie hatte alle ihre Schätze ausgebreitet, nicht wahr? Sie hätte alle Hände voll zu tun, dieses Versprechen einzulösen.«

Sir Lancelot stützte die Ellenbogen auf die Knie und das Kinn in die Hände. Die Narben alter Wunden hoben sich weiß auf seinem Gesicht ab, und die Augen glänzten zwischen den halb geschlossenen Lidern. Die Königinnen auf dem Kriegspfad konnten seine Gedanken nicht lesen.

Die Königin von Ostland seufzte. Ihre Haut hatte die Farbe von Rosenasche. Sie war sanft und lieblich anzusehen in ihrem lavendelfarbenen Gewand, und in ihren haselnußbraunen

Augen schienen Mitgefühl, Geborgenheit und Verstehen vereint mit Nachsicht zu leben.

»Armer, matter Ritter«, sprach sie leise. »Meine Freundinnen haben Euch gesehen, wie sie selbst sind, nichts als Begierde und Unrast – das sind ihre Spezialitäten. Ich weiß, daß alle Männer dieses doppelte Verlangen verspüren, die einen mehr, die anderen weniger. Ich habe gegenüber meinen Konkurrentinnen einen Vorteil, Sir Lancelot. Ich kenne nämlich Eure Mutter, mein kleiner Galahad!«

Morgan lachte, und die anderen beiden schrien: »Schamlos!«

Lancelots Kopf fuhr hoch, und in seinen Augen schimmerte es gefährlich. Doch die Königin von Ostland fuhr leise fort: »Königin Elaine von Benwick, jenseits des Meeres, Gemahlin des großen Königs Ban, Elaine, die teure Königin, und so schön, daß Gesandte aus aller Welt ihre Aufträge vergaßen, wenn sie sie erschauten. Doch sie vergaß nicht eines stupsnasigen Knirpses mit schmutzigem Gesicht und dem Namen Galahad. Nach einem anstrengenden Tag auf der glanzvollen und prunkreichen Bühne des Hofes war sie nicht zu müde, die Wendeltreppe in dem kleinen Turm hinaufzusteigen, um dem Kind, das vergessen hatte, sich die Hände zu waschen, einen kleinen Kuchen zu bringen. Niemals konnte eine fremde Gesandtschaft sie von einem weinenden Kind in Nöten fernhalten. Und Kriege und Gemetzel um die Mauern der Stadt minderten nichts an der Tragödie, wenn ein schmieriger kleiner Finger sich an einem neuen Messer schnitt und kleine Blutstränen weinte. Und wenn das Fieber kam, gab es für sie die Welt nicht mehr, und sie kehrte erst zurück, wenn eine gewisse kleine, sommersprossige Stirn kühl geworden war.«

Lancelot sprang auf und rief: »Hört auf damit! Oh, wie gemein! Oh, welche Niedertracht! Schaut, ich kreuze die Finger meiner Hände. Da habt Ihr ein Vaterunser über Euer Gesicht!«

Königin Morgan murmelte: »Bietet Ihr Euch ihm als Mutter an, meine Liebe?«

»Ich biete ihm den Frieden, den er anderswo nie gefunden hat, die Sicherheit und Wärme, nach der er noch heute sucht, Lob für seine Tugenden und ein sanftes, mitfühlendes Verzeihen seiner Mängel. Setzt Euch, edler Ritter. Ich wollte Euch nicht zu nahetreten. Ich weiß, daß Guinevere der Königin

280

Elaine ähnlich sieht – doch das ist alles. Erwägt, was ich Euch anbiete.«

»Ich will nichts hören.«

»Bedenkt es!«

»Ich höre Euch nicht.«

»Aber Ihr werdet Euch daran erinnern. Erwägt es.«

»Meine Damen, mir reicht es jetzt«, sagte eı. »Ich bin Euer Gefangener. Laßt Männer holen. Tut mit mir, was Ihr wollt, doch seid versichert, daß ich kämpfend untergehen werde. Ihr seid gescheitert.«

Königin Morgans Stimme durchschnitt die Luft wie ein Krummsäbel. »Ich bin nicht gescheitert«, sagte sie. »Meine schlauen, kleinen Hexenschwestern haben Euch bunte Fetzen von einem Gewand, abgesprungene Stücke von einer Heiligenfigur geboten. Ich biete Euch das Ganze, von dem alles andere nur Bruchstück ist – ich biete Euch Macht. Wenn Ihr Dirnen in phantastischen Gewändern begehrt, Macht wird Euch dazu verhelfen. Bewunderung? Eine ganze Welt verzehrt sich danach, mit schmatzenden Lippen der Macht den Hintern zu küssen. Eine Krone? Macht und ein kleines Messer werden sie Euch aufs Haupt setzen. Abwechslung? Im Besitz von Macht könnt Ihr Städte anprobieren wie Hüte oder sie zertrümmern, sobald Ihr ihrer überdrüssig seid. Macht zieht Loyalität an, obwohl sie keine braucht. Der Wille zur Macht läßt einen Säugling unverdrossen weitersaugen, wenn er schon lange gesättigt ist, leitet ein Kind an, dem Bruder das Spielzeug wegzunehmen, treibt Scharen machtanbetender Mädchen dazu, sich anzupreisen. Was treibt einen Ritter durch Qualen zu seinem Siegespreis oder zum Tod? Die Macht des Ruhms. Warum häuft jemand Besitztümer an, die er nicht nutzen kann? Warum unterwirft ein Eroberer Länder, die er niemals sehen wird? Was veranlaßt einen Einsiedler, im schwarzen Schmutz seiner Zelle zu vegetieren, wenn nicht die Verheißung von Macht oder wenigstens Einfluß dereinst im Himmel? Und weisen etwa die kleinen, verrückten Heiligen die Macht der Fürsprache von sich? Nennt mir ein Verbrechen, das sich in den Händen der Macht nicht zur Tugend wandelt. Ja, ist nicht die Tugend selbst eine Art Macht? Philanthropie, gute Werke, Nächstenliebe, verschaffen sie nicht Anwartschaften auf künftige Macht? Die Macht ist der einzige Besitz, der nicht uninteressant und langweilig wird, denn es gibt nie genug davon, und selbst ein alter Mann, in dem die Säfte aller anderen Begierden vertrocknet sind, wird, wenn er sich auf wankenden Knien dem Grab entgegenschleppt, noch immer mit flatternden Händen nach der Macht greifen.

Meine Schwestern haben Käse für die Mäuse kleiner Sehnsüchte ausgelegt. Sie haben an körperliche Regungen, an die Unrast, an die Erinnerung appelliert. Ich biete Euch kein Geschenk, sondern die Fähigkeit, das Recht, ja, die Pflicht, alles als Geschenk zu fordern, alles, was Euch nur einfällt, und es, wenn Ihr genug davon habt, zu zertrümmern wie einen Topf aus Ton und auf den Kehrichthaufen zu werfen. Ich biete Euch Macht über Männer und Frauen, über ihre Körper, über ihre Hoffnungen, ihre Ängste, ihre Treuebindungen und ihre Sünden. Dies ist die Macht, die den höchsten Genuß bereitet. Denn Ihr könnt die Menschen ein bißchen rennen lassen und sie mit lockerem Prankengriff abfangen, kurz bevor sie den Himmel erreichen. Und wenn Euch dieses Spiel schließlich leid und verächtlich wird, könnt Ihr sie zu zuckenden Klumpen zusammenschrumpfen lassen, als ob Ihr auf ein Regiment von Schnecken Salz streutet, und zusehen, wie sie zerfließen und in ihrem eigenen Schleim verenden.

Meine Schwestern wollten Eure Gefühle ansprechen. Ich spreche zu Eurem Gehirn. Meine Gabe – das ist eine Leiter, um darauf zu den Sternen emporzusteigen, die Eure Brüder und Euresgleichen sind, von dort herabzublicken und zu Eurem Gaudium den Ameisenhügel der Welt aufzuscheuchen.«

Morgan spielte kein talentiertes Gaukelspiel. Ihre Worte waren mit leidenschaftlicher Ehrlichkeit gewappnet, und sie klangen wie das Gehämmer einer Streitaxt gegen einen Bronzeschild.

Sir Lancelot starrte sie ungläubig an, denn ihr Gesicht war zu einem Katapult geworden, das glühendrote Wörter gegen seine Wälle schleuderte.

»Wovon sprecht Ihr? Was *ist* Macht?« fragte er.

»Was Macht ist? Macht ist Macht, nur das, unabhängig, sich selbst genügend, auf nichts angewiesen und unangreifbar, außer wiederum durch Macht. Machtgefühl läßt alle anderen Gaben und Attribute belanglos erscheinen. Das ist mein Geschenk für Euch.« Sie lehnte sich keuchend und schwitzend auf ihrem Thron zurück, und die anderen drei Königinnen waren unter der Glut von Morgans Hitze weich geworden wie Wachs. Dann richteten alle vier ihre Augen wieder auf Lancelot, helle, flache Augen, aus denen eine aktive und zugleich lässige Neugierde sprach. So hätten sie einen Hengst und seine Reaktion auf die schillernden Schalen von Kanthariden beobachten oder Ausschau nach dem ersten bläulich-weißen Schweißtropfen auf der Stirn einer Rivalin halten können.

Lancelot zeichnete mit einem Finger Figuren auf den Flaum seines ockergelben Gewandes, ein Quadrat und ein Dreieck. Dann wischte er sie glättend weg und zeichnete einen Kreis und ein Kreuz nebeneinander, umgab das Kreuz mit einem Kreis und füllte den Kreis mit einem Kreuz. Sein Gesicht spiegelte Verwirrung und Traurigkeit. Schließlich blickte er zu Morgan hoch. Leise sagte er: »Und deshalb habt Ihr zweimal Euren Bruder, den König, zu töten versucht.«

Sie spuckte nach ihm. »Ein halber Bruder und ein halber König. Ein königlicher Schwächling. Was versteht er denn schon von Macht? Ich sage Euch, in der Welt der Macht ist Schwäche eine Sünde – die einzige –, und sie wird mit dem Tod bestraft. Das ist natürlich ein sehr interessantes Thema. Aber wir sind nicht hierhergekommen, um über Sünden zu sprechen. Wohlan, hochedler Ritter – wir haben Euch unsere Angebote unterbreitet. Bleibt noch, daß Ihr Eure Wahl trefft.«

»Wahl?« sagte er ausdruckslos.

»Tut nicht so, als hättet Ihr vergessen. Ihr sollt zwischen uns wählen.«

Er schüttelte langsam den Kopf. »Ich kann nicht wählen«, sagte er. »Ich bin ein Gefangener.«

»Unsinn, wir haben Euch die Wahl freigestellt. Sind wir nicht schön?«

»Ich weiß nicht, Madame.«

»Das ist lächerlich. Natürlich wißt Ihr es. Es gibt keine schöneren Frauen auf der Welt und auch keine, die nur halb so schön sind. Dafür haben wir gesorgt.«

»Das ist es vermutlich, was ich meine. Ihr habt eure Gesichter und Körper gewählt, nicht wahr? Sie durch eure Künste erschaffen.«

»Und wenn schon. Wir sind vollkommen.«

283

»Ich weiß nicht, womit ihr angefangen habt. Ich weiß nicht, was ihr seid. Ich glaube, ihr könnt euer Äußeres verändern.«

»Natürlich können wir das. Aber was macht es schon? Ihr seid doch gewiß kein solcher Narr, Guinevere für ebenso schön zu halten, wie wir es sind.«

»Aber seht, meine Damen. Guinevere hat das Gesicht und den Körper von Guinevere. Es ist alles da, war von Anfang an so vorhanden. Guinevere ist Guinevere. Man kann sie lieben, weil man weiß, was man liebt.«

»Oder sie hassen«, sagte Morgan.

»Oder sie hassen, Madame. Aber eure Gesichter zeigen nicht euch. Sie sind nur von euch gemalte Bilder dessen, was ihr gerne wärt. Ein Gesicht, ein Körper wächst und leidet mit seinem Besitzer. Das Gesicht trägt Narben und Spuren von Schmerzen und Niederlagen, aber auch den Glanz von Mut und Liebe. Und zumindest für mich erwächst die Schönheit aus alledem.«

»Warum hören wir uns sein Geplapper an?« rief die Königin von Ostland zornig.

»Weil wir vielleicht etwas daraus lernen, Schwester. Wir haben, so scheint es, einen Fehler gemacht. Hier geht es um ein Experiment. Fahrt fort, Sir«, sagte Morgan, und ihre Augen hatten sich überzogen, waren ausdruckslos wie die einer Schlange.

Lancelot sagte: »Einmal stand ich nachts an einem offenen Fenster und blickte hinaus. Ich sah rote Augen, und in den Lichtkreis der Fackel trat eine große Wölfin, die den Kopf hob und mir in die Augen schaute. Sie öffnete das grinsende Maul, und die großen Fänge und die Zunge troffen von frischem Blut. ›Reicht mir eine Lanze!‹ rief ich, doch der kluge Mann neben mir am Fenster sagte: ›Die nützt nichts. Das ist Morgan le Fay, die den Mond anbetet.‹«

»Wer war das, dieser Lügner?«

»Nein, Madame, er war kein Lügner, doch ein sehr kluger Mann.«

»Erwähnt Ihr das, um mich zu beleidigen?«

»Nein ... ich denke nicht. Ich erwähnte es, weil ich mich frage, wer von beiden Ihr seid – die schöne Frau oder die Wölfin oder von beiden etwas.«

»Ich will nichts mehr von ihm wissen«, sagte die Königin von den Äußeren Inseln. »Er ist ein Narr. Er denkt zuviel.«

Lancelot lächelte traurig. »Hexenmeister und Zauberinnen«, sagte er, »haben von jeher die Männer verwirrt und ihnen . . . ja, Angst eingejagt, schreckliche Angst.

Als ich heute morgen in der Kälte der Finsternis lag, ehe ich das Vergnügen eurer Gegenwart hatte, meine Damen, fiel mir ein, wie ich als Kind – ich hatte damals eine Rückenverletzung – für eine kleine Weile zu einem Zauberer wurde und plötzlich zu verstehen glaubte . . . doch die Zauberei verstehen beseitigt die Furcht nicht. Es steigert sie.«

»Sollen wir uns dieses Gerede anhören, Schwestern? Er spricht von Kindern. Das ist eine Zumutung. Ich werde seine Beine in Schlangen verwandeln«, kicherte die Königin von Nord-Galys. »Ja, das ist ein guter Einfall. Und die Schlangen würden in verschiedene Richtungen davonkriechen, und . . .«

»Hört ihm zu«, sagte Morgan. »Sprich weiter, Sohn eines Schweines. Sag uns, warum deine großartige Entdeckung dir Angst macht. Ich freue mich immer, solche Dinge zu hören. Sie regen die Phantasie an.«

Lancelot stand auf und setzte sich dann wieder. »Ich habe Hunger«, sagte er. »An den Knochen, die ihr mir geschickt habt, war nicht viel Fleisch.«

»Wie denn auch? Sie wurden ja zuerst den Hunden vorgeworfen. Trotzdem, vergeßt sie nicht. Sie waren vielleicht Eure letzte Mahlzeit. Sprecht weiter über die Furcht.«

»Vielleicht ist es zu einfach, Madame. Aber Ihr wißt ja, wie Kinder manchmal, wenn ihnen etwas, was sie tun möchten, verboten wird, schreien und toben und sich mitunter im Zorn selber weh tun. Dann verstummen sie und werden rachsüchtig. Doch sie sind nicht stark genug, um sich an dem zu rächen, den sie für ihren Unterdrücker halten. Ein solches Kind zertritt etwa eine Ameise und sagt dazu, auf seine Kinderfrau gemünzt: ›Das gilt dir.‹ Oder es versetzt einem Hund einen Tritt und nennt ihn beim Namen seines Bruders, oder es reißt einer Fliege die Flügel aus, weil es seinen Vater umbringen möchte. Und dann, von der Welt enttäuscht, baut es sich seine eigene, in der es König ist, und nicht nur über Männer und Frauen und Tiere, sondern auch über die Wolken, die Sterne und den Himmel herrscht. Es ist unsichtbar, es kann fliegen. Keine Macht kann es fest- oder fernhalten. In seinem Traum erbaut es sich nicht nur eine Welt, sondern erschafft sich auch selbst neu, so, wie es gerne wäre. Das ist wohl alles, was dazu zu sagen ist. In der Regel macht es dann seinen Frieden mit der Welt und ersinnt Kompromisse, so daß die beiden einander nicht viel Schaden zufügen. Ja, so ist das.«

»Was Ihr sagt, ist wahr, aber was kommt noch?«

»Nun, einige schließen nicht Frieden. Und von diesen werden manche als hoffnungslos schwachsinnig, Hirngespinsten nachjagend eingeschlossen. Doch es gibt andere, Schlauere, die mittels Schwarzer Künste lernen, den Traum Wirklichkeit werden zu lassen. Das ist Zauberei und Nekromantie. Weil solche Kinder nicht genug Weisheit und Güte besitzen, funktioniert die mittels Magie erbaute Welt nicht, und viele nehmen Schaden oder kommen um, weil sie schlecht konstruiert ist. Und dann befällt das Kind Wut, zerstörerische Wut, rachsüchtiger Haß. Hier hat die Furcht ihren Anlaß, denn Hexenmeister und Hexen sind Kinder, in einer Welt lebend, die sie ohne den Sauerteig des Mitgefühls oder das Regelwerk der Organisation geschaffen haben. Und was könnte mehr Furcht erregen als ein Kind mit unumschränkter Macht? Eine Lanze und ein Schwert sind, weiß Gott, schreckliche Waffen. Und deswegen wird dem Ritter, der sie führt, als erstes beigebracht, Mitleid, Gerechtigkeit, Gnade zu üben und erst als letztes Mittel – Gewalt.

Ich habe Angst, meine Damen, weil ihr verkrüppelte, rachsüchtige Kinder mit Macht in den Händen seid. Und ich bin euer Gefangener.«

»In den Feuern der Hölle soll er braten!« schrie die Königin von Ostland, und ihr Gesicht war weiß und aufgedunsen.

Die rothaarige Hexe von Nord-Galys warf sich auf den Boden. Ihre zu Klauen gekrümmten Finger krallten sich in die Steine. Sie machte einen Katzenbuckel, schlug die Stirne gegen den Boden und kreischte dazu, bis Morgan die Arme hob, die Handflächen nach vorne. Sir Lancelot verschränkte unter seinem Gewand fest die Finger. Er hörte den Zauberspruch – die Finsternis umschloß ihn wie eine Faust, die Luft wurde kalt, und er lag nackt auf den Steinen.

Für das Zaubergebilde dieser Burg war das Verlies, in dem Sir Lancelot lag, bemerkenswert fest und auf Dauer gebaut, mit all den Unbehaglichkeiten und der unguten Feuchtigkeit eines alten Gemäuers. Der Ritter blieb nicht lange auf dem Steinboden ausgestreckt liegen, denn sein Rittertum war gleichfalls fest und auf Dauer gebaut und hatte die edelsten und tapfersten Grundstoffe des menschlichen Geistes zum Fundament. Er stand auf, tastete sich durch die modrige, stockdunkle Zelle zur Wand und daran entlang zu der eisenbeschlagenen Tür aus Eichenholz. Sie war natürlich verschlossen, aber durch das vergitterte Fensterchen roch er den kühlen Wind, der draußen durch den Korridor wehte.

Vielleicht stand ihm der Tod bevor, doch der ritterliche Ehrenkodex verlangte, daß er, wenn er sterben mußte, dem Tod entgegenging, als wäre er ein Teil des Lebens. Und sollte sich im Unvermeidlichen doch irgendein Ausweg zeigen, mußte er sogleich und mit aller Kraft die Gelegenheit nutzen, denn mochte das Gesetz des Rittertums auch Mängel aufweisen, eine gefügige Hinnahme von Unrecht und Gewalt gehörte nicht dazu. Ein Mann durfte den Tod wohlgemut und in heiterer Fassung hinnehmen, wenn er jeden ehrenvollen Weg ausgeschritten hatte, um ihm zu entgehen, aber keiner, der seine Sporen wert war, kroch demütig seinem Schicksal entgegen oder beugte willig den Hals unter das Schwert. Sir Lancelot wußte, daß es keinen Sinn hatte, die Zelle nach etwas abzutasten, was ihm als Waffe dienen könnte. Es gab keinen losen Stein, keinen lockeren Balken, keinen Nagel, der dafür zu gebrauchen wäre. Seine einzigen Werkzeuge waren seine Zähne und Fingernägel, als Keulen hatte er nur die Fäuste, als Stricke einzig die Muskeln seiner Arme und Beine. Es konnte sein, daß man ihn hier wie Merlin einsam und hilflos liegenließ, bis er an der Finsternis, der Kälte und dem Hunger zugrunde ging. Doch wenn er recht hatte, wenn die Frauen, die ihn gefangenhielten, gewalttätige und rachelüsterne Kinder waren, würden sie es sich nicht versagen können, den Leiden ihres Opfers zuzusehen und sich an seinem Kampf ums Überleben zu weiden. Er dachte wieder an Merlin, und dabei fiel ihm ein, wie dieser ihm als kleinem Jungen, der die Knie seiner Mutter umklammerte, die Zukunft vorausgesagt hatte. Was er von dieser Prophezeiung möglicherweise vergessen hätte, hatte Königin Elaine für ihn lebendig erhalten. Er werde der erste Ritter der Welt werden, hatte Merlin gesagt. Nun, heute war die Welt dieser Meinung. Dieser Teil der Prophezeiung war eingetroffen – um so mehr Anlaß hatte Lancelot, auch dem zweiten zu vertrauen: Nach einem langen und tatenreichen Leben werde er an Liebe oder Liebesgram sterben – jedenfalls an *Liebe*. Und hier, an diesem grausigen Ort, war sowenig Liebe wie Licht zu finden, und abgesehen von seiner ritterlichen Minne für Guinevere empfand Lancelot keine Liebe, die ihm das Herz brechen könnte. Also war seine Todesstunde noch nicht gekommen. Als Mitglied des Ritterstandes hatte er die Pflicht, auf sich zu nehmen, was Gott schicken mochte, aber andererseits erwartete selbst Gott von ihm, daß er die Gaben nutzte, die ihm verliehen worden waren.

Sein Sinnen nahm der Dunkelheit etwas von der Schwärze und milderte die Kälte. War dies nicht seine Todesstunde, mußte er jede Gelegenheit nutzen, die sich bieten mochte, ja, sich jetzt schon darauf einstellen. Wenn die finsteren, bösen Königinnen kamen, um sich an seinen Schmerzen zu weiden, würden sie mit Zauberkünsten als Waffen und Rüstung erscheinen. Und wie jedermann, wußte auch Lancelot, daß die Taktik der Nekromantie bestimmte, unveränderliche Handlungen verlangte. Die Hände mußten vorgeschriebene Bewegungen vollführen, die Stimme mußte rituelle Silben sprechen. Wurde einem Zauberer beides verwehrt, war er hilflos wie ein Schaf. Wenn Lancelots Feindinnen glaubten, seinen Tod bewerkstelligen zu können, stellten sie sich gegen Merlin, aber Merlin war mächtiger als sie, und das hieß, daß sie trotz all ihrer Macht die Zukunft nicht voraussehen und auch Lancelots Gedanken nicht lesen konnten. Wenn er sich also hinter die Tür stellte und dort lautlos wartete, würden sie nicht ahnen, daß er dort war. Und wenn er der ersten der vier die Arme festhielt, damit sie die Bewegungen nicht vollführen konnte, und ihr mit der freien Hand den Mund zuhielt, um Zaubersprüche zu ersticken und zugleich mit laut gerufenen Paternostern seinen Rücken gegen einen Angriff von hinten deckte, konnte es sein, daß er Sieger blieb. Zumindest würde sich der Versuch lohnen, und mehr als einen – beherzten – Versuch verlangten die ritterlichen Regeln nicht.

Seine Finger suchten die Ränder der Tür ab und stellten fest, daß sie nach innen aufging, wie es nicht anders sein konnte. Wäre es anders gewesen, hätten verzweifelte Gefangene sie vielleicht nach außen drücken können. Doch sie war gesichert, denn der steinerne Türrahmen und -sturz verhinderten es. Somit hatte Lancelot die Tür als Deckung, sobald sie aufging. Aber falls sie kamen – wann? Manchmal ließ man einen Menschen schmachten, bis Finsternis, Hunger und Verzweiflung ihn gebrochen hatten und er nur noch eine verzagte, lallende Masse Fleisch war. Doch diese Frauen waren launenhaft wie Kinder, und die Geduld gehörte nicht zu den Eigenschaften ihres rastlosen Naturells. Zudem waren sie arrogant und ergrimmt. Sie würden nicht warten, bis sich ihr Zorn gelegt hatte. Doch er konnte auf eine lange Erfahrung als Kämpe zurückblicken. Jedem Kampfgetümmel und Waffengeklirr gingen hundert Stunden des Wartens voraus, und ein guter Kämpe lernte zu warten.

Sir Lancelot lehnte sich gegen die Wand und rief sich einen anderen soldatischen Trick in die Erinnerung: im Stehen zu schlafen, aber nur leicht zu schlummern. Er wachte in Abständen auf und rieb sich die kalt gewordenen Hände, um sie geschmeidig zu machen.

Er wußte nicht, wieviel Zeit vergangen war, als ein Geräusch sein Wachtposten-Ohr aufhorchen ließ – leichtfüßige Schritte draußen im Korridor, noch weit weg. Sein Herz machte einen Sprung, denn was sich da näherte, war nur eine einzige Person, und sie kam leise, wie es schien, beinahe heimlich herbei. Nicht ein Wächter mit Eisenschuhen und klapperndem Schwert. Dann war durch das Gitterfensterchen ein schwaches Licht zu sehen, und Sir Lancelot trat zurück, um den Vorteil der aufgehenden Tür zu nutzen.

Die schwere Türe öffnete sich ganz langsam und so leise, wie ihr eingerosteter Mechanismus es zuließ. Die Scharniere quietschten, ein Lichtband und dann ein breiterer Streifen Licht fielen herein, und als eine Gestalt eintrat, sprang Lancelot darauf zu. Sein rechter Arm umklammerte die Arme. Die Kerze flog auf den Boden, und es wurde finster. Seine linke Hand preßte sich auf einen weichen Mund, und er rief laut: »Vater unser, der du bist im Himmel, geheiligt werde dein Name . . .« Dann verstummte er, denn der weiche, kleine Körper, den er festhielt, leistete keinen Widerstand. »Wer seid

Ihr?« flüsterte Lancelot heiser, und hinter der Innenfläche seiner linken Hand drang ein Gurgeln hervor. Er lockerte den Druck etwas, bereit, gleich wieder fest zuzudrücken.

»Laßt mich los. Ich bin das Fräulein, das Euch das Abendbrot brachte.«

Seine Arme fielen herab, und die lange aufgestaute und plötzlich freigesetzte Spannung ließ ihn in einem Kälteschauer erbeben.

»Jetzt haben wir kein Licht«, sagte die schwache Stimme.

»Das ist jetzt nicht wichtig. Wo sind die Königinnen?«

»In der großen Küche. Ich habe sie durch die Tür erspäht. Sie haben auf dem Feuer einen Kessel, so groß, daß sie darin ein Schwein abbrühen könnten. Und sie werfen Dinge hinein, die ich lieber nicht beim Namen nenne – lebende darunter. Sie sehen aus wie uralte, weißhaarige Vetteln und kochen ein Gebräu zusammen, das stark genug ist, die Tore von Camelot aus den Angeln zu reißen.«

»Haben sie Euch hierhergeschickt?«

»O nein, Herr Ritter. Sie würden mich in den Kessel stecken, wenn sie wüßten, daß ich hier bin.«

»Wißt Ihr, wo meine Rüstung ist . . . mein Schwert?«

»Im Wachzimmer über dem Tor. Ich habe alles selbst hingebracht.«

»Und mein Pferd?«

»Ich habe es in den Stall geführt und ihm auch Futter gegeben.«

»Gut. Dann machen wir uns jetzt auf.«

»Einen Augenblick, Sir. Stimmt es, daß Ihr Sir Lancelot seid?«

»Das bin ich.«

»Zwölf Türen und zwölf Türschlösser trennen Euch von der Freiheit.«

»Und?«

»Ich kann sie aufschließen, Sir.«

»Dann tut es.«

»Oder auch nicht, Sir.«

»Fräulein, wir haben Eile. Wovon redet Ihr eigentlich?«

»Am nächsten Dienstag, Sir, kämpft mein Vater im Turnier gegen die, die ihn besiegt haben.«

»Und was ist damit?«

»Wenn Ihr mir in die Hand versprecht, ihm zum Sieg zu verhelfen, werde ich die Türen aufschließen.«

»Beim heiligen Herzen meines Erlösers«, rief Lancelot entnervt. »Die Pforten der Hölle reißen ihren Rachen auf, und Ihr wollt mit mir feilschen!«

»Er ist unerträglich, wenn er verliert, Sir. Gebt mir Euer Wort.«

»Ja, ja, natürlich. Gehen wir jetzt!«

»Wir können erst gehen, wenn Ihr wißt, was Ihr zu tun habt.«

»Dann sagt es mir, aber geschwind! Die vier Teufelinnen können jederzeit kommen.«

»Ach, ich glaube, nicht so bald, Sir. Sie sind ganz ins Kochen vertieft und schlürfen von dem dunklen Zaubertrunk, der aus Hind oder Cipango oder sonst irgendeinem fernen Land kommt. Ein frommer Eremit hat meinem Vater erzählt, der Trank sei aus dem bösen Blut des Schlafmohns gemacht . . .«

»Fräulein«, sagte er, »was schert es mich, aus welchem Blut er ist.«

»Schon, aber er macht bereits nach kurzer Zeit schläfrig. Ich denke, die Königinnen werden einschlafen.«

Er war bezwungen und seufzte: »Eine Eichel zu drängen, zur Eiche zu werden, nützt ebensoviel, wie einem Fräulein Beine machen zu wollen, wenn es sich etwas in den Kopf gesetzt hat. Also gut, meine Liebe – richten wir uns nach Eurem Schnekkentempo. Wie heißt Euer Vater?«

»Sir Bagdemagus, Herr Ritter, und er erlitt beim letzten Turnier üblen Schimpf.«

»Ich kenne Euren Vater gut«, sagte Lancelot. »Ein trefflicher und edler Ritter. Bei allem, was mir heilig ist, ich werde ihm zu Diensten sein und Euch gleichfalls.«

»Danke, Sir. Und jetzt müßt Ihr wissen, daß zehn Meilen westlich von hier weiße Nonnen ihr Kloster haben. Reitet dorthin und wartet. Ich werde meinen Vater zu Euch führen.«

»Ich verspreche es, so wahr ich ein Ritter bin«, sagte Lancelot. »Und jetzt laßt uns aufbrechen. Sagt mir, ist es Tag oder Nacht?«

»Es ist Nacht, Sir. Wir müssen uns den Korridor entlang- und die Treppe hinauftasten. Nehmt meine Hand, denn wenn wir einander in diesem Bienenhaus verlieren, ist es um uns geschehen.«

Zwölf Schlösser schloß sie auf, zwölf protestierende Türen öffneten sich, und im Wachzimmer über dem Tor half sie ihm, wie es einer Rittertochter anstand, die Rüstung anzulegen. Sie brachte ihm sein Pferd und redete dem Roß gut zu, während Lancelot es sattelte. Dann saß er auf und sagte: »Mein Fräulein, ich werde Euch, so Gott will, nicht enttäuschen.«

Er ritt zum Burgtor hinaus, über die Zugbrücke, von der die Hufschläge hallten, und wandte sich um, weil er zum Abschied winken wollte, doch die Burg war verschwunden – nichts war mehr zu sehen als der gestirnte Himmel. Das Ohr vernahm nur den Ostwind, unter dem sich das Gras auf dem vielumkämpften Hügel bog, und den durchdringenden Schrei einer langohrigen Eule, die auf der Wiese Maulwürfe jagte. Dann suchte Lancelot den Ausgang aus dem umwallten Plateau, und seine an die lichtlose Zelle gewöhnten Augen empfanden die Nacht unter den Sternen als strahlend hell. Er überquerte die Gräben und ritt hinab in die Ebene, und da er weder Straße noch Pfad fand, schlug er – wie er annahm – westliche Richtung ein.

Er ritt viele Stunden dahin, bis sich ihm der Kopf drehte, ermattet von der Sicherheit nach tödlicher Gefahr, und schließlich sah er unter einem Baum ein Zelt stehen und lenkte sein Pferd in die Richtung. Er rief höflich zu dem Zelt hin, um den Besitzer auf sich aufmerksam zu machen. Als keine Antwort kam, saß er ab, blickte hinein und sah ein bequemes, weiches Bett, doch keinen Menschen.

»Hier will ich schlafen«, beschloß er. »Niemand könnte mir eine kleine Rast verdenken.« Er band sein Pferd in der Nähe an, so daß es grasen konnte. Dann legte er die Rüstung ab, sein Schwert griffbereit, sich selbst auf das Bett und schlief beinahe augenblicklich ein. Eine Zeitlang führte ihn der Weg ins Dunkel und in die unbetretenen Höhlen des Schlafs, doch dann kam er ans Licht und durchstreifte die Wälder und Weiden seiner Erinnerungen und seiner Wünsche. Und dann war ihm, als läge eine liebliche Frau bei ihm, die ihn hitzig und lüstern umarmte und herzte, und der schlafende Ritter vergalt willig Kuß mit Kuß und Umarmung mit suchender Liebkosung, bis seine Vorfreude ihn aus der Tiefe des Schlafs an die Oberfläche schwemmte und er am Ohr eine bärtige Wange und um die Taille einen Arm mit harten Muskeln spürte. Da sprang er mit einem Schlachtruf aus dem Bett, griff nach seinem Schwert, und sein Bettgenosse setzte ihm nach. Die beiden umarmten einander wieder, doch diesmal im Kampf. Sie wälzten sich auf der Erde, umtanzten einander wie Katzen, traten, bissen und rollten kämpfend und kratzend aus dem Zelt hinaus, während sich von Osten her die Morgendämmerung übers Land ergoß. Dann packte Sir Lancelot wie eine Bulldogge den Gegner am Hals und drückte mit voller Kraft zu, um ihn zu erdrosseln, bis die Augen aus den Höhlen quollen und die dicke, heraushängende Zunge und die hilflos in die Luft gestreckten Hände anzeigten, daß der andere sich ergab.

Sir Lancelot wälzte sich von ihm weg und setzte sich keuchend auf. »Was für ein Unhold seid Ihr«, fragte er, »einen schlafenden Ritter schändlich zu liebkosen? Los, sprecht – was habt Ihr hier zu suchen?«

»Ich kann nicht«, sagte der andere, der sich mit beiden Händen den schmerzenden Hals massierte. Dann krächzte er: »Ich bin hier, weil das mein Zelt ist. Ich glaubte, meine Geliebte wartend anzutreffen. Was hattet Ihr in meinem Bett verloren?«

»Ich fand es leer vor, und habe mich daraufgelegt, um zu ruhen.«

»Und warum, da Ihr keine Dame erwartet, habt Ihr meine Umarmung erwidert?«

»Ich habe geträumt«, sagte Lancelot.

»Das kann ich verstehen«, sagte sein gewesener Gegner, »doch warum habt Ihr mich dann angegriffen, als Ihr aus dem Traum erwachtet?«

Lancelot sagte: »Es ist nicht üblich, daß der Sieger eines Kampfes dem Unterlegenen Rechenschaft ablegt. Trotzdem tut es mir leid, daß ich Euch Schmerzen zugefügt habe. Aber Ihr müßt wissen, daß ich erst jüngst das Opfer seltsamer und schrecklicher Verzauberungen wurde. Als ich erwachte und merkte, daß mich ein bärtiges Reptil küßte, glaubte ich, es handle sich um eine neue verderbliche Verzauberung, und griff an, um mich daraus zu befreien. Wie fühlt Ihr Euch jetzt?«

»Ich komme mir vor wie eine Weihnachtsgans, der man den Hals umgedreht hat.«

»Glaubt Ihr mir?«

»Das mit den Verzauberungen? Mir bleibt nichts anderes übrig. Ich darf nicht nein sagen, bis ich wieder imstande bin zu kämpfen.«

»Kommt«, sagte Lancelot. »Laßt mich einen Schal in kaltes Wasser tauchen und Euch um den Hals wickeln. Das hat meine Mutter immer getan, wenn ich einen steifen Hals hatte, und die Schmerzen sind davon weggegangen.«

Und als er im Zelt seinem gewesenen Gegner den kühlen Umschlag um den Hals wickelte, teilte sich der Türvorhang. Eine liebliche Dame trat herein, und als sie die beiden sah, schrie sie auf: »Was sehe ich da! Was habt Ihr Sir Bellias, meinem Gebieter, angetan?«

Lancelot blickte betreten drein, aber Sir Bellias sagte: »Diese Sache müßt wohl Ihr erklären. Ich kann es nicht.«

Darauf berichtete Lancelot stotternd und mit vielen Pausen, was sich zugetragen hatte.

»Ich würde es schändlich nennen«, sagte die Dame, »wenn es nicht so komisch wäre.«

Bellias krächzte: »Macht ihm keine Vorwürfe, mein Liebes. Seht, er hat es mit einem kalten Umschlag gutzumachen versucht.«

Die Dame, die den Ritter angestarrt hatte, sagte nun: »Seid Ihr nicht Sir Lancelot?«

»Das bin ich, Madame.«

»Ich glaubte, Euch zu erkennen, Sir, denn ich habe Euch oft an König Artus' Hof gesehen. Es ist uns eine Ehre, Sir.«

»Ich wünschte, wir wären uns unter anderen Umständen begegnet, Madame.«

Sie klopfte sich leicht und nachdenklich an die Zähne. »Nur eines macht mir Sorge, edler Ritter, und das ist Eure Ehre.«

»Wieso ist die im Spiel?«

»An sich nicht, aber wir müssen sehr aufpassen, daß diese Geschichte nicht ruchbar wird, denn sonst würde das Gelächter wie Glockenklang durch die Welt schallen, und Sir Lancelots ritterliche Taten würden vor Sir Lancelots Mißgeschick im Bett verblassen. Besonders der Königin darf davon nichts zu Ohren kommen.«

Lancelot wurde blaß. »Euch beiden kann ich vertrauen, und sonst weiß ja niemand etwas davon.«

»Ja, das ist wahr«, sagte sie und fuhr nach einer Pause fort: »Lassen wir das Thema auf sich beruhen und vergessen, was gewesen ist. Werdet Ihr beim nächsten hohen Fest am Hof sein, Sir?«

»So Gott will, ja, Madame.«

»Wir werden auch dort sein, Sir. Und denkt Euch, es ist schon lange Sir Bellias' Wunsch, in die Tafelrunde aufgenommen zu werden. Meint Ihr, Ihr könntet beim König ein Wort für meinen Gebieter einlegen?«

Sir Lancelot sah sie an und gab sich mit Haltung geschlagen. »Ich kann zwar nichts versprechen, doch wenn er sich im Turnier als würdig erweist, werde ich bereitwillig zu seinen Gunsten sprechen.«

»Das ist ein gutes, ritterliches Versprechen«, sagte sie.

Und Lancelot sagte: »Jedesmal, wenn ich mich mit einer Dame unterhalte, stelle ich fest, daß ich in ihren Händen ein Versprechen zurücklasse. Sagt, wißt Ihr von einem Kloster hier in der Nähe?«

»Gewiß, Sir. Bis zu der Straße, die hinführt, ist es nur eine Meile in östlicher Richtung, der Sonne entgegen. Warum fragt Ihr?«

»Es handelt sich um ein weiteres Versprechen«, antwortete Lancelot düster. Er legte langsam seine Rüstung an, und als er Abschied nahm, sagte er noch zu der Dame: »Bitte, vergeßt Euer Versprechen nicht.«

»Mein Versprechen? Welches denn?«

»Wegen . . . wegen des . . .«

»Ach so! Natürlich«, sagte sie lachend. »Ich werde es nicht vergessen. Vielmehr: Ich werde mich nicht daran erinnern. Und Sir Bellias wird bei seiner Ehre als Ritter der Tafelrunde das gleiche geloben. Keiner von uns wird jemals diesen Eid brechen.«

Sir Lancelot fand die Straße ohne Mühe, eine ansehnliche Straße, gepflastert und in der Mitte höher als an den Rändern. Und zu beiden Seiten waren Gräben angelegt, um das Regenwasser abzuleiten. Die Straße führte gerade wie eine Lanze durch höher und tiefer gelegenes Land und ließ sich durch nichts seitwärts ablenken, und indes Lancelot dahinritt, wechselte die Landschaft ihr Gesicht. Die Felder waren wohlgepflegt und bestellt und mit gestutzten Hecken eingefriedet. Es war die Zeit der Heuernte. Reihen sensenschwingender Männer bewegten sich über die Wiesen, und hinter ihnen schritt ein

Aufseher hin und her, sorgte dafür, daß die Reihe geordnet blieb, und trieb die Zurückbleibenden mit seinem langen, dünnen Stab an, der wie die Flügel einer Wildtaube pfiff. Bald darauf kam Lancelot an Kaninchengehegen, Taubenschlägen, Schafhürden und dann an kleinen Häusern auf Rädern vorüber, um die herum Hühner pickten und Kühe weideten. Weiter vorne sah er die im Sonnenschein leuchtenden, frisch gekalkten Mauern des Klosters und nahebei Teiche, in denen es von Karpfen und allerlei einfachen Fischen wimmelte, sowie einen mit Weidengeflecht umgebenen Schwanenteich. In der Nähe der Klostermauern standen Obstbäume in Reih und Glied und reihenweise Bienenkörbe aus zusammengebundenen Grasbüscheln, aus denen das Summen der Heerscharen der Arbeiterinnen drang. Ein kleiner, rasch fließender Fluß umspülte die Mauern, und auf einem Damm stand eine Mühle, deren majestätisches Rad sich gemächlich mit der Strömung drehte, und in der Türe waren volle Getreidesäcke aus Werg aufgestapelt. Überall Bienen, Kaninchen, Tauben, Fische, Bäume, strömendes Wasser und Menschen, die emsig Nahrungsmittel für die Klosterscheunen produzierten, deren gewaltige Tore von darüber angebrachten heiligen Symbolen beschützt wurden, wie Fallen für Diebe. Es war eine blühende, vor Geschäftigkeit summende Gutswirtschaft, und die Magazine barsten beinahe von der Fülle der Produkte.

Als der Ritter auf die Mauer zuritt, sah er ein großes Tor mit zwei Flügeln, in das eine Pforte eingelassen war, und in dieser wiederum ein Türchen, und all dies war geschlossen, doch von oben baumelte ein Strick mit einer Glocke herab. Er beugte sich aus dem Sattel und schlug mit der Lanze an die Glocke. Das Türchen flog auf, ein Stück Brot kam herausgesegelt, prallte gegen seinen Schild und fiel auf die Erde. Er blickte auf das graue, staubbedeckte Brot hinab, und weil er weder gegessen noch geruht hatte, wallte zornig sein Blut auf. Er drehte seine Lanze um und hieb mit dem Ende auf das Tor ein, bis das Eichenholz protestierend stöhnte.

Das Türchen öffnete sich wieder, dann die Pforte, und eine kleine Nonne mit dem Gesicht einer Truthenne kam heraus und rief: »Verzeihung. Ich wußte nicht, daß ein Ritter draußen ist. Ich dachte, es sei einer von diesen diebischen Pilgern, die unsere Hennen und Gehege derart heimsuchen, daß wir Fallen für Menschen aufstellen müssen. Gott schütze uns alle, auch die Diebe! Jetzt will ich Euch das Tor aufmachen, edler Ritter.« Sie machte sich an den Riegeln zu schaffen, schob die Torflügel auf, und Lancelot ritt hindurch, ohne sie zu streifen oder sie auch nur mit einem matten Fluch zu bedenken. Und nicht lange danach saß er in einem freundlichen Gemach mit der Äbtissin beisammen, einer überaus korpulenten Frau mit prallen Wangen mit winzigen Äderchen, einem Mund, der aussah wie eine geplatzte Erdbeere, und ruhigen, wachsamen Augen. Sie schickte einen Schwarm junger Nonnen weg, die davonstoben wie eben flügge gewordene Moorhühner.

»Euer Fräulein ist noch nicht da«, sagte sie. »Auch ihr Vater nicht. Aber sie werden willkommen sein, und Ihr könnt hier auf sie warten.«

Lancelots stumme Dienerin – die Beobachtung – meldete ihm, daß die Äbtissin trotz ihres Lächelns nicht gütig von Natur war.

»Ich bin diesem Fräulein und ihrem Vater einen Dienst schuldig«, sagte er. »Sie hat mich aus den Händen von vier bösen Zauberinnen befreit.«

»Sehr gut«, sagte die Äbtissin. »Natürlich wäre es richtiger gewesen, Ihr hättet Euch an die Kirche gewandt.«

»Dann wäre ich jetzt noch dort, Madame. Die Kirche war nicht zur Hand.«

»Trotzdem«, sagte sie, »es hätte sich so gehört. Die Kirche hat das Amt, diese Dinge, viele Dinge zu besorgen. Doch in jüngster Zeit haben wir erleben müssen, daß Dinge getan oder versucht wurden, die besser unseren geschulten Händen überlassen blieben. Es ist nicht meine Gewohnheit, um den Brei herumzureden, Sir. Ich spreche von den fahrenden Rittern, die derzeit im Auftrag des Königs, wie sie behaupten, überall das Land durchstreifen. Das wird zu nichts Gutem führen. Ich hoffe, Ihr werdet meine Worte weitertragen.« Sie liebkoste ihre riesigen Hände, an denen jeder einzelne Finger mit einem steingeschmückten Ring bewehrt war.

»Ich weiß davon«, sagte Lancelot. »Die Sache dient verschiedenen Zwecken. Es hält die jungen Ritter kriegstüchtig, bringt ihnen Sinn für Gerechtigkeit und Selbstbeherrschung bei, unterweist sie in der Amtswaltung der Regierung und unterbindet kleine Rebellionen, denn was sind Verbrechen anderes als kleine Akte des Aufruhrs? Und schließlich – vielleicht das Wichtigste, wird dadurch nicht nur die königliche Autorität in fernen Gegenden gewahrt, sondern der König erhält auch Kunde vom Zustand des Reiches.«

»Das mag ja sein, Sir«, sagte sie. »Aber es ist auch hinderlich für diejenigen, die diese Dinge so lange besorgt haben. Wir sind durchaus imstande, selber unsere Leute aufzuknüpfen. Doch wenn der Rechtswahrung halber die Einziehung des Zehnten und der anderen Abgaben und unsere Privilegien beeinträchtigt werden, stört das nicht nur das Gleichgewicht, sondern es stiftet auch Unruhe und leitet sogar zu offener Empörung an. Die königliche Regierung sollte keine Veränderungen fördern, die denjenigen, die sie betreffen, unerwünscht sind. Denkt an mein Wort: Es wird Schwierigkeiten geben. Ihr könnt dem König bestellen, daß ich das gesagt habe.«

»Wenn aber nun die Mißstände nicht abgestellt werden, Madame?«

»Hört zu«, sagte sie erregt. »Ich sage nicht, daß die Idee schlecht ist – sie ist nur unüberlegt. Die Ritter haben es mit Kräften zu tun, die sie nicht verstehen. Mit den besten Absichten der Welt ist oft der Weg zur Hölle gepflastert. Ich könnte Euch Beispiele nennen.«

»Aber ich muß noch einmal darauf hinweisen, Madame: Wenn die Mißbräuche nicht von den Organen abgestellt werden, in deren Händen . . .«

»Jetzt schweigt einmal, Herr Ritter«, sagte sie, und ihre kalten Augen wurden undurchdringlich für ihn. »Selbst der verantwortungsloseste der fahrenden Ritter würde wohl nicht bestreiten, daß die Welt von Gott, unserem himmlischen Vater, erschaffen wurde.«

»Gewiß nicht, Madame. Sie sind ja . . .«

»Und alle Dinge, die darin sind, Sir?«

»Natürlich.«

»Könnte es dann nicht sein, daß die Abschaffung von Dingen, die Gott erschaffen hat, sein Mißfallen fände? Ihr geht die Sache verkehrt an. Es ist durchaus möglich, daß die sogenannten irdischen Übelstände in die Welt gebracht wurden, um den Menschen zu erziehen und zu züchtigen.«

»Frau Äbtissin, Ihr dürft nicht denken, daß ich mir herausnehmen würde, mit Euch über Dinge der Religion zu streiten«, beteuerte er. »Das würde mir niemals einfallen.«

»Sieh an«, sagte sie, »endlich ein bißchen Demut.« Sie atmete schwer, und ihre Wangen, die ein flammendes Rot angenommen hatten, schienen sich aufzublähen und zusammenzusinken wie ein mißratenes Omelette.

»Ihr würdet keine Einwände erheben, Madame, wenn die fahrenden Ritter sich auf Drachen, Riesen und Hexenmeister beschränkten?«

Sie machte eine traurige Handbewegung. »Das Leben ist ohnehin schon schwer und häßlich genug«, sagte sie. »Warum müssen sie unerfreuliche, häßliche, böse Dinge ans Licht ziehen, um uns zu erschrecken und zu betrüben? Was ist denn verkehrt an den Turnieren und Tjosten der guten alten Zeit? Unsere Väter sind damit gutgefahren.«

Ein Schwarm eifriger Warner summte in Sir Lancelots Ohren, und er hörte auf sie und behielt seine Meinung für sich, da ihm klar war, daß er in diesem wohlgewappneten Gehirn nichts als Abwehr wecken könnte. »Ganz recht«, sagte er. »Jetzt wird es mir klar. Es tut mir leid, Madame.«

Zum erstenmal lächelte ihn ihr Erdbeermund an. »Nichts Schlimmes geschehen«, sagte sie. »Ihr habt keine von Gottes Töpfen zerbrochen, die sich nicht mit ein bißchen Reue wieder zusammenleimen ließen.«

Lancelot empfand nur ein unerquickliches, bitteres Gefühl des Schmerzes und bedauerte seine Unwissenheit. »Ich sollte mich ausruhen, Madame«, sagte er. »Am nächsten Dienstag muß ich kämpfen.«

Sie klatschte in die Hände. »Ich werde dort sein, um mir das Turnier anzuschauen«, sagte sie. »Eine so angenehme Gesellschaft und dieser vorbildliche Kampfgeist. Am vergangenen Dienstag wurden fünfzig Ritter getötet. Beim nächsten Mal dürfte es noch besser werden, wenn Euer weltberühmter Arm mitkämpft.«

Lancelot ging verwirrt und ermattet in das für ihn hergerichtete Zimmer, um der Ruhe zu pflegen. Er konnte nicht mit Grimm im Herzen gegen Männer kämpfen, denen er zugetan war, und er war zu vielen zugetan. Doch wenn die Trompete blies, war er imstande, jeden und alles zu töten. Aber er hatte kein Verlangen, darüber nachzudenken. Kurze Zeit hielt ihn ein Hämmern wach – man ersetzte ein paar morsch gewordene Balken am Galgen neben der Kapelle, denn das Kloster hatte nicht nur geistliche Rechte und Pflichten, sondern besaß auch die Grundgerichtsbarkeit. Doch schon bald schlummerte er ein und begann von seiner Königin, der kühlfingrigen Guinevere, zu träumen, und in seinem Traum schwor er noch einmal, daß er ihr zeit seines Lebens dienen werde. Und er träumte, wie sie sich über ihn beugte und sagte: »Ihr könnt die Welt nicht erneuern. Ihr könnt ja kaum etwas tun, um aus Euch einen neuen Menschen zu machen.« Dann sah er im Traum sich selbst und um ihn herum ein Gerüst. Und er nahm aus seinem Nacken und aus seinen Schultern Ziegelsteine und ersetzte sie durch andere, sauber gemörtelt, aber etwas neu wirkend. Selbst der Träumende wußte, daß das lustig war, und lachte im Schlaf.

Gefolgt von einer Wolke gepanzerter Ritter, die ein Schmetterlingsschwarm lieblicher Damen umgab, traf Sir Bagdemagus in dem Kloster ein. Und nachdem Sir Lancelot mit Umarmungen und Küssen begrüßt und der Baum der Komplimente all seiner Blätter beraubt und die rettende Tat des Fräuleins wieder und wieder geschildert worden war – während sie danebenstand, errötete und die Ehrung mit kleinen, wegwerfenden Gesten zurückwies –, traten ihr Vater und Sir Lancelot beiseite, und Bagdemagus sagte: »Ich finde keine Worte, um Euch dafür zu danken, daß Ihr mir am kommenden Dienstag helfen wollt.«

»Eure Tochter, Sir, hat mir berichtet, daß man Euch böse mitgespielt hat.«

»Sie haben mir eine Abreibung verpaßt«, sagte der Ritter ehrlich. »Es war mir offenbar unmöglich, mit einer Lanzenspitze das Ziel zu treffen. Und jetzt muß ich es mit diesen Rekken noch einmal aufnehmen, und dabei schmerzen mich meine Knochen noch von den Prügeln, die sie mir verabreicht haben.«

»Ist es wahr, daß ein paar von König Artus' Rittern das Turnier gegen Euch entschieden haben?«

»Nur zu wahr. Sie sind teuflische Kämpen. Mir bebt das Herz wie einem Knaben, wenn ich daran denke, daß ich wieder gegen sie antreten muß.«

»Um welche Ritter handelt es sich, Sir?«

»Nun, ihr Anführer ist der König von Nord-Galys.«

»Ich kenne seine Gemahlin«, sagte Lancelot.

»Sie wird nicht da sein. Sie hat sich auf eine Pilgerfahrt zu

Unserer Lieben Frau von Walsingham begeben. Dann waren wohl die gewaltigsten Kämpen Sir Mador de la Porte, Sir Mordred und Sir Galatine.«

»Treffliche Männer«, sagte Lancelot. »Aber es gibt ein Problem – sie werden nicht gegen mich antreten.«

»Warum nicht?«

»Ich habe sie mehrmals besiegt, und sie weigerten sich, noch einmal gegen mich in die Schranken zu treten. Deshalb bin ich jetzt auf einer Ausfahrt. Ich konnte keine Gegner mehr finden.«

»Das ist schlechte Kunde«, sagte Sir Bagdemagus. »Aber wenn Ihr auf meiner Seite in die Schranken tretet, und sie weigern sich, den Kampf aufzunehmen, verlieren sie durch Nichtantreten. Ich hätte lieber einen solchen Sieg als gar keinen.«

»Oh, sie werden sich nicht weigern«, sagte Lancelot. »Das tun sie nie. Sie werden vorschützen, sie müßten in Geschäften fortreiten oder seien krank oder irgendein Schwur verbiete es ihnen. Ich kenne ihre Ausreden. Das tut mir leid, Sir. Ich würde mir gerne Mordred wieder einmal vornehmen. Habe ihn nie gemocht. Er ist ein Schleicher.«

»Stimmt es, daß er ein Sohn des Königs ist?«

»Das munkelt man. Ihr kennt ja das Gerede an einem Hof. Wenn der König so viele Söhne hätte, wie es angebliche Söhne behaupten, bliebe ihm keine Zeit zum Herrschen. Ihr kennt ja das alte Sprichwort: ›Wenn alle, die Prinzen sein wollen, zu Recht den Bastardfaden beanspruchen könnten, hätten die Hebammen mehr Arbeit, als sie haben.‹«

»Wie wär's, wenn Ihr Euch ein neues Wappenbild zulegtet. Sir Lancelots Schild ist zu vielen Leuten bekannt.«

»Nein, dafür sind sie zu schlau. Sie würden einen ihnen unbekannten Ritter hinter der Schranke beobachten und mich daran erkennen, wie ich zu Pferde sitze. Sie sind keine Einfaltspinsel.« Er klopfte sich mit dem kleinen Messer, das er zum Schneiden von Fleisch immer bei sich trug, leicht an die Schläfe. »Gibt es irgendeine gedeckte Stelle in der Nähe des Turnierplatzes?«

»Ja, schon – ein Birkenwäldchen. Warum fragt Ihr?«

»Nun ja, ich dachte mir, es könnte sie verwirren, wenn nicht nur ein einziger unbekannter Ritter erschiene, sondern mehrere daherkämen. Und wenn wir uns – sagen wir, zu viert – versteckt hielten, bis die Trompeten geblasen haben, könnten die Gegner sich nicht mehr zurückziehen.«

»Das ist richtig«, sagte Sir Bagdemagus. »Wie viele Ritter möchtet Ihr haben?«

»Schickt mir vier von Euren Besten. Ich mache den fünften. Und sorgt für fünf weiße Rüstungen und fünf weiße Schilde – ohne Wappenzeichen. Vielleicht werden sie im ersten Augenblick glauben, wir seien neue Männer, die sich erst einen Wappenschild erringen wollen.«

»Ich werde dafür sorgen.«

»Und schickt sie mir bald. Ich muß meine Ritter unterweisen und mit ihnen üben, damit wir gut aufeinander eingespielt kämpfen können.«

Und so geschah es, und die Geschichte ist rasch erzählt.

Am Dienstag, nachdem sich auf den Tribünen die Damen versammelt hatten wie bunte Fliegen auf einem Johannisbeerkuchen, kamen Sir Mordred und seine Gefährten als Vorhut angeritten. Kraftvoll kämpfend stießen sie zur Rechten und zur Linken Ritter aus dem Sattel, als plötzlich aus dem Wäldchen fünf Ritter dahergesprengt kamen, die wie weiße Blitze zustießen, in geschlossener Formation umschwenkten und wieder angriffen und nochmals kehrtmachten. Dann nahm sich Lancelot freudig seine speziellen Feinde vor. Sir Mador tat den ersten Sturz und brach sich das Hüftgelenk. Dann kam Sir Mordred an die Reihe, der samt Sattel vom Pferd flog, und als er kopfüber auf dem Boden aufschlug, bohrte sich der Helm bis zu Mordreds Schulter in den Sand. Danach empfing Galatine einen so wuchtigen Schwerthieb auf den Kopf, daß ihm das Blut aus Ohren, Augen und Nase schoß. Sein Pferd galoppierte mit ihm über den Horizont davon, da er sich nicht die Augen freiwischen konnte, um zu sehen, wohin er sich wenden sollte. Unterdessen stieß Lancelot mit einer einzigen Lanze zwölf Ritter vom Pferd, nahm eine neue zur Hand und fertigte zwölf weitere ab, während seine weißen Kampfgenossen, von Triumphgefühlen fortgerissen, besser kämpften als jemals vorher. Es war nicht notwendig, die Trompete des Friedens erschallen zu lassen. Noch ehe sie geblasen werden konnte, hatten die Männer des Königs von Nord-Galys das Weite gesucht. Sir Bagdemagus hatte das Feld behauptet und den Preis errungen. Er schrie und lachte vor Freude, weil seine Ehre wiederhergestellt und sein Ruhm gemehrt war.

Er führte Sir Lancelot zu seiner eigenen Burg, redete ununterbrochen und schlug mit der Hand auf den gepanzerten Rükken des Ritters, der für ihn gekämpft hatte, so daß das Rasseln des Metalls seine Worte erstickte. In der Burg dann gab es Geschenke – Pferde, Jagdhunde, Gewänder, Edelsteine –, und Bagdemagus plünderte das Lexikon der Komplimente und hieß seine Tochter, das gleiche zu tun. Sie baten Sir Lancelot inständig, ihr Gast zu sein, länger zu verweilen, zeit seines Lebens bei ihnen zu bleiben, und der lächelnde Lancelot war genötigt, stumm zu bleiben, bis Sir Bagdemagus heiser und erschöpft war. Erst dann konnte Lancelot rasch anbringen, daß er sich auf die Suche nach seinem Neffen Lyonel begeben müsse.

Darauf bot Bagdemagus an, ihm das abzunehmen, seine Tochter, seine Söhne, alle seine Gefolgsleute loszuschicken. Er befahl, auf Sir Lancelots Gesundheit Honigwein zu trinken, und zwar aus jenen Hörnern, die man nicht hinstellen konnte. Niemand in der Halle wagte abzulehnen bis auf Lancelot, der sagte, ihm werde übel davon.

Am folgenden Morgen dann ritt er aus der stillen Burg hinaus, in der Schlaf und Kopfschmerzen regierten, der Honigwein das Zepter schwang.

Lancelot hatte den Eindruck, daß er nicht sehr fern der Stelle mit dem Apfelbaum war, wo die Abenteuer ihren Anfang genommen hatten. Dorthin zog es ihn zurück, denn dort hatte er Lyonel verloren. Er fand die Römerstraße, folgte ihr, und unterwegs begegnete er einem Fräulein auf einem weißen Zelter, nach andalusischer Manier durch ein Netz mit herabbaumelnden roten Troddeln gegen die Fliegen geschützt.

»Gut aufgelegt, Sir?« fragte sie ihn in der gebräuchlichen Weise.

»Ich werde bald besser gelaunt sein, sobald ich meinen Neffen, Sir Lyonel, gefunden habe. Er hat sich verdrückt, während ich schlief, und ist seitdem verschwunden.«

»Wenn er Euer Neffe ist, müßt Ihr Sir Lancelot sein.«

»Das bin ich, Fräulein. Könnt Ihr mir sagen, ob in dieser Gegend irgendwo gekämpft wird?«

»Vielleicht kann ich Euch helfen, Sir«, antwortete sie und

303

musterte ihn mit einem listigen Blick. »In der Nähe gibt es eine Burg, die gehört Sir Tarquin, dem verwegensten Ritter weit und breit. Er führt eine Privatfehde gegen König Artus' Ritter, und es heißt, daß er mit seinen eigenen Händen etliche getötet und über sechzig zu seinen Gefangenen gemacht hat.«

»Er muß gut mit der Lanze umgehen können.«

»Das tut er. Und er hat die Schilde seiner Gefangenen an das Tor seiner Burg genagelt.«

»Ha!« rief Lancelot. »Ist darunter ein Schild mit einem Hahn als Wappenfigur?«

»Mir ist fast, als hätte ich einen gesehen, Sir, aber man findet dort viele Vögel, Schlangen und Ungeheuer abgebildet, wie man sie jenseits von Afrika weder gesehen noch von ihnen gehört hat. Ich glaube, ja, ein Hahn . . .«

»Mit ausgebreiteten Flügeln – krähend?«

»Doch, ich bin mir sicher, Sir.«

»Holdes Fräulein, tut mir den Gefallen und führt mich hin.«

Sie betrachtete ihn mit einem abschätzenden Blick und wählte mit Bedacht ihre Worte. »Wärt Ihr nicht der, der Ihr seid, würde ich es ablehnen, Euch hinzugeleiten, denn für einen andern würde es den Tod bedeuten«, sagte sie. »Und ich würde Euch auch nicht um einen Gefallen bitten, wüßte ich nicht, daß Ihr wohl am Leben bleiben werdet. Da Ihr Sir Lancelot seid, will ich aber beides wagen. Versprecht Ihr mir mit Eurem Ritterwort, mir einen Dienst zu leisten, wenn Ihr mit Sir Tarquin gekämpft habt?«

»Täte ich es nicht, würdet Ihr mich dann auch hinführen?«

»Ich muß mir einen wackeren Ritter suchen, der mir hilft, Sir.«

»Verstehe. Anscheinend gibt es auf der ganzen Welt kein Fräulein ohne ein Problem, das nur dadurch gelöst werden kann, daß ich mein Leben in Gefahr bringe.«

»Habt Ihr nicht gelobt, Fräulein und Edelfrauen zu dienen?«

»Das schon, doch manchmal wünschte ich, ich müßte mein Gelöbnis nicht so oft einlösen.«

»Wir sind wehrlose Geschöpfe«, sagte sie etwas pikiert. »Wir müssen uns auf die starken Arme der Männer verlassen.«

»Ich wollte, ich wäre auch so wehrlos«, sagte Lancelot. »Na schön, meine Liebe, ich verspreche es bei meiner Ehre. Und nun reitet voran.«

Binnen einer Stunde führte sie ihn zu einem Gutshaus an einem Bach, umgeben mit einer Mauer, in der ein Tor war. Und an dem verschlossenen Tor fand er Lyonels Schild angenagelt. Von einem Baum hing an einer Kette ein großes Messingbecken, das Besuchern dazu diente, sich bemerkbar zu machen. Sir Lancelot schlug mit seiner Lanze an das Becken, um Lärm zu machen, doch das Tor blieb geschlossen, und im Haus rührte sich nichts. Er ließ sein Pferd an dem Bach saufen, kam zurück und schlug ein zweites Mal an das Messingbecken, ritt vor dem Tor hin und her und wurde immer aufgebrachter.

»Vielleicht ist er nicht da«, sagte das Fräulein. »Manchmal legt er sich an der Großen Straße auf die Lauer.«

»Ihr scheint ihn ja gut zu kennen.«

»Ja, Sir. Alle kennen ihn. Er tut Damen nichts zuleide, nur Artus' Rittern.«

Lancelot sagte ärgerlich: »Warum bittet Ihr dann nicht ihn, zu erledigen, was Ihr wünscht?«

»Er leistet Damen auch keine Dienste«, sagte sie.

»Vielleicht ist er klüger als ich«, versetzte Lancelot wütend, ging zu dem Becken und hieb mit solcher Wucht darauf, daß der Boden herausflog.

»Es hat keinen Sinn, wütend zu werden, Sir«, sagte das Fräulein. »Er wird zurückkehren, und er hat noch nie einen Kampf abgelehnt. Ich glaube, ich sehe ihn dort kommen.«

Sir Tarquin kam rasch herangeritten und trieb vor sich ein Kriegsroß her, auf dem ein verwundeter Ritter gefesselt lag. An dem Schild, der am Sattelbogen hing, erkannte Lancelot das Wappenbild von Sir Gaheris, Gawains Bruder. Tarquin kam herbei, als er den bewaffneten Mann vor seinem Haus und das beschädigte Becken sah, das im Wind schaukelte.

»Edler Ritter«, sagte Lancelot. »Legt diesen Verwundeten auf die Erde, damit er eine Weile ruhen kann. Ich habe gehört, Ihr habt eine kleine Abneigung gegen die Ritter der Tafelrunde.«

»Wenn Ihr dieser verwünschten Ritterschaft angehört, seid Ihr an den Richtigen gekommen«, rief Sir Tarquin.

»Es freut einen immer, herzlich aufgenommen zu werden«, sagte Lancelot, nahm seine Position ein, und die beiden Männer stießen mit genau gleicher Kraft und Präzision zusammen, so daß beide Pferde zu Boden gezwungen wurden.

Dann kämpften sie zu Fuß mit den Schwertern weiter – zwei ebenbürtige Recken. Sie schlugen einander Wunden, bis sie außer Atem gerieten und in stillschweigendem Einvernehmen eine Pause einlegten, in der sie sich auf ihre Schwerter gestützt ausruhten. Und als Sir Tarquin wieder sprechen konnte, sagte er: »Ihr seid der beste, der stärkste und ausdauerndste Ritter, dem ich bisher gegenübergestanden bin, und Ihr habt meine Bewunderung. Es wäre mir lieber, Ihr wärt nicht Feind, sondern Freund. Es gibt auf der ganzen Welt nur einen einzigen Mann, dem ich nicht vergeben kann.«

»Es ist immer angenehm, einen Freund zu gewinnen. Wer ist dieser Ritter, den Ihr haßt?«

»Sir Lancelot. Er hat meinen Bruder am Turm der Schmerzen getötet, und aus Haß kämpfe ich jetzt gegen alle Ritter von der Tafelrunde, denen ich begegne, nehme sie gefangen und werfe sie in mein Verlies. Lancelot aber, wenn ich ihn einmal vor mir habe, werde ich töten oder selbst das Leben verlieren.«

»Ich finde es traurig und töricht, daß Ihr gegen Waffenbrüder von ihm kämpft. Warum sucht Ihr ihn nicht selbst auf? Ich denke nicht, daß er Euch eine Genugtuung verweigern würde.«

Tarquin erwiderte: »Früher oder später wird er daherkommen, und ich möchte ihn lieber auf heimischem Boden stellen und seinen Schild über all die anderen Schilde an meinem Tor hängen. Aber lassen wir das jetzt, schließen wir Frieden und setzen uns brüderlich zusammen an die Tafel.«

Lancelot sagte: »Das ist ein verlockendes Angebot für einen müden Mann. Aber, Sir, wenn Eure Kenntnisse von Wappen so groß wären wie Euer Haß, hättet Ihr mich an meinem Schild erkannt.«

Da blieb Sir Tarquin die Luft weg. »Ihr seid Lancelot?«

»Es ist im Taufregister der Kirche in Benwick verzeichnet, mein gewesener Bruder: Lancelot vom See, Sohn von König Ban und Königin Elaine. Ich kann in meiner Abstammung noch weiter zurückgehen, wenn Ihr Wert darauf legt.«

Tarquin sagte mit dumpfer Stimme: »Ihr seid willkommen.« Er hob sein Schwert und stürzte auf den Widersacher los. Nun gab es keine Kampfpause mehr, denn dieser Mann hatte sich den Tod seines Gegners geschworen. Ohne auch nur einmal innezuhalten, griff er an und bedrängte Lancelot mit Hieben, während er nach einer Blöße Ausschau hielt.

Sir Lancelot erkannte das Gefährliche an solch ingrimmigem Haß, die übermenschliche Kraft, die Unempfindlichkeit für Wunden, doch er kannte auch die Nachteile eines Verzichts auf jegliche Taktik. Er gab sich absichtlich Blößen, um gewaltige Streiche zu provozieren, und wehrte sie erst im letzten Augenblick ab. Er kämpfte defensiv, ohne sich viel zu bewegen, und versuchte, seinen keuchenden, vom Haß gepeitschten Feind zu erschöpfen. Er hörte Tarquins Atem in ein Pfeifen übergehen, sah, daß ihm die Füße schwer wurden, und stellte während einer kurzen Pause fest, daß Tarquin leicht betäubt schwankte. Doch Tarquins Größe als Recke imponierte ihm, und er dachte: »Wenn er mich nicht so sehr haßte, hätte er eine größere Chance, mich zu erschlagen.«

Er ließ den Schild sinken, provozierte einen Hieb, machte dann einen Schritt zur Seite und warf seinem Gegner den Schild unter die über den Boden schleifenden Füße. Tarquin stürzte mit dem Gesicht auf die Erde, worauf Lancelot ihm aufs Handgelenk trat. Er riß den Nackenschutz von Tarquins Helm hoch und trieb ihm das Schwert ins Rückgrat. Tarquin erbebte und starb auf der Stelle an dem Gnadenstoß.

Das Fräulein stürzte mit kleinen Jubelschreien auf Lancelot zu, der sie mit gemessener Miene betrachtete, während ihm die Frage durch den Kopf ging, warum die Zuschauer noch viel martialischer waren als die kämpfenden Männer.

»Jetzt könnt Ihr Euer Versprechen einlösen«, rief das Fräulein. »Ihr kommt doch mit mir, oder?«

»Ich habe kein Pferd«, sagte Lancelot. »Dort liegt es mit gebrochenem Genick.«

»Nehmt doch das Pferd des verwundeten Ritters, Sir.«

Sir Lancelot schritt zu Gaheris hin, durchschnitt seine Fesseln und begrüßte ihn. »Wollt Ihr mir Euer Pferd leihen?« fragte er.

»Natürlich«, sagte Gaheris. »Ihr habt mir ja das Leben gerettet.«

»Könnt Ihr gehen?«

»Ich glaube schon, Sir.«

»Dann geht in dieses Gutshaus. Ihr werdet dort viele Gefangene vorfinden, Freunde von mir wie von Euch. Befreit sie aus ihrem Kerker und grüßt sie von mir. Sagt ihnen, sie sollen sich alles nehmen, was sie brauchen und begehren. Ich werde zu

Pfingsten am Hof des Königs mit ihnen zusammentreffen. Und tragt ihnen auf, Königin Guinevere die ehrerbietigen Grüße ihres Dieners zu überbringen. Sie sollen ihr sagen, ihr zu Ehren seien sie befreit worden.«

»Warum müßt Ihr weiter?« fragte Gaheris.

»Das Fräulein dort – ich habe ihr etwas versprochen. Die Fräulein, stelle ich fest, lassen sich im Feilschen von niemandem übertreffen. Nun lebt wohl. Und bestellt Sir Lyonel, daß wir beide eines Tages wieder auf Abenteuer ausziehen werden.« Damit stieg Sir Lancelot in den Sattel und folgte dem Fräulein.

Das Fräulein sagte: »Das war ein sehr nettes Beispiel ritterlicher Kunst. Ihr werdet mit Recht der beste Ritter auf der Welt genannt.«

»Und bald werde ich auch der matteste sein«, erwiderte er. »Vielleicht kommt es davon, daß ich so oft ein Versprechen gebe, ohne zu fragen, worum es sich handelt. Ob Ihr es bemerkt habt oder nicht, Sir Tarquin war ein starker Ritter, und wenn er auch besiegt wurde, hat er mir doch zu schaffen gemacht. Sagt jetzt, was Ihr von mir wünscht. Vielleicht sollte ich zuerst ein bißchen ruhen und mich um meine Beulen und Wunden kümmern.«

»Sir«, sagte sie, »Tarquin hat seine Tage damit verbracht, gegen Ritter zu kämpfen und sie zu töten. Aber unweit von hier ist einer, der Fräulein und Edelfrauen belästigt. Er legt sich auf die Lauer und fällt über schutzlose Damen her.«

»Und was tut er mit ihnen?« wollte Lancelot wissen.

»Er raubt sie aus.« Das Fräulein errötete. »Die jungen und schönen macht er mit Gewalt zu Opfern seiner üblen Begierde.«

»Ist er ein Ritter?«

»Ja, Sir.«

»Dann sollte er sich solche Dinge nicht herausnehmen. Er ist durch seinen Eid verpflichtet, Damen zu beschützen. Hat er auch Euch gepeinigt? Ihr seid ja sehr hübsch.«

»Danke, Sir. Nein, ich bin ihm bisher entkommen, aber ich muß diesen Weg benutzen, und wenn Ihr ihm beibringen wollt, seinem Schwur zu gehorchen... oder ihn tötet... werdet Ihr vielen Damen eine Freude bereiten. Er liegt nicht weit von hier auf der Lauer, in einem Wald am Wegesrand versteckt.«

Lancelot ging mit sich zu Rate und sagte dann: »Ihr reitet voraus. Ich muß sehen, was geschieht.«

»Mißtraut Ihr mir, Sir?«

»Nein. Aber ich habe schon erlebt, daß Damen in einem abgenötigten Kuß eine Schändung entdeckten und viele andere vielleicht unbewußt eine Einladung aussprachen und dann Zeter und Mordio schrien, wenn sie angenommen wurde.«

»Ein solcher Gedanke ist Euer nicht würdig, Sir.«

»Da mögt Ihr recht haben. Ich scheine wirklich unwürdige Gedanken auszuschwitzen, wenn ich erschöpft bin und mir die Knochen weh tun. Aber mein Plan hat noch einen anderen Grund. Sollte der hereingelegte Ritter sehen, daß ein gepanzerter Mann bei Euch ist, wird er es sich vielleicht überlegen, Euch anzufallen.«

»Dann könntet Ihr den Wald durchstreifen, ihn heraustreiben und ihm den Kopf abschlagen.«

»Wie blutrünstig, meine Teure. Aber seht, dann würde ich einen Mann hinrichten, von dessen Verbrechen ich nur vom Hörensagen weiß, und ich fürchte, das würde ich ohne Begeisterung tun. Aber wenn er unter Gewaltanwendung zudringlich zu Euch werden sollte, dann würden Zorn und Empörung der Gerechtigkeit den Rücken stärken.«

»Nun, wenn Ihr es so ausdrückt . . .«

»Dann sieht die Sache doch anders aus, nicht?« sagte Lancelot. »Reitet jetzt voran. Ich werde Euch im Auge behalten, aber ohne daß er mich sieht oder ahnt, daß er in eine Falle gelockt wird.«

»Das Wort ›Falle‹ gefällt mir nicht«, sagte das Fräulein. Aber sie spornte ihren Zelter an, und während sie dahinritt, holte sie bunte Bänder aus der Satteltasche, flocht sie sich ins Haar und nahm einen seidenen Umhang heraus, der sie mit schimmerndem Grün bedeckte und in reichen Falten über den Leib des Pferdes fiel. Und als sie sich dem Wald am Rande des Weges näherte, sang sie mit hoher, durchdringender Stimme eine lokkende Weise.

»Gut geködert«, murmelte Lancelot vor sich hin. Er sah das Fräulein auf die ausladenden Äste der Bäume zureiten, indes sie fröhlich trällerte, und dann kam ein gewappneter Mann aus

309

dem Wald gesprengt, zog sie mit einem präzisen Griff aus ihrem Sattel auf seinen eigenen herüber, und ihr Gesang verwandelte sich in einen schrillen Schrei, der zum Himmel stieg.

Sir Lancelot donnerte heran und schrie: »Bleibt stehen, schurkischer Ritter!«

Der Unhold blickte von seiner Beute hoch, sah den gepanzerten Adler auf sich herabstoßen und ließ das Fräulein auf den Boden nieder, wo es mit dem Umhang kämpfte, in dem es sich verfangen hatte. Er zog das Schwert, legte den Schild vor, worauf Lancelot die Lanze wegwarf und gleichfalls das Schwert zog. Eine einzige Parade, ein einziger Gegenhieb, und der unglückliche Verehrer weiblicher Schönheit kippte vom Pferd, sein Kopf bis zum Nacken und Hals gespalten.

Das Fräulein kam herbei, streifte sich den Staub und kleine Zweige von ihrem Umhang und blickte auf den Erschlagenen hinab. »Jetzt hast du deinen verdienten Lohn!« sagte sie.

Mit einem einzigen konvulsivischen Zucken hauchte er sein Leben aus, und das Fräulein sagte: »Wie Tarquin darauf aus war, brave Ritter zu verderben, so verbrachte dieser Schuft seine Tage damit, Damen, Fräulein und Edelfrauen zu quälen. Er hieß Sir Perys de Foreste Savage.«

»Ihr kanntet ihn also«, bemerkte Lancelot.

»Ich kannte seinen Namen«, sagte sie.

»Habe ich mein Versprechen eingelöst?« fragte er. »Kann ich jetzt meiner Wege gehen?«

»Ja, und nehmt meinen tiefempfundenen Dank mit«, sagte sie. »Und auch den Dank von Damen allerorten, die Euren Namen preisen. Denn Ihr seid bei allen von edler Geburt als der stattlichste und höflichste Ritter berühmt. Überall, wo Damen miteinander sprechen, sind sie sich darüber einig, und einig sind sie sich auch darin, daß Ihr einen einzigen bedauerlichen, geheimnisvollen Mangel habt – einen einzigen kleinen Defekt, der die Damen bekümmert.«

»Und das wäre?« fragte er.

»Noch nie war zu vernehmen, daß Ihr eine Frau liebt, Herr Ritter«, sagte sie. »Und die Damen betrachten das als einen großen Jammer.«

»Meine Liebe gehört der Königin.«

»Ja, so wird gemunkelt, und auch, daß Ihr sie liebt, als wäre sie aus Eis gemeißelt. Und viele sagen, sie hätte einen Zauber auf Euch gelegt, damit Ihr keine andere liebt, kein Fräulein zum Frohlocken bringt, keiner Dame mit Eurer Liebe das Herz erwärmt – des kalten Zaubers wegen. Und deshalb werfen die Damen der Königin vor, gefangenzuhalten, was sie selbst nicht nutzt.«

Er lächelte sie aus seinen grauen Augen gütig an. »Frauen haben die Angewohnheit, an allem anderen Frauen die Schuld zu geben«, sagte er. »Ich kann der Welt nicht vorschreiben, was sie über mich zu sagen hat. Gemunkel entsteht aus sich selbst. Aber so viel kann ich Euch sagen, und wenn Ihr wollt, könnt Ihr es weitersagen: Ich bin ein Mann der Lanze und des Schwerts. Ihr könnt Euch sicher nicht vorstellen, daß eine Lanze für etwas anderes als für den Kampf gemacht ist. Denkt so auch von mir. Ihr dachtet an ein Eheweib für mich, vielleicht an Kinder. Ich bin zumeist unterwegs, wenn ich meinem Kriegshandwerk nachgehe. Damit wäre mein Weib zwar verheiratet, doch ohne Ehemann, meine Kinder hätten keinen Vater, und unsere einzige Freude wäre der Kummer über unsere Trennung. Nein, das wäre nichts für mich. Ein Ehemann, der Krieger ist, ist gezwungenermaßen immer an zwei Orten zugleich. Im Bett befindet er sich im Krieg, im Krieg im Bett, und derart gespalten, ist er auf beiden Gebieten nur ein halber Mann. Ich bin nicht tapfer genug, um mich selbst in zwei Stücke zu schneiden.«

»Aber es gibt doch auch andere Liebe . . .«, sagte sie weich.

»Am Hof habt Ihr doch gewiß gesehen . . .«

»Ja, das habe ich, und es hat mich nicht verlockt. Intrigen und Ränke und Eifersucht, immer der eine oder der andere Teil gekränkt. Ein Monat Verdruß für einen Augenblick Freude, und immer Eifersucht und nagender Zweifel, wie Aussatz. Ich bin ein gläubiger Mensch – wenigstens insofern, als ich um die Sünde weiß und mich an die Zehn Gebote halte. Und selbst wenn Gott Ehebruch, Unzucht und Wollust nicht verdammte, würde mein kämpfender Arm all das, weil schwächend, als Sünde empfinden. Und sollte dies noch nicht genug sein, bedenkt folgendes: Ist Euch schon einmal ein heimlicher Liebhaber begegnet, der glücklich war? Sollte ich mir aus freien Stücken eine heimliche Liebe zulegen, nur um mitzuhelfen, Menschen unglücklich zu machen? Das wäre töricht und grausam zugleich.«

Das Fräulein sagte: »Die meisten kraftvollen, vitalen Männer kommen nicht dagegen an. Die Liebe greift nach ihnen, und ihr Widerstreben löst sich auf wie Rauch.«

»Dann wird ihre Stärke zu Schwäche«, sagte Lancelot. »Just ihr Mannestum macht sie wehrlos. Soll ich das wählen, wenn ich eine Wahl habe?«

»Ich glaube, Ihr liebt keine Damen . . . irgend etwas hindert Euch . . .«

»Ich wußte, daß das kommt. Ich habe meine Worte in den Wind gesprochen. Als nächstes werdet Ihr flöten . . . daß ich kein Mann sei . . . weil ich die größte Schwäche und Verblendung des Mannes bislang besiegt habe.«

»Die Zauberkraft der Königin muß sehr stark sein. Jedermann sagt das, und nun sehe ich selbst, daß es so ist . . .« Und aus ihren Augen wich die Verheißung, und ihr Mund wurde bitter, wie die herabgezogenen Schmollippen eines kleinen Mädchens, dem man sein Naschwerk weggenommen hat.

»Adieu«, sagte er. »Und wenn ich fort bin, stellt Euch die Frage: Wenn er keine Damen liebt, warum weiht er dann sein Leben dem Frauendienst?«

»Zauberei.«

»Lebt wohl«, sagte er, begann wegzureiten, fing ihren Zelter ein und band ihn an einem Baume fest. Doch einen Augenblick später löste er die Zügel wieder und führte das Pferd zu ihr hin.

Sie sah ihn nicht an und sagte nur: »Vielen Dank.«

»Gibt es sonst noch einen Dienst, den ich Euch erweisen kann?«

Sie schlug die Augen nieder. »Nein, ich weiß keinen, Sir.«

»Dann . . . nun denn . . . dann lebt wohl!« Er wendete sein Pferd, spornte es zum Traben an, und das Fräulein sah ihn hinwegreiten und trug Kummer um ihn.

Nun ritt Lancelot allein durch Wälder, feucht und schwarz, wo entwichene Sklaven der Erde sich in hohlen Bäumen und flachen Höhlen verbargen, doch sie schwanden bei seinem Näherkommen wie Schatten dahin und gaben keine Antwort auf seine Rufe. Dann durchquerte er ein sumpfiges Gebiet, wo das Schilf so hoch stand, wie sein Pferd war. Gefährlich dehnten sich Wasserflächen mit Treibsand, wo große Kolonien von Wildenten und wilden Schwänen friedlich lebten und sich, als er herankam, donnernd in die Luft schwangen. Weiter draußen im Wasser sah er runde Schilfhütten mit kegelförmigen Dächern, jede von ihnen auf einer eigenen kleinen Insel, jede mit ihrem eigenen Einbaum. Als Lancelot grüßend hinüberrief, überschütteten ihn kleine, dunkelhaarige, mit Schleudern bewaffnete Männer mit einem Hagel von Kugeln aus gebranntem Ton, die mit solcher Wucht seinen Schild und das Pferd trafen, daß der Schild Dellen empfing und das Roß zu lahmen begann. Es war ein wildes, abweisendes Land, wo den Menschen die Furcht vor Menschen Grausamkeit beibrachte. Die Luftspiegelungen, das trügerische Irrlicht, die tanzenden Feenlichter über dem Moor ängstigten sie weniger als Fremde ihrer eigenen Art, denn in diesem verarmten Landstrich waren der einzige Besitz, den die Bewohner kannten, andere Menschen. Der kalte argwöhnische Zorn traf den Ritter wie ein schneidender eisiger Wind, so daß er sich landeinwärts wandte, höher gelegenem Gelände zu. In einer halb verfallenen Burg tötete er zwei Riesen, befreite ihre Gefangenen und schickte sie zu Königin Guinevere. Dann hielt er viele Tage nach Abenteuern Ausschau, doch die Nachricht, daß er sich nähere, eilte ihm voraus, so daß feige und arglistige Ritter, die sonst an Furten und in Engpässen auf der Lauer lagen, sich Hals über Kopf davonmachten und verbargen, bis Lancelot vorüber war. Da keiner es wagte, sich ihm zum Kampf zu stellen, machte ihn gerade sein Ruhm einsam, und er wurde gemieden. Er schlief in Wohnstätten, verlassen von ihren Besitzern, und nährte sich kümmerlich von Beeren und Schalen, die er unterwegs fand.

Jetzt wenden wir uns wieder dem jungen Syr Gaherys zu, der in den Gutshof des von Lancelot erschlagenen Syr Tarquin ritt. Und dort fand er einen Bauern als Pförtner vor, der viele Schlüssel aufbewahrte. Da warf Sir Gaherys den Pförtner auf den Boden und nahm ihm die Schlüssel ab; und eilends öffnete er die Kerkertüre und ließ alle Gefangenen heraus, und ein jeder löste einem andern die Fesseln.

Gaheris entdeckte hier viele Freunde und Ritter von der Tafelrunde. Er berichtete ihnen, daß Sir Lancelot Tarquin getötet, sie errettet und beauftragt habe, an König Artus' Hof auf ihn zu warten. Sie fanden in den Ställen ihre Pferde vor, während in der Rüstkammer ein jeder seine eigene Rüstung heraussuchte, und danach schmausten sie in Tarquins Küche gebratenes Wild. Sir Lyonel aber und Sir Ector de Marys und Sir Kay, der Seneschall, beschlossen, Sir Lancelot nachzureiten und sich seiner Ausfahrt anzuschließen. Nachdem sie gegessen und anschließend geruht hatten, brachen sie auf, und unterwegs erkundigten sie sich nach Lancelot.

Nun kehren wir zu Sir Lancelot zurück, der schließlich zu einem ansehnlichen Besitztum kam, wo ihn eine alte Edelfrau willkommen hieß. Sie bewirtete ihn mit gebratenem Fleisch, Blutwurst und einer fetten, stark gewürzten Schweinefleischpastete. Die hochbetagte Schloßherrin erinnerte sich noch an König Uthers Hof in jenen Tagen, als sie jung und schön gewesen war. Sie brachte Lancelot Wein und bat ihn zu erzählen, wie es an Artus' Hof zugehe, welche Damen bewundert würden, was sie für Kleider trügen, wie die Königin aussehe und was sie spreche. Die alte Dame hätte den Ritter bis zum Morgengrauen ausgefragt, aber er bat sie, sich zur Ruhe begeben zu dürfen. Schließlich ließ sie ihn ein angenehmes Gemach über dem Burgtor aufsuchen. Er legte seine Rüstung auf eine Eichentruhe und sank in ein tiefes, weiches Bett aus sauberen weißen, wolligen Schafsfellen, das erste Bett, in dem er seit geraumer Zeit schlief. Er war gerade in einen traumlosen Schlaf geglitten, als an das Tor unterhalb seines Gemachs laut und dringlich gepocht wurde. Lancelot sprang aus dem Bett, blickte zum Fenster hinaus und sah einen Ritter, der von drei anderen bedrängt wurde. Der Ritter wehrte sich, schlug zugleich ans Tor und rief um Hilfe. Sir Lancelot wappnete sich, sprang durchs Fenster hinab und begann auf die drei attackierenden Ritter einzuhauen. Er streckte einen nach dem anderen zu Boden und hätte sie getötet, wenn sie ihn nicht um Gnade gebeten hätten.

»Ihr habt Euch mit Schande befleckt«, sagte Lancelot. »Es ist nicht Ritterart, zu dritt gegen einen einzelnen zu kämpfen. Deshalb werdet ihr euch nicht mir ergeben, sondern diesem Ritter und in seinem Namen König Artus' Hof aufsuchen und euch der Königin unterwerfen.«

Der Ritter, der allein war, rief: »Ihr seid Lancelot!«, klappte das Visier hoch, und dahinter erschien Sir Kays Gesicht. Dann umarmten und küßten die beiden einander in inniger Freude.

Darauf sagte einer der besiegten Ritter: »Sir, wir wollen uns nicht Sir Kay ergeben, den wir ja bereits besiegt hatten. Es ist eine Ehre, sich Lancelot zu ergeben, aber zu behaupten, Sir Kay habe uns überwältigt, würde Gelächter hervorrufen.«

Lancelot zog wieder das Schwert aus der Scheide. »Ihr habt die Wahl«, sagte er. »Ergebt euch oder macht euch zum Sterben bereit.«

»Nun, wenn die Sache so steht, Sir . . .«

»Am nächsten Pfingstfest«, sagte Lancelot, »werdet ihr euch Guinevere unterwerfen und sagen, daß Sir Kay euch als seine Gefangenen geschickt hat.«

Dann schlug Lancelot mit dem Griff seines Schwertes ans Tor, bis es geöffnet wurde. Und die alte Dame war erstaunt, ihn zu sehen. »Ich dachte, Ihr seid zu Bett gegangen. Wie kommt Ihr hierher?«

»Ich ging schlafen, aber dann sprang ich aus dem Fenster, um diesem alten Freund von mir beizustehen. Und ich nehme ihn mit, damit er bei mir ruhen kann.«

In dem Gemach über dem Tor dankte Sir Kay seinem Freund dafür, daß er ihm das Leben gerettet hatte. »Seit ich mich aufgemacht habe, Euch zu suchen, Sir, mußte ich einen Kampf nach dem andern bestehen.«

»Das ist eigenartig«, sagte Lancelot. »Schon seit vielen Tagen habe ich keinen gefunden, der sich mir zum Kampf stellte.«

»Nun, es könnte sein, daß Männer, die alles dafür tun würden, mit mir zu kämpfen, alles dafür gäben, um einer Begegnung mit Lancelot zu entgehen. Das Wappenzeichen an Eurem Schild dürfte so manchen veranlassen, sich die Sache lieber zweimal zu überlegen.«

»Daran hatte ich nicht gedacht«, sagte Lancelot.

Sir Kay sagte: »Alter Freund, ich würde mit Euch gern über ein bestimmtes Thema sprechen, wenn Ihr mir versprecht, nicht ärgerlich zu werden.«

»Wie könnte ich auf Euch ärgerlich werden?« sagte Lancelot. »Sprecht nur!«

»Es handelt sich um eine Sache, die mich sehr bedrückt, Sir.

Seit Ihr den König verlassen habt, sind besiegte Ritter im Gänsemarsch dahergekommen, um sich der Gnade der Königin zu unterwerfen. Jetzt werden auch noch alle Gefangenen aus Tarquins Verliesen am königlichen Hof eintreffen.«

»So ist es mein Brauch«, sagte Lancelot. »Es macht der Königin Freude, wenn edle Ritter sich ihrer Huld ergeben. Was gibt es dagegen zu sagen?«

»Edel mögen sie ja sein, Sir, aber sie sind auch ausgehungert. Sie treffen in ganzen Schwärmen, wie Heuschrecken, ein und leeren die Speisekammern des Königs. Ein besiegter Ritter ist womöglich noch hungriger als ein siegreicher.«

»Es bereitet dem König Freude, gastfreundlich zu sein, Sir.«

»Das weiß ich. Er liebt es, mit beiden Händen, in Fülle zu geben – aber ich bin der Seneschall. Und ich muß diese Fülle herbeischaffen und aufzeichnen, was alles verzehrt wird.«

»Der König ist eben kein Knicker.«

»Das weiß ich wohl. Er denkt nie darüber nach, bis das letzte Bröselchen aus dem Vorratsschrank geholt ist. Dann sagt er zu mir: ›Kay, ich weiß nicht, wohin all diese Sachen verschwinden. Erst vergangene Woche haben wir zehn Rinder geschlachtet und sechs Fuhren Heringe eingesalzen. Seid Ihr Euch sicher, daß Ihr alles kontrolliert? Könnte es sein, daß die Küchenjungen mausen?‹ Darauf sage ich ihm, wie viele edle Ritter an seiner Tafel speisen, und er gibt nur zur Antwort: ›Ja, ja . . .‹ und hört gar nicht zu, sondern fährt fort: ›Ich muß mir eines Tages Eure Buchhaltung ansehen.‹ Wenn Ihr also Eure Ausfahrt noch viel länger ausdehnt, Sir, werden unsere edlen Gefangenen uns noch arm fressen. Sobald sie sich der Königin ergeben haben, machen sie es sich gemütlich und bleiben wochenlang am Hof.«

Lancelot lachte. »Armer Kay«, sagte er. »Die Sorge sitzt Euch im Nacken. Soll ich die Ritter fragen, ob sie gut mit Proviant versehen sind, ehe ich mit ihnen kämpfe?«

»Lacht nicht über mich«, sagte Kay. »Alle lachen über mich. Ich sage Euch, das ist eine ernste Sache. Ein einziger von Euren Gefangenen ist imstande, auf einen Sitz ein halbes Schaf zu vertilgen . . . und das Bier . . . das Bier fließt in Strömen. Sagt aber bitte dem König nichts davon, daß ich zu Euch darüber gesprochen habe. Es würde ihn zornig machen. Er achtet nicht auf das Geld oder die Vorräte, bis er nichts mehr hat, und dann wird mir die Schuld daran gegeben. Kay muß knauserig sein, damit der König spendabel sein kann.«

»Daran hatte ich nicht gedacht«, sagte Lancelot. »Aber ich weiß auch nicht, was ich tun könnte.«

»Und dabei sind es nicht nur die Ritter«, sagte Kay in schmerzlichem Ton. »Jeder von ihnen hat Knappen und Zwerge und Fräulein bei sich. Für Euch mögen sie entzückend sein, voll Geist und Anmut, für mich aber sind sie gierige Ungeheuer.«

»Nun ja, jetzt geht schlafen«, sagte Lancelot. »Ich verspreche Euch, nur noch gegen wohlgenährte Junggesellen zu kämpfen.«

»Jetzt macht Ihr Euch wieder über mich lustig«, sagte Kay. »Ihr habt keine Ahnung, wie ich mich nach der Decke strecken muß. Ihr glaubt, der Braten wachse auf den Bäumen. An den Seneschall denkt keiner. Ich kann Euch sagen, vor dem Pfingstfest oder der Pentekoste, wenn viele Leute zusammenströmen, tue ich kein Auge zu. Nie hat man einen Dank, aber wenn irgend etwas nicht glattgeht . . . O ja, dann erinnert man sich meiner. Manchmal wäre ich am liebsten ein Küchenjunge.«

»Ihr seid aber keiner, mein Freund. Ihr seid mein teurer, gütiger, aufmerksamer Sir Kay, der wunderbarste Seneschall, der je auf Erden gelebt hat. Die frohen, satten Bäuche am Hof verewigen Euren Namen. Ohne mich käme die Welt ganz gut zurecht, doch ohne Euch, Sir Kay, könnte kein einziger Tag vergehen.«

»Ihr sagt das nur, um mich zu begütigen, Sir«, sagte der Seneschall. »Aber Ihr wißt, es steckt ein Körnchen Wahrheit in dem, was Ihr sagt.«

Nun saß Lancelot stumm da, und in seinen Augen stand ein Staunen.

»Warum macht Ihr so ein trauriges Gesicht, Sir?« fragte sein Freund.

»Nicht traurig – oder vielleicht doch. Ich habe eine Frage, aber Ihr werdet sie möglicherweise als kränkend empfinden.«

Kay sagte: »Ich kenne meinen Freund so gut, daß ich mir gewiß bin, er würde mich nicht kränken. Was wollt Ihr also wissen?«

»Ihr seid der Milchbruder des Königs.«

Kay lächelte. »Das bin ich. Wir haben an derselben Brust

gesogen, wurden zusammen gewickelt, haben gemeinsam gespielt, getobt, gejagt, den Umgang mit den Waffen erlernt. Ich hielt ihn für meinen Bruder, bis ich erfuhr, daß er König Uthers Sohn war.«

»Ja, ich weiß. Und in den ersten schweren Jahren habt Ihr an seiner Seite wie ein wahrer Löwe gekämpft. Euer Name hat in den Herzen von Artus' Feinden Angst und Schrecken ausgelöst. Als die fünf Könige des Nordens Artus bekriegten, habt Ihr mit Euren eigenen Händen zwei von ihnen getötet, und der König selbst sagte, Euer Name werde für alle Zeiten unvergessen bleiben.«

Kays Augen leuchteten. »Das ist wahr«, sagte er leise.

»Was ist geschehen, Kay? Was ist mit Euch geschehen? Warum werdet Ihr verspottet? Was hat Euer Herz verzagen lassen und Euch kleinmütig gemacht? Könnt Ihr mir das sagen – wißt Ihr es?«

Kays Augen glänzten noch, nun aber nicht mehr vor Stolz, sondern weil Tränen darin standen. »Ich glaube, ich weiß es«, sagte er, »aber ich frage mich, ob Ihr es verstehen könntet.«

»Sprecht, mein Freund.«

»Granit, so hart, daß ein Hammer daran zerbricht, kann von Sandkörnchen, die sich bewegen, abgeschliffen werden. Und ein Herz, das unter großen Schicksalsschlägen nicht zerbricht, kann zerfressen werden von nagenden Zahlen, dem Kriechgang der Tage, der abstumpfenden Tücke des Kleinen, des wichtigen Nichtigen. Ich stand im Kampf meinen Mann, aber ich wurde von den Zahlenkolonnen auf einem Blatt besiegt. Stellt Euch vierzehnmal eine XIII vor – ein kleiner Drache mit einem Stachelschwanz. Oder einhundertachtmal eine CVIII – ein kleiner Sturmbock. Wenn ich nur nie Seneschall geworden wäre! Für Euch ist ein Fest etwas Festliches – für mich ist es ein Buch voller bissiger Ameisen. Soundso viele Schafe, soundso viel Brot, soundso viele Schläuche voll Wein, und ist vielleicht das Salz vergessen worden? Wo ist das Horn des Einhorns, um den Wein des Königs zu prüfen? Zwei Schwäne sind verschwunden. Wer hat sie gestohlen? Für Euch bedeutet der Krieg Kampf. Für mich besteht er aus soundso vielen Eschenholzstangen für Lanzen, soundso vielen Stahlbändern. Für mich heißt er: Zelte, Messer, Lederriemen zählen, zählen und zählen, Brote zählen. Es heißt, die Heiden hätten eine Zahl erfunden, die nichts – von nichts etwas – ist, geschrieben wie ein O, ein Loch, ein Abgrund. Ich könnte dieses Nichts ans Herz drücken. Seht, Sir, habt Ihr jemals einen Mann der Zahlen gekannt, der nicht klein und kleinlich und ängstlich wurde – alles Große an ihm von kleinen Zahlen weggefressen, wie wenn marschierende Ameisen an einem Drachen nagen und nur abgefressene Knochen zurücklassen. Männer können groß und fehlbar sein – aber Zahlen sind unfehlbar. Ich nehme an, es ist ihre schreckliche, armselige Genauigkeit, die zerstörend wirkt – die spottet, nagt, mit winzigen Zähnen knabbert, bis an einem Mann vom Manne nichts mehr übrig ist, nur noch ein Brei aus fein zerhackten Ängsten, gewürzt mit Ekel. Die tödliche Wunde eines Zahlenmenschen ist ein Bauchschmerz ohne Ehre.«

»Dann verbrennt doch Eure Bücher, Mann! Zerreißt Eure Listen und laßt sie vom höchsten Turm vom Wind forttragen. Es gibt keine Rechtfertigung dafür, daß ein Mann zugrunde gerichtet wird.«

»Aber dann gäbe es keine Feste und keine Lanzen, keinen Proviant, die das Kämpfen erst möglich machen.«

»Warum werdet Ihr dann verspottet?«

»Weil ich ängstlich bin. Wir nennen es Vorsicht, Gescheitheit, Weisheit, Nüchternheit, guten, besonnenen Geschäftssinn, aber es ist nichts anderes als Angst, in ein unüberwindliches System gebracht. Es fing mit kleinen Dingen an, und heute habe ich vor allem Angst. Für einen ordentlichen Geschäftsmann ist jedes Risiko eine Versündigung an der heiligen Logik der Zahlen. Es gibt keine Hoffnung für mich – überhaupt keine mehr. Ich bin Sir Kay, der Seneschall, und mein alter Ruhm ist verschlungen.«

»Mein armer Freund. Ich kann es nicht verstehen«, sagte Lancelot.

»Ich habe es ja gewußt. Wie denn auch? Der Totenuhr-Käfer nagt ja nicht an Euren Eingeweiden. Jetzt laßt mich schlafen. Das ist meine Null, mein Nichts.«

Sir Lancelot saß am Fenster, blickte lächelnd zu seinem Freund hin, und als dessen Schnarchen das Tor unten zum Klappern brachte, erhob sich Lancelot, legte leise seinen Harnisch ab und den seines Freundes an. Er nahm Sir Kays Schild, stieg hinab in den Burghof, holte Sir Kays Pferd und sattelte es. Dann öffnete er leise das Tor, ritt hindurch und hinaus in die Nacht.

Als der Seneschall am Morgen erwachte und seine Rüstung vermißte, war er im ersten Augenblick bestürzt, doch dann lachte er. »Heute«, dachte er, »wird einigen Rittern das Lachen vergehen. Sie werden angerannt kommen wie die Mäuse, um gegen den vermeintlichen Sir Kay zu kämpfen. Ich aber mit Sir Lancelots Rüstung werde unbehelligt durchs Land reiten können, und die angstschlotternden Männer werden mich mit Respekt behandeln!«

Sir Lancelot kam in ein schönes Land voller Wiesen, übersät mit gelben Blumen und durchzogen von freundlichen Bächen, in denen braune Forellen nach Fliegen schnappten, während andere ruhig ihre Bahn zogen und nach ihresgleichen als Beute Ausschau hielten.

An einem klaren Teich waren Mädchen zu sehen, die Wäschestücke wuschen und sie dann auf der Wiese ausbreiteten, um sie von der Sonne bleichen zu lassen. Sie beobachteten den vorüberreitenden Ritter, winkten ihm mit den sauberen, nassen Kleidungsstücken in den Händen zu, und eine von ihnen, zwölf Jahre alt, getraute sich, ihm einen Pokal zu bringen, gefüllt mit Wein aus Korinthen. Sie streichelte die Schulter des Pferdes, während Sir Lancelot trank.

»Es heißt, Ihr seid Sir Kay«, plapperte sie.

»So ist es, kleines Fräulein.«

»Es heißt, Sir Lancelot sei hier in der Gegend.«

»Das mag sein.«

»Oh! Kennt Ihr ihn, Sir?«

»Ja.«

»Ist es wahr, Sir, daß er groß wie eine Fichte ist und daß aus seinen Augen Feuer sprüht?«

»Nein, das ist nicht wahr. Er ist nur ein Mann und in manchen Dingen ein sehr durchschnittlicher Mann.«

»Ist er Euer Freund?«

»Ja, so könnte man es nennen.«

»Dann, finde ich, habt Ihr kein Recht zu sagen, was Ihr gesagt habt.«

»Was habe ich denn gesagt?«

»Ihr habt gesagt, er sei nicht so groß wie eine Fichte und aus seinen Augen sprühe kein Feuer. Ihr habt gesagt, er sei ein durchschnittlicher Mann.«

»In manchen Dingen.«

»Wärt Ihr sein Freund, würdet Ihr ihn nicht herabsetzen, wenn er nicht da ist und sich nicht verteidigen kann. Aber Ihr seid ja nur Sir Kay. Vielleicht wißt Ihr es nicht besser. Gebt mir den Pokal wieder!«

»Danke, kleines Fräulein.«

»Wenn ich ihn sehe, werde ich zu ihm hinaufrufen, was Ihr gesagt habt. Und er wird Euch seine Lanze in den Hals rammen. Alle Welt weiß, daß er so groß wie eine Fichte ist.«

»Sind das Zelte, was ich dort drüben sehe, kleines Fräulein?«

»Ja, Zelte. Und wenn Ihr klug seid, macht Ihr einen Bogen darum herum. Dort sind ein paar Ritter, die Euch vom Pferd kippen würden. Schleicht Euch lieber davon, bevor sie Euch sehen.«

»Ihr findet, das wäre klug gehandelt? Sind sie denn so wakkere Ritter?«

»Nun ja, sie sind keine Lancelots, aber sie brächten es vielleicht schon fertig, Sir Kay wie Wäsche aufs Gras zu breiten.«

»Wie heißen sie?«

»Sir Gawter, Sir Gilmere und Sir Raynold. Sie sind hier wohlbekannt.«

»Vielleicht lassen sie mich passieren, wenn ich sie nicht reize.«

»Aber darum geht es nicht, Sir. Sie warten dort auf Gelegenheiten, mit einem vorbeireitenden Ritter einen Gang zu tun.«

»Und wenn Sir Lancelot vorbeikäme?«

»Dann hätten sie vielleicht anderswo Geschäfte zu besorgen.«

»Nun ja, ich werde es wohl darauf ankommen lassen müssen. Sollten sie mich besiegen, würdet Ihr mir dann beistehen, kleines Fräulein?«

»Ich muß allen wahren Rittern zu Diensten sein, ebenso wie sie mir gegenüber dazu verpflichtet sind, Sir. Und Ihr habt höflich und aufrichtig zu mir gesprochen. Ich hatte gehört, Sir Kay sei eitel, aufgeblasen und ein Prahlhans. Ihr aber seid ein bescheidener Ritter, und diese Geschichten sind Lügen. Wenn

Ihr gestürzt seid, werde ich Euch helfen, die Rüstung abzulegen und Eure Schmerzen lindern, wie es die Pflicht eines richtigen Fräuleins ist.«

»Vergelt's Gott«, sagte er. »Ihr seid eine artige junge Dame.«

»Mag es Euch im Kampf noch so schlimm ergehen, wenn ich schlecht über Euch sprechen höre, werde ich es richtigstellen, denn Ihr macht den Eindruck eines Edelmannes von höflich gesetzter Rede.« Die kleine Dame sah ihm nach, als er davonritt.

Lancelot schaute zurück, um ihr zu winken, und sah etwas Merkwürdiges. Die kleinen Finger beider Hände waren in die Winkel des Mundes geklemmt und zogen ihn zu einem breiten, weißen Band auseinander, die Mittelfinger drückten die Nase hoch, während die Zeigefinger die Winkel der Augen herabzogen, die den Nasenrücken anschielten. Und aus dem breitgezogenen Mund schaute die Zunge heraus und bewegte sich auf und ab. Seine Hand, zum Winken halb erhoben, verharrte so.

Das Mädchen ließ die Arme sinken und ging unbesorgt zurück zu ihrer Wäsche am Teich.

Sir Lancelot ritt weiter und dachte bei sich: »An jungen Mädchen muß etwas sein, was ich nicht verstehe.«

So war es auch. Am Teich angekommen, drehte sie ihm den Rücken zu, denn sie mochte diesen Ritter und wollte nicht mitansehen, wie ihm etwas geschah.

Unterdessen ritt Sir Lancelot in Richtung auf die drei Seidenzelte, die neben einer Holzbrücke über einem kleinen, tiefen Bach aufgeschlagen waren. An den Eingängen hingen an drei Lanzen drei weiße Schilde, und drei Ritter rekelten sich schläfrig im Gras, bis die Geräusche des näherkommenden Pferdes sie aufscheuchten.

»Oh, Gott meint es gut mit uns«, sagte Sir Gawter. »Seht doch, wer da herbeikommt – der große Sir Kay. Der edle, tapfere Sir Kay. Brüder, ich zittere und das Herz sinkt mir, aber ich muß mich ihm zum Kampf stellen, wenn auch schlotternd vor Angst.«

»Nein, wartet«, sagten die anderen. »Ihr könnt Euch nicht immer die Rosinen aus dem Kuchen holen.«

Sir Raynold rief: »Ich kann nicht zulassen, daß Ihr es mit

diesem Drachen aufnehmt. Ich armer Tropf, der ich bin, werde gegen ihn kämpfen, wenn mir auch der Tod gewiß ist.«

»Wartet einen Augenblick«, sagte Sir Gilmere. »Ich kann nicht erlauben, daß ihr beide euer kostbares Leben aufs Spiel setzt. Ich selbst werde gegen ihn antreten.«

»Er wird fort sein, bis wir uns einig sind, welcher von uns sich opfern muß«, sagte Sir Gawter. »Hier sind drei Strohhalme. Wer den kürzesten zieht, hat gewonnen.«

Während Lancelot ohne ein Wort vorüberritt, steckten sie die Köpfe zusammen und zogen Strohhalme. Er überquerte den Bach und ritt weiter, doch schon einen Augenblick später galoppierte Sir Gawter – der Gewinner – hinter ihm drein und rief: »Bleibt stehen, falscher Ritter!«

Sir Lancelot zügelte sein Pferd und wartete auf ihn. Sir Gawter gab seinem Pferd links den Sporn und zwang es so, sich zur Seite zu drehen. Er sagte: »Wenn mir nicht der Schild des stolzen Sir Kay bekannt wäre, würde ich ihn daran erkennen, daß er nach Küchenfett stinkt. Wie konntet Ihr Euch erdreisten, heimlich über unsere Brücke zu reiten?«

»Gehört die Brücke Euch, junger Herr?«

»Soll das heißen, daß ich ein Lügner bin, Sir? Dafür werdet Ihr bezahlen.«

»Ich fragte ja nur. Ich habe Euch die Brücke nicht weggenommen – ich bin nur darübergeritten.«

»Oho, jetzt kommt Ihr mir mit Drohungen! Ich habe von Eurer Wichtigtuerei gehört, Sir. Die werde ich Euch austreiben!«

»Ich drohe Euch nicht.«

»Warum seid Ihr grußlos vorbeigeritten? Seid Ihr Euch zu gut, einfache Ritter zu grüßen?«

»Ich wollte einem Streit aus dem Weg gehen.«

»Ihr seid also eine Memme?«

»Nein. Aber ich hatte keinen Grund zum Streit mit Euch. Laßt mich bitte weiterreiten, junger Herr.«

»Dann werde ich Euch einen Grund liefern. Ihr seid ein Lügner, ein Betrüger, ein Schwachkopf, ein Feigling und eine Schande für den Ritterstand. Habt Ihr jetzt einen Grund zum Streit?«

Sir Lancelot antwortete: »Mit einem ungezogenen Hündchen streitet man sich nicht, man gibt ihm die Rute.«

»Damit habt Ihr Euch um Kopf und Kragen geredet, Ihr fett-besudelter Küchenritter.«

Sir Lancelot seufzte. »Ich habe mir redliche Mühe gegeben, Euch mit Anstand davonkommen zu lassen. Ich bin zwar ein Mann der Mäßigung, aber meine Langmut hat Grenzen.«

»Hoffentlich habt Ihr sie endlich erreicht«, rief Sir Gawter. »Verteidigt Euch, wenn Ihr Manns genug seid!« Er winkte sei-nen Gefährten, die auf der Brücke standen und herblickten, fröhlich zu, nahm seine Position ein und stürmte los. Seine Lanze zerbrach an Lancelots Schild, und er selbst wurde aus dem Sattel gehoben, eine Weile an der Lanzenspitze in der Luft gehalten und dann mit dem Kopf voran in einen Graben voll Schlamm geworfen. Dann ritt Sir Lancelot wortlos weiter.

Sir Raynold und Sir Gilmere als Zuschauer auf der Brücke wollten ihren Augen nicht trauen. »Was ist in Sir Kay gefah-ren?« fragten sie einander. »Es sieht ihm gar nicht ähnlich, so zu kämpfen.«

»Vielleicht hat irgendein unbekannter Ritter Sir Kay getötet und seinen Harnisch angelegt«, sagte Gilmere. »Jedenfalls, jetzt sind wir dran. Wir haben ihn zum Kampf herausgefordert, und jetzt gibt es kein Zurück mehr.«

Dann griffen die beiden Sir Lancelot an und wurden beide aus dem Sattel geworfen, und alle drei wurden zu dem Schwur gezwungen, an den königlichen Hof zu gehen und sich als von Sir Kay Besiegte der Königin zu unterwerfen.

Dann setzte Sir Lancelot – wie es in den französischen Büchern und auch bei Malory, sowie bei Caxton und Southey, Sommer und Coneybear, Tennyson, Vinaver und vielen anderen heißt – seine Ausfahrt fort. Er stieß einen Ritter nach dem andern aus dem Sattel, und auf der Straße zu Artus' Hof drängten sich die besiegten Männer, die in Sir Kays Namen bedingt Gnade erhal-ten hatten und zu Guinevere gesandt worden waren. Sir Lance-lot ritt heiter gestimmt dahin, vergnügt über sein Spiel, aber auch von der Hoffnung bewegt, daß dieser neugewonnene Ruhm Sir Kay aus seiner Hoffnungslosigkeit heraushelfen möge. Und unterwegs stieß Lancelot auf edle Ritter von der Tafelrunde, die Gefangene von Sir Tarquin gewesen waren – Sir Sagramor le Desyrus, Sir Ector de Marys, Sir Ewain und Sir Gawain. Er tat gegen jeden von ihnen einen Gang und warf sie alle vom Pferd, und als er weiterritt, sprach Sir Gawain, der mit Prellungen und übel mitgenommen auf der Erde saß, zu den anderen:

»Wir sind Narren«, sagte er. »Ich muß den Verstand verloren haben. Schaut, wie dieser Ritter zu Pferde sitzt. Erinnert euch, daß er tief übers Pferd gebeugt und ganz locker ritt. Denkt an die Lanzenspitze, die keinen Augenblick unsicher schwankte, und vor allem daran, wie er den Gestürzten mit der Hand seinen Gruß entbot. Also – wer ist's? Narren sind wir!«

Und die anderen drei riefen: »Lancelot und kein anderer.«

»Natürlich«, sagte Gawain. »Hätten wir Augen im Kopf gehabt, wären uns unsere Beulen erspart geblieben. Wenn wir jetzt einen Ritter mit Lancelots Waffenbild begegnen, können wir ihn getrost attackieren, und mir jedenfalls wird es eine Freude sein, Sir Kay auf die Knie zu zwingen.«

Sir Ewain sagte: »Zunächst aber müssen wir unser Wort einlösen und uns in diesem mitgenommenen Zustand in Sir Kays Namen der Königin unterwerfen.«

Während Lancelot weiter durchs Land ritt, mußte er eine Veränderung an den Menschen feststellen, denen er begegnete. Es kam nicht mehr vor, daß Ritter auf ihn zustürmten, um gegen ihn zu kämpfen. Manche behandelten ihn mit höflicher Friedfertigkeit oder triefend vor Respekt, andere fanden dringliche Gründe, das Weite zu suchen. Lancelot fand am Wegesrand aufgeschlagene Zelte verlassen vor, Brücken waren unbewacht, die Straßen nicht mehr von übermütigen fahrenden Rittern unsicher gemacht. Unkriegerische Männer grüßten ihn beim Namen. Dazu erschienen Fräulein, Damen und Edelfrauen von Gott weiß woher, um seinen Beistand in seltsamen, unbegreiflichen Angelegenheiten zu erflehen – verwundete Ehemänner, unrechtmäßig weggenommene Ländereien. Bekümmerte und ausgeraubte Jungfrauen schossen am Wegesrand wie Pilze aus dem Boden und suchten wortlos, errötend und mit gesenkten Augen sein Mitgefühl zu gewinnen. Lancelot staunte, daß man ihn erkannte, obwohl sein Visier geschlossen war und an seiner Schulter Sir Kays Schild hing. Er wußte nicht – und es hatte dieses Wissens auch nie bedurft –, daß Worte wie auf Schwalbenschwingen weit-, weithin fliegen können.

Vielleicht hörte ein Knappe Gawains Worte, teilte sie einem vorüberkommenden Mönch mit, der sie, zusammen mit der Absolution, an ein beichtendes Mädchen weitergab, welches sie seinem Vater sagte, was wiederum ein zu einer Hochzeit eilender Spielmann mithörte. Strolche, entlaufene Leibeigene, geächtete Bogenschützen, die durch die grünen Wälder schlichen, fürstliche Äbte mit ihrem Gefolge wohlberittener Mönche hörten die Kunde und gaben sie weiter und weiter. Sogar die Vögel und die Schmetterlinge und die gelben Wespen trugen sie singend und flatternd weiter, bis selbst die Stimmen der funkelnden Bäche davon berichteten, daß Sir Lancelot mit Sir Kays Schild Abenteuer suchte. Zwerge und Landleute und Köhler grüßten ihn bei seinem Namen. Wandernde Kesselflikker, die mit Kram beladene Maultiere führten, Wollsammler mit ihren Wergsäcken, stolze Kaufleute mit purpurfarbenem Tuch aus dem goldenen Tuscien sprachen, vorbeiziehend, Lancelots Namen aus. Wundersam und geheimnisvoll ist es, wie Worten Flügel wachsen, wie sie durchs Land fliegen, und niemand ahnt, wie endlos weit ein Flüstern dringen kann.

Die Art der Abenteuer veränderte sich. Lancelot kämpfte nun nicht mehr fröhlich und offen. Nur von düsteren Geheimnissen umgebene Dinge wurde er nun gewahr – unbegreifliche Dinge für ihn.

Eine Dame neben einem verwundeten Ritter verlangte das Blut seines Feindes, um damit das Leben ihres Liebsten zu retten. Seltsame Tücken wurden ihm offenbar.

Er hörte ein Glöckchen läuten, blickte nach oben und sah in der Höhe einen Falken fliegen. Als der Vogel sich auf einer hohen Ulme niederließ, verfingen sich die an seinen Füßen hängenden Schnüre im Geäst. Dann kam eine Dame von der Straße her gelaufen und rief Lancelot zu: »Bitte, hochedler Lancelot, fangt mir meinen Falken ein.«

»Ich bin nicht gut im Klettern, Madame«, antwortete er. »Sucht Euch einen kleinen Jungen dafür.«

»Ich kann nicht«, rief sie außer sich. »Mein Gemahl ist ein gewalttätiger und rachsüchtiger Mann, und er liebt diesen Falken. Wenn er erfährt, daß er mir entflogen ist, wird er mich erschlagen.« Und sie brach in jammernde Laute und kleine Angstschreie aus, bis Sir Lancelot vom Pferd stieg, um sie zu beruhigen.

»Nun gut«, sagte er mißmutig. »Helft mir, die Rüstung abzulegen. Ich kann darin nicht auf den Baum steigen.« Er band sein Pferd an der Ulme fest, legte seine Waffen daneben auf die Erde und arbeitete sich, nur mit seiner leichten Kniehose und einem Hemd bekleidet, schwerfällig den Baum hinauf. Er fing hoch oben im Geäst den Falken, befestigte die Schnüre an einem abgestorbenen Ast und warf den sich sträubenden Vogel zu der Dame hinab.

Dann kam aus einem Versteck im Gebüsch ein bewaffneter Ritter heraus, der ein bloßes Schwert in der Hand hielt, und rief: »So, Sir Lancelot, jetzt habe ich Euch, wie ich Euch haben wollte – schutz- und waffenlos. Eure Stunde hat geschlagen, und das ist mein Werk.«

Lancelot sagte vorwurfsvoll zu der Dame: »Warum habt Ihr mich so hintergangen?«

»Sie hat nur getan, was ich ihr befohlen hatte«, sagte der Ritter. »Jetzt werdet Ihr herabsteigen, um zu sterben, oder muß ich Feuer an den Baum legen, um Euch durch Rauch zu ersticken wie ein Tier?«

»Was für eine schimpfliche Tat«, sagte Lancelot. »Ein Gewappneter gegen einen waffenlosen Mann.«

»Ich werde mich von meinem Schimpf erholen, ehe Euch ein neuer Kopf wächst, mein Freund. Also – kommt Ihr herunter, oder muß ich Feuer legen?«

Lancelot versuchte mit ihm zu handeln. »Ich sehe, daß Ihr ein leidenschaftlicher Mann seid«, sagte er. »Ich werde hinunterkommen. Legt meinen Harnisch beiseite, aber hängt mein Schwert an den Baum. Dann werde ich nackt, wie ich bin, gegen Euch kämpfen. Und wenn Ihr mich erschlagen habt, könnt Ihr erzählen, daß es in einem richtigen Kampf geschah.«

Der Ritter lachte. »Glaubt Ihr, ich bin auf den Kopf gefallen? Denkt Ihr, ich wüßte nicht, wozu Ihr mit einem Schwert imstande seid?« Und damit trug er Schwert wie Harnisch von dem Baum weg.

Lancelot blickte verzweifelt um sich. Er sah einen kurzen, dicken, abgestorbenen Ast, brach ihn ab, stieg langsam hinab, und als er die unteren Äste erreichte, bemerkte er, daß sein Feind vergessen hatte, sein Pferd ein Stück weit wegzuführen. Plötzlich sprang Lancelot mit einem Satz über das Pferd und landete dahinter auf dem Boden.

Der Ritter hieb nach ihm, doch Lancelot benutzte das Pferd als Schild und verteidigte sich mit seinem Ast aus Ulmenholz. Er parierte die Klinge, die tief in den Ast drang, entriß seinem Feind das Schwert, schlug ihn mit dem Ast zu Boden und prügelte das Leben aus ihm heraus.

»Wehe!« rief die Dame. »Warum habt Ihr meinen Gemahl erschlagen?«

Lancelot, der im Begriff war, seine Rüstung anzulegen, hielt inne. »Ich glaube nicht, daß ich Euch darauf eine Antwort geben werde, Madame. Wenn ich nicht ein Ritter wäre, würdet Ihr meinen Knüppel zu spüren bekommen, und nicht auf dem Kopf.« Damit stieg er in den Sattel, ritt davon und dankte Gott für seine Errettung.

Während er so dahinritt, dachte er staunend und betrübt über den Mann nach, den er getötet hatte. »Warum«, fragte sich Lancelot, »hat er mich, der ihm doch nichts getan hat, so sehr gehaßt?« Lancelot war frei von den Leidenschaften des Neides, die einen Wicht von einem Mann dazu bringen zu zerstören, was andere bewundern. Auch hatte er selbst in seinem Leben bislang noch nie jenen Selbsthaß empfunden, den der Betreffende an einer Welt ausläßt, der er die Schuld an seiner eigenen Unzulänglichkeit gibt.

Wie die meisten großen Kämpen war auch Lancelot hochherzig und gütig von Natur. Wenn es notwendig wurde, einen Mann zu töten, tat er es rasch, ohne Zorn und ohne Furcht. Und da Grausamkeit, sofern sie nicht krankhaft ist, nur aus Angst erwächst, war er nicht grausam. Nur ein einziges konnte ihn zu blinder Grausamkeit treiben: Tücke. Er begriff Tücke nicht, da sie seinem eigenen Wesen fremd war. Und so wurde Lancelot ängstlich, wenn er dieser für ihn geheimnisvollen Regung begegnete, und einzig dann konnte er grausam sein. Und da Ausfahrten und ihre Schilderungen nur Illustrationen der Tugenden wie der Laster von Rittern sind, geschah es, daß er auf seinem Weg plötzlich die Angstschreie einer Frau hörte und, als er dem Schreien folgte, eine Dame sah, die vor einem Ritter mit dem gezückten Schwert in der Hand floh. Sir Lancelot trieb sein Pferd auf den Verfolger zu, der ihm entgegenrief: »Was gibt Euch das Recht, Euch zwischen Mann und Weib zu stellen? Ich werde sie umbringen, wie es mir zusteht.«

»Nein, das werdet Ihr nicht«, versetzte Lancelot. »Ihr werdet mit mir kämpfen.«

»Ich kenne Euch, Lancelot«, sagte der Mann. »Diese Frau, mein Eheweib, hat mich betrogen. Sie ist untreu. Es ist mein legitimes Recht, sie zu töten.«

»So ist es nicht«, sagte die Dame. »Er ist ein eifersüchtiger Mann. Er ist eifersüchtig beim Essen und im Schlaf und wittert in allem ein Vergehen. Ich habe einen jungen Vetter, so jung, daß er mein Sohn sein könnte, aber mein Gemahl ist auf dieses Kind eifersüchtig. Er bildet sich schmutzige Dinge ein. Rettet mich, Sir Lancelot, denn mein Gemahl kennt kein Erbarmen.«

»Ich werde Euch beschützen«, sagte Lancelot.

Darauf sagte der Ehemann: »Ich achte Euch, Sir, und will alles tun, was Ihr sagt.«

Sein Weib rief: »Oh, seid auf der Hut, Sir. Ich kenne ihn. Er ist heimtückisch.«

»Ihr steht unter meinem Schutz. Er kann Euch nichts zuleide tun. Jetzt wollen wir uns aufmachen.«

Nachdem sie eine Weile geritten waren, rief der Ehemann: »Schaut hinter Euch! Da kommen gewappnete Männer!«

Lancelot drehte sich rasch um, und in diesem Augenblick fiel der Mann sein Eheweib an, hieb ihr den Kopf ab, beugte sich über sie und spuckte unter Verwünschungen auf ihren enthaupteten Leib.

Da eine solche Untat für Lancelot fremd und beängstigend war, packte ihn der Grimm, obgleich er sonst ein kühler, gelassener Mann war. Er zog sein Schwert, die Augen glänzten rachelüstern wie die einer Schlange, sein Gesicht war schwarz vor rasendem Zorn.

Der Ehemann warf sich auf die Erde, umklammerte Lancelots Knie, bettelte und flehte um Gnade, während der Ritter ihn wegzustoßen versuchte, um ihm einen Schwerthieb zu versetzen. Doch der Mann preßte den Kopf gegen Lancelots Beine und wimmerte wie ein großer Säugling.

»Steht auf und kämpft!« donnerte Lancelot.

»Ich kämpfe nicht – ich bitte um Gnade bei Eurem Rittertum.«

»Hört mir zu. Ich werde den Harnisch ablegen und im Hemd gegen Euch kämpfen.«

»Nein . . . Gnade.«

»Ich werde mir einen Arm festbinden.«

»Auch das nicht . . . Ich bitte um Gnade. Ihr habt geschworen, Gnade zu üben.«

Dann machte sich Lancelot, dem vor Ekel und seinem eigenen Grimm übel war, von dem Mann frei und lehnte sich zitternd und erhitzt an einen Baum. Der Kopf der Dame, beschmutzt und blutbesudelt, grinste ihn von der Straße her an, auf die er gefallen war.

»Sagt mir, welche Strafe ich auf mich nehmen muß. Ich werde alles tun, was Ihr mir auferlegt«, rief der Ehemann der Toten. »Nur laßt mir das Leben.«

Nun wurde Lancelots Grausamkeit eisig. »Ich will es Euch sagen«, antwortete er. »Ihr werdet Euch die Leiche auf den Rücken laden und den Kopf in die Hand nehmen und beides Tag und Nacht nicht loslassen. Sobald Ihr an den Hof kommt, tretet damit vor Königin Guinevere. Wie sehr der Anblick sie auch anwidern mag, berichtet ihr, was Ihr getan habt. Sie wird Euch Eure Strafe verkünden.«

»Das verspreche ich bei meiner Ehre.«

»Bei Eurer Ehre, meiner Treu! Ihr seid in einer Stunde der Schande geboren worden. Ihr werdet gehorchen, denn wenn Ihr es nicht tut, werde ich Euch aufspüren und in Stücke zerreißen. Jetzt hebt die Leiche auf. Nein, legt sie nicht aufs Pferd. Nehmt sie auf den Rücken.«

Er blickte dem Davonreitenden nach, der mit der schwankenden Leiche, die ihn von hinten umarmte, schwerfällig im Sattel saß. Lancelot atmete mit offenem Mund, um sich nicht zu übergeben, denn sein Zorn und seine Grausamkeit hatten ihm Übelkeit erregt. Er setzte sich unter einem Baum auf die Erde und blieb dort sitzen, indes der Abend kam – zu schwach, um sich zu bewegen, zu krank, um sich einen besseren Ruheplatz zu suchen.

Mit dem Einbruch der Nacht kamen in großer Zahl Vögel herab auf den Pfad, liefen umher, drehten auf der Suche nach Käfern abgefallene Blätter um, zankten und plapperten miteinander. Auf den Ritter, der auf der Erde saß, achteten sie nicht. Nur einer, ein hohes Tier in der Vogelschar, mit einem Hahnenkamm und von gebieterischem Auftreten, marschierte zu einem von Lancelots Füßen hin, pickte heftig an dem Eisenschuh und blickte kühn zu dem Ritter auf, als wollte er ihn for-

330

dern. Und Lancelot lächelte in der Erinnerung daran, daß er
das gleiche und vielleicht aus den gleichen Gründen getan
hatte.

Als hätte die unbeantwortet gebliebene Herausforderung
des Vogelhäuptlings die Luft vom Mißtrauen gereinigt, tauchten die kleinen und die stillen Geschöpfe aus dem Wald auf,
doch ihre Kleinheit bedeutete nicht, daß sie fromm und gutartig
waren – nur vorsichtig. Jedes einzelne von ihnen stand mit
anderen auf dem Kriegsfuß und hatte endlose Auseinandersetzungen mit seinesgleichen – um Besitzrechte, Schatzfunde,
Verletzungen des schuldigen Respekts vor Größe, Alter und
Kraft. Sie alle, Mäuse und Maulwürfe, Frettchen, Wiesel und
kleine Schlangen, beeilten sich nun, da die Nacht kam,
irgendwo Unterschlupf zu finden. Schon innerhalb einer einzigen Art war die Regierung ein schwieriges Amt. Bei vielen
Arten war sie unmöglich, wie es von jeher gewesen, denn das
Kleingetier war nicht friedlich oder gütig oder solidarisch. Es
war ebenso streit- und selbstsüchtig, ebenso besitzgierig und
aufgeblasen, genauso tückisch und gespreizt und unberechen-
bar wie die Menschen, weshalb es nur schwer zu verstehen ist,
wie sie überhaupt zum Fressen und zum Brüten kommen,
geschweige denn, Nester zu bauen und Höhlen zu graben, Pelz
und Gefieder zu putzen, Schnäbel und Klauen zu schärfen,
Vorräte einzulagern und zu bewachen und dabei noch Zeit zu
haben, miteinander zu streiten, einander anzufauchen und zu
verwünschen. Und nur hin und wieder nehmen sie sich die Zeit
zum Lieben und zum Sterben.

Mit der hereinbrechenden Dunkelheit kroch die eine Art
davon, und andere Arten tauchten auf, in Wechselschichten
wirkende Arbeiter am Bau der Welt. Nun erschienen die
Nachtspäher auf dem Plan, stille Jäger und verschlagene Fänger
und Nager und ihre Beute umschleichende Mörder, je nach ihrer
Art leise vor sich hinlachend oder Schreie ausstoßend. Zwischen
den Bäumen huschten die Fledermäuse im Pendelflug dahin,
und ihre dünnen, hohen, brüchigen Stimmen gingen durch Mark
und Bein. Sie brachten nächtliche Kühle mit und machten die
Dunkelheit am Himmel fest, damit die Sterne erstrahlen
konnten. So viele Lebewesen existierten, die alle mit Freunden
und Feinden vereint waren, daß Lancelot sich allein fühlte, einsam im Herzen, auch umdüstert und durchkältet, und in ihm

schienen keine Sterne. Es war ein neuartiges, sonderbares Gefühl für ihn, denn er war nie mehr einsam gewesen, seit beim Tod von Königin Elaine die Erde zerriß und er sie ohne Liebe wieder hatte zusammenfügen müssen. Plötzlich überlief seinen ganzen Körper ein Frösteln, jedermann als Zeichen dafür bekannt, daß eine Hexe umgeht, der Zauberwellen voraneilen. Sir Lancelot verschränkte die Finger beider Hände und befeuchtete sich die Lippen für ein Vaterunser, sollte es notwendig werden, eines zu sprechen. Und er wußte die Hexe nahe, denn die nächtlichen Wesen verschwanden oder erstarrten in regloser Unsichtbarkeit, und dann hörte er menschliche Schritte näher kommen und eine warme Stimme, die sang:

Wach nicht auf, mein Liebster,
Es ist nicht Tag.
Die Nacht wird nie zu Ende gehn,
Nie wird sie enden,
Niemals, nie zu Ende sein.

Das Singen hörte auf. Im trüben Abendlicht erschien ein Fräulein. »Mein Gebieter«, sagte sie, »ich habe Euren Ruf vernommen.«

»Ich habe nicht gerufen, Fräulein.«

»Ich hörte Einsamkeit.«

»Ich habe nicht gerufen«, sagte er.

Sie ließ sich neben ihm nieder.

»Ich spürte Bezauberung wie ein geistiges Erschauern«, sagte er. »Seid Ihr eine Zauberin?«

»Ich bin, was Lancelot von mir wünscht.«

»Wie, Ihr kennt meinen Namen?«

»Besser als sonst einen von allen anderen Namen. Besser als den Namen von Guinevere, der Königin.«

Er fuhr zusammen wie ein von Fliegen geplagtes Pferd. Seine Arme fühlten sich kalt am Körper an.

»Was für eine Macht hat sie über Euch?« fragte sie.

»Die Macht einer Königin, der mein Rittertum geweiht ist.«

»Und Euer Herz? Ist es auch jemandem geweiht?«

»Mein Herz ist nur eine kleine Pumpe, Fräulein«, sagte er verdrossen. »Mein Herz bleibt immer an seinem Platz und verrichtet seine Arbeit. Ich habe von Herzen gehört, die ihren

Platz verließen und klagend davonwanderten wie umherschweifende Geister, habe von Herzen gehört, gebrochen von Scham oder Sehnsucht, von verspielten Herzen, von schmachtenden und einsamen. Vielleicht gibt es solche Herzen ja wirklich. Mein eigenes ist eine langsam und gleichmäßig arbeitende Pumpe. Im Kampf wird es rascher, um mir zu geben, was ich brauche. Es spricht nie, es drückt sich nie vor der Arbeit. Der Arbeit allein ist mein Herz geweiht.«

»Vielleicht hört Ihr ihm nicht zu«, sagte das Fräulein. »Ich hörte es aus der Ferne sprechen, daß Eure Ausfahrt am Ende und der Weg zurück zu Guinevere frei ist.«

»Dann muß ich es zurechtweisen. Ich möchte nicht einmal, daß meine kleine Zehe hinter meinem Rücken spricht, geschweige denn mein Herz. Fräulein, was führt Ihr im Schilde, daß Ihr mit meinem Herzen plaudert, wie Gesinde an einem Brunnen klatscht? Wenn Ihr eine Zauberin seid, dann wird Eure Kunst Euch sagen, daß meine Finger verschränkt sind.«

»Habt Ihr mich schon einmal gesehen?«

Er beugte sich zu ihr hin und sah sie in der dunkler werdenden Nacht genau an. »Nein – oder ich kann mich nicht an Euch erinnern.«

»Findet Ihr mich schön?«

»Ja. Ihr seid schön, sehr schön, doch das kann von Zauberei bewirkt sein. Sagt mir, was ist Euer Begehren?« Seine Stimme klang ungeduldig.

Sie beugte sich dicht zu ihm hin – so dicht, daß er in ihren großen, dunklen Augen das Spiegelbild des gestirnten Nachthimmels sehen konnte. Dann trieb ihr die Anstrengung Tränen heraus, die zitternd die Augen netzten. Die Sterne verloren ihre Schärfe, und Lancelot sah, wie sich in dem verdoppelten Himmel, in den er blickte, die Formen kleiner Monster bewegten. Er sah einen seitwärts kriechenden Krebs mit ausgestreckten Zangen, einen Skorpion mit peitschendem Schwanz, einen Löwen und einen Bock und Fische, die von Sternbild zu Sternbild schwammen. Er merkte, daß er schläfrig wurde.

»Was seht Ihr?« fragte sie leise.

»Jene Zeichen, die Zauberer benutzen, um die Zukunft vorauszusagen.«

»Gut. Nun seht Euch Eure Zukunft an.«

Ihre Augen wurden zu einem Teich, angefüllt mit dunklem,

strudelndem Wasser, und dann bildete sich darunter ein Gesicht, schwebte der Oberfläche entgegen und wurde klar – ein reines Gesicht wie gemeißelt, mit tief eingekerbtem Kinn, kühlen, musternden Augen und einem kräftigen Mund mit vollen Lippen, die an den Mundwinkeln belustigt zuckten. Nun senkte sich ein Lid ganz kurz, der Mund öffnete sich, und die Lippen bewegten sich, als flüsterten sie – und dann wurde das Gesicht starr, zu einem gemalten Gesicht, zur Darstellung eines Gesichts. Die kühlen Augen waren gemeißelte Augen, die Brauen winzige, ziselierte Einschnitte.

»Ihr seht ein Gesicht«, sagte die hauchende Stimme.

»Ich sehe ein Gesicht.«

»Erkennt Ihr es?«

»Ja.«

»Ist es klar?«

»Sehr klar.«

Sie keuchte vor Anstrengung. »Blickt genau hin, Sir. Hier seht Ihr Eure Bestimmung, Euer ganzes künftiges Leben – Eure Liebe, Eure einzige Liebe.«

»Das kann nicht sein.«

»Doch! Und ich sage den Gebilden aus Luft und Feuer und Wasser, den trefflichen Gehilfen, Dank. Jetzt könnt Ihr Euch von dem Bild lösen. Es ist für alle Zeit fixiert, unveränderlich. Ihr seid mein geworden – Ehemann, Liebster, Sklave. Löst Euch aus dem Zauber, mein Lieber, mein Teurer.«

»Ich glaube nicht, daß ich unter einem Zauber stand, mein Fräulein.«

»So kommt es einem vor, wenn es vorüber ist. Vielleicht werdet Ihr Euch nicht erinnern, was Ihr gesehen habt, aber ich weiß, Ihr habt mein Gesicht gesehen und seid mein.«

Nun betrachtete Lancelot sie mit einem scharfen Blick und war tief beunruhigt, denn er sah ein armes, geistig verwirrtes Mädchen, das mit einem Strohhalm die Welt zu bewegen versuchte. Er fragte sich, ob es nicht human wäre, ihr zuzustimmen, und sie dann zu einem Priester zu führen, damit die Dämonen des Wahnsinns ausgetrieben würden. Und dann fiel ihm jener Zwerg mit dem breiten Rücken ein, der ihm den Umgang mit den Waffen und andere Dinge beigebracht hatte.

»Eine Lüge ist etwas Gutes, etwas Wertvolles«, hatte er gesagt, »eine wunderbare Kostbarkeit, die man in Reserve hält. Benutzt dieses Kleinod niemals, ehe Ihr alle Wahrheiten erschöpft habt. Die Wahrheit ist ein gewöhnliches Ding, allzeit zur Hand, Lügen hingegen muß man selbst erschaffen, und man hat keine Gewißheit, ob sie überhaupt nützlich sind, bevor man sich ihrer bedient hat – und dann ist es zu spät.«

Mit sanfter Stimme sprach er zu dem Mädchen: »Fräulein, ich könnte dem beipflichten, was Ihr gesagt habt, doch ein Augenblick Friede ist gar nichts wert. Dereinst werdet Ihr vielleicht lernen, große Verzauberungen zu wirken, doch jetzt... nun ja... ein bißchen schwarzes Gezauber ist ein gefährlich Ding.«

Sie sprang auf. »Ihr lügt!« rief sie. »Ihr habt mein Gesicht gesehen. Ihr seid gefangen.«

»Nein, Fräulein, ich habe nicht Euer Gesicht gesehen. Ich sah Guinevere, die Königin. Und das ist Narretei, denn es ist unmöglich, daß ich die Königin jemals unehrenhaft lieben, meinem Freund und Lehnsherrn, dem König, Unehre und Schande bereiten und mein Rittertum beflecken könnte.«

»Ihr habt mein Gesicht gesehen!« rief das Fräulein. »Mein Zauber war der stärkste, den es gibt.«

»Euer Zauber war schwach und unsicher wie ein neugeborenes Fohlen«, sagte Lancelot. »Es ist wahr, Ihr habt gelernt, Bilder in Eure Augen zu zaubern, aber alberne Bilder, törichte Dinge. Sie werden nur bewirken, daß man Euch auslacht. Ihr habt mich sehen lassen, wie Königin Guinevere wegen Verrats am König auf dem Scheiterhaufen steht, umgeben von aufgeschichteten Reisigbündeln. Was soll solche Verrücktheit? Und als wäre das nicht schon Unsinn genug, sah ich mich selbst in voller Rüstung auf einem Karren fahren, der von Ochsen durch einen Sumpf gezogen wird. Das könnte komisch sein, wenn es nicht beleidigend wäre. Ich finde, es ist besser, Ihr geht nach Hause und lernt, mit Faden an einem zerrissenen Hemd Zauber zu wirken. Vielleicht könnt Ihr eines Tages irgendeinen jungen Ritter von gutem Ruf auf eine Ausfahrt begleiten.«

Sie war merkwürdig stumm, und nach einer Weile sagte Sir Lancelot zu ihr: »Es tut mir leid, wenn ich Eure Gefühle verletzt habe, mein Fräulein. Und jetzt muß ich fort. Ich habe verabredet, zum Pfingstfest an König Artus' Hof zu sein, und die Zeit ist nahe. Kann ich noch irgend etwas für Euch tun, ehe ich aufbreche? Irgendeine kleine Gefälligkeit?«

335

Sie trat nahe zu ihm hin, sprach im Flüsterton, und das Weiße in ihren Augen glänzte im Sternenlicht, was ihr ein Aussehen gab, als wäre sie blind. »Ja, das könnt Ihr, mein Ritter«, sagte sie. »Nur einen einzigen kleinen Dienst könnt Ihr mir erweisen.«

»Sprecht. Ich bin dazu bereit.«

»Hier in der Nähe ist eine Kapelle, Gefährliche Kapelle geheißen, und darin liegt in ein Leichentuch gehüllt ein toter Ritter und neben ihm ein Schwert. Es wird von Riesen und furchterregenden Ungeheuern bewacht. Bringt mir dieses Schwert, wenn Ihr es vermögt.«

»Wie finde ich die Kapelle in der Finsternis?«

»Sie ist nicht weit von hier. Folgt dem Pfad, bis Ihr ein Licht seht. Ich werde hier auf Euch warten.«

Er stolperte in der Dunkelheit davon und gedachte des Fräuleins voller Mitgefühl. Er fand das Licht, eine brennende Kerze in einer Hütte, die klein war, aber über der Tür ein primitives Kreuz hatte. In der Hütte lag eine mit einem weißen Tuch bedeckte Gestalt, und an die weiß gekalkten Wände waren von kindlicher Hand groteske Gesichter gemalt. Neben der verhüllten Gestalt lag ein Schwert aus Holz. Sir Lancelot beugte sich hinab, um es an sich zu nehmen, hob das Tuch ein bißchen und sah, daß der Leichnam eine mit Lumpen ausgestopfte, als Mann angezogene Puppe war. Und sein Herz war schwer, als er zu dem Fräulein zurückging.

Sie war auf eine Lichtung getreten, und ihr Gesicht zeigte im Schein der Sterne einen wilden und kindlichen Ausdruck. »Habt Ihr das Schwert mitgebracht?« rief sie.

»Ja, mein Fräulein.«

»Gebt es mir.«

»Es schickt sich nicht, daß ein Fräulein ein Schwert trägt.«

»Ha, Ihr seid mir entkommen! Hättet Ihr mir das Schwert gegeben, hättet Ihr Königin Guinevere nie mehr gesehen.«

Lancelot ließ den Stecken mit der darauf gebundenen »Parierstange« auf die Erde fallen.

»Gebt mir ein Zeichen zur Erinnerung, Herr Ritter«, sagte sie.

»Was für ein Zeichen möchtet Ihr?«

»Einen Kuß – ich werde ihn immer in ehrendem Andenken halten.« Sie näherte sich ihm wie eine Schlafwandlerin, das

Gesicht nach oben gewandt, den Mund geöffnet, und er hörte, wie ihr das Herz pochte. Dann veranlaßte ihn irgendeine Regung, irgendein Instinkt tief in seinem Kämpferherzen, sie am Handgelenk zu packen und ihr das lange, schmale Messer aus den Fingern zu schütteln. Sie barg das Gesicht in den Händen und begann zu weinen.

»Warum wolltet Ihr mich töten? Ich hatte Euch nichts zuleide getan.«

»Ich bin verloren«, sagte sie. »Ihr wäret mein gewesen und keine andere hätte Euch bekommen.

Und jetzt, Sir Lancelot, will ich Euch sagen, ich liebe Euch seit sieben Jahren, doch keine andere soll Eure Liebe haben als Königin Gwenyver, und da ich mich Eures lebendigen Leibes nicht erfreuen durfte, wäre mir in dieser Welt nichts eine größere Freude gewesen, als Euren toten Leib zu haben. Dann hätte ich ihn einbalsamiert und ihn gehegt, um ihn zeit meines Lebens zu besitzen, und jeden Tag hätte ich Euch mit den Armen umschlungen und Euch Königin Gwenyver zum Trotz nach Herzenslust geküßt.«

Zu Pfingsten hielt König Artus in Winchester hof, jener altehrwürdigen königlichen Stadt, in der Gunst des Herrn wie Seiner Geistlichkeit und auch Sitz und Begräbnisstätte vieler Könige. Auf den Landstraßen drängten sich freudig gestimmte Menschen, Ritter, die zurückkehrten, um am Hof ihre Taten zu vermelden, Bischöfe, Geistliche, Mönche, an ihr Ehrenwort gefesselte Besiegte, die Gefangenen der Ehre. Und auf dem Itchen, dem Zugang vom Solent und vom Meer her brachten die kleinen Schiffe saftiges Getier, Neunaugen, Aale und Austern, Schollen und Lachsforellen. Lastkähne, beladen mit Tran- und Weinfässern, wurden von der Flut hereingetragen. Brüllende Ochsen wanderten auf ihren eigenen vier Hufen den Bratspießen entgegen, während Gänse und Schwäne, Schafe und Schweine in Verschlägen aus Weidengeflecht ihr Schicksal erwarteten. Jeder Hausbesitzer, der einen Streifen buntes Tuch, ein Band, irgendeinen lustigen Fetzen besaß, hängte diese Dinge als ein Fähnchen hinaus, das flatternd seinen kleinen Beitrag zum Fest leistete, und wem derlei fehlte, der befestigte Fichten- oder Lorbeerzweige über der Tür.

In der großen Halle der Burg auf dem Hügel saß der König auf seinem erhöhten Platz, und als nächste unter ihm die auserlesene Schar der Tafelrunde, edel und würdevoll anzusehen, als wären die Ritter gleichfalls Könige. An den langen Holztischen saßen dicht an dicht die Menschen, wie Zehen in einem engen Schuh.

Dann, während von den glänzenden Fleischstücken das Fett herablief und von den Tischen tropfte, rühmten nach alter Sitte die besiegten Ritter die Taten ihrer Überwinder, während diese sich selbst schmälernd den Kopf senkten und die Komplimente für ihre Größe mit kleinen, bescheidenen Handbewegungen abwehrten. Und da bei einer öffentlichen Beichte Sünden über Gebühr vergrößert, kleine Verfehlungen größer oder überhaupt erst geboren werden, konnte es geschehen, daß jene Ritter, die erst unlängst um Gnade gebeten hatten, die Taten der Tapferen und Großmütigen über alle vernünftige Dankbarkeit für die Schonung ihres Lebens hinaus erhöhten. Auch erhofften sie dadurch selbst ein Weniges an Ansehen zu gewinnen.

Mit rühmenden Worten sprachen viele von Lancelot, der mit gesenktem Kopf auf seinem mit goldenen Lettern beschrifteten Stuhl an der Runden Tafel saß. Manche erzählten, er habe genickt und sei vielleicht eingeschlummert, denn die Schilderung seiner Ruhmestaten war lang, und die monotone Aufzählung seiner Siege nahm viele Stunden in Anspruch. Lancelots makelloser Ruhm war so groß geworden, daß Männer es sich zur Ehre anrechneten, von ihm aus dem Sattel geworfen zu werden. Und da er so oft gesiegt hatte, ist es möglich, daß Ritter, die er nie zu Gesicht bekommen hatte, behaupteten, sie seien von ihm überwunden worden. Es bot ihnen die Chance, einen Augenblick lang die Aufmerksamkeit auf sich zu ziehen. Und während Lancelot vor sich hin döste und am liebsten woanders gewesen wäre, hörte er Lobpreisungen, in denen er sich nicht wiedererkannte, und so manche Heldentat, die vor Zeiten anderen Männern zugeschrieben worden war, holte man hervor, polierte sie auf und legte sie auf den Stapel seiner Glanzleistungen. Es gibt einen Ehrenplatz des Ansehens, der dem Neid unerreichbar ist und dessen Inhaber aufhört, ein Mensch zu sein. Er wird zum Gefäß aller Wunschträume der

Welt. Dieser Platz ist in der Regel Verstorbenen vorbehalten, von denen weder Vergeltung noch Lohn zu erwarten ist, doch zu dieser Zeit hatte ihn Sir Lancelot unangefochten inne. Und undeutlich vernahm er, wie seine Kraft – zu seinem Vorteil – mit der von Elefanten verglichen wurde, seine Wildheit mit der von Löwen, seine Schlauheit mit der von Füchsen, seine Beweglichkeit mit der Flinkheit des Wildes, seine Schönheit mit der der Sterne, sein gerechtes Denken mit der Gerechtigkeit Solons, seine strenge Redlichkeit mit der des hl. Michael, seine Demut mit der neugeborener Lämmer; seine Sonderstellung als Krieger hätte den Erzengel Gabriel veranlassen können, das Haupt lauschend zu heben. Manchmal hörten die Gäste zu kauen auf, um besser zu hören, und ein Mann, der geräuschvoll seinen Honigwein verschüttete, zog mißbilligende Blicke auf sich.

Artus auf seiner Estrade saß ganz still da und spielte nicht mit seinem Brot herum, und neben ihm saß die liebliche Guinevere regungslos, wie eine bemalte Statue ihrer selbst. Nur ihre Augen, die nach innen zu blicken schienen, gestanden ihre schweifenden Gedanken ein. Und Lancelot betrachtete seine Hände wie die aufgeschlagenen Seiten eines Buches – keine großen Hände, sondern zart an den Stellen, wo keine Schwielen und Narben von alten Wunden waren. Sie waren zartgliedrig, weich und ganz weiß die Haut, geschützt vom geschmeidigen Lederfutter seiner Panzerhandschuhe.

In der großen Halle war es jedoch nicht überall ruhig, nicht alle lauschten regungslos. Überall war Bewegung: Leute kamen und gingen, manche trugen lange Bretter mit Bratenstücken und Körbe voll runder Brote, flach wie Teller, herbei. Andere waren rastlos, konnten nicht stillsitzen, während jedermann, beschwert von halb gekautem Fleisch und den Bächen und Fluten von Honigwein und Bier, wiederholt genötigt war, den Raum zu verlassen.

Lancelot beendete das Studium seiner Hände, schaute blinzelnd durch die lange Halle und beobachtete das Treiben mit fast geschlossenen Lidern, so daß er keine Gesichter erkennen konnte. Aber er erkannte alle an Haltung und Gang. Die Ritter in ihren langen, üppigen Gewändern, die den Boden streiften, gingen leichtfüßig dahin oder hatten das Gefühl, mit den Füßen kaum den Boden zu berühren, weil ihre Körper von den

beschwerlichen eisernen Gehäusen befreit waren. Ihre Füße
waren lang und schmal, da sie sie, als Reiter, nie breit und flach
getreten hatten. Die Damen in ihren reichen Röcken bewegten
sich leicht und fließend wie Wasser, doch dies war angelernt
und Absicht, war ihnen als kleinen Mädchen mit Hilfe von Peit-
schenschlägen auf die bloßen Fußknöchel beigebracht worden.
Ihre Schultern wurden von nägelbesetzten Miedern nach hinten gedrückt, die Köpfe von Kragen aus Weidengeflecht oder,
für die Vergeßlichen, durch Stützen aus bemaltem Draht hoch-
gehalten; denn die stolze Kopfhaltung auf einem Schwanenhals
zu erlernen, sich die fließenden Bewegungen von Wasser anzueignen, ist nicht einfach für ein Mädchen auf dem Weg zur
Edelfrau. Und die Ritter wie die Damen stimmten gleichermaßen ihre Bewegungen darauf ab, wie sie gekleidet waren; der
Fall eines langen Kleides bestimmte die Art und den Rhythmus, in dem man sich bewegte. Es lohnte nicht, sich einen Leibeigenen oder einen Sklaven näher anzusehen – die Schultern
breit und vom Lastenschleppen herabgedrückt, die Beine kurz,
dick und krumm, die Füße breit und platt, der ganze Körperbau
langsam dem Druck erliegend. In der großen Halle schleppten
sich die Leute, die aufwarteten, mit der Schwerfälligkeit von
Ochsen dahin, und wenn sie ihre Bürden los waren, wieselten
sie verkrümmt und unruhig davon.

Eine Pause in den Lobgesängen auf seine Tugenden und
Meriten ließ Lancelot aufmerksam werden. Ein Ritter hatte
seine Erzählungen beendet, und nun erhob sich zwischen den
Bänken Sir Kay. Lancelot hörte Kays Stimme schon, ehe dieser
zu sprechen begann und Taten aufzählte wie Blätter und Säcke
und Fässer. Bevor sein Freund die Mitte der Halle erreicht
hatte, rappelte Sir Lancelot sich hoch und trat an die Estrade.
»Mein Herr König«, sagte er, »vergebt, wenn ich um die
Erlaubnis bitte, mich entfernen zu dürfen. Eine alte Wunde ist
aufgebrochen.«

Artus lächelte zu ihm hinab. »Ich habe die gleiche alte
Wunde«, sagte er. »Wir wollen zusammen gehen. Vielleicht
kommt Ihr ins Turmzimmer, sobald wir unsere Wunden ver-
sorgt haben.« Und er machte den Trompetern ein Zeichen, das
Fest zu beenden, und bedeutete seinen Leibwächtern, die
Halle zu räumen.

Die Steintreppe, die zum Zimmer des Königs hinaufführte, war umgeben von den dicken Mauern des runden Bergfrieds. In kurzen Abständen zeigten lange, nach oben verjüngte Schießscharten in tiefen Mauernischen einen Ausschnitt der Stadt unterhalb des Turms.

Die Treppe wurde nicht von Bewaffneten bewacht. Sie standen unten und hatten Lancelot eingelassen. Das Zimmer des Königs war rund und bildete gewissermaßen eine Scheibe des Turms. Es hatte keine Lichtöffnungen außer den Schießscharten, und man betrat es durch eine niedrige, in eine Wölbung eingelassene Tür. Der Raum war karg möbliert und mit Binsenmatten ausgelegt. Ein breites Bett und zu seinen Füßen eine geschnitzte Eichentruhe, vor dem Kamin eine Ruhebank und mehrere Hocker machten die ganze Einrichtung aus. Doch der rohe Stein des Turms war verputzt und mit feierlichen Figuren von Männern und Engeln bemalt, die Hand in Hand wandelten. Die einzigen Lichtquellen bildeten zwei Kerzen und das qualmende Feuer.

Als Lancelot eintrat, erhob sich die Königin von der Bank vor dem Kamin und sagte: »Ich werde mich zurückziehen, meine Herren.«

»Nein, bleibt doch«, sagte Artus.

»Ja, bleibt«, sagte Lancelot.

Der König lag behaglich ausgestreckt auf dem Bett. Aus seinem langen, safrangelben Gewand ragten die bloßen Füße. Die Zehen, nach unten gebogen, liebkosten einander.

Die Königin war im Schein des Feuers lieblich anzusehen, ganz schlank in ihrem fließenden, grünen, golddurchwirkten Seidengewand. In ihren Mundwinkeln stand ein schwaches Lächeln, wie immer, wenn sie insgeheim belustigt war. Ihre kühnen, goldenen Augen hatten den gleichen Farbton wie das Haar, und merkwürdigerweise waren die Wimpern und die schmalen Brauen dunkel – zustande gebracht mit Hilfe von Schwärzepulver aus einem kleinen emaillierten Topf, von einem weitgereisten Ritter aus einem fernen Land mitgebracht.

»Und wie steht Ihr das alles durch?« fragte Artus.

»Nicht gut, Herr, es ist anstrengender als die Ausfahrt selbst.«

»Habt Ihr die Taten, die man Euch zuschrieb, wirklich alle verrichtet?«

Lancelot lachte in sich hinein. »Um die Wahrheit zu sagen, ich weiß es nicht. Es hört sich anders an, wenn sie davon erzählen. Und die meisten fühlen sich bemüßigt, ein bißchen auszuschmücken. Wenn ich nach meiner Erinnerung anderthalb Meter weit gesprungen bin, machen sie sechzehn daraus, und an verschiedene dieser Riesen kann ich mich, offen gesagt, überhaupt nicht erinnern.«

Die Königin machte ihm Platz auf der Kaminbank, und er setzte sich, mit dem Rücken zum Feuer.

Guinevere sagte: »Dieses Fräulein . . . wie war gleich wieder der Name? . . . sprach von schönen Königinnen, die Zauberinnen gewesen seien, aber sie war so aufgeregt, daß ihre Worte übereinanderpurzelten. Ich konnte mir keinen Reim darauf machen, was eigentlich geschehen ist.«

Lancelot blickte nervös zur Seite. »Ihr wißt ja, wie leicht erregbar junge Mädchen sind«, sagte er. »Ein bißchen hinterwäldlerisches Gezauber auf einer Wiese.«

»Aber sie sprach doch von Königinnen.«

»Madame, ich glaube, sie sieht in jeder Frau eine Königin. Es ist wie mit den Riesen – es schmückt die Geschichte aus.«

»Dann waren es also keine Königinnen?«

»Seht, wenn man sich auf das Gebiet der Zauberei begibt, stellt man fest, daß jede Frau eine Königin ist oder sich dafür hält. Wenn das kleine Fräulein das nächste Mal berichtet, wird es selbst eine sein. Ich finde ja, Sire, diese Geschichte nimmt überhand. Es ist ein ungutes Zeichen, zeugt von einer gewissen Unzufriedenheit, wenn Leute sich der Wahrsagerei und allen möglichen ähnlichen Dingen ergeben. Vielleicht sollte ein Gesetz dagegen erlassen werden.«

»Es gibt eines«, sagte Artus. »Aber es befindet sich nicht in weltlichen Händen. Die Kirche hat das Amt, es anzuwenden.«

»Ja, aber sogar manche der Nonnenklöster betreiben Zauberei.«

»Nun, ich werde mit dem Erzbischof ein Wörtchen sprechen.«

Die Königin sagte: »Wie ich höre, habt Ihr dutzendweise Fräulein errettet.« Sie legte ihre Finger auf seinen Arm. Durch seinen Körper ging ein Lodern, und sein Mund öffnete sich vor Verblüffung über einen dumpfen Schmerz, der nach oben gegen seine Rippen drückte und ihm den Atem benahm.

Einen Augenblick später sagte sie: »Wie viele Fräulein habt Ihr gerettet?«

Lancelots Mund war trocken. »Natürlich ein paar, Madame. Das geschieht ja jedesmal.«

»Und alle haben sich Euch hingegeben?«

»Nein, das taten sie nicht, Madame. Davor beschirmt Ihr mich.«

»Ich?«

»Ja, Ihr. Da ich mit Erlaubnis meines Gebieters geschworen habe, Euch zeit meines Lebens zu dienen und Euch meine ritterliche Minne zu weihen, bin ich durch Euren Namen gegen Fräulein gefeit.«

»Und ist es Euer Wunsch, gegen sie gefeit zu sein?«

»Ja, Madame. Ich bin ein Mann des Schwertes. Ich habe weder Zeit noch Neigung für irgendeine andere Art von Liebe. Ich hoffe, Ihr hört das mit Wohlgefallen, Madame. Ich habe Euch viele Gefangene zugesandt, damit sie Euch um Gnade bitten.«

»Ich habe noch nie so viele auf einmal erlebt«, sagte Artus. »Ihr müßt manche Grafschaft leergefegt haben.«

Guinevere berührte Lancelot wieder am Arm und bemerkte mit einem Seitenblick ihrer goldenen Augen das Zucken, das ihn durchfuhr. »Weil wir gerade bei diesem Thema sind, möchte ich eine Dame erwähnen, die Ihr nicht gerettet habt. Sie war in keiner guten Verfassung, als ich sie sah, ein Leichnam ohne Kopf, und der Mann, der sie brachte, hatte zur Hälfte den Verstand verloren.«

»Ich schäme mich dessen«, sagte Lancelot. »Sie stand unter meinem Schutze, aber ich konnte sie nicht schützen. Wohl aus Beschämung darüber habe ich den Mann gezwungen, sie hierherzubringen. Es tut mir leid. Ihr habt ihn hoffentlich von der Bürde befreit.«

»Keineswegs«, sagte sie. »Ich wollte ihn fort haben, ehe das Fest von dem Gestank verpestet wird. Ich habe ihn samt seiner Last zum Papst geschickt. Der Zustand seiner Freundin wird sich unterwegs nicht verbessern. Und wenn seine Zuneigung für Damen weiter abnimmt, wird er sich vielleicht in einen heiligen Mann verwandeln, einen Eremiten oder so etwas Ähnliches, falls er nicht überhaupt ein Irrer ist.«

Der König stützte sich auf einen Ellenbogen. »Wir müssen

uns irgendein System ausdenken«, sagte er. »Die Regeln für die fahrenden Ritter sind zu locker gefaßt, und die Ausfahrten kommen einander in die Quere. Außerdem frage ich mich, wie lange wir die Wahrung des Rechts in den Händen von Männern lassen können, die selbst in sich nicht gefestigt sind. Ich meine nicht Euch, mein Freund. Doch es mag eine Zeit kommen, in der es an der Krone ist, dem Land Ordnung und System zu geben.«

Die Königin erhob sich. »Meine Herren, erlaubt ihr, daß ich euch jetzt verlasse? Ich weiß, ihr möchtet über bedeutende Dinge sprechen, die für die Ohren einer Dame fremd und vielleicht ermüdend sind.«

Der König sagte: »Gewiß, meine Liebe. Begebt Euch zur Ruhe.«

»Nein, Sire, nicht zur Ruhe. Wenn ich nicht die Vorlagen für die Stickereien mache, haben meine Damen morgen nichts zu tun.«

»Aber in diesen Tagen wird doch gefeiert, meine Teure.«

»Ich gebe ihnen gern jeden Tag etwas zu tun, Herr. Sie sind faule Geschöpfe und manche von ihnen ganz wirr im Kopf, so daß sie von einem Tag auf den nächsten vergessen, wie man einen Faden in die Nadel einfädelt. Entschuldigt mich also, meine Herren.«

Sie rauschte mit stolzen, gebieterischen Schritten hinaus, und die kleine Brise, die sie in der unbewegten Luft erzeugte, trug einen seltsamen Duft zu Lancelot, der ihm erregende Schauer durch den Körper trieb. Es war ein Duft, den er nicht kannte, nicht kennen konnte, denn es war Guineveres Geruch, destilliert von ihrer eigenen Haut. Und als sie durch die Tür schritt und die Treppe hinabzugehen begann, sah er sich aufspringen und ihr folgen, obwohl er sich nicht von der Stelle regte. Und als sie sich entfernt hatte, war der Raum öde, hatte seinen Glanz verloren, und Sir Lancelot war todmüde, vor Mattigkeit den Tränen nahe.

»Was für eine Königin sie ist«, sagte Artus leise. »*Und* was für eine Frau! Merlin war bei mir, als ich sie wählte. Er wollte mich mit einer seiner üblichen schwarzen Prophezeiungen davon abbringen – eines der wenigen Male, bei denen ich mit ihm uneins war. Ja, meine Wahl hat bewiesen, daß er sich irren konnte. Sie hat der Welt vorgeführt, wie eine Königin sein soll.

Alle anderen Frauen verlieren ihren Glanz, wenn sie anwesend ist.«

Lancelot sagte: »Ja, Sire«, und aus einem ihm unbekannten Grund – außer vielleicht, weil das Fest so maßlos langweilig gewesen war – fühlte er sich verloren und spürte, wie sich ein kaltes Messer der Einsamkeit gegen sein Herz preßte.

Der König lachte stillvergnügt. »Es ist nur vorgeschoben, wenn Damen sagen, ihre Herren hätten bedeutende Dinge zu besprechen – während wir sie nur langweilen, würden sie die Wahrheit sagen. Und diese Wahrheit bleibt hoffentlich unausgesprochen. Aber Ihr seht recht mitgenommen aus, mein Freund. Habt Ihr Fieber? Habt Ihr das gemeint, als Ihr von einer alten Wunde spracht, die aufgebrochen sei?«

»Nein, Sire. Die Wunde war das, was Ihr vermutetet. Es ist wahr, ich kann kämpfen, durchs Land reiten, von Beeren leben, wieder kämpfen, ohne Schlaf auskommen und trotzdem frisch und bei Kräften bleiben, doch das Stillsitzen am Pfingstfest hat mich todmüde gemacht.«

Artus sagte: »Ich sehe es Euch an. Wir wollen ein andermal über den Zustand des Reiches sprechen. Geht jetzt zu Bett. Habt Ihr wieder Eure alte Unterkunft?«

»Nein, eine bessere. Sir Kay hat fünf Ritter aus den schönen Prachtzimmern über dem Nordtor ausquartiert. Er tat es zum Andenken an ein Abenteuer, das wir uns, Gott steh uns bei, morgen werden anhören müssen. Ich empfehle mich, Herr.«

Damit kniete Lancelot nieder, nahm die geliebte Hand des Königs in seine eigenen beiden Hände und küßte sie. »Gute Nacht, mein Lehnsherr, mein königlicher Freund«, sagte er. Dann stolperte er blind vor Müdigkeit aus dem Raum und tastete sich die Stufen der Wendeltreppe hinab, vorüber an den Schießscharten.

Als er den nächsten Treppenabsatz erreichte, trat Guinevere stumm aus einer Tür. Er konnte sie im schwachen Licht von der Schießscharte her erkennen. Sie nahm ihn am Arm, führte ihn in ihr dunkles Gemach und schloß die Eichenholztüre.

»Etwas Seltsames ist geschehen«, sagte sie leise. »Als ich Euch verließ, hatte ich das Gefühl, Ihr folgtet mir. Ich war mir dessen so gewiß, daß ich mich nicht einmal umsah, um mich zu vergewissern. Ihr wart hinter mir. Und als ich zu meiner Tür kam, sagte ich Euch gute Nacht, so überzeugt war ich von Eurer Gegenwart.«

Er sah ihre Silhouette in der Dunkelheit und roch den Duft, der ihr eigener war. »Madame«, sagte er, »als Ihr aus dem Zimmer gingt, sah ich mich Euch nachgehen, als sähe ich dem wie ein anderer Mensch zu.«

Ihre Leiber umschlangen einander, als wäre eine Falle zugeschnappt. Mund fand zu Mund in verzehrendem Kuß. Beider Herzschlag pochte in wilder Verzweiflung an die Rippenmauer, um sich mit dem andern zu vereinen, bis ihr angehaltener Atem hervorbrach, und Lancelot, von Schwindel erfaßt, fand die Tür und taumelte die Treppe hinab. Und er weinte bitterlich.

So hatte zu jener Zeit Sir Lancelot
den größten Namen von allen Rittern der Welt
und ward von hoch und niedrig am meisten geehrt.

EXPLICIT DIE RUHMVOLLE GESCHICHTE VON
SIR LANCELOT DU LAC

anhang

John Steinbeck schrieb *The Acts of King Arthur and His Noble Knights* nach Malorys Erzählungen in der Version des Winchester-Manuskripts. Sein Werk geht über eine Redaktion weit hinaus, da John die ursprünglichen Erzählungen erweiterte. Es wurde 1958/59 in der englischen Grafschaft Somerset geschrieben und blieb unvollendet. John hat es weder korrigiert noch redigiert.

Die folgenden Auszüge aus seinen Briefen zeigen, daß er zwei Entwürfe von Teilen des Buchs schrieb. Diese Briefe waren an Elizabeth Otis, seine literarische Agentin von 1931 bis zu seinem Tod, 1968, und an mich gerichtet (ERO bezieht sich auf Elizabeth Otis, CHASE auf mich). Sie schildern einige seiner Gedanken, zeigen, wie er arbeitete, und geben manche seiner Ideen über die Schriftstellerei wieder. John schloß *King Arthur* nicht ab und äußerte sich auch nicht darüber, warum oder inwiefern er sich blockiert fühlte, falls er es überhaupt war, als er die Arbeit daran einstellte.

Was klar zutage tritt, ist sein großes und echtes Interesse an diesem Thema. In den folgenden Briefen schildert ein Romancier seine Hoffnungen, einige seiner Pläne und wie er diese Phase seines schriftstellerischen Schaffens durchschritt.

CHASE HORTON

AN ERO – NEW YORK, 11. NOVEMBER 1956

Ich werde mich unverzüglich an den *Morte* machen. Behalten wir die Sache für uns, bis ich sie hinter mir habe. Es [das Buch] hat noch immer ganz den alten Zauber.

AN ERO – NEW YORK, 19. NOVEMBER 1956

Ich habe in den letzten Tagen in den Malory reingeschnuppert. Und mit Entzücken. Solange ich nicht weiß, was in der Welt vor sich geht, würde ich mich gerne daran versuchen. Versuchen werde ich es auf jeden Fall.

Nun zur Arbeitsweise. In diesem Punkt bin ich etwas unschlüssig. Schon als ich das Buch zum erstenmal las, ungefähr in Louis' Alter, muß ich in Wörter verliebt gewesen sein, weil mich die alten und obsolet gewordenen Ausdrücke entzückten. Ich frage mich aber, ob sie für Kinder von heute auch so reizvoll wären. Sie sind ja mehr durch Bilder als durch Töne geschult. Ich habe vor, einen Probelauf zu machen – nicht alle alten Formen herausnehmen, nicht die gesamte Satzstruktur Malorys beseitigen, aber gängige, einfache Wörter einfügen und Sätze umdrehen, deren Sinn noch immer unklar ist.

Verschiedene Dinge werde ich *nicht* tun. Ich werde den Text nicht entschärfen. Pendragon *hat* Cornwalls Weib genommen, so war es nun einmal. Ich glaube, daß Kinder solche Dinge nicht nur verstehen, sondern sie auch akzeptieren, solange sie nicht durch eine Moralisiererei verwirrt werden, die die Wirklichkeit durch Verschweigen zu eliminieren versucht. Diese Männer hatten *Frauen,* und dabei wird es bei mir bleiben. Außerdem habe ich vor, die Kapitelüberschriften beizubehalten und dabei die Malory-Caxton-Sprache unangetastet zu lassen. Ich glaube, das ist eine hübsche Idee.

Sobald ich ein Stück davon fertig habe, werde ich in einem einleitenden Essay mein persönliches Interesse an dem Zyklus darlegen, wann es sich zum erstenmal zeigte und wohin es führte – in die Philologie hinein und auf der anderen Seite wieder hinaus. In diesem Essay werde ich auch aufzuschreiben versuchen, wie sich nach meiner Meinung dieses Buch auf unsere Sprache, unser Denken, unsere moralischen Einstellungen und unsere Ethik ausgewirkt hat.

Ich habe das Gefühl, daß diese Arbeit sehr rasch vorangehen

wird – wenn nicht zu viele Unterbrechungen eintreten. Ich denke aber auch, daß ich in diesem Fall Unterbrechungen verkraften kann. Ich stelle fest, daß ich es [das Buch] nach all diesen Jahren noch sehr gut kenne.

Noch etwas anderes möchte ich nicht tun. Es gibt in diesem Buch zahlreiche Stellen, die unklar sind, wie Dichtung das eben an sich hat. Sie sind nicht wortwörtlich zu nehmen. Ich beabsichtige nicht, sie wortwörtlich-verständlich zu machen. Nur zu gut erinnere ich mich, welches Entzücken es mir selbst bereitet hat, Mutmaßungen anzustellen.

Nun zum Titel . . . ich weiß nicht, was auf Caxtons Einband stand, aber auf seiner Titelseite hieß es:

The Birth, Life and Acts of King Arthur, of his Noble Knights of the Round Table, their marvelous enquests and adventures, the achieving of the San Greal and in the end Le Morte Darthur with the Dolorous Death and Departing out of this World of them All.

Vielleicht werde ich mich dafür entscheiden, ein Stück vom Anfang zu nehmen und das Buch *The Acts of King Arthur* zu nennen. Natürlich würde ich den Grund dafür in der Einleitung erklären – und dabei Caxtons Titelseite zitieren. Aber das Buch besteht viel mehr aus Taten als aus Tod.

Jedenfalls . . . über all das läßt sich diskutieren. Die Hauptsache ist, daß ich mir klarwerde, ob ich dazu überhaupt imstande bin oder nicht. Und der beste Weg, dies festzustellen, besteht darin, sich an die Arbeit zu machen.

Haben Sie eine Caxton-Ausgabe? Ich hätte gern, daß Sie meine Fassung beim Lesen damit vergleichen, so daß Sie mir Ratschläge erteilen können.

Als nächstes: Was würden Sie davon halten, wenn wir Chase zu einer Art Chef vom Dienst machten? Sein Wissen und sein Interesse sind anscheinend sehr groß, und er könnte mir nützlich sein, wenn ich mich festfahre. Es wäre gut, jemanden zu haben, mit dem man sich besprechen kann. Und er könnte eine Einleitung bekommen, die meinem Essay vorausginge. Lassen Sie mich bitte wissen, was Sie dazu meinen.

AN ERO – NEW YORK, 3. DEZEMBER 1956

Mit der Arbeit an den Arthur-Erzählungen geht es gut und

fröhlich voran. Dieser Brief ist als ein Fortgangsbericht und eine Werbeschrift gedacht. Was das Arthur-Buch betrifft, stelle ich fest, daß ich dafür bestens vorbereitet bin. Ich habe etwas Angelsächsisch gelernt und natürlich, wie jedermann, eine Menge aus dem Alt- und Mittelenglischen gelesen. Warum ich »wie jedermann« schreibe, weiß ich nicht, denn ich stelle fest, daß das nur sehr wenige Leute getan haben.

Das Winchester-Manuskript enthält jedoch eine große Zahl Wörter, deren allgemeine Bedeutung ich zwar erfasse, die aber auch Spezialbedeutungen haben können. Es ist schwierig, für die älteren Sprachen Lexika aufzutreiben. Ich habe jedoch die Leute von der Bibliothek und Fannie darangesetzt und hoffe, noch diese Woche einiges brauchbare Material zu bekommen.

Meine Begeisterung für diese Arbeit wächst. Ich vergleiche immer wieder Caxton mit dem Winchester-Manuskript und sehe dabei, daß Caxton sich sehr stark davon unterscheidet. Er hat nicht nur redigiert, sondern auch in vielen Fällen den Text anders angeordnet. Obwohl er seine Ausgabe nur wenige Jahre nach Malorys Tod herausbrachte, unterscheidet sich seine Sprache stark von der des Winchester-Manuskripts. Ich neige zu der Annahme, daß es dafür zwei Gründe gibt. Zum einen war Caxton als Drucker und Redakteur ein Stadtmensch, Malory hingegen ganz und gar ein Mann des Landes – und auch geraume Zeit hinter Gittern. Außerdem ist das Winchester-Manuskript die Arbeit kopierender Mönche und steht vermutlich Malory viel näher. Ich stelle fest, daß ich das Winchester-Manuskript mehr heranziehe als Caxton. Wenn überhaupt jemand redigiert, dann besorge ich das schon lieber selbst. Dazu kommt noch, daß das Winchester hübsche Nuancen enthält, die Caxton gestrichen hat.

Wir werden uns schon recht bald – genauer gesagt, sobald ich den Merlin-Teil fertig habe – zusammensetzen und über die Arbeitsweise sprechen, nach der ich vorgehe, und zu einer Entscheidung gelangen.

AN ERO – NEW YORK, 2. JANUAR 1957
Ihr Brief traf heute nachmittag ein, und herzlichen Dank für Ihre Ermahnung, das Tempo zu drosseln. Ich weiß nicht, woher ich dieses Wettrennen mit der Zeit habe – es kommt vermutlich

auch von der fixen Idee, ich könnte verhungern oder pleite gehen. Ich weiß schon seit einiger Zeit, daß sich diese Arbeit nicht übers Knie brechen läßt. Sie verlangt viel Lesen, aber auch eine Menge Nachdenken, und ich bin kein Schnelldenker. Arthur ist keine dramatische Figur. Sie haben recht. Und hier ist vielleicht der Hinweis angebracht, daß das auch für Jesus oder Buddha gilt. Vielleicht können die großen symbolischen Gestalten keine dramatischen Personen sein, denn wenn sie es wären, würden wir uns nicht mit ihnen identifizieren. Darüber nachzudenken, lohnt sich ohne Zweifel. Was Arthurs Fähigkeiten als Kämpfer oder als Herrscher betrifft, ist es durchaus denkbar, daß Malory diese Dinge nicht notwendig fand. Das Blut, das war ihm wichtig, und als nächstes die Salbung. Angesichts von Blut und Salbung war Tüchtigkeit nicht notwendig, während Tüchtigkeit ohne beides wenig oder gar keine Chance hatte, etwas zu bewirken. Sie werden auch feststellen, daß hier kein sittliches Gesetz waltet. Als Mann war König Arthur ein Mörder, als König jedoch konnte er es nicht sein. Dies ist ein Denken, das wir nur schwer nachvollziehen können, gleichwohl aber war es real.

Ich habe vor, nächste Woche in die Stadt zu kommen. Ich möchte in die Morgan Library gehen und mit den Leuten dort sprechen. Und außerdem ist es an der Zeit, einmal Luft zu schnappen.

AN ERO – NEW YORK, 3. JANUAR 1957
Nur Lesen und Lesen und nichts als Lesen, und es kommt mir vor, als hörte ich Musik, an die ich mich erinnere.

Bemerkenswerte Dinge in den Büchern. Kleine bedeutungsvolle Splitter, die einen Augenblick herausgucken, und ein paar Philologen, die Beobachtungen machen und sich dann beinahe angstvoll zurückziehen oder das Gesagte einschränken. Wenn ich mit dieser Arbeit fertig bin – falls ich das jemals schaffen sollte –, würde ich gerne ein paar Bemerkungen über die Arthur-Legende niederschreiben. Irgendwo fehlt in dem Puzzle ein Stück, und gerade dieses Stück hält die ganze Sache zusammen. So viele Gelehrte haben enorm viel Zeit dem Versuch gewidmet herauszufinden, ob es Arthur überhaupt gegeben hat, und dabei die schlichte Wahrheit aus den Augen verloren, daß er immer wieder aufs neue existiert. Collingwood stellt fest, es habe einen Ursus oder Bären gegeben, auf keltisch Artur, den Nennius, wie Collingwood zitiert, mit Ursus horribilis übersetzt habe. Doch der Ursus horribilis ist der Grizzlybär, und der wurde meines Wissens noch nie außerhalb von Nordamerika angetroffen. Sie sehen also, in was man hineingerät. Ich kann mir gut vorstellen, daß jemand, wenn er nur wollte, darin versinken und viele glückliche Jahre damit zubringen könnte, sich mit anderen Spezialisten über das Wort Bär und seine keltische Form Artur herumzuschlagen.

Zwölf war die übliche Zahl für die Gefolgschaft eines Mannes oder die Anhänger eines Prinzips. Der Symbolik war nicht auszuweichen. Und ob der Gral der Kelch von Golgatha oder der gälische Kessel war, den später Shakespeare verwendete, ist ohne den geringsten Belang, denn das Prinzip, auf dem beides gründete, war das ewigwährende oder vielmehr das immer wieder erneuerte Leben. Alle solchen Dinge finden unvermeidlich ihren richtigen Platz, aber was mich interessiert, ist das Verbindende – die sich durchziehende Linie mit dem fehlenden Stück in der Mitte.

Schön zu beobachten ist auch, wie Malory beim Schreiben das Schreiben lernt. Die wuchernden Sätze, die unklar gezeichneten Figuren, die wirren Begebenheiten in den frühen Abschnitten, das alles gibt sich, während er weiterschreibt, so daß seine Sätze freier strömen, sein Dialog einen überzeugenden Biß bekommt und seine handelnden Personen mehr menschlich und weniger symbolisch werden, obwohl er sich sehr müht, das Symbolische zu erhalten. Und dies hat, davon bin ich überzeugt, seinen Grund darin, daß er beim Schreiben das Schreiben lernte. Er brachte es darin zur Meisterschaft, und man kann zusehen, wie sich das abspielt. Und bei allem, was ich daran mache, werde ich nicht versuchen, daran etwas zu verändern. Ich werde mich an seine wachsende Perfektion halten, und wer weiß, vielleicht lerne ich dabei selbst. Es ist eine wunderbare Arbeit, wenn ich nur die Unrast loswerden könnte, die mich antreibt, ein Gefühl, daß schon seit langem immer stärker wird. Das ist der eigentliche Fluch, und warum und für wen? Vielleicht habe ich zu viele Bücher geschrieben und hätte besser nur ein einziges schreiben sollen. Aber Malory hatte mir *einen* großen Vorteil voraus: er war ja so oft im Gefängnis, und dort hat ihn nichts zur Eile angetrieben, außer dann, wenn ihn hin und wieder der Wunsch packte auszubrechen.

AN CHASE – SAG HARBOR, 9. JANUAR 1957
Ich lese immerzu und in einem fort, und ich bin so langsam. Ich bewege buchstäblich die Lippen dabei. Elaine schafft es, vier Bücher zu lesen, während ich mich durch ein einziges murmle. Aber daran wird sich wohl nichts mehr ändern. Jedenfalls, ich habe viel Freude daran, und es gibt keine Unterbrechungen.
    Fahre nächsten Montag nach New York hinein. Nächste Woche werde ich mich mit Adams von der P. M. Library zum Lunch treffen. Ich habe den Donnerstag vorgeschlagen, falls er da frei ist, und sonst den Mittwoch oder Freitag. Er will Dr. Buhler mitbringen, dessen Namen Sie von seinen Arbeiten über das Mittelalter und die Renaissance kennen werden. Adams sagt von Buhler: »Er hat etwas von der prallen Lebenslust seines Themas.« Jedenfalls, sie sind in jeder Hinsicht sehr hilfsbereit. Hoffentlich sind Sie auch zum Lunch frei. Ich habe die Colony Bar vorgeschlagen, nächsten Donnerstag 12.30 Uhr, den 17., glaube ich. Sollten Sie an diesem Tag keine Zeit haben, gebe ich Ihnen telephonisch Bescheid, aber ich würde es sehr schön finden, wenn Sie dabeisein könnten.
    Mir kommen viele Ahnungen, aber ich werde sie in diesem Zustand belassen. Nichts ist so gefährlich wie das Theoretisieren halbseriöser oder halbinformierter Philologen. Ich bin mir ziemlich sicher, daß auch für Malory sehr vieles nur Ahnungen waren. Kann gar nicht ausdrücken, wie dankbar ich Ihnen dafür bin, daß Sie die Bücher geschickt haben, aber es wird mich viel Zeit kosten, den Rückstand aufzuholen. Ich rufe Sie an, sobald ich in der Stadt bin.

AN CHASE – NEW YORK, 18. FEBRUAR 1957
Die Vorstellung, daß Sie mir Dank schulden, ist lächerlich. Es wäre schwer, Sie für die Unmenge an Arbeit und Gedanken zu entschädigen, die Sie in diese Sache investieren. Und in der Zukunft dräut noch mehr Arbeit. Gottlob ist es eine Arbeit, die wir beide gern tun ...
    Soweit es mir gelingt – es gelingt nicht sehr weit –, versuche

ich im Augenblick, alles andere von mir fernzuhalten, bis ich das Grundgerüst gezimmert habe und sehe, was ich brauchen kann.

AN CHASE – NEW YORK, 14. MÄRZ 1957

Unser Malory hat es mit den Wörtern ziemlich genau genommen. Er spricht nie von »Frensshe [französischen] Büchern« – sondern nur von einem »Frensshe *book*«. Anders ausgedrückt, er brauchte keine Bibliothek, und es spricht auch kaum etwas dafür, daß er eine benutzt hätte. Nicht ein einziges Mal ist bei ihm von der englischen Stabreimdichtung oder von Geoffrey of Monmouth die Rede. Er war kein Mann aus der Gelehrtenwelt. Er war ein Romanschreiber. Genauso wie Shakespeare ein Dramatiker war. Wir wissen, woher Shakespeare seine Vorlagen aus der englischen Geschichte bezogen haben muß, da die Parallelen zu augenfällig sind, aber woher hatte er sein Verona, sein Venedig, sein Padua, sein Rom, sein Athen? Aus irgendeinem Grund ist es Mode anzunehmen, daß diese großen Männer, Malory und Shakespeare, nicht lasen und nicht zuhörten. Sie sollen alles per Osmose aufgenommen haben. Ich habe die Sammlung Mabinogion vor dreißig Jahren gelesen, und trotzdem bringe ich in *Sweet Thursday* die Geschichte von dem armen Ritter, der sich eine Frau aus Blumen machte. Und irgendwo anders habe ich noch einmal die Geschichte von dem Mann erzählt, der eine Maus wegen Diebstahls aufknüpfte. Und mein Gedächtnis kann sich mit dem Erinnerungsvermögen Malorys oder Shakespeares nicht messen.

Ich möchte mich auch ein bißchen über den Ansatz einer Hypothese auslassen, daß der *Morte d'Arthur* gewissermaßen eine politische Protestschrift gewesen sein könnte.

Wenn Shakespeare den Thron schmähen wollte, griff er – er war ja nicht auf den Kopf gefallen – nicht den Thron der Tudor an, sondern die älteren Dynastien, auf die Elisabeth vielleicht ein bißchen neidisch war, weil sie von einem walisischen Emporkömmling abstammte. Ein Frontalangriff auf die Krone war eine Selbstmordgarantie, was man in Malorys so gut wie in Shakespeares Zeit wußte. Aber wie dachte man wohl, wenn man für Neville, den Herzog von Warwick, war –

und Eduard IV. saß auf dem Thron? Ein solcher König konnte gar nicht recht handeln.

Ich möchte Ihnen eine Geschichte erzählen. Als *The Grapes of Wrath [Die Früchte des Zorns]* explodierten, waren allerhand Leute ziemlich wütend auf mich. Der Undersheriff des Bezirks Santa Clara war ein guter Freund von mir und sagte folgendes: »Gehn Sie auf keinen Fall allein in irgendein Hotelzimmer. Sorgen Sie dafür, daß Sie für jede Minute ein Alibi haben. Und wenn Sie die Ranch verlassen, lassen Sie sich von ein oder zwei Freunden begleiten, vor allem aber: halten Sie sich nie allein in einem Hotel auf.« »Warum das?« fragte ich ihn. Er antwortete: »Vielleicht exponiere ich mich, aber die Typen wollen Sie in eine Falle, eine inszenierte Vergewaltigung, locken. Sie gehen allein in ein Hotel, und eine Frau kommt herein, reißt sich die Kleider vom Leib, zerkratzt sich das Gesicht und fängt an zu kreischen, und dann versuchen Sie mal, aus dem Schlamassel rauszukommen. Ihrem Buch werden sie nichts tun, weil es einfachere Methoden gibt.«

Es ist ein schreckliches Gefühl, Chase, vor allem, weil die Sache funktioniert. Niemand hätte mehr geglaubt, was in meinem Buch steht. Ich bin nirgends mehr allein hingegangen, bis sich der Lärm gelegt hat. Und das waren keine Hirngespinste.

Der ritterliche Gefangene [Malory] war unglücklich dran, doch nicht von Schuld geplagt. Und das macht einem alle diese Geschichten von Rittern verdächtig, die durch Zauberei in Gefangenschaft gerieten. Bis vor kurzem konnten wir einen Mann einfach dadurch zugrunde richten, daß wir ihn einen Kommunisten nannten, und selbst wenn die Beschuldigung von einem notorischen Lügner kam, konnte er gleichwohl ruiniert werden. Wie leicht muß das erst im 15. Jahrhundert gewesen sein.

Wir wissen, warum Cervantes im Gefängnis war. Kennen wir bei Malory wirklich den Grund?

Ich muß Ihnen sagen, Chase, ich habe noch nie mit jemandem zusammengearbeitet, mit dem es mir mehr Freude machte. Sie fangen auf die gleiche Art Feuer wie ich. Wenn wir unsere Arbeit gut machen, wird das bei der Philologenzunft einen kleinen Wirbel auslösen. Aber es macht wirklich Spaß, nicht? Und die Parallelen zu unserer eigenen Zeit drängen sich einem nur so auf.

AN CHASE – FLORENZ, 9. APRIL 1957

Ich werde gefragt, wann ich mit der *Morte*-Geschichte fertig sein werde, und ich antworte vorsichtig und sage, in zehn Jahren. Der Umfang der Arbeit gibt mir jedoch das Gefühl, daß dies eine unvorsichtige Schätzung sein könnte.

Ich glaube, ich habe Elizabeth geschrieben, daß Dr. Vinaver von der ihm zugeschickten Rohübersetzung des ersten Teils höchst angetan war und daß er jede ihm mögliche Unterstützung angeboten hat. Und dabei war das wirklich eine sehr rohe Übersetzung. Ich bin zu Besserem imstande.

AN ERO – FLORENZ, 19. APRIL 1957

Ich werde mich später zu einer Besprechung mit Professor Sapori treffen. Er ist *die* Autorität auf dem Gebiet der Wirtschaftsgeschichte des Mittelalters und ein faszinierender Mann. Ich werde auch Berenson sehen, sobald es ihm möglich ist. Er weiß, wo alles ist, und kennt sich in den kleinsten Dingen aus.

Sie sehen also, daß ich hier nicht untätig gewesen bin. Ich stehe staunend vor der enormen Mühe, die sich Chase gibt. Er leistet Phantastisches. Sagen Sie ihm bitte, wie sehr ich das zu würdigen weiß, und auch, daß ich ihm alles zuschicken werde, was ich hier aufstöbern kann. Wenn ihn die Schadensersatzklage interessieren sollte, ließen sich vielleicht in der Morgan Library ein paar Nachschlagewerke finden, aber ich werde schon bald alle hier und in Rom zu Rate gezogenen Quellen für die Bibliographie zusammengestellt haben, die ein imponierendes Bauwerk abgeben wird, wenn wir erst einmal durch sind. Ich bekomme immer mehr ein Gefühl für die damalige Zeit. Wenn er *The Merchant of Prato* von Iris Origo, im Verlag Jonathan Cape, 1957*, noch nicht gelesen hat, sagen Sie ihm bitte, es würde ihn sicher interessieren. Es sind sozusagen die toskanischen Paston Letters, zusammengestellt aus 150 000 Briefen eines Handelshauses in Prato, im 14. und frühen 15. Jahrhundert geschrieben, und eine hervorragende Arbeit. Ich besitze ein Exemplar davon und werde es ihm schicken, sollte er Schwierigkeiten haben, es aufzutreiben. Übrigens finde ich, es

---

* (dt.: »Im Namen Gottes und des Geschäfts«, Lebensbild eines toskanischen Kaufmanns der Frührenaissance – Francesco di Marco Datini, C. H. Beck, München 1985)

wäre ratsam, die von mir gesammelten Bücher nach Hause zu Chase zu senden, sobald ich mit ihnen fertig bin. Wir werden, sobald wir durch sind, eine ziemlich imposante Bibliographie beisammen haben, und ich könnte nicht glücklicher darüber sein.

AN ERO UND CHASE – ROM, 26. APRIL 1957

Ich hatte Briefe von der Amerikanischen Botschaft und von Graf Bernardo Rucelai aus Florenz, der ein alter Freund des Kustos ist. Infolgedessen wurde ich sehr gut aufgenommen. Das Archiv ist das Unglaublichste, was man je gesehen hat, meilenweit nichts als reine Information. Es fiel mir schwer, mich davon loszureißen. Ich suche nach bestimmten Dingen, die ich brauche, und die US Information Agency will mir jemanden zur Verfügung stellen, der nachsieht, ob das Material, das ich haben möchte, vorhanden ist. Übrigens, Chase, mit Florenz und jetzt Rom vergrößert sich die Bibliographie sprunghaft. Vielleicht finde ich ja nicht, was ich möchte, aber der Versuch kann nicht schaden, und offenbar hat bisher hier oder in Rom noch niemand gesucht.

Ich habe in der letzten Zeit alle gelehrten Arbeiten über den *Morte* und über die Gründe für die verschiedenen Einstellungen Malorys gelesen, und dabei trieb sich in meinem Kopf immerfort ein Gedanke herum, lästig und einfach nicht ganz zu erwischen; ich wußte, irgend etwas war an all den Untersuchungen verkehrt, konnte aber nicht genau sagen, was. Warum blieb Lancelots Suche erfolglos, und warum hatte Galahad Erfolg? Wie ist die Einstellung zur Sünde oder die Einstellung zu Guinevere? Wie steht es mit der Rettung vor dem Scheiterhaufen? Wie sieht die Beziehung zwischen Arthur und Lancelot aus? All das ist so oft hin und her gewendet worden, und bis heute scheint, wie in der Causa Alger Hiss, etwas zu fehlen. Dann wachte ich heute morgen gegen fünf Uhr auf, war sofort hellwach, aber mit dem Gefühl, irgendeine gewaltige Aufgabe sei geleistet. Ich stand auf, schaute hinaus, wo gerade die Sonne über den Dächern von Rom hochstieg, und versuchte zu rekonstruieren, was das für eine Aufgabe gewesen und wie sie, wenn überhaupt, gelöst worden war, und plötzlich kam alles zurück, ganz und in einem Stück. Und ich glaube, es beantwortet meine

359

nagenden Zweifel. Es kann keine Theorie sein, weil es sich nicht beweisen lassen wird. Es muß leider ganz und gar intuitiv bleiben, und deshalb wird die Wissenschaft es nie ernsthaft in Betracht ziehen.

Man hat sich mit Malory als Übersetzer beschäftigt, als Rebellen, mit seiner religiösen Einstellung, mit Malory als einem Experten in Courtoisie, in beinahe allen Eigenschaften, die einem nur einfallen, nur nicht mit dem, was er war – ein Schriftsteller. Der *Morte* ist der erste und einer der größten Romane in englischer Sprache. Ich werde versuchen, das so klar und einfach auszudrücken, wie ich es vermag. Und nur ein Schriftsteller konnte ihn erschaffen. Ein Romancier schreibt nicht nur eine Geschichte auf, sondern er geht selbst in diese Geschichte ein. Er erscheint, in einem stärkeren oder einem geringeren Maß, in jeder einzelnen seiner Figuren. Und weil er in der Regel ein Mann mit moralischer Intention ist und als ein ehrlicher Mann zu Werke geht, schreibt er die Dinge so wahrheitsgetreu auf, wie es ihm möglich ist. Grenzen ziehen ihm seine Erfahrungen, seine Art der Beobachtung, sein Wissen und seine Gefühle.

Man kann sagen, ein Roman, das ist der Mensch, der ihn schreibt. Nun trifft es beinahe immer zu, daß ein Romancier, wenn auch vielleicht unbewußt, sich mit einer Haupt- oder Zentralfigur in seinem Roman identifiziert. In diese Figur legt er nicht nur, was er zu sein glaubt, sondern auch, was er zu sein hofft. Wir können diesen Sprecher als Ich-Darsteller bezeichnen. Sie werden einen solchen in jedem meiner Bücher und in den Romanen aller Autoren finden, an die ich mich erinnern kann. Ganz klar und beinahe mit Händen zu greifen in Hemingways Romanen. Der Soldat, romantisch, immer in irgendeiner Weise verstümmelt – Hand, Hoden. Diese Versehrungen sind die Symbole seiner Begrenzungen. Ich nehme an, meine eigene Symbolfigur hat meinen Wunschtraum von Weisheit und Angenommensein. Bei Malory habe ich den Eindruck, daß sein Ich-Darsteller wohl Lancelot ist. Alles Vollkommene, das Malory kannte, ist in diese Figur eingegangen, alles, dessen er sich selbst für fähig hielt. Doch da er ein ehrlicher Mann war, fand er auch Fehler an sich, Eitelkeit, Gewalttätigkeit, sogar Illoyalität, und diese Fehler gingen dann natürlich auch in seine Traumfigur ein. Und vergessen Sie nicht, daß der Schriftsteller

Dinge und Begebenheiten so an- und umordnen kann, daß sie dem näherkommen, wie er sie in seinen Hoffnungen gerne gesehen hätte.

Und nun kommen wir zum Gral, zur Gralssuche. Ich glaube, es ist wahr, daß jeder Mann, ob Schriftsteller oder nicht, sobald er in die Jahre der Reife kommt, tief in seinem Innern spürt, er wird an der Gralssuche scheitern. Er kennt seine Mängel, seine Schwächen und ist sich seiner vergangenen Sünden bewußt, Sünden wie Grausamkeit, Rücksichtslosigkeit, Illoyalität, Ehebruch, und diese verhindern, daß er den Gral gewinnt. Und deshalb muß der Ich-Darsteller unter dem gleichen schrecklichen Gefühl des Versagens leiden wie sein Schöpfer. Lancelot konnte wegen Malorys eigener Schwächen und Sünden den Gral nicht erschauen. Er weiß, er hat sein Ziel nicht erreicht, und alle seine vortrefflichen Eigenschaften, sein Mut, seine Ritterlichkeit, können in seinen Augen seine Laster und Irrtümer, seine Torheiten nicht wettmachen.

Ich glaube, so ergeht es, von jeher, jedem Mann auf der Welt, aber festgehalten wird es im wesentlichen nur von den Schriftstellern. Doch für jeden Mann und für jeden Romancier bietet sich eine tröstliche Antwort an. Der Ich-Darsteller vermag den Gral nicht zu erringen, aber dafür gelingt es seinem Sohn, dem Sohn ohne Makel, der Frucht seines Samens und seines Blutes, der seine Tugenden, nicht aber seine Mängel geerbt hat. Und so kann Galahad die Gralssuche vollenden, und weil er aus Lancelots und aus Malorys Samen kommt, hat Malory-Lancelot doch in gewisser Weise die Suche vollendet, ist er im Sproß seiner Lenden zu dem Ruhm gelangt, den seine eigenen Mängel ihm verwehrten.

Ja, so ist es. Es ist für mich so gewiß wie nur irgend etwas. Gott weiß, ich habe es selbst oft genug erlebt. Und dies macht in meinen Augen all die Inkonsequenzen und dunklen Stellen wett, die die Wissenschaft am *Morte* entdeckt hat. Und wenn der *Morte* unausgeglichen und sprunghaft ist, dann weil sein Verfasser sprunghaft war. Manchmal zuckt es feurig auf, dann wieder begegnet man einem schwermütigen Traum, dann aufwallendem Zorn. Denn der Schriftsteller ordnet die Natur um, so daß sie ein verständliches Muster ergibt, und er ist auch ein Lehrer, vor allem aber ist er ein Mensch, Träger aller menschlichen Fehler und Tugenden, Ängste und tapferen Gesinnungen. Und ich habe bisher noch nicht eine einzige Abhandlung gesehen, die in Betracht zieht, daß die Geschichte des *Morte* die Geschichte Sir Thomas Malorys und seiner Zeit ist, die Geschichte seiner Träume von menschlicher Anständigkeit und seines Wunsches, dem Zyklus eine gute Gestalt zu geben, geformt allein von jener Grundaufrichtigkeit, die Lügen nicht zuläßt.

So, das war das Problem, und das war die Lösung, und sie erschien beglückend mit der Morgensonne auf den braunen Mauern Roms. Ich wüßte nun gerne, ob Sie überhaupt etwas Einleuchtendes daran finden. Mein Herz und mein Kopf sagen mir, sie ist richtig, ich weiß aber nicht, wie um alles in der Welt ich sie beweisen kann, außer daß ich sie so klar ausspreche, wie ich es nur vermag, so daß der Leser vielleicht sagen wird: »Natürlich, so muß es gewesen sein. Was sonst könnte die Erklärung sein?«

Lassen Sie mich bitte wissen, was Sie von diesem schwindelerregenden Sprung von Induktion halten. Kann es sein, Sie empfinden ebenso tief wie ich, daß es wahr ist?

Es liegt mir sehr viel daran zu erfahren, was Sie dazu meinen.

VON ERO AN J. S. – NEW YORK, 3. MAI 1957
Ihr Brief über Malory von dieser Woche ist einer der eindrucksvollsten Briefe, die jemals von Ihnen oder sonst jemandem geschrieben wurden. Inzwischen sind Sie wieder zu Hause. Der schöpferische Prozeß hat begonnen. Ich habe noch nie erlebt, daß er so genau beschrieben wurde. Zeit, Ort, Gefühl und Atmosphäre. Der Romancier tritt auf.

Wunderbar, daß Sie allmählich ernsthaft über meine Freundin Guinevere nachdenken, die man bisher so vernachlässigt hat. Vielleicht werden Sie mit ihr nicht viel anfangen wollen, aber sie muß in dem Bild eine wichtige Rolle gespielt haben.

AN ERO UND CHASE – FLORENZ, 9. MAI 1957
Ich schreibe weiterhin in Heftumschläge wie diesen, weil es mir beinahe unmöglich ist, einen Brief für sich zu schreiben. Ich gehe jeden Tag zu den Handwerkerläden und schreibe zugleich meine kleinen Zeitungsschmierereien (die trotzdem ihre Zeit

brauchen), und ich gehe auch das durch, was meine Frau im Archiv zutage fördert.

Ich kann Ihnen gar nicht sagen, wie froh und dankbar und erleichtert ich bin, daß Sie meiner Sicht Malorys recht geben. Sie hat mir einen ganz neuen Auftrieb und ein klar erkennbares Ziel gegeben, das ich vorher nie hatte. Und Ihr Rückhalt gibt mir das Gefühl, daß ich irgendwie festen Boden unter den Füßen habe. Chase, Ihre Briefe sind von ganz großem Nutzen für mich und werden zum häufigen Nochmallesen abgelegt. Auch ich, Elizabeth, habe diesen Mangel empfunden, was Guinevere betrifft. Sie war immer Symbol, während sie in Wahrheit eine tolle Frau gewesen sein muß. Ich lese seit einiger Zeit viel über Frauen im Mittelalter und glaube jetzt zu wissen, warum die moderne Wissenschaft sie [Guinevere] sich nur als Symbol vorstellen kann. Damals hat man die Frauen einfach anders angesehen. Das zeigt sich an jeder Phase des Lebens von Frauen, wie es von Zeitgenossen geschildert wird. Baldini gibt ein besonders klares Bild. Malory tut das, glaube ich, auch. Chase, ich weiß, was Sie meinen, wenn Sie schreiben, daß es aussichtslos sei, die Wissenschaft jemals zu einer einhelligen Meinung zu bewegen. Ich könnte ein Kapitel einfügen, in dem ich nichts anderes als ihre Meinungsverschiedenheiten durch die Jahrhunderte aufzähle. Aber was soll's, ich könnte über weiß Gott was Kapitel einfügen. Ich weiß nicht, in welche Richtung sich die Arbeit jetzt bewegt, aber ich habe immerhin Geschmack daran und eine Tonlage dafür gefunden, und das ist der einzige richtige Anfang. Und ich glaube auch nicht, daß es verkehrt ist, soviel Material durchzuarbeiten, wie ich nur kann. Mit ein bißchen Zeit und einem gewissen Instinkt wird schon etwas von mir selbst zutage treten. Jedenfalls war es bisher immer so. Und alle möglichen Gefühle beginnen sich zur Ebene des Denkens hinaufzuwinden. Aber ich möchte sie noch einige Zeit nicht dort oben haben. Ich will, daß das Ganze noch ziemlich lange herumbrodelt.

AN CHASE – FLORENZ, 17. MAI 1957
Den gestrigen Abend verbrachte ich mit Professor Armando Sapori. Er ist schon ziemlich betagt und kränkelt in letzter Zeit, hat mich aber trotzdem gebeten, ihn aufzusuchen. Ich fragte

ihn im Laufe des Abends mehrmals, ob ich gehen sollte, denn ich fürchtete, ihn zu ermüden, doch jedesmal forderte er mich auf, noch zu bleiben. Er spricht kein Englisch, aber einer seiner Studenten, Julio [Giulio] Fossi, dolmetschte für uns, wenn es notwendig wurde. Er [Sapori] ist ein hochgebildeter Mann und drückt sich dabei so einfach aus, daß ich ihn zumeist sehr gut verstand. Während er sprach, kehrte das Mittelalter zurück – die Amalfi-Liga, der Beginn der Renaissance, die Überlieferung des griechischen Denkens und die Idee der Kommune von den Arabern übernommen.

Neulich stieß ich auf Stracheys Bände von Southeys *Morte*-Übertragung. Die Fassung war gereinigt, damit man sie unbesorgt braven Schuljungen in die Hand geben konnte. Könnten Sie sie uns beschaffen? Die Übersetzung ist gut, aber von einer Entschärfung für Schuljungen will ich nichts wissen. Sollen sich die Jungen selbst vorsehen – und Jungen werden Gott nicht dafür danken.

AN CHASE UND ERO – GRAND HOTEL, STOCKHOLM, 4. JULI 1957

Ich nahm einen Brief in Angriff, und jetzt haben wir endlich eine gewisse Ordnung in unsere Planung gebracht. Im ersten Teil dieses Briefes hatte ich bis London geplant. Wenn wir am 15. Juli in den Norden aufbrechen, haben wir zehn Tage. Wir würden durch Warwickshire hinauffahren, dann zum [Hadrians-]Wall und dann, nachdem wir uns vor Hadrian verbeugt haben, im Westen langsam südwärts, um uns etwas von Wales und auch Glastonbury und Tintagel etc. anzusehen.

Ich werde die Bücher mitnehmen, die Sie geschickt haben, und außer dem Kartenatlas habe ich auch die großformatigen Karten von einem Teil des Landes, vor allem von Warwickshire.

AN ERO UND CHASE – LONDON, 13. JULI 1957

Wir werden also am Montag mit einem Chauffeur namens Jack in einem Humber losfahren. Wir sind bewaffnet mit Büchern, Papieren, Ihren Briefen, Kameras und Skizzenblöcken – letztere nur zum Angeben, weil wir nicht zeichnen können. Wir freuen uns beide sehr auf diese Fahrt. Natürlich werden wir eine Menge Dinge nicht sehen, aber eine Menge doch. Der beigelegten Liste können Sie entnehmen, was wir vorhaben.

Reiseplan
Von diesem Ausgangspunkt aus werden wir das für uns interessante Gebiet in Warwickshire abfahren.

Donnerstag	Grand Hotel, Manchester (Vinaver)
Freitag	Lord Crew Armes, Blanchland
Sonnabend	Rothbury und der [Hadrians-]Wall
Sonntag	Wall und hinunter nach Wales, möglicherweise nach Malvern
Montag	Tresanton St. Mawes bei Falmouth
Dienstag	Winchester (Manuskripte)

AN ERO UND CHASE – LONDON, 14. JULI 1957
Während ich mich vergangene Nacht herumwälzte und -warf, kam mir eine Idee, die mir viel Einleuchtendes zu haben schien, und ich möchte Sie fragen, was Sie davon halten. Der Jammer mit solchen Einfällen ist meine Unwissenheit. Ich meine damit, daß vielleicht schon viele Leute darauf gekommen sind und daß das Gebiet möglicherweise schon gründlich beackert ist. Jedenfalls werde ich die Gedanken so aufschreiben, wie sie mir gekommen sind, und dabei so tun, als wären sie bisher noch niemandem eingefallen. Leider habe ich meinen *Morte* nicht bei mir, weil er bereits zum Schiff geschickt worden ist. Also werde ich mich ein bißchen auf mein Gedächtnis stützen müssen, mit dem es nicht sehr weit her ist. Okay, die Sache geht so:
Wenn man sich mit einem Mann beschäftigt, über den nur wenige und nur karge Daten bekannt sind, kann man dreierlei Richtungen einschlagen, um eine Art realer Welt um ihn aufzubauen: sein Werk (am wichtigsten), die Zeit, in der er lebte (wichtig, weil er ein Kind dieser Zeit war) und schließlich die Menschen, mit denen er umging oder vielleicht umgegangen ist. Im Fall Malorys hat man seine Verbindung mit Beauchamp [Richard Neville, Earl of Warwick], dem gelehrten, vollkom-

menen Ritter, weltklug, romantisch, tapfer und erfahren, stark herausgestellt. Es erscheint mir völlig einleuchtend, daß man sich damit so eingehend beschäftigt hat. Doch es gibt einen anderen Mann, einen, der mir in meiner Lektüre nicht begegnet ist, aber über den eine Menge bekannt sein muß: seinen Verleger Caxton. Wenn ich mich recht erinnere, läßt Caxton in seiner Vorrede nirgendwo erkennen, daß er Malory kannte. Ja, seine Worte scheinen dafür zu sprechen, daß dies nicht der Fall war. Wir wissen, daß es zwei, vermutlich drei und vielleicht noch mehr Kopien des *Morte* gab. Doch seit der Vollendung des Buches waren erst ganz wenige Jahre vergangen, als Caxton es druckte. Ich glaube nicht, daß es in Partien, so, wie es fertig wurde, herauskam, und deshalb müssen wir annehmen, daß der *Morte* kaum vor 1469 zum erstenmal erschienen sein kann. Zwischen diesem Datum und der Zeit, als Caxton es druckte, lag nur eine sehr kleine Spanne, die nicht ausreichte, daß die Handschriften in großem Umfang kopiert, unter die Leute gebracht, dem Gedächtnis eingeprägt und gelesen oder vorgetragen wurden.

Warum suchte Caxton ausgerechnet diesen Text aus und druckte ihn als Buch? Wäre es sein Wunsch gewesen, die Arthur-Sage als ein potentiell populäres Buch zu drucken, hätte er die Stabreimdichtung, die ungleich bekannter war, wählen oder die klassischen Erzählungen übersetzen lassen können, den Romaunt, den Lancelot etc. Aber er entschied sich für das Werk eines Unbekannten ohne einen Hintergrund von Bildung und Gelehrsamkeit, für einen Mann, der im Gefängnis saß. Ich kann nicht glauben, daß Malorys *Morte* zu der Zeit, als Caxton ihn druckte, schon weithin bekannt war. Warum also druckte er ihn? Ich glaube, diesem Problem kommt man nur näher, wenn man sich damit befaßt, für welche Texte er sich sonst entschied. Hat Caxton auch andere unbekannte Werke unbekannter Männer gedruckt? Ich weiß es nicht, doch das läßt sich leicht eruieren. Ich habe hier keine Bibliothek, in der ich mich umsehen könnte.

Wie sahen Caxtons geschäftliche Gepflogenheiten, seine Gepflogenheiten als Herausgeber aus? Ich habe das Gefühl, daß er kein sehr risikofreudiger Mann war, abgesehen davon, daß er mit seinen beweglichen Lettern die Organisationen der Kopisten gegen sich aufbrachte. Ließe sich ein Muster seiner

Aktivitäten herausfinden? Kann es so gewesen sein, daß das neue Werk eines unbekannten Schriftstellers Caxton derart vor Genie zu sprühen schien, daß er als Kenner davon angezogen wurde? Es war keine Epoche, in der Romanschriftsteller allgemein Unterstützung erfuhren. Malory hatte vermutlich keinen Rückhalt an Schule, College oder Kirche. Sein Buch war nicht revolutionär wie Wiclifs Bibel-Übersetzung, und es hatte auch nicht die Faszination der Häresien der Lollarden. Es war ein in der Tradition stehendes Werk, das von überlieferten Geschichten handelte. Caxton hätte sich ohne Mühe Übersetzungen aus der Feder namhafter und geachteter Männer beschaffen können. Malory hatte keinen Rückhalt beim Adel, keinen Förderer, und ich glaube, solche Unterstützung war von einigem Nutzen, wenn der Autor wollte, daß sein Buch gut aufgenommen wurde. War Caxton ein hellsichtiger Herausgeber mit einem großen Gespür für literarische Vorzüge im Gegensatz zu traditionellen und geschäftlichen Wertmaßstäben? Ich weiß über diese Dinge nichts, wüßte aber gern darüber Bescheid. Es scheint sich nämlich folgendes Bild zu ergeben: der erste Buchdrucker in England wählte für eine seiner frühen, wenn auch nicht ersten Produktionen die Arbeit eines unbekannten Schriftstellers beziehungsweise, falls er doch bekannt war, eines Mannes, der als ein Räuber, Notzüchtiger und gemeiner Verbrecher galt und im Gefängnis gestorben war. Daß sein Buch sofort Erfolg hatte, daran gibt es keinen Zweifel, aber wie um alles in der Welt konnte Caxton ahnen, daß es so kommen würde? All dies sind Fragen, aber Fragen, auf die ich gerne eine Antwort hätte. Wieviel ist über Caxton bekannt? Mein eigenes Wissen ist ein Abgrund von Unwissenheit. Aber sind solche Überlegungen schon einmal im Zusammenhang mit dem *Morte* angestellt worden?

Ich könnte mir vorstellen, daß Chase – falls er über diese Fragen nicht bereits nachgedacht und sie gelöst hat – darauf reagieren wird wie ein Hund, dem man den Schwanz in Benzin taucht und dann anzündet. In meiner Lektüre bin ich nie auf solche Fragen gestoßen. Verflixt, es ist wirklich zu dumm, daß ich keine Bibliothek zur Verfügung habe. Und morgen werden wir schon unterwegs sein. Entschuldigen Sie, daß ich Ihnen dieses dornige Problem zuschiebe, und wir sollten nicht versäumen, uns sofort nach meiner Rückkehr darüber zu unterhalten und den Versuch zu machen, vielleicht einiges davon zu klären. Ich weiß es nicht, aber ich habe das Gefühl, daß Caxton gut dokumentiert ist. Wenn heute nicht Sonntag wäre, würde ich ausgehen und versuchen, ein Buch über Caxton aufzutreiben. Aber in London ist alles hoffnungslos zu.

AN ERO – SAG HARBOR, 7. AUGUST 1957

Ich bin auch in die Rylands Library in Manchester gegangen, um einen der beiden noch vorhandenen Erstdrucke Caxtons zu inspizieren. Dr. Vinaver hat mich sehr unterstützt, mir jede erdenkliche Hilfe angeboten, und mir seine Dokumente und seine Bibliographie zugänglich gemacht. Er war begeistert, wie ich an das Thema herangehe, und sagte, das sei seit Jahren der erste neue Ansatz. Ich fuhr auch zum Winchester College, um mir das Manuskript des *Morte* anzusehen, das im 15. Jahrhundert von Mönchen geschrieben und erst 1936 wiederaufgefunden wurde.

Da meine Arbeit an diesem Thema verlangt, daß ich die Landschaft kenne, in der Malory lebte und wirkte, mietete ich mir einen Wagen mit Fahrer und fuhr zu Malorys Geburtsort in Warwickshire und auch dorthin, wo er in Gefangenschaft gewesen war. Dann fand ich, es sei notwendig, Alnwick Castle, Wales, Glastonbury, Tintagel und all jene Schauplätze zu besichtigen, die mit König Arthur verbunden sind. Diese Reise, zehn Tage wie im Flug, führte mich von einem Ende Englands zum andern, da ich mir einen Eindruck von der Topographie, von den Farben der Erde, vom Marsch- und Moorund Waldland und vor allem davon verschaffen wollte, in welcher Beziehung die Schauplätze untereinander stehen. Elaine erstellte eine umfangreiche photographische Dokumentation aller Stätten, die wir während dieses großen Unternehmens besichtigten. Diese Arbeit ist dazu bestimmt, die aufwendigste und, wie ich hoffe, bedeutendste von allen zu werden, die ich bisher in Angriff genommen habe. Während der ganzen Reise ergänzte ich meine Bibliothek durch Bücher, Dokumente, Photographien und sogar Mikrofilm-Aufnahmen von Dokumenten, die den Sammlungen nicht entnommen werden können. Die Arbeit gewährt mir große Befriedigung, und ebenso der Respekt und der Zuspruch von seiten der Autoritäten auf diesem Gebiet. Weit davon entfernt, mich als einen lästigen Störfaktor zu empfinden, gaben sie sich die größte Mühe, mir jede ihnen nur mögliche Unterstützung zu gewähren.

AN CHASE – NEW YORK, 4. OKTOBER 1957
Es scheint mir kein Problem zu sein, wie Malory an Bücher herankam. Hätte er keine bekommen, wäre er ein Dummkopf gewesen, und ein Dummkopf war er nicht.
Verdammt – dieses Thema dehnt sich endlos, nicht? Ich freue mich darauf, Sie am Dienstag zu sehen. Und ich habe mir vorgenommen, die ganze Woche zu Hause zu bleiben, so daß wir alles noch einmal durchgehen können. Auch scheint meine Energie allmählich wiederzukehren. Dem Himmel sei Dank dafür! Ich war schon ganz verzagt.
Malory zeigt sich unsicher beim »Ritter auf dem Karren«, vermutlich, weil ihm das nichts sagte. Das Faktum, daß Karren früher ausschließlich für verurteilte Gefangene verwendet wurden, war ihm, falls er es kannte, nicht genug. Es gibt zahlreiche Stellen im *Morte,* an denen er sich unsicher fühlt, weil er weder den Grund noch den Hintergrund kennt, wenn er sich aber sicher ist – in der Behandlung von Menschen und Landschaft –, zeigt er nicht die geringste Schwäche.

AN CHASE – NEW YORK, 25. OKTOBER 1957
Natürlich bin ich ganz aus dem Häuschen über das Lesegerät für die Mikrofilme. Es wiegt zwar acht Kilo, aber man kann eine große Bibliothek in einem Schuhkarton mit sich herumtragen. Wir werden damit eine Menge Spaß haben. Als Archie MacLeish Direktor der Kongreßbibliothek war, hat er viele Dinge, die nicht bewegt werden durften, auf Mikrofilm aufgenommen. Ich bin überzeugt, daß manche von den Universitäten und vermutlich auch die New York Public Library das auch tun. Ließe sich irgendwie herausfinden, was die verschiedenen Sammlungen auf Film aufgenommen haben und ob man es ausleihen kann?
Hoffentlich hat Ihr Gerät einen Rücklauf. Es kommt ja ziemlich oft vor, daß man zurückgehen möchte. Wird das nicht toll sein, die Sachen aufzuspüren, die wir haben wollen und die man

nicht ausleihen kann? Wirklich aufregend. Ich habe soeben den zweiten Band von *Henry V.** zu Ende gelesen. Ich glaube, Wylie ist gestorben, nachdem er die Korrekturfahnen des ersten Bandes gelesen hatte. Jedenfalls steht es so in der Einleitung zu Band II. Seine Detailschilderung ist großartig. Und haben Sie das bemerkt: es hat ihn derart hineingezogen, daß er die alten Wörter verwendete und sogar die alten Konstruktionen. Es ist ein großartiges historisches Werk, und es läßt sich durchaus vorstellen, daß Henry für Malory die Arthur-Symbolfigur war.

Im Augenblick halte ich mich von Malory fern. Doch wenn ich zu ihm zurückkehre, dann wohl mit einer neuen Dimension, und das, mein Freund, ist ganz allein Ihr Verdienst. Diese Arbeit ist eine Gemeinschaftsarbeit, machen Sie sich da keine anderen Vorstellungen. Daß ich die Schlußfassung schreiben werde, mindert daran gar nichts. Im Augenblick tue ich mich an den Büchern gütlich. Und dafür werde ich mir so viel Zeit nehmen, wie ich brauche – oder vielmehr möchte, und das ist viel. Ich habe sogar das Briefeschreiben eingestellt, von Ihnen und Elizabeth abgesehen. Ich möchte das Schreiben verlernen und wieder ganz neu lernen, wenn es aus dem Stoff herauswächst. Und darin werde ich ganz stur bleiben.

AN CHASE – NEW YORK, 4. MÄRZ 1958
Gestern habe ich die allerersten Zeilen des Buches geschrieben, entweder für die erste gedruckte Seite oder für das Vorsatzblatt. Ich lege sie hier bei.**

Ich nehme an, das ist das erste Mal, daß ich einen Anfang als erstes schreibe. Es ist vermutlich auch die einzige Stelle in der ganzen Geschichte, die in der Sprache des 15. Jahrhunderts geschrieben ist. (Vielleicht abgesehen von einer Fußnote oder Material, das hinten angehängt werden wird.)

AN ERO – NEW YORK, 4. MÄRZ 1958
Ich denke, die Zeit ist reif für einen Bericht über die Entwick-

---

* Wylie u. Waugh, The Reign of Henry V[th], 2 Bde., 1914–1929
** Johns einleitende Worte, seiner Schwester Mary zugeeignet, sind auf den Widmungsseiten abgedruckt.

lung in Sachen Malory. Ich möchte auch eine Art Absichtserklärung für die unmittelbare Zukunft abgeben, was diese
Arbeit betrifft. Wie Sie wissen, ziehen sich die Recherchen, das
Lesen und das Sammeln von Fakten jetzt schon sehr, sehr lange
hin, und diese Arbeit muß mindestens bis zum Herbst fortgesetzt werden. Es wird Ihnen klar sein, daß ich mit Informationen vollgepumpt bin, wovon einiges vielleicht noch nicht gut
verarbeitet ist und manches möglicherweise nur sehr langsam
verdaut wird. Wie immer hat nicht so sehr die einzelne Information, sondern das Geflecht die stärkste Wirkung auf mich,
trotzdem aber scheint sich eine ganz beträchtliche Menge an
Faktenmaterial in mir zu speichern. Ich habe buchstäblich
Hunderte von Büchern über das Mittelalter gelesen, und ich
muß noch in ein paar weitere hundert zumindest kurz hineinsehen, ehe ich so weit bin, daß ich mich ans Schreiben machen
kann. Die gewaltige Sammlung von Notizen, die Chase und ich
zusammengetragen haben, ist eine Notwendigkeit, auch wenn
sie in der Arbeit, die vor mir liegt, nicht sichtbar verwertet
wird. Ohne dieses Material an die Arbeit zu gehen, würde hei
ßen, ohne Fundament zu arbeiten. Wie Sie ja wissen, habe ich
vergangenes Jahr einige Zeit in England verbracht und etliche
Orte und Gegenden aufgesucht, die in der Arbeit aufscheinen
werden, um ihre Atmosphäre in mich aufzunehmen. Ich
glaubte, das Gebiet ziemlich gut beackert zu haben. Erst nach
weiterer Lektüre stelle ich jetzt fest, daß mein Wissen noch
Lücken aufweist. Ich finde es notwendig, noch einmal nach
England zu reisen, um dort weiterzumachen, wo ich aufgehört
habe, oder vielmehr, um die Lücken in meinem optischen
Informationsstand zu schließen. Ich denke, das beste Datum
dafür wäre der 1. Juni. Ich muß hin und einige Zeit in Glastonbury, in Colchester und in Teilen von Cornwall, in der Gegend
von Tintagel, verbringen und dann noch einmal in den Norden
fahren, um mich diesmal ein bißchen länger in Alnwick und in
Bamborough Castle, in Northumberland, aufzuhalten. Diese
beiden letztgenannten sind sehr wichtig, weil das eine vielleicht
das von Malory erwähnte Maiden's Castle war und das andere
Joyous Garde gewesen sein könnte. Und ich muß mir alle diese
Schauplätze optisch und atmosphärisch zu eigen machen, die
nicht nur erwähnt werden, sondern auch zu Malorys Lebensumwelt im 15. Jahrhundert gehörten. Fotos nützen überhaupt

nichts. Dorthin zu fahren wird mir großen Auftrieb geben. Es würde mich sehr freuen, wenn Chase mich an diese Orte begleiten könnte, da unsere Recherchen ja aufeinander abgestimmt waren.

Ich habe vor, den Juni in England zu verbringen, abschließende topographische Informationen zu sammeln und auch bestimmte Autoritäten zu konsultieren, zum Beispiel Professor Vinaver von der University of Manchester und andere Koryphäen auf dem Gebiet des 15. Jahrhunderts. Ich werde um den 1. Juli nach Amerika zurückreisen und dann meine Lektüre im Licht dessen, was ich auf dieser Reise entdeckt habe, bis in den Oktober fortsetzen. Und wenn ich das heute nach meinem Wissensstand und meiner seelischen Verfassung überhaupt abschätzen kann, müßte ich im Herbst mit der Arbeit an diesem Buch anfangen können. Sobald ich mich einmal daran gesetzt habe, werde ich natürlich dabei bleiben, bis ein großer Teil davon abgeschlossen ist.

Einen Informationshintergrund für dieses Buch zu schaffen, das war eine langwierige, mühevolle, aber auch überaus lohnende Anstrengung. Ich zweifle sehr, ob ich es ohne Chase Hortons Beistand überhaupt geschafft hätte. Zu schaffen wäre es sicher gewesen, doch nicht in der Exaktheit, der Spannweite und der Universalität, die seiner Mitarbeit zu verdanken ist.

Ich komme nun zu einem präziseren Punkt. Zunächst der Titel. Darüber möchte ich mit Ihnen noch ausführlicher diskutieren, aber ich denke, ich kann in diesem Brief die Sache doch anschneiden. Als Caxton im 15. Jahrhundert die erste Ausgabe eines Buches von Sir Thomas Malory druckte, gab er ihm einen Titel, und wir wissen nicht, ob dieser der von Malory selbst verwendete war oder nicht. Vielleicht hat Caxton ihn sich ausgedacht. Der volle Titel wurde nach und nach auf MORTE D'ARTHUR verkürzt, aber dies waren im ursprünglichen Titel nur drei Wörter und wurde dem Buch keineswegs gerecht. Der volle Titel bei Caxton lautet, wie Sie sich erinnern werden: THE BIRTH, LIFE AND ACTS OF KING ARTHUR, OF HIS NOBLE KNIGHTS OF THE ROUND TABLE, THEIR MARVELLOUS ENQUESTS AND ADVENTURES, THE ACHIEVING OF THE SAN GREAL, AND IN THE END LE MORTE D'ARTHUR WITH THE DOLOROUS DEATH AND DEPARTING OUT OF THIS WORLD OF THEM ALL. Das also ist der Titel, den Caxton verwendete, und mir wird immer unklar bleiben, warum dieses ganze umfangreiche Werk schließlich MORTE D'ARTHUR genannt wurde, was ja nur einen ganz kleinen Teil davon betrifft. Ich schlage deshalb vor, dem Buch einen Titel zu geben, der etwas anschaulicher macht, worum es in diesem Buch insgesamt geht. Einen Titel wie beispielsweise THE ACTS OF KING ARTHUR, was genügt, oder nötigenfalls auch THE ACTS OF KING ARTHUR AND HIS NOBLE KNIGHTS. Dies würde viel besser zusammenfassen, wovon das gesamte Werk handelt. Es gäbe auch eine Art neuer Sicht des ganzen Themas, vom Leben, nicht vom Tod her gesehen. Wir wollen uns später darüber unterhalten, aber ich glaube, ich bin bereit, das Wort »Morte« wegzulassen, weil es sich nur auf einen ganz *kleinen* Teil des Buches bezieht. Und wenn Caxtons Nachfolger aus dem Gesamttitel ein paar wenige Worte herausziehen konnten – warum kann ich nicht ein paar mehr herausnehmen, vor allem wenn sie treffender sind? Hier geht es ja im wesentlichen nicht um die Geschichte von Arthurs Tod, sondern um Arthurs Leben. Ich finde, es ist sehr wichtig, das im Titel auszudrücken. Wir werden natürlich nie erfahren, welchen Namen Malory selbst dem Werk gegeben hat. Es kann durchaus sein, daß Caxton den Titel nahm, den Malory verwendete, und das wäre dann der volle.

Was die genaue Arbeitsweise angeht, nach der ich vorgehen werde, so nimmt sie in meinem Kopf allmählich Gestalt an, aber ich glaube nicht, daß sie schon weit genug durchdacht ist, um jetzt darüber zu sprechen. Wir müssen aber ausführlich darüber diskutieren, ehe ich mich im Herbst an die eigentliche Arbeit mache. Außer meinen Tag- und Nachtträumereien über das Buch besteht, so finde ich, meine erste Aufgabe darin, meine Recherchen über das Mittelalter zu vervollständigen und in England das Material zu sammeln, das ich bei meiner letzten Reise ausgelassen habe.

Ich werde mich mit Chase über die Möglichkeit unterhalten, daß er in England zu mir stößt, weil ich glaube, daß zwei Augenpaare Nützlicheres leisten könnten, als nur ein einziges, und die Informationen, die zwei Leute zusammentragen, ließen sich zu einem Ganzen verbinden.

Meine Absicht geht dahin, den Text in eine Sprache zu bringen, die ein Leser von heute versteht und akzeptiert. Ich finde, es ist nicht nur wichtig, das zu tun, sondern es dient auch einem höchst nützlichen Zweck, da diese Erzählungen zusammen mit dem Neuen Testament die Basis des größten Teils der modernen englischen Literatur bilden. Und es läßt sich zeigen – und wird auch gezeigt werden –, daß der Mythos von König Arthur noch in der Gegenwart fortlebt und ein inhärenter Bestandteil des sogenannten »Western« ist, der heute einen so breiten Raum in den Fernsehprogrammen einnimmt – die gleichen handelnden Personen, die gleichen dramaturgischen Methoden, die gleichen Handlungen, nur etwas andere Waffen und zweifellos eine andere Topographie. Aber wenn man statt Indianern und Banditen Sachsen und Pikten und Dänen einsetzt, hat man genau die gleiche Geschichte. Wir begegnen dem Kult des Pferdes, dem Kult des Ritters. Der Bezug zur Gegenwart ist sehr eng, und ebenso zeigt die Gegenwart mit ihren Ungewißheiten sehr enge Parallelen zu den Unsicherheiten des 15. Jahrhunderts.

Es ist eigentlich eine Art nostalgischer Rückkehr in die gute alte Zeit. So war es, glaube ich, bei Malory, und ich glaube auch, daß unsere Fernsehautoren von heute das gleiche tun – exakt das gleiche, und seltsamerweise kommen sie auch zu genau den gleichen Symbolen und Methoden.

Daraus ergibt sich, daß die Arbeit, wie ich sie im Sinn habe, nicht unbedingt auf eine bestimmte historische Periode begrenzt ist, sondern Bezüge zur Gegenwart und deutliche Wurzeln in unserer lebendigen Literatur hat.

AN ERO UND CHASE – NEW YORK, 14. MÄRZ 1958
Es scheint, daß Krisensituationen für mich etwas Notwendiges sind. Neulich lag ich nachts wach im Bett und dachte, wie schön es wäre, wenn ich unter einem Sperrfeuer aus Schleudersteinen und Pfeilen – nicht sehr wahrscheinlich – zu Malory durchbrechen könnte, und plötzlich fiel mir ein, daß ich unter Druck dieser oder jener Art immer besser gearbeitet habe: Geldnöte, Todesfälle, emotionale Verwirrungen, Scheidungen – immer irgend etwas. Ja, die einzigen unproduktiven Zeiten, an die ich mich erinnern kann, waren solche ohne Druck. Wenn sich aus meinem bisherigen Weg überhaupt ein Fazit ziehen läßt, dann die Erkenntnis, daß Krisensituationen für mein kreatives Über-

leben notwendig sind – ein lächerlicher, ja, widerwärtiger Gedanke, aber so ist es nun einmal. Und deshalb flehe ich vielleicht besser nicht um eine Schonpause, sondern um Hunger, Pest, Katastrophen und Bankrott. Dann würde ich vermutlich wie ein Besessener arbeiten. Ich meine das einigermaßen ernst.

Ein merkwürdiges Gefühl des Schwebens ist über mich gekommen, ein Gefühl, wie wenn man in einem Kanu auf einem nebelverhangenen See dahintreibt, während Geister, Kobolde, aus Nebelschwaden gebildet, vorüberziehen – nur halb zu erkennen, nur teilweise sichtbar. Es wäre vernünftig, sich gegen dieses Verlorensein im Unbestimmten zu wehren, doch aus mehreren Gründen, die ich später darlegen werde, tue ich es nicht.

Es ist ja schön und gut, wenn man mit dem Vorteil der Rückschau auf das Mittelalter blickt. Die Geschichte ist, zumindest zum Teil, abgeschlossen. Wir wissen – in einem gewissen Maß –, was sich abgespielt hat und warum, wissen, wer oder was die bewegenden Kräfte waren. Dieses Wissen ist natürlich vielfach durch ein Denken gefiltert, das mit dem Denken des Mittelalters keinen gemeinsamen Erfahrungshintergrund hat. Aber der Autor des *Morte* wußte nicht, was sich vor seiner Zeit abgespielt hatte, was sich in seiner eigenen Zeit alles abspielte, noch auch, was in der Zukunft lag. Er hatte, wie auch wir heute, keinen Überblick, war rat- und hilflos – er wußte nicht, ob York oder Lancaster Sieger bleiben werde, und ebensowenig wußte er, daß das von allen Problemen das belangloseste war. Er muß empfunden haben, daß die Welt der Wirtschaft aus den Fugen geraten war, da es mit der Autorität der Grundherrn bergab ging. Die Revolten der nicht als Menschen zählenden Leibeigenen müssen ihn konsterniert haben. Überall ringsum hörte er Stimmen religiöser Schismen raunen, und das unvorstellbare Chaos einer Erschütterung der Kirche muß ihn umgetrieben haben. Diesen Umbrüchen, die wir nur gesund finden, konnte er sicher nur mit bangem Entsetzen entgegensehen.

Und aus diesem teuflischen Gebrodel des Wandels – so ähnlich dem heutigen – versuchte er eine Welt der Ordnung, eine Welt der Tugenden zu erschaffen, regiert von Mächten, die ihm vertraut waren. Und wie sah sein Baumaterial aus? Keine Regale mit wohlgeordneten Quellenwerken, nicht einmal die öffentlichen Urkunden seiner Zeit, keine einzige Gewißheit in bezug auf die Chronologie, denn ein solches System existierte nicht. Er besaß nicht einmal ein Wörterbuch irgendeiner anderen Sprache. Vielleicht hatte er ein paar Handschriften, ein Meßbuch, vielleicht die Stabreimdichtungen. Darüber hinaus hatte er nur sein Gedächtnis und seine Hoffnungen und seine Ahnungen. Wenn ihm ein Wort nicht einfallen wollte, mußte er ein anderes nehmen oder ein neues erfinden.

Und wie waren seine Erinnerungen beschaffen? Ich will es Ihnen sagen. Er erinnerte sich an dieses und an jenes Stück von dem, was er gelesen hatte. Er erinnerte sich an den tiefen und furchteinflößenden Wald und den Schlammbrei der Sümpfe. Er erinnerte sich, ohne sie bewußt zurückzuholen, an Geschichten, die am Kamin in der Halle des Gutshauses von Troubadouren aus der Bretagne erzählt worden waren, oder wußte noch davon, ohne sich genau zu erinnern. Und ebenso barg sein Gedächtnis, was nachts im Schafstall erzählt worden war – von einem Hirten, dessen Vater in Wales gewesen war und dort kymrische Geschichten von wundersamen und mystischen Dingen gehört hatte. Möglicherweise hatte er auch einige der »triads« und vielleicht auch manche Zeile aus den dunkelsinnigen Gedichten behalten, weil die Worte und Wendungen so machtvoll zum Unbewußten sprachen, obgleich ihre genaue Bedeutung verlorengegangen war. Der Schriftsteller hatte auch einen Himmel, über den die Historie zog wie Wolken, ohne zeitliche Ordnung, mit Menschen und Begebenheiten, die alle gleichzeitig nebeneinander existierten. Unter ihnen waren Freunde, Verwandte, Könige, alte Götter und Helden der Vorzeit, Geister und Engel und ein Tohuwabohu von Gefühlen und verlorengegangenen und wiederentdeckten Traditionen.

Und schließlich hatte er sich selbst als literarisches Material – seine Laster und Niederlagen, seine Hoffnungen und Beunruhigungen, die Dinge, die ihn zornig machten, seine Gefühle der Unsicherheit, was die Zukunft betraf, und seine Verwirrung angesichts einer rätselhaften Vergangenheit. Jeder Mensch, dem er begegnet, und jede Begebenheit, die ihm irgendwann in seinem Leben widerfahren war, war in ihm. Und in ihm waren auch seine körperlichen Beschwerden, die permanenten Bauchschmerzen, verursacht von der Kost seiner Zeit, die der Gesundheit nicht zuträglich war, vielleicht auch schlechte Zähne – eine allgemeine Plage –, möglicherweise eine zum

Stillstand gekommene Syphilis oder die Enkelkinder der Pokken in entstellten Genen. Er hatte das kraftvolle, von Zweifeln unangefochtene System der Kirche, Erinnerungen an früher gehörte Musik, verfügte über die unbewußte Gabe der Naturbeobachtung, unbewußt, weil planvolle Beobachtung eine Eigenschaft späteren Datums ist. Er hatte den ganzen angehäuften Schatz des Volksglaubens seiner Zeit – Magie und Wahrsagerei und Prophezeiung, die Hexenkunst und ihre Schwester, die Heilkunst. All dies steckt nicht nur im Verfasser des *Morte* – es macht den Schriftsteller selbst aus.

Richten wir nun den Blick auf mich – den Schriftsteller, der, wenn er den *Morte* darstellt, auch den Mann darstellen muß, der ihn schrieb. Warum war und ist es notwendig, so viele Dinge zu lesen – von denen die meisten vermutlich nicht herangezogen werden? Ich finde es notwendig, möglichst viel darüber in Erfahrung zu bringen, was Malory wußte und was er empfunden haben mag, aber darüber hinaus muß ich mir auch klarmachen, was er nicht wußte, nicht wissen und auch nicht empfinden konnte. Ein Beispiel: Wüßte ich nichts über die Zeitumstände und die Einstellungen gegenüber Zinsbauern und Leibeigenen im Mittelalter, könnte ich nicht verstehen, warum Malory keinerlei Mitgefühl mit ihnen hat. Einer der größten Irrtümer bei der Rekonstruktion einer anderen Ära liegt in unserer Neigung, den Menschen jener Zeit ähnliche Gefühle und Einstellungen zuzuschreiben, wie wir sie haben. Ja, wenn ein Mensch von heute einem aus dem 15. Jahrhundert gegenüberstünde, wäre eine Kommunikation undenkbar, sofern er nicht gründliche Studien betriebe. Ich halte es immerhin für möglich, daß ein moderner Mensch mittels Wissen und Anstrengung das Denken eines Menschen aus dem 15. Jahrhundert verstehen und sich in einem gewissen Maß darin einfühlen kann – das Umgekehrte aber wäre ganz und gar unmöglich.

Ich glaube nicht, daß irgendwelche von den Recherchen für dieses Projekt Zeitvergeudung waren, denn wenn ich Malorys Denken vielleicht auch nicht in allem verstehe, so weiß ich doch wenigstens, was er *nicht* gedacht und gefühlt haben kann.

Wenn man all das bisher Gesagte bedenkt, muß einem klarwerden, daß das Gegenteil eine ausgesprochen schwierige Sache werden wird. Beim Übersetzen kann ich nicht alles aus dem *Morte* vermitteln, weil der moderne Mensch, so wie er denkt, ohne großes Wissen und viel Einfühlung in jene Zeiten ganz außerstande ist, einen großen Teil davon aufzunehmen. Wo dies der Fall ist, bleibt allein der Rekurs auf Parallelen. Vielleicht gelingt es mir, *ähnliche* Empfindungen oder Bildvorstellungen zu evozieren, identische aber können es nicht sein.

Die Schwierigkeiten in bezug auf diese Arbeit liegen für mich jetzt auf der Hand. Doch auch die Habenseite darf nicht geringgeachtet werden. Es gibt Volksgebräuche, -sagen und -sitten, die nie verlorengegangen und von Generation zu Generation weitergegeben worden sind. Dieser mythische Komplex hat sich essentiell nur wenig verändert, wenn auch seine Einkleidung von Epoche zu Epoche und von Ort zu Ort verschieden sein kann. Und innerhalb der Legende gewähren die Möglichkeiten der Identifikation Sicherheit, geradezu eine Gruppe von Reaktionen auf mentale Reize.

Dazu kommt, daß die Antriebe und Sehnsüchte der Menschen sich nicht verändert haben. Das wahre Verlangen eines Menschen richtet sich darauf, reich zu sein, behaglich zu leben, von anderen wahrgenommen und geliebt zu werden. Diesen Zielen gelten alle seine Wünsche, widmet er die meisten seiner Energien. Nur wenn es ihm versagt bleibt, sie zu erreichen, schlägt er eine andere Richtung ein. Innerhalb dieses Musters gibt es die Möglichkeit einer freien Kommunikation zwischen dem Verfasser des *Morte* und mir und all jenen, die mein Werk vielleicht lesen werden.

AN CHASE – LONDON, MAI 1958

Willkommen im London des 15. Jahrhunderts! Wir sind gerade von zweieinhalb Wandertagen mit Vinaver zurückgekommen. Da wir wegen einer Landwirtschaftsausstellung in Winchester für diese Nacht keine Hotelzimmer bekommen konnten, fahren wir morgen in der Frühe hin, so daß Vinaver selber John das Manuskript zeigen kann. Wir werden dort mit dem Direktor der Bibliothek zu Mittag essen, uns die Manuskripte ansehen und dann nach London zurückfahren. Sobald wir zurück sind, werden wir Sie *augenblicklich* anrufen, vermutlich so gegen halb sieben.

Wir haben für morgen (Mittwoch) abend eine Dinnerparty zu Ehren Malorys und als Willkommen für Chase Horton geplant – das Ehepaar Watson, die Vinavers, wir und Sie. Hoffentlich sind Sie nicht zu müde; die Vinavers müssen am Donnerstagmorgen nach Manchester zurückfahren, und dies ist für sie die einzige Möglichkeit, Sie kennenzulernen. Wir werden hier in unseren Zimmern einen Drink nehmen und unten im Grill essen.

Kann es nicht erwarten, Sie zu sehen!

Sehr liebevolle Grüße von uns beiden,
Elaine

Mittw. vormittag:
Soeben Telegramm erhalten. Rechnen darauf, daß Sie sich uns anschließen, einerlei, wie spät es wird.

AN ERO – NEW YORK, 7. JULI 1958

Ich glaube, dieser Brief ist mehr eine Art Wendepunkt als ein Arbeitsbericht, obwohl er das auch werden wird. Soweit es sich absehen läßt, sind die langwierigen, mühsamen und kostspieligen Recherchen für meine neue Arbeit am *Morte d'Arthur* beinahe abgeschlossen. Das heißt, ganz vollständig können sie nie sein, doch jetzt ist die Zeit gekommen, ans Schreiben selbst zu gehen.

Sie wissen ja von den Hunderten gekaufter und ausgeliehener Bücher, von den vielen Büchern, in denen ich nachgeschlagen habe, von den Mikrofilmen von Handschriften, die dem Studium nicht zugänglich sind, von der endlosen Korrespondenz mit Leuten aus diesem Fachgebiet und schließlich den beiden Reisen nach England und der nach Italien, unternommen, um Quellenmaterial zu erschließen und sich mit den Schauplätzen vertraut zu machen, die Malory beeinflußt haben müssen. Manche dieser Stätten befinden sich noch in dem Zustand, in dem er sie im 15. Jahrhundert kannte, und bei den anderen war es notwendig, einen Eindruck zu gewinnen, wie das Erdreich und die Atmosphäre, das Gras und das Licht, tagsüber wie nachts, beschaffen waren. Ein Autor wird von seiner Umgebung sehr stark beeinflußt, und ich war der Ansicht, daß ich den Menschen Malory erst und nur dann kenne, wenn ich die Stätten, die er gesehen hatte, und die Landschaften kenne, die sein Leben und sein Schreiben beeinflußt haben müssen.

Ich habe von Fachleuten auf diesem Gebiet Entgegenkommen und Zuspruch erfahren, vor allem von Dr. Buhler von der Morgan Library und Professor Vinaver von der University of Manchester. All denjenigen, die mir ihr reiches Wissen, ihre Bücher und Manuskripte zur Verfügung gestellt haben, wird natürlich in einer eigenen Vorbemerkung gedankt werden, aber ich möchte an dieser Stelle auf die gewaltige Arbeit hinweisen, die Chase Horton für die Vorbereitung dieses Projekts geleistet hat. Er hat nicht nur Hunderte von Büchern und Handschriften ausfindig gemacht, gekauft und geprüft, sondern mit seinem genialen Talent fürs Recherchieren Richtungen aufgezeigt und Quellen ausfindig gemacht, bei denen es sehr fraglich ist, ob ich sie gefunden hätte. Während der soeben abgeschlossenen Reise nach England hat er mit seinem Einsatz, seiner Planung und seinem Scharfblick Unschätzbares geleistet. Lassen Sie mich wiederholen: ich glaube nicht, daß ich ohne seinen Beistand diese Arbeit hätte bewältigen können oder das Thema so erfaßt hätte, wie ich es hoffentlich erfaßt habe.

Nun, da ich endlich ans eigentliche Schreiben gehe, muß ich ein Unbehagen eingestehen, das einem Gefühl der Furcht nahekommt. Es ist eine Sache, Material zusammenzutragen, aber eine ganz andere, es in endgültiger Form auf dem Papier Gestalt werden zu lassen. Doch dafür ist nun die Zeit gekommen. Ich habe vor, jetzt anzufangen und – abgesehen von den Dingen, die immer dazwischenkommen, und den normalen, von der Gesundheit und Familienpflichten bedingten Unterbrechungen – mich so rasch voranzuarbeiten, wie mein Wissen und mein Leistungsvermögen es mir möglich machen.

Ich habe viele Überlegungen zur Art des Vorgehens angestellt und bin schließlich zu dem Ergebnis gekommen, daß die beste Methode für mich aussieht wie im folgenden dargelegt. Vom *Morte d'Arthur* existiert nur eine einzige vollständige Fassung, und das ist Caxtons erste Ausgabe, die sich in der Morgan Library in New York befindet. Dann gibt es natürlich die ältere Handschrift im Winchester College in England, die in gewissen Punkten von Caxton abweicht und – abgesehen davon, daß am Ende bedauerlicherweise acht Bogen fehlen – vielleicht die einzige unanfechtbare Quelle ist. Wie die Dinge liegen, muß jede Arbeit an Malory sich auf eine Kombination dieser zwei Quellen stützen. Ich habe die beiden Originale nicht nur gesehen

380

und geprüft, sondern besitze auch Mikrofilme von ihnen. Diese beiden Quellen müssen mir also als Grundlage für meine Übersetzung dienen. Den Caxton-Mikrofilm hat mir die Morgan Library freundlicherweise zur Verfügung gestellt, und den von den Winchester-Handschriften habe ich von der Kongreßbibliothek. Das also ist mein Ausgangsmaterial für die Übersetzung.

Ich habe vor, in ein modernes Englisch zu übersetzen und dabei Rhythmus und Tonfall zu bewahren – oder vielmehr den Versuch einer Neuerschaffung in einer Form zu machen, die auf das Ohr des Lesers von heute die gleiche Wirkung haben wird, wie sie das Mittelenglische im 15. Jahrhundert hatte. Ich werde an jedem Arbeitstag, bei fünf Tagen in der Woche, eine vorgegebene Zahl Seiten von der Übersetzung schreiben: sechs bis acht Seiten Übersetzung pro Tag. Außerdem werde ich jeden Tag die Interpretationen, Beobachtungen und Hintergrundfakten aus unserer umfangreichen Lektüre in Form eines Arbeitsjournals festhalten. Dadurch, daß ich beides nebeneinander tue, hoffe ich die interpretierenden Bemerkungen einzubringen, während die Erzählungen übertragen werden. Nach Abschluß der Übersetzung müßte ich dann eine große Menge interpretierenden Materials beisammen haben, das in den Geist der Erzählungen und in ihre Sinnaussage eingegangen ist. Die Einleitung, die einen sehr wichtigen Teil der Arbeit bilden sollte, werde ich für zuletzt aufheben, denn sie muß ein Gesamtbild der Arbeit in ihren beiden Teilen, Übersetzung wie Interpretation, bringen.

Ich denke, das ist zunächst einmal alles. Nach den jahrelangen Vorbereitungen brenne ich darauf, mich an die Arbeit zu machen. Gleichzeitig fürchte ich mich auch davor, finde aber, das ist nur gesund. Ich habe sehr viel Geld und noch mehr Zeit in dieses Projekt investiert. Wenn man den Umfang der Arbeit und den Umstand bedenkt, daß ich sie ganz allein bewältigen muß, ist es nur zu verständlich, daß mich eine lähmende Demut überkommt. Von jetzt an kann mir niemand mehr helfen. Jetzt geht es ums Schreiben, die einsamste Arbeit auf der Welt. Wenn ich daran scheitere, trägt nur ein einziger Mensch auf der Welt die Verantwortung dafür, aber ich könnte ein kleines Gebet von Ihnen und allen anderen Leuten gebrauchen, die der Meinung sind, diese Arbeit sollte die beste und auch die befriedigendste meines Lebens werden. Ein Gebet, das ist jetzt so ungefähr der einzige Beistand, auf den ich hoffen kann. Ihres. Und jetzt trete ich ein in die Dunkelheit meiner eigenen Gedankenwelt.

AN ERO – NEW YORK, 9. JULI 1958

Gestern begann ich mit dem allerersten Stück der Übersetzung, und heute habe ich daran weitergearbeitet. Vielleicht wird mir am Ende der Woche nicht zusagen, was ich fabriziert habe, doch vorläufig gefällt es mir. Es ist absolut faszinierend – der Prozeß, meine ich. Und ich habe sehr viele Ideen weggelassen, auf die ich seinerzeit gekommen war.

Sie erinnern sich, als ich zum erstenmal davon sprach, wollte ich Malorys Rhythmen und Sprachklänge beibehalten. Aber seither habe ich viel gelernt und viel nachgedacht. Und vielleicht gehen meine Gedanken in die gleiche Richtung wie die Malorys. Als er anfing, versuchte er, die »Frensshe« Bücher nicht anzutasten – im großen und ganzen Chrétien de Troyes. Aber beim Schreiben veränderte er dann doch. Er begann für das Ohr des 15. Jahrhunderts und für das *englische* Denken und Fühlen zu schreiben. Erst das hat seiner Arbeit ihre Größe gegeben. Seine Prosa war für die Menschen seiner Zeit akzeptabel, weil verständlich. Die Erzählungen und die Beziehungen zwischen ihnen sind unsterblich. Aber Ton und Erzählmethode verändern sich. Das Ohr des 20. Jahrhunderts kann die Ausdrucksform des 15. Jahrhunderts nicht aufnehmen, weder den Ton, noch den Satzbau, noch den Stil. Die natürliche Ausdrucksweise von heute ist kürzer und konziser. Und genau darauf mußte seltsamerweise auch Malory mit seinem Quellenmaterial achten. Als er Sicherheit gewann, begann er den Text für seine eigene Zeit zu kürzen und zu verknappen. Und er erklärte auch einige Dinge, deren Sinn dunkel war. Und eben das versuche nun auch ich zu tun. Ich möchte den Stoff nicht im Gewand der damaligen Zeit gestalten, sondern ihn unter Beibehaltung des Inhalts und der Details in eine unserer Zeit gemäße Form gießen.

Etwas Verblüffendes geschieht, sobald man von den Beschränkungen der Sprache des 15. Jahrhunderts abgeht. Die Erzählungen schließen sich sofort auf, sie kommen aus ihrer

Gruft heraus. Die Kleingeister unter den Philologen werden diese Methode sicher nicht gutheißen, aber Vinaver und Buhler wird sie, glaube ich, sehr gefallen, denn es ist Malory – nicht wie er schrieb, sondern wie er heute schreiben würde. Ich kann Ihnen viele Beispiele nennen, was den Wortgebrauch betrifft. Nehmen wir das Wort *worship,* wie Malory es verwendet. Es ist ein altes englisches Wort, *worth-ship,* und bedeutet hohes Ansehen, das man durch persönliche Eigenschaften, Mut oder Ehrenhaftigkeit, erwarb. Es war nicht möglich, *worshipfulness* zu erben. Nur der eigene Charakter oder eigenes Tun trug einem die Bezeichnung ein. Mit dem 13. Jahrhundert nahm das Wort allmählich eine religiöse Konnotation an, die es ursprünglich nicht gehabt hatte. Und heute hat es seine Originalbedeutung verloren und ist zu einem Wort von rein religiösem Gehalt geworden. Vielleicht ist *honor* oder noch besser *renown* an seine Stelle getreten. Früher einmal hatte *renown* die Bedeutung, daß jemand wegen seiner persönlichen Qualitäten einen neuen Namen erhielt, und heute bedeutet es, daß man gefeiert wird, wenn auch noch immer wegen persönlicher Verdienste. Es ist nicht möglich, *renown* zu erben. Ich möchte Ihnen damit nur eine Vorstellung von meinem Experiment vermitteln. Und bislang scheint es zu gelingen. Inzwischen bin ich mit der Arbeit so vertraut, daß sie mir keine Angst mehr macht. Der Text muß auch ein bißchen erläutert werden. Zum Beispiel wenn Malory schreibt: »Uther sent for this duke charging him to bring his wife with him for she was called a fair lady and passing wise and her name was called Igraine.« Nun, jeder, der im 15. Jahrhundert dieser Geschichte zuhörte, wußte sofort, daß Uther auf Igraine schon scharf war, ehe er sie noch zu sehen bekam – und wenn der Hörer es nicht wußte, konnte der Erzähler es seinem Publikum durch eine hochgezogene Augenbraue oder ein Zwinkern oder einen beziehungsvollen Tonfall begreiflich machen. Unsere Leser hingegen, die nur die gedruckte Seite vor sich haben, müssen durch das Wort aufgeklärt werden. Und davor habe ich nun keine Scheu mehr. Viele der scheinbaren Lücken wurden zweifellos vom Erzähler durch Mimik und Gestik ausgefüllt, ich aber muß sie mit Wörtern schließen. Während ich früher Bedenken gehabt hätte, irgend etwas hinzuzufügen, zögere ich heute nicht mehr. Sie, Chase und Vinaver haben mir diese Furcht genommen.

Jedenfalls, ich habe mich in Bewegung gesetzt und fühle mich recht wohl und unbeschwert. Ich arbeite in der Garage, bis mein neues Arbeitszimmer fertig ist, und es geht gut so. Dem Himmel sei Dank für das große Oxford Dictionary. Ein Glossar ist etwas sehr Unbefriedigendes, das große Oxford-Lexikon aber ist das großartigste Buch auf der Welt. Ich stelle fest, daß ich ständig hinrenne. Und wo Malory, wie es oft geschieht, zwei Adjektive von derselben Bedeutung verwendet, nehme ich nur ein einziges. Denn einerseits muß ich den Text erweitern, und andererseits muß ich ihn für unser heutiges Auge und Ohr zusammenziehen. Es mag reizvoll sein zu lesen: ». . . to bring his wyf with him for she was called a fayre lady and passing wyse and her name was called Igraine.« Doch in unserer Zeit sagt es dem Leser mehr, wenn da steht: ». . . to bring his wife, Igraine with him for she was reputed to be not only beautiful but clever.«

Ich hoffe sehr, das liest sich für Sie nicht wie ein Vandalenakt. Ich glaube, der Inhalt ist nun ebenso gut und wahr und von ebensolchem Gegenwartsbezug, wie er es damals war, aber ich bin auch überzeugt, daß das Buch nur mit dieser Methode aus seiner mittelalterlichen Gruft befreit werden kann. Wenn es oder vielmehr sie (die Erzählungen) im 15. Jahrhundert erfunden worden wären, sähe die Sache anders aus – aber so war es ja nicht. Wenn Malory für seine Zeit Chrétien umschreiben konnte, dann kann ich Malory für meine Zeit umschreiben. Tennyson schrieb ihn für seine gefühlsselige viktorianische Leserschaft um und glättete. Unsere Leser aber können die Schroffheiten vertragen. Malory beseitigte einiges vom repetitiven Charakter der »Frensshe« Bücher. Ich finde es notwendig, die meisten Wiederholungen bei Malory zu tilgen.

Ich habe die Absicht, Ihnen regelmäßig in dieser Art zu schreiben. Es ist besser als Tagebucheintragungen, weil es an einen Adressaten gerichtet ist. Heben Sie die Briefe bitte auf. Ich werde meine Einleitung darauf aufbauen.

AN ERO UND CHASE – NEW YORK, 11. JULI 1958
In dem neuen Häuschen kann ich meine Wörterbücher unterbringen und muß nicht jedesmal ins Haus laufen, wenn ich ein Wort nachschlagen will. Aber es macht eigentlich nichts.

Ich bin einfach schlecht aufgelegt. Ich werde mich an die Arbeit machen und meine schlechte Stimmung etwas austrocknen lassen.

Dabei habe ich recht gut gearbeitet und zudem an einem höchst schwierigen Teil. Wenn Malory alles in einen einzigen Korb zu werfen versucht – Handlung und Genealogie, Gegenwart und Zukunft, Persönlichkeit und Sitten –, muß ich es, soweit ich es kann, gewissermaßen auseinanderklauben. Ich bewege mich sehr langsam voran und bemühe mich, nicht zu viele Fehler zu machen, die später ausgebügelt werden müssen. Dieses Vorwärts und Rückwärts in der Zeit muß vielleicht noch überarbeitet werden. Damals, als die Leute wußten, daß die erste Elaine, Igraines Schwester, Gawains Mutter war, war es ja ganz in Ordnung, dieses Faktum einzuführen, ehe Gawain noch geboren war. Einen modernen Leser könnte es jedoch verwirren, da für ihn Genealogie nicht so schrecklich interessant ist, sofern es sich nicht um seine eigene handelt.

Elaine ist soeben mit Briefen von Ihnen beiden hereingekommen, und ich kann Ihnen gar nicht sagen, wie sehr es mich freut, daß Sie mein Vorgehen gutheißen. Für mich war es, als hielte ich mir die Nase zu und spränge mit den Füßen voran in kaltes Wasser. Und es steht im Gegensatz zu allen hergebrachten Methoden der Arthur-Experten, aber, bei Gott, ich wette, Vinaver wird es gut finden.

Nun zu Charakter und Persönlichkeit. Ich bin überzeugt, daß beides da ist und seinerzeit verstanden wurde. Meine Aufgabe ist es, die »Stenographie« zu verstehen und beides herauszuarbeiten. Nehmen Sie ein verlorengegangenes Stückchen wie das folgende: Igraine hat ein Mann beigewohnt, den sie für ihren Gatten hielt, und später entdeckt sie, daß ihr Ehemann damals schon tot war. Nun schreibt Malory, als er sie zum erstenmal erwähnt, sie sei eine schöne und über die Maßen kluge Dame. Als sie erfährt, daß ihr Gemahl tot ist und daß sie auf eine Art, die sie nicht verstehen kann, getäuscht wurde, schreibt Malory: »Thenne she marvelled who that knight was that lay with her in the likeness of her lord. *So she mourned pryvely and held her pees.*«

Mein Gott! Hier hat man alles, was man an Charakter braucht, wenn man es nur mit einer Wiederholung zuspitzt. Ich habe folgendermaßen übersetzt: »*When news came to Igraine*

*that the duke her husband was slain the night before, she was
troubled and she wondered who it was that lay with her in
the image of her husband. But she was a wise woman and she
mourned privately and did not speak of it.«*

Sie sehen, es ist alles da. Ein ganzer Charakter – eine Frau,
allein in einer feindseligen und rätselhaften Welt. Sie tat das
einzig Sichere. »She held her pees.« Das Buch strotzt von solchen Dingen. Sie müssen nur in unser heutiges Blickfeld
gebracht werden. Malorys Zuhörer kannten die Situation
genau, in der Igraine war, ein moderner Leser hingegen hat
keine Vorstellung vom Leben einer Frau im 15. Jahrhundert.
Sie mußte sehr klug sein, um überhaupt am Leben zu bleiben.

Und lustige Dinge gibt es auch – manchmal nehmen sie die
Form kleiner ironischer Bemerkungen, dann wieder satirische
Gestalt an. Merlin spielt mit kindlicher Freude Possen, wenn er
zaubert. Es bedarf nur eines Wortes, um zu zeigen, wieviel
Spaß er daran hatte. Er ist wie ein Kind, das sich freut, wenn es
Menschen in Erstaunen versetzen kann. Dann natürlich Merlins Ende – eine grausame, entsetzliche Situation und zum Tot-
lachen komisch. Ein alter Mann, vernarrt in eine junge Frau,
die ihm das Geheimnis seines Zaubers entlockt und die Magie
dann gegen ihn richtet. Es ist die Geschichte meines Lebens
und des Lebens vieler anderer Leute und kommt immer wieder
vor, ein herzloser Witz – der mächtige, an Wissen reiche Mann,
der von einem dummen, schlauen Mädchen seine wohlver-
diente Strafe erhält. Oh, von solchen Dingen findet sich hier
eine ganze Menge. Und ich verliere immer mehr meinen
scheuen Respekt davor. Ich glaube, ich darf nicht übervorsichtig oder allzu respektvoll sein, sonst verliere ich, was er sagt.
Aber ich möchte doch zunächst sehr langsam und sorgfältig
arbeiten und sehr aufpassen, daß mir nichts von dem entgeht,
was er sagt. Vermutlich werde ich im Laufe der Arbeit rascher
werden.

Jetzt möchte ich einen Augenblick über Arthur als Helden
sprechen. Für mich besteht kein Zweifel daran, daß Malory in
ihm einen Helden sah, aber er war auch ein gesalbter König.
Diese zweite Eigenschaft führte eher dazu, ihn Malory zu ent-
rücken. Im 15. Jahrhundert hatte die Anschauung, daß der
König kein Unrecht tun könne, noch unverminderte Gültig-
keit. An seinen Irrtümern waren seine Ratgeber schuld. Das

war nicht nur eine Idee – es war Faktum. Wenn er kein Unrecht begehen konnte, ist der Faktor des Mitgefühls aus dem Spiel. Trotzdem aber läßt Malory ihn eine Sünde mit seiner Halbschwester begehen, und damit sein Schicksal auf sich herabbeschwören. Ich weiß, daß in einigen der späteren Erzählungen Arthur uns nur als eine Art Scheherazade erscheint, aber er war auch das Herz der Bruderschaft. Ich glaube, daß ich daran etwas machen kann. Begreiflicherweise war Malory wohl mehr an fehlbaren Menschen interessiert – Menschen, die imstande waren, Irrtümer und sogar Verbrechen zu begehen. Auch uns Menschen von heute interessieren ja Verbrechen mehr als Tugenden. Doch für den heutigen Menschen ist nicht mehr nachvollziehbar, daß Malory die Bedeutung des Herrschers nie aus den Augen verlor. Hier gewinnt Elizabeths Idee vom Kreis besonderes Gewicht. Der Kreis konnte ohne Arthur nicht bestehen. Er verschwand ja auch, als Arthur nicht mehr da war. Nun, das sind einfache Dinge – aber warum hat niemand diesen Mann gelesen? Ich komme immer mehr zu der Überzeugung, daß die Philologen ihn überhaupt nicht gelesen haben – zumindest nicht mit der Absicht zu verstehen, was Malory sagen wollte und was er seinen Zuhörern vermittelte. Ich könnte mich darüber endlos auslassen und werde es vermutlich auch tun, weil es mir selbst die Dinge klarmacht, wenn ich sie zu erklären versuche. Außerdem: Je tiefer ich eindringe, desto lohnender erscheint es mir. Der Text wird mitnichten kleiner – er bauscht sich größer und größer auf. Das Problem sind die einfachen Dinge, von denen manche in unserer Zeit nicht verstanden werden und manche vielleicht nicht verstanden werden können. Das Kostbare des Bluterbes – das ist eine Sache, an der ich arbeiten muß. Die Vorstellung, daß das einfache Volk eigentlich eine andere Spezies war, von Menschen aus dem Adel so verschieden wie Kühe. Hier ist kein Snobismus im Spiel. So war es einfach. Ich werde das jetzt für eine kleine Weile beiseitelegen.

AN CHASE – NEW YORK, 14. JULI 1958
Danke für Ihren guten Brief und auch für die Bücher, die ständig eintreffen. Man kann wohl nie genug Bücher haben.
Ich denke, ich werde weiterhin diese Arbeitsbriefe an Sie

und Elizabeth schicken. Es ist sehr nützlich, sie zu schreiben, während ich am Arbeiten bin, finden Sie nicht?

AN CHASE – NEW YORK, 28. JULI 1958

Ich war in der letzten Zeit ziemlich unaufmerksam zu Ihnen, aber nicht undankbar. Die Bücher, die Sie mir geschickt haben, sind großartig. Nur war hier ein solcher Wirbel, daß ich immer mehr durcheinandergeraten bin. Das ist alles. Heute soll mit meinem Häuschen angefangen werden. Ich denke, danach wird alles ganz anders aussehen. Zumindest wird es mit dem Trubel ein Ende haben. Es ist alles aus Fertigbauteilen, so daß es innerhalb von nur ungefähr drei Tagen zusammengesetzt werden kann.

AN ERO UND CHASE – NEW YORK, 11. AUGUST 1958

Joyous Garde ist jetzt fertig. Zumindest ist es soweit fertig, daß ich darin arbeiten kann. Nach der Arbeit bleiben natürlich noch hundert kleine Verfeinerungen, die ich vornehmen und anbringen werde. Ich hatte noch nie einen Arbeitsraum wie diesen.

Ich werde jeden Tag am Morgen hier sein und arbeiten, bis ich finde, daß mein Tagewerk getan ist. Daß ich in jede Richtung sehen kann, lenkt mich ganz und gar nicht ab. Im Gegenteil. Daß ich in alle Richtungen sehen *kann,* erspart mir das Hinschauen. Das liest sich vielleicht widersprüchlich, ist es aber nicht. Es ist schlicht und einfach die Wahrheit. Nun ist es vorbei mit dem Herumtrödeln, mit den Ausreden und den Klagen. Jetzt bestehe ich darauf, daß ich an die Arbeit gehe, und es gibt absolut keine Ausrede mehr, nicht an die Arbeit zu gehen . . . Nie hatte jemand einen besseren Platz zum Schreiben.

Ich habe jetzt so ungefähr alles, was sich nach meiner Vorstellung irgend jemand, insbesondere ich, nur wünschen kann. Ein Boot, ein Haus, Joyous Garde, Freunde und Arbeit. Dazu bleibt mir neben der Arbeit noch etwas Zeit für all das übrige. Ich habe in der letzten Zeit viel über meine Zeitnot gegrübelt, was wohl von der Frustration darüber kam, daß ich wegen einer immer mehr überhandnehmenden Unordnung nicht zum Arbeiten kam. Jetzt ist das alles beseitigt, zumindest heute vormittag. Ich habe in der letzten Zeit schrecklich viel gejammert.

Das ist bei mir nichts Neues. Ich glaube, ich war schon immer so. Aber jetzt werde ich mir wirklich Mühe geben, damit das ein Ende hat. Zumindest ist das heute vormittag mein Vorsatz. Und ich hoffe sehr, daß er Bestand hat.

AN CHASE – NEW YORK, 21. OKTOBER 1958
Mir ist klar, nach all den Monaten unserer gemeinsamen Arbeit muß es recht primadonnenhaft wirken, daß ich mich so abgeschottet habe. Und es war mir nicht möglich, dafür eine einfache Erklärung zu geben, nicht einmal mir selbst. Sozusagen wie ein Motor, bei dem es in mehreren Zylindern nicht zündet, und ich kann nicht recht sagen, was daran schuld ist, obwohl ich – da ich von Motoren etwas verstehe – weiß, daß es nicht mehr als vier oder fünf Ursachen geben kann oder daß vielleicht mehrere Faktoren an den Schwierigkeiten beteiligt sind. Aber das ist mein Problem. Das einzige, was Sie tangiert, ist der Umstand, daß der Motor nicht läuft. Das Ganze muß etwas kränkend für Sie sein, und das möchte ich nicht. Es kommt von meinen eigenen Unsicherheiten.

Sie werden sich erinnern, daß ich einmal mit meiner eigenen Arbeit unzufrieden war, weil sie etwas Flaches bekommen hatte, und mehr als ein Jahr nichts getan habe. Es war ein Versuch, dieser Flachheit eine Chance zu geben, daß sie vergeht, und ich hoffte, ich könnte danach einen neuen Anfang mit einer Sprache machen, die mir vielleicht wie neu vorkommen würde. Aber als ich mich dann dranmachte, konnte von einer neuen Sprache überhaupt keine Rede sein. Es war eine blasse Imitation der alten, nicht so gut wie diese, weil ich eingerostet war, weil die Schreibmuskeln verkümmert waren. Also pickte ich daran herum und war darüber sehr bekümmert, denn ich wollte unbedingt, daß diese Arbeit das Beste würde, was ich jemals geschrieben hatte. Meine eigene Stagnation und totale Unfähigkeit, etwas zu tun, machten mich völlig ratlos. Schließlich beschloß ich, die Sache liegenzulassen und zu versuchen, die Muskeln an etwas anderem zu kräftigen – an etwas Kurzem, vielleicht sogar Leichtgewichtigem, obwohl ich weiß, daß es leichtgewichtige Dinge nicht gibt. Aber auch das fruchtete nichts. Ich schrieb fünfundsiebzig Seiten von dem Neuen, las sie und warf sie in den Papierkorb. Dann schrieb ich fünfzig Seiten und warf sie ebenfalls weg. Und dann kam mir blitzartig die Erleuchtung, was diese neue Sprache war. Sie war die ganze Zeit herumgelegen, man brauchte nur die Hand danach auszustrecken, und noch niemand hatte sie literarisch genutzt. Bei meiner »leichtgewichtigen« Sache ging es um das Amerika der Gegenwart. Warum sie nicht auf amerikanisch schreiben? Das Amerikanische ist eine hochkomplizierte und überaus kommunikative Sprache. Es wurde in Dialogen, bei unernsten Dingen und vielleicht von ein paar Sportreportern verwendet. Benutzt wurde es auch, wenn ein Ich-Erzähler eine Geschichte erzählt, meines Wissens aber nicht als ein legitimes literarisches Idiom. Während ich darüber nachdachte, hörte ich den Klang in den Ohren. Und dann probierte ich es aus, es kam mir richtig vor, und es begann dahinzuströmen. Es ist keine einfache Sache, aber ich finde sie gut. Für mich. Und plötzlich empfand ich, was Chaucer empfunden haben muß, als er feststellte, daß er in der Sprache schreiben konnte, die um ihn herum gesprochen wurde, und niemand ihn ins Gefängnis sperrte – oder Dante, als er das Florentinische, das die Leute sprachen, doch nicht zu schreiben wagten, zu poetischer Würde erhob. Ich gebe zu, mit diesen beiden Beispielen greife ich etwas hoch, aber unsereiner darf auf Chaucer doch wenigstens einen Blick werfen.

Jetzt scheint es in mir zu strömen, und ich stelle fest, daß ich abends nicht einschlafen kann, weil die Mythen immerfort an meinem akustischen Aufnahmeapparat vorbeifließen, und die Figuren wie Indianerhäuptlinge über meinen optischen springen. Ich spreche nicht von der Sprache der Analphabeten, obwohl die Traditionalisten sie als solche betrachten werden, genauso wie es bei Chaucer war. Die amerikanische Sprache ist etwas Neues unter der Sonne. Sie ist imstande, die ganze Hochbildung, die man besitzt, mit der Alltagssprache unserer eigenen Zeit zu verbinden. Sie ist nicht verniedlichend-oberflächlich und ist auch nicht regional begrenzt. Die Formen sind aus uns selbst herausgewachsen, haben aber alles aufgenommen, was schon vorher dagewesen ist. Vor allem aber hat sie eine Leichtigkeit und einen Fluß, einen Ton und einen Rhythmus wie sonst nichts auf der Welt. Es gibt keinen Zweifel, woher sie kommt, die Gebilde, die sie hervorgebracht hat, ihre Nebentöne sind aus unserem Kontinent gewachsen und aus den zwanzig Generationen vor uns in diesem Land. Sie gründet auf dem

Englischen, ist aber gedüngt mit und befruchtet von den Idiomen der Neger und Indianer, vom Italienischen, Spanischen, Jiddischen, Deutschen, alles derart vermengt und vergoren, daß etwas Neues ans Licht getreten ist.

Damit also arbeite ich, und dies ist der Grund, warum ich manchmal himmelhochjauchzend und dann wieder zu Tod betrübt und verzweifelt bin. Aber es ist eine schöpferische Verzweiflung. Es ist eine gewöhnliche Sprache, wie es alle lebenden Sprachen sind. Ihre Figuren sind aus uns selbst herausgewachsen. Nun, das wär's so ungefähr. Ich weiß nicht, ob ich es gut machen werde, doch wenn ich es nur ein Zehntel so gut mache, wie ich möchte, wird es besser werden, als ich erhoffen darf.

Wir kommen nächste Woche hinein und quartieren uns ein. Und wenn Ihnen verschwommen vorkommt, was ich schreibe, dann wissen Sie jetzt, warum. Ich bin glücklich und perplex, als hätte ich das große Los gezogen.

AN ERO – NEW YORK, 3. JANUAR 1959

Da die Arbeit nur sehr zäh vorankommt, grüble ich im Kreis herum über Dinge nach, was wieder die Arbeit nicht vorankommen läßt. Das Gefühl, all dies schon einmal erlebt zu haben, ist fast immer da. Ich zähle darauf, daß Somerset mir das gewisse Neue geben wird, das ich brauche.

Ich hege die große Hoffnung, daß ich auf Avalon mit dem uralten Wissen, dem Wissen vor dem Wissen, Verbindung aufnehmen kann und daß dies vielleicht ein Sprungbrett zum Wissen über das Wissen hinaus abgeben wird. Es ist vermutlich eine dreiste Hoffnung, aber alles, was ich im Augenblick erlangen kann. Und wahrscheinlich klammere ich mich an Hoffnungen. Zum Beispiel an die Hoffnung, zu einem Gefühl zu gelangen, das nicht verdünnt und verwässert ist. Möglicherweise ist das, womit ich zu kämpfen habe, einfach das Alter, ein Herabbrennen des Feuers, aber ich glaube es doch eigentlich nicht. Ich denke, es ist Ratlosigkeit, oder man könnte es auch einen Konflikt der Interessen nennen, wovon jedes das andere in einem gewissen Maß neutralisiert. Doch daran wäre niemand anders schuld außer mir selbst. Ich kann mir etwas abverlangen, wenn die Sache dafür steht. Und ich habe, falls das überhaupt möglich ist, einen noch höheren Respekt vor dem Metier als jemals vorher, weil ich seine gewaltigen Ansprüche und, in einem gewissen Maß, meine eigene Begrenztheit kenne. Die zornigen jungen Männer und die der Beat-Generation versuchen einfach, den anderen drei Dimensionen die Geschwindigkeit hinzuzufügen, wie es ja richtig ist. Denn mittlerweile ist endlich von den Sphären der reinen, abstrakten Mathematik nach unten gesickert, daß die Zeit die vierte Dimension ist. Aber das muß nicht unbedingt heißen: schnell. Es kann ebensogut langsam bedeuten, solange die Zeit in ihrem Ablauf die Dimension ist. Es verlangt eine Sprache, die noch nicht geschaffen ist, aber die Beats arbeiten daran, und vielleicht werden sie sie erfinden. Die Methode, Zeit noch an etwas anderem zu messen als an Sonne, Mond und in Jahren ist sehr jungen Datums. Als Julius Caesar den Anspruch erhob, von Venus abzustammen, stellte er sich seine Vorfahren nicht als ferne Ahnen vor. Faktoren wie Lichtgeschwindigkeit und Begriffe für das bisher nicht in Begriffe Gebrachte werfen nur Sand ins Getriebe, in meines wie in ihres. Mir ist klar, daß ich das, wonach ich mich in Somerset umsehen will, ebensogut hier finden kann. Ich bin kein solcher Narr, daß ich das nicht wüßte. Was ich mir wünsche, das ist ein Zündfunke, nicht eine Explosion. Die Explosion ist hier. Aber mein Wunsch geht dahin, auf den verwunschenen Feldern von Cornwall und in dem Bergwerksgebiet mit seinen Zinn- und Bleigruben, in den Dünen und den lebendigen Geistern der Dinge einen Weg oder ein Symbol oder einen Zugang zu finden. Ein alter Mann auf dem St. Michael's Mount erzählte uns, er fange im Mondschein Wildkaninchen in Fallen und komme so zu seinen Mahlzeiten. Es ist irgendwo dort so alltäglich, daß die Einheimischen wissen, es ist da, es aber nicht sehen. Vielleicht ist das mein Zündfunke. Ich weiß es nicht. Aber möglich wäre es. Ich hoffe sehr, daß ich es bald wissen werde, falls es nicht so ist, damit ich nicht an Dinge klopfe, die wie Türen aussehen, aber keine Eingänge sind. Und seien Sie versichert, daß ich nach der Zukunft suche, wenn ich das Gerümpel der Vergangenheit durchstöbere. Das ist keine Sehnsucht nach dem Abgeschlossenen und Sicheren. Meine Suche gilt nicht einem toten, sondern einem schlafenden Arthur. Und wenn er schläft, dann schläft er überall, nicht nur in einer Höhle in Cornwall. So, jetzt ist es endlich einmal durchgedacht und ausgesprochen, und ich wollte es schon seit langem aussprechen.

Wenn es also ganz danach aussieht, daß eine Reise in den äußersten Süden Englands notwendig wird, ist das richtig, aber es geht mir um noch viel mehr. Nicht nur, daß die Zeit oder das Kontinuum wichtig ist, sondern ich erkenne allmählich auch, daß eine Reise zwei Zwecke und Ziele hat – wovon man sich entfernt ebenso wie das, worauf man zugeht.

AN CHASE – NEW YORK, 28. JANUAR 1959

Der einzige Waffenruhm, der in Malorys Erinnerung England zugefallen war, war der historische Sieg des Langbogens bei Crecy [recte: Crécy] und später bei Agincourt [recte: Azincourt]. Gesetze der Eduards machten Übungen mit dem Bogen obligatorisch. Als Malory Monks Kirby angriff, geschah dies mit Pickeln, Rammen, Bogen und Pfeilen. Er wurde beschuldigt, Buckingham mit Bogen und Pfeilen aufgelauert zu haben.

Auf seinen Raubzügen begleiteten ihn Freibauern. Die Waffe des Freibauern war der Langbogen. Malory schrieb sich eine gewisse taktische Begabung zu, wie aus manchen der Schlachtpläne im *Morte* hervorgeht. Doch im *Morte* ist weder vom Bogen noch davon die Rede, daß der Freibauer als Soldat eingesetzt wurde. Gemeine werden erwähnt, Freibauern hingegen nicht. Und doch gab es in der Geschichte seiner Gegenwart keinen englischen Erfolg, an dem der Bogen nicht beteiligt gewesen war. Ist es nicht bemerkenswert, daß kein Hinweis auf den Bogen in den Text geriet?

Die ganze Sache läßt mir keine Ruhe. Das Winchester-Mskr. kann früheren Datums sein oder auch nicht. Es ist auf Papier mit einem Wasserzeichen geschrieben wie denen von anno 1475. Zur Ausbesserung eines Risses ist ein Stück Pergament aufgeklebt, aus einer Ablaßbulle Innozenz' VIII. von 1489, gedruckt von Caxton. Das Kopieren hatte noch viele Jahre nach Caxton nicht ganz aufgehört. Es ist also denkbar, daß das Winchester-Manuskript nach Caxtons Drucklegung des *Morte* geschrieben wurde. Es ist weitgehend in der Chancery-Kursiv- oder -Schreibschrift geschrieben, die das Modell für Caxtons frühe Drucktypen abgab. Es kann durchaus konservative Geister gegeben haben, die an die Druckerpresse einfach nicht glauben wollten. Genauso wie es heute Leute gibt, die sich noch immer nicht mit Paperbacks oder der Linotype anfreunden mögen. Zahlreiche Bücher werden nach wie vor im Handsatz gedruckt. Es ist gut vorstellbar, daß Bücherliebhabern der Buchdruck billig und wertlos erschien. Das ist nur eine Frage. Ich gedenke, eine Menge Fragen zu stellen.

Warum gelangt jeder Kommentator zu der Überzeugung, daß ein Mann alles, was er wußte, gelesen haben müsse? In einem Zeitalter der Rezitation muß das Gedächtnis der Menschen ungleich besser geschult gewesen sein als heute. Zum Beispiel müssen sich Männer von niedrigem Stand, wenn sie einen angesehenen Rezitator hörten, in vielen Fällen das Gehörte eingeprägt haben, und wenn sie mit anderen zusammenkamen, haben sie vermutlich wiederholt, was sie davon behalten hatten.

1450 besaß John Fastolf, ein reicher Mann, neben Meßbüchern und einem Psalter ganze achtzehn Bücher. Und das galt schon als eine ansehnliche Bibliothek. Er besaß, nebenbei bemerkt, das *Liber de Ray Aethaur*. Ist es denkbar, daß Malory von den »Frensshe« Büchern nicht in bewußter Absicht abwich, sondern weil ihn sein Gedächtnis im Stich ließ? Nur eine Frage. Ich habe viele Fragen.

Das Gedächtnis war für einen großen Teil der Bevölkerung das einzige Aufzeichnungsgerät. Dem Inhalt von Vereinbarungen und Verträgen wurde dadurch Dauer verliehen, daß man sie jungen Gefolgsleuten ins Gedächtnis prügelte. Die Ausbildung der walisischen Dichter bestand nicht in Übungen, sondern im Auswendiglernen. Sobald einer 10 000 Gedichte beherrschte, bekam er eine Anstellung. Das war immer so. Das Instrument, das vom geschriebenen Wort zerstört wurde, muß höchst imponierend gewesen sein. Die Pastons erwähnen, daß sie ihren Boten den Brief lesen ließen, so daß er ihn Wort für Wort aufsagen konnte, falls er ihm gestohlen wurde oder abhanden kam. Und manche von diesen Briefen waren sehr kompliziert. Wenn Malory im Gefängnis war, brauchte er vermutlich keine Bücher. Er kannte sie. Wenn meine Bibliothek aus nur zwölf Büchern bestünde, wüßte ich sie auswendig. Und wie viele Männer im 15. Jahrhundert hatten kein Gedächtnis? Nein – zu dem Buch, das man besaß, muß das entliehene und auch das *gehörte* Buch getreten sein. Herodots gewaltige

Geschichte der Perserkriege war allen Athenern bekannt, und sie haben das Buch nicht gelesen, sondern es wurde ihnen vorgelesen.

Ich reite deswegen darauf herum, weil ich finde, dieser Punkt des Gedächtnisses hat nicht genug Beachtung gefunden. Alles Gehörte wurde katalogisiert, bis die Bibliothek der Erinnerungen gewaltige Ausmaße erreichte – und alles im Kopf gespeichert. In Shakespeares Zeit konnte sich ein Mann mit einem guten Gedächtnis eine ganze Szene aus einem Stück merken und sie hinterher niederschreiben. Das war die einzige Möglichkeit, sie zu stehlen.

Ich möchte nicht, daß Sie den Eindruck bekommen, mir sei allmählich allzusehr darum zu tun, wer Malory war. Ich finde nicht, daß das sehr wichtig ist. Aber ich möchte doch dahinterkommen, was er war und wie er sich zu dem entwickkelte, was er war. Wenn der Malory des *Morte* der Malory der Verhöre und Anklagen und der Gefängnisausbrüche war, dann war er kein Junge aus dem höchsten Adel, der einsam in einem Elfenbeinturm saß. Sein Umgang bestand aus Tagelöhnern, Freibauern, Schneidern – und was ist zu Richard Irysheman zu sagen? Und die Namen – Smyth, Row, David, Wale, Walman, Breston, Thorpe, Hellorus, Hande, Tidman, Gibb, Sharpe? Das sind keine Namen von Adeligen. Es sind Bauern oder Gildenmitglieder. Es waren auch vom Leben abgehärtete Männer, ganz und gar eingestellt auf jene rauhen Zeiten.

Ich weiß, man kann sagen, die Form habe gewisse ritterliche Konventionen verlangt. Doch besonders in den letzten Teilen kamen ihm Dinge unter, die ihm vertraut waren, Bäume, Pflanzen, Wasser, Erdreich, Sprachgewohnheiten, Kleidungssitten. Warum dann nicht auch die Waffen, die er kannte – Bogen und Pfeile? Unter Beauchamp diente er mit einer Lanze und zwei Bogenschützen. Das ist ungefähr die übliche Mischung damals. Bei Agincourt [recte: Azincourt] waren von den geschätzten 6000 englischen Kämpfern etwa 4000 Bogenschützen. Sollte man also nicht erwarten, daß ein Mann, der später, aber bei ganz ähnlicher Taktik in Frankreich diente, ein bißchen von dem, was ihm vertraut war, mit unterbrachte, als er schließlich über den Krieg schrieb? In vielen anderen Punkten tat er das ja. Seine Vertrautheit mit Menschen und Tieren drängte die Konventionen des Versromans beiseite und nahm herein, was für die damalige Zeit ungeheuer realistisch war.

Inzwischen sind mehrere Tage vergangen. Ich kann wieder einmal nicht genug betonen, wie wenig die Philologen die mündliche Überlieferung in Betracht gezogen haben. Da sie Bücher als Kommunikationsträger gewöhnt sind, entgeht ihnen, daß noch vor gar nicht so langer Zeit die Bücher und das Bücherschreiben die seltenste Form der Vermittlung waren. Man denke nur an die Millionen Regeln für das Alltagsleben, für das Spinnen, die Landwirtschaft, das Fasten, Bierbrauen, Bauen, Jagen zusammen mit Handwerk und Kunsthandwerk! Nichts davon aufgeschrieben und gleichwohl weitergegeben. Ich möchte diesen Punkt stark betonen, vor allem in meinem eigenen Kopf.

Zweiter Punkt: die Vorstellung, daß der Zyklus Besitz der Auserwählten, der des Lesens und Schreibens Kundigen, der Kreise der Gelehrten gewesen sei. So war es nicht. Chaucer selbst hat uns die Antwort gegeben. Er und auch Boccaccio haben die zyklische Form nicht erfunden. Die Geschichten wurden erzählt, im Gedächtnis gespeichert, wiedererzählt. Und erst ganz zuletzt wurden sie aufgeschrieben. Und das Verblüffende daran ist, wie rein und mit wie wenig Veränderungen sie auf uns gekommen sind. Ein sorgloser Schreiber konnte größeren Unfug anrichten als hundert Erzähler.

Diesmal habe ich den Brief fertig bekommen.

AN CHASE – SOMERSET, 24. MÄRZ 1959

Die Landschaft wird jetzt saftig wie eine Pflaume. Alles ist am Sprießen. An den Eichen zeigt sich jene Färbung geschwollener Knospen, bevor sie grau und dann grün werden. Die Apfelblüten sind zwar noch nicht da, aber es kann nicht mehr sehr lange dauern. Wir hatten Ostwind, direkt aus Finnland und vom Weißen Meer her, und es war kalt. Dann schlug der Wind um und kam von Westen, wie in der *Ode an [den Westwind]*,* und sofort strömte die Wärme des Golfstroms ins Land. Ich bin

---

* Percy Bysshe Shelley, Ode an den Westwind, 1819.

jetzt zur Arbeit bereit, und das macht mir natürlich Angst. Muß mir die Nase zuhalten und mit den Füßen voran hineinspringen. Es hat gewissermaßen etwas Unwiderrufliches an sich. Ich nehme an, ich werde darüber hinwegkommen.

Der Mikrofilmprojektor arbeitet gut. Er steht in der tiefen Laibung meines Fensters und projiziert auf meinen Arbeitstisch. Alles in allem wird man hier in eine ferne Vergangenheit versetzt. Elaine ist auch sehr davon angetan. Diese Stimmung habe ich schon lange Zeit nicht mehr erlebt. Das 20. Jahrhundert erscheint einem ganz fern. Und in diesem Zustand möchte ich es einige Zeit halten. Raketen auf den Mond, das hat noch gefehlt! Ich frage mich, wie lange Eduard IV. sich halten kann.

Es war ein glücklicher Zufall, der mich hierher zog. Wie Sie wissen, dachte ich anfangs, es würde einige Zeit in Anspruch nehmen, bis ich mich eingewöhnt habe und ans Schreiben gehe. Aber es ist anders gekommen. Die Arbeit geht mir von der Hand, wie sie soll. Ich frage mich, warum ich so lange gebraucht habe, meinen Weg zu finden. Auf einer Wiese in Somerset ist mir die Erleuchtung gekommen, und das ist wahr gesprochen. Und Sie haben es vermutlich schon die ganze Zeit gewußt. Ich habe mir folgendes durch den Kopf gehen lassen:

»Malory schrieb diese Geschichten für seine Zeit und an sie gerichtet. Wer sie hörte, erkannte jedes Wort und verstand jede Anspielung. Nichts daran war dunkel, er schrieb die klare, gemeine Rede seiner Zeit und seines Landes. Doch das hat sich verändert – die Wörter und die Anspielungen sind nicht mehr Gemeingut, denn seither ist eine neue Sprache ins Leben getreten. Malory hat die Geschichten nicht erfunden. Er schrieb sie einfach für seine Zeit auf, und seine Zeit verstand sie.« Und plötzlich, Chase, hatte ich hier, auf seinem Heimatboden, keine Angst mehr vor Malory und werde auch nie mehr Angst vor ihm haben. Dies mindert meine Bewunderung nicht, aber es behindert mich auch nicht. Nur ich kann dieses Buch für meine Zeit schreiben. Und was den Schauplatz betrifft – der Schauplatz ist nicht eine kleine Insel inmitten eines silbernen Meeres, sondern die Welt geworden.

Und damit begannen, beinahe wie durch einen Zauber, die Worte zu strömen, in einem gezügelten, straffen, ökonomischen Englisch, ohne Akzent, nicht ortsgebunden. Ich habe

kein Wort zu Papier gebracht, das nicht auf seine Allgemein-
verständlichkeit abgewogen wurde. Wo meine Zeit Lücken
nicht schließen kann, erweitere ich, und wo meine Zeit unwillig
über Wiederholungen würde, streiche ich. Das gleiche hat
Malory für seine Zeit getan. So einfach ist die Sache, und ich
glaube, meine Prosa ist die beste, die ich je geschrieben habe.
Ich hoffe, daß es so ist, und ich glaube es auch. Dort, wo ich auf
dunkle Stellen oder auf Paradoxes stoße, lasse ich mich von der
Intuition, meiner Urteilskraft und der Aufnahmefähigkeit
unserer Zeit leiten.

Ich bemühe mich, das Produktionstempo zu drosseln. Ich
möchte nicht, daß es ein Sturzbach wird, sondern ruhig heraus-
fließt, jedes Wort eine Notwendigkeit, die Sätze melodisch ins
Ohr dringend. Was für eine Freude! Mich plagen keine Zweifel
mehr. Ich kann es schreiben, und ob ich es kann! Wollte Sie das
nur wissen lassen. Und ich *schreibe* es ja auch.

»ludly sing cucu«

AN ERO – SOMERSET, 30. MÄRZ 1959

Ich habe vergessen, wie lange es her ist, seit ich Ihnen geschrieben habe. Die Zeit verliert ihre ganze Bedeutung. Der Friede,
von dem ich geträumt habe, ist da, ist Wirklichkeit, dick wie ein
Stein und fühlbar, etwas zum Anfassen. Die Arbeit geht ihren
gemächlichen, stetigen Gang, wie der Schritt beladener
Kamele. Und ich habe so viel Freude an der Arbeit. Vielleicht
kommt es von der langen Pause oder vielleicht ist es nur die
Wirkung von Somerset, aber die Tricks sind weg, und ebenso
ist das Polierte, sind die technischen Kniffe und ist der Stil verschwunden, all das, worin ich nur eine Art literarischer Couture
sehen kann, wechselnd wie die Jahreszeiten. Statt dessen sind
die Wörter, die meiner Feder zuströmen, ehrliche, kraftvolle
Wörter, und sie brauchen keine Adjektive als Krücken. Es sind
viel mehr, als ich überhaupt benötigen werde. Und sie fügen
sich zu Sätzen zusammen, die mir einen Rhythmus, so ehrlich
und unerschütterlich wie ein Herzschlag, zu haben scheinen.
Ihr Ton klingt mir süß in die Ohren, wie mit der Kraft und der
Selbstgewißheit unbeschwerter Kinder oder alter Männer, die
auf ein erfülltes Leben zurückblicken.

Ich komme mit meiner Übersetzung des *Morte* voran, aber

von einer Übersetzung hat die Arbeit nicht mehr als Malorys Werk. Ich behalte alles bei, aber es ist ebenso sehr von mir, wie sein Werk von ihm war. Ich habe Ihnen geschrieben, daß ich glaube, ich habe vor Malory keine Angst mehr, weil ich weiß, ich kann für meine Zeit besser schreiben, als er es gekonnt hätte, genauso wie er für seine Zeit besser schrieb als irgendein anderer.

Die Freude, die ich daran habe, läßt sich nicht beschreiben. Ich stehe schon früh am Morgen auf, damit ich den Vögeln eine Zeitlang zuhören kann. Sie sind um diese Stunde stark beschäftigt. Manchmal tue ich mehr als eine Stunde nichts anderes als schauen und lauschen, und daraus erwächst eine Fülle von Ruhe und Frieden und etwas, was ich nur als ein kosmisches Gefühl bezeichnen kann. Und wenn dann die Vögel ihre Geschäfte besorgt haben und die Landschaft an ihr Tagewerk geht, steige ich hinauf zu meinem kleinen Zimmer, um zu arbeiten. Und die Zeit, die zwischen Hinsetzen und dem Beginn des Schreibens vergeht, wird mit jedem Tag kürzer.

AN ERO – SOMERSET, 5. APRIL 1959
Wieder eine Woche vorüber, und womit ist sie vergangen? Mit der täglichen Arbeit und Briefeschreiben und der Ankunft des Frühlings und Gartenarbeit und Besuchen bei Morlands in Glastonbury, um beim Bearbeiten der Schafshäute zuzusehen, wie sie seit prähistorischen Zeiten bearbeitet werden. Ich weiß erstens nicht, wie die Woche so rasch vergehen, und zweitens nicht, wie in dieser Woche so viel zustande gebracht werden konnte.

Die Arbeit macht mir nach wie vor Freude und zugleich ist sie eine Strapaze. Seit Ende vergangener und bis in die nächste Woche die Schlacht bei Bedgrayne, ein schreckliches Tohuwabohu, sogar bei Malory. Ich muß nicht nur klären, was sich abspielte, sondern auch warum und stark kürzen. Die Menschen von heute können endlos Baseball-Berichte lesen, deren Erzählniveau nicht sehr hoch ist, und die Menschen des 15. Jahrhunderts waren imstande, sich unzählige Zweikämpfe ohne viel Abwechslung erzählen zu lassen. Ich muß eine Brücke herstellen, dergestalt, daß die Schlacht wichtig und packend bleibt, sich aber nicht in hundert einzelnen Rittern verliert, die gegeneinander anstürmen, und dennoch den Eindruck erhalten, daß eine Schlacht damals aus vielen Einzelkämpfen von Mann zu Mann bestand. Das ist das gräßlichste Schlamassel im ganzen ersten Teil. Malory bringt es fertig, den Kämpfen nicht weniger als sechs Seiten zu opfern, doch für die beiden wichtigsten Ereignisse im ersten Teil – wie Mordred empfangen wird und die Begegnung mit Guinevere – hat er nur jeweils zwei Zeilen übrig. Ich kann nicht viel Zeit dafür aufwenden, aber ich muß ihre ungeheure Bedeutung herausarbeiten. Wie Sie sehen, nie ein langweiliger Augenblick.

Nun eine Frage für Chase zum Nachgrübeln: Wenn die Schlacht zu Ende ist und Merlin sich schnurstracks nach Northumberland begibt und »hys mayster Blayse« alle Einzelheiten und Namen der Teilnehmer berichtet. Und Blayse schrieb die »batayle« Wort für Wort auf, so wie Merlin sie ihm erzählte ... Und Merlin berichtete Blayse über alle zu Arthurs Zeit geschlagenen Schlachten und über all die ruhmvollen Taten der Mitglieder von Arthurs Hof, und Blayse schrieb sie nieder ... Nun – wer zum Teufel war dieser Blayse, oder wie sah Merlin ihn? Kommt er in den »Frensshe« Büchern vor? Hat Merlin ihn erfunden? Ich würde gern erfahren, was Chase dazu meint.

AN CHASE – SOMERSET, 9. APRIL 1959

Ich muß aufpassen, daß ich nicht wiederhole, was ich bereits Elizabeth geschrieben habe und was Sie zweifellos gesehen haben. Heute morgen ein Brief von Jackson. Sie haben die Wörterbücher, und ich habe sie bestellt. Sie haben kein Lexikon des Kornischen, schlagen mir aber vor, es hier in der Gegend zu versuchen, was ich tun werde. Auch kein mittelenglisches, und mein eigenes habe ich nicht mitgebracht. Sie schreiben, die Michigan University Press habe es von Oxford [der Oxford University Press] übernommen. Ich glaube, meines ist von Oxford, aber ich habe es zu Hause gelassen. Zum Teufel, ich brauche eines. Könnten Sie mir bitte entweder mein eigenes oder ein anderes schicken? Ich denke, das ist alles, was ich brauchen werde. Es geht zumeist um Wörter und ihre Bedeutungen. Das übrige werde ich bei Malory oder in meinem eigenen Kopf finden. Ich komme jetzt im Merlin-Teil zu einer völlig neuen Sicht Arthurs und infolgedessen, nehme ich an, auch zu einer neuen Sicht von Malory und mir selbst. Enorm Tiefgründiges hier für den, der sich dafür interessiert. Vom Traum an (Schlangen) und durch die Verfolgung des Tiers bis zur Erkennungsszene mit der Mutter ist alles aus einem Guß. Aber Sie werden ja sehen, was ich daran gemacht habe, wenn ich es Ihnen schicke. Ich werde es, um einem Verlust vorzubeugen, sicherheitshalber auf Band sprechen und wahrscheinlich den handgeschriebenen Text an Sie schicken. Mary Morgan kann ihn abtippen, mehrere Kopien auf Durchschlagpapier, und dann bekomme ich vielleicht eine davon, aber für den Fall, daß irgend etwas passieren sollte, habe ich immerhin die Bandaufnahme. Es passiert aber nie, wenn man Vorsichtsmaßregeln trifft. Ich hätte gern, daß Sie eine Vereinheitlichung der Namen von Personen und Lokalitäten in Angriff nehmen und sie auch mit den heute gebräuchlichen identifizieren, zumindest, soweit möglich, die Schauplätze, an die Malory beim Schreiben dachte. Was die Personennamen angeht, sollten sie aufs einfachste und so reduziert werden, daß sie sich leicht aussprechen lassen. Und alle ungewöhnlichen vereinheitlichen. Das ist für sich schon eine Menge Arbeit, aber ich weiß, daß Sie bereits viel daran gemacht haben und also gut vorbereitet sind. Der Merlin-Teil war eine Hundearbeit mit all dem Wirrwarr darin, aber ich glaube, es wird Ihnen gefallen, wie ich die Schlacht bei Bedgrayne angepackt habe – eine Passage, kann ich Ihnen versichern, die sehr schwer darzustellen ist. Ich kann Ihnen auch gar nicht oft genug sagen, was für eine gute Idee es war hierherzukommen. Wenn sonst nichts, allein die Ruhe und das Arbeitstempo lohnen es.

Nächste Woche drei Tage in London. Sozusagen, um mir für den Ritter mit den zwei Schwertern den Gaumen frei zu spülen. Das ist ein Stück mit großem Tiefgang und in seiner Art ganz und gar anders. Es atmet den Geist der griechischen Tragödie – ein Mensch gegen das Schicksal, von seinem Tun und Wollen nicht zu beeinflussen, und ich muß daraus machen, was ich nur kann. Die Form ist im *Morte* schon ganz da, aber manchmal außerhalb der Perspektive des Lesers von heute. Das ist meine Aufgabe: die Episode ins moderne Blickfeld zu bringen. Und ich bin wirklich begierig darauf zu erfahren, was Sie von dem halten, was ich daraus mache. Wie es scheint, hat bisher noch niemand diesen Versuch gemacht. Ich frage mich, warum.

401

Vinaver sagt, niemand denkt daran, zu Malory zurückzugehen. Nun, ich tue es, und ich finde es sehr lohnend und hoffe, daraus etwas Lohnendes zu machen.

Wir haben Aprilwetter, sehr wechselhaft mit Schauern und dann wieder strahlendem Sonnenschein in den letzten Tagesstunden. Gestern abend ist der Gasofen ausgegangen. Ich mußte ihn wieder zum Funktionieren bringen, und dabei habe ich wieder etwas gelernt.

Im uralten hinteren Teil von Mr. Windmills Eisenwarenhandlung gibt es eine Schmiedeesse und Werkzeuge aus dem Mittelalter. Mr. Arthur Strand arbeitet noch heute damit und kann alles machen, was man nur wünscht. Wir haben uns angefreundet. Vielleicht werde ich ihn bitten, mir ein Beil zu machen oder wenigstens eines umzuschmieden. Vielleicht erlaubt er mir auch, daß ich selber eines auf seiner Esse mache. Ich hätte gern ein Beil von der Art, wie es die skandinavischen und sächsischen Krieger zum Kämpfen und Hacken mit sich umhertrugen. Die modernen Beile haben alle ein gerades Blatt, so wie hier: ⌐¬ Dabei wird die Wucht des Schlages auf die ganze Länge des Blattes verteilt. Das alte hingegen war so geformt: ⌒ Die Wucht des Aufpralls war auf einen kleinen Bereich konzentriert, was dem Beil eine viel größere Durchschlagskraft verlieh. Mit dem alten Beil kann man deswegen praktisch schnitzen. Ich muß mit Mr. Arthur darüber sprechen. Vermutlich kann er auch ein paar Breitbeile für mich auftreiben. An den Abenden nehme ich mir wieder meine Schnitzarbeit vor... Ich kann dabei ungestört weiterdenken, und gleichzeitig haben die Hände etwas zu tun. Im Augenblick schnitze ich Löffel für die Küche – aus Stücken von altem Eichenholz.

Ich denke, ich mache ein bißchen an der Kopie weiter. Ich bin noch nicht richtig in Arbeitsstimmung.

AN CHASE – SOMERSET, 11. APRIL 1959
(Fortsetzung des Briefes vom 9. April 1959)
Heute ist Sonnabend. Ich weiß nicht, wie die Zeit vergangen ist. Ich werde den Merlin-Teil entweder heute oder morgen abschließen und finde ihn wirklich gut. Doch wenn ich auf den Seiten zurückgehe, finde ich viele Kleinigkeiten, an denen ich noch etwas ändern möchte. Deshalb finde ich, es wäre ein Feh-

ler von mir, Ihnen das Manuskript zu schicken, nur damit es schnell geht. Ich werde es hier abtippen lassen und das Typoskript korrigieren, bevor ich es absende. Das bringt den Text seinem richtigen Zustand viel näher. Ich bin dann mehrmals darübergegangen, so daß das, was Sie bekommen werden, auf eine korrigierte dritte Rohfassung hinausläuft, und wenn dann Mary Morgan die Umarbeitungen hineintippt, wird es dem Endzustand viel näher sein. Es wird zwar länger dauern, bis Sie es bekommen, aber ich denke, das Warten wird sich lohnen.

So, der Merlin-Teil ist beinahe geschafft und viel tiefer und wärmer im Ton ausgefallen, als ich gedacht hatte. Ich hoffe sehr, daß es mir gelingt, das Beste daraus zu machen. Meine Arbeit bisher bereitet mir viel Freude. Ich weiß zwar nicht, ob es beim zweiten Lesen dabei bleiben wird. Aber das Gefühl befriedigt einen doch.

Ich habe ein paar ganz ordentliche Kochlöffel geschnitzt, und sie sind mir so gut gelungen, daß ich Salatgabeln entworfen habe, die ich für Elaine schnitzen möchte. Die Mulde der einen wird die Tudor-Rose, und die der anderen das dreifache päpstliche Kreuz zeigen, und wenn sie beim Salatmischen aneinanderstoßen, kommt in die Schüssel auch eine Kleinigkeit Geschichte. Ich hoffe, daß sie mir hübsch gelingen. Eine nette Idee, finde ich.

Jetzt ist es Zeit, wieder an die Arbeit zu gehen. Ich werde das hier [den Brief] später beenden. Jetzt muß ich einen sonderbaren Kampf schildern, und dann kommt das Schwert – das Schwert der Schwerter.

Inzwischen habe ich das geschafft – und es gefällt mir. Ich werde den Brief jetzt abschließen und auf die Post geben. Heute sind Bücher eingetroffen, die wir bestellt hatten. Zwei Bände Geschichte Somersets, 1832, mit allen Einzelheiten über Dugdale. Das ist eine Freude!

Ich gehe jetzt nach unten, um mich an den Somerset-Büchern zu erfreuen. Graham Watson hat sie für uns aufgetrieben, und es sind große Raritäten.

AN ERO – SOMERSET, 10. APRIL 1959
Wieder eine Woche, die schnell vergeht. Ich werde den Merlin-Teil diese Woche abschließen, das Schwierigste von allem, wie

ich finde. Ich glaube auch, daß Malory damit die größte Mühe gehabt haben muß, denn hier müssen der Hintergrund und die Wirrnisse um Arthurs Geburt und Thronbesteigung, die Rebellion und das Geheimnis seiner Geburt untergebracht werden. Es läuft auf eine lange und dissonante Chronik hinaus. Aber ich denke, es ordnet sich jetzt zu etwas, das auch in moderner Prosa Fluß bekommt. Allerdings kann es natürlich nicht die abgerundete oder elliptische Form mancher der späteren Erzählungen gewinnen, die keine Rückblenden verlangen und in denen das Figurenensemble nicht so gewaltig ist. Die Schlacht bei Bedgrayne hat mir furchtbar zu schaffen gemacht, aber ich glaube, jetzt kommt sie richtig heraus. Ich mußte darauf achten, daß sie ständig in Bewegung und Wallung ist, und habe sowohl etwas von der Erregtheit wie von der Traurigkeit zu vermitteln versucht, die darin liegen. Das Ende des Buches ist gewissermaßen eine Art magischer Traum, erfüllt von Trübsal und schlimmer Vorahnung, der Traum eines Psychiaters vom Himmel, wenn er sich etwas daraus machte. Vom Schlangentraum bis zu dem Punkt, an dem Arthur die Legitimität seines Thronanspruchs enthüllt wird, ist alles aus einem Guß. Ich habe den Eindruck, daß Arthur der Erkenntnis entgehen wollte, denn er ängstigte sich davor, was sich ihm vielleicht enthüllen würde. Er sucht sogar nach Problemen, versucht sich mit Taten vom Denken abzulenken. Das ist Erfahrungen aus unserer eigenen Zeit nicht unähnlich, selbst die Kleidungssymbole haben wir noch unverändert. Ich behandle all dies wie die Randbezirke eines Traums. Jedenfalls, es geht voran, und nach dieser schrecklichen ersten Erzählung kann nichts mehr kommen, was ebenso schwierig ist.

AN CHASE – SOMERSET, 11. APRIL 1959
(von Elaine Steinbeck)
Von Jackson sind heute vormittag die beiden Bände *History and Antiquities of Somerset* von Phelps gekommen, und wir mußten sie einen Tag lang verstecken, damit überhaupt etwas gearbeitet wurde. Sie werden uns eine wunderbare Lektüre am Kaminfeuer bescheren. – John arbeitet heute an der Sequenz »The Lady of the Lake« und taucht nur alle zwei, drei Stunden auf, um eine Tasse Kaffee zu trinken. Er fängt an, mit dem

Buch zu leben und zu atmen. Abends schnitzt er Löffel für unsere Küche und spricht dabei über Arthur und Merlin.

Heute berichtet uns Eugène Vinaver in einem Brief, welches Heimweh er nach Frankreich hat, aber er fügt hinzu: »Es ist besser, hier zu sein, solange ich mit einem englischen Buch beschäftigt bin. Englische Wörter fallen einem leichter ein, wenn die Blumen und die Bäume um einen herum englische Namen tragen.« Er spricht zwar von sich, aber ich glaube, es trifft auch auf John zu, finden Sie nicht auch? Man hat das Gefühl, Arthur ist *hier.*

Vinaver zitiert auch etwas, was John einmal geschrieben hat: »Ich erzähle diese alten Geschichten, aber es geht mir eigentlich nicht darum, sie zu erzählen. Ich weiß nur, welche Gefühle ich bei den Lesern auslösen möchte, wenn ich sie erzähle.« Ist das nicht wunderbar gesagt? Vinaver meint, es sei der wahrste und bedeutendste Satz, den er in all den unzähligen Büchern über Bücher gefunden habe.

AN ERO – SOMERSET, 12. APRIL 1959

Diese langen und schwerfälligen Chroniken werden wohl weitergehen. Wieder eine Woche vorbei oder vielmehr Vergangenheit, und heute sind wir seit einem Monat in diesem Haus.

Ein Monat in diesem Haus, und es kommt einem wie unser eigenes vor. Ich hatte gedacht, es würde mindestens einen Monat und möglicherweise noch länger dauern, bis ich mich in meinen Arbeitssessel zwänge, und heute schließe ich den Merlin-Teil ab, die schwerste und komplexeste von all diesen Erzählungen. Malory hat sich dabei auch nicht wohl gefühlt. Er war verdrossen und unschlüssig, wie er anfangen sollte, ist zurückgegangen und vorwärtsgestürmt, und manchmal widersprach er dem, was er eine Seite vorher geschrieben hatte. Aber ich glaube, ich habe jetzt Ordnung hineingebracht, zumindest soweit, daß ich selbst zufrieden bin. Nichts wird mehr so schwer werden. Ich spüre, was im Kopf dieses Mannes vor sich ging. Er schrieb Dinge nieder, ohne zu wissen, daß er sie hinschrieb, und das macht den Reichtum aus, wenn er auch mitunter sehr tief verborgen ist. Nun, wir werden ja sehen, ob es gut geworden ist oder nicht. Ich habe so ein Gefühl, das mir sagt, ja.

Drei Tage in London und dann zurück zu der merkwürdigen und düsteren Geschichte von dem Ritter mit den zwei Schwertern. Ich glaube, ich verstehe sie – eine Art Tragödie von Fehlern aus guter Absicht, von denen jeder aus dem letzten erwächst, und sie türmen sich aufeinander, bis eine Umkehr unmöglich wird. Es ist die einzige Erzählung ihrer Art in dem ganzen Zyklus. Wenn ich damit fertig bin, sind wir mitten im Frühling, und dann werde ich mir einen oder zwei Tage in der Woche frei nehmen, um mich umzusehen. Das Gerüst wird dann stehen, und ich werde keine Angst haben, eine Pause einzulegen. Doch bis dahin möchte ich meinen Arbeitsrhythmus nicht unterbrechen.

Meine Freude an der Arbeit hält an, ja, sie nimmt noch zu. Ich glaube, ich habe aus Arthur einen Charakter herausgeholt, den man versteht. Er war ja für unsre modernen Augen immer die schwächste und kälteste Figur. Und wenn ich dazu imstande bin, werden die reicher angelegten Episoden, Lancelot und Gawain, ein reines Kinderspiel sein. Ich habe für Merlin auch eine Schlußzeile. Dieser Kunstgriff war im 15. Jahrhundert nicht bekannt, aber der Leser von heute braucht ihn. Und so bekommt er ihn.

AN CHASE – SOMERSET, 20. ARPIL 1959

Zu den Büchern: Ich möchte Sie bitten, daß Sie versuchen, die von Ihnen erwähnten Lexika zu besorgen. Es eilt jetzt nicht so sehr damit, weil ich ja das angelsächsische, das mittelenglische und das zweibändige Oxford habe. Das große Oxford-Lexikon habe ich Bob Belt geschenkt, der dieses Haus für uns gefunden hat. Er wird sicher ein sehr bedeutender Bühnenautor, und einem Autor könnte man kein besseres Geschenk machen. Er war den Tränen nahe.

Ich habe den Merlin-Teil zur Hälfte überarbeitet und mir die Sache wieder anders überlegt. Die Frau eines der Lehrer an der King's School kann gut tippen. Ich möchte den Text abgetippt sehen, ehe er an Sie abgeht. Ich werde sie bitten, vier Kopien zu machen. Dann ist es natürlich noch keine Endfassung, aber im getippten Zustand wird es viel besser aussehen. Damit bekommen Sie etwas zum Anfassen, etwas, womit Sie spielen können. Ich habe jetzt ein kleines Tonbandgerät, auf dem ich zurückspulen kann. Es vermittelt mir einen viel besseren Eindruck von den Wörtern, wenn ich den Text abhöre. Ich spüre Fehler auf, von deren Vorhandensein ich nichts geahnt hatte. Mein Gott, welche Ausmaße diese Sache in meinem Kopf annimmt! Es ist unmöglich, den Merlin in die Form einer dichten Short story zu bringen. Er ist in einem gewissen Maß episodisch. Aber ich bemühe mich, ihm Kontinuität, Glaubwürdigkeit, Stimmungsdichte und Gefühlsgehalt zusammen mit einer Art Erklärung seiner Existenz zu geben. Im Grunde geht es um die Bildung eines Königtums. Erinnern Sie sich, daß ich immer wieder geschrieben habe, Malory habe sich in diesem Teil nicht wohl gefühlt? Nun, so ist es mir auch ergangen. Aber so wie er dabei lernte, lerne jetzt auch ich. Und ich habe bei diesem Stoff ein Gefühl der Freiheit, wie ich es noch nie hatte. Ich hoffe sehr, daß es Ihnen gefallen wird. Ich glaube, es ist gut geschrieben – auf seine Art so gut, wie Malorys Buch es auf seine Art war. Ich bin in Hochstimmung.

AN ERO UND CHASE – SOMERSET, 20. APRIL 1959

Ich habe den Anfang vom Merlin geschrieben. Das Ganze sollte vielleicht durchgesehen und noch einmal geschrieben werden. Ich habe so viel über meine eigene Arbeitsweise gelernt, daß die frühen Teile gewissermaßen schon veraltet sind. Das passiert wohl immer. Jedenfalls, ich werde mir überlegen, was ich daran tun möchte, bevor ich es abschicke. Was ich mache, gefällt mir noch immer. In London habe ich eine Zeichenplatte bestellt, die man kippen kann. Mein Rücken und Hals ermüden zu rasch.

AN ERO UND CHASE – SOMERSET, APRIL 1959

Was geht im Kopf eines Mannes vor, der schreibt – Romancier oder Kritiker? Schreibt ein Schriftsteller nicht auf, was ihn am stärksten geprägt hat, in der Regel in sehr frühen Jahren? Hat ihn der Heroismus beeindruckt, dann schreibt er darüber, und waren die stärksten Eindrücke Enttäuschung und ein Gefühl der Entwürdigung – dann ist das sein Thema. Und sollte die tiefste Regung der Neid gewesen sein, muß er alles angreifen, was er für den Erfolg hält, den er selbst ersehnt.

Vielleicht liegt irgendwo auf diesem Terrain auch der Grund meines Interesses und meiner Freude an dem, was ich tue.

Malory lebte in einem Zeitalter, so brutal und gnadenlos und korrupt, wie die Welt nur jemals eines hervorgebracht hat. Im *Morte* verharmlost er diese Dinge keineswegs, die Grausamkeit und die Gier und die Mordlust und den kindlichen Egoismus. All das ist da. Aber er läßt nicht zu, daß es die Sonne verdunkelt. Seite an Seite damit finden sich Hochherzigkeit und Tapferkeit und Größe und die gewaltige Traurigkeit des Tragischen an Stelle frustrierter Mickrigkeit. Und vermutlich das macht ihn zu einem großen Schriftsteller, Williams hingegen nicht. Ein Autor mag noch so glanzvoll *einen* Teil des Lebens darstellen – wenn die Sonne erlischt, hat er nicht die ganze Welt gesehen. Tag und Nacht, sie existieren beide. Das eine oder das andere zu ignorieren, heißt, die Zeit zweizuteilen und nur einen Teil davon zu wählen, so wie man, wenn es um eine Entscheidung geht, von zwei Zündhölzern das kürzere zieht. Ich habe viel für Williams übrig und bewundere sein Werk, aber so wie er nur ein halber Mann ist, ist er auch nur ein halber Schriftsteller. Malory war ein ganzer. In der gesamten Literatur gibt es nichts Abstoßenderes als den Kindermord, den Arthur ins Werk setzt, weil eines dieser Kinder ihn vielleicht töten wird, wenn es herangewachsen ist. Williams und viele andere unserer Zeit würden es dabei bewenden lassen und sagen: »So ist es nun einmal.« Wenn Arthur seinem Schicksal begegnet, sich dagegen zur Wehr setzt und es zugleich auf sich nimmt – das in seiner herzzerreißenden Großartigkeit zu gestalten, wäre ihnen niemals möglich gewesen. Wie kann es sein, daß wir so vieles vergessen haben? Wir produzieren talentierte Pygmäen wie Hofnarren, die erheiternd wirken, weil sie Größe mimen; sie – ich sollte sagen: wir – bleiben aber trotzdem Zwerge. Ein Künstler soll nach allen Seiten offen sein, für Licht und Düsternis jeglicher Art. Doch unsere Epoche schließt ganz bewußt sämtliche Fenster, zieht alle Jalousien herunter, und später schreit sie dann nach einem Psychiater um Licht.

Nun – es hat einmal echte Männer gegeben, und vielleicht wird es sie wieder geben. Ich habe einen Freund – er bleibt natürlich ungenannt –, der den Grund seiner Misere darin zu finden glaubt, daß eine Frau ihn abgewiesen hat. Und er vergißt dabei die buchstäblich Hunderte von Frauen, die ihn akzeptierten. Ich habe ihm das kürzlich in einem Brief geschrieben, aber keine Ahnung, wie er es aufnehmen wird.

Ich bin heute ernst gestimmt, vielleicht weil ich einen Abschnitt im Merlin umschreiben wollte, aber nicht damit zurechtkam. Ich wußte, was ich sagen wollte und fand nicht die richtigen Wörter dafür. Ich werde sie aber finden, weil ich Zeit habe.

Um zum vorletzten Absatz zurückzuspringen – ich bin von ein paar Frauen abgelehnt worden, aber, mein Gott, bei ein paar wunderbaren angekommen. Das zu vergessen, wäre eine Dummheit, und über die anderen nachzugrübeln, wäre, als könnte ich nicht verschmerzen, daß mein Aussehen nicht allen zusagt. Ich bin dankbar dafür, daß es einigen gefällt.

AN CHASE – SOMERSET, 25. APRIL 1959

Das kornische Wörterbuch brauche ich nicht für diese, sondern für künftige Arbeit. Also schicken Sie es ruhig mit dem Schiff. Wenn wir damals klargesehen hätten, hätte Mary es mitbringen können. Jegliche Nachschlagewerke über dieses Gebiet sind mir willkommen. Vor dem Walisischen graut mir, weil ich es nicht aussprechen kann.

Gestern war ein ausgezeichneter Tag für mich, und ich bin ein gutes Stück im Ritter mit den zwei Schwertern vorangekommen – eine merkwürdige, vom Schicksal umschattete Geschichte. Hoffentlich gelingt es mir, etwas an die Oberfläche zu bringen – den unsichtbaren Ritter etc. und das grausige Gemetzel in Verbindung mit Sanftheit. Nebenher habe ich ein Beil aus der hiesigen Gegend zu der Form eines sächsischen Beils verkürzt, um damit Holz zu bearbeiten, und eine Abfallgrube gegraben.

Meine Zeichenplatte, die sich kippen läßt, ist gekommen. Macht aus einem Kartentisch einen Zeichentisch. Jetzt werden mir Hals und Schultern nicht mehr so verdammt müde.

AN ERO UND CHASE – SOMERSET, 1. MAI 1959

Etwas Wunderbares gestern. Es war ein goldener Tag, die Apfelbäume blühen, und ich stieg zum erstenmal nach Cadbury-Camelot hinauf. Ich glaube nicht, daß ich mich an einen ähnlich starken Eindruck erinnern kann. Konnte vom Bristol Channel bis zu den Spitzen der Mendip Hills und alle den kleinen Dörfern sehen. Den Felshügel von Glastonbury und König Alfreds Türme auf der anderen Seite. Ich werde noch oft hinaufgehen, aber was für ein Tag, wenn man das alles zum erstenmal sieht! Ich bin um die ganze obere Mauer herumgegangen. Und ich weiß nicht, welche Empfindungen mich bewegten, aber es waren sehr viele – wie die aus einem Vulkankrater langsam hochsteigenden heißen Blasen aus geschmolzenem Gestein, ein leises Erdbeben der Erleuchtung. Ich war auch innerlich dafür bereit. Ich werde nachts und im Regen wieder hingehen, doch das heute war, um Tennyson zu zitieren, edel Gold... mystisch... wundervoll. So, daß sich einem die Härchen am Nacken aufstellten. Mary ist hier, und sie hat uns begleitet – und war sehr bewegt. Morgen, wenn ich mit der Arbeit fertig bin, werde ich wieder nach Glastonbury fahren, zur Abtei. Auch dafür bin ich jetzt innerlich bereit.

Ich hoffe, heute den Ritter mit den zwei Schwertern abzuschließen. Ich hoffe sehr, daß er mir gelungen ist. Merlin ist aus dem Haus und wird gerade abgetippt. Ich weiß nicht, wann der Teil fertig sein wird, aber ich schicke ihn Ihnen, sobald ich ihn durchgesehen habe. Ich denke, Balin ist gut geworden, aber ich muß es mir erst auf dem Band anhören, bevor ich es wirklich weiß. Was für eine magische und verhängnisvolle Geschichte!

Nun möchte ich eine Bitte äußern. Wir sollen England am oder vor dem 11. Juni verlassen und wiedereinreisen. Ich hatte vor, das Innenministerium um eine Verlängerung zu ersuchen, statt Zeit und Geld für einen Stempel im Paß zu verschwenden. Anders läge der Fall, wenn es einen Anlaß für die Fahrt gäbe. Vergangene Nacht überkam mich im Bett die Idee eines Anlasses, eines sehr begründeten. Ich weiß inzwischen, wie die für die Arbeit einschlägigen Gegenden aussehen, abgesehen von einer – der Bretagne. Und da es jetzt auf den Krieg gegen Rom und den ganzen Komplex der keltischen Wanderungen, vorwärts und rückwärts, zugeht, wäre es mir von großem Nutzen, wenn ich mich ein paar Tage in der Bretagne umsähe. Das wäre der beste Grund, England auf einige Tage zu verlassen. – Von Calais bis zum Mont St. Michel. Was meinen Sie dazu, Chase? Und würden Sie mir bitte geographisches und historisches Material über die Gegend mit Beziehung zum Mythos wie zu der Bretagne in Malorys Zeit besorgen, so, wie er sie selbst wohl gesehen hat? Ich finde, die Idee hat sehr viel für sich, und sie schlägt zwei Fliegen mit einer Klappe.

Zeit für mich, an die Arbeit zu gehen. Ich werde den Brief später zu Ende schreiben. Ich bin mit Balin fertig und hundemüde. Aber ich denke, ich habe etwas von mir hineingebracht. Es ist meine innige Hoffnung.

Jetzt muß ich meine Salatpflänzchen in Kistchen umsetzen, bevor ich sie im Garten einpflanze. Gesät wurden sie auf meinem Fensterbrett.

AN CHASE – SOMERSET, 4. MAI 1959
Wieder ein Wochenbeginn. Elaine und Mary sind nach Wells gefahren, was mir einen schönen langen Tag zum Arbeiten verschafft. Fange an mit Torre und Pellinore, Guineveres Vermählung etc. Die Hälfte des abgetippten Merlin ist zurückgekommen. Der Rest Anfang dieser Woche, und ich werde einen Durchschlag an Sie und Elizabeth mit der starken Hoffnung abschicken, daß es Ihnen gefallen wird. Ich schlage vor, daß Sie, nachdem Sie es gelesen haben, wieder Malory zur Hand nehmen, um zu sehen, was ich daran gemacht habe. Sie werden dann sofort verstehen, warum. Ich habe gestern den Balin-Teil auf Band gesprochen, ihn abgehört, und er klingt ziemlich gut. Natürlich braucht alles noch eine Menge Verfeinerungen, doch das Wesentliche ist da, und ich finde nicht, daß mir vom Original viel entgangen ist. Die Arbeit ist überaus mühselig. Sie werden feststellen, daß ich sämtliche Prophezeiungen Merlins, die mit späteren Erzählungen zu tun haben, herausgelassen habe. Sie nehmen einfach alles vorweg. Außerdem konnte Malory nie auf einen Höhepunkt hin schreiben. Er verschenkte ihn dreimal, ehe er ihn schließlich erreichte. Die schwierigste Arbeit war die Schlacht. Nichts wird wieder so mühsam werden... ich beseitige die ermüdenden Details, behalte aber zugleich den Ablauf des Geschehens und den Schlachtplan bei. Aber bei Malory sind enorme Tiefgründigkeiten in kurzen Wendungen versteckt. Ich muß sehr aufpassen, daß ich sie nicht übersehe, und mitunter muß ich sie etwas verstärken, damit sie sichtbar werden.

AN ERO – SOMERSET, 5. MAI 1959

Der letzte Teil vom Merlin müßte heute abgetippt sein, und ich werde sofort per Luftpost einen Durchschlag an Sie abschikken. Ich werde wie auf Kohlen sitzen, bis ich weiß, was Sie davon halten. Inzwischen bin ich schon ein gutes Stück in den Teil Torre und Pellinore gediehen, die erste der von einer Ausfahrt handelnden Erzählungen mit dem Anfang der Tafelrunde. Von da an wird Arthur zu einem Heros, beinahe ohne Charakter. Doch das ist allen Heroen eigen, und ihn menschlich zu machen, könnte eine Revolution bedeuten. Er ist weiß Gott von menschlichen Figuren umgeben, und vielleicht ist es notwendig – als Kontrast. Arthur wird ja ein bißchen wie der Kalif in Tausendundeiner Nacht, gewissermaßen ein Schiedsrichter über bestandene Abenteuer und eine Art milder Kommentator. Ich weiß nicht, was ich damit anfangen werde. Aber jeder Tag ist eine große Herausforderung. Jeder Tag bringt irgend etwas.

Inzwischen ist es Nachmittag geworden und das Merlin-Typoskript eingetroffen. Ich denke, ich werde ein bißchen später nach Bruton fahren und die Kopie an Sie abschicken, weil ich ganz versessen darauf bin, daß Sie sie bekommen. Habe ich es verkehrt angepackt? Mir erscheint es richtig, aber ich kann mich sehr täuschen. Es muß irgendeinen Grund geben, warum sich noch niemand diese Arbeit richtig vorgenommen hat. Vielleicht ist sie nicht zu schaffen . . . aber ich glaube das eigentlich nicht. Ich denke, der Grund liegt darin, daß man es im Gewand der Zeit statt zeitlos darzustellen versucht hat. Nun, Sie werden ja sehen, ob es so richtig ist. Und gut oder schlecht, ich habe das Gefühl, daß die Prosa gut ist. Übrigens werde ich an niemanden außer Ihnen einen Durchschlag schicken. Ich habe hier ein Original und zwei Kopien. Möchte oder braucht Chase eine? Es verlangt noch eine Unmenge Arbeit, ich weiß, aber das ist ja vorläufig nur ein Entwurf.

Im Postamt werden sie durchdrehen, wenn ich es per Luftpost abschicke. Sie halten uns ohnehin für schrecklich verschwenderisch, und damit werde ich bei ihnen den Eindruck erwecken, daß ich bekloppt bin. Wir geben ihnen mehr zu tun als der ganze Ort Bruton.

Ach was – so sind wir nun mal. Und ich bin heute schon ein gutes Stück weit in Torre und Pellinore vorangekommen.

Herzliche Grüße an alle dort drüben. Es tut mir leid, daß ich wegen dieser Sache so nervös bin, aber ich sitze ja schon lange daran, und das ist die erste Probe, der Säuretest – die schwierigste der Erzählungen und die erste.

AN CHASE – SOMERSET, 7. MAI 1959
Ein kleines Sich-warm-Laufen vor meinem Tagespensum. Gestern habe ich Gawains Ausfahrt in Torre und Pellinore abgeschlossen, und heute mache ich mit der zweiten weiter. Ich hoffe, das Ganze irgendwann während des Wochenendes abzuschließen.

Ich habe jetzt ein Zeichenbrett auf dem Tisch, das leicht gekippt ist und mir große Erleichterung verschafft. Ich werde nicht mehr so müde, wie wenn ich mich nach vorne beugen muß . . . Ich werde diesen Brief heute nicht beenden, denn ich bekomme ja doch sofort eine postwendende Antwort, wenn ich ihn abschicke. Lassen Sie mich doch bitte Ihre Reaktion auf den von mir geschickten Text wissen, sobald Sie die Zeit dafür finden. Vielleicht sollte ich von jetzt an lieber zwei Durchschläge senden. Ich lasse ein Original und drei Kopien machen.

Inzwischen haben wir Sonntag, und ich bin soeben mit den drei Ausfahrten fertig geworden. Morgen Merlins Tod, und wenn ich Glück habe, nächste Woche Morgan Le Fay, eine kurze Sache. Aber sie gibt mehr her, und ich glaube, in den Ausfahrten habe ich einiges Gold entdeckt. Die großen Sachen kommen natürlich erst noch.

Wieder einmal ein Montag. Die Wochen rasen vorbei und verschwinden wie die Kaninchen in einem Schießstand. Wir sind jetzt zwei Monate hier. Können Sie sich das vorstellen? Ich nicht. Die Zeit kommt mir so kurz vor, daß ich das Gefühl habe, nicht genug gearbeitet zu haben, obwohl ich weiß, daß das Gegenteil der Fall ist. Ich habe sehr viel gearbeitet. Auf dieses dünne Papier zu schreiben, macht kein Vergnügen. Ich liebe das Propatriapapier, sogar das weiße englische.

Ich habe am Mittwoch eine Partie Typoskript bekommen und werde sie mitschicken . . . Es wird viel mehr von Malory darin sein als im Merlin, wo ich immer gefunden habe, daß er mit seinem Stoff ins Schwimmen kam. Heute gehe ich Merlins Tod an, eine grausige Geschichte, die lächerliche Niederlage eines großen, in allen Epochen verehrten Mannes. Ich werde sehen müssen, was ich daraus machen kann. Es ist der Ausrutscher auf einer Bananenschale, wie er jedem passiert. Und es ist an der Zeit, daß ich dazu komme, denn es könnte ein paar falsche Anläufe geben.

AN CHASE – SOMERSET, 11. MAI 1959

Die Sache ist die, daß ein Tag nicht genug Stunden hat, um das zu tun, was ich tun möchte. Ich habe gestern Merlins Tod und die Fünf Könige beendet. Und mache heute mit Morgan le Fay weiter. Meine Version von Merlins Ende gefällt mir. Es ist eine traurige und allgemeingültige Geschichte. Vielleicht hat sie deswegen die Zeiten überdauert. Das und die Vermählung werden am Mittwoch abgetippt werden.

Gestern drei Dutzend Salatpflanzen eingepflanzt. Ich fand zwischen den Gräsern im hinteren Teil des Gartens einige Erdbeerpflanzen, alle in Blüte, und habe das Unkraut darum herum gejätet. Dort hinten entdecke ich alle möglichen Dinge.

Meine Orthographie – noch nie sehr sicher und konsequent – ist ganz und gar von Malory infiziert. »Batayle« kommt mir viel normaler vor als »battle«, irgendwie kriegerischer, obwohl es nicht das gleiche wie »battle« bedeutet.

Was für ein Leben! Gestern war ich sehr fleißig – Schreiben und Grasmähen mit einer Sense. Um neun Uhr, noch bevor es dunkel war, ging ich ins Bett und schlief sofort ein. Heute morgen Dunst auf den Wiesen, durch den die Sonne brennt. Alle Leute sagen, es sei der schönste Frühling seit vielen Jahren. Und manche fürchten in der Erinnerung an die letzten paar Jahre, wir werden später dafür büßen müssen. Nun, man wird ja sehen.

Ich werde vielleicht aus dem Haus gehen müssen, aber mit Widerwillen. Ich hasse auch alles, was den langsamen, stetigen Fluß dieser Übersetzung unterbricht. Ich spüre, daß sie jetzt allmählich frei strömt und einen guten Klang bekommt.

Nun ist die Zeit um. Ans Werk, heißt es jetzt.

Ich werde das hier abschicken.

AN ERO UND CHASE – SOMERSET, 13. MAI 1959

Dann Ihre Bemerkungen zu dem Ihnen zugeschickten Abschnitt und der Umstand, daß Chase fast gar nichts dazu sagt. Ich muß mir meine Antwort sehr genau überlegen und darf nicht in Unklarheiten abrutschen. Zu behaupten, ich sei nicht betroffen gewesen, wäre unwahr. Ich war es. Ich frage mich, ob vielleicht die 3000 Meilen zwischen uns etwas ausmachen. Es liegt auf der Hand, daß ich meine Absicht nicht verständlich machen konnte, ich zweifle aber, ob ich es an Ort und Stelle gekonnt hätte. Begreiflicherweise suche ich nach Argumenten zu meiner Verteidigung beziehungsweise zur Rechtfertigung der Arbeit, so wie ich sie angehe. Lassen Sie mich als erstes sagen, ich bin hoffentlich zu professionell, um mich von dem Schock lähmen zu lassen. Die Antwort scheint darin zu liegen, daß Sie etwas Bestimmtes erwartet hatten, aber nicht bekommen haben. Daher ist es Ihr gutes Recht, verwirrt und enttäuscht zu sein, wie Sie schreiben. Ich hatte Ihnen nie meinen Plan dargelegt, vielleicht weil ich mich noch vorantastete. Ich kann darauf hinweisen, daß dies ein unkorrigierter erster Entwurf ist, dazu gedacht, Stil und Arbeitsweise festzulegen, und daß die Schnitzer und Irrtümer später beseitigt werden, doch damit ist es nicht getan. Vielleicht nahm ich an, ich hätte Ihnen gesagt, daß es mir im Augenblick darum geht, nicht den ganzen Zyklus mit den tausend Verzweigungen, zu dem er geführt hat, zu bringen, sondern mich dicht an Malory zu halten, der im 15. Jahrhundert schrieb. Und all die Lektüre, die ganzen Recherchen waren nicht umsonst, weil ich bei Malory Dinge sehe und zu verstehen glaube, die ich vorher nicht hätte sehen können. Und schließlich hatte ich keineswegs die Absicht, den Text in die Umgangssprache des 20. Jahrhunderts zu transponieren, sowenig wie Malory ihn in die des 15. Jahrhunderts brachte. Auch damals sprachen die Menschen nicht so. Übrigens sprachen die Leute auch nicht so, wie Shakespeare sie sprechen läßt, außer in den Rüpelszenen. Das sind, ich weiß, alles negative Argumente.

Ich weiß, Sie haben T. H. Whites *Once and Future King* gelesen. Es ist ein wunderbar ausgedachtes Buch. Alles, was Sie in meiner Umarbeitung gerne gefunden hätten, finden Sie dort im höchsten Grad. Aber so etwas hatte ich nicht vorgehabt, und möchte ich, denke ich, auch jetzt nicht.

Wo beginnt der Mythos – die Sage? Hinter der keltischen Version erstreckt sie sich zeitlich zurück nach Indien und vermutlich sogar in eine noch frühere Zeit. Während ihrer Wanderung teilt sie sich in mehrere Ströme auf – ein Teil geht nach Griechenland, ein Teil taucht im semitischen Bereich auf, ein anderer gelangt durch Georgien und Rußland und Deutschland nach Skandinavien und füllt sich mit nordischem Sagengut auf, und ein anderer Teil erscheint in Iberien und im keltischen Gallien und strömt nordwärts nach Britannien, Irland, Schottland, von wo er nach einer Inkubationszeit wieder in alle Himmelsrichtungen hinauszieht. Wo soll man eine Schranke setzen, eine Grenze ziehen? Ich entschied mich dafür, mit Malory zu beginnen, der am besten schrieb, besser als die Franzosen, besser ist als die Teile aus [der Sammlung] Mabinogion und unserem allgemeinen Verständnis heute näher. White hat die Geschichte in brillanter Weise in die Dialekte des England der Gegenwart übertragen. Ich wollte das nicht. Ich wollte ein Englisch, weder zeit- noch ortsgebunden, so wie es die Sage selbst ist. Die Menschen der Sage sind keine Menschen, wie wir sie kennen. Sie sind Figuren. Christus ist keine Person, er ist eine Figur. Buddha ist ein hockendes Symbol. Als Person ist der Arthur bei Malory ein Narr. Als Sagengestalt ist er zeitlos. Man kann ihn nicht vom Menschlichen her erklären, sowenig wie man Jesus erklären kann. Als Mensch ist Jesus ein Narr. Zu jedem Zeitpunkt in seiner Geschichte hätte er die Entwicklung aufhalten oder in eine andere Richtung lenken können. Er hat in der ganzen Folge der Ereignisse nur einen einzigen menschlichen Augenblick – das »lama asabthani«, wenn die Qual übermächtig wird. Es ist dem Helden wesenseigen, ein Narr zu sein. Der heutige literarische Prototyp, der Sheriff im Western, wie ihn Gary Cooper verkörpert, ist unweigerlich ein Narr. Er wäre ein armseliger Wicht, wenn er klug wäre. Die Klugheit, ja, sogar die Weisheit ist in allen Mythen dem Schurken vorbehalten. Ich schreibe diesen Text nicht, damit er angenehm für das Ohr des 20. Jahrhunderts ist. Vielleicht ist mein Ehrgeiz zu groß, aber ich bemühe mich darum, die Sage dem heutigen Verstehen zu erschließen, nicht sie gefällig darzubieten. Mir geht es um das ferne Gefühl des Mythos, nicht um das private Empfinden des Menschen der Gegenwart, der heute so und morgen anders denkt, sich allerdings, davon bin ich überzeugt, in seinem tie-

feren Empfindungsvermögen überhaupt nicht verändert.
Kurzum, ich versuche nicht, ein populäres, sondern ein Buch zu
schreiben, das von Dauer ist. All das hätte ich Ihnen sagen sollen.

Es war und ist noch immer bei alledem meine Absicht, jeder
der Erzählungen einen – wie soll ich es nennen? – Essay, eine
Erläuterung, einen Nachtrag folgen zu lassen. Darin beabsichtige ich, die realen, die spekulativen, die erklärenden, vielleicht sogar die charakterisierenden Elemente aufzunehmen,
aber für sich stehend. Mir ist zum Beispiel nichts davon
bekannt, daß Merlin ein Druide oder Nachhall eines Druiden
war, und Malory hat es gewiß keinesfalls angenommen. In den
Einschüben kann ich spekulieren, daß es so gewesen sein
könnte, obwohl ich vermute, daß die Idee hinter Merlin viel
älter ist als der Druidismus. Merlins Pendants finden sich in
jedem großen Zyklus – in Griechenland, in der Bibel und in
den Volksmythen, bis zurück zu den Anfängen. Chase macht
die kluge Bemerkung, daß Sachsen und Sarazenen [bei
Malory] vermutlich das gleiche sind. Fremde von weither. Sie
treten immer auf. Für Malory waren die zuletzt aufgetretenen
geheimnisvollen und mächtigen Fremden Sarazenen. Die
Sachsen gehörten, sofern er kein Kelte war, irgendwie zu ihm,
obwohl er sich vermutlich eine normannische Abkunft
zuschrieb – aus Gründen des sozialen Prestiges.

Na schön, werden Sie sagen – wenn das Ihre Absicht ist, wo
bleiben dann diese erhellend gedachten Kommentare? Nun,
sie sind aus zwei Gründen noch nicht geschrieben. Erstens
lerne ich so viel aus den Erzählungen, und zweitens möchte
ich den Rhythmus nicht unterbrechen. Ich fand, daß sich ein
Rhythmus eingestellt hatte, und war darüber erfreut. Außerdem müssen diese Erzählungen ihrer Natur nach schmucklos
sein, und in dem, was ich hinzugefügt habe, habe ich mich
bemüht, diese Kargheit zu bewahren.

Ich weiß, es wirkt so, als wollte ich meine These verteidigen, und genauso ist es auch. Aber ein paar Dinge verstehe ich
nicht. Sie schreiben, der Mord an den Babys sei die eines
Königs unwürdige Neuauflage der Herodes-Geschichte. Aber
das ist ja das Thema der ganzen Sage. Die Herodes-
Geschichte ist einfach eine weitere Version des zeitlosen Prinzips, daß menschliches Planen das Schicksal nicht von seinem
Lauf abzubringen vermag. Die ganze Sage ist eine Neuerzäh-

lung uralter menschlicher Erfahrung. Sie ist eine Version von »Macht verdirbt«.

Was mich – Sie werden das verstehen – am traurigsten gestimmt hat, ist der Ton der Enttäuschung in Ihrem Brief. Wenn ich meine Arbeit mit Skepsis betrachtet hätte, hätte ich mir einfach gesagt, Sie haben mich durchschaut. Aber ich fand, daß ich gute Arbeit leiste, und innerhalb der Grenzen, die ich mir gezogen habe, finde ich das auch jetzt noch.

Die erste Erzählung ist die mit weitem Abstand formloseste, schwierigste und am meisten überfrachtete von allen.

Die Geschichte von dem Ritter mit den zwei Schwertern ist direkter, aber nicht minder geheimnisvoll.

Schließlich – und ich werde danach den Punkt nicht weiter strapazieren – habe ich das Gefühl, daß ich auf etwas zustrebe, was für mich großen Wert hat. Es liest sich nicht wie von mir, weil ich das nicht will. Und dabei kommt mir der Gedanke, ob es Ihnen nicht lieber wäre, wenn ich die Erzählungen nicht jeweils schicke, sobald sie fertig sind, sondern bis zuletzt warte, wenn die Zwischenkapitel eingefügt sind. Ich hatte daran gedacht, nach 400 oder 450 Seiten zurückzugehen und diesen Teil, weil es einen Band abgeben wird, abzuschließen, bevor ich weitermache. Vielleicht werden es zwei Fassungen, einmal nur die Übersetzung und dann Übersetzung plus Zwischenkapitel. Was die Übersetzung angeht, steht für mich eines fest: Sie ist von allen, die bisher gemacht wurden, weitaus die beste. Aber Sie müssen mir Ihre Meinung zu diesem Brief schreiben. In diesem Sinne – Mais, je marche!

AN ERO – SOMERSET, 14. MAI 1959

Jetzt habe ich einen Tag lang nachgedacht und eine Nacht mit Herzklopfen verbracht, seit ich den Brief umschrieb. Ich habe auch den beigelegten Durchschlag etwas korrigiert. Der erste war unkorrigiert, und mein Standpunkt ist noch immer ungefähr der gleiche. Vielleicht mache ich es nicht gut genug. Aber wenn es sich nicht lohnt, es so zu machen, wie ich es versuche, dann bin ich ganz auf dem Holzweg, nicht nur darin, sondern auch in vielen anderen Dingen, und das ist natürlich durchaus denkbar. Alan Lerner macht zur Zeit ein Musical über König Arthur, und es wird sehr hübsch werden und eine Masse Dollar einspielen – aber das ist nicht das, was ich möchte. Es geht mir um etwas anderes. Vielleicht habe ich in meinem Eifer, mich zu verteidigen, verfehlt, was ich eigentlich sagen wollte. Vielleicht versuche ich etwas zu sagen, was sich nicht sagen läßt, oder etwas zu tun, was meine Fähigkeiten übersteigt. Aber Malorys Werk hat etwas, was der Zeit länger standhält als T.H.White, länger Bestand haben wird als Alan Lerner oder Mark Twain. Kann sein, ich weiß nicht, was es ist – aber ich spüre es. Und wie gesagt, wenn ich auf dem Holzweg bin, dann auf einem wirklich kolossalen.

Aber sehen Sie nicht – ich muß auf dieses Gefühl setzen. Ich weiß, es ist nicht die Literatur, die das heutige Ohr aufnimmt, ohne sich anstrengen zu müssen, aber dieses Ohr ist ja von der Madison Avenue, vom Rundfunk, vom Fernsehen und Mickey Spillane etwas dressiert. Der Held gilt beinahe als etwas Abgeschmacktes, sofern er nicht im Western auftritt. Eine Tragödie – eine echte Tragödie – ist lächerlich, es sei denn, sie spielt sich in einer Wohnung in Brooklyn ab. Könige, Götter und Heroen – vielleicht ist ihre Zeit vorbei, aber ich kann es nicht glauben. Vielleicht, weil ich es nicht glauben mag. In diesem Land hier bin ich umgeben von den Werken von Heroen, erbaut seit dem ersten Auftreten des Menschen. Ich weiß nicht, wie die Monolithen in diesen Kreisen ohne Werkzeuge aufgestellt werden konnten, aber dazu hat es mehr gebraucht als kleine Gaunereien und faule Schuljungen und die Kümmernisse übergewichtiger Damen auf der Psychiatercouch. Irgend jemand hat eine gewaltige Erdmasse bewegt und nicht nur, um »einen Dollar zu kassieren«. Wenn es mit alledem vorbei ist, habe ich irgendwo den Anschluß verpaßt. Und das könnte leicht der Fall sein.

Ich bin heute traurig gestimmt – nicht verzweifelt, sondern zweifelnd. Ich weiß, ich muß meinem Impuls folgen. Vielleicht wird es besser werden, wie Malory besser wurde – und er wurde besser. Wenn ich den Sommer und Herbst durchgearbeitet habe ... und es wirkt dann immer noch lahm, werde ich das Ganze abblasen, aber ich habe zu viele Jahre davon geträumt, zu viele Nächte, um den Kurs zu ändern. Ich habe nie gedacht, diese Arbeit würde ungeheuer populär werden, aber doch geglaubt, sie würde eine ständige Leserschaft gewinnen, nicht weil ich den Text verändert, sondern weil ich den Zugang zu ihm erschlossen habe. Ich selbst habe mich verändert, weil ich meiner überdrüssig war, habe meine Kunststückchen aufgegeben, weil ich nicht mehr daran glaubte. Eine Entwicklung war vorbei, und vielleicht war auch meine Zeit vorbei. Es ist durchaus möglich, daß ich mich nur noch wie eine in zwei Stücke geschnittene Schlange winde, von der wir früher glaubten, sie könnte erst sterben, wenn die Sonne unterging. Doch wenn es so ist, dann muß ich mich eben weiter winden, bis die Sonne untergeht.

Ach was, blödes Zeug! Ich glaube an diese Arbeit. Sie hat etwas unsagbar Einsames. Es kann gar nicht anders sein.

AN ERO – SOMERSET, MAI 1959

Ich bin gerührt über Ihren Brief mit dem unausgesprochenen Vertrauen in etwas, was Ihnen eigentlich nicht sehr gefällt. Ich hatte natürlich nicht die Absicht, Ihnen ein falsches Bild zu vermitteln. Wie mir scheint, meinten wir nicht dieselben Dinge. Eine der Schwierigkeiten dürfte in dem großen Umfang dieser Arbeit liegen. Ich wollte, ich könnte mit Chase darüber sprechen. Ich stimme ihm zu, an welchen Stellen man die Bände aufhören lassen könnte. Aber was die römische Episode betrifft, werden meine Bedenken immer größer. Sie hat, scheint mir, nie richtig hineingepaßt. Es passiert ja kaum etwas. Die beiden großen und durchgehaltenen Erzählungen sind die um Lancelot und Tristan. Die Lancelot-Geschichte bricht in der Mitte ab, Tristan erscheint, und dann Lancelot und die Gral-Sequenz und der *morte*. Ich werde mir sehr sorgfältig durch den Kopf gehen lassen, ob ich die Geschichte mit dem Kaiser nicht weglasse. Damit würde der erste Band bis zum Beginn von Tristan gehen. Im Augenblick – aber das kann sich natürlich ändern – denke ich daran, das alles zu übersetzen, aber vielleicht die Sache mit dem Kaiser wegzulassen, dann zurückzugehen, die übersetzten Teile mit noch größerer Freiheit zu überarbeiten und anschließend zwischen die Erzählungen meine eigene Arbeit einzuschieben, in die ein großer Teil des Wissens eingehen würde, das Chase und ich zusammengetragen haben. Das würde dann einen sehr profunden und gewichtigen ersten Band abgeben. Auch wüßten wir dann, wo wir stehen und ob die Arbeitsmethode standhält. Es sollte auch so weit abgeschlossen sein, daß es in diesem Zustand fast schon gedruckt werden könnte. Wenn meine Methode den Anforderungen nicht genügen sollte – und ich muß damit rechnen, daß es sein könnte –, *dann* sollte ich mit Tristan fortfahren und schließlich den Gral und den *morte* machen. Ich denke, das wäre der Probeband. Sollte sich zeigen, daß er nichts taugt, könnten wir den ganzen Plan entweder aufgeben oder abändern. Das bedeutet also vom Anfang bis zum Ende des ersten Teils von Lancelot, unter Weglassung von Kaiser Claudius. Was halten Sie *beide* davon? Es ist mehr als möglich, daß ich, ehe ich nach Hause komme, diesen ersten Band zumindest in der Rohfassung abschließe. Wenn ich die ganze Arbeit mache und dann feststelle, daß sie nichts taugt – das wäre zuviel! Lassen Sie sich die Sache bitte durch den Kopf gehen.

Ich kenne eines der Probleme mit den Dingen, die ich Ihnen zuschicke, und wieder kommt es davon, daß ich die Sache nicht richtig klargemacht habe oder nicht ausführlich genug erklärt habe. In manchen Partien der Übersetzung habe ich mich bemüht, den Sinn von Malorys Text möglichst getreu und vollständig herauszubringen. Sie sind *nicht* in der endgültigen Form. Sobald sie stehen, dienen sie als Arbeitsrohstoff, und ich werde nicht noch einmal zu Malory zurückgehen, sondern anhand meiner Übertragung arbeiten, die in diesem Stadium keine Beziehung zum Mittelenglischen mehr haben wird. Ich weiß, das ist ein weiter Umweg, aber für mich die einzige Möglichkeit, der machtvollen und ansteckenden Prosa Malorys aus dem Weg zu gehen. Also haben Sie bitte ein bißchen Geduld mit mir. Ich glaube zu wissen, was ich will, und bemühe mich, es zu erreichen.

AN CHASE – SOMERSET, 22. MAI 1959

Danke für Ihre schriftliche Vertrauenserklärung. Man kann weitermachen, auch wenn man auf Widerstand trifft, aber anders ist es viel leichter. Ich lerne jeden Tag etwas Neues. In einer so umfangreichen Sache wie dieser ist es unmöglich, erst einmal einen großen Block herauszuschnitzen. Es ist wie bei meiner Schnitzarbeit – das Holz hat auch seinen Willen und gibt zu erkennen, welchen Weg es gehen will, und wenn man gegen seine Wünsche handelt, schnitzt man schlecht.

Gestern habe ich den ersten Teil von Morgan – Accolon betitelt – abgeschlossen. Ein unglaublicher Charakter und ein Teufelsweib. Ich werde einen Essay über Malorys Einstellung zu den Frauen mit hineinnehmen.

Ich bin ein schlechter Philologe, habe zudem nicht viele Nachschlagewerke zur Hand und bin obendrein skeptisch gegenüber vielen dieser Werke, die *unbesehen akzeptiert* werden, nur weil sie gedruckt sind. Manchmal liegt eine Wahrheit in einem Namen oder einer Bezeichnung tiefer verborgen als irgendwo sonst. Nun, hier ist eine These, eine Art induktiver Spekulation, die nach Ihrem Herzen sein dürfte. Ich kam in der Nacht darauf, als ich lange über Cadbury nachdachte. Denken Sie an die Ortsnamen – Cadbury, Caddington, Cadely, Cadeleigh, Cadishead, Cadlands, Cadmore, Cadnaur, Cadney, Cadwell. Nach dem Oxford-Band »Place Names« [Ortsnamen] bezieht sich das erste Element auf jemanden namens Cada . . .

Dann die Chad-Orte, beginnend mit Chadacre und viele andere mehr bis zu Chadwick als letztem. Diese werden Ceadvalla zugeordnet, dem keltischen Gegenstück. Es gibt noch zahlreiche andere Variationen. Wenn Sie nun die Cad-Wörter im Wörterbuch durchgehen, dann sehen Sie, worauf so viele von ihnen hindeuten. Caddy, cadet, caduceus, das arabische cadi [Kadi], und dann kommen Sie auf Cadmos [Kadmos], einen Phönizier, der Theben gründete und das Alphabet nach Griechenland brachte. Caduceus [Kaduzeus], der Heroldsstab, später Sinnbild des Wissens, insbesondere des ärztlichen, und der Schlangenstab, der heute noch auf Nummernschildern verwendet wird. Cadmos hat auch die Drachenzähne gesät, vielleicht eine andere Version des Turmbaus von Babel, doch das Wesentliche ist, daß der Mythos ihm zuschreibt, er sei aus Phönizien gekommen. Waren die Trojaner Vorläufer der Phönizier? Geographisch dürften sie der gleichen Gruppe angehört haben, und der Name Brut [Brutus] ist hier ebenso fest eingewurzelt wie die trojanische Tradition.

Aber kehren wir zu den Cads zurück. Wir wissen, daß die einzigen Fremden, die in einem Zeitraum von 1500 bis 2000 Jahren auf diese Inseln kamen, Phönizier waren, daß sie Dekor, Ideen, vermutlich die Schrift und sicherlich ihre Vorstellungen direkt aus dem Mittelmeerraum mitbrachten. Sie hielten diese Inseln auch vor der Welt geheim, um nicht bekannt werden zu lassen, aus welcher Quelle sie ihre Metalle bezogen. Damit wollten sie ihr Monopol auf das Zinn schützen, aus dem sämtliche Bronze in der damals bekannten Welt gemacht wurde. Und woher kamen diese Phönizier? Nun, ihre letzte Zwischenstation war Cadiz – ein phönizisches Wort, das sich niemals verändert hat.

Ist die Mutmaßung zu weit hergeholt, daß die Cad-Namen wie die Cead-Wörter, die »Cedric«-Wörter aus Cadiz kamen, das seinen Namen von Cadmos hatte, der nach dem Mythos von außerhalb die Kultur brachte? Solche Dinge haben ein sehr langes Leben. Cadi ist bis auf den heutigen Tag ein Richter, Caddie ein Gentleman, Cadet ein junger Adeliger, Caduau ein Geschenk oder eine Bestechungssumme. Ich habe keine Ahnung von den semitischen Sprachen. Aber ich wette, Sie werden den hebräischen und anderen semitischen Ursprüngen der Silbe Cad oder Kad bis zurück zu den Mesopotamiern-Babyloniern, Tyriern etc. nachspüren. Warum sollen diese reichen und geradezu mythischen Menschen, die auf Schiffen kamen und seltsame und schöne Dinge mitbrachten, nicht Namen ihrer Herkunft gehabt haben? Die Leute aus Cadiz, die Leute des Cadmos, der das Wissen brachte, die Boten der Götter? Den Steinzeitmenschen müssen sie götterähnlich erschienen sein. Sie haben wohl ihre Götter und ihre Gewänder aus tyrrhenischem Purpur mitgebracht; ihre Dekors sind noch *auf* frühem englischem Metall und Schmuck zu sehen. Ihre Faktoren* dürften im Kreis der Einheimischen gelebt haben, und die Erinnerung an sie drang allmählich in die Ortsnamen ein. Es besteht kaum ein Zweifel, daß sie das Christentum auf diese Inseln brachten, noch ehe es in Rom Fuß faßte.

In keinem meiner Nachschlagewerke finde ich auch nur die Spur eines Hinweises auf diese These. Es wird angenommen, daß nach 1500 Jahren ständiger Verbindung mit dem West Country die einzigen über Wissen und Kultur verfügenden Menschen verschwanden und keine Erinnerungsspur hinterließen. Ich glaube es einfach nicht. Ich glaube, daß die Erde selbst laut von ihnen kündet.

Was meinen Sie?

*Faktoren: Vorsteher von Faktoreien (Anm. d. Übers.)

AN CHASE – SOMERSET, 25. MAI 1959
(von Elaine Steinbeck)
Dies ist mehr oder weniger eine Art Postskriptum zu dem Brief,
den ich am Sonnabend an Elizabeth schrieb. Übers
Wochenende las mir John die neuesten Manuskriptseiten vor,
und sie sind *sehr, sehr viel* besser. Er hat sich auch Vinavers
Bemerkungen über Malory noch einmal vorgenommen und
sagt zu mir: »Malory hat das Französische gekürzt und überarbeitet, also kann ich das gleiche mit Malory tun.« Ich glaube,
die Steinbeck-Version erwacht langsam zum Leben, und ich
möchte unbedingt, daß Sie das erfahren. Er sagt, dieser erste
Entwurf ist nicht mehr als das, ein erster Entwurf, und er wird
daraus seine eigene Fassung machen. Ich sagte zu ihm:
»Warum hast du das denn nicht geschrieben?«, und darüber
wurde er ungehalten! Sie sehen, es bildet sich langsam heraus.
Ich finde, Sie haben beide viel dazu beigetragen, daß Klarheit
geschaffen wurde.

AN CHASE – SOMERSET, 8. JUNI 1959
Ich habe über E. O. nachgedacht. Wissen Sie, in den langen
Jahren unserer Verbindung hat es kaum einen Augenblick
ohne eine persönliche Krise gegeben. Sie muß sich oft von Herzen wünschen, daß wir alle mit gebrochenem Rückgrat in der
Hölle liegen. Wenn wir doch einfach brav unsere kleinen Sachen schrieben, sie bei ihr ablieferten, das Geld oder die Ableh-
nung akzeptierten, je nachdem, und unser Privatleben aus der
Sache heraushielten. Wir müssen ihr sehr auf die Nerven
gehen. Und auch wie das jetzt läuft, muß für sie etwas Altge-
wohntes und Ermüdendes sein. Wir decken sie mit unseren
Sorgen und Nöten ein, und das sind sicher immer die gleichen.
Es würde mich gar nicht überraschen, wenn sie plötzlich aufbe-
gehrte. Statt fabelhaft fehlerfreier Manuskripte bekommt sie
Ausreden und Theater und Kummer und Hin und Her und
Rechnungen. Die Schriftsteller sind ein trauriger Verein. Zu
ihren Gunsten läßt sich nur sagen, daß sie immerhin besser als
die Schauspieler sind, aber das heißt nicht sehr viel. Ich frage
mich, wie lange es her sein mag, daß einer ihrer Klienten sie
gefragt hat, wie *sie* sich fühlt – falls es überhaupt jemals vorkommt. Es ist ein undankbares Geschäft mit undankbaren Kin-

dern. Um wie vieles schärfer als einer Schlange Zahn sticht es, mit einem Autor zu tun zu haben. Von allem, was ein Autor tut, ist das Schreiben, so scheint es, das Geringste. Wenn seine Seelenqualen, seine Begierden, seine Irrtümer in Buchform veröffentlicht werden könnten, würde die Welt bis zum Nabel in Büchern stecken. Einer der positiveren Aspekte des Fernsehens liegt darin, daß es einiges davon absorbiert.

Nun zurück zu Malory oder vielmehr zu meiner Interpretation seiner Interpretation, auf die hoffentlich meine Interpretation meiner Interpretation folgen wird. Beim Arbeiten überrascht mich immer wieder, daß ein großer Teil des Stoffes blanker Unsinn ist. Sehr vieles darin ergibt überhaupt keinen Sinn. Zwei Drittel bestehen aus müßigem Geplapper von Kindern, die im Dunkeln träumen. Und wenn man dann drauf und dran ist, das Ganze angeödet hinzuwerfen, fällt einem das Kongreßprotokoll ein oder der Sacco- und Vanzetti-Prozeß oder der »Präventivkrieg« oder unsere Parteiprogramme oder Rassenprobleme, die nicht vernünftig gelöst werden können, oder Familienprobleme oder die Beatniks, und das öffnet einem die Augen dafür, daß die Welt vom Unsinn angetrieben wird – daß der Widersinn einen großen Teil der Weltläufe ausmacht und daß das fahrende Rittertum auch nicht verrückter war als unser heutiges Gruppendenken und -handeln. So sind eben die Menschen. Wenn man sie und ihr Treiben unter die Lupe der Vernunft nähme, würde man den ganzen Verein ertränken. Und wenn ich die Sache dann so richtig sarkastisch sehe, denke ich an mein eigenes Leben, wie ich damit umgegangen bin, und es ist keine Spur anders. Ich sitze im gleichen Boot mit der verblödeten Spezies. Ich bin mit der Unvernunft verschwistert, da gibt es kein Entrinnen. Aber auch die Unvernunft ist wie die aus Dämpfen und Drogen geborenen Offenbarungen der pythischen Priesterin in Delphi, die erst post factum plausibel werden.

Ich arbeite jetzt an Gawain, Ewain und Marhalt, nachdem ich ein bißchen Zeit mit der jungen Generation verloren habe. Aus diesem Teil hängen die losen Fäden heraus, er ist voller Details ohne Sinn, voller Versprechungen, die dann nicht gehalten werden. Der weiße Schild zum Beispiel – er wird nie wieder erwähnt. Ich glaube, es gelingt mir, der Episode etwas Leben einzuhauchen, vielleicht aber nicht genug. Je weiter ich vorankomme, um so mehr schwindet meine Scheu davor. Aber eine gewisse Ehrfurcht vor dem Stoff ist notwendig, denn wenn man diese Erzählungen achselzuckend abtut, tut man die Menschen ab.

Es gibt zwei Kategorien Menschen auf der schöpferischen Ebene. Die große Masse der mehr Kreativen denkt nicht. Sie ist zutiefst überzeugt, daß die Zeit, als die Welt noch in Ordnung war, dahingegangen ist. Menschen, die am Status quo hängen, wissen zwar, daß es für sie keine Rückkehr in die Zeit der Vollkommenheit gibt, kämpfen aber darum, sich nicht zu weit davon zu entfernen. Und dann gibt es den Kreativen, der an die Möglichkeit zur Vervollkommnung glaubt, an ein Fortschreiten – er ist selten, er richtet nicht sehr viel aus, unterscheidet sich aber zweifellos von den anderen. Lachen und Weinen – beides wird von einander nicht unähnlichen Muskelzuckungen ausgelöst, beides treibt Tränen in die Augen und bewirkt, daß einem die Nase läuft, und beides schenkt Erleichterung, wenn es vorüber ist. Marihuana stimuliert induziertes Lachen und die Sekundärwirkung von Alkohol falsche Tränen, und beides führt zu einem Kater. Und diese beiden physischen Gefühlsmanifestationen lassen sich entwickeln und steigern. Wenn ein Ritter von einem Gefühl derart übermannt wird, daß er ohnmächtig zu Boden sinkt, so ist das, glaube ich, buchstäblich die Wahrheit. Es war Konvention, wurde akzeptiert, und so tat er es. So viele Dinge, die ich tue und empfinde, spiegeln die Konvention und das, was akzeptiert wird. Ich frage mich, wieviel davon andere Beweggründe hat.

Ist es nicht merkwürdig, was es für Parallelen gibt? Vor ungefähr einem Monat, als ich mich mit Kritzeleien auf die Arbeit vorbereitete, schrieb ich einen kurzen Text und legte ihn in meinem Ordner ab, wo er sich noch befindet. Ich zitiere daraus:

> Wenn ich über ein expandierendes Universum, über Novas und Rote Zwerge, von gewaltigen Umbrüchen, Explosionen, dem Verschwinden von Sonnen und der Geburt anderer lese, und wenn mir dann bewußt wird, daß die Nachrichten von solchen Ergebnissen, mit Lichtwellen transportiert, Dinge melden, die sich vor Jahrmillionen zugetragen haben, frage ich mich manchmal, was gegenwärtig dort geschehen mag. Wie wollen wir wissen, daß ein

Prozeß und eine Konstellation, die so weit zurückliegen, sich nicht radikal verändert oder umgekehrt haben? Es ist denkbar, daß das, was die großen Teleskope heute aufnehmen, überhaupt nicht existiert, daß diese ungeheuren Emanationen der Gestirne vielleicht schon vorüber waren, ehe unsere eigene Welt Form gewann, daß die Milchstraße nur eine Erinnerung ist, getragen auf den Armen des Lichts.

AN ERO – SOMERSET, JUNI 1959
Ach ja! Ich kann Ihnen nur beipflichten – Arthur ist ein Trottel. Man wird so weit gebracht, daß man schreien möchte: Nicht schon wieder! Paß doch auf – er hat eine Knarre! Wie wir es früher in den alten Filmen taten, wenn unser angebeteter Held in die Höhle des Schurken tappte. Genauso wie Arthur. Aber es geht noch weiter und erwischt sogar die Schlauen. Denken Sie an Morgan – ohne sich zu vergewissern, ob ihr Plan, Arthur zu ermorden, geglückt ist, macht sie munter weiter, als wäre es so. Aber es ist ja Literatur. Wenn Sie wollen, denken Sie an den Jehova im Alten Testament. Da haben wir einen Gott, den General Motors nicht einmal als Lehrling nähme. Er macht etwas falsch, wird dann wütend darüber und schlägt sein Spielzeug kaputt. Denken Sie an Hiob. Es hat fast den Anschein, daß Dämlichkeit in der Literatur etwas Notwendiges ist. Schlau dürfen nur die Bösewichter sein. Könnte es nicht sein, daß der Spezies Haß auf die Intelligenz und Furcht davor eingebaut sind, so daß die Helden notwendigerweise Dummköpfe sein müssen? Fast immer wird Klugheit mit Bösartigkeit gleichgesetzt. Es ist rätselhaft, aber so sieht's aus.

Ich habe das Gefühl, daß ich jetzt bei den Geschichten von Ewain, Gawain und Marhalt so richtig in Fahrt gekommen bin. Zum einen sind sie besser erzählt, und zum zweiten baue ich sie aus. Wo Malory eine Begebenheit anfängt und sie dann vergißt, nehme ich sie wieder auf. Die Erzählung ist lang und meine Version davon in manchen Teilen noch länger, aber ich kürze auch hin und wieder. Ich habe Spaß dabei.

Immer wieder erstaunt mich die Einstellung zu Frauen. Malory hat für sie nicht viel übrig, es sei denn, sie sind blutlos. Und auch nicht für Zwerge – hier zeigt sich beinahe eine Angst um die eigene Männlichkeit. Nun waren die Menschen im 15. Jahrhundert keine Trottel. Wir wissen aus den Paston Letters und aus vielen anderen Quellen, daß sie durchtriebene Teufel und durchaus imstande waren, ihr Leben selbst in die Hand zu nehmen. Die Menschen des 15. Jahrhunderts hatten mit den Menschen in der Arthur-Sage nicht mehr Ähnlichkeit als der Alte Westen mit dem Western. Doch in beiden Fällen findet sich die Sehnsucht nach der kindlichen Einfachheit einer Zeit, in der die Großen nicht klug waren. Irgend jemand war klug genug, Malory während seines letzten Lebensabschnitts hinter Gittern zu verwahren, ohne ihn irgendwann vor den Richter zu bringen. Hier ist keine Tugendhaftigkeit im Spiel. Irgendein verdammt schlauer Kopf wollte ihn nicht auf freien Füßen sehen. Die Welt war nicht jung und unschuldig, als Malory schrieb, sie war alt und sündhaft und zynisch. Und sie ist auch heute, in einer Zeit, da die gekonnt geschriebene Story ohne jede Tiefe und der Western in Blüte stehen, nicht unschuldig. Könnte es sein, daß Mickey Spillane die wahre Zukunftsliteratur verkörpern wird? Denkbar ist es zumindest.

Gestern nachmittag stieg ich nach der Arbeit auf den Cruch Hill, wo eine Gruppe Schuljungen unter der Anleitung trefflicher Leute aus dem British Museum mit Ausgrabungen beschäftigt ist. Eine Festung aus der Jungsteinzeit und darüber eine aus der Eisenzeit und über beidem ein römischer Tempel. Die Menschen aus der Jungsteinzeit haben ein wunderbares System von Mauern und Wehranlagen gebaut. Mein Gott, was sie geleistet, wieviel Erdreich und Gestein sie bewegt haben! Eine Großtat. Und ganz Somerset ist mit solchen gewaltigen Befestigungsanlagen übersät. Damals muß hier eine kopfstarke und wohlorganisierte Bevölkerung gelebt haben. Man kann ohne Maschinen keine Berge verschieben, es sei denn, man verfügt über Menschen in großer Zahl. Und der Umfang und die konsequente Gestaltung der Anlage sprechen nicht nur für eine straffe Organisation, sondern auch für eine große Kontinuität. An dem Werk – alles nach einem einheitlichen Konzept – muß generationenlang gearbeitet worden sein. Die Linien sind sauber und gerade gezogen, und der Plan blieb unverändert. Es ist erstaunlich.

AN ERO – SOMERSET, JUNI 1959 (SONNTAG)
Elaine ist in der Kirche, und ich stecke mitten in meinem Tagespensum. Heute morgen sagte sie zu mir: »Du bittest Elizabeth, sich um allen möglichen Kram zu kümmern. Ich bin mir sicher, sie hätte lieber einen Klienten, der nur schreibt und ihr Texte schickt.«

Ja, das ist wahr. Sie hat recht. Als Klient war ich immer ein hoffnungsloser Fall.

Angesichts dessen, finde ich, wäre es angebracht, Ihnen einmal in einem Brief zu sagen, daß ich weiß, wieviel Sie tun und die ganze Zeit getan haben, und Ihnen zweitens einen Brief zu schreiben, in dem nichts von Kümmernissen, Bitten, Klagen, Erklärungen oder Ausflüchten steht. Wäre das für Sie nicht eine Erholung?

Ich möchte Ihnen etwas sagen, was mir endlich klargeworden ist: Der Arthur-Zyklus ist, wie praktisch alles Sagengut, das die Zeiten überdauert hat und in tiefen Schichten wurzelt, eine Mischung aus Tiefgründigkeit und kindlichem Unsinn. Aber wenn man das Tiefgründige bewahrt und den Unsinn hinauswirft, geht etwas vom Wesensgehalt verloren. Hier werden Träume erzählt, unveränderliche, allgemein-menschliche Träume, und sie haben die Inkonsequenz von Träumen. Na bitte, sage ich – wenn es sich um Träume handelt, werde ich ein paar von mir dazutun, und das habe ich getan.

Inzwischen ist es viel später, und ich habe einen wunderbaren Arbeitstag hinter mir, angefüllt mit köstlichen Aufregungen, vielleicht nicht gerechtfertigt, gleichwohl aber genossen. Es ist eine verrückte Geschichte, aber irgendwo steckt irgendein Sinn darin.

Seit Monaten spreche ich jetzt unausgesetzt von mir. Wie geht es denn Ihnen? Werden Sie ein bißchen ausspannen? Werden Sie nach Sag Harbor hinausfahren? Mir fällt kein schönerer Wunsch ein als der, sie könnten einen Abstecher hierher machen und sich in unserem »Kuhstall« einquartieren, der ein sehr angenehmer Raum ist. Ich wünschte, sie könnten die Atmosphäre hier spüren, sie einfach in sich einsickern lassen. Ich habe nichts davon erwähnt, aber schon seit einiger Zeit versuche ich, einen Gedanken in ihre Richtung zu strahlen, von der Hoffnung bewegt, er würde unterwegs an Stärke gewinnen, so daß Sie sich eines Morgens sagen würden, Sie müßten einfach hierherkommen, ohne auch nur einen Grund dafür zu wissen. Manchmal sitze ich da, streite mit Ihnen, ringe sogar geistig mit Ihnen und versuche, Ihre Argumente zu Fall zu bringen. »Unsinn«, sagen Sie. »Es ist kostspielig. Ich mag die Provinz nicht. Ich habe keinen Grund hinzufahren.« »Aber es ist nicht unsinnig und nicht einmal kostspielig. Und Provinz ist es eigentlich nicht. Es kommt einem vor, als hätte man noch nie eine so bevölkerte Gegend erlebt, und hier ist nach der Plackerei richtig wohl sein. Irgend etwas hier klärt den Blick.« Sie darauf: »Mein Blick ist mir klar genug. Es bringt nichts.« Ich: »Aber hier gibt es etwas, von dem ich glaube, es wird eine verwandte Saite in Ihnen zum Klingen bringen. Ich möchte einfach, daß Sie es sehen und spüren. Es hat einem etwas zu sagen – was, das weiß ich nicht, aber ich weiß, was für ein Gefühl es einem gibt.« Und dann werfen Sie den Kopf zurück wie ein Pony, wie ich es oft an Ihnen erlebt habe, recken das Kinn nach vorne und wechseln das Thema. »Sie wollen es sich also nicht überlegen?« »Nein.« »Ich werde nicht lockerlassen. Hier ist eine Macht, die ich auf Sie ansetzen werde.« »Tun Sie das lieber nicht, und lassen Sie mich in Frieden.« »Hier gibt es viel mehr als nur Wiesen und Hecken – viel, viel mehr als nur das. In der Erde sind Stimmen.« »Gehn Sie weg.« »Nein, das werde ich nicht tun. Ich werde warten, bis Sie eingeschlafen sind, und ein Geschwader Somerset-Feen schicken, die Sie umsurren wie Moskitos – richtig zähe Feen.« »Ich werde sie mit Insektenspray beschießen.«

AN ERO – SOMERSET, JULI 1959 (SONNABEND)

Die Arbeit geht erfreulich und gut von der Hand. Ich werde Ihnen nichts davon schicken, bis ich genug beisammen habe, daß ich Ihnen den neuen Weg zeigen kann, den ich eingeschlagen habe, und der mir selbst sehr gut gefällt. Ich habe auch einen großen Plan, um dem Ganzen eine Einheit zu geben. Aber wie ich schon – in einem früheren Brief – gesagt habe: Ich werde ihn mir nicht wieder ausreden. Das tue ich zu oft. Soviel immerhin kann ich Ihnen verraten: Wenn es weiter so gut geht, kann ich im Oktober unbeschwert nach Hause fahren, weil ich weiß, daß ich es überall zu Ende schreiben kann. Und es fängt auch an, in meinem Kopf eine richtig abgerundete Form zu gewinnen, und

Millionen Einfälle werden ausgebrütet und schwärmen umher, und das ist für mich das beste Leben, das ich mir denken kann. Allerdings muß man sehr viel Geduld haben, bis man es bekommt.

Jetzt ein paar Worte an Chase. Sie werden ihm wie eine Wiederholung vorkommen, denn ich bin mir sicher, daß er mir darüber schon geschrieben hat. Ich hätte es nur gerne alles in ein und demselben Brief. Um den Monatsbeginn will ich oder vielmehr wollen wir nach Wales fahren. Ich hätte gern, daß Chase mir einen Reiseplan entwirft. Ich möchte ihn im Gedächtnis speichern, so daß ich jederzeit darauf zurückgreifen kann.

Es freut mich, daß Shirley die »Triple Quest« gefällt. So lautet übrigens der Titel. Ich versichere Ihnen, der Lancelot ist viel besser. Ich habe endlich die Tür geöffnet.

Jetzt möchte ich Ihnen von einem Wunder berichten, einem von der Sorte, wie sie hier geschehen. Vorgestern schrieb ich über einen Raben, einen tollen Burschen und Freund von Morgan le Fay. Gestern morgen um acht saß ich an meinem Schreibtisch, und draußen vor der Tür war ein lautes krächzendes Quaken zu hören. Ich dachte, es sei ein Riesenfrosch. Ich weckte Elaine auf, die oben schlief. Sie schaute zum Fenster hinaus, und da saß ein riesiger Rabe, der auf meine Tür einpickte und krächzte – ein Monster von einem Vogel. Der erste Rabe, den wir gesehen haben. Nun, wie erklären Sie sich das? Ich hätte nicht einmal davon berichtet, wenn Elaine, die Wahrheitsliebende, ihn nicht auch gesehen hätte.

AN CHASE – SOMERSET, 3. JULI 1959
(von Elaine Steinbeck)
Gestern fuhren wir durch Plush Folly – eine neue Ergänzung für unsere Liste von Ortsnamen. Es ist in Dorset. Wir hatten einen herrlichen Nachmittag. John läßt einen seiner Ritter hier durchs Land ziehen und brauchte ein paar geographische Details. Ja, auf diese Weise kann man den Vorteil nutzen, in Europa zu sein. Wir fuhren südwärts bis unterhalb von Dorchester und stiegen zum Maiden Castle hinauf, einer ausgedehnten Hügelfestung aus der Zeit 2000 v. Chr. Es ist ein eindrucksvoller, oben abgeflachter Hügel mit acht Gräben, tief

und mit steilen Wänden. Dort oben könnte man sicher einer Masse Menschen Schutz bieten. Von oben blickten wir nach Dorchester hinab und konnten klar die Form der römischen Stadtanlage erkennen. Die vier römischen Zugänge zur Stadt sind heute mit Bäumen gesäumt und heißen »The Walks«.

Wir fuhren auch nach Cerne Abbas, um uns den Dorset Giant anzusehen, einen aus einem Kreidehügel herausgehauenen, mehrere hundert Fuß großen Mann. Er macht einen grimmigen Eindruck und schwingt eine Keule über dem Kopf. Außerdem ist er überaus priapisch. John meint, er sei das Werk irgendeines archaischen Volkes, als Symbol der Fruchtbarkeit gedacht. Ich glaube, die Absicht war, Angst und Schrecken bei vorüberkommenden Damen auszulösen, die dann zu Hause zu ihren Ehemännern sagen würden: »Steh nicht so da, als wolltest du es mit *ihnen* aufnehmen.«

Ich habe Ihren Brief über Bodmin Moor und Caerleon on Usk zusammen mit der von Ihnen markierten Karte im Auto, bei unseren anderen Landkarten und den Reiseführern. John sagt, er möchte sich schon bald beides ansehen.

Wir stecken bis über die Ohren in verdickter Devonshire-Sahne, da jetzt die Erd- und Himbeeren Hochsaison haben. Unsere Beeren kommen aus dem Garten der Discoves – und manchmal mache ich selbst »Devonshire cream« für uns. Jedesmal, wenn unsere Bekannten uns Sahne schenken, lasse ich sie in einem flachen Töpfchen sechs Stunden auf dem warmen Teil des Herds stehen und dann mehrere Stunden auf dem kühlen Steinboden der Küche. Wenn sie klumpig zu werden beginnt, schöpfe ich den Rahm oben ab, stelle ihn zum Kaltwerden in den Kühlschrank und serviere ihn mit Beeren. Ein Gedicht! – Ich wäre ohne das *Constance Spry Cookery Book* verloren und benutze es täglich. Ich habe gelernt, wie man ein richtiges indisches Curry-Gericht zubereitet. Die Zutaten gibt es im Bombay Emporium in London zu kaufen. Im Herbst machen wir eine Curry-Dinner-Party.

Ich hoffe, morgen Text zu bekommen. Ich habe Mittwoch bei Mrs. Webb vorbeigeschaut, um sie daran zu erinnern. Sie tippte gerade eine Stelle, wo John ein Mädchen die Leibwäsche eines Ritters waschen und sie zum Trocknen an einen Stachelbeerbusch hängen läßt, ehe sie die Nacht im Wald verbringen. Sie wollte wissen, ob ich weiß, daß in England die Babys aus

Stachelbeerbüschen herauskommen. Ich wußte es nicht und John auch nicht, und er war entzückt.

AN ERO UND CHASE – SOMERSET, 13. JULI 1959
Natürlich habe ich nichts geschrieben, während ich unterwegs war. Ich denke immer, ich werde es tun, tue es aber doch nicht. Ich habe mir allerdings eine Unmenge Gedanken gemacht und werde meinen Anfang von Lancelot wegwerfen und noch einmal beginnen, weil ich jetzt zu wissen glaube, wie es gehen muß. Und nach dem Lancelot, denke ich fast, werde ich zurückgehen und noch mal von vorne anfangen. Vielleicht habe ich jetzt den Bogen raus. Es dauert seine Zeit.

Chase, vielen Dank für die Arbeit am Maiden Castle. Mein Verdacht läßt mich noch immer nicht los. Der Grund liegt vor allem darin, daß ich weiß, wie in Mexiko die Sache ablief. Spanier kamen ins Land, hörten ein aztekisches Wort und benannten den betreffenden Ort nach dem Wortklang auf spanisch um. Es gibt Hunderte solcher Beispiele. Etwa Cuernavaca – Kuhhorn. Der aztekische Name lautete Cuanahuatl, was ein bißchen wie Cuernavaca klingt, aber Ort der Adler bedeutet. Es war der *Klang,* worauf es ankam, nicht die Bedeutung. Ich habe den Verdacht, daß das »Maiden« in Maiden Castle nach dem Klang eines Wortes in einer früheren Sprache gebildet ist, und möchte wetten, es handelt sich um die indogermanische Wortwurzel »mei«, was verändert oder angehäuft oder unnatürlich bedeutet. Und die großen Schanzen sind »Haufen«.

Aber all das ist nur interessant, nicht mehr. Ich versuche, an den »Menschen« der Erzählungen zu arbeiten. Es freut mich, daß Ihnen die »Triple Quest« ein bißchen gefällt, Chase. Zumindest liefert sie eine gewisse Erklärung für das Auftreten der drei Damen. Der Lancelot-Teil, so wie ich jetzt den Anfang sehe, beginnt mir etwas einzuleuchten, sogar im Hinblick auf den Grund für die Gralsuche, die später folgt. Man hat immer angenommen, daß der Gral zuerst kommt und dann die Suche. Aber angenommen, eine Ausfahrt wurde notwendig und als Ziel dafür der Gral gesetzt? Ich bin jedoch nicht gewillt, noch weitere Probeläufe zu machen. Wenn es fertig ist, werde ich es als *fait accompli* schicken. Vielleicht habe ich schon zu viele Testläufe gemacht. Trotzdem ist mir jetzt wohler.

AN ERO – SOMERSET, 25. JULI 1959

Nachdem ich Ihr Telegramm erhalten hatte, schickte ich gestern den allerersten Teil vom Lancelot, was ich für richtig halte. Sollte er unterwegs verlorengehen, habe ich hier eine Kopie, zwar schwach, aber durchaus leserlich. Und außerdem ist mir noch nie etwas verlorengegangen. Dieses Mskr. nimmt allmählich eine gewisse Ähnlichkeit mit dem an, was ich zustande bringen möchte. Sie werden sehen, daß ich mich zwar an die Geschichte halte, aber Dinge, die unklar sind, *peu à peu* mit Eigenem überbaue und Dinge, die entweder keinen Sinn hatten oder ihn inzwischen eingebüßt haben, überhaupt beseitige. Und wenn diese Arbeit etwas von einem Traum an sich hat – nun ja, das ganze Leben hat etwas davon. Die meisten Menschen leben zeit ihres Lebens in einem Halbtraum und nennen ihn Realität. Und überall dort, wo ich, wie erwähnt, die Geschichte mit der Gegenwart verbinden kann, indem ich eine damals wie heute glaubwürdige Situation ausbaue, habe ich das getan. Und da dieser Stoff etwas eigentümlich Dekoratives hat, habe ich versucht, ihm etwas von der Art mittelalterlicher Malerei zu geben, ein bißchen zeremoniell, aber nicht immer. Zumeist mußte ich die Personen überhaupt erst einmal zum Leben erwecken. In diesem ersten Teil – und er ist beileibe noch nicht fertig – mußte Lancelot sich noch nicht seinem doppelten Ich stellen. Er ist moralisch noch nicht auf die Probe gestellt worden. Deswegen habe ich Lancelot wohl ins Herz geschlossen: er muß sich einer Prüfung stellen, besteht sie nicht und bleibt gleichwohl ein edler Charakter.

Sie zeigen sich besorgt über Vinavers Einfluß auf die Art, wie ich arbeite. Ich kann es natürlich nicht mit Bestimmtheit sagen, aber ich denke doch, er wird der erste sein, der ihr Beifall zollt. Er ist nicht der steife Gelehrte, für den Sie ihn halten. Und er kennt die Veränderungen, die andere daran [am *Morte*] vorgenommen haben. Ich möchte beinahe wetten, daß er meine Eingriffe gutheißt, und wenn nicht, würde es keine große Wirkung haben, weil ich schon soweit vorangekommen sein werde. Ich fange jetzt wirklich an, die Arbeit um ihrer selbst willen zu lieben, und lasse das bißchen Geist, das in mir steckt, zu seinen eigenen Quellen gehen. Um darauf noch einmal zurückzukommen: Ich finde die Analyse der Hexerei recht gelungen und, soweit mir bekannt ist, auch neuartig.

Ich stimme mit Ihnen überein, daß es am besten ist, dort wei-
terzumachen, wo ich jetzt bin, und erst zuletzt zum Anfang
zurückzugehen. Ich werde auch versuchen, in diesem ersten
Entwurf sämtliche Nebenepisoden zu beseitigen und die
Hauptstoßrichtung zu verfolgen. Tristan, das ist eine ganz
andere Geschichte. Sie kann warten. Aber die Sache, die ich
jetzt in den Griff bekommen möchte, das ist Lancelot, Arthur,
Guinevere . . . Jedenfalls, ich werde sehen, was ich aus diesem
Haupt- und Zentralthema machen kann. Und wissen Sie was?
Im Titel sollte nicht Arthur, sondern Lancelot stehen. Er ist
mein ein und alles. In ihn kann ich mich hineinversetzen. Und
allmählich gelingt mir das auch bei Guinevere, und so werde ich
mich schließlich auch in Arthur einfühlen.

AN ERO – SOMERSET, 28. JULI 1959
Schwierigkeiten mit der Arbeit heute – teilweise geht es um
eine heikle Entscheidung über Form und Auslassung. Der verdammte Malory hat sich an dieser Ausfahrt festgebissen und
rennt von einer Keilerei zur nächsten. Auch ist er so besessen
davon, Menschenmassen mit einem Fetzen blutigen Stoffs zu
heilen, daß er Personen und Anlässe heillos durcheinander-
bringt. Dann läßt er Lancelot sich mit Sir Kays Rüstung verklei-
den und vergißt plötzlich alles wieder. Und ich muß diese Dinge
ans Licht ziehen und ihnen irgendeinen Sinn geben oder sie
rausstreichen. Ungefähr drei von acht Abenteuern sind wirklich gut, aber gerade für die hat er gar nichts übrig. Alles sehr
schwierig. Ich denke, es ist mir in dieser Erzählung bislang
gelungen, den Leser halbwegs bei der Stange zu halten, und ich
möchte nicht, daß sie sich auf Malorys übliche Art totläuft.
Aber wenn ich einfach drauflosschufte, werde ich einen Weg
aus dem Schlamassel finden. Ich muß. Der beste Weg ist der
einfachste, aber es verlangt schrecklich viel Nachdenken, bis
einem das Einfache gelingt.
  Ich habe einen erfreulichen Brief von Shirley erhalten. Es
freut mich schrecklich, daß sie die »Triple Quest« gut findet.
Ich weiß, man gibt derjenigen Ausfahrt den Vorzug, in der man
sich selbst am stärksten wiederfindet. Hoffentlich gefällt Ihnen
das Stück vom Lancelot, das ich abgeschickt habe. Und ich
hoffe auch, diesen ersten Lebensabschnitt des alten Knaben

noch diese Woche abzuschließen und an Sie in Marsch zu setzen. Danach wird sein Leben komplizierter. Diesen ersten Teil könnte man Kindheit eines Ritters nennen – voller wundersamer Dinge. Aber später muß Lancelot sich mit einigen ziemlich heiklen Erwachsenenproblemen herumschlagen, Problemen, die seither keineswegs aus der Welt verschwunden sind.

AN ERO – SOMERSET, 28. JULI 1959
Wenn alles gutgeht, müßte ich mit diesem Stück heute fertig werden, doch da es noch früh am Vormittag ist, werde ich einen Brief an Sie anfangen. Sie werden feststellen, daß ich in diesem ganzen Abschnitt stärker von Malory abgehe als im übrigen Text. Dieser Abschnitt ist vor allem vom Magischen bestimmt, man könnte ihn als die Unschuldsphase eines Lebens bezeichnen, in der Drachen und Riesen hausen – die inneren Monster, die kommen später. Ich habe mehrere der schwerer verständlichen Abenteuer bei Malory herausgenommen, andere hingegen stark und in einer Art erweitert, die den Meister vielleicht tief bestürzen würde. Ich muß die letzte Szene des Abschnitts heute schaffen, und sie ist schwierig. Und sollte sie sich so auswachsen wie manche von den anderen, könnte es sein, daß ich sie nicht fertig bekomme. Ich hoffe es zwar, aber wenn nicht, spielt es auch keine Rolle. Als Übung in Metaphorik war dies eine sehr interessante Arbeit. Ich habe mich den ganzen Abschnitt hindurch bemüht, die Phantasie des Lesers zum Weiterspinnen anzustacheln, aber keine Ahnung, ob es mir geglückt ist. Bei diesem Teil war mein Bestreben, es so hinzubekommen, daß er wie ein lebendiges Wandgemälde wirkt, zeremoniell, ein bißchen überladen und irreal, und dennoch mit allen Eigenschaften des Realen. Mehr als alles andere aber möchte ich, daß er glaubwürdig wirkt. Nun ist Lancelot bisher kein schrecklich komplizierter Charakter, aber heute kommt ein solcher daher – Guinevere, ein ganz schöner Brocken. Ich glaube, ich weiß, wie ich sie angehen werde, aber wir werden ja sehen.

Später am Sonntag... Nun, es ist doch fertig geworden, soll's der Teufel holen! Es ist noch sehr provisorisch, aber es muß jetzt auf seinen eigenen Beinen stehen. Und morgen werde ich es an Sie abschicken, falls das Postamt offen ist.

AN CHASE – SOMERSET, 1. AUGUST 1959

In der letzten Zeit habe ich nicht sehr oft geschrieben, denn ich war bis jetzt ganz in der Arbeit verloren, wie Sie an dem Text sehen werden, der gerade an Sie abgeschickt wird. Ich habe gestern nach einer langen und schwierigen Bataille die letzte Episode im ersten Buch von Lancelot beendet, sehr zu meiner Zufriedenheit, und ich kann wirklich ohne Eitelkeit sagen, daß sie zum erstenmal Hand und Fuß hat, insofern die ganze nekromantische Atmosphäre überhaupt Sinn macht. Ich habe endlich das Gefühl, daß ich Boden unter die Füße bekomme. Heute muß ich die ganze Serie der Ausfahrten zu einem Paket zusammenschnüren, zwei Figuren entwickeln, Gründe für das Ganze liefern und schließlich einen Übergang zum nächsten Lancelot fabrizieren. Aber ich habe ein gutes Gefühl. Die Schreibwut hat mich gepackt. Sie werden den Text noch sehr unfertig finden, aber das spielt keine Rolle. Der Wesensgehalt ist da, und die Textur auch. Und nur Ihnen wird auffallen, was für eine Unmenge an Lektüre hier eingeflossen ist. Es ist vollgestopft mit Mittelalter, hoffentlich so subtil eingeschoben, daß es nicht als Geprunke mit gelehrtem Wissen wirkt.

Ich habe immerfort Bitten an Sie, Sachen für mich zu erledigen, und hier kommt schon wieder eine. Ich benütze jetzt zum Schreiben Cross-Kugelschreiber. Sie eignen sich besonders gut für die Kopien, da sie mit einem dünnen, aber festen Strich schreiben und schwer in der Hand liegen. Ich habe drei davon, und der eine ist schon ziemlich hinüber. Ich glaube, Sie wissen, welche ich meine. Ich habe ein paar Minen gekauft, und Mary Morgen hat noch weitere geschickt, trotzdem aber geht mein Vorrat zur Neige. Ich wechsle gern die Kulis, bevor sie zu ermüden scheinen und eine Ruhepause brauchen, ehe ich eine brauche. Könnten Sie mir also bitte per Luftpost zwei Kulis und folgende Minen schicken: acht mit dem feinsten Strich, den die Firma produziert, drei mit einem mittleren Strich, zwei mit einem breiten Strich und alle mit der schwärzesten Schreibflüssigkeit, die es gibt. Ich habe große Angst, daß sie mir ausgehen, und wenn mir das Schreiben gut von der Hand geht, werde ich derart zum Gewohnheitstier, daß ein Wechsel des Schreibgeräts mich irritiert.

Muß jetzt an die Arbeit gehen. Ich möchte gerne noch vor

437

dem Wochenende den ersten Lancelot-Teil an Elizabeth mitschicken.

AN CHASE – SOMERSET, 9. AUGUST 1959

Der Ausflug war recht ergiebig, und ich habe die meisten Dinge
gesehen, die ich sehen wollte – im wesentlichen fließende
Gewässer, Topographie, Farben etc. Caerleon war gut, und der
Usk sogar noch besser.

Auch kam der abgetippte erste Teil vom Lancelot. Und
außerdem bemerkenswert ordentlich getippt. Ich habe es nicht
allzu genau geprüft, aber es wirkt sehr sorgfältig. Und ja, ich
beabsichtige, anschließend in den zweiten Lancelot-Teil zu
gehen. Ich sehe keinen Grund, warum ich ihn mit dem langen
Tristan unterbrechen sollte. Also... jeglicher Kommentar
Ihrerseits ist mir willkommen. Ich werde ein paar Tage lang
lesen müssen, ehe ich anfange, weil ich Lancelot keine weiteren
langen und sinnlosen Abenteuer bestehen lassen will, es sei
denn, sie tragen zur Entwicklung der Geschicke der drei Personen bei.

AN ERO UND CHASE – SOMERSET, 10. AUGUST 1959

Ich habe darauf gewartet, Chase, daß Sie die Anachronismen
aufgreifen. Ich wußte alles, was dazu zu sagen ist, und habe sie
absichtlich eingefügt, was allerdings nicht heißen soll, daß sie
schließlich nicht doch weggelassen werden. Ich habe mir darüber sehr viele Gedanken gemacht. Ja, das ist überhaupt eines
der heikelsten der zahlreichen Probleme, und vielleicht muß
man in einem einleitenden Essay darauf eingehen. Wie ordnet
man Arthur zeitlich ein? Malory glaubte, er habe im 5. Jahrhundert gelebt, denn er ließ anno 454 nach Christi Geburt
Galahad den »Gefährlichen Sitz« einnehmen. Sodann steckte
er seine Ritter in Rüstungen aus dem 15. Jahrhundert und
erlegte den Ritterkodex aus dem 12./13. Jahrhundert einem
seltsam entvölkerten und ruinierten Land auf, das einen an
England nach dem ersten Auftreten der Pest und an die Verwüstung nach den Rosenkriegen denken läßt. Seine Städte sind
Märchen-, man könnte sogar sagen Walt-Disney-Gebilde. Aber
wie würde man einen Dux bellorum aus dem 5. Jahrhundert

kleiden, wenn man sich für diese Epoche entschiede, und zumal einen von römischer Herkunft und mit römischem Hintergrund? Ich weiß, was die spätrömische Reiterei trug, und es hatte nichts mit der vom Kopf bis zum Fuß reichenden Plattenpanzerung des 15. Jahrhunderts zu tun. Die Turnierlanze war unbekannt, das Rittertum noch nicht erfunden.

Eines hat Malory getan – er siedelte seinen Text in einem »Früher« an. Das ist nun eine ganz eigene Zeit, und ich habe versucht, sie zu übernehmen. Eine Differenzierung der Vergangenheit ist relativ jungen Datums. Julius Caesar hatte keine Schwierigkeiten mit seiner Abstammung von Venus und empfand sie nicht als etwas sehr Fernes. Herodot gibt der Vergangenheit, die er schildert, keine zeitliche Tiefe. Galahad ist Nachkomme von Joseph von Arimathia im achten Glied, und Lancelot stammt im siebten Grad von Jesus Christus ab, wenn mir auch unklar ist, wie das zuwege gebracht wurde. Ich möchte hier nicht den Schulmeister spielen. Und nach einer Diskussion werde ich vielleicht einen anderen Weg einschlagen. Ich habe die Wahl unter folgenden Möglichkeiten – ich kann mich für eine bestimmte Periode entscheiden und dabei bleiben, was diese ganze Arbeit auf eine umgrenzte Zeit fixieren würde und mir nicht gefällt, weil die Erzählungen einen überzeitlichen Charakter haben; oder ich kann, wie alle anderen, die Vergangenheit zu einem großen, bunt zusammengesetzten Tableau machen, das »Früher« heißt. Nun, das ist ja tatsächlich das Bild, das die meisten Menschen von der Vergangenheit haben. In diesem Muster könnte das Pfahldorf wie der toskanische Kaufmann Platz finden, weil beide dem »Früher« angehören. Das einzige, was darin keine Aufnahme finden kann, ist das »Heute«, das Gegenwärtige. Andererseits wieder müssen die menschlichen Probleme alle Probleme von heute sein. Malory brachte alle Probleme aus seinem, dem 15. Jahrhundert, im »Früher« unter. Und ich muß im »Früher« die Probleme unserer Zeit unterbringen. Ich möchte, daß Sie das mit mir durchdiskutieren. Vielleicht bin ich auf dem verkehrten Weg. Ich glaube, daß diese Erzählungen moralische Parabeln sind. Aesop legte seine Weisheit und seine Morallehren Tieren in den Mund. Ich muß die Weisheit oder vielmehr beides Rittern in den Mund legen, aber es ist, genauso wie es bei Malory war, die Gegenwart, über die ich schreibe. Wenn ich die Arbeit zu

einem zeitgebundenen Text mache, werden die Probleme seltsamerweise Probleme *dieser* Zeit. Indem ich sie aber vor einen
riesigen zeitlosen Bühnenvorhang des »Früher« stelle, hoffe
ich, sie für das »Jetzt« doppelt gültig zu machen. Verstehen
Sie überhaupt, was ich sagen will? Und ist es einleuchtend?
Ich sollte in meiner Einleitung wohl auf dieses Problem eingehen. Aber wir werden über all dies diskutieren, lange bevor
wir etwas Gedrucktes zu sehen bekommen.

AN ERO – SOMERSET, 22. AUGUST 1959

Die Arbeit wächst nicht zusammen. Sie wissen das, und ich
weiß es auch. Sie ist noch nicht aus einem Guß. Wenn alle
Vorbereitungen abgeschlossen sind, kommt eine Zeit, in der
sie Gestalt gewinnen muß, und dafür kann niemand außer mir
selbst sorgen. Sie muß etwas Geschlossenes werden, und das
ist sie noch nicht. Dann überlegte ich: Ich bin jetzt hier, und
ein Zimmer hier ist ebenso gut wie ein Zimmer in New York.
Fingernägel kann ich überall kauen. Und deshalb werde ich
den Rest meiner Zeit hier nicht mit Schreiben, sondern mit
Schauen, mit Speichern verbringen. Wir hoffen, um den
15. Oktober auf der *Flandre* nach Hause reisen zu können,
wenn wir eine Passage bekommen. Die letzten zwei Wochen
oder zehn Tage werden wir uns in London aufhalten. Auch
dort möchte ich mir allerhand ansehen. Dann werde ich einen
großen Vorrat beisammen haben, aus dem ich mich bedienen
kann. Und ich arbeite ungleich besser, wenn ich einen Schauplatz gesehen habe. Wir werden die angrenzenden Gebiete bis
September abklappern und, sobald der Verkehr schwächer
wird, in größere Entfernungen schweifen. Und nur wir zwei.
Ich kann mit niemandem sonst reisen. Dann, wenn ich wieder
zu Hause bin, werde ich auf mich gestellt sein. Mit Recht
nennt man die Schriftstellerei den einsamsten Beruf der Welt.
Vielleicht wird die Arbeit dann eine Form annehmen. Wer
weiß? Aber es gibt einen Punkt, wenn man den hinter sich
gelassen hat, kann einem niemand mehr helfen, bis es
geschafft ist.

Aber ich glaube, mit dem Speicherprozeß habe ich recht.
Ich möchte die ganze Küste vom Bristol Channel bis Land's
End kennenlernen. Ich habe so viel gelernt, als ich den See

sah und die Gezeiten beobachtete. Gezeiten waren nämlich sehr wichtig.

Gerald Wellesley hat angerufen und gesagt, Sir Philip Antrobus, dem sowohl Stonehenge als auch Amesbury Abbey (wo Guinevere starb) gehören, sei einer seiner ältesten Freunde und werde sich freuen, wenn wir uns dort umsehen wollen. Das werden wir tun, sobald ich von ihm eine Antwort auf einen Brief bekomme. Das ist aber ein seltsamer Name: *Antrobus.* Das Oxforder Ortsnamen-Lexikon gibt keine Wurzel an, schreibt aber, es sei schwerlich englischen Ursprungs. Ich werde die Familie im Burke's nachsehen, sobald ich dazu komme, bei Alex Barclay vorbeizuschauen. Könnte es nicht einfach das griechische Wort *anthropos* sein, was Mensch bedeutet? Jedenfalls ist es ganz anders als alle englischen Namen, die ich jemals gehört habe. Aber wie dem auch sei, wir werden uns wahrscheinlich nächste Woche einige Zeit dort aufhalten. Der ganze Salisbury-Komplex fasziniert mich. Es ist wahrscheinlich das älteste Bevölkerungszentrum in ganz England. Vielleicht kann mir Sir Philip Zugang zu Stonehenge verschaffen, damit ich mir das Aufstellen der umgestürzten Steine aus der Nähe ansehen kann, das zur Zeit vom Ministry of Works [Ministerium für öffentliche Bauten] durchgeführt wird. Ich möchte sehen, was darunter war. Vielleicht noch weitere Queräxte. Auf jeden Fall werde ich mein Vergrößerungsglas mitnehmen, damit ich mir die Dinge genau ansehen kann. Außerdem möchte ich einen ausgiebigen Blick auf Old Sarum werfen. Manchmal, wenn ich die Augen zusammenkneife, kann ich Sachen richtig sehen. Den Tag, an dem Elaine in London war, habe ich zum größten Teil auf den Cadbury-Hügeln verbracht und bin allein in den Gräben umhergewandert. Ich weiß jetzt, warum Caerleon dort ist, wo es ist, aber gelesen habe ich darüber noch nie etwas. Das eben meine ich mit den Gezeiten: wenn man in einem Boot in der Mündung des Usk die hereinkommende Flut erwischt, trägt sie einen in einem Schwung bis nach Caerleon, und das gleiche gilt umgekehrt bei einsetzender Ebbe. Diese Dinge waren damals sehr wichtig. Ich weiß eine Menge über Camelot, seit ich hier allein umherwandere. Es geht darum zu spüren, »wie es einst war«.

441

AN CHASE – SOMERSET, 27. AUGUST 1959

Heute vormittag habe ich meinen neunten Brief in Sachen Kugelschreiber an das Customs and Excise Office [die Finanzbehörde für indirekte Steuern] in London geschrieben. Ich mußte mir eine Einfuhrgenehmigung beschaffen, vier Briefe schreiben, Formulare ausfüllen, noch einmal drei Briefe. Ich habe den Leuten jetzt erklärt, wenn sie die verdammten Dinger nicht freigeben können, sollen sie sie konfiszieren und ins Meer werfen. Sobald man mit irgendwelchen Ämtern zu tun bekommt, kriegt man Scherereien. Ich könnte meinen Briefwechsel vermutlich an den *Punch* verkaufen.

Gestern nach Amesbury gefahren und dort den Tag mit dem bewußten Antrobus verbracht, dem es gehört und dem bis vor kurzem auch Stonehenge gehört hat. Er hat uns überall herumgeführt. Von der frühen Kirche nur noch Spuren erhalten.

Nach ihrer (der Familie) Überlieferung ist es so, daß Amesbury oder Almsbury als Name von einem Ambrosius Aurelius* abgeleitet ist und der Sitz jener Familie und daher Eigentum Arthurs war, weswegen Guinevere hierhergeschickt wurde. In der Kirche wird ein gemeißelter Kopf aufbewahrt, von dem sie annehmen, es handle sich um eine Darstellung dieses Aurelius Ambrosius, doch als ich näher hinsah, bemerkte ich darauf eine Lilienkrone. Es sind reizende Leute. Er ist dreiundachtzig und sieht aus wie sechzig. Ich fragte ihn wegen seines eigenartigen Namens – Antrobus. Die Familie stammt aus Cheshire, eine ziemlich alte Baronetcy. Er sagte, sie nähmen an, der Name sei vielleicht französischen Ursprungs und komme von »entre bais«. Er war erstaunt und interessiert, als ich die Vermutung äußerte, es könnte sich um das griechische Wort *anthropos* handeln.

Heute geht es nach Glastonbury, wo ich wieder beim Ausgraben zusehen will. Nächste Woche fahren wir in den Süden, um den ganzen Cornwall-Komplex abzuklappern. Wir werden vielleicht eine Woche oder zehn Tage fort sein. Alles, um Material für die Zukunft zu speichern. Ich bin unzufrieden damit, wie ich an die ganze Sache herangehe, ganz und gar unzufrieden. Vielleicht ergibt sich irgend etwas Neues. Ich weiß es nicht.

*Nach Geoffrey von Monmouth Arthurs Bruder.

Ich werde Ihnen später über weitere Pläne schreiben. Wir haben vor, hier am 1. Oktober unsere Zelte abzubrechen und am 15. auf der *Flandre* nach Hause zu fahren, falls wir Plätze bekommen.

Ist es nicht eigenartig, daß Malory, der den Weg von Amesbury nach Glastonbury kannte, Stonehenge nicht erwähnte, obwohl er daran vorbeikommen mußte? Ich glaube, ich kenne den Grund. Werde ihn Ihnen aber erst verraten, wenn wir uns sehen.

AN ERO – SOMERSET, 10. SEPTEMBER 1959
Es war eine sehr gute Fahrt. Wir waren acht Tage unterwegs, und ich kenne jetzt die Küste von der Themse bis zum Bristol Channel sehr genau. Eines Tages werde ich mir die walisische Küste um St. David's Head und weiter nach Norden vornehmen. Küsten sind mir anscheinend sehr wichtig. Ich kann nicht recht sagen, warum.

Was meine Arbeit betrifft – damit bin ich zutiefst unzufrieden. Es hört sich einfach wie ein Aufguß an, wie eine Wiederholung von Dingen, die ich früher geschrieben habe. Vielleicht ist die Flamme erloschen. Das ist ja bekanntlich schon vorgekommen, und ich weiß nicht, warum es nicht auch mir passieren sollte. Ich schreibe voll Begeisterung Dinge aufs Papier, und dann zeigt sich, daß es das gleiche alte Zeug ist, nichts Neues, Frisches, nichts, was nicht schon besser gesagt worden wäre. Vielleicht liegt meine Zukunft in gefälligen, geschickt gemachten Zeitungsartikeln mit einem Körnchen Originalität und ohne jeden Tiefgang.

Nun ja, darüber können wir sprechen, wenn ich zu Hause bin. Ich habe einen Haufen Material auf den Armen und weiß nicht, was ich damit anfangen soll, und ich bin zu alt, um mir etwas vorzumachen.

Sagen Sie bitte Chase, daß ich die Kulis schließlich doch noch bekam, nachdem ich den Leuten in einem letzten Brief geschrieben hatte, sie sollen sie ins Meer werfen oder sonst damit machen, was ihnen gefällt.

AN ERO – LONDON, 2. OKTOBER 1959
Jetzt zu meiner Arbeit. Ich habe nachgedacht und nachgedacht und nachgedacht. Mir scheint, daß ich möglicherweise eine Lösung habe, aber ich möchte sie Ihnen lieber möglichst anhand einiger Beispiele erzählen. Im Augenblick begutachte ich meine Idee wie eine Kundin das Angebot in Klein's Souterrain. Sie würde, wenn ich sie umsetzen könnte, die meisten Schwierigkeiten beheben. Ich werde jedenfalls weiter darüber nachgrübeln.

Wir gehen jetzt zur Themse. Ich schreibe bald wieder.

AN ERO – NEW YORK *(ohne Datumsangabe)*, 1959 (MITTWOCH)
Chase hat hoffentlich nicht den Eindruck, daß ich ihn abgehängt habe. Ich kann an nichts anderes denken, solange ich diese Arbeit nicht hinter mir habe. Ich habe auch bei Pat vorbeigeschaut und mit ihm lange Kaffee getrunken. Er drängt mich, halb melancholisch, halb scherzhaft, mir die Arbeit am Malory vorzunehmen, damit er es, wie er sagt, »zu seinen Lebzeiten noch zu sehen bekommt«. Aber im Grund, wissen Sie, ist es gar kein Scherz. Ich habe vor, bis nach Neujahr kein Wort daran zu schreiben. Noch zuviel zu lesen und in Ruhe zu überlegen. Und Chase hat eine solche Unmenge Material für mich zusammengetragen.

(Keine Briefe zum Thema *Morte d'Arthur* von Ende 1959 bis zur folgenden Datumsangabe.)

AN CHASE – SAG HARBOR, 15. MAI 1965
Ich bin ganz Ihrer Meinung, daß die Handschriften, Artefakte und Illuminationen, deren Liste Sie beigefügt haben, für unsere Arbeit insofern sehr interessant und wertvoll wären, als sie zeigen, wie weit das Arthur-Thema verbreitet war und daß es beinahe universell übernommen wurde, und das schon in sehr früher Zeit. Sie werden neben diesen noch viele weitere Zeugnisse in Italien finden, und ich hoffe, daß sie dranbleiben.

Ich habe noch ein paar andere Dinge im Kopf, von denen ich

glaube, sie könnten sehr nützlich sein, wenn es oder vielmehr sie sich im Verlauf Ihrer Reisen in Italien erledigen ließen.

Es wäre gut, wenn Sie Professor Sapori ausfindig machen und sich mit ihm unterhalten könnten. Er ist Florentiner, hatte aber einen Lehrstuhl für Geschichte an der Universität Pisa und hat ihn, glaube ich, noch inne. Wie Sie wissen, ist er *die* Autorität auf dem Gebiet der mittelalterlichen Wirtschaftsgeschichte, und da Florenz der Mittelpunkt des ökonomischen Systems von ganz Europa war, ist er am richtigen Platz.

Zu Saporis Spezialgebieten gehören die Beziehungen zu den arabischen Händlern in der Zeit der Gründung der Amalfi-Liga und danach. Soviel ich weiß, hat noch niemand die Frage aufgeworfen, ob der Arthus-Zyklus im islamischen Bereich Fuß gefaßt hat und/oder ob sich vielleicht eine Parallele entdecken ließe. Und ebensowenig darüber, ob sich die Sage auf einen indogermanischen Ursprung zurückführen läßt. Wir wissen, daß die Legende vom hl. Georg tatsächlich aus dem Orient kam. Eine der ersten Erwähnungen findet sich in Ägypten. Es wäre interessant festzustellen, ob es irgendeinen Namen in Hindi oder Sanskrit gibt, der eine gewisse Ähnlichkeit mit Arthur oder Artu oder sonst einer Variation dieses Lautes hat.

Wir wissen, daß Arthur in den Kreis der neun Berühmtheiten und manchmal in den der drei Unsterblichen aufgenommen wurde, doch wann es dazu kam, weiß ich jedenfalls nicht. Das Thema gelangte vermutlich mit den normannischen Herrschern nach Sizilien, kann dort aber auch mit dem gleichen Phänomen zusammengestoßen sein, das aus der arabischen Welt in den Westen gelangte.

Wenn es Ihnen irgend möglich ist, sollten Sie die Vatikanische Bibliothek aufsuchen. Eine Besuchserlaubnis kann man durch den United States Information Service bekommen. Es gibt noch sehr viele weitere Dinge, die zu untersuchen sind, und ich werde Ihnen darüber schreiben, sobald mir etwas einfällt.

Hoffentlich geht mit Ihren Plänen alles gut.

VON CHASE AN J. S. – NEW YORK, 18. JUNI 1965
Als wir im April über die Verbreitung des Arthur-Stoffes durch ganz Europa sprachen, kamen wir auf Italien als ein Land, in dem bereits im Jahr 1100 der Mann auf der Straße mit diesem

Stoff allgemein vertraut war. Das Arthur-Thema wurde zur Unterhaltung dargeboten, gewiß, aber es war darüber hinaus noch viel mehr.

Im Mai sandte ich Ihnen eine kurze Liste von Handschriften und Skulpturen, die sich in Italien erhalten haben. Wir waren beide der Ansicht, daß es für die Planung Ihrer Arbeit über König Arthur von Nutzen wäre, wenn ich mir einiges davon ansehen und begutachten könnte. Diese Gespräche hatten eine soeben abgeschlossene Reise nach Italien zur Folge. Die Reise hat unsere Vorstellung bestätigt, daß sowohl bei den einfachen Leuten wie bei den Bewohnern der ritterlichen Burgen ein starkes Interesse am Arthur-Stoff bestand. Mehrere Jahrhunderte lang waren Erzählungen, Sagen und Rezitationen aus dem arthurianischen Zyklus die allerersten Unterhaltungsnummern.

In Rom ist die aus Elfenbein geschnitzte Spiegelkapsel von Interesse. Die beste Spiegelkapsel befindet sich im Kloster Cluny in Frankreich.

Im Bargello in Florenz ist ein sizilianischer Bettüberwurf mit vielen Arthur-Szenen zu sehen. Er stammt aus der Zeit um 1395 n. Chr.

In der Biblioteca Nazionale in Florenz befindet sich eine aus dem Jahr 1446 stammende Handschrift, die viele der Figuren und Szenen aus dem Arthur-Zyklus zeigt. Diese ausgezeichnete Bibliothek besitzt darüber hinaus noch weiteres Arthur-Material.

Die Kathedrale von Modena hat über einem Eingang eine Archivolte, auf der Arthur, Gawain und mehrere weitere arthurianische Figuren dargestellt sind; als Entstehungszeit dieser Türumrahmung geben manche Wissenschaftler das frühe Datum 1106 an. Ich habe in Italien erfahren, daß man von sämtlichen dieser Objekte Mikrofilmkopien bestellen kann. Ich habe Photographien von einigen dieser Gegenstände beigelegt und werde Ihnen noch weitere Aufnahmen und Notizen zeigen.

Wie Sie gesagt haben: »Das ist eine Suche, die niemals ein Ende findet.«

AN CHASE – SAG HARBOR, 22. JUNI 1965
Ich habe Ihren Brief von neulich zusammen mit Ihrem Bericht
über die Funde an Arthur-Material erhalten, die Sie während
Ihrer vor kurzem unternommenen Reise gemacht haben. Alles
sehr interessant, und ich nehme an, Sie sind mittlerweile überzeugt, daß die Reise, wie ich meinte, notwendig war. Es trifft
zwar zu, daß die meisten Stücke des Puzzles bekannt sind, aber
es geht, wie ich wiederholt dargelegt habe, um ihre Stellung,
darum, wie sie architektonisch plaziert sind. Zum Beispiel
muß, was wichtig ist, Arthurs Position auf einer Türwölbung
durch ihre relative Beziehung zu anderen Figuren auf demselben Türbogen bewertet werden. Wie Sie wissen, wurde König
Arthur zu unterschiedlichen Zeiten einmal zu den »Neun«,
dann zu den »Sieben« und den »Drei« gezählt. Mangels Literatur lassen sich die Beziehungen zwischen diesen Rangverände-
rungen nur dadurch klären, daß man die Gebäude, an denen
diese Gruppen erscheinen, in Relation zueinander datiert.

Es würde mich freuen, wenn Sie sich weiter mit den sizilian-
schen Bettüberwürfen beschäftigen und die Figuren darauf
nach dem Grad ihrer Bedeutung zueinander in Beziehung setzen könnten. Ich habe den starken Verdacht, daß diese Beziehungen – wie in der symbolischen Volkskunst zumeist – einen
Schlüssel oder eine Aussage enthalten, die für uns nur deshalb
geheimnisvoll sind, weil wir sie nicht verstehen.

Alles in allem, Chase, glaube ich, daß Ihre Nachforschungen
in Italien, wenn auch nicht vollständig, die Tür zu einem neuen
Bereich von Recherchen geöffnet haben, dem Sie sich hoffentlich weiter widmen wollen. Wie bei den meisten Themen gibt es
noch weite interessante und wichtige Gebiete, die noch nicht
mit dem neuen Auge inspiziert worden sind, mit dem wir sie
betrachten können.

Ich habe die Hoffnung, daß Sie während Ihrer nächsten
Reise Gelegenheit haben werden, in Rom in die Vatikanische
Bibliothek hineinzukommen. Wie Sie wissen, hat im 15. Jahrhundert der englische Adel bei Kontroversen dieser oder jener
Art beinahe jedesmal an den Papst appelliert. Ich habe selbst
einiges Malory-Material im Vatikan gefunden und bin sicher,
daß noch mehr davon vorhanden ist (Monks Kirby etc.). Um
Ihnen künftige Arbeit dieser Art zu erleichtern, habe ich vor,
an den Monsignore zu schreiben, der die Oberaufsicht über die

Dokumentensammlung des Vatikans führt, damit er eine Besuchserlaubnis für Sie erwirkt und Ihnen bei der Durchsicht der Bestände behilflich ist. Ich habe die vatikanischen Behörden immer sehr hilfsbereit gefunden, bis auf das Heilige Offizium, das aber ohnehin nicht zu unseren Weidegründen gehört.

Und damit ich es nicht vergesse – meine Gratulation zu Ihren neuen Funden. Es war nicht nur Glück, wie Sie bescheiden beteuern. Es war auch das geschulte Auge, das wußte, wonach es Ausschau zu halten und wie es den Fund, war er gemacht, zu betrachten hatte.

Ich sehe jetzt Licht am Ende des Tunnels dieser langen, langen Arbeit. Hoffentlich können wir uns bald zusammensetzen und die Aufräumoperation besprechen.

Jetzt spannen Sie erst einmal ein bißchen aus und schöpfen neue Kraft für künftige Anstrengungen. Für den Wißbegierigen gibt es kein Rasten.

AN ERO – NEW YORK, 8. JULI 1965

Ich mühe mich mit der Arthur-Geschichte weiter voran. Ich glaube, ich bin auf eine Idee gekommen, doch zu meinem eigenen Schutz werde ich sie niemandem verraten. Wenn ich dann ein Stück weit damit gearbeitet habe und es kommt mir mißlungen vor, kann ich es einfach vernichten. Doch im Augenblick kommt mir der Einfall nicht schlecht vor. Merkwürdig und anders schon, schlecht aber nicht.

Nachwort

Die von John Steinbeck übertragenen Geschichten von König Artus und seiner Tafelrunde gehören zu den großen Stoffen der Weltliteratur. Steinbecks unmittelbare Quelle ist *Le Morte d'Arthur (Der Tod Arthurs)*, eine Sammlung von Prosaerzählungen, die der Raubritter Sir Thomas Malory zwischen 1451 und 1470 im Gefängnis niederschrieb. Malory hat das ursprünglich keltische Material, das ihm aus altfranzösischen und mittelenglischen Versromanen bekannt war, geschickt arrangiert und in einem ganz individuellen Stil nacherzählt. Der Nachwelt wurde sein Werk vor allem in William Caxtons Druckfassung von 1485 überliefert. Steinbeck jedoch empfand – wie andere Kritiker – Caxtons Bearbeitung und den Titel als unbefriedigend, da im Mittelpunkt des Buches, wie er sagt, nicht Arthurs Tod steht, sondern sein Leben und das seiner Ritter. Er griff deshalb auf das 1934 entdeckte Winchester-Manuskript Malorys zurück und gab seiner Nacherzählung den Titel *Die Taten des Königs Artus und seiner Ritter*.

Mit diesem Werk, das hier von Christian Spiel dem deutschen Leser in einer gewissenhaften und sensiblen Übersetzung zugänglich gemacht wird, reiht sich Steinbeck in eine lange künstlerische Tradition ein, die Mittelalter und Moderne verbindet. Zu ihr gehören Spensers *Faerie Queene* und Tennysons *Idylls of the King* ebenso wie die malerischen und poetischen Gestaltungen der Präraffaeliten und deren geniale Parodie in Beardsleys Zeichnungen. Aus Steinbecks amerikanischem Umfeld sind die Parodien des Artus-Stoffes von Mark Twain (*A Connecticut Yankee in King Arthur's Court*, 1889), James

Branch Cabell (*Jurgen*, 1919) und William Faulkner (*Mayday*, 1926) zu nennen. Edwin Arlington Robinsons Trilogie *Merlin, Lancelot, Tristram,* (Pulitzerpreis 1928), T. S. Eliots *Waste Land* (1922) und Walker Percys Roman *Lancelot* (1976) stellen repräsentative Beispiele moderner Neugestaltung des traditionellen Stoffes dar.

Steinbeck hatte seit seiner Kindheit ein enges persönliches Verhältnis zu Artus und seiner Welt. »Das erste Buch, das mir gehörte, wirklich mir – war Caxtons *Morte d'Arthur*«, schreibt er 1957 an C. V. Wicker. »Ich bekam das Buch, als ich neun war. Über die Jahre hat es mich mehr beeinflußt als irgendein anderes Buch außer der King James Bibel.« Das Manuskript seiner Übertragung der Artussagen widmet er seiner Schwester Marie. Sie, die ihm im Alter der gemeinsamen Kinderbegeisterung für König Artus »treue Knappendienste geleistet habe«, erhebt er, wie es die altertümlich spaßige Widmung formuliert, endlich in den Ritterstand. Bereits als Junge ist er nicht allein von der spannenden Abenteuerhandlung, sondern auch von Malorys Sprache fasziniert: »Ich muß schon damals in Wörter verliebt gewesen sein. Ich hatte Freude an den alten und nicht mehr gebräuchlichen Wörtern« (an Elizabeth Otis, 1956). Später, als er den notleidenden und verbitterten dreißiger Jahren in *Tortilla Flat* sein großes humorvoll-kritisches Geschenk macht, formuliert er mit Gusto die Überschriften seiner Schelmengeschichten in Anlehnung an Malory und sendet die Kämpen aus Dannys komischer Tafelrunde ironisch auf ritterliche Abenteuerfahrt. Trotz dieser deutlichen Malory-Spuren wird es wahrscheinlich viele Steinbeck-Leser überraschen, daß der Nobelpreisträger (1962) und Erfolgsbuchautor (*Tortilla Flat*, 1935; *Of Mice and Men*, 1937; *The Grapes of Wrath*, 1939; *East of Eden*, 1952) weitergehende Mittelalterstudien betrieben hat. Sein durch Malory stimuliertes Interesse »habe ihn ziemlich intensiv Alt- und Mittelenglisch lernen lassen« (an C. V. Wikker, 1957). Die als Anhang von Steinbecks Malory-Übersetzung veröffentlichten Briefe an seine Agentin Elizabeth Otis und den hilfsbereiten New Yorker Buchhändler Chase Horton geben Zeugnis von Steinbecks begeisterten mediävistischen Studien zur Artus-Literatur. Außer Chase Horton, der sich als unermüdlicher Führer durch die verwirrend vielfältige Artus-Forschung erwies, standen Steinbeck hervorragende Mittelalterforscher wie Eugène Vinaver, Herausgeber der großen Malory-Ausgabe, hilfreich zur Seite. In der eigentlichen Vorbereitungsphase vor der Malory-Übertragung, 1956 bis 1959, las Steinbeck Hunderte von Dokumenten, Quellen, Werken der Primär- und Sekundärliteratur. Er benutzte bedeutende Bibliotheken, ließ sich Mikrofilme herstellen und legte eine ansehnliche Fachbibliothek an. Von seiner Frau Elaine Steinbeck tatkräftig unterstützt, suchte er sich durch den Aufenthalt in England (Discove Cottage, Somerset, England, 1958–1959), durch den Besuch aller mit Malory und Artus in Beziehung stehender Szenerien und Orte, nicht zuletzt durch die Assimilation der Atmosphäre der englischen Natur- und Kulturlandschaft auf seine Aufgabe vorzubereiten. Trotz dieser Bemühungen um Einfühlung und genauere Kenntnisse in Textkritik, Literatur-, Kultur- und Sozialgeschichte sowie der vergleichenden Mythen- und Archetypenforschung zeigt Steinbecks »Artus-Roman«, daß ihm die Formen mittelalterlichen Denkens und Gestaltens fremd blieben. Seine Malory-Bearbeitung ist nicht in erster Linie als Beitrag zur Mittelalterforschung, sondern zur amerikanischen Literatur des 20. Jahrhunderts zu betrachten.

Der Text wie die seine Entstehung begleitenden Briefe lassen erkennen, daß Steinbeck über seine psychologischen Motive, seine künstlerische Konzeption und ihre Realisierbarkeit nie völlige Klarheit gewann. Offensichtlich stürzte er sich enthusiastisch in das Wiedererlebnis einer literarischen Kindheitserfahrung, um das menschlich-künstlerisch unerträgliche Bewußtsein des Ausgeschriebenseins zu überspielen. Seine Freudsche Neugestaltung der Projektions-Figur, Lancelot, ist in dieser Hinsicht aufschlußreich. Solange er sich vorbereitete und in den ersten Kapiteln eng an die Vorlage hielt, fand er in der Beschäftigung mit Malorys Artus eine beglückend idyllische Ablenkung:

Ich komme mit meiner Übersetzung des Morte voran, aber von einer Übersetzung hat die Arbeit nicht mehr als Malorys Werk. Ich behalte alles bei, aber es ist ebenso sehr von mir, wie sein Werk von ihm war. Ich habe Ihnen geschrieben, daß ich glaube, ich habe vor Malory keine Angst mehr, weil ich weiß, ich kann für meine Zeit besser schreiben, als er es gekonnt hätte,

genauso wie er für seine Zeit besser schrieb als irgendein anderer.
Die Freude, die ich daran habe, läßt sich nicht beschreiben.
Ich stehe schon früh am Morgen auf, damit ich den Vögeln eine
Zeitlang zuhören kann. Sie sind um diese Stunde stark beschäf-
tigt. Manchmal tue ich mehr als eine Stunde nichts anderes als
schauen und lauschen, und daraus erwächst eine Fülle von Ruhe
und Frieden und etwas, was ich nur als kosmisches Gefühl
bezeichnen kann.

Und wenn dann die Vögel ihre Geschäfte besorgt haben und
die Landschaft an ihr Tageswerk geht, steige ich hinauf zu mei-
nem kleinen Zimmer, um zu arbeiten. Und die Zeit, die zwi-
schen Hinsetzen und dem Beginn des Schreibens vergeht, wird
mit jedem Tag kürzer.

Wieder eine Woche vorüber, und womit ist sie vergangen?
Mit der täglichen Arbeit und Briefeschreiben und der Ankunft
des Frühlings und Gartenarbeit und Besuchen bei Morlands in
Glastonbury, um beim Bearbeiten der Schafshäute zuzusehen,
wie sie seit vorgeschichtlichen Zeiten bearbeitet werden. Ich
weiß erstens nicht, wie die Woche so rasch vergehen, und zwei-
tens nicht, wie in dieser Woche so viel zustande gebracht wer-
den konnte (S. 398/399).

Aber als er zu spüren begann, daß es für ihn nicht um eine
Malory-Übertragung, sondern um einen eigenen Artus-Roman
gehen mußte, setzte die Krise ein. Möglichkeit und Unmöglichkeit eines neuen schöpferischen Aufbruchs spiegeln sich in den
zunehmend größeren Abweichungen von Malory. Die Zusätze
sind heterogen und wollen sich nicht so recht zu einem Ganzen
verbinden. Nach längeren Zusätzen kehrt Steinbeck gleichsam
reumütig und hilflos zur direkten Malory-Übertragung zurück.
Als ein Viertel des Textes bearbeitet ist (die sechs Bücher der
Tale of King Arthur und *The Noble Tale of Sir Launcelot Du
Lake*), schließt er sein Manuskript geschickt mit einem Aus-
blick auf die Liebestragödie von Lancelot und Guinevere ab.
Aus den begleitenden Briefen spricht die Niedergeschlagenheit
über das Scheitern des Übersetzungsprojekts und – menschlich
noch bewegender – über die Unmöglichkeit eines neuen künst-
lerischen Aufschwungs:

Heute geht es nach Glastonbury, wo ich wieder beim Ausgraben zusehen will. Nächste Woche fahren wir in den Süden, um den ganzen Cornwall-Komplex abzuklappern. Wir werden vielleicht eine Woche oder zehn Tage fort sein. Alles, um Material für die Zukunft zu speichern. Ich bin unzufrieden damit, wie ich an die ganze Sache herangehe, ganz und gar unzufrieden. Vielleicht ergibt sich irgend etwas Neues. Ich weiß es nicht (442).

Was meine Arbeit anbetrifft – damit bin ich zutiefst unzufrieden. Es hört sich einfach wie ein Aufguß an, wie eine Wiederholung von Dingen, die ich früher geschrieben habe. Vielleicht ist die Flamme erloschen. Das ist ja bekanntlich schon vorgekommen, und ich weiß nicht, warum es nicht auch mir passieren sollte. Ich schreibe voll Begeisterung Dinge aufs Papier, und dann zeigt sich, daß es das gleiche alte Zeug ist, nichts Neues, Frisches, nichts, was nicht schon besser gesagt worden wäre. Vielleicht liegt meine Zukunft in gefälligen, geschickt gemachten Zeitungsartikeln mit einem Körnchen Originalität und ohne jeden Tiefgang.

Nun ja, darüber können wir sprechen, wenn ich zu Hause bin. Ich habe einen Haufen Material ... und weiß nicht, was ich damit anfangen soll, und ich bin zu alt, um mir etwas vorzumachen (443).

Trotz dieser schmerzlichen Eingeständnisse des Künstlers hat er ohne Zweifel ein recht interessantes und attraktives Werk geschaffen. Wie er zunächst auch selbst befriedigt feststellt, regeneriert sich seine eigene Sprache im Umgang mit Malory (»die Wörter, die meiner Feder zuströmen, sind ehrliche, kraftvolle Wörter ..., sie fügen sich zu Sätzen zusammen, die mir einen Rhythmus, so ehrlich und unerschütterlich wie ein Herzschlag, zu haben scheinen«, 398). Das Ergebnis ist ein einleuchtend modernisiertes Vokabular, eine harmonisierte, lesbare Syntax und eine Ergänzung der Beschreibung, die dem modernen Leser, wie im Beispiel der Schilderung von Artus' und Guineveres Hochzeit, ein anschauliches Bild der mittelalterlichen Welt vermittelt:

Schließlich waren die Vorbereitungen für die Vermählung von Artus und Guinevere abgeschlossen, und die Besten, Tapfersten und Schönsten des Reiches strömten in die königliche Stadt Camelot. Die Barone und Ritter versammelten sich samt ihrer

Damen in der St-Stephans-Kirche, und dort wurde die Vermählung mit fürstlichem Gepränge und kirchlicher Pracht vollzogen (101/102).

Gelegentlich erhält Steinbeck effektvolle Wendungen von Malory oder zitiert ihn wörtlich und erzeugt dadurch mittelalterliches Timbre. Immer wieder ergänzt er Malorys wortkarge Hinweise auf Schauplätze durch malerische Ausstattung, reizvolle Landschaftsbeschreibung, durch Atmosphäre und dramatische Spannung schaffende Schilderungen:

Der Raum war mit goldenem Tuch, verziert mit mystischen, heiligen Symbolen, ausgekleidet, und das Bett darin mit herrlichen Vorhängen drapiert. Auf dem Bett lag unter einem aus Goldfäden gewirkten Überwurf der vollkommene Körper eines ehrwürdigen Greises, und auf dem goldenen Tisch neben dem Bett stand ein seltsam gearbeiteter Speer mit einem Griff aus Holz, einem schlanken eisernen Schaft und einer kleinen Spitze (87).

Und auf einem ausgedehnten Moor, über das der Wind fegte, trafen sie auf einen Fremden, gehüllt in einen Mantel (78).

Steinbecks großes deskriptives Talent, das seine eigenen Romane auszeichnet, manifestiert sich auch hier, z. B. wenn er Lancelots Begegnung mit den Zauberinnen durch die Einfügung einer realistischen Gewitterstimmung wirkungsvoll vorbereitet:

Die Nachmittagshitze war drückend, der blaue Himmel mit dem milchigen Dunst überzogen. Die hohen, weißen Hauben von Gewitterwolken blickten über die Hügel im Nordosten und murmelten in der Ferne. Die unbewegte, heiße, feuchte Luft zog Fliegen, klebrig und träge, herbei. Ein Geschwader von Krähen tummelte sich dahinsausend und spielerisch Rollen schlagend in der Luft. Sie spornten einander krächzend zu immer neuen Flugkunststücken an. Und als sie das an den Apfelbaum gebundene Pferd sahen, kreisten sie tiefer und inspizierten den schlafenden Ritter, aber da eine Dohle es mit ihnen aufzunehmen versuchte, flogen sie angewidert weg (265/266).

Er bewundert Malorys erzählerisches Können, aber er beweist in seiner Bearbeitung auch sein eigenes nicht minder großes Talent, wenn er die Episode des todbringenden Mantels (149) dramatisch detailliert und ermüdend gleichartige Kampfszenen streicht, die nicht relevanten narrativen Ankündigungen und Auflistungen von Namen oder die weniger reizvolle Auseinandersetzung zwischen Artus und dem römischen Kaiser Lucius ausläßt, die verwirrende Darstellung der Battle of Bedgrayne ordnet. Er erleichtert dem Leser die Lektüre durch Ein- und Überleitungen, wie zum Beispiel am Anfang des Gawain-, Ewain-, Marhalt-Buches, wo er auf die Intrige von Morgan Le Fay vorbereitet. Im Lancelot-Buch arrangiert er das Material aus den Kapiteln 13, 14, 16, 17 so um, daß die tiefenpsychologische Schauerhandlung mit dem Erlebnis der Kapelle einen wirkungsvollen Höhepunkt erhält. Aus einigen wenigen Plotvorgaben in Kapitel 18 gestaltet er einen neuen ästhetisch überzeugenden Schluß. Dadurch, daß er hier antizipierend eine Liebesszene zwischen Lancelot und Guinevere einfügt, aber Malorys großen Schlußsatz (»So hatte zu jener Zeit Sir Lancelot den größten Namen von allen Rittern der Welt und ward von hoch und niedrig am meisten geehrt«, 446) bewahrt, wirkt die Neufassung nicht fragmentarisch, sondern suggeriert eine große, ironisch tragische Zukunftsperspektive..

Folgenschwere Änderungen der Vorlage ergeben sich aus Steinbecks Bedürfnis, die mittelalterlichen Figuren und ihr »unvermitteltes Handeln« im Sinne des modernen psychologischen Romans plausibel zu machen. Vor dem Kindermord, der sich an dem mythischen Muster der Bibel orientiert, erscheint Artus brütend, von seiner Inzestschuld gequält (64–66). Morgan Le Fay, die ursprünglich das Privileg einer Märchenfigur hat, einfach böse zu sein, macht Steinbeck durch eine psychologische Reflexion »verständlich« (149). Der Riese Taulurd, bei Malory nur ein mit Bravura zu beseitigendes Hindernis, wirkt bei Steinbeck wie das Monster in Mary Shelleys *Frankenstein* sentimentalisiert. Seine grotesken Züge sind ausgemalt, und Marhalt fühlt sich nach dem Sieg, wie ein moderner Held, ganz unheroisch: »Er stieg aufs Pferd und ritt davon, und sein Triumph würgte ihn in der Kehle, ein trauriges und häßliches Gefühl« (199). Das Magiertum der verschiedenen Zauberinnen erklärt Steinbeck psychologisch plausibel aus einem

»infantilen Verhältnis zur Realität«. In den einfallsreich erweiterten Szenen der Verführung durch die vier Königinnen gibt es nicht nur die Versuchung der Wollust und der Macht, sondern auch das Angebot eines Freudschen Muttererlebnisses. Die Kapellen-Episode, deren archetypisches Potential schon Eliot in *The Waste Land* für die moderne Literatur wiederentdeckte, suggeriert poetisch visionär einen Zusammenhang zwischen Lancelots Verlust seiner Mutter und seiner späteren Verfallenheit an die ihr gleichende Guinevere (336/37).

Trotz dieser Freudschen Modernisierung dient die Fremdheit der mittelalterlichen Welt Steinbeck nicht wie Mark Twain als Vorwand für Yankee-Späße. Es gibt frei erfundene, humorvolle Episoden wie die an Steinbecks Haushaltung in Somerset erinnernde Idylle von Sir Marhalt und der »Frau von dreißig Jahren«. Aber sie sind thematisch funktionalisiert und akzentuieren das Spannungsverhältnis zwischen mittelalterlicher Stilisierung und Realität. Durch parodistische Zusätze (z. B. Ewains drakonische Ritter-Ausbildung bei Lady Lyne, 204 ff., oder Lancelots Gespräch bei der Äbtissin, 297 ff.) sucht Steinbeck den Abstand zwischen den Werten der ritterlichen Blütezeit und Malorys desillusionierter, aber nostalgischer Epoche bewußtzumachen und das bei mittelalterlicher Literatur wesentliche Problem zusätzlicher Informationsvermittlung künstlerisch befriedigend zu lösen. Steinbecks *Die Taten des König Artus und seiner Ritter* gehört wie *Tortilla Flat* literaturhistorisch zu den vielfältigen Versuchen des zwanzigsten Jahrhunderts, durch Rückgriff auf die Muster mythischer Erzählung Gegenwartserfahrung ästhetisch artikulierbar zu machen. Diese ›mythische Methode‹ prägt Eliots *Waste Land* und Joyces *Ulysses* wie Thomas Manns *Josephs*-Romane und den *Doktor Faustus*. Die mythische Rolle, mit der sich Steinbeck in dieser reizvollen, psychologisch romanhaften Nacherzählung Malorys identifiziert, ist begreiflicherweise nicht die des Königs Artus, sondern die attraktivere des Lancelot.

Prof. Dr. Lothar Hönnighausen Universität Bonn